Nadine Gordimer
Der Ehrengast

Nadine Gordimer

Der Ehrengast

Roman

Aus dem Englischen von
Klaus Hoffer

S. Fischer/Goverts

3. Auflage: 17.–26. Tausend
Die englische Originalausgabe erschien 1971
unter dem Titel ›A Guest of Honour‹
im Verlag Jonathan Cape Ltd., London

Umschlaggestaltung: Jan Buchholz / Reni Hinsch
unter Verwendung einer Illustration von Oliver Friel
Satz: Fotosatz Otto Gutfreund, Darmstadt
Druck und Einband: Clausen & Bosse, Leck
Printed in Germany 1986
ISBN 3-10-027009-6

Mit einem Ehrenmann wird es so enden, daß er nicht mehr weiß, wo er leben soll.

Iwan Sergejewitsch Turgenjew

Viele werden mich einen Abenteurer nennen – und das bin ich auch, nur von einer anderen Art – einer, der seine Haut riskiert, um seine Platitüden zu beweisen.

Ernesto ›Che‹ Guevara

Teil Eins

Ein Vogel schrie auf dem Dach, und er erwachte. Es war mitten am Nachmittag, in der Hitze, in Afrika; er wußte sofort, wo er war. Nicht einmal während der Sekunden der Schwebe zwischen Schlafzustand und Wachen glaubte er sich zurück daheim in dem Haus in Wiltshire, das jetzt tief im Schnee eines harten Winters lag. Die Straße zum Dorf würde wohl gesperrt sein und der Hund über die weichen Felder laufen, mit dem Atem eines Drachen ... das Zentrum des Hauses würde durchwärmt sein von der Ölfeuerung und den roten Farbschattierungen, den seidigen Tönen von Olivias Sachen – den Teppichen, den Stücken aus Kirsche und Satinholz – und den roten irdenen Töpfen, den Perlstickereien, den beiden kunstvoll gearbeiteten Holzschnitzereien, die sie einst im Kongo gefunden hatten. Vor ein paar Tagen noch war er in jenem Haus gewesen und hatte für die Abreise gepackt – in jener banalen Aneinanderreihung praktischer Handlungen, in denen sich Entschlüsse in Realität auflösen. *Sollte es mit dem Boiler irgendwelche Probleme geben, dann ruf um Himmels willen Mackie, damit er sich's ansieht, bevor du wen in die Stadt schickst. – Wie schade, daß du deine kurzen Hosen weggegeben hast. – Kaum anzunehmen, daß ich irgendwo sein werde, wo ich noch wagen dürfte, in Shorts aufzutauchen. – Aber du hast um die Taille kaum einen Zentimeter zugenommen – das weiß ich von deinen Pyjamahosen, ich nehme für die neuen Gummibänder haargenau das gleiche Maß wie eh und je.*

Drei Monate davor hatte Adamson Mweta vor einem Steak-House in Kensington gestanden und zu ihm gesagt: Aber natürlich kommst du jetzt wieder zu uns. Er war nach Hause gefahren und hatte die Fahrt auf der leeren Straße verlangsamt, die durch das pralle, menschenleere sommerliche Zwielicht – endlich – zum Haus hinführte. Wohnsiedlungen überschwemmen in ganz England die Dörfer, hier aber war die Entwicklung umgekehrt worden; das Haus war einst ein herrschaftliches Landhaus gewesen (davor noch, so glaubte Olivia, eine Abtei), aber im Zuge der Landflucht hatte sich das Dorf im neunzehnten Jahrhundert entvölkert, seine autonome Stellung eingebüßt und war gestorben; die Kaufläden mit angegliederter Poststelle hatten geschlossen, die Bauernhäuser waren verfallen; Wälder und Wiesen traten an die Stelle der Felder, nur ein paar Häuser blieben übrig, die von Leuten gekauft wurden, deren Sehnsucht nach Landleben durch die Unannehmlichkeiten der Isolation nicht beeinträchtigt werden konnte. Olivia hatte ganz recht, wenn sie meinte, der Ort müsse eigentlich traurig stimmen, aber so war es nicht; statt dessen blühte er wieder auf: Das Land war zurückgekehrt, hatte das sichere Gefühl von unbeugsamer Friedfertigkeit und Fruchtbarkeit mit sich gebracht – ein neuer Anfang. Und sie waren nur ein wenig mehr als zwei Stunden von London entfernt, von ihren Töchtern und ihren Freunden. Er hatte, seit er Afrika vor zehn Jahren endgültig verlassen hatte, engen Kontakt zu Adamson Mweta und den anderen Führern der afrikanischen Unabhängigkeitsbewegung gehalten. Er hatte eine Menge Zeit dafür geopfert, nach London zu fahren, um sie für ihre Konferenzen im Kolonialministerium zu beraten und um den verschiedenen Delegationen, die zur Einreichung von Petitionen gegen die alte Verfassung und zu Verhandlungen über die Unabhängigkeit ihres Landes gekommen waren, mit allen ihm zu Gebote stehenden Mitteln den Weg zu ebnen. Dort, in jenem afrikanischen Land hatte er als Beamter des Kolonialministeriums gedient, bis die Siedler schließlich erreicht hatten, daß man ihn wegen Unterstützung der People's Independence Party, der PIP, abberief und abschob. Zu seiner Frau sagte er: »Mweta hat mich eingeladen, als Gast wieder hinzukommen.«

»Nun, wenn überhaupt jemand an den Unabhängigkeitsfeiern teilnimmt, dann solltest du es sein. Das ist wunderbar.« Sie hatte Mweta immer mit Sandwichpaketen versorgt, die dieser mitnahm, wenn er an Wochenenden auf dem Fahrrad Meilen um Meilen durch die Provinz Gala fuhr, um bei Zusammenkünften Reden zu halten.

Bevor sie sich tags darauf trennten, sagte er zu Adamson Mweta: »Leider wird Olivia nicht zu den Unabhängigkeitsfeiern kommen können – unsere älteste Tochter erwartet genau um diese Zeit ein Kind.«

Mit seinem bedächtigen, schüchternen Lächeln, das wie Licht größer und stärker zu werden schien, während sein Blick einen festhielt, sagte Mweta: »Du meinst die kleine Venetia? Sie wird Mutter?«

»Ich fürchte ja«, murmelte er in seiner englischen Art.

»Nun, das ist gut, das ist *gut*. Mach dir nichts draus, Mrs. Bray wird später nachkommen.«

»Bis sie so weit ist, daß sie Venetia das Baby anvertraut, werden die Feierlichkeiten vermutlich schon vorüber sein.«

»Das meine ich ja – bis sie ankommt, hast du dich schon einigermaßen eingelebt.«
Sie standen an der Tür zu Mwetas Taxi; es kam zu einer plötzlichen Gefühlsbewegung zwischen den beiden Männern; der Engländer stand da, und der kleine schnelle Schwarze nahm ihn beim Bizeps, drückte ihn fest durch seinen dunklen Anzug, so wie er in seinem Land mit einem Bruder die Finger verhakt hätte. Erlöst durch den physischen Kontakt, sagte er zu Mweta: »Worüber reden wir eigentlich?«, und Mweta sagte: »Über dich – ich hab dir schon gesagt, daß wir dich jetzt zurückerwarten.«
»Aber was sollte ich tun? Wozu wäre ich denn gut?« So sehr war er es gewohnt, sich in Stunden der Diskussion über verfassungsrechtliche Fragen und politische Taktik selbst zurückzunehmen (ein Weißer, ein Außenseiter, der seine ganze Hilfe ohne Rücksicht auf persönliche Interessen anbot), daß ihn nun ein starkes Bewußtsein seiner selbst durchflutete, so als hätte ihm jemand ein Aufputschmittel in die Venen injiziert.
»Was immer du willst! Alles gehört uns! Wir brauchen dich; was immer du willst!« Mweta riß sich los und sprang ins Taxi.

Die blasse Steinfassade mit ihren steinernen Türstürzen und Fenstersimsen, die glatt und abgegriffen waren wie ein Stück gebrauchter Seife, lag direkt an der leeren Straße, aber die eigentliche Front des Hauses war die Rückseite. Durch das Gebäude geschützt, war der Garten ein grasbewachsener Aussichtsplatz, von dem aus man über die verschwommenen Farbtöne der Blumen, über die Bienen und frühen Nachtfalter bis in das langgestreckte

Tal hineinblickte. An Sommerabenden erledigte er mit Olivia die Gartenarbeit, wenn auch beide nicht mit dem Ernst, mit dem sie ihr tagsüber nachging, sondern planlos, indem sie hier und da, rein um des Vergnügens willen, ein Unkraut herauszogen, um zu spüren, wie die Wurzeln sich vom Humus lösten, und um mit den Erdkrumen, die sich an dieses bartartige Wurzelwerk klammerten, den Geruch des Bodens mit heraufzuholen, der üppig war wie der Geruch von Obstkuchen. Unter den Walnußbäumen hatten sie für die weißen Holzstühle und den Tisch Steinfliesen gelegt, damit es nicht zu feucht würde. Dort tranken sie Whisky oder, nach dem Abendessen, sogar Kaffee. Manchmal, bevor die Dämmerung den Wald in größere Entfernung zurückweichen ließ, trat er ins Sonnenlicht hinaus, das sich wie goldenes Wasser in der Wiesensenke sammelte, und schoß ein Rebhuhn. Es war niemand da, sich um Jagdrechte zu kümmern. Später, wenn sich der Tag geneigt hatte, reinigte er sein Gewehr fast gefühlsmäßig, und der saubere, nüchterne Geruch des Waffenöls entsprach dem einfachen Vergnügen dieser Beschäftigung. Bei weitgeöffneten Wohnzimmerfenstern spielte Olivia Schallplatten, so daß die Musik zu ihnen herausdrang.

Diesen Sommer waren es Strawinsky und Poulenc; sie gehörte jener Generation und Klasse an, die andere Frauen dafür bezahlte, daß sie für sie strickten, aber jetzt, da sie selbst in Kürze Großmutter werden sollte, nähte sie für ihre Nichten und Neffen lustige Stofftiere. Sie besaß eine Zigarrenkiste voll einzelner Knöpfe für die Augen. Jetzt legte sie ihr Nähzeug beiseite, denn etwas, das sie in ihrer Jugend gehaßt hatte, war das heuchlerische Getue, das ältere Frauen an den Tag legten, wenn sie mit etwas äußerst Wichtigem konfrontiert wurden.

»Wahrscheinlich haben wir oft gesagt, wir würden zurückkommen, sobald sie ihre Unabhängigkeit haben.«

Sie zuckte zweifelnd die Schultern – zum Eingeständnis der Oberflächlichkeit einer anderen Art von Alltagsgeschwätz aus einer anderen Zeit.

»Es geht nicht darum, was wir gesagt haben.«

Das wußten beide; wichtig war damals gewesen, daß man Adamson Mweta Selbstvertrauen vermittelte, indem man eine Zukunft voraussetzte, die nur deshalb real war, weil man, als Weißer, der persönlich nichts dabei zu gewinnen hatte, zeigte, daß man glaubte, es werde dazu kommen.

Während sie ihren Blick über das Tal hinwegschweifen ließ, um ihn dann ruhig auf ihn zu richten, stand in ihrem Gesicht wieder der Wunsch, genau wissen zu wollen, wovon sie eigentlich sprachen.

Er sagte: »Sicher, *damals* dachte ich daran, wieder zurückzugehen. Hypothetisch. Bevor wir abfuhren. – Und genauso wußte ich, daß wir weggehen mußten.«

»Armer Adamson, manchmal hat es ziemlich hoffnungslos ausgesehen. Und trotzdem ist es jetzt so schnell gegangen. Zehn Jahre!« Zehn Jahre, seit sie aus jenem Land abgeschoben worden waren, zehn Jahre, seit sie eine jugendlich wirkende Vierzigerin gewesen war und die Mädchen noch zur Schule gegangen waren. »Historisch betrachtet, ja – es mußte einfach dazu kommen – aber das galt doch nicht für Adamson, nicht für uns, oder?«

Das Haus, das sie gekauft und mit Besitztümern gefüllt hatten, die sie während all der Jahre in Afrika gehortet hatten, der Garten, den sie angelegt hatten, sagten alles über sie aus. Es war kein Haus, aus dem man wieder auszog.

»Sie erwarten dich zurück«, sagte sie stolz.

»Naja, Adamson war ganz siegestrunken. Ich glaube, er hätte sogar Henry Davis umarmt.« Davis war Siedler und jener Parlamentsabgeordnete, der in einem bestimmten Stadium für die Verbannung Mwetas in die westlichste Provinz verantwortlich gewesen war.

»Er glaubt natürlich fest an deine Rückkehr aus dem Exil.« Sie lachten. Aber gesprochen wurde über Mweta; die seltsame Scheu nach zweiundzwanzig Jahren Ehe machte es ihr unmöglich, einfach zu sagen: *Möchtest* du weg? Der leidenschaftliche Anfang, die lange gegenseitige Offenheit und das Verständnis für den anderen hätten eigentlich bedeuten sollen, daß sie wußte, was er wollte. Und in gewisser Weise wußte sie es tatsächlich: Denn zwischen ihnen gab es ein geheimes Übereinkommen, das von beiden innerlich so tief akzeptiert worden war, daß sie nie darüber gesprochen hatten – man stand zur Verfügung, wo immer man gebraucht wurde. Wonach sollte man sich sonst im Leben richten? Und so galt ihre Frage, wovon sie nun tatsächlich redeten, dem in ihr verborgenen, unterdrückten und verschleierten Wunsch zu erfahren, ob nun dieses Haus, dieses Leben in Wiltshire, dieses Leben für ihn – endlich – das gültige, das endgültige war. Denn plötzlich begriff sie, daß es für sie so war. Sie war schließlich (im wahrsten Sinne des Wortes schließlich – nach all dem, was hinter ihr lag) eine Engländerin. Sie hatte die Möbel und Familienerbstücke, die ihr bei ihrem gemeinsamen Abschied von England vor zwanzig Jahren bloß ein lästiges Ärgernis gewesen waren, aus dem Lager geholt und hatte, indem sie sie entsprechend aufstellte, unweigerlich jenen Lebensstil akzeptiert, den ein Arrangement solcher Objekte mit sich brachte und den ihre ansehnlichen privaten Einkünfte ermöglichten. In dem Raum, den sie als sein Arbeitszimmer ausgesucht hatten, stand der Schreibtisch, der von ihrem Urgroßvater stammte und nun wie selbstverständlich zu dem seinen geworden war – ein still daliegendes Feld aus dunkelrotem, fast schwarzem Saffianleder mit verlöschender Goldgravur – der richtige Platz, um die gewissenhaft dokumentierte Geschichte des Territoriums (Mwetas Landes) zu schreiben, was noch keiner zuvor getan hatte; kein Buchsbaumschreibtisch aus dem Büro der Kolonialverwaltung, auf dem man sich mit Formularen der Regierungsstellen herumschlug und seine Erfahrungen mit Verwaltung und Politik hinkritzelte – heute niedergeschrieben und morgen zusammengeknüllt.

Im duftenden, von Nachtfaltern erfüllten Abend spürte sie die Anwesenheit des Hauses wie jemanden, der hinter ihr stand. Sie wußte nicht, ob auch er es spürte; und sie konnte auch nicht versuchen es herauszufinden, denn wenn sich herausstellte, daß es nicht so war – sie hatte dann und wann eine dunkle Vorahnung, daß man zur Lebensmitte plötzlich feststellt, daß man in einem einzigen Augenblick alles verloren hat: den Mann und Liebhaber, den Freund, die Kinder, so als hätte es sie nie gegeben oder als wäre man von ihnen weggegangen, ohne es zu wissen, und stünde nun wie gelähmt angesichts dieser Entdeckung da.

Sie beobachteten die Nachtfalter in den Tabakpflanzen. Mit ihrer klugen, forschenden Engländerinnenstimme,

hinter der Generationen ihrer Art Zuflucht gefunden hatten, sagte sie: »Hat Mweta gesagt, für wie lange?«
»Das war doch vor allem eine Geste! Er war ja total euphorisch!«
»Nein, er hat es doch schon gestern erwähnt, oder? Du hast ihn gestern falsch verstanden. Ein Jahr? Sechs Monate? – Wie lange?«
Weiße, die in afrikanischen Staaten nach deren Unabhängigkeit angestellt wurden, bekamen normalerweise einen zeitlich begrenzten Vertrag. »Gütiger Himmel, ich hab nicht die blasseste Ahnung, und sicher weiß er es ebensowenig. Das steht alles noch in den Sternen.«
Olivia ging hinein, um eine andere Schallplatte aufzulegen, und weil es unerwarteterweise Mozart war – das Konzert für Harfe und Flöte –, zündete er sich eine Zigarre an, um zu rauchen, während er die Musik genoß. Sie wanderte hinunter zum Kräutergarten und brachte ein Stämmchen Dill mit. »Da ist sie«, sagte sie. Es war ihre Eule, ein Junges, das unten im Feld ausgeschlüpft und nun Nacht für Nacht zu hören war. Sie stellte fest, daß sie morgen den Dill pflücken mußte, um ihn zu trocknen. Alles war, wie es gewesen war. Aber alles war verändert. Alles hatte sich im Faß der Welt einmal umgewälzt und beruhigte sich nun wieder. Wenn er es nicht wußte – sie wußte, daß er ging.

Während des ganzen Flugs lag Nacht über Europa. Düsterer Regen am Nachmittag in London beim Start der Maschine, der Flughafen in Rom ein riesiges, trübes Schaufenster, aus dem durch den Regen verschwommen Farben herüberschimmerten. Er holte seinen Mantel wieder herunter, um in Athen auszusteigen. Das metallene Geländer der Treppe, die zum Flugzeug herangerollt wurde, fühlte sich in seiner Handfläche eiskalt und feucht an, und im strömenden Regen roch er weder die Ägäis noch den Thymian, an die er sich von seinen anderen Reisen nach Afrika erinnerte. Im Flughafengebäude ließen sich die Passagiere unter dem gelben Licht wieder auf erschöpft wirkende Stühle nieder, fest verpackt in ihre dicken Kleidungsstücke. Eine alte Frau mit gekräuseltem grauen Haar erwachte auf ihrem Posten vor der Toilette und sperrte lächelnd die Tür auf, wobei sie hastig nach einem verdreckten Putzlappen griff. Er wanderte herum, um seine steifen Knie zu lockern, aber der Auslauf war kurz, und nach ein paar Schritten stand man schon wieder vor dem Laden, der weibliche Passagiere und Kinder anzog, die gestickte Schürzen und Evzonepuppen bestaunten. Ein zehn- oder elfjähriges Mädchen, auf dessen Mantelärmeln die Kantonswappen der Schweiz aufgenäht waren, sah genauso aus wie Venetia in diesem Alter. Er kaufte eine Postkarte mit strahlendblauem Meer und grellweißen Ruinen und versuchte für den Text das ganze Griechisch zusammenzukratzen, dessen er sich erinnern konnte: Hier Winter und Finsternis, und in Cambridge schreit sich der Frühling vielleicht schon die Seele aus dem Leib? Alles Liebe, James. Vor nur einem Jahr hatte Venetia in Griechisch eine Eins gehabt und konnte über seine Fehler lachen.

Aber dann lag Europa auch schon hinter ihnen. In Kano schien ein riesiger Mond, und in einem Licht, das heller war als ein Winternachmittag in Europa, kämpften sich die Passagiere um drei Uhr früh gegen den Widerstand einer Tageshitze, die sich, so wie sich die Sonne in einem von ihr gewärmten Stein hält, die ganze Nacht gehalten hatte, quer über das Asphaltrollfeld. Es roch nach verbranntem Holz; die Männer, die unter dem Bauch des Flugzeugs herumgingen, hatten nackte schwarze Füße. Als die Passagiere wieder an Bord kletterten, fühlten sich ihre Kleider wie behaart an, und im Flugzeug nicht die Spur von Luft. Er legte seinen Mantel ins Gepäcknetz, bat um Entschuldigung und bemühte sich, andere Leute in der allgemeinen Hektik, mit der alle Habseligkeiten wieder verstaut wurden, nicht zu behindern; in Erwartung der Landung, bis zu der noch ein paar Stunden Zeit war, entwickelte sich keine Gemeinsamkeit, nur ein Instinkt, wie in den erhobenen Köpfen einer Herde, die eine Wasserstelle wittert. Als die Sonne aufging, ließen sich manche in Schlaf fallen, während Frauen anfingen, die Plastiktüten, in denen sie ihre Hüte verwahrt hatten, zu untersuchen, und als die unbarmherzigen Sonnenstrahlen auf Haarnetze, auf blasse Lippen und Bartstoppeln fielen, bildeten sich vor den Toiletten Schlangen.

Während er gerade auf Einwanderungs- und Zollformular BRAY, Evelyn James sowie seine Paßnummer schrieb, las jemand über seine Schulter hinweg seinen Namen; er kritzelte ihn unbeholfen hin, nicht weil es ihm etwas ausmachte, sondern weil es ihn verlegen machte. Die Schlange vor der Toilette schob sich ein Stückchen vor, er schaute auf, und der Mann, der einen geblümten Frotteebeutel trug, erwiderte mit einem Blick, der müde und ausdruckslos war, plötzlich aber eine Art Gruß andeutete. Die Frau, die die ganze Nacht neben ihm gedöst und sich ihm, ohne auch nur ein einziges Wort zu wechseln, im intimen Rhythmus ihres Atems mitgeteilt hatte, fing plötzlich an zu reden wie ein Vogel, von dessen Käfig man den Überwurf entfernt hatte. Er quetschte sich zwischen den Sitzen durch, um den Schuh zurückzuholen, den sie irgendwo über einer fernen Wüste verloren hatte; sie lachte, machte, sich entschuldigend, Einwände und schüttelte Kölnischwasser auf ihren sommersprossigen Busen. Sie zog den kleinen Vorhang vor dem ovalen Fenster zurück, blickte hinaus in das gleißende Licht des Raumes und sagte: »Prachtvoller Morgen, hier oben!«, und dann diskutierten sie angeregt über den kalten und plötzlichen Wintereinbruch, den sie hinter sich gelassen hatten.

Da er keinen Fensterplatz hatte, sah er weder den Busch noch die Erde, die rot war wie Ziegelstaub, noch den hochgewachsenen Steckginster am Rande der Flußbetten, bevor das Flugzeug auf dem Rollfeld zum Stillstand gekommen war und sie auf die Ankunft des Inspektors des Gesundheitsamtes an Bord warteten. Er machte seinen Sicherheitsgurt auf und beugte sich vor, um einen Blick durch die trübe Linse am entfernteren Ende der Sitzreihe zu werfen; und da war wieder alles, winzig und verzerrt, der Busch, die Erde – genauso wie es ihm, ohne daß er darüber nachdachte, in Erinnerung gewesen war. Es war unter seinen Füßen, und es war um ihn herum. Ein Schwarzer in kurzen Khakihosen (früher ein Weißer in weißen Strümpfen) versprühte widerlich parfümiertes Insektenschutzmittel über den Köpfen der Passagiere – eine Vorsichtsmaßnahme dagegen, daß sich im Flugzeug Moskitos und Tsetsefliegen aufhalten mochten. Die Einstiegsluken gingen auf; die Luftströmungen trugen Stimmen von draußen herein; berauscht vom Wiedererkennen, das alle Sinne gleichzeitig erfüllte, drängte er mit den anderen hinaus und überquerte gleichmäßigen Schrittes das Asphaltfeld, durch den Geruch roher Kartoffeln, der dem niedrigen Gestrüpp entströmte, an den Händen die morgendlich frische Wärme und hinten in der Kehle den kühlen, metallischen Geschmack des nächtlichen Unwetters – hin zum Flughafengebäude mit seinen fünf rosa Jasminbäumen und zur Umzäunung, wo noch immer Arbeitslose und Kinder, ihre Finger in die Maschen des Drahtzaunes gehakt, standen und herüberstarrten. Die aussteigenden Passagiere waren einander wieder völlig fremd geworden, hatten keine Beziehung mehr zueinander, sondern zu den geöffneten Mündern, den lächelnden Gesichtern und zu den von den Balkonen des Flughafens winkenden Händen. Er kannte keinen, aber der Gang war wie eine Prozession, ein Empfang, den man ihm da bereitete, und als er das Gebäude über die Stufen betrat, auf denen wie immer die toten Insekten lagen, die während der Nacht von den Lampen gefallen und nicht weggefegt worden waren, war das alles plötzlich vertraut und bekannt, so wie die Gesichter der Wartenden den Ankommenden erscheinen mußten. Während sie darauf warteten, zu den Schaltern der Zollbeamten vorgelassen zu werden, ignorierten die Reisegenossen einander. Nur der Mann mit dem geblümten Beutel lächelte, als kenne er die Konvention nicht, sein »Da sind wir wieder«-Lächeln weiter.

»Sie sind Colonel Bray?« Er sprach um das Hindernis einer Frau herum, die zwischen ihnen stand. »Dachte mir doch, daß Sie es sind, als ich Sie in Rom gesehen habe. Willkommen.« »Ich muß gestehen, daß ich mich nicht an Sie erinnere. Ich war lange fort.« Der Mann hatte lange Strähnen von der Sonne gebleichten Haares, die von Ohr zu Ohr über einem kahlen Schädel ausgebreitet waren, und er trug eine Sonnenbrille, die auf feingezeichneten nordischen Wangenknochen ruhte. »Ich bin gerade erst von unten heraufgezogen. Von Südafrika.« Er zog eine resignierte Grimasse, die Brays Verständnis voraussetzte. »Meine Frau und ich konnten's nicht mehr aushalten. Also versuchen wir's mal hier draußen. Ich weiß nicht; wir werden sehen. Ich hab gelesen, daß Sie zurückkommen, da war ein Artikel in der Zeitung, meine Frau hat ihn mir in die Schweiz geschickt, deshalb kam ich drauf, daß Sie es sein müßten. Sie saßen genau vor mir, als wir in Rom abflogen.«

»Ja, ich schätze, ich werd mich nicht mehr zurechtfinden, wenn ich in die Stadt komme.«

»Oh, es ist immer noch nicht New York oder London, keine Angst.« Der Mann sprach mit einem Akzent und einer gewissen kontinentaleuropäischen Art der Resignation. Sie lachten.

»Na, dann werden wir uns ja wahrscheinlich in der Great Lake Road über den Weg laufen.«

»Nkrumah Road, wenn ich bitten darf.«

»Wie gesagt, ich muß ganz von vorn anfangen.«

Der Mann sah sich schnell um und senkte seine Stimme. »Das Land kann ein paar Weiße wie Sie gebrauchen, glauben Sie mir. Leute mit ein bißchen Vertrauen. Manchmal hab ich sogar das Gefühl, wieder unten im Süden zu sein. Tatsache. Das hab ich auch schon meiner Frau gesagt.«

Ein junger Schwarzer mit Sonnenbrille und einer dichten, federnden Haarmatte, die eher mit einer Baumschere als mit einem Friseurmesser auf Bürstenfrisur getrimmt worden war, hatte sich mit der gebieterischen Geste der Autorität einen Weg durch die Menge gebahnt. »Hier entlang, Colonel, Sir. Ihr Gepäck wird zum Ausgang gebracht, wenn Sie mir bitte die Gepäckscheine geben ...«

Der andere, der in der Heckwelle dieser Aktivitäten hin- und herschaukelte, aber im gastlichen Bewußtsein, in diesem Land schon zu Hause zu sein, wohlwollend gönnerhaft darüber lächelte, redete über den Rücken des Schwarzen hinweg und über den Austausch von Höflichkeitsfloskeln, Gepäckscheinen, Dankeschöns: »... im Silver Rhino natürlich, Sie erinnern sich doch. Wann immer Sie wollen – wird uns ein Vergnügen sein ...«

Er bedankte sich bei ihm, hörte den beiden Männern gleichzeitig zu und verstand keinen und folgte dem festen Hinterteil in weißen Hosen bis hinter die Zollsperren und durch die Ankunftshalle. »Ist in Ordnung, Officer, das ist Colonel Bray.« »Ich kümmere mich schon um Colonel Bray, keine Ursache, ihn zu behelligen.« Ein jugendlicher schwarzer Beamter an der Paßkontrolle sagte unsicher: »Einen Augenblick. Ich wurde nicht darüber informiert, daß ...«, aber der blasse Londoner, der ihn darauf vorbereitete, die Stelle zu übernehmen, sagte mit Cockney-Akzent: »Is' in Ordnung, Kumpel, is' unser alter Freund, Mr. Kabata.« Das Gepäck wartete noch nicht vor dem mit Fahnen und Flaggen geschmückten und ausgeschlagenen Eingang, wo von einem Bild ein in eine Toga gehüllter, überdimensionaler römischer Imperator Mweta herablächelte, wie er es auf der alten Photographie der Dorffußballmannschaft von Gala getan hatte. Mr. Kabata sagte: »Was ist bloß mit diesen Leuten los. Entschuldigen Sie mich, ich hol mal eben einen Boy«, und kehrte zurück, die Koffer auf dem Kopf eines jener schlaksigen, spreizfüßigen Bauern, aus denen sich das Trägerpersonal immer zu-

sammengesetzt hatte. Der Träger sprach die beiden Männer mit *Mukwayi* an – ein Ausdruck der Ehrerbietung, der in der langen Zeit, in der er unterschiedslos für jeden Weißen verwendet worden war, etwas Unterwürfiges angenommen hatte.
Am Volkswagen war ein offizieller Stander angebracht. Die kräftigen Schenkel Kabatas füllten den Sitz neben ihm. »Ist nicht besonders bequem für einen Mann Ihrer Größe, Colonel. Der Präsident wird wahrscheinlich annehmen, ich hätte Sie mit dem Mercedes abgeholt, aber ehrlich, wenn ich gewartet hätte, bis ich den kriege, wäre ich erst weiß Gott wann aufgetaucht. Sie wissen ja, wie's im Augenblick zugeht. Heute nachmittag kommt Indira Gandhi an, und gestern waren es die Vereinten Nationen und Sékou Touré.« Über der alten Straße, die vom Flughafen in die Stadt führte, spannten sich vergoldete Bögen; einige Männer auf Fahrrädern hatten Hemden an, auf deren Rücken das Gesicht Mwetas in Gelb oder Rostrot aufgedruckt war. Er sagte: »Alles sehr feierlich«, das war aber nur Verwirrung; er hatte das Gefühl, er horche in sich hinein auf der Suche nach etwas anderem. Der junge Mann sagte: »Sie sind aus Gala.« »*War* ich. Warum, kommen Sie von da?« »Von Umsalongwe. Aber meine Mutter ist eine Gala. Ich war zu Besuch dort.« »Wirklich? Erst kürzlich oder als Kind? Vielleicht war ich damals noch dort?« »Ich glaube, die werden sich sehr freuen, Sie wiederzusehen.« Er lachte. »Fragt sich, ob ich überhaupt so weit komme.«
»Oh, Sie müssen einfach hinfahren«, sagte der junge Mann stolz. »Bis Umsalongwe schaff ich's in zehn Stunden. Die Straße ist jetzt viel besser, viel besser. Sie werden sehen. Bis Matoko können Sie's in, sagen wir, sechs,

sieben Stunden machen. Mein Wagen ist winzig, eine alte Kiste.« In der Nähe der Brücke holten die Frauen, Ölkanister auf ihren Köpfen, Wasser. Reklamewände waren aus dem Boden geschossen, ein Zementwerk stand da, schmucke Fabrikgebäude, die aus vorspringenden Glaselementen zusammengesetzt waren, und zwischen ihnen die in den Busch gekratzten kleinen Felder, auf denen Frauen und Kinder zwischen krummen Reihen von Bohnen und Mais Unkraut hackten. Die Kinder (ein Vorwand zum Trödeln natürlich) unterbrachen ihre Arbeit und winkten. Er bemerkte, wie er selbst eifrig zurückwinkte, wobei er seinen Kopf unter dem niedrigen Wagendach herausschob, lächelte und seinen Hals vorstreckte, um ihre Gesichter noch zu sehen, als sie schon außer Sichtweite waren. Der Wagen näherte sich dem Marktviertel der Stadt, trug ihn quer hindurch. Unter den Mangobäumen blitzten die Spiegel der Barbiere im Schatten auf, und lebende Hühner lagen, die Beine zusammengebunden, in Haufen herum. Es war die Zeit der Mangoernte, und überall, wo Menschen herumgingen, lagen die säbelförmig gekrümmten, safrangelben, bis auf die Fasern abgelutschten Kerne.

Der Vogel saß auf dem Dach des runden, strohgedeckten Gästehauses im Garten seines alten Freundes Roland Dando – eines Walisers –, der erst kürzlich zum Generalstaatsanwalt ernannt worden war. Als Bray vor dem Haus abgesetzt wurde, war niemand da außer dem Personal, das aber für seinen Empfang genaue Instruktionen erhalten hatte. Man servierte ihm die Spezialität des afrikanischen Kochs, an die er sich noch so gut erinnerte: leicht angebrannte Fleischsuppe mit viel Gerste drin, zu stark durchgebratenes Steak mit gerösteten Zwiebeln, einen Pudding, oben flockig wie Schaum, darunter wie Gelatine, der nach Eiern und dem Saft von Passionsfrüchten schmeckte. Roly rief ihn an, um sich zu vergewissern, daß er angekommen war, und erklärte ihm abermals – er hatte es schon brieflich im voraus getan –, daß er an einem offiziellen Lunch teilnehmen mußte. Brays Ohren dröhnten von den sonderbaren Echos der Erschöpfung, und, angeheizt von dem Essen, drohte ihn sein Körper unter Wellen von Hitze zu ersticken. Er ging in das durch zugezogene Vorhänge ständig verdunkelte Zimmer und legte sich schlafen.

Es gab keine unter das Dach gezogene Decke, und sein Blick ging hinauf zum spinnennetzförmigen Muster, das durch die Dachsparren gebildet wurde. Die Unterseite des Strohs, das darauf lag, war weich und glatt, grau, wo es alt, und blond, wo es erneuert worden war, und wie bei einem sorgfältig frisierten Kopf stand hier und da eine vereinzelte Strähne weg. Der Vogel balancierte wahrscheinlich auf dem kleinen Porzellanisolator, über den die elektrische Leitung zu der über ihm baumelnden Lampe führte. Der Vogel war weggeflogen; er wußte das – fast so, als hätte das atemleichte Gewicht der Krallen das Dach herabgedrückt und dieser Druck nun nachgelassen.

Die Sonne war um das Haus herumgewandert, und die Vorhänge glühten wie der Himmel über einem Feuer. Die kühle, schale Luft des Zimmers hatte sich erwärmt; trotzdem aber fiel die Müdigkeit von ihm ab, sein Kopf war frei. Stille war eingetreten, und in dieser Stille hörte er dann Stimmen, die irgendwo dröhnten, luftschnappend abbrachen, lachten – nicht leise, sondern gedämpft, weil sie beinahe außer Hörweite waren. Aber nur beinahe, nicht ganz. Eine Stimme löste sich heraus, kam näher,

etwas fing zu zischen an (ein Schlauch, wie er glaubte), er erkannte ein Wort, eine Bedeutung – nicht bloß eine unbestimmte Verbindung von wohlartikulierten Lauten: »Später dann«, ein zusammengesetztes Wort in der Sprache, die in der Umgebung der Hauptstadt gesprochen wurde und die er nie wirklich gut beherrscht hatte.
Er stand auf und ging hinüber zum Hauptgebäude, um ein Bad zu nehmen. Im Garten brannte die Sonne, gleißend, besitzergreifend. Im Badezimmer summten sich die Fliegen an den Fensterscheiben zu Tode. Roly war unverheiratet, und sein Haus war jene gewisse Mischung von selbstverständlichem Luxus und unabänderlicher Trostlosigkeit, die für einen Haushalt charakteristisch ist, in dem sich weiße Junggesellen von einem Regiment ausschließlich männlichen schwarzen Dienstpersonals verwöhnen lassen. Aus dem Becken der Toilette tröpfelte es ständig, sie ließ sich nicht ordentlich spülen, und die Handtücher waren steif wie Frackhemden (Olivia hatte Jahre gebraucht, bis sie den Leuten beigebracht hatte, die Seife aus der Wäsche herauszuspülen), aber ein alter Bursche mit einer Kochhaube trug unter den Bäumen Tee auf und schaffte unaufgefordert Brays zerknitterten Anzug zum Bügeln weg. Mit einem länglichen Eiseninstrument, das am Ende gebogen war, schnitt ein junger Mann das zähe Gras. Krause und üppige Sträucher, der Hibiskus mit seinen großen Blüten, denen Pollen und Ameisen etwas liederlich Schlampiges verliehen, und der von milchigem Sekret triefende Weihnachtsstern blühten und gaben der roten, kargen Erde den Anschein von Fruchtbarkeit. Sie war unterhalb des Grases kahl, wie aufgebacken, unter den Bäumen vom Trommeln des Regens schlammig, und nur dort krümelig, wo Ameisen sie ver-

daut und kleine, verkrustete Tunnel gebaut hatten. Während er seinen Tee trank, stieg dann und wann starker Aasgeruch auf, der sich ausbreitete und wieder verflüchtigte, und er stand auf, um sich – wie er es früher so oft und ebenso erfolglos getan hatte – umzusehen, ob er nicht irgendwo eine verwesende Ratte oder einen Maulwurf entdeckte. Was es auch war, nie war es zu finden; es war – so hatten sie sich schon vor langer Zeit, in Gala, geeinigt – der Geruch von Leben und Wachsen, der Prozeß von Fäulnis und Regeneration, die so sehr beschleunigt und aneinandergerückt worden waren, daß sein Ergebnis dieser Gestank von Tod-und-Leben war, beides in einem. Er schlenderte bis zum Rande des Gartens und kletterte durch den Stacheldrahtzaun, aber die Gräser und das Dornengestrüpp auf der anderen Seite (Dandos Haus lag acht Meilen außerhalb der Stadt) waren zu sehr ineinander verfilzt, als daß man hätte spazierengehen können, wo es keinen Pfad gab. Er lauschte in den Busch und hatte die alte Empfindung, aus dem Busch heraus belauscht zu werden. Am Stadtrand gab es oder hatte es Leoparden gegeben; einmal war Dandos Hund gerissen worden. Er ging etwa hundert Meter die Straße hinauf, und als er einem Mann auf einem Fahrrad begegnete, grüßte er ihn in der Sprache, die wieder in sein Gedächtnis zurückgekehrt war, als er in dem Zimmer lag.
Um sechs kam Roland Dando nach Hause. Er blickte schon vom Wagen aus unruhig umher, so als wäre er trotz des Telefonanrufes nicht sicher, ob Bray gut empfangen worden und aufgehoben war, aber sobald er ihn entdeckt hatte, tat er so, als hätten sie einander erst vor einer Woche zum letzten Mal gesehen. Er war indiskret, wie viele Leute, die allein leben, und brachte – ein Kind,

das stolz die Gewinne von einem Geburtstagsfest zur Schau stellt – all die Anekdoten und all den Tratsch von den Unabhängigkeitsfeiern aus der Stadt mit und gab, Vermutungen und Gerüchte unauflösbar miteinander vermischt, Stück für Stück tatsächlicher Informationen und Meinungen über Mwetas Stellung und die Regierungsmannschaft, die er um sich versammelt hatte, zum besten. Ein weiteres Tablett tauchte unter den Bäumen auf, diesmal eins mit Whisky und Gin darauf. Ein schwarzer Labrador mit verhornten Gelenken stand vor Dando und ließ, während dieser redete, langsam seinen Schweif hin und her schlagen. Jason würde kein Goldenes Vlies nach Hause bringen, »ich schwör's dir!« (Jason Malenga war der neue Finanzminister); nein, es war kein Fehler, den britischen Polizeichef nicht zu halten, die Leute richteten ihr Urteil immer nach dem, was im Kongo passierte, Idioten – dabei war sein schwarzer Stellvertreter Aaron Onabu ohnehin durchaus in der Lage, diesen alten Tatterich abzulösen; Talisman Gwenzi war Spitzenklasse und stand wirklich voll und ganz hinter Mweta, David Sambata war eine unbekannte Größe als Landwirtschaftsminister, aber welcher Schwarze verstand schon was von Landwirtschaft. Tom Msomane war ein Risikofaktor, was Korruption anging – es bestand Grund zur Annahme, daß bei einer Grundstückstransaktion für ein kommunales Wohnbauprojekt irgendwas faul gewesen war –, aber er gehörte dem richtigen Stamm an, Mweta wußte, daß er nicht einmal daran denken konnte, die ganze Chose zusammenzuhalten, wenn dem Kabinett nicht mindestens drei Msos angehörten.

Dando zog Zecken aus dem Nacken des Hundes und zertrat sie unter seinem Schuh, während er trank und

Zensuren verteilte. Aus einer Art Eifersucht gegenüber den neu aus England und Amerika angekommenen jungen Männern, die so sehr darauf erpicht waren zu demonstrieren, daß sie keinerlei Rassenvorurteile kannten, indem sie den Gebrauch vorbelasteter Vokabeln vermieden und die Leute wohlerzogen anredeten, bediente er sich unbekümmert des Vokabulars der alteingesessenen Siedler, das eine Einstellung reflektierte, die er nie in seinem Leben geteilt hatte. Roly Dando konnte reden, wie es ihm paßte: Roly Dando hatte die Schwarzen nicht erst gestern als seine Kameraden »entdeckt«. »Klar, Mweta muß jedem einen Job geben. Jedem aufgeblasenen Trottel, der seine Pfeife mit dem Tabak gestopft hat, den er sich von den Mitgliedsbeiträgen des lokalen Parteibüros gekauft hat. Alle sind sie Helden, Helden des Kampfes, verstehst du. Kampf? Für'n Arsch. Edward Shinza ist einer der wenigen, der seine Zeit abgesessen und damals von den tapferen Jungs Ihrer Majestät eins über den Schädel gekriegt hat, und wo ist er jetzt – hinten in den Bashi Flats, bei seinen alten Weibern, soweit ich weiß, und keiner, der auch nur seinen Namen in den Mund nehmen würde.«

»Aber Shinza wird doch an den Unabhängigkeitsfeiern teilnehmen?«

Roly stierte grimmig vor sich hin. »Keiner schert sich einen Teufel darum, wo er ist.«

»Aber er ist jetzt doch in der Stadt?«

»Ich hab keine Ahnung, wo zum Teufel er steckt.«

»Willst du damit sagen, Edward nimmt an den Feiern nicht teil? Das ist doch nicht möglich. Ist er denn noch nicht in der Stadt?«

»Du siehst doch, daß er keinen Posten im Kabinett bekommen hat. Ich kann mir nicht vorstellen, daß er auftaucht, um die Ehre zu haben, in der Menge zu stehen und mit einer Fahne zu wedeln, oder?«

»Aber das ist doch lächerlich, Roly. Du kennst Shinza. Er weiß, was er will. Ich hatte den Eindruck, er soll als Botschafter zur UNO. Wart ab, bis Mweta Gelegenheit gehabt hat, ein bißchen allein zu glänzen und die Spannungen zwischen den beiden abflauen. Natürlich hätte er das Außenministerium kriegen müssen. Aber das müssen die zwei untereinander ausmachen.«

»Wenn du die Gelegenheit bekommst, mit Mweta zu reden, dann könntest du ihn fragen, dann frag ihn, ob er nicht irgendwo vielleicht einen lumpigen kleinen Posten findet, irgendwas mit einem anständigen Etikett, für den armen alten Shinza, er hat doch immerhin mit einem *panga* an die Tür des Colonial Secretary geschlagen, als Mweta noch ein kleiner schwarzer Rotzjunge war, der in der Missionsschule Kirchenlieder gesungen hat.« Dando brütete verdrossen über seinem dritten oder vierten Gin mit Ingwerbier. Er war ein Mann, der den ausgefallensten Mischungen huldigte. Ein paar Monate lang trank er immer eine, um dann mit einer ähnlich stichhaltigen Begründung (sie war bekömmlicher, man bekam keinen Nachdurst) auf eine andere umzusteigen.

»Oh, so ist Mweta doch nicht.«

»Du kennst Mweta. Ich kenne Mweta. Aber jetzt ist da auch noch der Präsident. Wenn einer Landesvater sein soll, dann er und sonst keiner.«

»Als ich Mweta zum letzten Mal in London traf, hatte ich ganz den Eindruck, daß sich sämtliche Spannungen, die es gegeben haben mag, in Wohlgefallen aufgelöst haben.«

»Ja, ›armer alter Shinza‹, das sagen alle. Armer alter Dando.« Dando erläuterte den Bezugswechsel nicht. Vielleicht hatte er bloß sein eigenes Älterwerden kommentiert; kein Zweifel, er sah älter aus. Nun, da die Haut zu beiden Seiten herabgesunken war, wirkte seine kleine Nase wie ein Schnabel.

Bray stellte eine Menge Fragen über andere Leute, und nicht alle waren freundlich. Einige Antworten waren ungewöhnlich; die beiden Männer wurden über dem Austausch ihrer Verblüffung immer lebhafter, ihrem ironisch-amüsierten Staunen und (auf seiten Dandos) der verachtungsvollen Indigniertheit, mit der er von der Selbstverständlichkeit erzählte, mit der ein paar Weiße mit einem Lächeln die Seiten gewechselt hatten, während andere gepackt und das Land verlassen hatten. »Sir Reginald wird Mweta höchstpersönlich mit einem Rednerpult aus Butaholz und einem silbernen Schreibzeug beglücken – geplant für Dienstag nachmittag.« Dando frohlockte. Sir Reginald Harvey war der Präsident eines Konsortiums von drei konzessionierten Bergbaugesellschaften, und jeder wußte, daß er, als persönlicher Freund von Redvers Ledley, dem unpopulärsten Gouverneur, den das Land je gehabt hatte, auf diesen eingewirkt hatte, die Bergarbeitergewerkschaft zu der Zeit zu verbieten, als Mweta und Shinza sie einsetzten, um die Unabhängigkeitsbewegung voranzubringen. Es gab ein berühmtes Zeitungsinterview, in dem er Mweta als »jene Vogelscheuche aus Gala« bezeichnet hatte, »die ihr aufrührerisches und irregeleitetes Haupt in der Kinderstube der Gewerkschaften dieses jungen Staates erhoben hat«. »Die Haare könnten einem zu Berge stehen«, sagte Dando; und er genoß die Wirkung. Die Nationale Unab-

hängigkeitspartei hatte Harveys Bemerkung damals als beleidigende Anspielung auf Mwetas Haar aufgefaßt; er besaß es noch in alter Fülle, wovon sich am Dienstag jedermann würde überzeugen können.
Bray wiederholte, was er am Morgen auf dem Flughafen gehört hatte – daß sich ein Teil der Weißen, die noch immer in der Hauptstadt lebten, unten im Süden, in Rhodesien oder Südafrika, heimischer fühlen würden. »Wer war das?« »Weiß ich nicht – einer der Flugpassagiere – ein blonder Glatzkopf mit Akzent, hab seinen Namen nicht mitbekommen. Ist erst kürzlich hier raufgezogen.«
»Oh, Hjalmar Wentz – muß es gewesen sein. Er hat gemeinsam mit seiner Frau im Vorjahr das Silver Rhino übernommen. Ich mag den alten Hjalmar. Er war gerade in Dänemark oder sonst irgendwo, weil seine Mutter gestorben ist. Wir gehn einmal am Abend hin und essen ein Steak – sie probieren's jetzt mit Holzkohlengrill und was weiß ich, um es in Schwung zu bringen.«
»Was macht McGowan?«
»Du lieber Himmel, die sind schon seit mindestens fünf oder sechs Jahren weg. Inzwischen hatte es schon drei andere Manager. – Ist im Augenblick schwer, aus dem Lokal was zu machen; schaut jetzt wie ein Pub für Bergleute aus, was es früher einmal auch war, aber für die neuen Regierungsbüros ist es sehr praktisch, nicht zu anspruchsvoll, weshalb auch viele Schwarze reinkommen. Feine Pinkel, ganz hingerissen von ihrer eigenen Würde, ganz auf Lebemann und so, kannst dir ja vorstellen, wie sich die weißen Großmäuler zwischen all den weißen Hemdkragen um die schwarzen Hälse in der Bar vorkommen. Hjalmar ist sanft wie ein Lamm

und muß irgendwie aufpassen, daß alles friedlich bleibt. Aber ich werd dir sagen, wer noch immer hier ist – Barry Forsyth. Ja, und Geld macht er auch. Forsyth Construction. Überall stolpert man über sein Firmenschild. Ich hab gehört, daß er den Vertrag für die ganze Urbarmachung im Gebiet um den Isoza-Fluß gekriegt hat – stellt Ingenieure aus Polen und Italien ein.«

Die Moskitos trieben sie ins Haus. Hinter den Bildern kamen die Spinnen hervor und drückten sich platt wie Seesterne an die Wand. Im Wohnzimmer nicht die Spur von Luft, dafür der Gestank von heißem Fett. Während sie auf das Abendessen warteten, wurde ihre Unterhaltung immer wieder, wenn Diener aus und ein gingen, von höchst geselligen Hintergrundgeräuschen begleitet – Brutzeln, Kratzen und hitzige Reden –, die aus der Küche hereindrangen. Ein weiteres üppiges Mahl folgte, und zwischen Dando und seinem Koch brach wegen einer Flasche Weißweins eine Meinungsverschiedenheit aus.

»Natürlich ich nicht machen falsche Flasche auf. Ich wissen, wann ist Hühner essen, ich wissen, wann ist Rindfleisch essen.«

»Gut, es ist aber der falsche, denn ich hab dir heute morgen gesagt, ich möchte, daß die runde flache Flasche in den Eisschrank kommt.«

»Sie sagen, ich kochen Huhn, richtig? Ich schauen, ich sehen runde Flasche, ist Rotwein drin ...«

»Rosa. Er ist rosa. Ich hab absichtlich nichts über die Farbe gesagt, weil ich nicht wollte, daß du's durcheinanderbringst. Ich weiß, was du für ein Dickschädel bist, Festus ...«

Selbstgerecht wie zwei ältere unverheiratete Schwestern

stritten sie miteinander. Man konnte hören, wie Festus, seiner Sache sicher, den Streit in der Küche haarklein wiedergab; Dando, seinerseits nicht minder davon überzeugt, im Recht zu sein, redete weiter, als wäre er nie unterbrochen worden. »... Man übertreibt keineswegs, wenn man behauptet, daß ihre einzige Aufgabe darin besteht, anstelle der patriarchalischen Disziplin ein sogenanntes sozialdemokratisches System einzuführen. Dadurch, daß man einen Bezirksrichter *ein*setzt, hat man den Bezirkskommissar noch nicht *er*setzt. Bloß eine seiner Funktionen hat man ersetzt. Zuerst einmal muß man die Landbevölkerung dazu bringen, daß sie begreift, daß diese Funktionen jetzt auf verschiedene Ämter aufgeteilt wurden: Es ist sinnlos, zum Friedensrichter zu rennen, wenn man einen Krankenwagen braucht, der jemand, zum Beispiel, in die nächste Stadt bringen soll – und trotzdem, genau das ist es doch, was die Leute früher getan hätten, oder?«

»In den Posten im Busch hat es nichts gegeben, wofür wir nicht verantwortlich gewesen wären.«

»Stimmt. Jetzt aber müssen die Leute lernen, daß es ein Gesundheitsministerium gibt, an das sie sich zu wenden haben.«

»Gute Sache! Eine gute Einrichtung für alle! Was war das doch hoffnungslos – für den Bezirkskommissar und die Leute. Abhängigkeit und Ressentiment zugleich. Wie die schwarzen Friedensrichter auch sein mögen, wie die Verwaltung auch sein mag – so wie *das* werden sie jedenfalls nicht sein.«

»Die Friedensrichter sind schon in Ordnung, darüber brauchst du dir keine Sorgen zu machen. Die sind verdammt viel besser als einige unserer Burschen. Das ist

nicht die Ebene, die mir Kopfzerbrechen bereitet. Aber der Oberste Gerichtshof, der ändert sich nicht.«
Bray lachte über Dandos Gesichtsausdruck – den Ausdruck eines müden, bodenlosen Überdrusses im faltendurchfurchten Gesicht bestimmter Hunderassen.
»Vermutlich werden sie aussterben. Das ist immerhin etwas. Aber Gott allein weiß, was nach ihnen kommt.«
»Ich hab einmal Gwenzis Bruder im Gray's Inn in London getroffen; er sagte zu mir, er würde der erste Schwarze hier am Gericht sein.«
Wenn Dando von irgendwem eine wirklich geringe Meinung hatte, dann tat er so, als hätte er seinen Namen nicht gehört. »Glaub bloß nicht, daß ich nicht wüßte, daß ich schlechte Zeiten vor mir hab«, sagte er, so als würde er, ganz für sich, den Tratsch, der gerade über ihn umging, aufgreifen. »Ich wußte es, als ich Mweta zusagte, und ich weiß es jedesmal wieder, wenn ich am Türschild vor meinem Büro vorbeikomme. Der Tag wird kommen, an dem ich Deportationsbefehle werde unterschreiben müssen, die ich nicht unterschreiben will. Haftbefehle. Oder Schlimmeres.« Er nahm einen Mundvoll vom übriggebliebenen Passionsfruchtpudding, und einen Augenblick lang durchlief ein kaum merkbares Zittern seinen Kopf. »Armer alter Dando.«
»Jeder, der geblieben ist, ist ein Idiot, wenn er sich das nicht vorher überlegt hat«, sagte Bray.
»Und ich werde dem Generalstaatsanwalt Anweisungen geben, auch wenn ich es lieber lassen würde. Damit muß ich rechnen. Was, wenn Shinza bei den nächsten Wahlen Schwierigkeiten machen sollte, wenn er sich verdammt nochmal übergangen fühlen sollte, was er ja zweifellos ist, und wenn er mit all den Tricks, die er der PIP beige-

bracht hat, eine echte Opposition gründet, he? Was, wenn er mit allen Leuten daherkommt, die Lambala sprechen, und einen Boykott ausruft, mit all den Schlägereien vor den Wahllokalen, mit brennenden Hütten – glaubst du, ich würde nicht jemanden finden, der Shinza diesmal hinter Gitter bringt?«

»Na gut, das weiß ich. Aber aus welchem Grund, um Himmels willen, sollte es denn soweit kommen?«

»Ich wußte es, als ich Mweta zusagte. Armer, gottverfluchter Dando. Die Schmutzarbeit der Schwarzen ist um kein Jota sauberer als die der Weißen. Das werden sie noch mit Freuden zur Kenntnis nehmen. Aber was in ihre selbstzufriedenen kleinen Hirnkästen niemals hineingehen wird, das ist, daß ich das wußte, als ich den Job übernahm, die ganze Zeit, und das sage ich jetzt so laut, wie ich's dann sagen werd ...«

»Und wen wird das freuen?«

Dando füllte die Brandygläser von neuem. »Meine Kollegen! Diese ehrenwerten Herren, die nach dem Süden, nach Rhodesien und Südafrika gezogen sind, wo sie sicher sein können, daß kein Schwarzer je am Richtertisch sitzen wird, der bei seinem Urteil derart befangen ist wie ein Weißer. – Meine Kollegen. Tencher Teal und Williamson und De l'Isle!«

Es war nach Mitternacht, als sie zu Bett gingen. Bray ging in die Küche, um sich das Brandyglas für die Nacht mit Wasser zu füllen. Küchenschaben stoben auseinander, hielten inne, wo sie sich in Sicherheit glaubten, um ihre Fühler herumzuwirbeln. Ein pelziges, schwarzes Band aus Ameisen lief über eine Schranktür hinauf zu einem Speiserest, der von einem Teller gefallen war. Er stand vor dem Abwaschbecken, trank kaltes Wasser und

warf einen Blick auf den Kern einer Avocadofrucht, der, gestützt von drei Streichhölzern, auf dem Rand eines Einmachglases auf dem Fensterbrett austrieb. Es war ihm bewußt, daß er sein Gewicht wie im Schwindel vom einen Bein auf das andere verlagerte, ohne es zu wollen; es war, als hätte er schon lange hier gestanden – aber sicher war er sich dessen nicht.
Er hörte, wie Dando, vom alten Labrador in den Garten hinausgetrieben, vor der Gästehütte umherwanderte und dem Hund Vorwürfe machte; und dann war es Morgen, und Festus' Küchenhilfe stand mit dem Frühstückstee vor der Tür.

Ein Hubschrauber schnarchte über den Feierlichkeiten; er verschluckte den Grußwechsel zwischen Bray und jemandem, dem er auf der Straße vorgestellt wurde, löschte die Unterhaltungen in Bars und sogar die Reden. Keiner wußte, wozu er da war – eine Sicherheitsmaßnahme, wie die einen zufrieden unterstellten, während andere ihn bloß auf unbestimmte Art der Situation angemessen empfanden, das Symbol des Fortschritts, das von keiner Industrie- und Landwirtschaftsmesse wegzudenken war und deshalb bei jedwedem pompösen offiziellen Anlaß seinen Zweck erfüllte. Während der eigentlichen Unabhängigkeitszeremonie im Stadion hörte er ihn, genau in jenem Augenblick, als Kenyatta zu reden anfing, an der Peripherie des Himmels, und er tauschte mit Vivien Bayley, der jungen Frau des Verwaltungschefs der neuen Universität, Blicke voll gespannter Erwartung – aber obwohl sich der Hubschrauber nicht eigentlich entfernte, tauchte er doch auch nicht unmittelbar über den Köpfen auf, sondern begleitete das Geklirre der über Lautspre-

cher übertragenen Reden mit den gedämpften Geräuschen des Schnarchers, der sich gerade auf die andere Seite gedreht hat und nur noch deutlich vernehmbar die Luft einzieht und ausstößt. Später dann stellte man fest, daß einem Teil der Bevölkerung, die während der gesamten Feierlichkeiten auf dem nahe gelegenen Fußballfeld Schlange gestanden hatte, Gelegenheit zu kurzen Rundflügen für eine halbe Krone gegeben worden war; der Werbeschlager einer internationalen Zigarettenfirma.
Neil Bayley, dessen Ankunft im Tribünenabschnitt für geladene Gäste sich durch irgendein häusliches Mißgeschick oder Mißverständnis sehr verzögert hatte, sollte das herausfinden. Bray war sich der wütenden Spannung bei dem jungen Paar an seiner Seite bewußt, während er daneben saß, hinter sich das Gedränge auf den Zuschauerrängen, vor sich, bis hin zu dem mit Samtbahnen drapierten und von einem Baldachin überdachten Podium, den mit Pressephotographen und Radio- und Fernsehteams übervollen Raum, die – inmitten all der feierlichen Zeremonien – wild entschlossen auf Zehenspitzen herumflitzten, mit sich dahinschlängelnden Kabeln, hochgehievten Apparaturen, die Finger an Auslösern und Blitzlichtern. Es war, als hätte man – während alles übrige so großartig für eine Theateraufführung vorbereitet worden war – einen Trupp Arbeiter samt Werkzeug vergessen und zurückgelassen. Diese Aktivitäten und die aufgeheizte Stimmung hinter den Kulissen eines wortlosen Streites neben ihm sorgten dafür, daß seine Aufmerksamkeit abgelenkt wurde auf eine andere, unordentliche Ebene, die den vorhergeplanten »großen Augenblicken« immer genau das zu nehmen schien, wodurch sie sich eigentlich als erhaben und ungetrübt ins

Gedächtnis einprägen sollten. Hier war die symbolische Erfüllung all dessen, an das er geglaubt, das er gewollt und für das er ein Gutteil seines Lebens gearbeitet hatte: ausgedrückt im Brüllen der Menge, das in Abständen aufwogte und wieder verebbte, in den Togen, den ordenbesetzten Röcken und weißen Handschuhen, im hellen Singsang der Frauen, in den strammstehenden Soldaten und der Sonne, die die messingblitzende Musikkapelle noch übertraf. Oder aber in den Dreirädern der Eisverkäufer, die am Fuße jedes Amphitheatersegments aus dunkelhäutigen Gesichtern warteten, oder in dem Köter, der hinauslief, um sein Bein am Podium des Präsidenten zu heben.

Mweta hatte das mumifizierte Aussehen eines zum Kultgegenstand eines Rituals Gewordenen. Kaum aber war die Unabhängigkeitserklärung verlesen, wurde er, als erwachte er aus einem Trancezustand, zu einer unwiderstehlich lebendigen Persönlichkeit, die dort oben saß, alles um sich herum registrierte – ein Zuschauer, wie Bray es empfand, und ein Schaustück in einem. Bray war fast peinlich berührt, als er bemerkte, daß er einmal sogar seinen Blick auffing und kurz lächelte; aber unterdessen war es Mweta schon gewöhnt, daß man ihn ansah. Er redete mit der ältlichen englischen Prinzessin, die, die Knie manierlich Kuppe an Kuppe, in königlicher Haltung neben ihm saß, mit der sie auf seltsam deutliche Art zum Ausdruck brachte, wie sehr sie unter Zeremonien litt, und Bray sah, wie er sie auf eine Frauendelegation aus Gala aufmerksam machte, die sich, die Gesichter und Brüste zum Zeichen ihrer Freude weiß bemalt, unter den Musik- und Tanzgruppen aus verschiedenen Regionen in Reih und Glied aufgestellt hatte.

Aber trotzdem kam nach Beendigung dieser Zeremonie und inmitten all der anderen Anlässe – dem Ball der Nation, den Cocktailparties, Banketten und Dinners – außerhalb der Palasttore Feierstimmung auf. Er war bei den meisten offiziellen Anlässen zugegen (in gespielter Überraschung salutierten er und Roly, wenn sie einander, halb noch in Abendanzügen, Nacht für Nacht im Haus begegneten), aber die wirklichen Feste fanden davor und danach statt. Sie entwickelten sich spontan, eins aus dem anderen, und wenn man einmal beim ersten mit dabeigewesen war, wurde man zu allen folgenden weitergereicht. Nur ein paar Leute kannte er wirklich, alle aber schienen ihn bereits zu kennen, und viele waren Freunde von Freunden. Dando nahm ihn zu den Bayleys mit; da war Neil, der ein Freund von Mweta, und Vivien, die die Nichte von – sage und schreibe – Sir William Clough war, dem letzten Gouverneur, der gemeinsam mit Bray sein erstes Jahr als Beamter der Kolonialverwaltung in Tanganjika abgedient hatte. Die Bayleys waren Freunde von Cyprian Kente, Mwetas Innenminister, und dessen Frau Tindi, obendrein von Timothy Odara, einem der wenigen schwarzen Ärzte des Landes, mit dem Bray seinerseits selbstverständlich gut bekannt war. Mit jedem einzelnen erweiterte sich die Gruppe um ein weiteres Mitglied und nahm so – aus dem neuen internationalen Fundus der kleinen Hauptstadt – Polen, Ghanaer, Ungarn und Israelis, Flüchtlinge aus Südafrika und Rhodesien in sich auf.

Nach dem Ball der Nation wurde in einem Festzelt eine Privatparty gegeben, die die ganze Nacht hindurch dauerte. Roly Dando hatte versprochen vorbeizuschauen, und Bray kam natürlich mit. Eine Menge anderer Leute, die Bray auf dem Ball gesehen hatte, strömten in ihrer Festkleidung herein: Sie hatten bei den Vorbereitungen geholfen. Die bereits Anwesenden, die nicht beim Ball gewesen waren, begrüßten sie mit großem Hallo; auch sie hatten beschlossen, sich ausnahmsweise feinzumachen, und die beiden Gruppen von Frauen vermischten sich miteinander und überboten sich gegenseitig an Lautstärke. Alles unterhielt sich darüber, wie der Ball gewesen war, Champagner kam, eine Kapelle aus dem Kongo brachte Schwung in ihre Schritte, und die absurde Stimmung des wenig aufregenden Balls der Nation floß in die heitere Behaglichkeit der Party. Im Zelt standen dichtgedrängt die Stühle und Diwane, die man sich aus Privathäusern geborgt hatte, und Blumen, die aus ihren Gärten stammten. Jemand hatte eine Tafel mit einer Collage aus Vergrößerungen von Photos von Mweta aufgestellt – Mweta, wie er eine Ansprache hielt, wie er lachte, gähnte, neugierig einen Maschinenteil anfaßte, wie er abfuhr, ankam, ja, sogar wie er drohte. Die Mühe, die sie alle sich gemacht hatten, verlieh selbst den ausgelassensten Augenblicken dieser Nacht etwas Feierliches. Vivien Bayley, königlich mit ihren sechsundzwanzig Jahren, ihrem schönen, manierlichen, beherrschten Gesicht, kam nach ihren Pflichtrunden – um dieses junge Mädchen vor Belästigungen seitens eines älteren und schon mehr als angeheiterten Herren zu schützen, um einen Jüngling den Mädchen zu empfehlen, die von ihm Notiz nehmen sollten – herüber, um sich neben Bray niederzulassen. Sie war überrascht, als Bray sie zum Tanzen aufforderte, worauf er sich steif zu Rhythmen bewegte, die ihm unbekannt waren, ohne sich allerdings aus dem Takt bringen zu lassen, damit sie sich nicht neben den geschmeidigen

Schwarzen blamierten. »Ich bin so froh, daß Sie tanzen«, sagte sie, und er schämte sich, daß er sie nur aus Höflichkeit aufgefordert hatte. »Neil tanzt nie – in meinen Augen ist es ein Fehler, diese Dinge aus bloßer Eitelkeit zu vernachlässigen. Tindi Kente tanzt wunderbar, nicht wahr – wiegt sich zur Musik wie eine Schlange –, mit ihr probiert er's ab und zu. Wenn Cyprian nicht hinschaut, flirtet er leidenschaftlich gern mit ihr, aber kaum ist sie einmal soweit, daß sie auf dem Parkett ihren herrlichen Schlangentanz aufführt, steht er bloß wie Andrew da und zieht seine Füße nach.« Wahrscheinlich hieß eins ihrer Kinder Andrew; mit einer derart spontanen und selbstverständlichen Freundlichkeit von jemandem akzeptiert zu werden, das war so, als ob man gezwungen wurde, eine fremde Sprache zu erlernen, weil man feststellte, daß die Leute, mit denen man beisammen war, nur diese sprechen: Man ging von der Annahme aus, er würde Familien- und anderweitige Bande schon allein dadurch knüpfen, daß er mit ihnen zusammen war.

Jemand rief Viviens Namen, und sie wurden von der Tanzfläche weg an einen überfüllten Tisch gezogen. Eine junge Frau hatte ihre Ellbogen darauf gestützt, und zwischen den sie umrahmenden Armen quollen ihre weißen Brüste hervor. »Nehmen Sie mein Glas«, sagte sie, da kein anderes mehr da war. Sie stand auf, um tanzen zu gehen, zog, als sie sich vorbeiquetschte, ihren Bauch ein und hielt ihren weichen Körper in Balance. Durch das Trinken und die Aufforderung zu trinken wurde die Hitze größer, und am Glas, das die lange, schmale schwarze Hand seines Nachbarn füllte, waren die Fingerabdrücke der weißen Frau zu sehen, die es ihm überlassen hatte. »Erinnern Sie sich nicht mehr an mich? – Ras Asahe, ich hab Sie einmal in Ihrem Haus in England besucht.« Der junge Mann erzählte, er arbeite im Augenblick beim Rundfunk, »als sogenannter Assistent des Programmdirektors für englische Sprachsendungen«.

»Und wie geht's Ihrem Vater? Mein Gott, wie gern würd ich ihn wiedersehen!« Joseph Asahe war in den frühesten Tagen der PIP einer von Edward Shinzas Gehilfen gewesen.

»Er ist jetzt alt.« Es war keine passende Frage gewesen, die er da gestellt hatte; der junge Mann wies jedwede Andeutung, zwischen ihm und Shinza bestünde eine Verbindung, von sich. Er hatte Kleider, Uhr, Manschettenknöpfe eines Mannes, der der Meinung war, er müsse sich das Beste leisten, hatte, was bei der Bevölkerung des Landstrichs, aus dem er kam, sehr häufig war, einen Unterkiefer wie Mussolini, die Hände aber waren die sensiblen, feingliedrig-kräftigen Negerhände, die trotz schwerer körperlicher Arbeit (wie Bray zu seinem Erstaunen festgestellt hatte) nie grobschlächtig wurden, aber auch nichts mit der international verbreiteten Weichlichkeit typischer Geschäftsleutehände zu tun hatten. Mit solchen Händen arbeiteten Sträflinge hier in Steinbrüchen.

Sie unterhielten sich über die Sendezeit, die der Rundfunk und das Fernsehen den Feierlichkeiten einräumten, und von da aus kamen sie auf ein Thema, das sie beide interessierte – das Problem der Kommunikation in einem Land mit derart vielen verschiedenen Sprachgruppen.

»Ich frage mich, inwieweit es nützlich sein könnte, in Landschulen ein Klassenzimmer zu haben, in dem ein Rundfunkgerät installiert ist, und ob es nicht beträchtlich zur Verminderung des Lehrermangels beitragen könnte *und* dabei helfen würde, einen gewissen Standard – hier, wo Lehrkräfte nicht allzu qualifiziert sind – aufrechtzuerhalten. Ich würd gern einmal darüber mit jemandem reden – vielleicht mit Ihrem Boß? Ich bin nicht scharf darauf, direkt zum Generaldirektor zu gehen ...«

»Würde auch nicht viel helfen. Die –« Ras Asahe meinte die Weißen – »wissen alle, daß sie mit Ende dieses Jahres einen befristeten Vertrag kriegen, was soviel bedeutet, daß sie in drei Jahren ersetzt werden. Nicht, daß sie sich jemals angestrengt hätten. Die vielen Jahre immer auf einem sicheren Arbeitsplatz, was soll man da denn schon erwarten? Man braucht sich nichts einfallen zu lassen, braucht nicht aus seinem Sessel aufzustehen, sondern macht einfach mittels der magischen Kiste weiterhin Lärm, um die Eingeborenen ruhigzuhalten – und dann, auf einmal, bumm, alles futsch, einschließlich des einzigen Anreizes, den sie je hatten: ihre Pension. Sie sind pathetisch, Mann; kein Zweifel, daß sie nicht viel anzubieten haben, wenn sie sich um Stellen bei der BBC bewerben. Sie werden keine kriegen. Sie *wollen* gehen, sie sehnen sich danach, man sieht ihnen an, daß sie den Anblick deines Gesichts nicht ertragen können, wenn sie mit dir zusammenarbeiten – was die Sache äußerst angenehm macht, wie Sie sich vorstellen können ...« Ein zierliches weißes Mädchen schob sich zwischen sie und griff nach Ras Asahes Hand wie nach etwas, das ihr gehörte und das sie abgelegt hatte: »Rette mich vor Daddy Dando.« »Ich könnte Ihnen ein Dutzend Beispiele davon erzählen, was so passiert – die Zeremonie heut nachmittag: wie ein Pferderennen, Mann – die Ausstattung war haargenau die gleiche wie die, die sie immer für die

Benefizveranstaltung des Springderbys zu Weihnachten verwendet haben, aber was kennen sie sonst auch schon? Mach irgendwelche Vorschläge, sie blasen sie einfach weg, in ihren Zigarettenrauch hinein, ohne daß ein einziger auch nur zuhören würde.« Das Mädchen war in ihre Unterhaltung geraten wie eine Photographie, die plötzlich zwischen Buchseiten auftaucht; Bray konnte nicht mit Sicherheit sagen, ob sie ein Kind war oder eine Frau: zarte Schlüsselbeine, ein langer Hals mit einem Gesicht darüber, das kaum breiter war, blaß und blutleer, ein breiter, dünnlippiger, unbemalter Mund, schwarzes Haar und glänzende, traurige, schwarze Augen. Der Stoff des Kleides, das sie anhatte, kam aus dem Kongo.

»Angenommen, sie würden am Ende des Jahres nicht mehr unter Vertrag genommen? Wie wär's, wenn man sie auszahlte – käme das letztlich nicht billiger?«

»Nicht, wenn in der Zwischenzeit keine Vorkehrungen für Neubesetzungen getroffen werden. Vor zwei Jahren versuchte ich in die Wege zu leiten, daß man Leute von hier probeweise zu Fortbildungskursen für Rundfunktechniker schickt – nichts zu machen. Wissen Sie, mit wem ich es zu tun kriegen würde, wenn ich morgen die englischen Sprachsendungen übernehmen müßte – mit einem Haufen Sprecher aus den Lambala- und Ezenzeli-Gebieten und mit ein paar Lehrerinnen, die aus Südafrika geflohen sind.«

Das Mädchen saß da und sah nichts – ein atemloses Tier, das sich im Augenblick der Gefahr in einer Höhle versteckt hat.

Bray mußte aufstehen, weil man ihn einer großen Frau vorstellen wollte, die am Rande der Tanzfläche mit Curtis Pettigrew, dem Amerikaner, zum Takt der Musik auf der Stelle trat; sie stammte aus Westafrika und hatte Timothy Odara geheiratet, den Bray von früher kannte. Auch sie sprach mit amerikanischer Betonung, und in ihrer auffallenden Nationaltracht, die sie hinter sich herzog, so als hätte sie sie geradewegs vom Ladentisch aus einem farbenprächtigen Bündel herausgezogen, erschien sie im Vergleich zu den einheimischen schwarzen Frauen, die für gewöhnlich daheim bleiben mußten, in jeder Beziehung wie eine doppelte Portion und trat auch bewußt so auf. Während sie weitergingen, sagte sie: »Was glauben Sie, wie ich heiße?«, und als ihn das offensichtlich verlegen machte: »Genau wie Sie, soweit ich weiß. Evelyn.« »Aber die Leute nennen mich James.« »Das will ich auch verdammt nochmal hoffen. Nun, dann hab ich also heute abend doch noch jemanden mit meiner Statur gefunden. Wir könnten die anderen einfach von der Tanzfläche fegen.« Während sie tanzten, hielt sie den Kontakt mit allen um sich herum aufrecht, mit dem einen unterhielt sie sich über seine Schulter hinweg und streckte einen breiten schwieligen Fuß in einer goldenen Sandale aus, um einem anderen damit leicht gegen das Schienbein zu treten. »Bring sie dazu, daß sie singt«, feuerte Dando ihn an. »Heute nacht nicht, Roly-du-Dandy, ich hab mir vorgenommen, mich nur von der besten Seite zu zeigen.« »Genau das meine ich ja!« »Wär's Evelyn peinlich, wenn Evelyn sänge?« fragte sie Bray. »Aber keine Spur. Was singen Sie denn?« »Nun, was würden Sie glauben? Wonach seh ich aus?« Sie hatte das Selbstbewußtsein einer Frau von umwerfender Häßlichkeit. »Wagner?« Zufriedenes Schnauben. »Weiter so! Ich hab eine Stimme wie ein Ochsenfrosch. Es ist grauenhaft, wenn ich die alten Melodien aus meiner Heimat singe, aber auf englisch klingt's nicht so übel – Englisch ist ohnehin eine derbe Sprache.«

Vivien Bayleys angespanntes Gesicht nahm beiläufig das Gespräch auf: »...das ist die Tochter von Hjalmar Wentz, die, die bei Ihnen gesessen hat.«

»Das orientalisch aussehende kleine Mädchen neben Ras?«

»Ja, sie ist schön, nicht wahr? Margot ließ sie nur herkommen, weil ich ihr versprochen habe, ich würd mich darum kümmern, daß sie alle Hände voll zu tun hat und nicht auf dumme Gedanken kommt. Sie haben Sie doch nicht mit Ras allein gelassen?«

Er hob hilflos die Schultern. Die Tanzenden traten zurück, um einem polnischen Agraringenieur Platz zu machen, der einem schlaksigen Engländer und zwei jungen Schwarzen einen osteuropäischen Bauerntanz beizubringen suchte. Die Kapelle aus dem Kongo hatte keine Ahnung, welche Musik wohl dazu passen mochte, und versuchte es mit einem stampfenden Crescendo; dann spielte einer der Polen auf dem Klavier, und Neil Bayley setzte sich ans Schlagzeug. Nun beherrschte für eine Weile jene studentische Art der Selbstdarstellung die Szene, die immer dann zum Ausbruch kommt, wenn Engländer sich anstrengen, etwas mit Herz und Seele zu feiern. Jemand verschwand, um mit einem weiteren Kasten Champagner wiederaufzutauchen. Der Wein war warm, aber wie ein Schweißausbruch fiel plötzlich frühmorgendlicher Regen ein, und ein kühler Wind blies in Nakken und Gesichter. Später dann sang Odaras Frau die neue Nationalhymne mit einem wunderschönen Kontraalt, wobei ihr großer Bauch unter der Robe bebte. Die unverheirateten jungen Männer tobten sich aus, und die

zerzausten Mädchen, die sich nahe vorbeidrückten oder plötzlich Leuten zulächelten, deren Anwesenheit sie sich gar nicht bewußt waren, verströmten mit ihren erhitzten Körpern den Geruch von Kosmetika und Parfum. Dann gab's im Haus der Bayleys ein Frühstück; die Gesichter wirkten magerer, aber ein paar von ihnen waren die ganze Nacht immer wieder im wechselnden Licht aufgetaucht, und nun, vor dem Hintergrund des rosa-grauen Himmels hinter der Veranda der Bayleys und über dem Duft von Kaffee hatte alles – der blonde, gelockte Kopf mit goldenen Ohrringen, die gerötete Haut auf den Schultern der Frauen – das Melodramatische von Zirkusfiguren. Im schräg einfallenden Sonnenlicht wünschten sie einander gute Nacht, während die Kinder der Bayleys schon auf dem Gras in ihren Pyjamas radfuhren.
Innerhalb weniger Tage hatten die Gesichter den künstlichen, gespenstischen Charakter jener ersten Nacht, der Nacht des Unabhängigkeitsballs, verloren und waren, wenn schon nicht zu etwas Vertrautem, so doch zu etwas geworden, auf das man vorbereitet war. Im und um das Haus der Bayleys machte sich eine junge Frau nützlich, die jetzt mit den vielen herumspielenden Kindern daherkam, um sie gleich darauf wieder wegzubringen. Es war Rebecca, Rebecca Edwards, die in ihrem Baumwollhemd und den Sandalen wie ein großes, etwas schlampiges Schulmädchen aussah und immer gehetzt mit den Autoschlüsseln klimperte, die an ihrem Zeigefinger hingen. Immer wenn irgend etwas mit Vereinbarungen, die man getroffen hatte, nicht klappte, wurde sie ausgesandt, um Leute abzuholen; eines Nachmittags holte sie in einem alten Kombi, in dem Bonbonpapier, einzelne Socken und Kinderspielzeug lagen, auch Bray ab. Sie

war es gewesen, die ihm in jener Nacht des Unabhängigkeitsfestes ihr Glas überlassen hatte; der Pole, der die *Gazatska* getanzt hatte, entpuppte sich als jener Mann, mit dem er sich in einem stillen Winkel niederließ, um sich mit ihm ungestört über die sonderbare grammatische Struktur der Gala- und Lambala-Dialekte zu unterhalten. Die Atmosphäre bei den Festen entsprach seiner Vorstellung von der Atmosphäre, die bei Versammlungen geherrscht haben mußte, wie sie in russischen Romanen des neunzehnten Jahrhunderts beschrieben werden. Eifrig auf der Suche nach immer neuen Vergnügungen stürmten Kinder ein und aus. In verdunkelten Zimmern schliefen Säuglinge. Viele Hände beteiligten sich an der Zubereitung des Essens. Er selbst kam sich wie der Verwandte in mittleren Jahren vor, ein Mann mit einem gewissen Ruf, von dem man allerdings nichts Genaues wußte, der von weit her zur Hochzeit angereist war und sich nun widerstands-, wenn auch nicht lustlos, überallhin mitschleppen ließ. Es war auf eine sonderbare Weise die Fortsetzung dessen, was er bei den offiziellen Empfängen gewesen war, wo viele der Anwesenden sich kaum eine Vorstellung davon machten, wer dieser Weiße auf dem bescheidenen Ehrenplatz sein mochte; und einmal, während eines Pressedinners, nahm Gott sei Dank niemand von Mwetas Anspielung auf seine Person Notiz, die er als »eine der guten Feen« apostrophierte, die zugegen gewesen war, »als der Staat aus der Taufe gehoben wurde, und nun, da er seine Volljährigkeit erreicht hat, zurückgekehrt ist«. Das wurde zu *seiner* Geschichte der Unabhängigkeitsfeiern; ebenso wie die Geschichte vom Hubschrauber der Zigarettenfirma Neil Bayleys Geschichte war, die man wieder und wieder erzählte,

wobei das private Drama zwischen Mann und Frau, aufgrund dessen er dem Ganzen zum Zeitpunkt des Geschehens keinerlei Beachtung geschenkt hatte, vergessen wurde.
Bray erkundigte sich überall nach Edward Shinza; kein Zweifel, er war bei keinem offiziellen Anlaß in Erscheinung getreten. Bray spürte, daß er irgendwo in der Nähe sein mußte; es war schwer, sich diese Tage ohne ihn vorzustellen. Sie gehörten ihm ebensosehr, wie sie Mweta gehörten. Aber niemand schien ihn gesehen zu haben oder zu wissen, wo er sich in der Hauptstadt aufhielt oder aufgehalten hatte. Andere Gesichter aus der Vergangenheit waren da; William Clough, der Gouverneur, der zur Begrüßung bei Mwetas Bankett überschwenglich seine buschigen Augenbrauen hob – wie damals immer, auf dem Tennisplatz in Daressalam. »James, Sie müssen kommen und meiner Frau guten Tag sagen, bevor wir von hier verschwinden. Ich wage nicht zu sagen, zum Essen – Sie wissen, wir sind obdachlos ...«
»Onkel Willies Unabhängigkeitsscherz«, sagte Vivien. »Zaubert ein herzliches, weltmännisches Lächeln auf die Gesichter der Schwarzen.«
»Die Art von Lächeln, die sie von Onkel Willie gelernt haben«, sagte Neil.
Aber die Cloughs blieben Bray auf dem Umweg über Vivien auf der Spur. »Tante Dorothy behauptet, ihr Sekretär habe versucht, Sie zu erreichen. Sie möchten, daß Sie am Montag auf ein paar Drinks vorbeischauen. Wenn ich Sie wäre, würde ich hingehen, sonst erzählt sie noch jemandem in London, daß Sie den Schwarzen Honig ums Maul schmieren, während Sie sie nicht besuchen wollten.« Er lachte. »Nein, es ist wahr. Sie behauptet das

meiner Mutter gegenüber immer von mir. Dabei weiß sie ganz genau, daß wir uns in London auch nie treffen würden.«

Die Cloughs waren für die letzten ein oder zwei Wochen vor ihrer Abreise ins britische Konsulat übergesiedelt, ein großes, modernes Gebäude mit viel Glas und so angelegt, daß die schirmartigen Bäume – wie beim maßstabgetreuen Modell eines Architekten – zur Geltung kamen. Wegen des Personals, der Sekretäre und der Notwendigkeit, Lady Dorothys Hund von ihren Katzen fernzuhalten, waren der Konsul und seine Frau in irgendeinen der hinteren Räume verfrachtet worden. Als Bray ankam, war gerade irgendein Streit im Gange, und er sah, wie die Frau des Konsuls, mit der er nur kurz zusammengetroffen war, ihren Kopf tröstend über einen siamesischen Kater geneigt, treppauf entschwand. Überall standen Blumenarrangements, als wäre das Haus von einer Krankheit heimgesucht worden.

»Nun gut, die Arbeit ist erledigt, man hat nur noch den Wunsch, die Zelte abzubrechen ... Er ist ein brauchbarer Bursche, wenn man ihn nur in Ruhe arbeiten läßt; hat eine Menge gelernt, und unsereins hat getan, was man konnte ... sofern er einen kühlen Kopf bewahrt, und dafür gibt's keinerlei Garantien, nicht einmal bei ihm, hm. Nicht einmal bei ihm?« Ein betagter Diener kam mit einem Tablett herein, auf dem Gläser und Flaschen standen, und Clough unterbrach sich mit der freundlichen Nachsicht von jemandem, der dort, wo andere verzweifelt wären, aufmunterte: »Es wäre schrecklich nett, wenn wir ein paar Scheiben Zitrone kriegen könnten ... Und Eis vielleicht auch? – Ja, immer und immer wieder habe ich zu Mweta gesagt – geh deinen eigenen Weg. Geh deinen eigenen Weg, und halt daran fest. Er weiß, was er will, und dabei ist er nicht die Spur starrhalsig – aber *Sie* wissen das sowieso. Vor einiger Zeit hab ich zu ihm gesagt – ganz unter uns, sagte ich, Sie würden einen Fehler machen, wenn Sie Brigadier Radcliffe gehen ließen. Da hat es natürlich ein großes Trara gegeben, aber er hat sich trotzdem geweigert, die Armee anzurühren. Oh, ich glaube sagen zu dürfen, daß wir seit damals recht gute Freunde sind.« Es war eine gespielte Untertreibung, die darauf hinauslief, daß er in seinem Umgang mit Schwarzen die gleiche Unbefangenheit habe, die er bei Bray voraussetzte. Er blickte behaglich in den Martinikrug und stellte ihn geduldig wieder zurück. Der betagte Diener, der jetzt das Eis und die Zitronen brachte, hatte in den Augenwinkeln die für die Bewohner des nördlichen Gala typischen Falten. »Das ist bestens. Tausend Dank.«

Bray begrüßte den Diener in seiner Landessprache, mit jener Art Respekt, die man älteren Menschen gegenüber erweist, und der Mann legte das unpersönliche Dienerverhalten ab, als wäre es das Tablett in seinen Händen; er grinste herzlich, wobei auf der Innenseite seiner Lippe eine abnorme Pigmentbildung, die an die scheckige Zeichnung eines Dalmatinerhundes erinnerte, sichtbar wurde. Der Exgouverneur starrte unverwandt vor sich hin und lächelte. Der Diener war verwirrt und verneigte sich vor ihm, wie es die Stammessitte vor einem Ranghöheren verlangte, fand dann seine Fassung wieder und verließ mit weichen, trottenden, gleichgültigen Schritten den Raum.

»Ich werde mir Dorothys Martini auch noch genehmigen, vielleicht bringt sie das zurück. Wenn man bloß einen fliegenden Teppich hätte... aber egal, wir haben jetzt jedenfalls drei Monate London vor uns und ein oder vielleicht zwei Wochen davon in Irland. Was haben Sie denn all die Jahre in Ihrem Elfenbeinturm in Wiltshire gemacht? Waren Sie nicht Golfspieler? Ich erinnere mich nicht mehr genau...«

»Tennis... und danach haben wir die Mädels immer auf ein Bier ins alte Daressalam-Hotel mit dem deutschen Adler eingeladen?«

Dorothy Clough kam herein, und Clough rief: »Paßt sie rein? Komm her und trink einen Schluck mit James...«

»Mein guter James – es muß ja schon hundert Jahre...«

»Wir haben eine Lattenkiste anfertigen lassen, damit wir Fritzi transportieren können, und jetzt hat sie ihn gerade probeweise hineingesetzt.«

»Meine Nichte Vivien hat einen Schreiner gefunden. Das Mädel kennt die ausgefallensten Leute. Das ist äußerst nützlich.«

William Clough nahm ein paar kleine, nippende Schlukke von seinem Martini. Galant und gutgelaunt sagte er: »Stellenwechsel waren ein Kinderspiel im Vergleich damit. Wir mußten erst lernen, unter freiem Himmel zu kampieren... Das ist ganz bestimmt schrecklich gesund – hält das Hirn auf Trab.«

»Denis glaubt, diese Schwenklampe sei im Regierungsgebäude geblieben, hat er dir das nicht gesagt?« Dorothy saß vorgebeugt in ihrem Stuhl, so als hätte sie sich bloß für einen Augenblick wie ein Vogel darauf niedergelassen.

»Um Himmels willen, laß sie ihnen doch. Jetzt ist jemand anderer dran, das Petroleum bis Mitternacht brennen zu lassen – was meinen Sie, James ...«

Roly Dando zeigte ein zähneknirschendes Interesse an dem Besuch bei Clough. »Er ist noch kein einziges Mal irgendwohin geschickt worden, wo es noch etwas zu tun gegeben hätte«, sagte er. »Clough geht immer erst im letzten Jahr hin, wenn die Selbstverwaltung schon garantiert und der Zeitpunkt der Unabhängigkeit festgesetzt ist, und zwar für die nahe Zukunft.«

Bray, der sich von Tratsch peinlich berührt fühlte, wenn er ganz nüchtern war, sagte mit einem zögernden Lächeln: »Ich hatte den Eindruck, er und seine Frau ziehen still und leise hinter der Front her.«

»Seit er vor anderthalb Jahren hergekommen ist, hat er verdammt nochmal nichts Besseres zu tun gehabt, als nach Rinsala zu fahren, um fischen zu gehen.«

Am gleichen Abend, im Hause der Pettigrews, erscholl Dandos Stimme aus einer Gruppe von Leuten, die im Kreis um jemanden herumstanden, der über dem häuslichen Grill ein Schaf mit Bratensaft übergoß: »... verdammt nochmal nichts Besseres zu tun gehabt, als mit seiner Sekretärin fischen zu gehen ...« Rebecca Edwards hatte Neil Bayley gerade erklärt, Felix Pasilis, der griechische Freund der Pettigrews, sei wütend auf sie, weil sie irgendein Gewürz, das er für sein Schaf unbedingt brauchte, vergessen hatte ... »Wenn ich Felix wäre, würde ich Sie noch einmal nach Hause schicken, meine Beste«, sagte Neil, und der Ausdruck unaufmerksamer Müdigkeit auf ihrem ein wenig schweren Gesicht weckte in Bray ein kameradschaftliches Mitgefühl, und er versuchte, die Aufmerksamkeit von ihr abzulenken: »Mein Gott«, sagte er, »ich fürchte, ich hab mich bei den

Cloughs wie ein kleines Kind aufgeführt! Ich hab mich wie ein Angeber mit dem Diener in Gala unterhalten.« Neil und Rebecca Edwards lachten. »Armer Onkel Willie.« »In Daressalam war er ein ganz netter Junge. Er hat gewissenhaft Suahelistunden genommen und konnte es fraglos besser als ich.« Wieder lachten sie über ihn.

Alles versammelte sich jetzt um das gegrillte Schaf, um sich einen Happen zu holen, und zur Begrüßung winkte ihm der blonde, untersetzte Mann vom Flughafen – zwischen den Fingern ein Stück Fleisch – zu. »Wentz, Hjalmar Wentz, wir sind uns im Flugzeug begegnet.«

»Wie geht es Ihnen? Roland Dando meinte, wir würden Sie wohl im Rhino mal treffen.« Sie wanderten mit vollen Tellern weiter, und Wentz sagte zu seiner Frau, die sich in einem der Leinenstühle niedergelassen hatte: »Margot, das hier ist Colonel Bray.«

»Aber nein, ich bitte Sie, bleiben Sie doch sitzen.«

Bei dem Versuch, eine Sitzgelegenheit zu finden, sah er den Schein des Feuers, das unter dem Bratspieß brannte, über die glänzenden Flächen des Gesichts der Frau laufen, über die Gläser und die sich hebenden und senkenden Messer und Gabeln. Schimmerndes Haar war aus einer hohen runden Stirn und hinter den Ohren auf eine Art und Weise zurückgebürstet, die er mit vielbeschäftigten, tüchtigen Frauen assoziierte.

»Nimm dir doch was, Margot, schmeckt einfach herrlich...«

»Bin ich denn nicht schon fett genug...« Aber dann nahm sie doch ein Stück knusprigen Fleisches von der Gabel ihres Mannes.

»Um die Wahrheit zu sagen, das ist das erste Mal seit einer Woche, daß wir die Zeit haben, uns zum Essen hinzusetzen. Ehrlich. Margot mußte persönlich ab sechs Uhr früh in der Küche stehen, und manchmal hat es bis zehn Uhr nachts gedauert. Sie hat sich buchstäblich nicht zum Essen hingesetzt...«

»Oh, das stimmt nicht ganz... Ich muß hunderte Tassen Kaffee getrunken haben...«

»Ja, mit der einen Hand, während du mit der anderen in einem Topf herumgerührt hast. Der Koch ist zu den Unabhängigkeitsfeiern gegangen, und seit damals haben wir ihn nicht mehr wiedergesehen – bloß den einen Nachmittag, hat er gesagt, damit er sich die großen Männer anschauen kann, die er aus den Zeitungen kennt – nun, was soll man da schon sagen?«

»Wir dachten, schließlich und endlich ist das sein Tag.« Das Lächeln, das die Frau in der Dunkelheit aufsetzte, war angenehm.

Bray fragte: »Wie in aller Welt haben Sie denn das geschafft?«

Sie machte eine Handbewegung und lachte, aber ihr Mann platzte dazwischen – die Hände über dem Teller, den er auf seinen Knien balancierte –: »Hundertzweiundzwanzig zum Dinner! So sah's am Donnerstag aus. Und gestern...«

»Bloß hundertneun, das war alles...« Sie lachten.

»Und mein Hilfskoch? Man darf nicht vergessen, daß ich einen Küchengehilfen habe«, sagte sie. Wentz stellte sein Glas neben seinem Stuhl ab, um seine gesamte Aufmerksamkeit dem zu widmen, was er nun sagen wollte. »Ihr Hilfskoch. Ich hab ihn vom neuen Arbeitsamt bekommen – ich dachte, gut, versuchen wir's mal, also haben sie ihn vorbeigeschickt, fünfjährige Erfahrung, alles bestens.«

Seine Frau hörte ihm zu, lachte leise, ließ sich für einen Augenblick majestätisch in ihren Stuhl zurücksinken. »Bestens.«
»Fünfjährige Erfahrung, aber wissen Sie, als was? – Sie kennen doch die Bartstutzer unter den Mangobäumen, kurz bevor man ins indische Geschäftsviertel kommt?«
»Ich finde, am treffendsten war der Kommentar unseres Sohnes. ›Mutter, wenn Barnabas doch bloß für einen Metzger gearbeitet und gelernt hätte, wie man Fleisch schneidet anstatt Haare.‹«
»Also, ein Prosit auf drei Verrückte«, sagte Wentz und griff begeistert nach seinem Glas. »Jeder weiß, daß man verrückt sein muß, um freiwillig in eines dieser Länder zu gehen.«
»Colonel Bray wird ja kein Hotel führen.« Sie hatte eine sanfte, trockene Stimme, und ihr Akzent war weicher als der ihres Mannes.
»Ich bin nicht so tapfer wie Sie.«
»Ach, wie wollen Sie das wissen?« sagte Wentz. »Wir wußten auch nicht, wo wir schließlich landen würden.«
Leise sagte sie: »Das hätten wir uns jedenfalls bestimmt nicht träumen lassen, daß uns einmal das Silver Rhino gehören würde.«
»Egal – das ist eine andere Geschichte. – Ich hab gehört, Sie gehen ins Unterrichtsministerium?« sagte Wentz.
»So, haben Sie das?« lachte Bray. »Nun, vielleicht tu ich's dann tatsächlich. Ich könnte mir vorstellen, daß man in der Bar des Silver Rhino ebensogut erfahren kann, was wirklich los ist, wie sonstwo.«
»Wenn Sie hören möchten, wieviel Häßliches es gibt – ja.«

Mrs. Wentz redete im Tonfall eines Menschen, der sich an niemand anderen wendet, sondern ausschließlich an sich selber. »Wie sehr manche Leute noch immer mit dem Blut denken und ihre Verachtung anderer Rassen genießen ... ja, die Bar im Silver Rhino.«

»Unser Sohn Stephen paßt heute auf. Man staunt, wie er mit diesen Burschen umgeht – besser als ich, kann ich Ihnen sagen. Er hat sie an der Kandare.«

»Wir haben ihm eine liberale Erziehung versprochen, als wir aus Südafrika wegzogen, verstehen Sie.« Mrs. Wentz hatte ihr Essen abgestellt und ließ sich aus dem Lichtkreis des Feuers in ihrem Stuhl zurücksinken, ein großes, im Dunkel schimmerndes Gesicht mit Höhlen, da wo die Augen lagen.

»Er besucht gerade die Abschlußklasse an der Lugard High School«, sagte Wentz unschuldig. »Willst du nicht aufessen?« Der weiße Fleck ihrer Hand machte eine abwehrende Bewegung. »Iß du's, Hjalmar.«

Es regnete, und da es die Leute auf der Veranda fröstelte, strömten sie ins Haus. Eine Gruppe stand, lautstark diskutierend, um die leere Feuerstelle, wo sich die Bierflaschen auftürmten.

»... immerhin mit einem *panga* an die Tür des Gouverneurs geschlagen, als die anderen noch kleine schwarze Rotznasen waren ...« Nun hatte Dando die mißlaunige Aufmerksamkeit eines jungen Patrioten aus dem Sozialministerium gewonnen, die augenfunkelnde Gleichgültigkeit von Doris Manyema, einer der drei oder vier Frauen des Landes, die einen Hochschulabschluß hatten, und die beiläufig-amüsierte Hochachtung eines Flüchtlings aus Südafrika, der sich mit seiner gelblichbraunen Hautfarbe, der kleinen Nase und dem feingeschnittenen Mund vom Schwarz der beiden anderen abhob. Bei Licht war Margot Wentz' Kopf die Galionsfigur über dem Schiff ihres Körpers: eine gutaussehende dunkelblonde Frau mit Doppelkinn, einer kurzen, hohen Nase unter der gewölbten Stirn und wasserfarbenen Augen, unter denen sich die Falten der Müdigkeit tief in die Wangen eingruben. Das abwesende Lächeln, mit dem sie Bray über den Raum hinweg ansah, machte aus ihr für einen Augenblick wieder die Schönheit von einst. Als er sich zur Gruppe gesellte, hörten ihr die Leute gerade zu. »Wir brauchen uns nicht zu streiten; wir können es als gegeben ansehen, daß der Kolonialismus etwas Unverzeihliches ist, jedenfalls soweit er uns betrifft – oder? Sie denken so, ich denke so – richtig. Aber die siebenundvierzig ...« »Achtundvierzig« – Timothy Odaras Augen waren geschlossen; an die Wand gelehnt, stand er da, die Lippen ein wenig zurückgezogen, aufmerksam, gespannt. »... Entschuldigung, achtundvierzig Jahre, die ihr unter britischer Herrschaft gestanden, in ihren Minen herumgebuddelt, für sie Straßen gebaut und Städte errichtet habt, während ihr selbst in Baracken gelebt, sie bedient und hinter ihnen saubergemacht habt und selbst ein Stück Dreck geworden seid – das alles ist jetzt vorbei, und glaubt ihr wirklich, es hätte irgendeinen Weg in die moderne Welt gegeben, der kein Leidensweg gewesen wäre? Glaubt ihr wirklich, jemand anderer hätte euch das Alphabet und die Elektrizität gegeben und die Malariafliegen ausgerottet – aus purer Liebe? Die Finnen? Die Schweden? Die Russen? Irgendwer? Irgendwer, der von euch nicht den letzten Tropfen Schweiß und Stolz als Gegenleistung verlangt hätte? Das sind die Fakten. Und von eurem Standpunkt aus betrachtet – hat es sich denn nicht

gelohnt, wo es Gott sei Dank weniger als zwei Generationen gedauert hat? Hätte euch irgendwer für nichts und wieder nichts die Tür aufgemacht? Auch nur ein einziger? Wäre nicht das Leiden der Preis gewesen, den ihr hättet zahlen müssen? Das ist es, was ich mich frage ...«
»Oh, Sie machen den üblichen Fehler, das Leben der schwarzen Bevölkerung so zu behandeln, als hätte es vorher gar nichts gegeben – und plötzlich kommen die Kolonialisten daher, und damit fängt unser Leben überhaupt erst an – in Ihren Ghettos und Hinterhöfen.«
Sie schüttelte ihren Kopf zu Odaras Worten. »Alles, was ich sagen will, ist, hängt euch nicht die Leiden der Vergangenheit um den Hals. Was bedeutet Unabhängigkeit – ich sage absichtlich nicht ›Freiheit‹, weil ich keine großen Worte mag – was bedeutet eure Unabhängigkeit denn dann?«
»Die Vergangenheit ist ausschließlich für politische Zwecke von Nutzen«, sagte Hjalmar, wie um zu sagen: Sie hat recht.
Irgendwer sagte: »Nehmt euch vor dem CIA-Mann in acht.«
»Nieder mit dem Neokolonialismus.«
»Natürlich, Curtis«, sagte Hjalmar. »Aber wenn Sie's tun müssen, indem Sie diese vierzig Jahre oder wieviel auch immer ständig mit Ihnen und Ihren Kindern an einem Tisch sitzen lassen – ach, das ist einfach nicht gesund, das macht mich krank. Was wollen die schon davon wissen, daß Sie das Missionshaus durch den Hintereingang betreten mußten?«
Mrs. Odara hatte sich der Gruppe angeschlossen und kraulte mit einer großen Hand, deren Fingernägel sil-

bern lackiert waren, das Bürstenhaar von Curtis Pettigrew. »Du lieber Gott, Timothy, fang doch nicht schon wieder damit an.«

»Geben Sie ihnen doch die Chance, in ihrem eigenen Land die Köpfe ganz selbstverständlich hoch zu tragen, ohne daß sie sich deshalb wie Trotzköpfe vorkommen müssen.«

Odara lachte. »Aber es läuft immer auf das gleiche hinaus: Ihr Europäer redet über diese Art Leiden immer sehr vernünftig, weil ihr keine Ahnung habt ... ihr habt vielleicht gedacht, daß es schrecklich war, aber in eurem Leben gibt es nichts, was damit vergleichbar wäre.«

Bray sah, wie Margot Wentz den Kopf mit einem starren Lächeln aufrichtete, so als hätte jemand einen alten Witz erzählt, über den sie nicht mehr lachen konnte.

»Nun, da irren Sie sich aber«, sagte ihr Mann ziemlich pompös, »wir haben unter Hitler gelebt, und was das heißt, ist Ihnen doch wohl klar.«

»Hitler interessiert mich nicht.« In ungeduldiger Höflichkeit bleckte Timothy Odara seine schöngeformten Zähne. »Mein Freund, weiße Männer haben in Afrika mehr Menschen getötet als Hitler jemals in Europa.«

»Aber Sie sind ja verrückt«, sagte Wentz sanft.

»Kriege, die *innerhalb* von Europa geführt wurden, Weiße, die sich *gegenseitig* umbrachten. Was geht mich das an? Gerade haben Sie gesagt, man sollte nicht seine Leiden mit sich herumschleppen. Ich habe keine Gefühle, was Hitler betrifft.«

»Sollten Sie aber«, sagte Mrs. Wentz beinahe träumerisch. »Nicht mehr und nicht weniger als darüber, was mit den Schwarzen passiert ist. Das ist genau dasselbe. Ein Sklave im Frachtraum eines Schiffes aus dem achtzehnten Jahrhundert und ein Jude oder ein Zigeuner in einem Konzentrationslager in den vierziger Jahren dieses Jahrhunderts.«

»Also gut, ich verbrachte meinen siebzehnten und meinen achtzehnten Geburtstag im Straflager Fort Howard, als Gast des Gouverneurs Ihrer Majestät«, sagte Odara, »soviel weiß ich.«

»Ihre beiden Brüder sind in Auschwitz gestorben«, sagte Hjalmar Wentz; aber seine Frau sprach gerade mit Jo-Ann Pettigrew, die kleine Klümpchen geröstete Marshmallows am Ende einer langen Gabel herumreichte.

»Um Himmels willen, Timothy, hör endlich auf, deine Zähne zu blecken, und benütz sie lieber zum Beißen.« Evelyn Odara redete mit ihrem Mann, wie es keine der hiesigen Frauen gewagt hätte; aber er tat so, als höre er es nicht, und drehte damit, ganz im Sinne seiner Landsleute, die meinten, daß das, was eine Frau sagte, ohnehin unhörbar sei, den Spieß um. Ärgerlich sagte er zu Wentz, wobei er seine Bemerkung durch den Mann hindurch an dessen Frau adressierte: »Und was haben *Sie* dafür gekriegt, was die Sache wert gewesen wäre?«

Ohne jemanden anzusehen, sagte Margot Wentz: »Das weiß niemand.« Sie schüttelte ihre von Marshmallows klebrigen Finger, und ihr Mann zog sein Taschentuch heraus und reichte es ihr.

Es war der Abend, an dem Bray, Neil, Evelyn Odara, einer der Flüchtlinge aus Südafrika, die Pettigrews und noch ein paar andere zur Sputnik-Bar aufbrachen. Während Bray in der Gruppe mit den Odaras und den Wentz' herumstand, steckte Jo-Ann Pettigrew, die ihn nicht dazu hatte überreden können, ihre letzte Marshmallow zu essen, diese in den Mund und signalisierte den Anwesenden, es gäbe etwas, was sie unbedingt wissen müßten. »Rebecca war im Sputnik, und sie behauptet, es sei jetzt ganz toll. Sie haben eine Wand in dieser Art Hof-Dingsbums ausgebrochen, und tanzen kann man da jetzt auch. Sie haben sich sogar Mädchen zugelegt.«

Neil sagte: »He? Und wer von uns war's, der Rebecca ins Sputnik ausgeführt hat?«

Gelächter. »Nun, ich frage mich, warum wir eigentlich nicht alle hingehen.« Die junge Pettigrew war in einem Zustand ständiger Verzückung; ihr langes gelocktes Haar war aufgegangen und trug, weil sie ihre Marshmallows draußen über dem Feuer des Grills geröstet hatte, ein Diadem aus Regentropfen. Sie war Anthropologin, und Bray glaubte darin die Erklärung für ihre Leidenschaft zu finden, ständig Ausflüge zu arrangieren, auf welchen sie ihr Baby im afrikanischen Stil auf den Rücken gebunden mit sich trug.

»*Wer* war's nun wirklich? Heraus damit!« Wieder brüllendes Gelächter.

»Nein, nein – also gut, Ras hat sie mitgenommen ...«

»Ach Ras, wirklich?«

»Und in die Sputnik-Bar, hm?« »So, jetzt ist's heraus.«

Rebecca Edwards kam, gutmütig lächelnd, von der Veranda herein und blickte sich wegen der Bemerkungen, die ihr entgegenflogen, fragend um. Sie sagte: »Sie haben dort elektrische Birnen, wie man sie in Filmen um die Schminktische der Stars hat, die leuchten auf, und dann kann man UNABHÄNGIGKEIT – HURRA lesen.«

In großer Konfusion beschloß man, auf der Stelle zu gehen. Dando weigerte sich mitzukommen, und Vivien mußte zu den Kindern nach Haus, während Rebecca Edwards dagegen protestierte, weil ihre ebenfalls allein waren. Neil bestand darauf, Bray müsse mitkommen. Er gehörte zu jener Art Leute, die zur fortgeschrittenen Nachtstunde plötzlich ein verzweifeltes Verlangen nach bestimmten Begleitern überfällt. Aber als Neil, Bray, Evelyn Odara und der Südafrikaner im indischen Geschäftsviertel unten anlangten, waren die anderen noch nicht da. Für einen Augenblick gingen sie in die Sputnik-Bar, in der sie die Musik wie ein Schlag auf den Kopf empfing, und dann sagte einer, er bilde sich ein, die Eisenbahnkreuzung sei als Treffpunkt ausgemacht worden. Und damit begann eine jener nächtlichen Jagden, die Neil Bayley, wie Bray feststellte, leidenschaftlich genoß. Sie fuhren den ganzen Weg zurück in die Stadt zu den Apartmenthäusern, in denen Rebecca wohnte – Neil stand auf dem vom Mondlicht erhellten Flecken Erde vor dem dunklen Gebäude und rief hinauf, bekam aber keine Antwort. Irgendwo hielten sie an, um einen Mann mitzunehmen; der Scheinwerfer erfaßte ihn, Hut in der Hand; nur sein sauberes weißes Hemd war in der Dunkelheit sichtbar gewesen. Er bediente sich bei seinen Antworten auf Neils Fragen reichlich des Ausdrucks *bwana* – ganz entsprechend den Erwartungen eines Weißen, der wegen eines Schwarzen auf der Straße anhielt –, und als er dann zu Bray und dem Südafrikaner in den Wagen stieg, saß er inmitten all dieser schwarzen und weißen Städter, eingerollt wie ein Igel, der gerade berührt worden war. Bray, der also wieder in diesem Land war und dem die eigene Körpergröße und rosige Blässe wieder beinahe wie eine Aggression vorkam, für die er nichts konnte, wußte, daß der Bursche angestrengt ver-

suchte, den Körperkontakt mit ihm zu vermeiden. Die Stimmen von Evelyn, Neil und dem Südafrikaner schwirrten durch den Wagen; sie fuhren an den Mangobäumen vorbei, deren Schatten im hellen Mondlicht wie schlafende wilde Tiere unter den Bäumen lagen; vorbei an einem Esel, der inmitten zerbrochenen Porzellans auf einem Müllhaufen graste, an einer Moschee, deren Farben man fast unterscheiden konnte, und an den silbrigglänzenden Schutzgittern der kunstvoll gebauten Häuser des indischen Sektors. Das Geschäftsviertel der Inder war schon vor langer Zeit und ohne Plan angelegt worden; Geschäfte schossen plötzlich aus dem Boden, Straßen liefen zusammen, der Wagen schaukelte und schlingerte dahin. Alles war von jetzt schon schmutzigen Fahnen und Flaggen verhängt, dunkel und menschenleer, bis auf die Bars – kleine Läden, aus denen schmutzig-grelles Licht, die Musik der Automaten und ein Schwall menschlicher Stimmen und Bewegungen drangen.
Für den Fall, daß die anderen Partygäste auftauchen sollten, bot sich Bray an, vor dem Sputnik zu warten. Zehn oder fünfzehn Minuten schlenderte er auf der Straße herum, deren undeutliche Begrenzungslinie eher durch Füße und Fahrradreifen gezogen worden war als durch den Teerstreifen, den der weiße Stadtrat vergangener Zeiten als ausreichend erachtet hatte. Die Betonveranden der indischen Läden waren Uferkais im Staub; überall lagen die heruntergekehrten Stoffschnipsel herum – es waren die Stellen, an denen die schwarzen Angestellten der Inder tagsüber an ihren Nähmaschinen saßen. Die Fensterläden und Säulen waren mit Klebeetiketten bepflastert, auf denen die Fahne und Mweta in einer Toga abgebildet waren. Junge Burschen, die oberhalb des

schwarzen Anstrichs, in dem der Vordereingang der Sputnik-Bar unsichtbar verschwand, herabspähten, zupften an den Etiketten auf dem schmierigen Glas und kicherten über Bray. Der Eingang war ständig blockiert von wirr blickenden Männern, die herauskamen, und von Unentschlossenen, die einen Blick hineinwarfen. Wie verworren unsere Vergnügungen sind, dachte er und ging langsam wieder die Straße hinauf, vorbei an einem Mann, der nicht weiter als bis zu den ineinander verkeilten Fahrrädern gekommen war und nun ausgestreckt im warmen Staub lag. Das Niveau der unbefestigten Straße hatte sich durch ihre Benutzung so tief unter die Veranda eines Ladens gesenkt, daß die betonierte Plattform hoch genug war, um auf ihr zu sitzen. Der aus der Bar dringende Lärm war gesellig, Bestätigung dafür, daß in dem Haus Leben war, und er rauchte eine Zigarre, deren köstliches, nach Holz duftendes Aroma er in eine Luft blies, die von den alten Gerüchen der Feuchtigkeit getränkt war – von Urin und verfaulenden Früchten. Nach zehn Jahren war das Licht der Stadt noch immer nicht stark genug, um den Himmel aufzuhellen; keine Stadt im Umkreis von Tausenden von Meilen hatte die dafür nötige Größe. Schnüre und Klümpchen von leuchtenden Sternen liefen zusammen; er schaute und schaute, bis er schwindlig wurde. Der Wagen der Bayleys kam zurück, und sie beschlossen, die Hoffnung, die restliche Gesellschaft würde doch noch kommen, aufzugeben, und sich schnell noch ein Bier zu genehmigen, bevor sie nach Hause fuhren, um schlafen zu gehen. Der alte Teil der Bar, ein Laden, dessen Einrichtung aus Bänken und roh gezimmerten Speisehaustischen bestand, war überfüllt mit Stammgästen aus der Nachbarschaft, die über dem

Eingeborenenbier saßen und vom ohrenbetäubenden Lärm der Kapelle, die in einen Winkel gedrängt worden war, keinerlei Notiz nahmen. Im neueröffneten Biergarten – einem mehr oder weniger freigemachten Hof (die überlaufenden Abfallkübel standen noch herum), der mit ein paar bunten Tischen und Sonnenschirmen ausgestattet worden war – saßen ein paar bürgerliche Schwarze in weiblicher Begleitung, und ein oder zwei Paare tanzten; Evelyn Odara winkte einem Bekannten zu. Hier wurde europäisches Flaschenbier getrunken. Neil hatte überall Freunde und machte sich auf die Suche nach dem Eigentümer, einem hübschen jungen Schwarzen, dem die Besitzgier ins Gesicht geschrieben war und der nur so übersprudelte von Plänen, wie man zu Geld kam. Er setzte sich zu ihnen und brachte – als Antwort auf Neils beharrliche Behauptung, daß es sie tatsächlich gäbe, und sein ebenso hartnäckiges Leugnen – drei seiner »Mädchen« heran, die ihnen Gesellschaft leisteten. »Sie tun den Kleinen damit einen Gefallen. Genau um diese Zeit macht die Polizei hier ihre Runde und schaut herein, und eigentlich dürfen sie ohne Begleitung gar nicht hier sein, verstehen Sie – diese Stadt ist rückständig, Mann.« Mit den Mädchen kam das Bier. »Nein, lassen Sie das, ist mir ein Vergnügen, Sie und Ihre Freunde in meinem bescheidenen Lokal zu haben. Natürlich ist noch nicht alles fix und fertig... wir wollten hier für ein bißchen Nachtleben während der Unabhängigkeitsfeiern sorgen. Allein die Kapelle kostet mich zwanzig Pfund am Abend, aber eines Tages wird das eine piekfeine Bar, mit Whisky und mit Eis für die Drinks, alles tipptopp... für die Crème der Geschäftsleute aus der Stadt, verstehen Sie.«

Die drei Frauen waren auf billige Weise schick – schimmernde Nylonstrümpfe, die hauteng über stramme, dunkelhäutige Beine gezogen waren. Sie hatten das eher sympathische glucksende Vergnügen der Neulinge daran, für ihren Auftritt kostümiert zu sein. Sie waren hübsch, hatten entkrauste Locken, angemalte Augen und purpurne Lippen. Aber die eingefärbten elektrischen Birnen, die in Leuchtschrift UNABHÄNGIGKEIT – HURRA buchstabieren sollten, waren wegen des Regens durchgebrannt und funktionierten nicht.

Es stimmte, daß Edward Shinza sich nicht in der Hauptstadt aufhielt; dachte man daran, was in der Vergangenheit geschehen war, so hätte nichts auffälliger sein können als diese Abwesenheit. Für Bray selbst war es eine Abwesenheit, die immer irgendwie gegenwärtig war.

Die nächtlichen Heimfahrten über die unbefestigte Straße zu Dandos Haus wurden immer wieder vom tödlichen Aufprall der Ziegenmelker unterbrochen, die stumpfsinnig in der Fahrspur des Wagens hockten und dann zu spät aufflogen, um zu entfliehen, ganz so, wie sie es auf den Straßen Galas getan hatten. Bei Tageslicht wurden ihre gebrochenen Körper langsam von den über sie hinweg- und wieder zurückrollenden Autoreifen in den Staub gebügelt. Er und Olivia hatten über die Vogelwelt in und um Gala Buch geführt; der Gedanke, daß man sich – da es sich doch nicht vermeiden ließ, diese Vögel in der Dunkelheit zu töten – allmählich daran gewöhnte, so daß der Aufschlag ihrer Körper am Wagen so unbemerkt blieb wie der Aufprall des harten Rückenschildes von Käfern auf der Windschutzscheibe, hatte sie irritiert. Man nahm nicht einmal mehr wahr, daß die toten Vögel mit ihrem rostrot und schwarz gezeichneten Gefieder schön waren. Eines Sommers hatten sie sich vorgenommen, eine Untersuchung über die Gewohnheiten der Ziegenmelker anzustellen, um herauszufinden, weshalb sie sich so von den Straßen angezogen fühlten; sie waren zu dem Ergebnis gekommen, daß Läuse unter ihren Flügeln sie dazu veranlaßten, Staubbäder auf den Straßen zu suchen. Ja, sie hatten Afrika damals studiert und das genossen – trotz seiner Beschäftigung mit der Politik.

Während der Woche der Unabhängigkeitsfeiern war es schwer, in die Stadt zu kommen, ohne irgendwo aufgehalten zu werden, weil diesem oder jenem Würdenträger Vorrang eingeräumt und die Straße für ihn freigemacht wurde. Verkehrspolizisten mit weißen Stulpenhandschuhen zogen surrend auf ihren Motorrädern Arabesken, Soldaten in gut gebügelten Khakiuniformen blockierten die Straße und hielten Kinder, Frauen, Müßiggänger und Radfahrer auf; manchmal kam eine dudelnde und leise schmetternde Kapelle als Vorhut, und immer und überall sah man Fahnen. Dann kam der Daimler oder Mercedes mit dem Präsidenten von da oder dem Ministerpräsidenten von dort tief im Wageninneren; oft wurde einem erst, wenn der Wagen schon wieder verschwunden war, klar, wer es gewesen sein mußte, die gewichtigste Persönlichkeit unter den vielen, schwarzen, bebrillten Gesichtern, die aus der immer gleichermaßen makellosen Garderobe, den dunklen Anzügen und weißen Hemdkragen aufragten. Einmal war es die Königliche Hoheit aus England in Begleitung ihrer grauhaarigen Kammerzofe mit den Dauerwellen und einmal Frau Gandhi; und während er neben Vivien Bayley im Auto saß, wurde Bray sogar von Mweta persönlich aufgehalten. Die Kinder der Bayleys kletterten heraus auf das Dach und die Motorhaube des Wagens, um Mweta zuzujubeln, der in seiner orangenen Toga im Wagen saß – vorübergetragen wurde, auf dem Gesicht das blinde Lächeln, mit dem er schon jetzt, nach diesen paar Tagen, die Gesichter bedachte, die für ihn alle zu einem einzigen geworden waren. »Er ist prächtig, nicht wahr?« sagte Vivien traurig. »Unserer sieht am besten von allen aus.«

»Ich frage mich, ob er Spaß daran hat. Zweifellos macht

er seine Sache so, wie wir es immer von ihm erwartet haben.«

»Was sagt er denn?« sagte sie.

»Ich habe noch nicht richtig mit ihm geredet – jedenfalls noch nirgends, wo man sich ernsthaft hätte unterhalten können.«

Wie gewöhnlich machte ein Verkehrspolizist das Schlußlicht des Begleitkonvois, fuhr auf der leeren Straße eine Acht, und der Verkehr mit seinem Hupen, das schwerfälligen und verstörten Fußgängern galt, setzte sich wieder in Bewegung. Die Kinder der Bayleys kämpften und strampelten wieder durch die Wagenfenster herein und zogen einander an den Beinen; schüchterne Negerkinder sahen zu, eins von ihnen kicherte nervös hinter dem Daumen in seinem Mund. Eine junge Frau schwang ihren Säugling auf den Rücken, zog das Tuch, in dem er steckte, enger und setzte ein Kleinkind auf den Gepäckträger ihres Fahrrades, bevor sie schlingernd losfuhr, wobei sie sich weiterhin schreiend und lachend mit einer Frau auf der Bordsteinkante unterhielt. Türme von Kartons, die von Schnüren zusammengehalten waren, wurden auf Köpfe geladen, größere Kinder trugen kleinere auf ihren Rücken, eine Gruppe von jungen Männern auf Fahrrädern stand müßig herum und diskutierte lautstark, während die Glocken von anderen Fahrrädern ungeduldig klingelten. Das Werbungsgetingel aus einem Transistorradio, das ein junger Mann im Gehen ganz nah am Ohr hielt, wurde lauter und verlor sich dann wieder in der Menge. »Ich möchte dem kleinen Mädchen meine Fahne schenken«, sagte Eliza Bayley. »Gut, dann mach aber fix. Nein – ihr anderen bleibt, wo ihr seid.«

Sie beobachteten das fette, kleine weiße Mädchen, wie es

– gewöhnlich streitlustig, wenn unter seinesgleichen – hinaufging, so als bestiege es das Podium für eine Preisverleihung, und dem schwarzen Kind mit dem Daumen im Mund eines der kleinen dünnen Fähnchen überreichte, die in Japan gedruckt worden waren, damit sie noch rechtzeitig zu den Unabhängigkeitsfeiern auf dem Markt waren. Leute gingen oder glitten im Bogen am Hindernis des Wagens vorbei. »Macht es *ihnen* Spaß?« sagte Vivien. Eine Sportveranstaltung hatte stattgefunden, eine Polizeikapelle hatte gespielt, Schüler aus verschiedenen Schulen hatten ein Konzert gegeben, und außerdem hatte im Stadion der recht eigenartige Festumzug stattgefunden, der Stunden gedauert hatte. Stammestänze und Preislieder wechselten mit lebenden Bildern von Weißen mit einer Art Kaiserbart ab, die herrlich herausgeputzten Stammeshäuptlingen Brocken von Golderz zeigten; alles mußte neutral gehalten sein, um weder die Nachfahren Osebe Zunas II. dadurch zu verletzen, daß man sie daran erinnerte, wie der alte Mann die Schürfrechte für das Land um den Preis eines Zweispänners, wie ihn die Große Weiße Queen besaß, und gegen eine Zusage von zweihundert Pfund jährlich abgetreten hatte, noch die Briten, indem man sie daran erinnerte, daß sie – um diesen Preis – das ganze Land als Draufgabe dazubekommen hatten. Gymnasiastinnen, die in den Röcken ihrer Schuluniformen herumzappelten, und Kumpel mit Helmen auf dem Kopf bewegten sich mit ihrer Darstellung der Gegenwart auf einem weitaus weniger gefährlichen Terrain.
Bray und Vivien überlegten, wie wohl die Feierlichkeiten in den schwarzen Stadtgemeinden und Dörfern ablaufen mochten. »Bier? Ganze Fässer voll... gegrilltes Fleisch und ein Platz, der zum Tanzen freigemacht

wird...« Vivien übertrug das reichliche Fließen von Wein und den europäischen Dorfplatz auf die hiesigen Verhältnisse. Im Heck des Wagens stritten die Kinder miteinander; das kleine Mädchen platzte schier vor Selbstherrlichkeit, weil es eine Fahne verschenkt hatte.

»Mein Gott, wie wenig ich Eliza manchmal leiden kann«, sagte Vivien leise. Selbstzweifel, den er für die Unschuld intelligenter Menschen hielt, verlieh ihrem Gesicht häufig eine Schönheit ganz besonderer Art. Sie war aufrichtig, aber nicht indem sie, wie es sonst üblich war, an anderen Kritik übte – sie übte sie an sich selbst.

»Glauben Sie, daß sie's spürt?«

»Bestimmt.«

»Das ist etwas, wovon man sich nie eine Vorstellung macht. Daß man gegenüber dem eigenen Kind die gleiche Art von Antipathie empfinden kann wie gegenüber jemand anderem. Wäre es nicht in einem gewissen Sinne erlösend, älter zu werden und all diese netten kleinen Entdeckungen ein für allemal gemacht und hinter sich zu haben?«

»Oh, aber ich bin bereits in diesem Stadium, schon lange!« Er war amüsiert und fühlte sich vielleicht ein wenig geschmeichelt, daß dem Mädchen entgangen war, daß sie verschiedenen Generationen angehörten.

»Es muß eine Erlösung sein.«

»Kann man nie wissen. Vielleicht erwartet einen immer noch der eine oder andere Schock.«

»Aber glauben tun Sie das nicht?« – Mehr eine Feststellung als eine Frage. Er hatte das Gefühl, sie rede im Augenblick über die Ehe; die eigene; und seine, von der sie wußte, daß sie zweiundzwanzig Jahre lang gehalten hatte – die Leute nannten Olivia und ihn in einem Atemzug, aber es war eher eine Kombination zweier intakter Persönlichkeiten als der namenlose, doppelköpfige Frau-Mann-Organismus; vielleicht war das etwas, das sie, wenn auch ohne allzuviel Hoffnung, als Ziel für sich und ihren Neil gesetzt hatte.

»Sie haben recht, nein. Aber manche Menschen werden im Alter unduldsamer und irgendwie wilder. Denken Sie an Tolstoi. Ein paar von den späten Yeats-Gedichten – mir kommt es so vor, als würde eine ziemlich große Anzahl von Menschen das Alter so erleben. Öfter als dieses Blabla vom Lebensabend. Mein Gott, was davon wär wohl schlimmer?« So als wäre das alles für sie weit entfernt, sagte sie: »Ich glaub nicht, daß ich sie gelesen habe. Eins ausgenommen. Von einem alten Mann ...«

»Das vom Teufel zwischen meinen Schenkeln?«

»Ja – aber sicherlich ist Sex noch das kleinste Problem dabei. Es gibt andere Dinge, von denen man mit Sicherheit wissen möchte, daß man sie hinter sich hat.«

»Und was ist mit den Dingen, die man sich nicht hat vorstellen können? Eine einfache Arterienverkalkung könnte aus Ihnen schon eine habgierige alte Hexe machen, die diejenigen, die sie früher einmal geliebt hat, verdächtigt, aus ihrem Portemonnaie Geld zu klauen.«

»Aber können Sie sich vorstellen, daß Ihnen das jemals passieren könnte?« Sie mußten an einer Ampel anhalten, und sie wandte sich zu ihm, um ihn anzusehen – mit dem Gesicht einer jungen Frau, das gerade dabei war, sich für immer vom Ausdruck jener Gefühle und Selbstbeschränkungen prägen zu lassen, die ihre Gesichtszüge nach ihrem Bilde formten.

»Natürlich nicht«; und die Gelassenheit des Mannes im mittleren Alter, die nichts war als die Hinnahme jener

Schrecknisse, die noch auf ihn warteten, strafte seine Beteuerungen Lügen. Sie lächelte.

Dando machte den Vorschlag, im Silver Rhino zu essen – er sah aus wie jemand, der unter eine Sache einen Schlußstrich zieht, als er aus der Küche kam, wo man sich nicht darüber einig werden konnte, ob es geheißen hatte, daß für diesen Abend im Haus ein Dinner vorbereitet werden sollte oder nicht. »Einer so, der andere so – hat keinen Sinn, darüber zu streiten.« Sie genehmigten sich im Garten einen Drink und zogen ihre Jacketts an, um bei Einbruch der Dunkelheit in die Stadt zu fahren. Festus lud sein Fahrrad auf den Gepäckträger auf dem Wagendach; er zumindest war unterwegs zu irgendeiner Art von Festlichkeit. »Was ist es denn, Festus?« fragte Dando, als sich Bray erkundigte.

Im Stadion fand ein »Boxkampf« statt. »Ich muß um halb acht dasein.«

»Weiß ich, weiß ich, nur keine Panik. Du wirst dasein.«

Der Schwarze saß in einem weißen Hemd und in grauen Hosen im Heck des Wagens. Er roch nach Karbolseife. »Halb acht«, wiederholte er ungerührt.

»Ich hoffe nur, du wirst es morgen mit dem Frühstück ebenso genau nehmen wie ich, wenn ich dich beim Stadion absetze.«

Festus warf ihm einen Blick zu, als wollte er eigentlich antworten, kurbelte statt dessen aber das Fenster hinunter und rief hinaus. Ein leiser Schrei aus den Unterkünften des Personals war die Antwort. Festus brüllte, und diesmal kam der junge Bursche gelaufen, um die Tore zu öffnen und hinter dem Wagen wieder zu schließen. Als die Scheinwerfer eine breite, helle und durch den Staub diffuse Rampe in den Himmel schnitten, griff Festus Dandos Bemerkung auf. »Wenn ich nicht da, Sie mir sagen.«

»Du sollst nur nicht vergessen, daß du noch acht Meilen mit dem Fahrrad fahren mußt, wenn du dich gestärkt hast, das ist alles.«

»Ich sage: Morgen wir wissen.«

Bray drehte sich um und bot ihm über die Schulter eine Zigarette an. Festus nahm sie, verzog aber keine Miene zu einem verschwörerischen Lächeln gegen Dando; er wahrte die Distanz dessen, der nicht im Dienst ist.

Nachdem sie ihn nicht vor dem Stadion, sondern an einer Straßenecke abgesetzt hatten, wo er (mit festem Griff hatte er Dando an der Schulter gepackt, um ihn zum Anhalten zu zwingen) absprang, fuhr Dando nach einem Plan, den er offenbar die ganze Zeit gehegt, aber nicht geäußert hatte, anstatt zum Rhino zum Great Lakes Hotel; er bildete sich ein, er müsse beim Mittagessen seine Brille dort liegengelassen haben. Das Great Lakes war vor einigen Jahren von der größten Goldminengesellschaft erbaut worden, weil es nichts Passendes für den Aufenthalt der Direktoren aus England und Amerika gab. Bis hin zum letzten Türgriff und Aschenbecher war es von einem vielfach ausgezeichneten englischen Architekten entworfen worden, der noch nie in Afrika gewesen war; das spitzenartig durchbrochene Betongitter, das anstelle der Mauern als Trennwand zwischen den allgemein zugänglichen Räumlichkeiten und der Terrasse diente, bot keinen Schutz vor dem Regen, der während der feuchten Jahreszeit in einem spitzen Winkel hereinfegte; die mit dicken Teppichen ausgelegten kojenartigen

Schlafzimmer waren ausschließlich auf die Lüftung durch die Klimaanlage angewiesen, so daß die ausgezeichnete, scharfe Luft der Trockenzeit ausgesperrt blieb. Die Terrasse war jetzt teilweise verglast, die vom Regen beschädigte Rohseide war durch Nylon ersetzt worden; das Hotel war nicht mehr schön, sondern hatte sich angepaßt, um zu überleben, wie eine Pflanze, die durch die ihr von der Umgebung aufgenötigte Mutation geht.

Als sie ankamen, ging gerade irgendeine Art offizieller Cocktailparty ihrem Ende zu, und die Leute, die gehen wollten, waren noch nicht weiter gekommen als bis zur Terrasse, die an das Wasserbecken grenzte, wo sie in intimen Gruppen beisammenstanden und ihre Unterhaltung so lautstark weiterführten, als befänden sie sich immer noch in einem überfüllten Raum. Die winzigen Stander der neuen staatlichen Fluggesellschaft ragten zwischen Salatköpfen im Golden-Perch-Saal auf; als Dando und Bray ihn auf dem Weg in eine andere Bar durchquerten, schnappten Willkommensrufe und Gesprächsfetzen nach ihnen. Roly Dandos ununterbrochene Kommentare waren so unbekümmert laut, daß sie jeder, der zuhörte, hätte verstehen können. Aber es hörte niemand zu. Köpfe fuhren in die Höhe, Blicke wandten sich nach ihnen um, um ihnen zu folgen, die Gesichter glasig von der wohligen Beschwipstheit des Nachmittagscocktails. »... Raymond Mackintosh, kein Geringerer. Ich frage mich, warum er Norman gerade jetzt in den Arsch kriecht. Überlegen Sie doch mal. – Also gut, Raymond, ein Hoch auf deine erste Million. – Hallo Joe, ist das Steak noch nicht runtergespült?« Ein Schwarzer winkte, wichtigtuerisch lächelnd, und blickte von seiner tiefgründigen Unterhaltung auf, bei der er sich – die Knie weit auseinandergestellt, die Hosen gespannt – aus seinem Stuhl vorbeugte, um mit seinem weißen Gegenüber verhandeln zu können. »... und Joe Kabala war auch mit Stein zum Lunch hier. Das Stahlwerk. Wird der erste Schwarze in *dem* Aufsichtsrat sein, wart nur ab. Rührend, wie heldenhaft er sich für die private Marktwirtschaft einsetzt, hält den Sessel für weißes Kapital warm und heimst Direktorengehälter ein. Genehmigt sich neuerdings geräucherten Lachs. Hab's selbst beobachtet... – Solltest du nicht lieber nach Hause zu deinen Kindern?« Beim Klang von Dandos Stimme lugte Rebecca Edwards hinter einem Gummibaum hervor. Sie trank gerade mit Curtis Pettigrew ein Bier, war offensichtlich direkt von der Arbeit gekommen und hatte neben sich zerknitterte Papiertüten vom Supermarkt abgestellt. »Das Dinner wird wieder mal verkocht sein, Curtis. Nur ein Junggeselle wie ich darf heimkommen, wann es ihm paßt.«

Ein FAO-Mann und Father Raven, der in Senshe das Ausbildungsprogramm für Flüchtlinge leitete, lauerten ihnen auf. Bray war auf Bill Ravens Bitte schon bei ihm draußen gewesen und hatte sich zu Hause in Dandos Rondavel ein paar Notizen für einen Einführungskurs in die Probleme des Wirtschaftsmanagements gemacht. »Sie sprechen nicht zufälligerweise Portugiesisch? Die Burschen aus Sambia haben uns einen Trupp Frelimoleute aufgehalst« – Raven war fast ein wenig begeistert angesichts dieses Dilemmas. Der FAO-Mann bot sich an, Bray die Musterfarm zu zeigen, die er im Süden aufbaute. »Wenn ich noch da bin, fahr ich gerne mit Ihnen hin.«

Er folgte Dando, der oben an der Bar saß und mit seinem Freund Coningsby, dem Manager, über die österreichisch-ungarische Monarchie und die Persönlichkeit Franz Josephs stritt. Dando pflegte über jeden Gesprächsgegenstand besser informiert zu sein als derjenige, der ihn aufs Tapet gebracht hatte, und da es hier wenig gab, was ihn intellektuell stimulierte, genoß er seinen Vorsprung voll Ingrimm; das war, wie Bray bewußt wurde, das Schicksal von Männern, die in einem kleinen Kreis lebten und viel lasen. Die Buschmentalität war nicht das, wofür die Leute sie hielten; sie konnte die Gestalt eines brennenden Verlangens annehmen, jemandem – irgendwem, einem Lastwagenfahrer, dem Distriktsveterinär – auseinanderzusetzen, wie der Gemeinsame Markt funktionierte oder was es mit den Theorien Wittgensteins auf sich hatte.

Bray fand Barhocker prinzipiell unbequem – er war zu groß, als daß er sich darauf hätte breitmachen können, ohne an jemandes Schultern oder Knie zu stoßen –, und am wohlsten fühlte er sich, wenn er einen Ellbogen auf den Tresen stützte und sich dem Raum zuwandte. Er trank Whisky und beobachtete dabei die anderen. Es war ein Tagtraum aus der Vergangenheit, dessen Ungereimtheiten ihn zu einem der Gegenwart machten. Eine kleine Gruppe von Weißen, die zum Dinner ausgegangen waren, kam herein, frisch frisiert, die Gesichter behaglich und glänzend von einer zweiten Rasur. Gelächter – jenes von weltlicher Art, das unter gutsitzenden Anzügen stille Lachkrämpfe verursacht – erschütterte eine Gruppe von drei Weißen, die weiter oben am Tresen saßen, während sie sich gegenseitig mit einem »Moment mal, Moment mal ...« unterbrachen, um ihrer Anekdote noch eine Wendung zu geben, die sie abermals losplatzen ließ. Ein Schwarzer in einem amerikanischen Jackett mit Schottenmuster unterhielt sich mit einem anderen in einem dunkelblauen Anzug, ohne ihn anzusehen und mit seinen Gedanken ganz woanders. Orangefarbene Fingernägel zerteilten Kaschunüsse; eine Frau, die jedermann mit »Sweetie« anredete, beschwerte sich darüber, daß in ihrem Martini keine Olive war, und beschwerte sich abermals, als man den Barmann deshalb zur Rede stellte. Zwei weitere Schwarze kamen herein und blickten über die Köpfe hinweg, verschwörerisch und hochmütig, entdeckten den erhobenen Finger des Mannes im gewürfelten Jackett und befleißigten sich dann jener herzhaften Förmlichkeiten des Händeschüttelns und Schulterklopfens, über die sich ihre weißen Geschlechtsgenossen einander früher augenzwinkernd lustig gemacht hätten, während sie jetzt in ihren Augen vorübergehend einen abwesenden Ausdruck hervorriefen.

Die Gesellschaft mit den Damen diente offenbar dem Zweck, einen jungen Mann von außerhalb der Stadt zu unterhalten, dem sie allesamt mit einer Hingerissenheit zuhörten, wie sie einem großen Geist oder Fachmann zukam. Er war das, was man sich unter einem Gardeoffizier vorstellt, vielleicht sogar zu sehr, als daß er es tatsächlich hätte sein können. Und er war auch nicht jung genug dafür; langes, seidiges Haar, das oben spärlicher wurde, schmückte den schmalen, hübschen, hinten abgeflachten Kopf über den breiten Schultern, und wenn er lächelte, sah man die knöchelweißen Zähne. Wenn er zum Ausdruck bringen wollte, daß er ärgerlich war, oder wenn er zu einem Lachen ansetzte, zog er auf eine eigentümliche Art seine Nasenflügel hinunter und die Luft geräuschvoll durch sie auf. Seine Freunde fanden das sicher unwiderstehlich. Und dabei bediente er sich einer Diktion, die – wenigstens innerhalb Englands – nicht mehr gebräuchlich war. Wahrscheinlichste Erklärung dafür war, daß er unter irgendeinem Regisseur, der alt genug war, sich Noël Coward zum Vorbild zu nehmen, an Amateuraufführungen mitgewirkt haben mußte. Laientheater war bei den Staatsbeamten und Siedlern populär gewesen; sogar Olivia war einmal in einem jener verstaubten Schauerstücke aufgetreten, die in Lord Sowiesos Landhaus spielten.

»... Ach Gott ja, ihr Vater sieht auch zu, daß er schnurstracks rauskommt. Schnurstracks. Das Anwesen in Kabendi Hills ist flöten. Carol bricht wegen der Pferde das Herz ... nach Jersey, vermute ich ... Letzte Woche erklärte Häuptling Aborowa mir gegenüber, daß es wegen der Aussonderung des Viehs Schwierigkeiten geben wird – ein paar von diesen Burschen haben den gottverdammten großartigen Staatszuchtbullen gehabt, für den das Ministerium ein Vermögen ausgegeben hat –, und ich sagte, guter Mann, das ist *dein* Problem, ich hoffe, zwischen mir, deinen Kühen, deinen Frauen und der ganzen gottverdammten Sippschaft werden ein paar Milliarden Gallonen Meerwassers liegen ... ›Ich möchte Pezele nicht neben mir sitzen haben.‹ Ich sagte, sei kein gottverdammter Esel, Aborowa – sobald ich mit ihm unter vier Augen rede, ist Schluß mit dem Unfug, ich rede mit ihm von Mann zu Mann, wir haben so manchen Brandy miteinander gekippt ...«

»Köstlich!« Eine der Frauen war derart überwältigt, daß sie ihr Glas niederstellen mußte.

»Himmel, das ist noch gar nichts – Carol kauft für die Frau des guten alten Aborowa die Korsagen ein.«
Noch mehr Gelächter.
»Für seine erste Frau. Arme alte Schachtel. Sie weiß nicht, wo das *bouz* anfängt und das *derrière* aufhört. Kolossal. Die gute alte Haut. Ich frag mich, was sie ohne Carol anfangen wird, sie himmeln sie einfach an. Ja, kauft ihr die Korsagen, die Pumphosen und was weiß ich noch alles ... in Harrods Spezialabteilung für fette Zirkusladies oder sonst was ...« Er zog die Luft zwischen den zusammengekniffenen Nasenflügeln ein, während sich die anderen verzückt Blicke zuwarfen. »Keine Ahnung, wer *diese* Art der Dienstleistungen übernehmen wird, wenn wir verschwinden, das kann ich Ihnen sagen – vielleicht die Zentralregierung oder die Provinzverwaltung oder wie zum Teufel sich diese Herrschaften dann nennen werden. M'lord Pezele – dieser großartige, fette, piekfeine Herr aus dem Osten der Provinz Choro – kommt in seinem funkelnagelneuen Jeep daher (vier Jahre lang habe ich darum angesucht, man möge unsere alten Kisten austauschen, aber nichts da), marschiert ins Great Palace: ›Ich bin um neun Uhr dreißig mit Häuptling Aborowa verabredet‹ – schaut auf seine Uhr, denkt, er ist beim Zahnarzt. Und der alte Herr in seinem Haus da drüben, der freut sich schon auf einen kleinen Plausch bei einem Schlückchen irgendwas.«
Der Schwarze mit dem Freund in der Schottenjacke sagte aufgeblasen zum schwarzen Barmann auf englisch: »Der Service hier ist auf den Hund gekommen. Ich hatte doch Eis bestellt, oder?«
Aber niemand außer Bray hörte ihm zu.
»... bin schon froh, daß ich statt dessen acht Prozent für

kurzfristige Kapitalanlagen kriege. Wissen Sie, auf mehr als fünf Jahre machen sie's nicht in Ländern wie diesem.«
Im Speisesaal gab es jetzt Tischmusik, und aus dem Lautsprecher über der Bar drangen die schleppenden Klänge eines schmelzenden Klaviers.
»Oh, dabei wird's keinerlei Schwierigkeiten geben, darauf können wir uns verlassen...« Nun, da die weißen Geschäftsleute wieder bei der Sache waren, setzten sie das professionell-konzentrierte und höflich-gleichgültige Gesicht von Männern auf, die in Flugzeugen und Hotels fremder Länder sitzen und große Gesellschaften vertreten.
»...eure komischen Portugiesen, die aus den Gebieten jenseits der Grenze einwandern... schlaue Burschen, eure Portugiesen, aber meine Jungs sind noch immer mit ihnen fertig geworden... Kapier das doch endlich, Pezele, wenn ich mal weg bin, dann kannst du dir dein eigenes *uhuru* brauen, aber solang ich hier meine Arbeit erledige... was ist er, ein politischer Beamter, tatsächlich? – dann richt ihm aus, daß er, wenn sein Englisch dazu ausreicht, die vertraulichen Berichte anderer Leute zu lesen, noch genügend Zeit haben wird, um seine klebrigen Finger...« Die wütend aufgerissenen, blauen Fischaugen fielen auf Dando und Bray, die der Bar gerade ihren Rücken kehren wollten, und quittierten mit einem halben Lächeln die Sympathie, auf die er sich bei jedem weißen Gesicht verließ.
»Süßliches Zeug«, sagte Dando, »wer zum Teufel will denn so ein Geleier von Musik hören? Ich muß unbedingt mit Coningsby reden. Sogar im Klo haben sie einen Lautsprecher. Man kann hier nicht mal hören, wie man pißt.«

Das Silver Rhino lag ein kleines Stück außerhalb der Stadt und war, wie die meisten Hotels in diesen Ländern, in der Kolonialzeit an der Great North Road erbaut worden, einer Straße, die quer durch die Staaten Zentral- und Ostafrikas führt. Vor zehn Jahren war es ein Ausflugsziel gewesen, zu dem Weiße aus der Stadt und aus den Minen übers Wochenende oder am Sonntag hinausfuhren; gleich in der Nähe konnte man fischen, und im Garten gab es einen zahmen Klippschliefer und Vögel in Käfigen zu bestaunen. Nun aber breitete sich die Hauptstadt zum alten Hotel hin aus, die Lichter der vereinzelten Häuser schimmerten durch den Busch wie durch Spinnennetze, es gab Namen für neue, noch unbebaute Straßen, und auch einige Ministerien waren hierher übergesiedelt. Bray hatte gehört, daß die neue Universität für dieses Gelände geplant war. »Ja – aber jetzt ist erst mal wieder alles anders«, sagte Dando, der hinter seinem Lenkrad saß wie hinter dem Kopf eines unberechenbaren Pferdes. »Höchstwahrscheinlich wird die neue Universität am Westhang der Stadt gebaut. Und jetzt, wo sie ein Hundertfünfzigtausend-Pfund-Arbeitsministerium hingestellt haben, kommen sie endlich drauf, daß die Regierungsgebäude alle auf ein und demselben Areal stehen sollten. Also werden sie dort, wo schon die anderen hingebaut werden, noch ein Ministerium hinstellen. Ungefähr tausend Morgen unmittelbar unterhalb des Regierungsgebäudes und der Botschaften. Worauf jeder schon vorher hätte kommen können, bloß der eigens importierte Experte für Stadtplanung nicht.«
»Und was wird nun aus diesem Bau da?«
Dando stieg aufs Gas, um seiner Antwort die richtige Würze zu geben. »Meines Wissens wird man hier Batte-

riehühner züchten. Armer alter Wentz. Er hat nicht viel Glück mit seinen Investitionen. Er steckt noch immer in einem Haufen Schwierigkeiten wegen der Besitzurkunde für das Hotel – immer wieder versprech ich, die Papiere einmal gemeinsam mit ihm durchzugehen, er hat sich nämlich diesem gottverdammten Trottel McKinnie ausgeliefert – erinnerst du dich noch an McKinnie und Goldin? Er ist hierherauf übergesiedelt, hat das Grundstück gekauft und den Kaufvertrag unterschrieben, und dann, als die Frau mit der Familie nachkam, gab es bei irgendeiner verdammten Klausel, auf die er sich nie hätte einlassen sollen, einen Haken. Um ein Haar hätte er's nicht einmal übernehmen können.«

»Du lieber Himmel. Mußten sie nicht wegen irgendwelcher politischen Schwierigkeiten aus Südafrika weg?« Bray legte das freundliche Interesse eines Durchreisenden an den Tag.

»Weiß ich nicht, ob sie *mußten*. Sie war nervös und wollte weg – Hjalmars Frau. Sie ist Jüdin – er hat sie sechsunddreißig aus Deutschland rausgeholt, weißt du, obwohl er selbst nicht Jude ist. Hat sie über die Grenze geschmuggelt. Eine scheußliche Geschichte. Durfte sie in Deutschland natürlich nicht heiraten. Nicht einmal seiner Familie konnte er davon erzählen, konnte keinem vertrauen. Machte sich mit ihr einfach auf und davon. Unglaublich, die ganze Geschichte. Soviel Mumm würde man Hjalmar gar nicht zutrauen, aber er hat's getan. Hätte passieren können, daß er mit ihr zusammen ins KZ gegangen wäre, wenn sie ihn geschnappt hätten.«

Eine Leitung mit buntbemalten elektrischen Birnen lief in Bögen von Pfosten zu Pfosten auf der vertrauten, großzügig angelegten Veranda des Silver Rhino. Auf harten Stühlen saßen biertrinkende Schwarze. Manche hatten Frauen dabei, und diese hatten selbstverständlich Babys mit. Kleine Kinder spielten mit leeren Bierflaschen und kletterten an der niedrigen Verandamauer hoch. An der Tür der Telefonzelle, die immer schon dort gestanden hatte, war ein großes Porträt von Mweta angebracht, über dem eine goldene Rosette prangte; auf den Rahmen hatten Leute Telefonnummern gekritzelt. Im Hotel selbst waren die alten Aquarelle durch ein paar qualitativ gute Masken aus dem Kongo ersetzt und die Wände waren reinweiß gekalkt worden – aber ansonsten war alles so, wie Bray es in Erinnerung hatte. Im Speisesaal stand eine überdachte Konstruktion, die an einen Märchenbrunnen erinnerte und die als offener Grill für das Fleisch gedacht war – an jenem Abend aber war sie nicht in Betrieb, und die Steaks kamen aus der Küche. Seit Brays Abschied von Afrika hatte man die Ankunft des Tiefkühlschrankes gefeiert, und nun kriegte er überall diese Steaks: große, dicke Fleischlappen, zäh wie Leder. »Für gewöhnlich macht sie eine Pilzsoße, eine Spezialität«, nörgelte Dando. »Haben alle etwas gemeinsam, diese Lokale: anfangen tun sie gut.« Hjalmar Wentz hatte sie entdeckt – wahrscheinlich verwandelte sich jedes Essen dort in einen halben Besuch bei Wentz – und kam herüber an den Tisch. Er trug Baumwollhosen und ein grünes Strickhemd, das sich in Falten um seine Brust legte. Entschuldigend streckte er seine Hände aus. »Gott im Himmel, Sie müssen mir vergeben – ich wollte, daß Sie sich zuerst einen Martini oder irgendwas in dieser Art genehmigen, aber bei dem Wirbel hier ... Ich kann Ihnen gar nicht sagen ... Für morgen hat die Handelskammer einen Lunch bestellt, und als wir heute früh die

Krebse vom Bahnhof abholten, bemerkten wir, daß alle schlecht waren. Die ganze Partie. Margot zaubert jetzt irgendwas andres her, vermehrt gerade auf wundersame Art Brot und Fisch ... ist der Wein gut? Roly, Sie sollten einmal einen Montrachet probieren, den ich aufgetan habe ... aber das nenn ich ein Steak, nicht wahr? Also, Krebs haben wir heute abend nicht zu bieten. Aber erinnern Sie mich dran, daß Sie ihn nächstes Mal versuchen ... so ein leichtes, zartes Fleisch.« Er setzte sich zu ihnen und trank ein Glas Wein mit, und sie unterhielten sich über englische Politik; es war ihm lästig, daß er hin und wieder den Faden verlor, weil er sich umsah, ob er nicht irgendwo anders gebraucht wurde, um dann, vom Gesprächsthema unwiderstehlich angezogen, wieder mitzureden. Als Kaffee aufgetragen wurde, sagte er: »Ach bitte, Margot möchte so gern, daß Sie den Kaffee später mit uns trinken. Wenn wir Glück haben, sind wir um zehn aus der Küche. Kommen Sie in unseren Palast, Roly kennt den Weg.« »Ist Stephen im Pub?« sagte Roly. »Kann sein. Ich weiß nicht. Heute abend sollte eigentlich der Barmann dasein.« Die Kellner hatten schon eine Zeitlang unruhig zu ihm hingesehen; er machte sich auf die Beine.
Die Luft in der Bar war stickig vom kühlen, säuerlichen Geruch des Alkohols. Im Luftzug eines Ventilators bewegte sich ein Mobile aus winzigen Wikingerschiffchen – die Art, die man in Flughäfen erstehen kann – auf und ab, langsam und ungleichmäßig wie falsch austarierte Waagschalen. »Wie alt bist du, Bürschchen?« rief Dando einem untersetzten, blonden Jungen mit einem Grübchen am Kinn zu. Offenbar handelte es sich dabei um einen alten Scherz; Stephen Wentz lächelte und stellte ein

wenig großspurig eine Flasche Brandy und zwei Cognacschwenker hin. »Alt genug, um zu wissen, was Sie wünschen, Mr. Dando.« »Hjalmars Sohn und Erbe. Eines Tages werden ihm all die Flaschen da gehören.« Hjalmar Wentz tauchte mit der Verlegenheit dessen auf, der sich gerade verabschiedet hat; er redete mit dem Jungen. Dando hielt das Brandyglas wie einen Vogel zwischen den Händen. »Ich habe Ihrem Herrn Sohn da gerade erklärt, daß ich Sie bei der Polizei anzeigen muß, weil Sie Minderjährige in einem Barbetrieb arbeiten lassen.« »Keine Sorge, Sie sollten mal erleben, wie wir uns anstrengen müssen, damit nicht die Babys auf den Rücken der Mütter hier reinkommen.«

»Wir haben sie draußen gesehen«, sagte Bray. »Sah wirklich heimelig aus.«

»Das ist eben Margot«, Hjalmar tat übertrieben vertraulich. »Sie kommen wahnsinnig gern her. Sie macht die Runde und steckt den Kindern Süßigkeiten zu. Die anderen Hotels, die strengen sich natürlich alle an, sie so weit zu bringen, daß sie ihre Kinder daheim lassen.«

Die meisten Gäste, die sich hier wegen der Woche der Unabhängigkeit aufhielten, waren schon gegangen, aber die Bar war noch zur Hälfte von Stammgästen besetzt, einer Mischung aus Weißen und Schwarzen, von denen einige offenbar gemeinsam hergekommen waren. Junges Gemüse aus dem Stab der zu Besuch weilenden Honoratioren war im Rhino einquartiert – ein Sekretär aus dem Senegal, zwei Herren von der Elfenbeinküste –, und außerdem waren noch Zeitungsleute und ein Paar von den Philippinischen Inseln da, das für eine demographische Kommission der UNO (Dando wies mit dem Finger auf sie) arbeitete, zusammen mit Freunden von der ghanesischen Botschaft. Ein oder zwei der Leute Mwetas mit Routinejobs in der Regierung mischten sich unter diese Kosmopoliten. Dando sagte über sie: »Die sind noch in dem puritanischen, eifrigen Stadium, dann kommen die Bestechungsaffären, dann die Säuberungen, aber schließlich wird es für sie etwas ganz Normales sein, sich in Gesellschaft von ganz gewöhnlich Sterblichen in einem Pub einen zu genehmigen. Sie werden sich schon beruhigen.« Er wurde von vielen Leuten begrüßt; selbst Bray entdeckte Gesichter, denen er in der Zwischenzeit schon des öfteren begegnet war. Aber sie setzten sich zu niemandem an den Tisch; Dando, der mit durchschwitzten Hemdsärmeln unter diesen Leuten in einer stickigen Bar saß, strahlte jetzt zu guter Letzt nachdenkliche Zufriedenheit aus; wie ein Mann inmitten des Geplappers in seiner eigenen Küche. Ein wenig später wurden sie in die Wohnung der Wentz' gerufen. Das Wohnzimmer, das sie betraten, hatte trotz der durchsichtigen Eidechsen an den Wänden und trotz des unpersönlichen Mobiliars aus der hiesigen Produktion europäischen Charakter. Der Tisch war schuld daran – ein runder Tisch mit einem wuchtigen, verschnörkelten Mittelfuß und einem gelben Tischtuch, dessen Volant in Falten herabfiel und in dessen Mitte eine Lampe stand. Ihr Lichtkreis fiel auf ein europäisches Interieur, ein Interieur für die früh einbrechende Dunkelheit von Winternachmittagen und die feuchten, klatschenden Winde von Winternächten. Durch die weitgeöffneten Fenster jedoch strömten ein laues Dunkel und das ohrenbetäubende Gelärme der Insekten.

Kaffee stand auf dem Tisch, ein schwarzer, üppiger Schokoladekuchen und eine Schüssel mit geschlagener

Sahne. Dando aß drei Stück. Margot Wentz hatte die Ruhe von jemandem, der erschöpft oder völlig von einer Sache in Anspruch genommen ist. Außer wenn sie gerade ihren Verpflichtungen als Gastgeberin nachkam, schien sie Dando und Bray kaum wahrzunehmen, und es war unwahrscheinlich, daß sie schon vorher gewußt hatte, daß sie im Hotel waren. Ab und zu antwortete sie einem der Gäste mit einem unsicheren Lächeln, aber ihren Gatten, der in einem fort redete, Anekdoten erzählte, die ihr Interesse entweder erwecken sollten oder als schon gegeben voraussetzten, ihre Ansichten zitierte, so als würde sie sie bestätigen, schien sie nicht zu hören.

»Einen Schnaps zum Kaffee«, insistierte er, aber obwohl Bray nichts mehr trinken wollte, sagte Roly Dando: »Ah, wunderbar«, und Hjalmar, immer noch der blonde gutaussehende Mann mit dem sonnengegerbten, wenn auch etwas verwitterten Aussehen, fing an, im Zimmer auf und ab zu schlurfen, Schränke zu öffnen und wie ein alter Mann nervös herumzusuchen. »Ist ein Aquavit, müßte eigentlich dasein ... wo, zum Teufel ... bin ein halber Däne, müssen Sie wissen, ist mein Nationalgetränk ... Gütiger Himmel, was ist denn da alles drin ...« Stöße von aufgerissenen Briefumschlägen, auf denen Marken klebten, fielen zu Boden, eingerollte Photographien, Bankauszüge, Gratisofferten für dies oder jenes. Er fing an, hinter den Bänden philosophischer und politischer Werke nachzusehen, die die wackligen Bücherregale füllten; das ganze Zimmer war voll von Büchern, Shaw und O'Neill und Dos Passos in englischer Sprache, Hesse, Hauptmann, Brecht und Rilke in deutscher, Bücher über Psychologie sowohl in Englisch als auch in

Deutsch – ein kurzer Blick, und schon wußte man, das waren die Überreste der einst unverzichtbaren Bibliothek von Leuten, die in den dreißiger Jahren in Europa aufgewachsen waren und dann weder das Geld oder den Raum besessen hatten, diese zu ergänzen, noch die innere Stärke, sie zurückzulassen.

»Was suchst du denn eigentlich, Hjalmar?« sagte Margot Wentz plötzlich mit geduldiger, kräftiger, singender Stimme. Sie hatte ihm den Rücken zugekehrt.

Mit der schlafwandlerisch-zielbewußten Sicherheit von jemandem, der den Lageplan der Schränke, Ecken, Nischen wie den Querschnitt eines Ameisenhaufens vor Augen hat, stand sie auf und holte hinter einem Schallplattenständer mit Platten in abgegriffenen Hüllen eine Flasche hervor. »Bitte schön, Hjalmar.«

Wieder war er ganz erstaunt, weil er sich doch eingebildet hatte, sie sei da oder da, er wußte doch ganz genau, daß er sie irgendwo hingestellt hatte, und einen Augenblick lang stand sie weiter da und sah ihn an, als wartete sie darauf, daß er sich aus seinen Gedanken befreite.

Ihre Tochter Emmanuelle schlüpfte herein und schnitt sich ein Stück Kuchen ab. »Ja, ich kenne Sie«, sagte sie geradeheraus zu Bray, als ihr Vater sie bekanntmachen wollte; die Nacht des Unabhängigkeitsfestes, als sie wie ein kleines Tier, das sich vor seinen Verfolgern in einer Höhle versteckte, dagesessen, die Anwesenheit des Fremden in mittleren Jahren nicht einmal zur Kenntnis genommen und mit Ras Asahe gesprochen hatte, nahm plötzlich eine Gestalt an, als wäre sie ein intimes Geheimnis, das sie miteinander teilten. Sie schnitt den Kuchen absichtlich schräg an, offenbar weil sie die Füllung nicht wollte und weil es ihr egal war, ob sie ihn damit für den nächsten verdarb. Sie saß da und knabberte an den kleinen Stücken, die sie abgebrochen hatte und nun in ihren langen, schmalen, bleichen Händen hielt. Ihre hochgezogenen Schultern wiesen zu beiden Seiten der Schlüsselbeine tiefe Einbuchtungen auf, über denen ihre grünliche, ölig glänzende Haut in der Hitze schimmerte. In einem gewissen Sinne erinnerte sie Bray an eine jener Photographien von Hungernden der dritten Welt – nichts als Augen und Knochen; aber ihre Beine unter dem kurzen, losen Hängekleid waren schön, die Oberschenkel sehr schlank, aber feminin, die Kniescheiben rund.

Stephen stellte die Bücher, die sein Vater durcheinandergebracht hatte, wieder gerade hin. »Oh, Ma, ich weiß jetzt den Namen für das Zeug, mit dem man diese Dinger umbringt.«

»Welche Dinger?« sagte seine Mutter, ohne sich umzudrehen.

»Die Dinger, die die Einbände auffressen.«

»Silberfischchen«, sagte sie.

»Du kannst es beim Apotheker kriegen. Es heißt Eradem, und du brauchst es bloß auf die Regale zu sprühen.«

Sie sagte: »Er weiß zwar, wie man verhindert, daß sie aufgefressen werden, aber er würde niemals eins auch nur aufschlagen.«

Wentz unterhielt sich gerade mit den beiden Gästen, aber sein Einwand klang, als spräche er über ein Medium. »Wieviel Zeit hat er denn schon. Du weißt doch, daß er kaum seine Schulaufgaben schafft.«

»Das stimmt.«

Einen Augenblick lang hing der prüfende Blick, mit dem

er sie musterte, gleichsam in der Luft; dann wandte er sich wieder der Diskussion über die neue Universität zu und widersprach Bray, der die Ansicht vertrat, das Hauptgewicht solle auf den Naturwissenschaften, insbesondere auf der Ingenieurausbildung liegen.

»Nun, ich sehe einfach keine Möglichkeit, wie auch nur eine einzige von diesen neuen afrikanischen Universitäten genügend Studenten mit dem entsprechenden Ausbildungsniveau finden soll, um mit ihnen die Studienplätze an einem halben Dutzend verschiedener Fakultäten zu besetzen«, sagte Bray gerade. »Die vernünftigste Lösung für die betreffenden Länder, die in geographischer, wirtschaftlicher und sonstiger Beziehung eng miteinander verbunden sind, wäre die Gründung einer Art Föderation auf dem Sektor Hochschulbildung, wobei sich jede Hochschule auf ein oder zwei Fakultäten beschränken sollte, um Studenten aus allen diesen Ländern zu kriegen. Ich bin der Meinung, daß die hiesige Universität, sobald sie einmal angelaufen ist, nur Kurse mit Hochschulabschluß im technischen und medizinischen Bereich anbieten sollte. Diejenigen, die sich für die Geisteswissenschaften interessieren, können nach Makerere und Lusaka gehen. Auf diese Weise könnte man einen erstklassigen Lehrkörper heranbilden und erstklassige Lehrmittel beschaffen, anstatt die Marmelade so dünn zu verstreichen und das Niveau zu senken.«

»Aber dann würde man immer noch irgendeine Art Interimsprogramm brauchen – ich weiß nicht... irgendwas zwischen Schule und Universität. Zur Anhebung des allgemeinen Bildungsniveaus Ihrer Studenten – auch derer, die an eine Universität in einen Nachbarstaat gehen, oder?«

»*Das* bezweifelt keiner«, sagte Dando. »Das ist ein allgemein anerkanntes Prinzip – eine Schule für höhere Studien oder was Ähnliches.«
»Aber was spricht dann dagegen, daß man das mit der Universität verbindet? In Wahrheit ist es doch genau das, was passiert, wenn man die Aufnahmebedingungen erleichtert. Der einzelne braucht dann einfach ein bißchen länger bis zum Abschlußexamen, das ist alles. Aber wenn die Universität ihr Bildungsangebot einschränkt, Colonel, dann würde man erst diese Extraschule oder was auch immer brauchen, noch eine Stiftung, noch ein Verwaltungsapparat mehr – und alles bloß für die jungen Leute, die irgendwo im Ausland Jura oder Sprachen studieren wollen.«
»Gebraucht werden Technologen, Bergbauingenieure, Elektrotechniker, mein guter Hjalmar, und nicht ein Haufen verrückter Patrioten, die Dissertationen oder Seminararbeiten über afrikanische Literatur verfassen«, explodierte Dando.
»Wenn ich Jura studieren will, dann weiß ich nicht, wohin ich gehen soll«, bemerkte Stephen zufrieden.
»Jura kommt nicht in Frage, nicht für dich«, sagte Hjalmar. »Wenn du einmal weg mußt, kannst du Jura woanders nicht praktizieren. Dann sitzt du in der Falle.«
»Also, Hjalmar, Sie Drop-out, Sie könnten selbst Kurse abhalten und die Leute auf das Studium vorbereiten. Sie könnten was für die Nation tun.«
Wentz goß Dando ein weiteres Glas Aquavit ein. »Kant und Hegel für die Abschlußklasse der Missionsschule.« Er lächelte vor sich hin: »Sofern ich mich überhaupt noch an etwas erinnere, was ich unterrichten könnte.«
»Wenn Sie unterrichten können, dann sollten Sie's auch

tun«, sagte Bray. Und fügte, wobei er sich an Margot Wentz wandte, hinzu: »Wieso sind wir uns unserer Sache immer so sicher, wenn wir so was behaupten? Woher wissen wir denn, was für andere Menschen das Richtige ist?« Sie quittierte das mit einem nachdenklichen Lächeln, so als hätte er sich gerade für etwas entschuldigt. Leise sagte sie zu ihrer Tochter: »Und wie war deine Cocktailparty?«

Das Mädchen hob die Schultern, den Blick in die Ferne gerichtet.

»Es war doch der Handelsbeauftragte der Volksrepublik China, nicht?« sagte Hjalmar – für die Gäste. Er wußte genau, wer es war. »Piekfein. Mit Papierlaternen und Feuerwerk, jawohl!« Er machte ein komisches Gesicht, so als beeindruckte ihn die Heldentat eines frühreifen Kindes.

Emmanuelle grinste plötzlich vor Freude. »Ihr hättet sehen sollen, wie Ras eine tiefe Verbeugung aus der Hüfte machte. Alle verneigten sich bis zum Boden hinunter. Wie bei einem Eurhythmiekurs. Ein Mann hat Ras und mich zu irgendeinem Jugend-Dingsbums nach China eingeladen. Er hat sich lange mit mir unterhalten – per Dolmetscher selbstverständlich. Hat mich gefragt, wie's mir gelungen ist, mich von den Einflüssen des Neokolonialismus freizumachen. Hatte keine Ahnung, was ich sagen sollte.«

Ihr Bruder sagte zu ihr: »Warum sagt Ras immer ›longwedge‹, anstatt ›language‹, er spricht von afrikanischen ›longwedges‹? Das klingt so ulkig.«

»Scher dich zum Teufel!« Emmanuelle richtete sich in ihrem Stuhl kerzengerade auf.

Stephen lachte und protestierte: »Nein, wirklich, warum

sagt er... Ich meine, es klingt... jedesmal fällt's mir wieder auf.«

Sie hatte sich wie eine Kobra aufgerichtet, den Kopf bereit, zuzustoßen. »Verschwinde hinter deine Bierflaschen.«

Halb ängstlich und verkrampft lachend, krümmte er sich; aber sie war es, die den Raum verließ, ohne irgend jemanden auch nur eines Blickes zu würdigen. »He, Emmanuelle, wohin des Wegs?« rief Dando. »Spielst du mir denn heute abend nichts auf der Flöte vor? Was hab denn ich dir getan, meine Hübsche? Komm her!«

»Nicht Emmanuelle«, sagte Margot Wentz.

»Sie ist gut, sie ist gut«, sagte Dando zu Bray.

»Ja, Sie müssen sie sich irgendwann einmal anhören«, sagte ihre Mutter.

»Aber hier gibt's keinen, der ihr Stunden geben kann, das ist das Problem«, sagte Hjalmar. »Sie ist wirklich sehr talentiert. Sie spielt auch Geige. Das hat sie von Margots Vater, macht viel Freude – wir haben sie auch nach ihm genannt. Emmanuel Gottlieb, der Physiker, vielleicht haben Sie schon von ihm...«

Margot Wentz tat diese Möglichkeit mit einer Handbewegung ab.

»Sie sollten sich anhören, wie sie afrikanische Instrumente spielen kann, Colonel Bray«, sagte Stephen. »Dieses kleine Ding von einem Handpiano? Was meinen Sie, was sie aus dem herausholt! Dieses Zeug, das man mit dem Daumen spielt.«

»Sie kennen Ras Asahe – vom Rundfunk?« sagte Hjalmar. »Er will mit ihr eine Sendung machen, in der sie einheimische Instrumente spielt. Keine Ahnung, wie er auf diese Idee kommt. Er hat lauter so Einfälle.«

»Ich kannte seinen Vater gut«, sagte Bray. »Ist eine intelligente Familie.«
Alle waren ziemlich müde. Es herrschte jene Art von Stille, die unter einen Abend einen Schlußpunkt setzt. Hjalmar Wentz warf einen schnellen Blick zu seiner Frau hinüber und sah langsam zuerst Dando an und dann Bray. Wie aus Rücksicht auf die Anwesenheit des Kindes Stephen sprach er mit gesenkter Stimme. »Man weiß nicht recht, was man unter den gegebenen Umständen tun soll. Sie haben's ja heute abend selbst erlebt. Er nimmt sie so gut wie überallhin mit. Dabei ist er mindestens zwölf Jahre älter als sie; ein Mann von Welt. Normalerweise würde man nicht zögern, dem Ganzen ein Ende zu setzen. Wenn er ein Weißer wäre. Aber so wie die Dinge liegen, ist es peinlich ... Kaum sagt Margot irgendein Wort zu Emmanuelle, denkt sie schon ... Als ob das bei uns eine Rolle spielen würde!« Sein Gesicht spiegelte den ganzen Schmerz wider, den ihm seine Tochter zweifellos, ohne zu zögern, zugefügt hatte.
Stephen machte nachdrücklich auf seine Anwesenheit aufmerksam: »Emmanuelle tut alles, nur um ihren Willen zu bekommen.«
Margot Wentz aber hatte das verschlossene und verträumte Gesicht von jemandem, der sich darüber ärgert, mit anhören zu müssen, wie Privatangelegenheiten vor Fremden ausgebreitet werden. Bevor sie gingen, redeten sie noch ein paar Minuten lang von trivialen, erfreulichen Dingen.

Die Einladung zum Lunch bei Mweta kam per Telefon. Joy Mweta war selbst am Apparat. Bray hatte mit ihr schon bei diversen Empfängen gesprochen, und beim Unabhängigkeitsball hatten sie – zum ersten Mal in all den Jahren, die er sie nun schon kannte – miteinander getanzt. »Du weißt natürlich, wo wir jetzt wohnen?« sagte sie mit ihrer fröhlichen, kichernden Stimme, und sie lachten. Die Zeitungen hatten den Umstand aufgebauscht, daß der Präsident bis zu jenem Tag, an dem er in die ehemalige Residenz des Gouverneurs zog, weiterhin in dem kleinen Drei-Zimmer-Haus mit Blechdach in Kasalete Township gelebt hatte, das seit seiner und Joys Übersiedlung aus Gala in die Hauptstadt sein Zuhause gewesen war. »Ist es ein offizielles Essen?« Sie antwortete ihm ein wenig verächtlich: »Adamson möchte dich einfach sehen. Ich hoffe wenigstens, daß nur du eingeladen bist. Mein Kind sagt immer zu mir, Mama, warum kommen all diese Menschen und wohnen bei uns?«
»Welches Kind ist es denn? Telema?«
»Du bist nicht auf dem laufenden! Telema geht in die sechste Klasse. Und Mangaliso ist fast zehn – das ist der Junge, der nach deiner Abreise zur Welt kam. Das Kleine ist ebenfalls ein Bub. Er ist zweieinhalb und heißt Stanley.«
»Gute Arbeit, Joy. Wie gut spricht Stanley denn Gala? Ich brauche jemanden, der mit mir übt und noch nicht in einem Alter ist, wo er mir meine Fehler ständig vorhält.«

»Ach, wo denkst du hin? Glaubst du etwa, ich rede mit meinen Kindern englisch?«
Die Bayleys hatten ihm nun ihren Zweitwagen zur Verfügung gestellt, und so fuhr er selbst zur Residenz des Gouverneurs – noch dachte niemand daran, sie als die Residenz des Präsidenten zu bezeichnen. Vor der Stirnseite hatte man sich immer eine Art unpersönlichen, konventionellen Gartens anzulegen bemüht – dickbäuchige Palmen und Beete mit Sommerpflanzen in Reih und Glied –, aber als er vor dem Einfahrtstor von den Wachen angehalten wurde, die seine Personalien per Telefon mit dem Haus abklärten, freute er sich, daß er eine kleine Gruppe von Frauen und Kindern mit Kochtöpfen entdeckte, die ihre Anwesenheit durch einen Rauchfaden verriet, der aus den Büschen hinter dem Wächterhäuschen aufstieg. Vielleicht handelte es sich sogar um Angehörige von Joy oder Mweta; Bray fragte sich, wie Mweta wohl mit den Ansprüchen der erweiterten Familie zurechtkam, da er nun in einem Haus lebte, das auf den ersten Blick hin groß genug war, allesamt zu beherbergen.
Es sah freilich nicht wie ein Haus aus; zumindest nicht wie ein afrikanisches. Als Viviens alter Renault knirschend über den Kies zum Eingang rollte, überlief ihn bei dem Gedanken, daß Mweta hier wohnen mußte, ein Frösteln. Der Stil war neoklassizistisch, ein langer, doppelreihiger Säulengang bildete vor einem großen Block aus hiesigen Terrakottaziegeln und glimmerdurchzogenem Stein, der – wie bei einer Kaserne – von Reihen über Reihen immer gleicher Fenster unterbrochen wurde, einen Portikus. Das neue Wappen hatte den ihm gebührenden Platz an der

Vorderfront. Die andere Seite, die aussah, als hätte man erwartet, Capability Brown würde schon das entsprechende Ambiente aus kunstvoll gestaltetem Rasen, künstlichem See, Pavillon und Rotwild in einem Schwung aus dem Boden stampfen, sei aber nie gekommen, blickte auf den Park hinunter und war gar nicht so übel. Der Park selbst – sieben oder acht Morgen struppigen Buschlands, in dem man einfach die Bäume ausgedünnt hatte – war, wie er sich noch erinnerte, voller Wiedehopfe und Chamäleons, die schon vorher hier gewesen waren. Er war erhalten geblieben, weil einer der ersten Gouverneure die Bedingungen des lokalen Golfplatzes hatte simulieren wollen – von der Freitreppe aus, die zur Terrasse führte, hatte er seine Bälle geschlagen.
Ein Schwarzer in der alten Montur aus weißen Zeiten, mit Handschuhen und einem roten Fez, wie er vom Hauspersonal in Kolonialresidenzen getragen worden war, öffnete die Tür, und ein junger, vorgebeugter Neger im blauen Nadelstreif und mit weißer Nelke geleitete Bray in den privaten Salon. Es war Mwetas neuer Sekretär, aber außer ihm war noch ein junger Weißer da, der mit der Geschliffenheit und Umgänglichkeit eines Aide-de-camp herumstand. Bray hatte von ihm gehört: Als ehemaliger PR-Mann bei der größten Bergbaugesellschaft war er vor allem eingestellt worden, um Mweta davor zu schützen, von seinen Landsleuten umstandslos aufgesucht zu werden – was für ihn als Parteiführer charakteristisch gewesen war. Noch immer dachten sie, sie könnten einfach zur Tür hereinkommen und mit Mweta reden; kein schwarzer Sekretär konnte hoffen, den energischen

Frauen der Kirche von Zion oder den alten Bauern, die etwas auf dem Herzen hatten, erfolgreich Widerstand zu leisten. Sie konnten es nicht begreifen, daß man jetzt schriftlich um eine Unterredung mit dem Präsidenten nachsuchen mußte.

»Ich schätze mich glücklich, Colonel Bray, ich bin Clive Small, meine Tante, Diana Raikes, war mit Ihrer Frau befreundet, und ich erinnere mich noch, wie sie mir, knapp bevor Sie damals dieses Land hier verließen, aus einem Brief von ihr vorgelesen hat – äußerst beeindrukkend. Ich vermute, das war eins der Dinge, die mein Interesse an diesem Land hier weckten – damals war ich noch Student.« Ein goldener Schimmer aus Haaren, die entlang der Augenbrauenlinie und an den Schläfen hell glänzten, umgab die gerötete Stirn des jungen Mannes, der einen schöngeschnittenen Mund und die leicht buschigen, antennenartigen Augenbrauen eines Mannes besaß, den Frauen attraktiv finden. Er trug hautenge Leinenhosen und ein grellrosa Hemd und nahm dem älteren Negerbutler sanft das Hantieren mit dem Martini ab. »Sie wissen, daß ich das gern persönlich besorge, Nimrod. Wir haben jetzt ein neues Arbeitsteilungsprogramm hier.«

»Der Präsident steht in ein paar Minuten zu Ihrer Verfügung, Sir.« Der Sekretär wandte sich von Bray ab und Small zu, um mit ihm beiläufige, vertrauliche Randbemerkungen zu wechseln, ganz mit dem Gehabe von Leuten, denen der Dunst der Macht und Palastintrigen so sehr zur Gewohnheit geworden ist, daß sie ihn atmen, als wäre er Luft wie jede andere. »Haben Sie sich durchgesetzt?«

Der Schwarze kicherte, daß etwas anderes gar nicht

möglich gewesen sei: »Nun, was hätte er denn sagen sollen? ›Wir bedauern zutiefst‹ – lauter so Zeug.«

»Der große Mann wird hoch-er-freut sein. Warten Sie's ab. Er-freut. Und Douglas? Ich wette, daß er sich die Haare rauft. Hm?«

Als Mweta hereinkam, traten sie zur Seite und lächelten, als hätten sie ihn herbeigezaubert. Er trug die vernünftige, wenngleich nicht ganz stilgerechte Tunika, die die Partei schon vor Jahren übernommen hatte (eine Kreuzung zwischen Mao-Bluse und Buschjackett), aber irgendwie wirkte er elegant. Er war bei Bray, ehe dieser zu ihm konnte. Sie hielten einander an den Händen, wiegten sich fast hin und her, lächelten, Mweta lachte zu ihm hinauf, und die anderen standen lächelnd da. »War auch Zeit, war auch Zeit«, sagte Mweta. »Immer nur quer über einen Raum hinweg, mitten zwischen den Leuten! Kaum seh ich dich, kommt schon ein anderes Gesicht dazwischen.«

»Es ist komisch, wenn man auf der Straße angehalten wird und sieht, wie du vorbeifährst und uns allen zuwinkst.«

Mweta zuckte mit den Achseln und lachte wie ein Junge, der ein wenig hatte angeben müssen. »Aber es hat immer dir gegolten, wenn du da warst, James. Du weißt es, es galt ganz bestimmt dir.«

Der Butler reichte ein Tablett mit Mr. Smalls Martinis und einem Glas frischen Orangensaft für Mweta herum. Und trotzdem hoben sich Stimme und Laune Mwetas, während geredet und gelacht wurde – so als belebte der Alkohol seinen Blutkreislauf ebenso sehr wie den der anderen. Er hatte sich schon immer auf diese Weise aufgeputscht, hatte diese überströmende Lebenskraft an sich

gehabt, die die Menschen spontan zu ihm kommen ließ, und die ihre Anwesenheit in ihm auslöste. Vor Jahren mochte er auf seinem Fahrrad in einem Dorf aufkreuzen, und ehe er noch nach dieser Fahrt dazu gekommen war, Atem zu holen, stand schon eine Gruppe im Kreis um ihn herum, und seine Stimme übertönte alle, hielt sie fest. Später dann, wenn er zwei Stunden lang auf einem Fußballplatz geredet hatte, glänzte sein Gesicht, und eine Menschenmenge, eng aneinandergedrängt wie die Zellen eines Organismus, ein Ungeheuer im Eingang seiner Höhle, rief donnernd seinen Namen: MWETA. Er verfeinerte die Technik der langen Pausen, die dem anschwellenden, jubelnd widerhallenden Echo Zeit ließen. Sie brüllten; er wartete ab, fing nochmals zu reden an. Olivia war einmal davon überwältigt gewesen: »Es hat etwas Grauenhaftes – als würden sie ihm irgendein kostbares Sekret abschmeicheln – wie Ameisen, die gefangene Blattläuse streicheln.«
Der Sekretär, Wilfrid Asoni, machte mit professionellem Geschick die Interessen des Präsidenten zu seinen eigenen: »Herr Präsident, es sieht ganz so aus, als hätten wir Colonel Bray die Dienste unseres Freundes Clive hier zu verdanken. Oh, nicht unmittelbar, meine ich, aber dennoch.«
»O nein, es ist die Sphäre deines Einflusses, Mweta«, sagte Bray. »Stell dir vor, wie das erst auf der internationalen Ebene aussehen wird – ich frage mich, ob sich die UNO dessen bewußt ist.«
»Nein, nein, das ist dein Verdienst, James.«
»Nun, selbst wenn du das glauben solltest, sag's denen nicht. Mit einem Ehemaligen wie mir darfst du nicht zu freundlich umgehen.«

»Aber du warst doch, wie soll ich mich ausdrücken, immer deiner Zeit voraus ...«

»... ein vor der Zeit Deportierter auf alle Fälle, meinen Sie nicht, Sir«, fiel Small lachend ein.

»... aber jetzt bist du endlich da, wo du hingehörst, *jetzt, jetzt,* und du wirst den Staat gemeinsam mit uns aufbauen. Stimmt's? – Natürlich!«

Ihre erhobenen Stimmen und ihr lautes Gelächter ließen den hohen, überdimensionalen Raum auf eine angenehme Größe schrumpfen. Wie ein Schleier legte sich blauer Zigarettenrauch vor den Blick, der durch die Balkontüren hinaus auf den Busch im Park wanderte, über dem der ferne Dunst der mittäglichen Hitze lag. Hie und da wurde Brays Aufmerksamkeit im Kontrapunkt zum Gespräch dort hinaus gelenkt; das Flimmern schien sich über sein eigenes Bewußtsein zu legen, es beruhigend, lindernd, einem apathischen Zustand zuzutreiben; das kleine Glück der warmen Klimazonen. Der geschlossenen Männergesellschaft gesellte sich Joy Mweta hinzu, gefolgt, oder richtiger, angeführt, eingekreist und umstürmt von mehreren Kindern und einem tänzelnden Hund. Ein paar Minuten lang herrschte ein Inferno im Raum; Bray hatte zwei der Kinder noch nie gesehen, und zum Zeitpunkt seines Wegganges aus diesem Land war das dritte noch ein Baby gewesen: Sie trugen weiße Socken, und das Elf- und Zehnjährige hatten bereits die Scheu von schwarzen Kindern abgelegt und redeten selbstbewußt mit den Eltern, fordernd und anklagend; nur das Kleine hielt sich am Rock seiner Mutter fest und lugte mißtrauisch hervor. Mweta unterhielt sich mit ihnen auf gala, und sie stürmten hinaus auf die Terrasse; dann aber zog der Hund das schattige Zimmer und den

Teppich vor, und der kleine Junge stürmte wieder herein, um ihn zu holen. Bruder und Schwester folgten; Clive Small wirbelte den Kleinen durch die Luft. »An den Beinen! An den Beinen«, bettelten die anderen. »Eure Mutter hat das verboten, Mangaliso, sie hat Angst, ich könnte euch kopfüber fallen lassen, und dann seid ihr auf ewig die Letzten in eurer Klasse.«

»Ich bin der Dreizehnte, und in meiner Klasse sind fünfunddreißig«, erklärte das Kind von sich aus, zu Bray gewandt.

Das kleinste, ein schweratmendes Ding mit feuchten Lippen, runden, abstehenden Nasenflügeln und runden Augen, die aus jedem Gesicht eines schwarzen Kindes einen Vorwurf machen, kletterte an Mweta hinauf.

»Ich hab es dir noch nicht gesagt«, sagte Bray. »Ich bin Großvater geworden. Heute früh hab ich ein Telegramm bekommen. Venetia hat eine Tochter bekommen.«

»Venetia!« Mweta schüttelte den Kopf. »Erinnerst du dich, wie ich sie auf dem Gepäckträger auf dem Fahrrad hinten mitgenommen habe? – Und sie hat immer Plakate für uns gemalt«, erklärte er Joy, die er erst, nachdem Venetia schon in England zur Schule ging, geheiratet hatte. »Ja, dieses kleine Mädchen war schon sehr früh eine Stütze der PIP. Plakate, auf denen Datum und Ort für die Zusammenkünfte angekündigt wurden und so weiter. Und Slogans. Clive, einmal hat sie dem Colonial Secretary ein solches Plakat gezeigt – wer war das noch, James? Ja, richtig – er war damals nach den ersten Gesprächen, die ich mit Shinza in London führte, hier – und natürlich machte er eine Tour durch Gala« – alles lachte – »um sich an Ort und Stelle einmal anzusehen, wo dieser ganze Unfug mit der Unabhängigkeit seinen

Anfang genommen hatte, und um diesen Burschen, diesen Bray, unter die Lupe zu nehmen, der dem kein Ende zu machen schien – und nachdem er an diesem Tag im *boma* gewesen war und zum Haus des Bezirkskommissars zum Lunch zurückfuhr, fragte er dieses kleine Mädchen, die Tochter des Bezirkskommissars, was ist denn das für ein hübsches Bild, das du da malst, und Venetia sagte darauf, das ist kein Bild, das ist ein Plakat, schau doch! Und wofür ist es, kleines Mädchen? Siehst du das nicht? sagte sie. Natürlich für die Kundgebung der PIP!«

Bray nickte und lachte.

»Sie war stolz auf ihr Bild, was?« sagte Mweta. »Warum nicht?« Und wieder lachten sie alle, und dann bekamen sie Brays Version der Geschichte zu hören, die Mweta, der mit jeder neuen Wendung noch euphorischer wurde, immer wieder durch Einwürfe unterbrach.

»Jahre danach«, sagte Bray, »nahm mich Venetia einmal zur Seite und bat mich, ganz im Ernst, ihr die Wahrheit zu sagen: Hatte sie nun teilweise an meinem Rausschmiß schuld oder nicht? Sie sagte, sie habe schon darüber nachgedacht, seitdem sie erwachsen sei, es liege ihr auf dem Gewissen.«

In einer Gefühlsaufwallung zog Mweta seine Augen zusammen. »Venetia! Sie *muß* mit ihrem Mann herkommen, nicht wahr, James? Schon bei den Unabhängigkeitsfeiern hätte sie mit dabeisein sollen.«

»Wie wär's mit einem Photo?« sagte Small zu Asoni. »Wilfrid ist ganz verrückt danach, seine neue Kamera auszuprobieren, Sir.«

Alle trotteten sie hinaus auf die Terrasse; die Hitze schien sie kleiner zu machen, ihre Stimmen schlugen gegen die Fassade des Hauses. Bray und Mweta standen beisammen, Bray verlegen und nach vorne geneigt, Mweta lächelnd, eine Hand auf seinem Arm. Der Hund lief durch das Bild. Der Sekretär machte noch eine Aufnahme. Und dann eine mit Joy und den Kindern; sie stellten die Füße zusammen und verschränkten die Arme.

»Wir kriegen eine Schaukel und eine Rutsche«, sagte Mangaliso.

»*Und* eine Dschungelsporthalle.« Es war das erste Mal, daß der Kleine Bray anredete.

»Die Prinzessin hat es gesagt.«

Joy lachte. »Ja, die Prinzessin hatte lauter so gute Einfälle. Sie hat mir für alles, was ich tun soll, genaue Anweisungen gegeben. Sie hat gesagt, wir sollten einen Teil des Gartens durch eine Mauer abteilen und ihn speziell für die Kinder herrichten, mit Schaukeln und so weiter. Weißt du, ich meine, sie ist es gewöhnt, in solchen Häusern zu leben. Sie sagte, sie müssen irgendwo ihren privaten Bereich haben.«

»Oh, sie waren ein Herz und eine Seele«, sagte Mweta. »Joy kennt sämtliche Geheimnisse des Buckingham Palace.«

»Unsinn, sie wohnt ja nicht mal da.«

»Und mit der Frau des chinesischen Botschafters hat sie sich ebenfalls dick angefreundet. Sie spricht recht gut Englisch.«

»Sie möchte, daß ich nach Peking komme, um über die Stellung der Frau in Afrika zu sprechen«, sagte sie herausfordernd zu ihm, während sie Bray zulächelte.

»Joy war immer schon eine große Stütze«, sagte Bray.

»Genau das sage *ich* ihm die ganze Zeit.«

Die Kinder hatten Schuhe und Socken ausgezogen; im dichten Flaum des Babykopfes hatten sich Grashalme verfangen. Kaum war an seiner Hose ein verräterischer feuchter Fleck aufgetaucht, trocknete er auch schon wieder in der Hitze aus. Einer der weißlivrierten Diener stand im Schatten des Hauses herum, um zum Lunch zu rufen, fand aber nicht die Gelegenheit, irgend jemandes Aufmerksamkeit auf sich zu lenken. Der Sekretär und der PR-Mann fummelten an der Polaroidkamera herum. Dann kam das Bild zum Vorschein, und alles drängte hin, um es zu sehen. In diesem Augenblick gesellte sich eine Frau mit blondem Babyhaar, das in dünnen Löckchen oben auf ihrem Kopf festgesteckt war, zur Gruppe. Wie viele Frauen verriet sie ihren Jahrgang dadurch, wie sie geschminkt war: der Bleistiftstrich der Brauen à la Marlene Dietrich auf der glatten, feinen, englischen Haut über den beiden blauen Augen, die gut gepuderte Nase und der fuchsienrote Mund. Sie war ganz in Marineblau und trug knapp unter einer Schulter eine kleine Diamantbrosche. Bray wurde Mrs. Harrison vorgestellt, und es folgte der schnelle, geflissentliche Austausch von Höflichkeiten, wie er bei Menschen Sitte ist, die dieselben gesellschaftlichen Konventionen im selben Jahrzehnt und Land erlernt haben. Mweta, Bray und Joy tratschten über die Unabhängigkeitsfeiern; die Kinder umsprangen im Kreis Wilfrid Asoni und Small und langten nach der Kamera. »Warte, warte, Mangaliso – möchtest du, daß ich ein Bild von dir mache? Nicht einmal mit Bimbo?«
Die hohe, klare Stimme der Engländerin, Mrs. Harrison, segelte dazwischen: »Kinder – ich frage mich, wer sich meine Gartenschere ausgeborgt hat? Weißt du es, Man-

galiso? Ich könnte mir vorstellen, daß Mangaliso es weiß, was meinst du, Telema?«
Wie vom Schlag getroffen, blieben die Kinder stehen. Sie standen da, drehten ihre Füße im Gras hin und her, sahen einander an. Mrs. Harrisons Blicke deckten ebenso die unordentlich weggeworfenen Schuhe und Socken wie den feuchten Fleck zwischen den Beinen des Kleinen auf.
»Mangaliso!« sagte Joy.
»Ich werde dir zum Geburtstag eine Gartenschere schenken«, sagte die Frau zum Kind, »aber du mußt mir versprechen, daß du dir meine nicht ausborgst. Ich brauche meine Gartenschere, verstehst du?«
Er lächelte ihr zu, runzelte die Stirn, flehte darum, nicht mehr im Rampenlicht stehen zu müssen.
»Du bist ein braver Junge«, sagte Mrs. Harrison. »Mrs. Mweta, ich fürchte, aus dem Soufflé des Kochs wird noch ein Pfannkuchen, wenn Sie jetzt nicht zum Lunch hereinkommen. Er ist schon ganz nervös.«
»Ach du liebe Güte – wie spät ist es denn? Wir haben ein Photo gemacht – Adamson, wir müssen jetzt zum Lunch.« Sie war durcheinander, lachte und hastete herum. Nur unter Protest ließen sich die Kinder wegschikken: Mrs. Harrison stand im Wohnzimmer, machte mit ihren Blicken eine Art privater Bestandsaufnahme, als die Gesellschaft im Gänsemarsch vorbeidefilierte. Dann mußten sie ein paar Minuten lang auf Joy warten, die die Kinder in ihr Zimmer gebracht hatte. Als sie zurückkam, kicherte sie entschuldigend und wandte sich an Bray: »Sie können es nicht verstehen, weshalb wir nicht mehr gemeinsam essen.«
»Nun, könntet ihr's ab und zu nicht tun? Wenn ihr allein seid.«

»Niemals allein!« erklärte sie mit einem Seitenblick auf Small und Asoni und zuckte leicht mit den Schultern. »Auch wenn wir keinen Besuch haben.«
»Du läßt Mrs. Harrison doch wohl nicht den Haushalt führen?« sagte Bray anklagend.
Sie lachte ihn an. »Nein, nein, wir haben eine Kusine von mir daheim hier und außerdem die kleine Schwester meiner Schwägerin. Sie sind gekommen, um mir zu helfen. Weißt du, während der Feiern hab ich meine Kinder ein paar Tage lang überhaupt nicht sehen können.« Sie hatte die Stimme gesenkt – vielleicht weil die Atmosphäre des kühlen Eßzimmers, das sie betraten, so sehr im Widerspruch zur lauten Unterhaltung der Familie auf der Terrasse stand. Ihr großer, matronenhafter, aber immer noch jugendlicher Körper bemächtigte sich schicksalsergeben des Stuhls am unteren Ende des Tisches. Gleichsam resignierend setzte sich Mweta an dessen Kopfende, so als nähme er an einem Konferenztisch Platz. Jeder hatte einen Diener hinter sich. Mweta schien ihre Anwesenheit gar nicht zu bemerken, aber Joy ertappte den einen oder anderen hie und da bei einer kleinen Unaufmerksamkeit und sagte dann etwas im lokalen Dialekt, halblaut flüsternd. Es gab geräucherten Lachs. Und ein Käse-Soufflé. Und kalte Ente. Während Mweta über die amerikanische Außenpolitik sprach, entfernte er fein säuberlich jedes Restchen der dünnen Aspikschicht, die das Fleisch bedeckte. »Ich sehe überhaupt nicht ein, weshalb es eine Rolle spielen soll, daß Amerika sich in Vietnam überengagiert hat oder daß, wie die von dir erwähnte Autorität behauptet, Amerika am Ende einer nach außen hin orientierten Phase steht und sich nun auf interne Probleme konzentrieren muß, oder daß, wie ein paar

meiner Minister meinen, es lernen mußte, daß man Einfluß heute selbst mit Dollars nur sehr schwer erkaufen kann. Sollte sich Amerika zurückziehen wollen« – er hob seine Hände, Handflächen nach oben – »gut, mächtig genug ist es dafür. Wenn es zu den Hungernden sagt, kein Weizen, außer ihr bezahlt dafür, gut, dann tut es das. Und das alte Schreckgespenst, wer dann wohl in dieses Vakuum eindringen wird – nicht mehr interessant. Nur, *wir* können uns nicht so verhalten. Der einzige Überfluß, den die afrikanischen Länder vorzuweisen haben, ist der an Schulden und Mangel. Wir kämpfen. Wir sind gezwungen, in Südafrika Mais einzukaufen, in diesem Land dies und in jenem Land jenes, wir sind – wie in einem Drei-Bein-Rennen mit Teilnehmern unterschiedlichster Art – aneinandergefesselt. Ständig stolpern wir über die ökonomische Struktur, die aus den Zeiten des Kolonialismus übriggeblieben ist. Natürlich müssen wir einander helfen. Aber das heißt doch wohl noch nicht, daß wir immer die Probleme der anderen verstehen. Das heißt doch nicht, daß ich mir von der OAU vorschreiben lassen muß, wie ich dieses Land zu führen habe, oder?« Er blickte auf einen Haufen rosafarbener Mousse herab, die ihm in Ellbogenhöhe gereicht wurde, und sagte zu seiner Frau: »Ich dachte, wir würden mittags etwas ganz Gewöhnliches essen – war das nicht für die Zukunft so vereinbart?«
»Ja, ich weiß . . .«
»Nichts Ausgefallenes. Bloß ein bißchen Obst.«
»Ja, Mrs. Harrison behauptet, das ist Obst – aus Obst zubereitet.«
Er zögerte und ließ den Löffel dann mit einem schmatzenden Geräusch darin versinken, um einen Placken auf

seinen Teller zu laden. »Was bedeute ich Obote? Den Kalk für den Zement, für den er – sollte er gezwungen sein, ihn von woanders zu importieren – ein Drittel mehr auf den Tisch legen müßte. Was bedeutet mir Nyereres Gesundheit? Den niedrigen Zoll für unsere Waren aus Daressalam ...«

»Das wollte ich dich fragen, Adamson – wie sieht's in der Kundi Bay aus?«

»Da erkundigst du dich besser bei Mr. Small. Er war gerade zum Wasserski dort.« Mweta lächelte und lud den letzten Rest Pudding auf seinen Löffel.

»Nun, ich bin nicht in der Lage, ein Expertenurteil über ihre Zukunft als Hafen abzugeben, aber ich habe schon zum Präsidenten gesagt, daß ihre Chancen als Seebad zweifellos groß sind. Die Strände sind schöner als die an der Küste von Mombasa, und zwar um vieles schöner. Man kann da wunderbar tauchen – es wäre bloß notwendig, Mr. Hilton dafür zu gewinnen, daß er eins seiner Hotels dort hinstellt.«

»Es ist nur hundert Meilen bis zum Wildpark von Talawa-Teme, einer weiteren Touristenattraktion«, erläuterte Asoni an Bray gewandt. Er murmelte eine höfliche englische Antwort, die Beifall bekunden sollte; mit Olivia und den Kindern hatte er dort unten bei Kundi einmal kampiert, zu einer Zeit, da es nicht mehr als ein Fischerdorf gewesen war, obwohl es hieß, daß es zu Beginn des neunzehnten Jahrhunderts ein Sklavenhafen gewesen sei, und die Ruinen eines kleinen Forts noch immer dastanden. Unmittelbar vor der Unabhängigkeitsfeier war ein Team von italienischen Experten dort gewesen, um die Chancen für die Errichtung einer Hafenanlage zu prüfen, in der auch Tanker und Handelsschiffe abgefertigt werden konnten. »Wann soll der Bericht rauskommen?« Er sprach um den gestärkten Hemdsärmel eines Dieners herum.

»Oh, wir sind ja erst dabei zu prüfen«, sagte Mweta und beendete mit einem Lächeln die Diskussion. Joy Mweta sagte gerade: »Ich möchte, daß Adamson dort unten ein kleines Haus bauen läßt. Die Kinder waren noch nie am Meer. Nur ein kleines, bescheidenes Häuschen, verstehst du?«

»Das einzige Problem war, daß ich von den Tsetsefliegen buchstäblich aufgefressen wurde, mein Arm sah aus wie eine Wurst. Nein, es war nicht der Strand – es war die Straße, die Straße zum Wildpark.«

»Aber damit werden wir bald aufgeräumt haben«, sagte Asoni, »sie werden ausgerottet werden. Hat man im Norden auch schon geschafft. Das Ministerium hat das im Griff. Heutzutage kann man alles. Wir leben im Zeitalter der Wissenschaft. Das Moskito ist verschwunden. Die Tsetsefliege wird verschwinden.«

»Es wird das Paradies sein.« Mweta machte eine seiner berühmten Gesten, indem er mit einer Hand den Blick über den Tisch, den langen Raum bis hinaus ins Land auftat und lachte. Als sie sich von ihren Stühlen erhoben, drückte er einen Augenblick lang fest Brays Arm.

Nach dem Kaffee im Salon nahm Mweta Bray in sein Arbeitszimmer mit. Unter formellen Entschuldigungen, aber gleichzeitig mit einem Ausdruck der Entschlossenheit, war die Harrison eingetreten, um mit Joy Mweta etwas zu besprechen, und Joy war ihr sofort entgegengeeilt – mit dem halb nervösen, halb stolzen Getue einer Lieblingsschülerin, die zur Rektorin gerufen wird. Als Mweta an Clive Small vorbeiging, sagte dieser: »Übrigens, Sir, wenn der Anruf durchkommt, werde ich mich um diese Leute aus Fort Howard kümmern.«

»Und ist Wilfrid darüber informiert?« Er drehte sich um und wechselte mit Asoni ein paar Worte auf gala. »In Ordnung, aber falls der Bruder des Häuptlings darauf bestehen sollte, bitte ...«

»Machen Sie sich nur keine Sorgen. Ich werde ihn behandeln wie ein rohes Ei«, sagte Small und kniff seinen hübschen Mund zusammen. Er salutierte fröhlich vor Bray. »Hoffe sehr, Sie wiederzusehen, Sir.«

Die Korridore des Hauses waren mit schwarzen und weißen Ziegeln ausgelegt worden, die vom Echo widerhallten. Zuerst hielt Mweta die Tür zur Toilette auf. Als Bray herauskam, wartete er auf ihn; sie hätten sich in irgendeinem Bahnhof in London befinden können. Bray war erstaunt und irgendwie freudig berührt, unter den vielen Gesichtern einer Persönlichkeit des öffentlichen Lebens unversehrt den Freund wiederzufinden. Man brauchte nicht vor dem Porträt des Mannes in der Toga zu stehen und sich zu fragen, das ist also aus ihm geworden? Die Gestalt in der Toga, jener Kultgegenstand auf dem mit Samt ausgeschlagenen Podium, beides war einfach dieser etwas kleingeratene Mann mit dem zurückgeworfenen Kopf, der über all diese Gesichter nach Belieben verfügen konnte. Und er tat es auf haargenau die gleiche Weise, wie er einst auf das Fahrrad gesprungen war, um ins nächste oder übernächste Dorf zu strampeln.

Aber trotzdem – der Arbeitsraum war bedrückend. Die schweren Vorhänge machten das Licht dunkelbraun wie in einer Kirche. Ein überdimensionaler Schreibtisch mit einem Lederüberzug. Ledersessel. Ein Sofa, das mit einer Art Wollstoff überzogen war, durch den ein Goldfaden lief. Es hätte das Büro eines Firmenchefs sein können; all das war von jemandem eingerichtet worden, der in Mweta nur einen weiteren Boß sah, einen Schwarzen aus einem Dorf, den politische Wechselfälle plötzlich zum Supervorsitzenden der Bergwerksgesellschaften gemacht hatte, und de facto *waren* sie ja auch das Land. Wahrscheinlich war hier tatsächlich jemand am Werk gewesen, der von der Gesellschaft leihweise zur Verfügung gestellt worden war – wer hätte denn sonst schon eine Vorstellung davon haben sollen, in welcher Umgebung und wie man einen Spitzenmann entsprechend präsentierte? An dieser Spekulation war allerdings das feindselige Gefühl schuld, das er gegen dieses Zimmer hegte; vielleicht hatte man es bloß – wie das übrige Haus – so gelassen, wie es ausgesehen hatte, als der Gouverneur auszog.

Einen Augenblick lang zögerte Mweta vor dem großen Sessel hinter seinem Schreibtisch, ging dann aber weiter. Er fing an, im Zimmer auf und ab zu wandern, so als warteten sie auf noch jemanden. »Ich hätte mir niemals träumen lassen, daß es so lange dauern würde. Tag für Tag wollte ich anrufen und sagen, kommst du her . . .? Es hat mir keine Ruhe gelassen, ja? Du wirst es mir vielleicht nicht glauben, aber es gibt keine halbe Stunde – Tag um Tag –, keine halbe Stunde, die ich gehabt hätte – in der ich nicht irgendwas zu . . . irgendwen zu sehen hatte . . .«

»Aber so muß es ja sein«, sagte Bray vom Sofa her.

»Ja, ich weiß. Aber wenn du da bist, James . . .«

»Egal, wer da ist.«

»Stimmt vermutlich.« Seine Augen straften den leutseli-

gen, offiziellen Ton seiner Willkommensrede beim Lunch Lügen, der sich immer wieder einschlich.
Bray sagte: »Du bist der Präsident.«
»Für dich aber nicht.«
»O doch.« Bray verwies sich mit Festigkeit selbst an seinen Platz.
Mweta blickte verlassen drein. Er hatte diese sonderbare Mischung – das lebensbejahende Lächeln und in den Augen das rastlose Flackern des Politikers. »Ich weiß nicht einmal, wo meine Bücher geblieben sind. Wahrscheinlich sind sie noch immer drüben im Freiheitsgebäude.«
»Ich war Freitag oben, um mir den alten Bau noch einmal anzusehen.« Das schäbige Gebäude jenseits der Hauptstraßen der Stadt, das sie von einem indischen Kaufmann gemietet hatten, hatte der PIP – nach all den Jahren, in denen sie sich nichts außer einem einzigen Hinterzimmer hatten leisten können, als Hauptquartier gedient.
»Nun, jetzt ist das Parlament das Freiheitsgebäude.«
»Selbstverständlich werdet ihr darauf achten, daß der Parteiapparat nicht vor die Hunde geht«, sagte Bray. Aber Mweta hatte die höfliche englische Art nicht vergessen, mit der eine Warnung als Annahme ausgesprochen wurde. Er lachte.
»Wie denn auch?«
»Gut, freut mich, das zu hören. Besonders für die ländlichen Gebiete. Die Leute könnten das Gefühl haben, die Vorgänge im Parlament seien für sie genauso weit weg wie damals, als es noch nicht *ihre* Regierung war, verstehst du.«
»Dafür habe ich ja auch die Beamten der lokalen Verwaltungsbehörden. Und ich werde weiterhin mit so viel Leuten wie nur möglich persönlich zusammenkommen.

Wenigstens alle paar Monate einmal möchte ich das ganze Land abfahren, aber vorläufig brauche ich noch diesen Burschen ... im Freiheitsgebäude sind die Leute einfach zu jeder Tages- und Nachtzeit hereingekommen, um mit mir zu reden, und manchmal, wenn Joy am Morgen aufstand, fand sie schon jemanden, der im Hof saß und wartete ...«

»Er ist absolut unentbehrlich, würd ich meinen. Zumindest für den Augenblick. Die Leute werden sich daran gewöhnen. Sie werden es mit der Zeit verstehen.«

»Oh, er macht sich bestens. Aber es ist nicht das, was ich mir vorstelle.«

»Und was macht sie hier – die Engländerin?«

»Sie war schon vorher da – hat sich um die Blumenarrangements und dergleichen gekümmert«, sagte Mweta. »Und Joy wollte wegen der Feiern jemanden haben, sie wußte nicht, ob sie's allein schaffen würde.«

»Ist alles tadellos gelaufen«, sagte Bray. »Nicht ein einziger Zwischenfall.«

»Gehn wir da raus.« Mweta erhob sich mitten im Zimmer, so als wollte er es abschütteln. Sie nahmen die erste Tür aus dem Gang in den Park und schlenderten über das struppige Gras und durch den fleckigen Schatten, wie sie es, im Gehen miteinander redend, vor Jahren getan hatten. Mweta war kleiner und lebhafter als Bray, und vom Haus aus gesehen, von dem sie sich weiter und weiter entfernten, hätte ihre Art der Fortbewegung an einen Tanz erinnert, bei dem der kleine Mann einen Schritt vorauseilte, um innezuhalten und sich kurz der Aufmerksamkeit des größeren zu vergewissern. Sie blieben stehen oder gingen weiter im Takt zum Steigen und Fallen ihres Gesprächs. Mweta erzählte gerade eine Ge-

schichte, die die unerwartete Gerissenheit Jason Malengas vor Augen führte, des Finanzministers, von dem Bray schon so mancherlei Zweifelhaftes gehört hatte – nicht nur von Roly Dando. »Hätte ich mir das Außenministerium persönlich vorbehalten, dann wäre natürlich Tola Tola der Mann fürs Finanzministerium gewesen, aber wir kamen überein, daß ich's einfach nicht hätte schaffen können.«
»Nein, natürlich nicht.« Kein Wort darüber, wie naheliegend die Wahl Shinzas gewesen wäre.
»Nun, andere haben es getan. Auf alle Fälle« – sie tauschten einen Blick – »Tola Tola steht jederzeit zur Verfügung, falls Malenga einen Rat brauchen sollte.« Aber dennoch – trotz des Stillschweigens über Shinza –, so viel war selbstverständlich zwischen ihnen beiden, daß Mweta einschränkte: »Sofern Malenga das jemals zugeben würde.«
Sie gingen lächelnd darüber hinweg. »Etwas könnte ich vielleicht tun« – Mweta gab dem Drang nach, eine Bestätigung für die Richtigkeit bereits gefällter Entscheidungen zu erhalten – »in ein paar Monaten – nächstes Jahr –, wenn ich eine Umbildung vornehmen sollte, könnte ich Tom Msomane das Innenministerium geben, Talisman Gwenzi ins Finanzministerium versetzen, vielleicht ein Doppelministerium, wenn ich ihm weiterhin Bergbau überlasse ...« Brays Schweigen ließ ihn innehalten. »Ich weiß, was die Leute über Tom reden. Aber er ist ein Bursche, der die Dinge richtig behandelt, verstehst du – er ist gerissen, aber er kann eine heikle Situation anfassen, ohne sie gleich zu verpfuschen. Verstehst du, er besitzt Einfühlungsvermögen. Und was das Innenministerium angeht – die Probleme mit Flüchtlingen, Deportationen

und so weiter. Du solltest dir die Akten mal ansehen. Wir warten nur noch ab, bis die Feiern vorüber sind, dann muß das angefaßt werden.« Er zog die Luft heftig und nervös durch die Nase ein. »Ich nehme Tom ernst.«

Bray sagte: »Aber was das Innenministerium betrifft, hat er nicht eine zu persönliche Sicht der Dinge? Wird er nicht dazu neigen, alte Rechnungen zu begleichen?«

»Nun, mag sein, mag wohl so sein, aber wenn er einmal in seinem Amt sitzt, mit all den Verantwortungen und so weiter. Ich glaube, er wird sich schon machen. Manchmal muß man einfach das eine Risiko eingehen, um ein anderes zu vermeiden.«

Bray wußte nicht, ob Mweta etwas über die Frage der Unterstützung der Mso-Bevölkerung sagen wollte oder nicht. Entweder wegen des Sonnenlichts oder der eigenen Überlegungen verzog sich Mwetas Gesicht für den Augenblick zu einer Grimasse; vielleicht hatte er das Gefühl, nun genug gebeichtet zu haben.

»Ich persönlich würd es vorziehen, wenn ich ihn sicher im Postministerium wüßte.«

Mweta nickte, aber eher um damit anzudeuten, daß er den Witz kapiert hatte, als um ihm beizupflichten.

»Adamson, hast du nie an Shinza gedacht – als Außenminister?« Er wählte seine Worte sorgfältig, aber Mweta war schnell und begriff sofort, was er damit tatsächlich hatte sagen wollen. »Sieh mal, ich bin bereit, für Edward etwas zu tun, denn ...«, er schüttelte wild den Kopf, wie um etwas loszuwerden, »denn er glaubt, er hätte mir alles beigebracht, und – weil die Vergangenheit ist, was sie ist, ich bin der letzte, der das abstreiten würde. – Aber ich weiß einfach nicht, was es sein kann, und da liegt mein Problem.«

»Er ist ein brillanter Kopf.«

»Glaubst du das immer noch?«

»Na, komm, das weißt du doch selbst.«

»James«, sagte Mweta und gab deutlich zu erkennen, daß er es sagte, um ihn zufriedenzustellen, »was kann ich Shinza denn anbieten? Denkst du an den Posten eines Unterstaatssekretärs oder ähnliches? Das ist nämlich alles, was ich habe. Und es wäre nicht das, was *er* will. Er möchte die Welt verändern und mich und dieses Land dazu benutzen, egal, was in der Zwischenzeit mit dem Land passiert. Ich kann ihn zum Unterstaatssekretär machen – mehr nicht.«

»Das *kannst* du nicht tun.«

Mweta öffnete seine festgeschlossenen Lippen, schloß sie aber wieder, ohne etwas gesagt zu haben.

»Ich würde dazu neigen«, sagte Bray und hörte gleichzeitig, daß es päpstlich-sanfter klang, als ihm lieb war, »für ihn irgendeinen Sonderposten zu finden, auf dem er nichts unmittelbar mit den Regierungsgeschäften zu tun hat, sondern auf dem seinem Anspruch, ein älterer Staatsmann im Ruhestand zu sein, Genüge getan wird. Hm? Ich hätte mir gedacht, daß er sich beispielsweise verdammt gut als Vertreter bei den Vereinten Nationen gemacht hätte. Vorläufig.« Er war weiterhin ganz altmädchenhafte Gefaßtheit, während Mweta ihn erstaunt und bitter anstarrte. »Unser Gesandter bei den Vereinten Nationen? Edward Shinza? Nach all dem, was er gesagt hat? Nach all dem, was er zum Commonwealth-Minister gesagt hat? Sein sogenannter Minderheitenbericht anläßlich der letzten Konferenz, keine sechs Monate vor der

Unabhängigkeit? Nach all dem, was wir von ihm hinnehmen mußten?«

»Mach ihn zum Sprecher der Mehrheit, und du wirst sehen. Du redest geradeso, als hätte er eine rivalisierende Partei gegründet.«

»Er führt sich so auf, als hätte er's getan! Viele sind der Meinung, es wäre besser, er hätte es tatsächlich getan! Wäre offen damit rausgekommen!« Mweta ebnete jetzt mit seiner Ferse einen Maulwurfshügel ein. »Wie lästig diese Dinger sind. – Wenn er endlich aus seinem Schmollwinkel da unten bei ihm zu Hause rauskäme, gut, dann ... Es liegt bei ihm ...«

»Ich hoffe, du läßt nicht zu, daß er weiterschmollt.«

»Hast du ihn getroffen, James?«

»Ich weiß nicht, ob sich die Gelegenheit dazu ergibt. Ich konnte einfach nicht glauben, daß er bei den Unabhängigkeitsfeiern nicht hier sein würde.«

Mweta hob die Schultern; plötzlich appellierte er an Bray: »Wir müssen alle paar Wochen so miteinander reden wie jetzt. Wir werden daraus eine ständige Einrichtung machen.« Sie hatten sich wieder zum Haus zurückgewandt, das rot und mächtig hinter den verschwommenen, vagen Umrissen des Buschs emporragte.

»Aber mein lieber Adamson, ich werde in Kürze heimfahren müssen. Ich hatte gedacht, vielleicht nächste Woche. Ihr alle macht euch wieder an eure Arbeit, höchste Zeit, daß die Gäste sich empfehlen.«

Wieder blieb Mweta stehen. »Heim? – Aber du bist doch daheim.«

»Ich wüßte nicht, was ich tun könnte, wenn ich dabliebe«, sagte Bray lächelnd.

Die Konvention konnte es beiden leichtmachen; sobald

sie diesen Punkt erreichten, brauchten sie nur höflich vorzuschützen, Bray habe in sich nie etwas anderes gesehen als einen Besucher, und Mweta habe für ihn von vornherein eine Stellung als das oder jenes eingeplant. Es war so leicht, so verführerisch – er sah zu dem häßlichen Haus hinüber, das sich vor ihnen auf dem Weg aufbaute –, um die Vergangenheit, die sie miteinander wie eine Wohnung geteilt hatten, ließ sich ebenso leicht ein Bogen machen wie um ein monumentales Bauwerk.
»Nein, nein, jetzt ist aber ...«, sagte Mweta mit einiger Mühe, wie er vor Jahren über jemanden im Colonial Office gesagt hätte: »Die sollen mir ja nicht englisch kommen.« Und brummend sagte er: »Was tust du denn in Wahrheit da oben in England?«
»Zugegeben, wahrscheinlich ist es eine Art Faulenzerleben – ist ganz erstaunlich, wie schnell man sich daran gewöhnt, fast nichts zu tun ...« Bray drehte die Frage so, daß sie wie ein Vorwurf erschien, dem er freudig beipflichtete; es dem anderen leichtzumachen – das war Teil des Spiels.
Mweta antwortete nicht und gab damit zu verstehen, daß er sich von dieser Art Geschwätz nicht berühren ließ. Aber er selbst machte es auch nicht viel besser; mit einer mürrischen Stimme, in der sich Mangel an Überzeugungskraft verriet, sagte er, sich der herzhaften Wir-Form bedienend: »Blödsinn, davon zu reden, daß du nächste Woche abfährst. Wir können das nicht zulassen.«
Sie wandten sich anderen Dingen zu. Nun, da sie allein waren, wollte Mweta doch über den Kundi-Report reden. Er beobachtete Brays Gesicht, als sie zu den Punkten kamen, über die er sich Sorgen machte. Wieder war

da der alte Wunsch, in seinen Vermutungen und Schlußfolgerungen korrigiert zu werden. Und dann standen sie schon vor dem Haus, und die jungen Männer waren wieder da, während Joy aus und ein ging und die Harrison Tee ausschenkte. Telefone klingelten, der Sekretär brachte ein Telegramm herein. Mweta ging weg, und Bray wartete, um sich von ihm zu verabschieden. Als er zurückkehrte, war die Konvention wieder da, der gutmütige, witzelnde Ton, gespieltes Schimpfen und übertriebenes Bedauern, Pläneschmieden und Versprechungen.
»Wir wollen kein Wort mehr über dieses Heim-nach-England hören, verstanden?« »In Ordnung, kein Wort mehr über England.« »Ich hab ihm gesagt, England ist was für alte Männer, die noch einmal zurückkehren, um zu sterben, ja?« Joy würde sich wieder telefonisch bei ihm melden; sie würden einander ohnehin in der nächsten Woche bei einem Empfang wiedersehen. Mwetas kräftige Hand lag fest auf seiner Schulter. Ja, das sei ihm recht so, sagte Bray. (Bis dahin würde er längst weg sein; sein Flug war bereits gebucht.) Mweta bestand darauf, ihn bis zum Treppenaufgang hinauszubegleiten. Er sah jung, wach, strahlend aus, hielt einen Augenblick lang inne, während er winkte, so als würde er salutieren, und machte dann sofort kehrt, um hineinzugehen. Schon war dieses Bild von ihm in Brays Kopf – für die Zukunft. Auch nur die leiseste Andeutung, Mweta sei sein Protegé, hätte er voll Abscheu zurückgewiesen, aber an jenem Tag erfüllte ihn das Gefühl des Verzichts, mit dem ein älterer sympathisierender Mensch einen Jüngeren seinen Weg gehen und aus seinem Gesichtskreis verschwinden sieht.

Aus irgendeinem Grund hatte er Olivia keinen genauen Termin für seine Rückkehr gegeben, obwohl sein Platz im Flugzeug bereits gebucht war; er überlegte, ob er auf dem Rückweg nicht vielleicht eine Woche lang in Spanien Station machen sollte. Er hatte sich den Prado noch nie wirklich gründlich angesehen.

Drei Tage vor seiner Abreise wurde ihm per Bote ein Brief zugestellt. Mweta bat ihn darin, ab sofort den Posten eines Sonderberaters für Erziehungsfragen anzunehmen – eine neugeschaffene Stelle – und in dieser Funktion eine Untersuchung über die Organisation von Schulen, technischen Lehranstalten und Erwachsenenbildungsprogrammen auf dem Land anzustellen, angefangen bei der größten Provinz, dem im Norden gelegenen Gala. Er wollte den Brief nochmals durchlesen, tat es dann aber nicht. Er reichte ihn Dando weiter.

»Das hat sich einer aber ganz fix ausgedacht«, sagte Dando.

Sie brüllten vor Lachen, aber nicht etwa, weil irgend etwas daran so witzig gewesen wäre, sondern weil Bray derart gerührt und aufgeregt war, daß man nicht einfach stillschweigend darüber hinweggehen konnte. Von der Außenwelt durch die große Mauer seiner Verantwortung abgeschlossen, im Echo der Schmeichler und von den Wächtern des Amtes umzingelt, hatte Mweta die Spielregeln der Konvention durchbrochen: Mweta hatte sie von Anfang an durchschaut.

Dando konnte seinen Mund einfach nicht halten. »Man hat Bray das Ministerium für Kesselhaken und Schreinerei angeboten – o ja, aber eigentlich wollte er sich das Ministerium für Brustentwicklung und Rückenkratzen unter den Nagel reißen, heißt es zumindest.« Man lachte zwar darüber, verstand aber, daß etwas dran war; während die Verwaltung umgestellt und diverse Entwicklungsprojekte in Angriff genommen wurden, vergab man Tag für Tag neue Stellen. Die Namen des Großteils der neuen Funktionsträger waren unaussprechbar, ihre Gesichter schwarz, und die weißen Geschäftsmänner und die Leute im Bergbau hatten von ihnen noch nie etwas gehört. In den Bereichen Justiz, Landwirtschaft, Gesundheitswesen und Erziehung allerdings gab es viele Weiße: Fachleute aus dem Ausland und ein paar altbekannte Gesichter – wie das von Colonel Evelyn James Bray –, die sich in früheren Tagen mehr für die Interessen der Schwarzen eingesetzt hatten als für das Leben der Weißen in der Kolonie. Zu dem Kreis, in dem Bray sich in der Hauptstadt bewegte, stießen Freunde von Freunden, die sich sogleich wieder auf den Weg zu neuen Projekten oder Stellen in den verschiedenen Landesteilen aufmachten; es war viel von Finanzierung die Rede, von Ausstattung, dem vorhandenen oder fehlenden Mitarbeiterstab, mit dem die Leute auszukommen haben würden. Bray war bloß ein weiterer, der zu dieser Sorte Menschen zählte, und er wußte noch nicht genau, wie er das, was von ihm erwartet wurde, in die Tat umsetzen sollte, und das ohne alle Gewähr, daß ihm irgendwelche Mittel zur Verfügung stehen würden. Die meisten glaubten, seine Stelle sei von Anfang an eingeplant gewesen; niemand schien sich noch daran zu erinnern, daß er eigentlich schon auf dem Heimweg gewesen war. Aus dem Abschiedsumtrunk, zu dem Roly Dando eingeladen hatte, war bloß ein weiteres Treffen draußen in Dandos Haus geworden.

Am Tag der Ankunft des Briefes hatten Bray tiefe Zweifel gequält, als er, das Schreiben in der Tasche, sein Zimmer im Garten betrat. Hätte er ihn nur drei Tage später erhalten, wäre er schon wieder weg gewesen. Und niemals hätte er sich durch ihn zur Rückkehr bewegen lassen.

Mweta war auf einer Konferenz mit Kenyatta, Kaunda und Nyerere, und so sah er ihn nicht wieder. Nachdem er mit dem Erziehungsminister gesprochen, die Richtlinien für seine Arbeit diskutiert und mit ihm vereinbart hatte, daß er sich innerhalb der nächsten zwei Wochen nach Gala aufmachen würde, schrieb er an Olivia. Er ließ sie wissen, er »vermute«, die Stelle sei eigens für ihn geschaffen worden; ihr mitzuteilen, daß es sich dabei um eine Aufgabe handelte, die getan werden mußte, und daß er vielleicht besser für sie geeignet war als die meisten, war unnötig – sie würde das ebensogut wissen wie er. Er witzelte ein wenig darüber und schrieb, er habe versprochen, es einmal auf sechs Monate oder so probeweise zu versuchen, lange genug jedenfalls, um alles eingehend zu prüfen und eine Art vorläufigen Bericht zu verfassen. Er sollte ein Haus der Regierung bekommen – zurück zur alten »Grundausstattung« an Möbeln also. Sobald er es bewohnbar gemacht hätte und mit seiner Arbeit hier weitergekommen wäre, würde sie nachkommen. Venetia würde man dann doch sicherlich schon zumuten können, mit dem Baby allein fertig zu werden? – Eines teilte er ihr allerdings nicht mit – daß er schon einen Flug nach England gebucht hatte, als Mwetas Brief kam.

Teil Zwei

Bray kaufte – von jemandem, der »machte, daß er rauskam« – einen gebrauchten Volkswagen und fuhr hinauf in den Norden, um seine Stelle anzutreten. Er verließ die Hauptstadt an einem grau verhangenen Morgen, aus dem ein heißer Tag werden würde; Roly Dando war ins Büro gefahren, aber Festus stand, die Kochhaube auf dem Kopf, mit dem Gärtnerjungen dabei und sah zu, wie er abfuhr. Vivien Bayley hatte ihm alle Penguins geschenkt, die sie in der örtlichen Buchhandlung finden konnte: *Das Tagebuch eines Niemand, Die Drei Cäsaren, Der Zug nach Stambul, Les Liaisons Dangereuses, Die Pest* – »Also, ich denke immer, man möchte Sachen lesen, die man kennt, wenn man irgendwo weit weg allein lebt.« Sie lagen in einem Korb auf dem Rücksitz neben einer Flasche Whisky und ein paar Ordnern, die in letzter Minute aus dem Erziehungsministerium gekommen waren. Er verließ die Stadt auf der Hauptstraße und sah Mrs. Evelyn Odara, die ihren Wagen vor dem neuen Postamt einzuparken versuchte, und eine Reihe anderer Leute, deren Gesichter ihm nun vertraut waren, und die ihren täglichen Geschäften nachgingen. Die Händler, die Holztiere verkauften, polierten diese unter den Flammenbäumen auf; die Arbeitslosen boten Plastiktüten mit Tomaten an. Als sich die Stadt zu den Goldminen hin entwirrte, fuhren Lastwagen, beladen mit Betonröhren und Baumaterialien, mit aus Tiefkühlkammern kommenden, steifen Schweinekörpern und Lattenkisten der Brauerei schwankend an ihm vorbei.

Dann kamen die gestalteten Zufahrten zu dem Areal, das zu den Bergwerken selbst gehörte, lauter blumengeschmückte Verkehrsinseln, Verkehrszeichen, Beete mit Cannas und Rosen, und schließlich die Zeilen aus buntgekalkten Kuben, in denen die schwarzen Bergarbeiter untergebracht waren – ein geometrisches Muster, in das die Strubbelköpfe der Papaubäume, rauchende Kamine, Wäscheleinen, Schlingpflanzen und kleine Maisfelder hineingekritzelt waren, und das durch den Lärm und das Hin und Her der Leute unterbrochen wurde. Nach zwanzig Minuten lag all das weit hinter ihm; er fuhr am Bush Hill Arms Hotel vorbei, dessen Fassade von Wespennestern, die wie Pokkennarben aussahen, übersät und an dem ein Schild »Zu verkaufen« angebracht war (wieder einer, der »machte, daß er rauskam«), und dann war gar nichts mehr da – und alles: diese eine eben dahinführende Straße, die Bäume, der Bambus und das plötzlich offene Land der *dambos*, wo hinter hohen Gräsern Wasserstellen lagen, und dann sah er schließlich wieder den vereinzelten, langschwänzigen Würger, den man offenbar immer an solchen Stellen antraf, und der – wie der Pinselstrich eines chinesischen Ideographen – mit seinen tiefschwarzen Schwanzfedern wippte.

Er fuhr den ganzen Vormittag und begegnete nicht mehr als einem Dutzend Wagen und dem kopflastigen Bus, der offenbar noch immer zweimal die Woche die Strecke von der Grenze nach Tansania herunterfuhr. Kam er in die Nähe eines Dorfes, so tauchten unvermeidlich ein paar Fahrräder und Müßiggänger auf. Hier und da am Rande des schweigenden Waldes lehnten Säcke voll Holzkohle. Die Leute lebten tief im Inneren dieser Landschaft, so als wäre sie ein Haus; ihre Behausungen waren leicht und flüchtig. Immer wieder kamen ihm diese Dinge, die er vergessen hatte, ins Gedächtnis zurück – nein, erlebte er sie aufs neue. Im Lauf der Jahre hatte er in England manchmal Träume gehabt, die in diesem Land zu spielen schienen, aber es war gar nicht dieses Land gewesen; und selbst das bewußte Sich-in-Erinnerung-Rufen war nichts anderes als ein psychologisches Gedächtnis – man suchte etwas aus, damit es zu den Gefühlen paßte, die sich mit einem bestimmten Zeitpunkt und einem bestimmten Ort verbanden.

Nachdem er Dandos Haus einmal verlassen hatte, war es für ihn nicht gegenwärtiger als Wiltshire. Er genoß eine Art Freiheit, von der er wußte, daß sie nicht länger währen würde, als bis sich das Wiedererkennen der Umgebung in eine gedankenlose Selbstverständlichkeit verwandelt haben würde und er sie nicht mehr als die Vergangenheit, in die er zurückgekehrt, oder eine Gegenwart, in die er noch nicht eingedrungen war, in sich bewahren und betrachten konnte.

Er suchte die Mission der Weißen Väter am Rungwa-Fluß auf, aber Pater Benedict war nicht da, und er merkte, daß keiner der jüngeren Patres wußte, wer er war. Im Refektorium, wo man ihm Tee servierte, flogen noch immer die Schwalben von ihren Lehmnestern zwitschernd ein und aus. Ein von einem Baum herabhängendes Stück Eisen, gegen das mit einem Stock geschlagen wurde, erzeugte ein lautes Scheppern, das ihm vertraut war. Es zeigte das Ende des Schultags an, und in den heißen Frieden drangen Schreie und das gedämpfte Getrampel nackter Füße. Die Patres verkauften ihm freundlicherweise ein paar Gallonen Benzin – einer der beiden arbeitete grinsend und mit hin und her schwingendem Rosenkranz an der Handpumpe, der andere stand daneben, die Hände unter den Ärmeln seiner Soutane versteckt, die großen, bläulichen Junggesellenfüße in den grobgeflochtenen Sandalen, einer knapp neben dem anderen. Die Patres waren scheu wie junge Mädchen. Weiter weg balgten und schnatterten die schwarzen Schuljungen, und als er ihnen Grußworte zurief, lachten sie und riefen zurück.

In diesem Teil des Landes lagen unweit der Straße große Dörfer, von denen durch den Wald hindurch Rauch aufstieg. Wegen der Art und Weise der Kultivierung des Bodens, die durch Stutzen von Ästen erfolgte, die man zur Gewinnung von Pottasche rund um den Stamm herum verbrannte, stieß man überall auf druidische Zauberkreise. Zeichen neueren Datums wiesen in den Busch: »Freedom Bar«, »New York Bar«, »Independence Bar« – krakelige Buchstaben, die in englischer Sprache auf Holzstücke gemalt worden waren. Aber die Generation, die in den letzten zehn Jahren herangewachsen war, war genauso arm und hatte die gleiche stumpfe Haut wie ihre Väter.

Er hatte vorgehabt, die Nacht in dem alten Pilchey's Hotel in Matoko zu verbringen, dem Haus, in dem er gewöhnlich Station gemacht hatte, und das auf halber Strecke lag. Er war früher da, als er gedacht hatte; er war schon fast entschlossen weiterzufahren, aber er wußte nicht, ob das staatliche Rasthaus, das früher sechzig Meilen weiter nördlich an der Rindertränke gelegen hatte, noch immer da war. Die Asphaltstraße lag schon weit hinter ihm, und der häßliche, kleine rote Wagen, aus dem er ausstieg, um sein zerknittertes Hemd säuberlich zu-

rück in die Hose zu stecken, sah genauso aus, wie Wagen hier oben immer auszusehen pflegten. Die Unterseite der Kotflügel war lehmüberkrustet, und der Kühler war gepflastert mit den zerschmetterten Körpern und eigentümlich kolorierten Innereien toter Insekten.
Hitze und Stille umfingen ihn. Er stampfte über die rissige Veranda und blickte in das Dunkel des Hotelinneren: ein Geruch von Bienenwachs und Insektenvertilgungsmitteln; weit und breit niemand zu sehen. Er wußte, wo die Bar war, und das Geräusch der eigenen Schritte begleitete ihn, aber die Tür war verschlossen, und er war sicher, daß die Schiffsglocke neben dem Schild »Davy-Jones'-Locker« nur um der Dekoration willen da hing. Er ging wieder hinaus auf die Veranda; es gab keinen Haupteingang, aber überall waren Türen mit Fliegengittern, die in seinem Rücken ein langgezogenes, trockenes Quietschen erzeugten und in einen verlassenen Speisesaal mit zu Fächern aufgefalteten Servietten auf den Tischen und einer Flucht von mattgrünen, geschlossenen Türen führte. Ein Kinderbett mit übereinandergetürmten alten Kissen und die zerbrochene Marmorplatte eines altmodischen Waschtisches standen in der Biegung des Ganges; ein Tablett mit zwei leeren Bierflaschen und Gläsern darauf stand auf dem Boden.
Er ging wieder zur Veranda zurück und streckte seine schweren langen Beine auf einem Stuhl aus. Er kannte diese Stunde; alles schlief. Würde er sich jetzt, und sei's auch nur für kurze Zeit, hinsetzen, würde auch ihn die nachmittägliche Trägheit überfallen. Der Garten war von schmalen Rabatten mit orangenen Lilien gesäumt, und dieselbe riesige, zusammengesackte Voliere, die wie ein schweres Spinnennetz aussah und in der Fischreiher und

Perlhühner in krankhaftem Kummer über ihre Gefangenschaft in ihrem Gefieder pickten, war noch da. Er konnte ihre zuckenden, ängstlichen Köpfe sehen. Der Ackerboden war in dieser Gegend gut, und wenn die weißen Bauern in der Bar in Stimmung gekommen waren, dann war es *das* Ereignis gewesen, einen von ihnen zu den Vögeln zu sperren. Ein gewaltiges Gefühl von Unwirklichkeit überkam ihn. Er entdeckte einen Klingelknopf aus Messing, den man auf Hochglanz poliert hatte, und drückte mit dem Zeigefinger darauf, ohne Antwort zu erwarten. Aber nach einer Weile tauchte ein sehr junger Kellner mit einem roten Fez und einem Blechtablett auf. Er bestellte ein kaltes Bier und erfuhr, daß die *Doña* schlief; die Bar würde bald-bald geöffnet sein. »Ist es immer noch *Doña* Pilchey?« Ja, *Doña* Pilchey schlief. Noch befand er sich nicht im Gebiet der Gala, aber die Sprache, die man hier sprach, war verwandt. Er redete den Jungen auf gala an und wurde verstanden; sie einigten sich, daß das Gepäck aus dem Wagen gebracht würde, obwohl er kein Zimmer bekommen könne, solange *Doña* Pilchey nicht aufgewacht sei. War die Küche zu? Nein, es sah so aus, als sei sie offen. Der Junge würde ihm inzwischen Tee machen.

Während er ihn trank, fiel der Schatten eines der großen Bäume quer über die Veranda und schien eine Brise mit sich zu bringen. Wie so häufig verflüchtigte sich die Nachmittagshitze unvermittelt; eines der Perlhühner begann zu gackern. Er war nicht mehr daran gewöhnt, stundenlang in einem durchzufahren. Die Inaktivität hatte seinen großen Körper ruhelos gemacht. Ohne bestimmtes Ziel marschierte er los, wenn er auch diese Straße, die von der Hauptstraße zu dem etwa zwei Meilen

weit entfernten Matoko *boma* führte, kannte. Es war angenehm, auf dem roten Sand dahinzugehen – während des Monats in der Hauptstadt war er, außer in den Straßen der Stadt, nie wirklich zu Fuß gegangen; niemand ging zu Fuß –, und das glatte, dicke, schulterhohe Gras neigte sich unter seinem eigenen Gewicht zu beiden Seiten der Straße. Scharlachrote Webervögel mit schwarzer Gesichtszeichnung schnellten von den Eingängen zu ihren Nestern in die Höhe oder hingen kopfüber vor diesen herab. Ein steiniger Fahrweg, der durch gekalkte Steine und Aloen markiert war, schlängelte sich hinauf zu einem kleinen Schulhaus und führte dann wieder abwärts in eine Senke. Er machte den kleinen Umweg, um seinem Spaziergang irgendein Ziel zu geben. Da war der Garten vor der Schule – ein bißchen Mais und Bohnen, ein paar an Stöcken gezogene Tomaten – das baumelnde Eisending, das als Schulglocke diente, und – als er an der offenen Toreinfahrt vorüberging – der Schullehrer selbst, der über seiner Arbeit saß. Der Mann sprang auf und fing sofort an, sich zu entschuldigen, so als hätte er sich eines schwerwiegenden Verstoßes gegen das Gastrecht und den gebührenden Respekt schuldig gemacht. »Nein, Sir, tut mir aufrichtig leid, Sir. Ich habe gerade die Gelegenheit genützt, um ein wenig zu arbeiten ...« Bray grüßte ihn auf gala, und, um ihn zu beruhigen, redete er ihn so an, wie es ein ehrerbietiger Schüler gegenüber seinem Meister tut.
Der Mann zeigte zaghaft seine Freude und brachte sofort alles heraus, was er zu bieten hatte – das Schülerverzeichnis, die Übungs- und Texthefte der Schüler –, und die ganze Zeit gab er auf Brays Fragen langsame und ängstliche Antworten und Erklärungen. Eine Schülerin, die

an dem rohen, aus Brettern gezimmerten Tisch, an dem er arbeitete, neben ihm gesessen hatte, hörte zu und grüßte ihn mit einem schwachen Lächeln. Der Schulleiter selbst war sehr dünn, schwarz und unter seinem Wollpullover hühnerbrüstig. Seit sieben Jahren gab es seine zweiklassige Schule nun; ein paar Arbeitstische waren da, aber die kleineren Kinder, erklärte er, mußten noch immer auf dem Fußboden sitzen. Ein paar Kinder, die weiter weg wohnten, lebten im Dorf in eigenen Hütten und wanderten an Wochenenden zu Fuß nach Hause.
»Dieses Jahr sind wir fünfundsechzig«, sagte er, »bisher unser stärkster Jahrgang. Und davon sind einundzwanzig Mädchen.« Er wies stolz auf ein einzelnes Plakat an der von der Feuchtigkeit wie eine Landkarte gemusterten Wand: UNSER LAND – ein lächelnder Kumpel, der unter Tags in einer Goldmine arbeitete; lächelnde Fischer, die einen Fang einholten; eine lächelnde Frau, die irgendeine Frucht erntete. Bevölkerungsstatistik – grün, staatliche Einkünfte – rot. »Vom Erziehungsministerium. O ja, wir kriegen jetzt sehr hübsche Dinge herein. Ich fülle die Formulare aus. Jetzt kriegen wir sie. Ich wünschte, Sie wären da, wenn die Kinder in der Schule sind, sie würden Ihnen ein Lied singen.«
Schwarze Schulkinder hatten Bray schon oft vorgesungen. »Ein andermal hoffentlich.«
»Meine Frau leitet den Chor. Sie unterrichtet außerdem in der ersten und zweiten Klasse.« Die junge Frau lächelte, hob ihren Blick vom Buch und ließ ihn vom einen zum anderen wandern.
»Ich dachte, Sie wären eins der Schulmädchen!« sagte Bray, und sie lachten.
»Nun, ich pauke mit ihr für die Prüfung. Sie muß im

nächsten Monat in die Stadt, um sie zu machen. Sie hat schon vier Kinder, wissen Sie, dadurch mußte sie die Schule unterbrechen. Aber ich lerne mit ihr, wenn ich kann. Sie möchte endlich ihre Abschlußarbeit schreiben.«

»Ein Glück, daß Sie mit einem Lehrer verheiratet sind.« Bray versuchte sie ins Gespräch zu ziehen.

»Und ich lerne für meine Universitätsprüfung, fürs Cambridge Certificate«, sagte der Lehrer eindringlich, wie jemand, der keinen Menschen hat, mit dem er reden kann. »Ich habe hier die Unterlagen für die Englischprüfung – natürlich nicht für die, die ich selbst schreiben muß, wissen Sie ...«

»Ich weiß schon – ein Muster.«

»Ja, die Arbeit, die die Studenten 1966 geschrieben haben – verstehen Sie. Ich habe ein Problem, weil es da ein paar Vokabeln gibt, die ich einfach nicht finden kann ...« Er ging zum Tisch hinüber und brachte ein kleines, altes Wörterbuch.

»Ich verstehe – die weniger gebräuchlichen Wörter stehen da nicht drin, nicht wahr ...«

Die Frau ging ihm rasch bei seiner Suche nach der Arbeit und dem Übungsheft an die Hand. Die Augen flogen schnell über das Papier, wobei sich seine Lippen ein wenig bewegten. Bray bemerkte, daß er beim Atmen keuchte, so als litte er an einem Katarrh. »Dieses eine Wort da – hier ist es, ›mollify‹ ...«

Bray wollte lachen, er spürte einen Reiz im Hals wie vom Kitzeln eines Hustens; er nahm die Prüfungsvorlagen, um ein wenig mit ihnen zu spielen, weil er mit »zivilisierter« Höflichkeit so tun wollte, als wäre Unsicherheit über die Bedeutung dieses Wortes etwas, das jedermann widerfahren konnte – und das war in sich selbst wiederum ein Teil dieser absolut absurden Situation: die Vorurteile kolonialer Kultur. Er las: »Schreiben Sie einen der folgenden Briefe – a) an einen Vetter, dem Sie die Erlebnisse schildern, die Sie bei einem Schulausflug auf dem Kontinent gehabt haben; b) an Ihren Vater, dem Sie erklären, aus welchem Grund Sie sich für eine Karriere in der Marine entscheiden möchten; c) an einen Freund, dem Sie über den Besuch einer Bildergalerie oder eines Filmes erzählen, die oder der Ihnen gefallen hat.«

Der Schullehrer schrieb sich jetzt die Bedeutung von »mollify« auf und zeigte jene Fragen, die er hatte beantworten können und mit roter Tinte abgehakt hatte. »Das ist jetzt mein dritter Versuch«, sagte er.

»Nun, dann viel Glück euch beiden.«

»Wenn sie zu ihrer Prüfung fährt, nimmt sie unseren Chor zum großen Schülerwettbewerb mit. Letzten Monat haben sie den Siegespreis der Provinz Rongwa gewonnen. Jetzt wissen wir nicht – aber wir hoffen, wir hoffen.« Der Lehrer lächelte.

Er mußte sich das Fußballfeld ansehen, das die Schüler planiert hatten; ein Stückchen dahinter stand ein Lehmhaus, das im europäischen Stil gebaut war. Seine Veranda wurde von grob zubehauenen Rundhölzern getragen, und wahrscheinlich lebte da der Schullehrer mit seiner Familie. Eine alte Frau erledigte draußen im Freien eine leichte Hausarbeit und hantierte, neben sich zwei oder drei kleine Kinder, mit Töpfen. Der Lehrer sagte: »Wenn ich jemanden hätte, dem ich Fragen stellen könnte, so wie Ihnen ...«, aber er wurde verlegen, weil es so aussah, als beklage er sich, und er begann wieder von seinen Schülern zu erzählen.

Bray, der – wie vielleicht schon tausendmal zuvor in diesem Land – wieder empfand, in welchem Mißverhältnis die Antwort zu dem oberflächlichen Interesse stand, das er gezeigt hatte, sagte: »Was, meinen Sie, ist im Augenblick Ihr größtes Problem?« – und er war überrascht, als sich der Mann – anstatt sich wieder über die Erwartungen zu ergehen, die er nun, da das Land seine Unabhängigkeit erhalten hatte, in das Erziehungsministerium setzte – Zeit ließ, um ruhig nachzudenken, ohne daß er, wie es für Schwarze typisch ist, wegen der langen Pausen verlegen wurde, und sagte: »Wir müssen die Eltern dazu bringen, daß sie die Mädchen zur Schule gehen lassen. Das ist es, was ich schon seit Jahren versuche. Unsere Mädchen müssen zur Schule geschickt werden, ich kann Ihnen die Zahlen zeigen – neunzehnfünfundsechzig, nein, neunzehnvierundsechzig, richtig... da hatten wir nur neun Mädchen, und selbst die stiegen mit dem Ende des zweiten Jahres aus. Ja, nach zwei Jahren. Es gelingt mir nicht, die Eltern zu überreden, daß sie sie weiter gehen lassen. Aber ich versuch's, ich versuch's. Ich suche die Eltern persönlich auf, ja, ich fahre aufs Land hinaus. Ich rede mit den Häuptlingen und sage, schaut, das ist jetzt unser Land, wie können wir es da zulassen, daß die Männer Frauen haben, die nie zur Schule gegangen sind? Das wird Ärger geben. Wir müssen die kleinen Mädchen in der Schule haben. Aber sie wollen das einfach nicht hören. Ich habe die Eltern aufgesucht, ich rede mit ihnen. Ja, und dieses Jahr ist es uns also gelungen, zweiundzwanzig Mädchen zu halten, und ein paar davon sind schon in der dritten Klasse. Ich rede langsam mit den Leuten.« Der Mann lächelte und tat einen seiner schnappenden Atemzüge; seine Hand holte aus, wies auf den

Busch, seine Vorstadt. »Ich suche sie auf und rede mit ihnen. Ich habe mein Fahrrad.«
Bray erinnerte sich daran, daß sich die Dinge nun geändert hatten, selbst in Pilchey's Hotel. »Warum kommen Sie heute abend nicht hinauf ins Hotel – ich übernachte da. Wir könnten uns noch ein bißchen unterhalten.«
Plötzlich sah der Lehrer erschöpft wie ein Rekonvaleszent aus. Unschlüssig richtete er seine Augen zum Himmel, so als glaubte er, hinter der Einladung müsse etwas stecken, das er nicht begriff. »Um welche Zeit, Sir?«
»Kommen Sie nach dem Abendessen. Wir trinken dann ein Bier. Und Ihre Frau natürlich auch.«
Der Mann nickte langsam. »Nach dem Abendessen«, wiederholte er, wie um es sich einzuprägen.
Als Bray ins Hotel zurückkam, saß Mrs. Pilchey in der Bar hinter ihrem Schreibtisch und machte ihre Buchhaltung. Das dichte rotblonde Haar auf dem großen Kopf war ausgeblichen und hatte nun die gelblichweiße Tönung des Schnurrbarts eines alten Mannes. Sie blickte über ihre Brille hinweg auf, nahm sie ab und ging dann mit einwärts gestellten Füßen auf ihn zu – die Gangart korpulenter, alternder Frauen. »Ich vermutete schon, daß Sie's sind, als mir der Junge berichtete.« Keine Spur von Sex mehr in der herausfordernden Art, in der sie immer mit Männern umgegangen war; nurmehr rauher Ton und Widerwille. Ohne viel voneinander zu wissen, hatten sie sich nie besonders gemocht, und erstaunlicherweise stellte sich die alte Abneigung sofort wieder ein, so als wären inzwischen nicht zehn Jahre vergangen. Sie lachten und schüttelten einander die Hände. »Ein großer *bwana* mit grauen Schläfen, und Gala kann er. Nun, weiße Haare waren damals keine da – aber ich hab sofort

gedacht, das ist Colonel Bray! Naja, ich hab ohnehin schon gehört, daß Sie hier draußen sind, so schlau, wie ich's mir gerne einrede, bin ich nun auch wieder nicht ...«

Er sagte: »Also machen Sie allein weiter? Olivia und ich haben von Mr. Pilcheys Tod erfahren.«

»Fünf Jahre«, sagte sie. Bleistiftkarikaturen von Oscar Pilchey – Imitationsversuche des Stils von Beerbohm – hingen hinter der Bar. »Ich glaub nicht, daß er's aushalten könnte, wenn er jetzt hier wär.«

Bray hatte sich an der Bar niedergelassen. »Ist eine Heidenarbeit für eine alleinstehende Frau.«

»Das weiß ich nicht, ich bin jetzt seit fünfundzwanzig Jahren im Hotelgewerbe, wissen Sie. Aber mit der Situation, so wie sie jetzt ist, fertig zu werden – das ist schon zum Aus-der-Haut-Fahren, das kann ich Ihnen versichern.«

»Sollten Sie nicht jemanden aufnehmen, der Ihnen hilft – einen Manager oder Assistenten?« Er bestellte Gin-Tonic, und sie kippte die schwenkbar fixierte Flasche über ihr winziges Meßglas und bereitete mit der grimmigen Unverschämtheit geübter Handgriffe, die in sich selbst Verachtung ausdrückte für all jene, die gut reden hatten, den Drink zu. »Man schafft es einfach nicht, daß einer auch nur einen Finger rührt. *Denen* ist alles eins. Sie möchten reich sein. Sie möchten fliegen lernen. Erklärt mir einer der Küchenjungen, ja, nicht gelogen. Er hat keine Lust, die Tische zu schrubben, er kann jetzt jederzeit in die Stadt gehen und fliegen lernen.«

Bray lächelte. »Und von wem hat er das?«

»Da fragen Sie mich!« Und mit ihrer flinken, sommersprossigen Hand, die erledigte, was erledigt werden mußte, und den feuchten Ring, den der Eiskübel hinterlassen hatte, wegwischte, gab sie zu verstehen, daß *sie* es wußte, daß *er* es wußte. »Ich sag nur soviel: daß ich seit letzter Woche keinen dieser feinen Piloten rausschmeißen kann, ohne mir vorher beim Arbeitsministerium die Erlaubnis dafür einzuholen. Aber das wissen Sie natürlich schon, oder? Kam letzte Woche raus. Ich hab ein Rundschreiben des Hotelier-Verbandes gekriegt, aber egal, was sie glauben, deswegen unternehmen zu können – ich muß mir zuerst beim hiesigen Beamten des Arbeitsamtes die Erlaubnis einholen, keine Ahnung, wer das ist, und was dieser Herr Sowieso überhaupt von meinem Geschäft versteht ...«

Sie lachten beide; der Vorwurf, den sie Bray aus dem machte, was er war und was er gewesen war, er und die anderen Leute seines Schlags, lag unübersehbar auf dem Tisch, zwischen ihnen und neben dem Gips-Johnny-Walker und der Blechschale für das Wechselgeld. Sie setzte sich wieder hinter ihre Bücher, neben sich ihr Bier.

Er sagte: »Ich kann's Ihnen nachfühlen; es muß höllisch schwer für Sie sein.«

Sie glaubte ihm nicht; für Leute wie ihn, die sich nicht selbst um ihren Lebensunterhalt kümmern mußten, die von der britischen Regierung für ein paar Jahre hergeschickt worden waren und – weil sie nicht bleiben und, wenn es ihnen nicht paßte, nicht mit ihnen leben mußten – für die Schwarzen Partei ergriffen, war alles gut und schön. Aber sie fuhr fort – sollte er sich ruhig einmal alles anhören. »Mein alter Rodwell, Rodwell, der schon vor unserer Heirat für Oscar gearbeitet hat. Neulich kommen die rein und wollen seinen Parteiausweis sehen. Ich frage Sie! Alles, was er weiß, ist, daß er der bestbezahlte Koch im ganzen Land ist; seit fünfundzwanzig Jahren ist er jetzt der Küchenchef hier. Parteiausweis! Und dann werden sie auch noch gewalttätig! Die würden nicht zögern, ihn noch am selben Abend auf dem Heimweg zusammenzuschlagen. Er sagt zu mir, *Doña*, was soll ich machen …? Diese Verbrecherbande.« Sie sagte nicht etwa »diese PIP«; indem sie es vermied, Namen zu nennen, konnte sie sagen, was ihr paßte, ohne daß es als Provokation ausgelegt werden konnte. Ihre Unterhaltung hatte etwas von der seltsamen Intimität ausgetauschter Beleidigungen. Zu den neuen Machtbefugnissen, die der Arbeitsminister übernommen hatte, sagte er: »Das Problem ist, daß gerade zum gegenwärtigen Zeitpunkt die Arbeitslosigkeit zu steigen droht.«

»Nun, eine Menge Leute versuchen alles abzustoßen – wenn sie jemanden finden, der's ihnen abkauft. Wenn diese Piloten und anderen Herrschaften einmal zurückkommen, um sich hungrig nach ihren Jobs umzuschauen, dann werden sie ein Wunder erleben. Letzten Monat haben sich die Quirks empfohlen, John Connolly sagt, wenn er nicht diese ständigen Sorgen mit den Milchprodukten loswird, dann schickt er seine Kühe nach Gala ins Schlachthaus. Jede Menge Leute.«

»Oh, sicher sind die Farmer nervös. Aber ich glaub nicht, daß die Tatsache, daß ein paar Weiße fortziehen, sich besonders schlimm auf die Arbeitslage auswirkt. Es ist das unvermeidliche Loch zwischen jetzt und dem Zeitpunkt, zu dem die Entwicklungsprojekte anlaufen werden – soweit ich weiß, soll bei Kundi ein Hafen angelegt werden. Und die Entwässerung des Sumpflandes rund ums Isoza-Gebiet soll auch in Angriff genommen werden. Es gibt jetzt nicht mehr Arbeitslose als zur Zeit der Kolonialverwaltung; es ist nur so, daß sie natürlich glauben, daß jetzt Schluß ist damit, daß sie in den Dörfern mit dem Existenzminimum auskommen sollen, und es besteht eine gewisse Gefahr, daß sie jetzt scharenweise in die Städte und in die Minen gehen, wo sie eigentlich keine Hoffnung auf Arbeit haben. Es könnte sich wieder einmal zu der alten Geschichte entwickeln, daß ungelernte Bauern aus den ländlichen Gebieten wegziehen.«

»Genau, was können die denn schon?« sagte sie. »All die Jahre haben sie ihr Maniok und ihre Ziegen und ihr Bier gehabt. Und obendrein waren sie glücklicher als wir, glauben Sie mir.«

Geräusche von parkenden Wagen und Stimmen von der Veranda her wurden laut. Die Kellner gingen mit Bestellungen in der Bar ein und aus, die sie, ein Auge wegen des Zigarettenrauches, der aus dem Mundwinkel aufstieg, zusammengekniffen, umsichtig erledigte. Während sie herumhantierte, hatte sie den großen Kopf und die geschrumpfte Brust der Karikaturen an der Wand. Wenn sie nichts zu tun hatte, kehrte sie zu ihren Büchern zurück, wobei ihr Blick schräg über die Wangen hinunter auf die Zahlen fiel, die sie abhakte, während sie sich gleichzeitig mit Bray unterhielt. Er fragte sie ohne Umschweife: »Kommen jetzt Schwarze her?«

»Das Gesetz verlangt es so«, sagte sie ebenso unumwunden. »Meine Boys bedienen sie, wenn sie kommen. Es sind sehr wenige; natürlich wollen sie ihr eigenes Bier und natürlich in ihren *khayas*, das ist ihr Wunsch ... Sie sitzen auf der Veranda, und solange sie sich anständig aufführen, ist alles in Ordnung. Sie wissen, daß sie sich anständig aufzuführen haben.«

»Und stecken die Farmer am Samstagabend noch immer mal jemanden in die Voliere?«

Sie lachte und legte ihren Füllfederhalter nieder, wobei sie vor Vergnügen den Kopf schüttelte. »Ach, das waren die guten Tage, ja? Was war da in der Nacht manchmal los. Und Weihnachten und Neujahr! Wieviel Leben damals in unseren Leuten hier steckte. Oscar sagte immer, nie wieder, nie wieder. Und jedesmal – du lieber Himmel, ja? Ach, das ist jetzt alles aus und vorbei.«

Die Verärgerung war von ihr abgefallen, das Blut wieder in ihrem Gesicht, die Augen feucht vom Lachen – ein alter Hund, dessen Lebensgeister für einen kurzen Augenblick zurückkehren, weil er sich erinnert, daß er mit dem Schwanz wedeln kann. Er war gerührt, wie immer, wenn er auf ein Lebenszeichen stieß; aber selbst in diesem einsamen Moment der Wärme spiegelte sich in ihrem Gesicht weiterhin die Angriffslust ihres Stolzes und ihrer Minderwertigkeitsgefühle: nicht etwa, daß *er* und seinesgleichen sich dazu herabgelassen hätten, gewußt hätten, wie man das Leben genießt.

Als er gebadet und sich für das Abendessen umgezogen hatte, lief sie ihm – eilig und mit Schlüsseln klimpernd – in einem der Gänge über den Weg. »Haben Sie auch bestimmt alles, was Sie brauchen? Handtücher, Seife – alles in Ordnung? Heutzutage weiß ich nie genau.« Er beruhigte sie. Die Weißen auf der Veranda tranken noch immer, und die Bar war ebenfalls angenehm voll. Darts wurden geworfen, und aus dem Radio kamen mit knatternden Störungen die Nachrichten. Schwarze waren nicht da. In den Gängen, auf den Veranden und in den

Seitentrakten, aus denen sich der Hotelkomplex zusammensetzte, war mit dem Gong zum Abendessen gerufen worden, im Speisesaal waren die Lichter an, aber niemand machte Anstalten, aufzustehen und essen zu gehen. Er war nicht in der Stimmung, allein dort zu sitzen. Aber auf der Veranda kannte er keinen, ausgenommen vielleicht ein Gesicht – ein Mann mit blonden Borsten, die das Licht wie die feinen Härchen auf einem Kaktus einfingen; wahrscheinlich Denniston, der früher bei der berittenen Polizei gewesen war. Er bestellte einen Drink und beobachtete die Frösche, die mit der Aufmerksamkeit von Taschendieben die Menschen im Auge behielten, während sie nach fliegenden Ameisen schnappten, die von der Lampe herab auf den Verandaboden fielen. Mrs. Pilcheys Katze kam, um sich ihrerseits an die Frösche heranzupirschen, und er verjagte sie. Zum ersten Mal empfand er Interesse an dem Zeug aus dem Erziehungsministerium, das im Wagen lag; die kleine Schule und der Lehrer waren der Grund. Bisher war diese Arbeit für ihn nichts Reales gewesen, weil er nicht sicher war, wie sie aussehen sollte. In Gedanken hatte er sie akzeptiert als etwas, was er »aus persönlichen Gründen« übernommen hatte: etwas, was im Augenblick nicht in Frage gestellt zu werden brauchte, über dessen objektiven Wert man sich allerdings keinerlei Illusionen machen durfte. Er ging zum Wagen, um den Ordner zu holen; er konnte ihn kurz überfliegen, während er seinen Aperitif austrank.

Als er zur Veranda zurückkehrte, stand auf den Stufen der Schullehrer in einem Mantel, der aus den Restbeständen der Armee stammte, den Hut in der Hand. Bray hatte den Eindruck, daß er draußen im Schatten gewartet hatte, vielleicht unsicher, welches unter all den Gesichtern von weißen Männern, die sich im Licht von der Dunkelheit abhoben, dasjenige war, das er suchte. »Ah, gut... bestens... das ist mein Glas, denke ich...«, und dann setzten sie sich. Er bestellte das Bier, das der andere wollte. »Ich weiß nicht, ob ich mich überhaupt vorgestellt habe, Bray, James Bray – und Sie...?«

Der Lehrer räusperte sich und neigte sich vor. »Reuben Sendwe. Reuben Send-we.« Dann nickte er zur Bestätigung dieser Identität und lehnte sich wieder zurück.

Er war natürlich daran gewöhnt, herbeizitiert zu werden und sich Dinge anhören zu müssen; Bray wußte, daß der Umstand, daß er im Hotel etwas trinken durfte, daran nichts änderte. Wahrscheinlich konnte man ihn bestenfalls so weit bringen, daß er vergaß, daß er da war. Bray redete vorerst einmal über *sich*, darüber, wie er für die britische Regierung gearbeitet hatte, Bezirkskommissar in Gala gewesen war und sich dann im Colonial Office – wie er sich ausdrückte – »unpopulär« gemacht hatte. »Aber all das ist altes Zeug, nicht besonders interessant« – er wollte mehr über die Schule, über Schulen und das Unterrichten in diesem Distrikt im allgemeinen erfahren. Sendwe hatte an höherer Schulbildung das genossen, was die Missionsschule von Rungwa zu bieten hatte. Natürlich kannte er Pater Benedict. »Die Patres erzählten mir heute früh, daß die Regierung die Schule übernehmen wird. Was halten Sie davon?« Sendwe sagte: »Sir, ich wünschte, ich wüßte, wieviel Geld unsere Regierung hat.« »Ja, Geld...? Und, weiter.« Er leckte seine trockenen Lippen. »Wenn unsere Regierung genug Geld hat, dann müssen wir alle Missionsschulen übernehmen. Wenn wir die Missionsschulen nicht gehabt hätten, als ich ein Kind war – eine andere höhere Schule gab's für mich nicht. Wußten Sie, daß die englische Regierung bloß diese eine kleine Schule neben dem *boma* hatte? Aber sofern Geld vorhanden ist, wäre es das beste, wenn das ganze Erziehungswesen einheitlich wäre und alle Kinder die gleichen Chancen erhielten. Und dann, verstehen Sie, unsere Regierung kann sich nicht sagen, also gut, dort steht eine Missionsschule, in der Nähe von diesem Dorf oder von jenem Dorf, wozu müssen wir unbedingt noch eine hinstellen – Sie verstehen, wie ich das meine?«

»O ja, genau.«

»Genau das hat die englische Regierung gemacht, aber unsere Regierung darf jetzt nicht das gleiche tun. Und deshalb müssen wir die Missionsschulen schließen. Nicht etwa, weil die Patres keine guten Leute wären. *Ich* behaupte das nicht. Von uns behauptet das niemand. Die Europäer dürfen nicht sagen, wir würden die Leute aus den Missionen hinauswerfen; wir müssen einfach in unserem Land unsere eigenen Schulen haben, das ist alles. Ich würde bloß gerne wissen, ob wir das Geld dafür haben.«

»Ich glaube, das habt ihr«, sagte Bray, »aber die Lehrer habt ihr nicht, und da liegt das Problem. Ich hoffe, ihr könnt die Lehrer an den Missionsschulen dazu überreden, daß sie die Leitung ihrer Schulen an die Regierung abtreten und trotzdem bleiben und weiter unterrichten. Und selbst dann wird man von irgendwo – von irgendwo außerhalb des Landes – Hunderte von Lehrern herholen müssen.«

»Wenn wir das Geld tatsächlich haben«, sagte Sendwe zufrieden.

»Unterstützt Sie das Erziehungsministerium bei Ihrem Studium? Woher kommen diese Papiere, die Sie mir gezeigt haben, von einem – Fernkurs?«
Er schüttelte den Kopf und hustete. »Ich bezahle selbst – aus London.«
Die Veranda leerte sich, und Wagen fuhren davon, obwohl ein harter Kern lautstarker Trinker in der Bar zurückblieb. Mrs. Pilchey kam hoheitsvoll über die Veranda gesegelt. »Hat denn heute abend niemand die Absicht zu essen?« sagte sie an alle gewandt. Sie war in der Nähe von Bray, und höflich erhob er sich halb von seinem Sitz. »Ich ganz bestimmt. Wird nicht mehr lange dauern.«
Sendwe stand auf. Sie sah ihn an. »Na, und war das Schaf ein Erfolg?« fragte sie mit ihrer lauten Stimme.
»Oh, Sie kennen Mr. Sendwe schon, Mrs. Pilchey ...«
»Natürlich kenn ich Sendwe.« Des Lehrers Hand tastete nach dem Hut und nahm ihn mechanisch vom Stuhl. Er stand in seinem Mantel da, und in den gleißenden Strahlen, die vom kugelförmigen Verandalicht herabfielen, waren die Augen in seinem hageren, schwarzen Gesicht unsichtbar. Er sagte: »Oh, Madam, ich muß mich bei Ihnen bedanken. Es war sehr, sehr freundlich. Aber ich war ständig krank seit damals.«
Sie verharrte in der Stellung eines Menschen, dem jemand auflauert. »Waren die Feiern zuviel für Sie, hm?«
»Ich habe einen ganz schlimmen Husten«, sagte er. Und als sie ging, nahm er sich zusammen und rief ihr nach: »Die Kinder waren sehr, sehr glücklich über das Fleisch. Ich danke Ihnen vielmals.«
»Ist schon in Ordnung«, sagte sie energisch und in einer höheren Tonlage, und schweren Schrittes war sie auch

schon wieder gegangen, leicht zur Seite geneigt, wie jemand, der schon zu viele Jahre auf den Beinen war.

Er saß da und lächelte. »Es war ein ganzes Schaf«, sagte er. »Das Hotel hat es der Schule zu den Unabhängigkeitsfeiern geschenkt. Oh, das war ein sehr nettes Geschenk. Oh, was waren die Kinder glücklich.« Wieder hustete er, trank etwas Bier und hustete weiter. Als er wieder bei Atem war, sagte Bray: »Wie wär's jetzt mit dem Dinner? Was sagen Sie?«

»Ich hab schon gegessen.«

»Bestimmt? Haben Sie jetzt gar keinen Appetit auf irgend etwas?«

»Nein, seit ich wieder diesen Husten habe, bin ich nie mehr hungrig.« Noch immer war er wegen des Hustenanfalls ganz außer Atem.

Bray sagte: »Tun Sie was dagegen?«

»Ich war wieder in der Klinik. Die sagen, ich muß mich im Krankenhaus untersuchen lassen.« Er nannte den Namen des Tuberkulosespitals in der Hauptstadt. Er hielt drei Finger in die Höhe. »Vor drei Jahren war ich siebzehn Monate lang dort. Aber sie haben mich geheilt. Es ist jetzt erst wieder diese zwei, drei Wochen, daß ich diesen schlimmen Husten habe. Ich bin nicht hungrig.«

»Ich verstehe. Also gut, trinken wir noch ein Bier.« Aber sie setzten sich nicht mehr hin. »Und wann fahren Sie?«

Der Mann lächelte. »Es ist sehr weit.«

»Aber Sie sollten nicht damit warten.«

»Wenn ich die Abschlußarbeit geschrieben habe«, sagte er. Das Gefühl, daß die Unterredung beendet war und er nicht wußte, wie er sie abschließen sollte, ohne mit leeren Händen wieder weggehen zu müssen, schien ihn zu verwirren. »Sir, ich möchte Sie bitten, mir über meinen jüngeren Bruder eine Nachricht zukommen zu lassen. Er möchte Landwirtschaft studieren – so wie die Europäer sie betreiben. Er arbeitet draußen auf der Farm von Mr. Ross, und Mr. Ross ist sehr nett, er bringt ihm alles bei, während er dort arbeitet. Jetzt hat er schon lange den Wunsch, auf die Landwirtschaftsschule zu gehen, haben wir gehört. Wenn Sie mir doch bitte die Formulare für ihn schicken könnten – ich könnte ihm helfen, alles auszufüllen... eine Bewerbung zu schreiben... Wenn Sie mir nur die Formulare schicken würden...«

Bray erklärte, er fahre nicht in die Hauptstadt, sondern nach Norden, aber er würde dafür sorgen, daß man ihm die Bewerbungen für die Landwirtschaftsschule zusenden würde. Die Gestalt im Armeemantel verschwand im Dunkel, vom Licht, das aus dem Hotel auf sie fiel, einen Augenblick lang diagonal in zwei Teile zerschnitten. Bray wandte sich zum Speisesaal um, wo ein paar Männer mit dem Gusto alter Freunde aßen und miteinander plauderten. Das Stampfen der nackten Kellnerfüße erschütterte die Fußbodenbretter; er bestellte eine halbe Flasche Wein, zog wahllos einen Bericht aus dem Ordner, den er immer noch bei sich hatte, und stellte ihn so auf, daß er einen Blick auf ihn werfen konnte. Schon verfiel er in die Junggesellengewohnheit, während des Essens zu lesen. Es fiel ihm wieder ein, und er machte sich einen Vermerk, daß er dem Schullehrer ein Oxford Dictionary schicken wollte.

Also fing all das wieder von vorne an; halb amüsierte es ihn, halb verachtete er sich dafür. Der Mann war in jeder Beziehung so verzweifelt arm – wessen hätte er denn nicht bedurft? Olivia hatte immer gesagt: »Wohltätigkeit ist einfach lächerlich.« Hier, hatte sie gemeint – damals. Sie hatte Wohltätigkeitsbazare organisiert, mit deren Hilfe die karitativ tätigen weißen Frauen das Geld für eine Klinik für schwarze Kinder aufbringen wollten, während von den Minen Jahr für Jahr Dividenden in Millionenhöhe an die Aktionäre in England ausgeschüttet wurden. Zur Eröffnung der Wohltätigkeitsbazare hatte sie weiße Handschuhe anziehen müssen; aus den Zeitungsphotos, die von ihnen, unter der Sensation ihrer Abberufung aus dem Land, gemacht worden waren, hatten ein Staatsbeamter und eine Lady herausgesehen, die einem Paar jener Art, auf die sich weiße Siedler so lange verlassen hatten, verwirrend ähnlich sahen.

Nach dem Abendessen ging er zurück in sein Zimmer, vorbei an der Bar und den erhitzten Gesichtern – ein großgewachsener Engländer mit dem Gang eines Verwaltungsbeamten, eines Mannes, der ewig Akten unter dem Arm herumtrug.

Er legte sich in ein Bett, das – wie beinahe alle Hotelbetten – zu klein für ihn war, und las. Die Fassung von Mrs. Pilcheys angeklemmtem Bettlämpchen war zerbrochen, und so schaltete er die Deckenbirne ein. Sie strahlte auf einen Punkt genau zwischen seine Augen. Er las den ganzen Inhalt des Ordners aus dem Kultusministerium durch; sehr wenig, womit sich wirklich etwas anfangen ließ. Die Zahlen waren größtenteils nicht sachgerecht analysiert, und das häufige »unvorhergesehene Umstände«, das für den hohen Prozentsatz von Fehlschlägen verantwortlich war oder für die Einstellung von Versuchsprojekten bescheidener Art, wurde kein einziges Mal erklärt. Als er das Licht ausdrehte, war die Stille tief, tiefer – so als mäße die Nacht die Entfernung ab, die er nun schon zurückgelegt hatte.

Seine erste Woche in Gala verbrachte er damit, was er in Briefen nach England als häusliche Tätigkeiten bezeichnete. Das Haus, das von einem Buchhalter, den das neue Verwaltungssystem für überflüssig erklärt hatte, geräumt worden war, besaß keinen Koch und keine Vorhänge. Er blieb im Hotel im Ort, während Mundpropaganda ihm Stellenbewerber zuführte und der indische Schneider sich bereit erklärte, die Vorhänge zu nähen. Brays Wahl des Materials machte Mr. Joosab unglücklich, aber Bray und Olivia hatten immer die kastanienbraunen und schwarzen, orangenen und braunen Farbtöne gemocht und die wirren Schriftzüge, die in Suaheli oder Gala auf den Stoff, mit dem die hiesigen Frauen sich ihre Babys umbanden, gedruckt waren – diesmal brauchte er sich nicht den Kopf darüber zu zerbrechen, was für das Haus eines Distriktskommissars passend sein mochte.

Die breite Hauptstraße – mehr war Gala nicht – war entlang der zu einem Rücken sich aufwölbenden Mitte geteert, aber zu beiden Seiten von einem breiten Rand aus roter Erde gesäumt, der fleckig, pockennarbig war und manchmal durch die tiefen Schatten der Mahagonibäume, die sich über sie neigten, verdeckt wurde. Gala war, in den Begriffen der Kolonialzeit, ein alter Ort; aber schon bevor es zu einem Vorposten der Briten geworden war, hatte Tippo Tib hier einen seiner südlichsten Sammelplätze für Sklaven angelegt – im Norden lag das Gelände, auf dem das arabische Fort gestanden hatte. Mauern waren im Dorf zusammengebrochen, aber Bäume waren übriggeblieben; zu groß, um aus dem Trampelpfad der Sklavenkarawane herausgehackt zu werden; zu mächtig, als daß sie im Zuge der Unterwerfung der Bevölkerung durch die britischen Truppen durch Feuer hätten zerstört werden können; und von mehreren Generationen von Kolonistenfrauen waren sie verehrt worden; sie hatten durchgesetzt, daß eine lokale Verordnung erging, die das Fällen der Bäume untersagte. Ihre riesigen, grauen, aus dem Boden ragenden Wurzelschößlinge boten sich als Fahrradständer an, und der Schuhmacher arbeitete unter ihnen, der Fahrradmechaniker und der Mann, der die Nähmaschinen reparierte. Es gab einen Sklavenbaum (unter ihm war vor nicht mehr als hundert Jahren der Handel getrieben worden), und die gleichen englischen Ladies hatten ihn durch ein kleines, gepflastertes Geviert, an dessen Geländer eine Plakette mit einem Wilberforce-Zitat angebracht war, geschützt. Er stand im unteren Teil des Dorfes, wo, wie Bray herausfand, seit seinem letzten Aufenthalt hier die ersten Schritte zur Industrialisierung getan worden waren. Jetzt lungerten dort junge Arbeiter aus der Fischmehlfabrik und dem Kalkwerk herum, würfelten und ließen leere Kartoffelchipstüten zurück.

Seine große Erscheinung in dem grauleinenen Buschjakkett und in Hosen, die er in der Hauptstadt aufgetrieben hatte, eilte geschäftig die Straße auf und ab, aus Sonne und Schatten in das Innere der Läden und aus ihnen wieder heraus auf die Straße. Er wurde bestürmt von den vertrauten Gerüchen – Kattun, Wachs, Hirse, Säcke voll getrocknetem *kapenta* mit der blechernen Schöpfkelle zwischen den muffig riechenden, kleinen Fischen; das alte Gefühl, wie die ausgestreuten Zuckerkörnchen und der geschrotete Mais zwischen den Schuhsohlen und dem rissigen Betonboden knirschten. Im Schneiderladen die Süße des Kardamoms, das zwischen Stoffballen und glitzernden Stoffutterschnipseln aufgehängt war. Die gleichen gerahmten Bilder, auf denen Männer aus der Zeit Edwards VII. mit langen Zigarettenspitzen und Gehstöcken abgebildet waren; eine Photographie von Mweta in seiner Toga neben der alten von der Queen. Joosab und sein Sohn Achmed waren beinahe die ersten Bekannten aus den früheren Tagen, mit denen Bray sprach. (Das Hotel hatte den Besitzer gewechselt; im Postamt arbeiteten jetzt Schwarze.) Joosab war ein blasser, fetter Mann in Hemdsärmeln, der das Maßband über seiner ärmellosen Weste wie einen Orden trug. Sein sanftes Lachen war beinahe lautlos; er stand da, neben ihm Achmed, der dünn und dunkelhäutig zu einem Mann herangewachsen war, seiner Mutter, wie Bray sich erinnerte, ähnelte, und jenen besessenen, etwas verrückten Gesichtsausdruck besaß, der tiefschwarzen Augen mit Silberblick eigen ist.

»Der Colonel, es ist der Colonel, Sie sind zurückgekehrt...« Joosabs helle Augen flitzten herum, wurden feucht und tanzten, wie die eines Mädchens, das verlegen ist. »Mein zweiter Sohn, Achmed... erinnerst dich nicht mehr an den Colonel (er war ein kleines Kind, hm, Colonel)... Colonel Bray? Natürlich erinnerst du dich! Der Distriktskommissar, und Mrs. Bray – ach, war das eine freundliche Dame!«

Das dichte, glänzende, glatte Haar schien auf dem Kopf des Jungen auf und ab zu wippen – eine Geste sprachloser Verlegenheit, mit der er reagierte.

»Ach, der Colonel... ach, freuen wir uns, daß Sie wieder da sind. Wie oft hab ich zu meiner Frau gesagt, einen Gentleman wie den Colonel kriegen wir nie mehr! Ja, Mr. Maitland, er ist gekommen, als Sie weggegangen sind, er war ein netter Herr, o ja. Und dann Mr. Carter, und dann war noch Mr. Welwyn-Jones da. Aber nicht lange, ich glaub, nur so fünfzehn Monate war er da... ach, der Colonel...«

»Und wie ist's Ihnen ergangen, Mr. Joosab, wie sieht's hier aus?«

Noch immer lachte er lautlos, und wie das Mitglied eines Empfangskomitees breitete er seine weichen Hände aus. »Oh, *ganz gut*, ja, ich kann sagen, ganz gut« – er unterdrückte ein winziges, kokettes Achselzucken, so als wäre ihm beinahe ein Geheimnis entschlüpft – »natürlich geht alles ein bißchen drunter und drüber, das Geschäft ist ein klein wenig zurückgegangen, oh, das ist natürlich nur logisch, Colonel. Nicht, daß ich mich beschweren würde – verstehen Sie? Unsere Gemeinde steht hundert Prozent hinter der Regierung. Wir leisten unsere Beiträge für die Parteikasse – voriges Jahr über fünfhundert Pfund. Und wir haben die Versicherungen des Präsidenten – ja, die haben wir. Natürlich sind eine Menge Leute weggezogen – wissen Sie, die ehemaligen Regierungsleute, alle fort. Oh, ich weiß, wie denen zumute ist – ich kann's mir vorstellen. Dr. Pirie und Mrs. Pirie – sind nach England zurück, haben ihren Besitz verkauft. Vor ein paar Jahren hat er ein reizendes Haus gebaut, direkt am See, als er in Pension ging, wissen Sie. Aber jetzt wollen sie natürlich nicht bleiben, ist ja klar... Warum sollten sie auch?... In Ihrem Haus oben« – er meinte den Sitz des Distriktskommissars – »da ist jetzt Mr. Aleke und seine Frau mit ihren sieben oder acht kleinen Kindern. Ja. Sah damals wundervoll aus, das Ganze, wie Sie und Mrs. Bray dort wohnten, Colonel – der Garten, einfach wunderbar! Mrs. Brays Garten. Und wie hieß noch die andere Dame – Mrs. Butterworth? O ja, was für nette Damen. Wissen Sie noch, daß sie die erste Frau war, für die ich eine Hose gemacht habe? Ich sagte, aber Mrs. Butterworth, Madam, ich hab noch nie für eine Dame gearbeitet. Aber das war eine Frau, die will haben, was sie sich in den Kopf gesetzt hat, wissen Sie. Sie können es, sagte sie, Sie können es! Und Mr. Playfair. Hat dies Jahr wieder die Golfmeisterschaft gewonnen. Er ist noch hier, und Mr. LeRoy, und die Andersons oben im Club – Mr. Anderson ist immer noch der Vorsitzende des Komitees, sie geben noch in diesem Monat eine Vorstellung. Ich glaube, daß es wieder Mr. Parsifal ist, der das Ganze arrangiert, sie wissen, was für ein kluger Mann das ist...« Er erging sich in sämtlichen Details der Aktivitäten der weißen Kommune, an denen er niemals Anteil gehabt hatte. »Oh, es ist noch eine ganze Menge aus den alten Zeiten da«, sagte er verheißungsvoll. »Sie werden sehen, Colonel...« Es war nicht so, daß er vergessen hatte, daß es diese Leute gewesen waren, die die Entfernung Brays aus dem Colonial Office verlangt hatten, im Gegenteil, er erinnerte sich nur zu gut daran – es war seine Art, mit Geschehenem umzugehen: Er schützte sich und andere vor Gefahr, indem er sich gleichzeitig nach allen Seiten hin verbeugte.

Die meisten weißen Geschäftsleute des Ortes begrüßten Bray mit professioneller Fröhlichkeit, die ein gleichsam steinernes Antlitz verdeckte. Auch sie hatten nicht vergessen; aber er war auch ein potentieller Kunde. Er war sich über seine »Position« unter ihnen nicht im klaren;

die Vergangenheit mit ihrer Beziehung zu Mweta und Shinza bedeutete ihm etwas, und die Zukunft des Landes, aber seine Vergangenheit hinsichtlich seiner Schwierigkeiten mit dem Colonial Office und den Siedlern war nichts als ein überstandener Konflikt, in dem beide Seiten – durchaus angemessen – gemäß ihren Überzeugungen in einer bestimmten historischen Situation agiert hatten, eine Situation, die nicht mehr existierte. Weder objektiv noch auch für ihn; er war fortgewesen und, frei von ihr, zurückgekehrt. Daß er in seinen ehemaligen Distrikt geschickt worden war, das schien ihm ohne besondere Bedeutung zu sein, außer daß man vernünftigerweise den Umstand, daß er die hiesige Sprache beherrschte und die Menschen hier kannte, berücksichtigt hatte; er sah sich nicht als jemanden, der an einen Ort, von dem man ihn vertrieben hatte, zurückgekehrt war – welche Beziehung zur Gegenwart hätte ein derart billiger Triumph gehabt?
Aber für die Leute, die hiergeblieben waren, war er nicht *wieder* da, sondern *zurück*gekehrt; er, dessentwegen man vor zehn Jahren in eben jenem Hotel, in dem er jetzt wohnte, eine Versammlung veranstaltet hatte, er, wegen dessen Entfernung aus dem Amt man an den Gouverneur ein Petitionsschreiben gerichtet hatte. Am ersten Samstagvormittag im Dorf wurde ihm das klar; ein Ärgernis, mehr als alles andere. Sie kamen in die Stadt, um wie immer ihre Besorgungen zu machen, und er bewegte sich, allein, unter ihnen. Sie grüßten ihn, blieben sogar stehen, um mit ihm zu reden, Frauen mit ihren Einkaufskörben oder Männer mit Bierdosenpackungen, die sie zwischen Daumen und Zeigefinger gehakt hatten, und machten von den konventionellen Floskeln ihres ge-

meinsamen englischen Hintergrundes Gebrauch, um dann bei der ersten Pause zu sagen: »Also dann – bei Alcock werden sie mir kein Hähnchen aufheben, wenn ich nicht zusehe, daß ich eins kriege«, oder: »Robert steht sich vor dem Postamt bestimmt schon die Beine in den Leib – besser, ich mach mich auf die Beine«, aber sie machten ihm (der nicht eitel und deshalb absolut nicht leicht in Verlegenheit zu bringen war) bewußt, daß sie mit ihm *konfrontiert* waren. Er hegte keinerlei Groll gegen sie. Das aber war, wie er mit einem leicht erschöpften und amüsierten Lächeln über sich selbst und sie konstatierte, untragbar – falls man es herausfinden sollte.

In einem ersten Brief nach Gala hatte Olivia geschrieben: »Es muß ein eigentümliches Gefühl gewesen sein, das alte Haus zu sehen!« Aber er hatte sich noch nicht einmal dazu aufgerafft, die Straße zur häßlichen Residenz hinaufzugehen, die in seiner Erinnerung nicht so sehr als ein Ort existierte, wie als ein Innenleben, das von Erfahrungen, die er dort gemacht hatte, ausgehöhlt worden war. Eines Tages würde er hingehen und Mr. Alekes »sieben oder acht« Kinder im Garten spielen sehen und Olivia darüber berichten.

Wenn er in der Fisheagle Inn ein und aus ging, war er manchmal von dem Anblick, den man von der Veranda aus auf den See hatte, ganz gefangengenommen. Das Zeichen des Sees: ein Schimmern, blendendhell und von der Form eines Streifens, weit weg, jenseits der Bäume, oder, an weniger klaren Tagen, eine andere Nuance in einem Schleier aus Dunst. Einen Augenblick lang dachte er an nichts; das rastlose Flimmern des Sees, die Grenzlinie eines Blicks unter gesenkten Lidern – denn in Wahrheit war es gar nicht der See, den man sah, sondern ein

Spiel der Entfernung, das helle Strahlen des Sees, das in die erwärmte Atmosphäre hinaufgeworfen wurde, so wie die riesige Fläche ruhig dahinfließenden Wassers, die sich bis zum Horizont hin dehnte, sobald man an seinen Strand kam, von dem sich der Busch wie Schöpfe von Haaren abhob, in Wahrheit gar nicht der See war, sondern (wie die Landkarte bewies) bloß der allersüdlichste Zipfel der großen Wasser, die sich über sechshundert Meilen und vier oder fünf Staaten des Kontinents nach Norden hin erstreckten. Und da geschah es, nur für einen kurzen Moment, daß dieses Symbol der Unendlichkeit des Raumes, das in sich die Unendlichkeit der Zeit barg, mit der er eins war, sein Denken vom Jetzt löste, und mit einem Mal war er der, der er vor zehn Jahren gewesen war, und gleichzeitig der, der er jetzt war, ein und derselbe. Es war ein Augenblick des Stillstehens, der unbemerkt vorüberging. Er ging weiter, die Verandastufen hinunter, und nahm sich vor, sich für sein Haus irgendein Einrichtungsstück zu kaufen.

Am zweiten Wochenende konnte er einziehen. Natürlich hatte er den Leuten im *boma* seine Aufwartung gemacht. Er hatte mit Aleke gesprochen, dem ersten schwarzen Distriktskommissar – aber die hießen nicht mehr so, jetzt liefen sie unter der Bezeichnung »Provinzbeamter«. Und er hatte Sampson Malemba getroffen, den hier zuständigen Mann für das Erziehungswesen und zufällig ein alter Freund, der zu Brays Zeiten Rektor der Schule für die Schwarzen gewesen war. Aleke war genau die Art des »neuen Schwarzen«, den die Siedler am wenigsten ausstehen konnten; feist, charmant, über dem fetten Steiß die Mweta-Tunika hochgezogen, beherrschte er fließend ein informelles Englisch, räkelte sich wie ein Schuljunge hinter seinem Schreibtisch und war dabei beobachtet worden, wie er ein Stück Zuckerrohr kaute, während er sich unter den Bäumen seine Schuhe putzen ließ. Beim konventionellen, pompösen Auftreten halbgebildeter Schwarzer fühlten sich die Siedler zu Hause. Männer in dunklen Anzügen, die Brillen trugen und sich räusperten – in diesen Karikaturen eines Abbildes ihrer selbst erkannten sie die für sie akzeptablen Anzeichen zivilisierten Verhaltens wieder, auch wenn sie selbst biertrinkende Farmer in zerdrückten, kurzen Hosen waren. Blieb lediglich abzuwarten, ob sich Aleke auch noch als tüchtig erweisen würde, und aus dem wenigen, das Bray zu Ohren gekommen war, ließ sich vermuten, daß das wahrscheinlich der Fall war. Fröhlich erklärte er, er habe keine Ahnung, was er für Bray tun könne – man hatte ihn ersucht, »alles ihm mögliche zur Unterstützung zu veranlassen« und so weiter, und es liege nun an Bray, ihn wissen zu lassen, was das sein mochte. »Hätten Sie vielleicht irgendwas, wo ich arbeiten könnte – das ist das wichtigste.« Aleke fand das äußerst komisch. »Ich will damit sagen, können Sie ein Büro, in dem auch noch eine Schreibkraft Platz hat, entbehren und mir zur Verfügung stellen – Sie haben sicherlich wenig Personal.« »Ein Büro? Aber selbstverständlich! Nur, die Schreibkraft, fürchte ich, ist nicht besonders hübsch. Ich werde sie Ihnen vorstellen.« Er läutete eine Glocke, und herein kam ein männlicher Büroangestellter, typisch zweijährige Volksschulbildung, mit dem knochigen Rücken eines Greises und dem Gesicht eines Halbwüchsigen, dessen Vitalität dem Studium von Heimlehrgängen zum Opfer gefallen war. »Mr. Letanka. Er wird Ihnen, soweit es in seinen Kräften steht, zur Verfügung stehen.« Als der Angestellte gegangen war, zeigte sich Aleke noch immer leicht belustigt: »Also, das wär's. Aber ich habe mich – Dringlichkeitsstufe eins – um eine wirklich tüchtige und schöne Sekretärin bemüht, kann also sein, daß sich unser Niveau hebt.«

Aleke drängte darauf, daß er sich in seinem Haus einrichte, bevor »wir etwas Ernstes in Angriff nehmen«; es war eine äußerst liebenswürdige Art, das Problem, daß er nicht wußte, was er mit Bray anfangen sollte, vor sich herzuschieben.

Der Einzug war keine große Angelegenheit. Die diversen Einkäufe der vergangenen Woche standen im Wohnzimmer immer noch an den Stellen, wo er sie hatte fallen lassen. Mr. Joosab war so freundlich gewesen, zum Aufhängen der Vorhänge seinen Sohn und seine Töchter vorbeizuschicken. Waren sie zugezogen, sahen sie aus wie Tischtücher, sie schlossen nicht. Waren sie zurückgezogen, hingen sie armselig herab. Er wußte nicht, was an ihnen verkehrt war; er dachte an Olivia und lächelte. Er hatte einen jungen Diener namens Mahlope, der Name war Gala und bedeutete »der Letzte von allen« – er trug bereits die lange weiße Schürze, für deren Erwerb er gleich bei Arbeitsantritt Geld gefordert hatte. Für den Empfang Brays hatte er die Betonböden des Hauses mit der unvermeidlichen dicken Schicht roter Bodenpaste bestrichen, und die beiden Männer verbrachten den Samstagnachmittag mit dem Einrichten – mit sicherem Instinkt für die richtige Position eines von der Regierung zur Verfügung gestellten verstellbaren Lehnstuhlmodells, für die Verwendung eines alten Messinghakens für Bilderrahmen, an dem nun der Badezimmerspiegel hing, gerade hoch genug, daß Bray sich beim Rasieren darin sehen konnte – des immer gleichen Junggesellenhaushalts eines Weißen, so alt wie die Siedlung selbst. Mahlope legte ein zerrissenes Stickdeckchen unter den Lederrahmen, in dem ein Bild von Venetia mit einer undeutlichen kleinen Mumie steckte, ihrem neugeborenen Kind; und stellte den Whisky, den Gin, einen verbogenen Flaschenöffner und Gläser in der ewig gleichen Anordnung auf etwas, was in der Liste des Hausinventars als »Beistelltisch« geführt wurde. Schon roch die Küche nach Paraffin, mit dem der Eisschrank betrieben wurde, und das Wohnzimmer nach Flohpulver, weil ein Haus, das mehr als ein paar Tage leer stand, unweigerlich zu einem Tummelplatz für Flöhe wurde. Bray war schon während eines ersten Rundganges durch die Socken hindurch in die Knöchel gebissen worden.

Er wachte jetzt wieder früh am Morgen auf, was er in Afrika früher immer getan hatte. Der Diener war, mit verhaltener Stimme singend, seit halb sechs auf den Beinen. Bray nahm sein erstes Sonntagsfrühstück im Garten ein, an einem Morgen, der vom Geruch des Holzfeuers erfüllt war. Es war wieder gegenwärtig – alles, mit einem Schlag, wie durch den Duft einer Frau, mit der man einmal geschlafen hat. Die winzigen Honigsauger schwirrten in den groben Trompeten der Blumen herum. Zarte, im Flug schlank wirkende Wildtauben stießen leise, sanfte Schreie aus – nicht wiederzuerkennen als die Artgenossen der aufgeblasenen, krächzenden Kreaturen, die durch europäische Städte watscheln. Völlig reglos hingen kleine verdorrte Blätter in einzelnen Spinnfäden, die im Licht aufblitzten. Ein riesiger Feigenbaum bestand möglicherweise aus mehreren Bäumen, die bis in eine Höhe von zwanzig Fuß zu einem einzigen Stamm zusammengedreht waren, wo sie sich nach allen Seiten hin ausbreiteten und mit ihren ineinander verschlungenen Ästen kreisförmig herabneigten. Überall sproßten kleine knopfförmige Feigen unmittelbar aus dem alten harten Holz des Stammes. Dünne Wespen ließen von ihnen ab und stürzten sich auf die Marmelade. Er empfand ein irrationales Glücksgefühl – wie eine leichte Gefahr. Er schleppte einen auf Schragen aufgebockten, wackeligen Tisch, der von den Ringen der Topfpflanzen gezeichnet war, unter seinen Baum, schrieb Briefe und las die Zeitungen, die Olivia geschickt hatte, schwelgend im Luxus des Alleinseins.

Aber der Nachmittag war lang. Die Luft war erfüllt von den Echos menschlicher Aktivitäten; das entfernte Plock-Plock des Tennisspiels, das rasche Wenden der Autos, die vor den anderen Häusern der Straße ankamen oder losfuhren, der unter den Schlägen der Kirchenglocken wie Glas tönende Himmel, ein Geräusch, das ebenso verzerrt war wie der Anblick des Sees, den man von der Veranda aus hatte. Irgendwie verdichtete sich das Schweigen des Hintergrundes, und vom Schwarzenviertel weit drüben im Osten wurde der vage Tumult sonntäglicher Unterhaltungen herübergetragen. Er dachte, daß er sich dort umsehen wollte; bis jetzt hatte er es noch nicht getan. Natürlich hatte er es zu seiner Zeit als D.C. sehr gut gekannt und hatte viel Zeit dort unten verbracht; zu viel für den Geschmack bestimmter Leute. Aber er wußte, daß es seit damals anders geworden, gewachsen war; und dann gab es dort eine neue Wohnsiedlung und eine Herberge für Industriearbeiter.

Unbefestigte rote Straßen führten zwischen den Bäumen

hindurch. Leute gingen, gemächlich ihre Fahrräder schiebend und sich miteinander unterhaltend, ihrer Wege; Frauen hielten ihre Kinder an die Röcke gepreßt, als er an ihnen vorüberfuhr, Jungen lachten und bewarfen sich gegenseitig mit Mangokernen, kleine Gruppen religiöser Sekten hielten unter den Bäumen Zusammenkünfte ab, junge Pärchen führten ihre besten Kleider aus, und alte Männer hoben Holz oder Holzkohle auf Schlitten – für sie unterschied sich der Sonntag durch nichts von jedem anderen Tag. Die leuchtenden, kleinen neuen Häuser sahen aus, als wären sie im Schlamm gestrandet; der Wald war eigens für sie gerodet worden. Es gab da ein paar kleine Beete mit Maniok und Wasserbrotwurzeln, die wie niedergestampft aussahen, und ein oder zwei Autowracks. Die Häuser hatten elektrisches Licht, und Kinder spielten ein Spiel, bei dem es offenbar darum ging, daß man die Telegrafenmasten mit Stöcken traf. Sie bedachten den Weißen in seinem Auto mit trotzigen, fröhlichen Zurufen.

Er sah die Herberge auf der Anhöhe, die als Puffer gedient und die Siedlung der Schwarzen vor der der Weißen versteckt hatte; ein modernes Institutsgebäude, um das sich die Buden und Karren der Händler wie Hütten vor Palastmauern scharten. Aber er fuhr in Richtung auf das alte Viertel hinunter, an das er sich noch erinnerte, und holperte über die unbefestigten Straßen, hindurch zwischen den eng aneinandergedrängten Bruchbuden, Eseln, Hunden und Menschen. Das alte Viertel war dreckig und schön; in diesem tiefliegenden Gelände wuchsen Palmen, die der Unordnung unten mit ihrem hohen Wuchs eine zusätzliche Note gaben und die Grenzlinie zwischen Himmel und Erde hinaufverschoben bis zur Silhouette ihrer reinen und trägen Kronen. Hier stank es nach Bier, Kot und Rauch. Die armseligste Hütte stand inmitten glänzender Bananenblätter, und in diesem grünen Glanz aus herabhängenden Früchten und Papaubäumen, die mit ihren strotzenden Eutern an irgendeine indische Göttin erinnerten, erweckte sie den Eindruck von Überfluß. Überall wuchs das Grün aus dem Matsch, schlängelte sich dahin und breitete sich wie eine gekräuselte Decke über vermoderndes Holz und verrostetes Eisen. Romantik der Armut; lieber würde er hier zusammen mit den Ratten unter den Palmen hausen als oben auf der Anhöhe, in diesen miesen, sterilen Kuben, die schon Dreckspuren der nackten Erde aufwiesen: das kam daher, daß er in keinem von beiden je würde leben müssen. Ein kleiner nackter Junge winkte ihm mit der einen Hand zu, während er mit der anderen seine Genitalien umfaßt hielt. Ein alter Mann hob zum Gruß seinen Hut. Bray kannte niemanden und kannte sie alle. Es gab da ein anonymes, gegenseitiges Akzeptieren, dem er in England nie und in Europa kaum je begegnet war – höchstens in Spanien, an einem Morgen auf dem Marktplatz, inmitten der sich stoßenden Körper und lächelnden Gesichter geschäftiger Menschen, deren Sprache er nicht sprach. Es war nicht, als würde man sich verlieren, es war so, daß man feststellte, daß die eigene Gegenwart als etwas so Selbstverständliches zur Kenntnis genommen wurde, daß man vergaß, daß man sich, von außen her gesehen, als ein großgewachsener Engländer mit rosigem Gesicht, hellen Augen und dichten Augenbrauen hinter den Vergrößerungsgläsern der Brillen herumbewegte, wenngleich wiederum – wie in der Luftblase einer anderen Atmosphäre – vom Gehäuse des Wagens eingeschlossen. Er kurvte langsam herum, erfüllt von selbstvergessener Freude, nicht ganz sicher, wohin es eigentlich ging, aber im Gefühl, daß ihm die Kreuzungen, an denen er abbog, vertraut waren und daß ihn sein Weg an Häusern vorbeiführte, in denen Leute wohnten, die er früher besucht oder gekannt hatte. Und dann erreichte er den namenlosen Streifen des Gemeindelandes draußen, wo die überdachten Bushaltestellen standen und Ziegen nach den weggeworfenen Mangoschalen suchten und Frauen und Kinder still und zufrieden unter den Bäumen saßen.

Von hier, von diesem Gelände, auf das es die Leute am Sonntag hinaustrieb, kam das Trommeln, jenes Trommeln, das er drüben in der Stadt gehört hatte. Kleine Buden, aus denen Jazz plärrte, gab es da, und auf den offenen Veranden davor standen oder saßen trinkend Männer herum. Auf dem offenen Gelände vor einem dieser Läden stand ein strohgedeckter Unterstand ohne Seitenwände, in dem über glühender Holzkohle große Trommeln angebracht waren. Bray hielt seinen Wagen dort an, gerade als die Musiker eine Pause machten; ein kleiner Junge betätigte einen Blasebalg aus Ziegenhaut, um die Kohle, mit der die Felle der Trommeln gestrafft wurden, zum Glühen zu bringen. Nur auf einer einzigen Trommel wurde weiterhin ein dumpfer Rhythmus geschlagen, so daß ein Einstieg zu jeder Zeit und an jeder Stelle möglich war. Dieser dumpfe Unterton drang leise stampfend durch das Geschnatter rundherum und durch den Jazz hindurch. Bray saß bloß inmitten von all dem in seinem Wagen da. Babys rissen sich los und stolperten auf die Lichtung hinaus, verfolgt und schwungvoll aufgenommen von älteren Kindern. Andere schrien oder wurden gerade gestillt. Die Frauen waren in Gespräche vertieft und blickten, immer ein wachsames Auge auf den Kindern, herum, aber sie hatten die lächelnde Zufriedenheit von Frauen, die ihren Männern zusahen. Ein paar Männer tranken, andere standen beisammen, abseits vom Zentrum ihrer Aktivitäten. Jemand bestieg sein Fahrrad und fuhr weg; ein anderer kam an. Dem gedämpften Trommelschlag leistete ein plötzlich einsetzender, lauterer Schlag, der von einer anderen Trommel herüberdrang, Gesellschaft; der Trommler, der sein Ohr nahe an sie hielt, war mit der Resonanz nicht zufrieden, und der kontrapunktische Schlag verebbte. Die Trommler waren von ihrer Beschäftigung mit den Trommeln ganz beansprucht, weshalb sie weder redeten noch zu den Trinkenden oder sonst jemandem hinüberblickten. Wie Puder lag auf ihren Gesichtern und Haaren der Staub. Sie riefen den Jungen herbei, und schon fuhren seine kräftigen, spitzen Ellbogen über den Blasebälgen hin und her; in der Holzkohle öffneten und schlossen sich rote Augen. Aber mit dem kontrapunktischen Zwischenspiel der zweiten Trommel, das kurz eingesetzt hatte und wieder verebbt war, hatte ein Mann in mittleren Jahren, an den Hosen Fahrradklammern, angefangen, ganz allein stampfend auf der Lichtung zu tanzen. Ein zweiter leistete ihm Gesellschaft, dann noch einer. Die Spannung zwischen den Trinkenden und müßig Herumstehenden, die sich gelöst hatte, stellte sich langsam wieder her; die Trommeln folgten dem Sog, die Männer folgten dem Sog; ständig größer wurde das fröhliche Durcheinander an Bewegung und Getrommel, Schlurren, Innehalten und Taktschlagen, das trotz des Gegeneinanders von Klang und Bewegung ein einziger Schlag war, der weder als Klang noch als Bewegung erfahren wurde – der Schlag eines einzigen Herzens in einem einzigen Körper. Es war nichts Orgiastisches oder Ekstatisches, sondern bloß ein Tanz am Sonntagnachmittag; Bray schob seine langen Beine aus dem Wagen und stand, einen Arm auf den Kofferraumdeckel gelehnt, unter den Zuschauern. Die Leute schienen zu wissen, wer er war. Dann und wann tauschten sie Bemerkungen aus; er stellte eine Frage oder wies auf etwas hin, wie es die Nähe mit sich bringt. Ein alter Mann stellte nachdrücklich fest, daß die Bars erst seit relativ kurzer Zeit existierten. Ein junger Mann wartete darauf, daß der Alte weiterging, und widersprach allem, was er gesagt hatte: Diese Bar gebe es seit drei Jahren. Und der Tanz sei altmodisch und nur etwas für altmodische Leute. Wenn ich du wäre, würde ich tanzen, sagte Bray. Der junge Mann warf ihm einen höhnischen Blick zu, und eine Frau lachte. Das Stampfen und Schlagen erfaßte die Füße Brays und der anderen, so als stünden sie alle über einem Maschinenraum auf Deck eines Schiffs.

Ein schwarzer Mercedes mit allen Anzeichen jüngst erworbener Amtswürde zog die bewundernde Aufmerksamkeit herumfahrender Köpfe auf sich. Er stoppte kurz und abrupt mitten unter den Leuten. Bray war überrascht, als einer der Mitfahrer in dunklem Anzug und weißem Kragen heraussprang und mit langen Schritten, vor denen man zurückwich, auf ihn zueilte. »Ist alles in Ordnung?« Bevor Bray noch antworten konnte, fuhr das Gesicht des Bürgermeisters aus dem Heckfenster des Wagens, und seine Stimme rief auf englisch herüber: »Haben Sie sich verlaufen, Colonel? Können wir helfen?«

Bray war ein paar Tage davor mit dem Bürgermeister und Sampson Malemba zusammengewesen. »Nein, nein, ich vertreib mir bloß die Zeit.« Und dann ging er aus Höflichkeit hinüber zum Wagen. »Trotzdem vielen Dank.«
»Ist bestimmt alles in Ordnung?« Der Bürgermeister, ein großer Mann, dessen Haar in der Mitte über einem Gesicht gescheitelt war, das unverwechselbar seine Herkunft aus Gala verriet, war für irgendeinen offiziellen Anlaß angezogen; oder vielleicht machte es ihm nur Spaß, in seinem schönen Wagen und in Gesellschaft von Verwandten oder Freunden, die ebenfalls ihre besten Kleider angelegt hatten, Besuche zu machen.
Kleine Jungen rannten dem Wagen nach, als dieser elegant davonfederte. Leute grinsten Bray zu – er war jemand, der ihnen zu einer Auszeichnung verholfen hatte. Irgendwer sagte: »Das ist der größte Wagen in Gala«, und der alte Mann, der wieder aufgetaucht war, sagte: »Der Bürgermeister – wissen Sie, wer das war? Das war der Bürgermeister!« Die Frauen kicherten über seine Begriffsstutzigkeit. »Er weiß das. Er weiß das.« Keiner beneidete den Bürgermeister um seinen tollen Wagen, der seine privilegierte Stellung bezeugte; sie waren nur stolz.
Es war noch hell, als Bray wieder zu Hause ankam, und er wanderte im Garten auf und ab und dann hinaus in den Busch, vielleicht weil er sich an die weit zurückliegenden Verhaltensweisen erinnerte, die das Leben in Wiltshire mit sich gebracht hatte – er und Olivia hatten für ihre körperliche Ertüchtigung ebenso regelmäßig gesorgt wie Städter für die ihres Hundes. Die Fledermäuse begannen, über den Golfkurs zu streichen, und aus dem Clubgebäude strömte bereits das orangene, durch Lampen-

schirme gedämpfte Licht. Sonntagabend; der Großteil der weißen Einwohnerschaft hatte sich da versammelt, um nach dem Sport noch etwas zu trinken. Er hatte sich wieder um die Mitgliedschaft beworben; das Gesicht des Sekretärs war wie platt von der Anstrengung, sein Staunen zu verbergen, als er das Formular ausfüllte. Aber es war nicht die Geste eines Draufgängers gewesen, geschweige denn die des Wunsches, es seinen Landsleuten – im »Triumph« seiner Rückkehr – unter die Nase zu reiben. Er hatte Dinge immer mit einer Direktheit getan, die mißverstanden wurde; es war nicht einmal »die Hand der Freundschaft«, die er ausstreckte – sondern einfach ein Hinnehmen der Tatsache, daß er wieder in Gala lebte, unter diesen Leuten, und er sah in ihnen ebensowenig Ausgestoßene, wie er zu anderen Zeiten ihren Standpunkt, daß die Eingeborenen jenseits der Grenzen der Gemeinschaft lebten, geteilt hatte. Wenn Olivia kam, dann würde sie ohnehin den Swimmingpool des Clubs benützen wollen, den einzigen im ganzen Bezirk. Man mußte nützen, was vorhanden war. Und dann hatte der Club nach der Unabhängigkeit des Landes natürlich die übliche Geste dieser Art sterbender Einrichtungen gemacht; der Bürgermeister hatte die Mitgliedschaft erhalten, *ex officio*, Aleke ebenfalls, als P. O. – nicht, daß er annahm, sie hätten jemals einen Fuß über seine Schwelle gesetzt.

Unter den Bäumen waren dreißig oder vierzig Wagen geparkt; hinter einem der geschlossenen Wagenfenster bellte ein Schäferhund. Erregt von der rasch einfallenden Dämmerung, kreischten die auf den Wiesen herumlaufenden weißen Kinder. Das Gebäude war vielseitig nutzbar. Als Bray die Stufen hinaufstieg und sich hie und da

an den Verandatischen vor der Bar Köpfe hoben, überlegte er, daß es sich bestens für ein Erwachsenenbildungszentrum eignen würde. In den kleinen Räumlichkeiten konnten die Gewerkschaften Abendkurse für Lehrlinge abhalten, Sampson Malemba konnte Lese- und Schreibkurse durchführen, und der große Speisesaal mochte als Halle für die Vorführungen von Schulchören und dergleichen dienen.
Er grüßte ein paar Leute, die er kannte. Eine schöne Blondine mit einem Kind auf der Hüfte und einem zweiten an der Hand wartete geduldig am Empfangspult, während sich ihr Mann und ein zweiter – beide im Clubblazer – nicht vom aufgeregten Gefühl der Kameradschaft trennen konnten, die von einem Sieg auf dem Tennis- oder Golfplatz herrührte. Bray bat um Entschuldigung und drückte sich an ihnen vorbei, aber keiner nahm ihn wahr – außer den Kindern, deren blaue, vor Müdigkeit geweitete Augen ihn bis zum Anschlagbrett verfolgten. Sein Name stand zwar da, nicht aber ein zweiter, der seinen Antrag unterstützt hätte. Abgerissene Gesangsfetzen klangen so, als wäre eine Party im Gange; die Wiederholung von Eröffnungstakten, auf einem Klavier gespielt, machte ihm bewußt, daß es sich um eine Probe handeln mußte: die Theateraufführung, die Joosab erwähnt hatte.
In dieser Woche nahm er ein selbst ausgearbeitetes Programm in Angriff. In langen Gesprächen mit Malemba war ihm die Sinnlosigkeit klargeworden, die bestehenden Schulen und die ihm zugänglichen Zahlen über Kinder im Schulalter als Ausgangsbasis für einen Bericht oder eine Empfehlung zu nehmen. Die Provinz war riesengroß; ein ganzer europäischer Staat hätte in ihr Platz

gehabt. Die letzte Volkszählung lag sieben Jahre zurück und hatte kaum Anspruch auf Genauigkeit. Man konnte die Landkarte nicht einfach nach Belieben aufteilen und jedem einzelnen Teil dann eine bestimmte Anzahl neuer Schulen zuweisen, eine x-beliebige Zahl von Bildungseinrichtungen pro hundert Quadratmeilen. In Gala selbst wollte Sampson Malemba eine große neue Oberschule; benötigt wurde aber eine sorgfältig durchdachte Koordination von Bildungseinrichtungen in der gesamten Provinz, angefangen von der Volksschule bis hin zum Schulabschluß, der zumindest der mittleren Reife in England entsprechen und auch diejenigen berücksichtigen sollte, die spät angefangen hatten, sowie andere, die entweder nicht über die Mittel oder die Gelegenheit für eine weiterführende Schulbildung verfügt hatten und in eine technische Fachschule, die die elementarsten Kenntnisse vermittelte, umgeleitet werden sollten. »Wie viele Kinder sind aus den Volksschulen der Provinz in, sagen wir, fünf Jahren für die Oberschule zu erwarten? Genug, um die Plätze in einer neuen Oberschule zu füllen? Mehr als Plätze zur Verfügung stehen werden? So viele, daß es besser wäre, irgendwo anders eine weitere Oberschule zu bauen?« Aber Malemba konnte diese Fragen nicht beantworten. »Um genau zu sein: Es wird davon abhängen, wie viele neue Volksschulen wir brauchen und bekommen können.« Und das wiederum hing nicht nur davon ab, wie viele Kinder gerade zur Schule gingen, sondern auch davon, wie viele zur Schule gehen konnten. »Und davon, wie viele Lehrer wir aus dem Gesamttopf beanspruchen dürfen.« »Ah, da liegt das Problem.« Malemba war immer am glücklichsten, wenn er zustimmen konnte. Aber Bray war zu der Einsicht gekommen, daß

er nur dann von Nutzen sein konnte, wenn er ein realistisches Akzeptieren der Begrenzungen mit einer gewissen Hartnäckigkeit verband; er mußte davon ausgehen, daß sich die Beschränkungen überwinden ließen.
Er machte sich auf die Reise durch die ganze Provinz, Bezirk um Bezirk, Dorf um Dorf, besuchte Schullehrer und Stammeshäuptlinge und sammelte Fakten. Er beabsichtigte, seine eigene Volkszählung durchzuführen, die Kinder im Schulalter und Jugendliche erfassen sollte, die bereits in irgendeiner Art von Beruf tätig, aber immer noch so formbar waren, daß sie vielleicht von etwas profitierten, das über eine bloß oberflächliche Ahnung vom Lesen und Schreiben hinausging. Er sah keine Möglichkeit, Überlegungen darüber, was als nächstes geschehen sollte, anzustellen, bevor das nicht geschehen war. Er begann mit Gala selbst und den umliegenden Siedlungen und hatte vor, jeden Tag, jede Woche einen größeren Radius abzufahren, bis er die gesamte Provinz, vom See bis zu den Bashi Flats, erfaßt haben würde. Solange es ging, wollte er jeden Abend nach Hause zurückfahren, um dann, wenn ihn die Kreise immer weiter vom Zentrum wegführten, jede Nacht an einem Punkt zu verbringen, der für das Gebiet, in dem er am darauffolgenden Tag seine Nachforschungen anstellen wollte, bequem erreichbar war. Malemba begleitete ihn auf seiner Tour durch Gala und Umgebung; all das war eher wie eine Schulinspektion, mit der unvermeidlichen Versammlung der Kinder, dem ängstlich-formellen Auftreten der Lehrer – und am Ende des Besuchs mit dem Gefühl, daß Höflichkeit jeden echten Kontakt mit den kichernden, erwartungsvollen Gesichtern der Kinder, die sich blind der Sonne der Aufmerksamkeit zuwandten, und den

halbgebildeten, miserabel bezahlten Lehrern, die über ihrer Unzulänglichkeit entweder geschwätzig wurden oder verstummten, in nichts aufgelöst hatte. Jeden Tag während dieser ersten Woche kehrte er mit dem Gefühl heim, daß das, was in diesen kahlen Schulgebäuden mit ihrem Spielplatz aus roter, von den nackten Kinderfüßen festgestampfter Erde als Erziehung ausgegeben wurde, in Wahrheit lebloses Zeug war. Die Kinder wußten nicht, wohin vor Lebenskraft, und die abgestandenen mechanischen Lehrübungen blieben fruchtlos für sie, Tag für Tag. In sein Notizbuch schrieb er: *Wenn M.s Regierung nicht zu mehr imstande ist als den trüben Lichtkreis des Wissens, das wir brachten, zu vergrößern – dann ist der Gewinn nicht groß.* Er hatte das Gefühl, er selbst sei auch nicht qualifiziert, die notwendige radikale Lösung zu finden; und auch das Erziehungsministerium war es nicht, mitsamt seinen Beamten, dem fähigen Spezialisten für Englisch, der dreißig Jahre davor Rektor einer berühmten englischen Schule gewesen war, und dem Amerikaner, der leihweise von einem Institut für afrikanische Studien an einer Universität aus dem Mittelwesten zur Verfügung gestellt worden war. All das waren Männer, für die die Struktur der Pädagogik auf dem eigenen kulturellen Hintergrund und ihren eigenen Erfahrungen basierte; und selbst er, der so lange in Afrika gelebt hatte, tendierte dazu, die Mängel entsprechend den ihm vertrauten Erziehungsmustern zu beurteilen, anstatt sie mit den Augen eines Kindes zu sehen, für das das, was in der Schule vorgebracht wurde, nicht Festigung des Bewußtseins bedeutete, ein Teil des großen kulturellen Systems seiner Heimat zu sein. Wirklich benötigt wurde vielleicht jemand, der mit den modernsten Lerntechniken vertraut war. Jemand, der sich über die alten Vorurteile hinwegsetzen konnte, die so sehr von einem bestimmten kulturellen Hintergrund abhängig waren, und der sich auf den Lernprozeß selbst konzentrierte. Und dieser Prozeß sollte dann von allen Korrelationen einer einschlägigen Kultur gesäubert werden. »Schreiben Sie einen Brief an einen Freund, in dem Sie ihm über eine gemeinsame Fahrt mit Ihrer Tante auf den Kontinent berichten« – er dachte oft an den Lehrer in Matoko.

Um zu den weiter nördlich am See gelegenen Fischerdörfern zu gelangen, ließ er seinen Wagen bei der Fisch-Gefrier-Anlage am Südzipfel zurück und fuhr auf dem Wasserweg weiter, mehr oder minder als Anhalter, der von den unabhängigen Fischern in den schwerfälligen, selbstgebauten Booten mitgenommen wurde. Ein paar von ihnen waren in Wahrheit eher Händler als Fischer; sie zogen den wandernden *kapenta* nach und verkauften sie dann überall am See, wo sie rar waren, zu achtzig Pfund den Sack. Grenzen wurden von diesen Booten ignoriert; überall, wo es möglicherweise eine Siedlung gab, legten sie an, und die Männer an Bord beherrschten Suaheli ebensogut wie Gala – vor Hunderten von Jahren war Suaheli, die *lingua franca* des Seegebiets, von der Ostküste heruntergekommen, obwohl es die Bewohner des Binnenlandes so weit unten im Süden nicht sprachen. Eingeschlossen inmitten des Kontinents, hatten die Bewohner der am See gelegenen Siedlungen etwas von der selbstverständlichen Weltläufigkeit von Hafenbewohnern und das individualistische Unabhängigkeitsbedürfnis von Leuten, deren Revier über den ständig vor ihnen schwankenden, glitzernden und vor dem Boot immer weiter zurückweichenden Horizont hinausreichte. Sie lachten, machten Witze und sprachen um Bray herum über die Fischpreise; nun, da er Tag für Tag Gala sprach, beherrschte er es wieder so gut, daß er sich am Gespräch beteiligen konnte und sogar die Suahelismen mitbekam, die sich in ihre Ausdrucksweise einschlichen. Stunde um Stunde saß er auf seinem Lager aus Säcken mit getrocknetem *kapenta*, tauschte seine Zigarren gegen ihren Pfeifentabak, während das Boot in den unendlichen Glanz des Sees eintauchte und wieder aufstieg. Sein englisches Gesicht spannte und wurde rot, und dann – so als produzierte sein Körper irgendein pigmentartiges Sekret, dessen Absonderung in den Jahren seiner Abwesenheit eingestellt worden war – waren seine Arme wieder glatt und gebräunt, und das Gesicht im Rasierspiegel wurde zum Gesicht eines Urlaubers. Egal, wie angeregt das Gespräch auch war, die Stimmen verloren sich auf dem See wie eine vom Wasser verschluckte Münze. Für ihn war, was ihn umgab – das Strahlen des Wassers und des Himmels, eine Art Explosion der beiden Elemente in einem nie endenden Blitz –, schön und sinnlich wie etwas, das er nie wieder zu sehen erwartet hatte. *Dies* war es. Etwas so Körperliches konnte man nicht in der Erinnerung behalten. Das Denken konnte es nicht zurückholen; es mußte von neuem erlebt werden. Die Fischadler stießen gespenstische Pfiffe aus, ein Ton von der dunklen Seite der Sonne. Dann und wann kochte das Wasser, aufgewühlt von den Schwanzflossen von Fischschwärmen, Felsbrassen, die *kapenta* fraßen, Tigerfische, die nach Felsbrassen schnappten, darüber rüttelten Fischadler und Möwen, die sich hinabstürzten und ihre Beute holten. Für seine Gefährten war das Gebiet eine Bedingung – Wetter, Glück (mit den Fischen), Entfernung vom nächstgelegenen Ziel. Er ließ seine Gedanken treiben; fügte das der Theorie der Ästhetik, derzufolge Schönheit ein Nebenprodukt von Funktionstüchtigkeit war, einen neuen Aspekt hinzu? Ebenso mochte Schönheit eine andere Weise sein, die Umstände zu betrachten, in denen eine Funktion – in diesem Falle das Fischen – stattfand. Einer der Männer legte einen Finger an die rechte Seite der Nase und blies die linke mit einem scharfen Schnauben in den See hinein frei. Das Wasser, dieses nämliche, köstliche, blasse Element, durch das die Fische hindurchschimmerten, trug den Rotz rasch hinweg.

An der Küste lagen ganze Kommunen von mehreren tausend Bewohnern, deren Kinder ebensowenig zur Schule gingen, wie die Männer (Aleke beklagte sich nach Brays Rückkehr nach Gala darüber) Steuern zahlten. »Während Sie dort oben Ihre Sachen erledigen, könnten Sie sich vielleicht überlegen, was wir dagegen unternehmen können.« Alekes Worte entsprangen der träumerischen Gemütsverfassung eines Mannes, den seine Probleme leicht verwirrt machten. »Die Regierung behauptet, diese Burschen seien nach den Bergleuten die größten Geldverdiener im ganzen Land, aber von der Einkommensteuer wollen sie nichts wissen. Alles, was du von ihnen zu hören kriegst, ist, daß sie ihre Hüttensteuer immer gezahlt haben. Einkommensteuer ist etwas für Weiße. Sollen sie jetzt etwa nur deshalb Weiße werden, weil wir unsere eigene Regierung bekommen haben? Du lieber Himmel, Mann, was ist diese Unabhängigkeit doch für eine Sache!« Wenn sich Bray dabei die Fischer vorstellte, war ihm eher zum Lachen zumute. »Nun, sie sind ihre eigenen Unternehmer, können weder lesen noch schreiben und sind zudem extrem schlau – das ist ein harter

Brocken für einen Verwaltungsapparat.« »Ich meine, wie hoch soll man ihre Einkünfte ansetzen? Das ist keine Frage einer doppelten Buchhaltung. Es ist alles hier drin« – Aleke tippte mit einem Finger an seine Schläfe – »welcher Buchprüfer kommt da schon ran?« »Organisieren Sie sie in Genossenschaften«, sagte Bray, noch immer amüsiert.

»Naja, da gibt's die große Fischereigesellschaft.«

»Ja, aber das ist eine ausländische Firma, die Leute, die auf den Motorschiffen arbeiten, sind bloß Angestellte. Ich meine die Leute, die für die eigene Kasse fischen und Handel treiben. Oh, ich denke, das wird auch noch kommen.«

»Diese Leute? Die haben kein Interesse daran, von uns zu erfahren, was für sie gut ist!«

»Machen Sie sich nichts draus, Aleke, der Präsident ist für das freie Unternehmertum.« Beide lächelten; auf die Art und Weise beruhigte Mweta die ausländischen Bergbaugesellschaften, ohne jene Mitglieder der Regierung, die vor einem ökonomischen Kolonialismus Angst hatten, durch einen direkten Affront vor den Kopf zu stoßen.

»Haben Sie mir Fische mitgebracht?« fragte Aleke, während er Papiere in Schubladen stopfte; Bray war hereingekommen, als er auf dem Weg zum Lunch war.

»Hab nicht daran gedacht! Aber nächstes Mal vergeß ich's bestimmt nicht. Was hat Ihre Frau denn gern? Ich hab großartige Flußbarsche gesehen.«

»Oh, sie ist aus der Stadt, nichts, was aus dem See kommt, würde sie auch nur anfassen. Aber ich will nicht, daß es mit den Kindern einmal das gleiche ist. Ich hab ihr erklärt, sie müssen essen, was man da, wo sie leben, kriegen kann. Und sie sagt darauf, und was paßt dir dann am Fleisch aus dem Supermarkt nicht?«

»Nächstes Mal bring ich Ihnen einen Flußbarsch mit.«

»Ja, ein anständiger Fischeintopf mit Paprikaschoten, das hab ich gern.« Er nahm eine Nagelschere und fuhr mit der Spitze unter den blassen Nägeln seiner schwarzen Hände entlang, als schälte er eine Frucht. »Ich bin ganz voll von dem Kohlepapier. Ich muß sogar selbst meine Matrizen abziehen. Ich sollte heute eigentlich gar nicht zum Essen nach Hause, Mann, ich hab Arbeit bis über beide Ohren. Ehrlich, ich hätte größte Lust, den ganzen Weg bis zum Ministerium zu fahren und mir dort eine anständige Sekretärin zu kidnappen.« Er brummelte entspannt vor sich hin, als er mit Bray die Büroräume verließ; einer seiner Söhne war auf dem Dreirad heruntergekommen, um ihn abzuholen, und wartete draußen auf ihn; er hielt eine seiner Zehen, aus der eine helle Träne Bluts getreten war, in der Hand: Während sie die Verletzung untersuchten, rollte der Tropfen wie ein Quecksilberkügelchen den staubigen kleinen Fuß hinunter. Der Junge war gegen eine niedrige Hecke aus immergrünem Christusdorn gefahren, die säuberlich an der Einfahrt zum *boma* entlanglief. Alle *bomas* im Land hatten Christusdornhecken, so wie jedes Büro einen verstellbaren Lehnstuhl und ein Standard-Tintenfaß besaß. »Schau dir das an«, sagte Aleke auf gala. »Steckt tief drin. Was für ein Kraut.«

»Warum lassen Sie's nicht ausgraben, dann sind Sie's los«, sagte Bray.

Einen Augenblick lang schien Aleke unsicher, so als überlegte er, was an diesem Vorschlag so unmöglich war. Dann faßte er sich wieder und sagte auf englisch: »Sie haben verdammt recht. Ich möchte, daß das Zeug da wegkommt.«

»Sie könnten ja Eiskraut anpflanzen«, sagte Bray. Aber mit der einen Hand hielt Aleke das Dreirad an der Lenkstange, mit der anderen stützte er sein Kind, das übertrieben auf einem Bein hüpfte: »Au, au!«

Man brauchte einen Ort bloß einmal verlassen zu haben und wieder an ihn zurückzukehren, und schon hatte er etwas Heimatliches. Zu Hause kam Bray durch die Küche und bat Mahlope, seine Sachen aus dem Wagen zu holen; Mahlope hatte einen Freund bei sich, der sofort aufstand. Bray erwiderte den Gruß und nahm plötzlich eine außergewöhnliche Spannung in seinem Rücken wahr. Daß er vorbeigegangen war, hatte eine Sensation ausgelöst; unwillkürlich machte er eine Bewegung, so als wollte er sich vergewissern, ob nicht irgendein schockierender Zettel an seinem Rücken hing. Das Gesicht starrte ihn an, blind vor Erwartung und Angst, enttäuscht zu werden. Um ein Haar hätte es diese Enttäuschung gegeben; dann aber war sie mit einem Schlag beseitigt: »Kalimo!« Der Mann begann zu lachen und rang nach Luft, gerettet durch seinen Namen. Das Gesicht stammte aus einem anderen Leben, es war Brays Koch aus den Tagen im Hause des D. C. Die Begrüßung dauerte einige Minuten, dann war Kalimo ganz Herr der Lage. Auf englisch sagte er: »Ich bin hier, heute, gestern, dritter Tag. Nein, der Boy sagen, der *mukwayi* fahren Dienstag, kommen zurück Freitag. Ich bin bereit.« Brays Augen folgten den Schürzenbändern Kalimos, die er – wie er es immer schon vorgezogen hatte – unter den Armen doppelt gebunden hatte, in das Labyrinth einer vergangenen Alltäglichkeit: »Wie hast du mich gefunden?«

»Festus, er mich schicken. Er mich holen und sagen, Colonel, er zurückkommen, ein Monat, zwei Monat, dann gehen nach Gala. Ich mich verabschieden von Frau, ich mich verabschieden von Söhnen. Sie sagen, wohin du gehen? Nein, ich gehen nach Gala. Colonel, er zurück. Nein, ich gehen. Ich muß gehen.«

Sie fingen an, sich auf gala zu unterhalten, was nicht Kalimos Muttersprache war, da er aus dem Süden kam, wo er vor vielen Jahren zum ersten Mal für Bray gearbeitet hatte, aber wie Bray hatte er es gelernt, als er mit den Brays nach Gala gezogen war. Sie tauschten Familienneuigkeiten aus; Bray holte das Bild von Venetias Baby. Die freudige Aufregung des Wiedersehens hing über seinem einsamen Lunch, während Kalimo, der sich jeglichen Gesprächs enthielt, das Essen hereinbrachte.

Aber später am Nachmittag, als er ein oder zwei Stunden über der Aufzeichnung seiner Beobachtungen in den Dörfern am See gesessen hatte, kam ihm wieder das Problem Mahlope in den Sinn: Was sollte mit Mahlope geschehen? Kalimo hatte die Führung des Haushalts übernommen, so als hätte er ein Recht darauf. Bray verspürte wieder die alte Angst, jemanden zu verletzen, dessen Geschick die Umstände in seine Hände gelegt hatten. Die Frage war nicht die, ob er Kalimo wegschicken sollte. Er gehörte zu Kalimo; Kalimo war über tausend Meilen weit aus dem Ruhestand in seiner Siedlung hergekommen, um sein Recht geltend zu machen. Der Gedanke entsetzte ihn: um für ihn zu kochen und sauberzumachen, so als hätte er einen unanfechtbaren Anspruch auf Kalimos Leben.

Er ging in die Küche, wo Kalimo, sobald er gehört hatte, daß er sich wieder rührte, Tee zubereitete. Bray hatte

Mahlope durch das Wohnzimmerfenster gesehen – buchstäblich an die frische Luft gesetzt; mit einer selbstgeschärften Sense aus einem Stück Eisenzaun holte er gegen das Gras aus. »Kalimo, hast du mit Mahlope über den Posten geredet?« Er sprach auf gala. *»Mukwayi?«* »Ich habe Mahlope aufgenommen, damit er sich um das Haus kümmert, verstehst du.«

Kalimo brummte einmal tief, womit die Angelegenheit erledigt war. Er war gealtert; er gab jetzt diese Laute von sich, wie ein alter Mann, der in der Sonne saß. »Mahlope wird für den Garten und die Pflege des Wagens zuständig sein. Ich bin Ihr Koch. Und waschen muß er auch. Wir hatten immer einen Jungen für die Arbeiten außer Haus.«

»Ja, aber vergiß nicht, daß ich nicht mehr der D.C. bin. Und ich bin jetzt auf mich allein gestellt. Das ist jetzt kein großer Haushalt mehr, für eine ganze Familie. Für mich allein brauch ich nicht mehr als eine Person.«

Kalimo spülte die Teekanne mit heißem Wasser aus, gab die entsprechende Menge Tee hinein, schüttete das Wasser darüber und brachte den Deckel wieder an Ort und Stelle, wobei er ihn sorgsam so drehte, daß der Schnabel für die Sicherung am richtigen Ort war.

»Eine Person zum Kochen und zum Waschen und für alles andere – nur für mich.«

»Möchte der *mukwayi* Kuchen zum Tee oder Zwieback?«

Selbstverständlich hatte Kalimo Kuchen gebacken und den Haushalt vor seiner Rückkehr auf Vordermann gebracht. Er ließ Bray die Unverschämtheit spüren, daß er einen Mann sein eigenes Handwerk zu lehren wagte, indem er diese Sache überhaupt ansprach.

Kalimo brachte das Tablett ins Wohnzimmer. Während er es niederstellte, sagte er: »Ich hab mich immer um Sie gekümmert, Kochen, Waschen, Gartenarbeit – mir ist alles recht.«

Bray sagte: »Du bist nicht müde?«

Er hatte sich an seinen Tisch gesetzt. Kalimo blickte auf ihn hinunter und lächelte. »Und Sie? *Sie* sind nicht müde.«

»Also gut. Ich werde es Mahlope erklären. Wir behalten ihn, bis wir für ihn eine andere Arbeit gefunden haben. Du kannst ihn verwenden – im Garten, wo immer du meinst.«

Nach dem Abendessen schrieb er an Olivia. *Nun, jetzt wirst Du wohl kaum mehr daran zweifeln, ob sich wer um mich kümmert; Kalimo ist aufgetaucht. Er hat durch Hörensagen davon erfahren – ist einen Monat lang unterwegs gewesen, per Bus und zu Fuß. Hat mich in Verlegenheit gebracht, bin vermutlich aber ein Glückspilz. Die schlechten, guten alten Zeiten sind wieder da.*

Shinza. Edward Shinza. Sogar Kalimos Rückkehr war eine Erinnerung an ihn. Er sollte ihn aufsuchen; er mochte sich natürlich leicht einreden, daß er oft daran dachte, tat es in Wahrheit aber nicht. Die Arbeit, die er, ohne abgelenkt oder unterbrochen zu werden, ungestört erledigen konnte, nahm seine Gedanken ganz und gar in Anspruch. In der Stadt wäre sie auf ein paar Stunden zusammengedrängt gewesen, weil sie mit anderen Verpflichtungen und der Gegenwart von Freunden kollidiert wäre. Jetzt aber, obwohl ihm oft zu Bewußtsein kam, daß er alleine war – allein am Abend, und nur in Gesellschaft des Nachtfalters, der brummend gegen die Lampe schlug, und der nackten Möbel, die etwas von der wachen Hellhörigkeit der Wartezimmermöbel einer Junggesellenwohnung annahmen; allein im Garten, wo er an seinem Tisch unter dem Feigenbaum Briefe und Akten las –, jetzt wurden die Interviews, der Papierkram, zu einer so zeitaufwendigen Beschäftigung, daß die Tage und die langen Abende darin aufgingen. Dando hatte geschrieben und sich unter anderem erkundigt, ob er Shinza getroffen habe – Dandos Schrift war so schwer zu entziffern, und die Bögen dünnen Papiers waren so eng beschrieben, daß man Briefe wie die seinen beiseite legte, um sie ein andermal mit größerer Aufmerksamkeit noch einmal durchzulesen. Roly wäre jetzt schon längst mit einer Flasche aufgebrochen, um sich mit Shinza zu betrinken. Unzufriedenheit, Paradoxien und Ironie ließen ihn aufblühen. Er hätte sich mit jemandem selbst noch bei dessen Begräbnis verbrüdert, wenn das eine Gelegenheit zu Freundschaft und Solidarität gewesen wäre. Wann immer Bray sich eine Zusammenkunft mit Shinza ausmalte, hatte er plötzlich das Gefühl, es würde nichts zu sagen geben: Er war von Mweta zurückgeholt worden, und jetzt stand er in Mwetas Diensten. Besser, er konzentrierte sich auf so praktische Probleme wie zum Beispiel die Frage, wie man die alte Holzschnitzer- und Schuhmacherwerkstatt in der Stadt wieder in Schwung bringen und so vergrößern konnte, daß sie sich als eine Art bescheidener Berufsschule eignete. Das Erziehungsministerium hatte diese lächerlichen Handwerksbetriebe aus der prinzipiellen Überlegung heraus abgeschafft, daß nun jedermann eine angemessene Ausbildung erhalten würde; die Ausbildung des Schwarzen hatte nicht mehr bloß dazu auszureichen, daß er für den Weißen die Schmutzarbeit erledigen konnte. »Aber wie steht's mit den Mechanikern und Installateuren, wenn ihr den Lebensstandard anhebt? Und in Kommunen wie dieser hier, wo die Leute die Umstellung auf eine Geldwirtschaft und darauf, daß sie sich die Dinge des täglichen Bedarfs jetzt in den Warenhäusern holen müssen, noch nicht gänzlich verkraftet haben, werdet ihr die Dorftischler und Dorfschuster noch lange, lange Zeit brauchen. Wenn wir die Menschen auf handwerklichem Gebiet so ausbilden können, daß sie in der Lage sind, sich ihren Lebensunterhalt selbst zu verdienen, dann haben wir wenigstens *etwas* als Alternative zur Stadtflucht anzubieten. Das ist eine bessere Idee als Arbeitslager, hm?« Bray sah, daß Malemba erleichtert war, wenn dieser Vorschlag von ihm käme; Malemba selbst hielt die Schließung ländlicher Handwerksbetriebe durch die Regierung für unrealistisch, aber er wollte nicht, daß man ihn in den pädagogischen Kreisen der Hauptstadt für einen rückständigen Provinzler hielt, wenn es um die Forderung nach einer besseren Ausbildung des Volkes ging. Malemba war kein Kriecher, aber er brauchte etwas, das seinem Glauben ein wenig Rückhalt gab; es war eine der kleinen Befriedigungen von Brays Arbeit, daß Malemba anfing, dieses Vertrauen zu haben.

Dennoch sagte er zu Aleke: »Ich möchte dieser Tage einmal bei Edward Shinza vorbeischauen.« Er befand sich in Alekes Haus – seinem eigenen ehemaligen Haus –, es war ein Samstagnachmittag: Im Gegensatz zu früher, als Beamtentum und weiße Hautfarbe eins gewesen waren, wurden jetzt zwischen den Vertretern der Behörde keine Einladungen zu Drinks und Abendessen mehr ausgetauscht. Aber Aleke hatte gesagt: »Warum kommen Sie nicht zu mir herüber ins Haus?«, und hatte so deutlich zu verstehen gegeben, daß Bray jederzeit willkommen sei, daß dieser die Einladung wörtlich genommen hatte und einfach immer wieder hinging. Wie immer spielte auf der Veranda laut aufgedreht das Radio. Ein paar der sieben Kinder schoben Spielzeugautos durch die Fahrrinnen, die sie in die Erde der Bottiche gekratzt hatten, in denen Olivia einstmals Miniaturorangenbäume gezogen hatte.

»Die Straße dahin ist in einem sehr schlechten Zustand, heißt es«, sagte Aleke träge, wenn auch nicht ganz ohne Interesse.

Bray begriff, daß er die Sache angesprochen hatte, weil es ihm, obwohl er aus seinem Besuch bei Shinza keinerlei Geheimnis zu machen beabsichtigte, im Gegenteil, er würde Mweta persönlich davon in Kenntnis setzen – ja, Mweta würde de facto von ihm erwarten, daß er ihn ausfindig machte –, aus Gründen der Vorsicht irgendwie gegen den Strich ging, daß Aleke vielleicht über seinen Besuch bei Shinza Bericht erstatten könnte. Es sollte ein für allemal klargestellt werden, daß das niemanden etwas anging außer ihn selbst.

Alekes Frau brachte Tee und wurde um Bier zurückgeschickt; sie versuchte die Kinder von der Veranda zu vertreiben, aber Aleke war einer jener fetten, muskulösen Männer, deren – offenbar Fleisch gewordenes – Selbstvertrauen bei Frauen und Kindern Berührungslust auslöst. Seine kleinen Söhne und Töchter kamen zurückgelaufen, um sich gegen seine runden, weit auseinandergestellten Oberschenkel zu drücken. Er sprach von seiner Frau, als wäre sie gar nicht zugegen. »Sie ist eine Frau, die es nicht schafft, daß die Kinder ihr zuhören. Mit den

Hühnern ist es das gleiche. Sie jagt sie in die eine Richtung, und sie laufen in die andere.«

»Sie sind ungezogen.« Sie blickte hilflos auf die Kinder.

»Wir haben auf die Stimme *meiner* Mutter immer gehört.« Er hätschelte die Kinder; für ihn war es leicht. Wenn er genug hatte, würde er sie wie Kletten von sich herunterzupfen. Sie sagte zu Bray: »Und Ihre Frau kommt auch her? Dieser Ort ist tot. Die Geschäfte haben nichts. Ehrlich, ich wollte, ich könnte weg in die Stadt.«

Aber wie ihre Kinder zog es sie zu ihrem Mann hin, auch wenn sie ihn nicht direkt berührte. Er scheuchte sie alle von sich, mühelos, mit einer Geste, die etwas Befehlendes hatte.

Bray empfand ein kleines nagendes Schuldgefühl, weil er einen Augenblick Aleke gegenüber vorsichtig gewesen war. Warum sollte Aleke ihn in den Begriffen der Politik sehen? Daß er Mweta sagte, was er dachte, war eine Sache; alles, was vielleicht als politische Aktion ausgelegt werden mochte, eine andere – und das war etwas, womit er schon seit seiner Ankunft hier nichts zu tun haben wollte. Dieses Desinteresse wurde durch das Recht, einen alten Freund zu besuchen – egal, wer das war –, nur bestärkt.

Das Unbehagen – wenn man alleine lebte, begann man sich selbst zu wichtig zu nehmen – hatte zur Folge, daß er seine Pläne so einrichtete, daß die Bashi Flats – Shinzas Gebiet – in ihnen berücksichtigt waren. Eines Morgens brach er mit der Absicht auf, in die Berge zu fahren, eine Strecke, auf der die Eisenerzmine lag, und sich dafür eine Woche Zeit zu nehmen. Er erinnerte sich daran, daß

Shinza gerne Stumpen rauchte, und schaute bei seiner Abfahrt aus Gala im *boma* vorbei. Als er die Bürotür öffnete, stand eine junge weiße Frau vor ihm, die sie gerade von der anderen Seite her hatte aufmachen wollen, die Handflächen in der Höhe ihrer Brüste gegen ihn erhoben. Er lächelte höflich und sah dann, daß sie ihn kannte. Es war Rebecca Edwards aus Viviens Haus in der Hauptstadt. Während er alles auf der Suche nach den Zigarren auf den Kopf stellte, erklärte sie, sie sei heraufgekommen, um für Aleke zu arbeiten. »Roly sagte, er habe es Ihnen geschrieben, also bat ich Vivien, sich nicht die Mühe zu machen.« Natürlich hatte da was in Dandos Brief gestanden – ein unleserlicher Name. »Hätte ich für Sie irgend etwas tun können?«
»O nein – Sie wissen, wie die da unten sind. Der ganze Apparat muß immer gleich rebellisch gemacht werden, wenn irgend jemand umzieht.«
Er hinterließ für Aleke einen Gruß. »Er wird triumphieren. Die ganze Zeit droht er schon damit, daß er das Ministerium stürmt und eine Sekretärin davonschleppt.«
»Ich bin ganz still und leise gekommen«, sagte das Mädchen und setzte ihr Kameradenlächeln auf.
In der Nacht hatte es geregnet, und über dem Elefantengras lag eine Matte aus glitzerndem Tau. Er konnte hören, wie seine Reifen in den feuchten Packsand der Straße die erste Spur zogen; sein abgestumpfter Geruchssinn erwachte wieder zu neuem Leben, zu etwas wie dem feinnervigen Riechorgan eines Tieres. Bambus, Felsen, Flechten – sie hoben sich von ihrer Umgebung ab, frisch wie eine mit Wasser übergossene Felsmalerei. Etwa zehn Meilen hinter Gala nahm er einen jungen Mann mit, der, einen Pappkartonkoffer in der Hand, die Straße entlang-

stapfte. Hier und da waren andere Leute auf der Straße, die querfeldein durch Wald und Gras gingen, ganz im Alltagstrott – so wie sich Verkäufer und Kauflustige in den Straßen einer Stadt bewegen. Dieser Mann aber, in seinen Hemdsärmeln und den neuen, lehmbespritzten Schuhen, hatte, das war auf den ersten Blick zu sehen, damit nichts zu tun: Bray hielt etwas vor ihm an, und er stieg wortlos in den Wagen. »Ich will zur Mine – diese Richtung. Wie weit wollen Sie?« »Ist schon recht so.«
Die Anwesenheit des anderen im Wagen veränderte die Stimmung dieses Morgens: das sinnliche Vergnügen daran ging verloren. Diesem angespannten Geschöpf galten die Sonnenstrahlen nichts, sie waren leer: Der Mann atmete ruhig, dann und wann schlossen sich seine Lippen um Unausgesprochenes mit einem kleinen Geräusch, und aus den Augenwinkeln sah Bray die sich langsam senkenden, aufgebogenen Wimpern und eine Linie, die Krankheit oder Überanstrengung in die rauhe Wange gezogen hatten. Seine Hose war sehr sauber und hatte die Falten eines in einem Koffer eng zusammengelegten Kleidungsstückes. Einmal nahm er den Kugelschreiber aus der Brusttasche seines Hemdes und ließ die Spitze in einer wunderschönen, mattschwarzen Hand ein- und ausklicken.
Bray wußte nicht, ob der junge Mann nur wegen der Nähe zu einem Weißen gelähmt war – so oft machten die alten Abhängigkeiten, die unausgesprochenen Vorurteile, der böse Zauber, unter dem selbst die alltäglichste Begegnung so lange Zeit gestanden hatte, sprachlos – oder ob er einfach nicht reden und nicht angeredet werden wollte. Seine Gegenwart war jedenfalls außerordentlich bedrückend. Bray versuchte es mit Gala; der Mann sagte

ohne Interesse: »Ich fahre nach Hause zurück.« Wie lange er denn in der Stadt gewesen sei? »Zwei Monate und siebzehn Tage.« Bray wollte kein Verhör anstellen; der Mann nahm eine Zigarette an, und Bray ließ sich von der Bewegung des Wagens und der an ihnen vorüberziehenden Straße einlullen.

Die Eisenerzmine war eine purpurrote Wunde im untersten Ausläufer der Paßhöhe. Ein gleichfarbiger, burgähnlicher Sandberg war neben ihr aufgeschüttet worden, bar der grünen Decke aus Busch und Gras, unter der sich diese blutrote Erde auf den Hügelkuppen verbarg. Eine neue Straße führte zu ihr; auf einem nahe gelegenen Abhang zog sich eine Siedlung hin, und da und dort waren ein paar Figuren hingesetzt, die sich ein wenig bewegten. Als der Wagen näher kam, entpuppten sie sich als die dämonischen Erscheinungen von Bergwerksarbeitern – wohin man sah, behelmte Gesichter mit geisterhaften Streifen aus Schmutz darin, lehmbeschmierte Gummistiefel – der klamme Anblick von Männern, die täglich aus dem Grab zurückkehren.

»Ich werde jemanden besuchen, der drei Meilen weiter wohnt...«

»Ja, Sir.«

Bray hatte gedacht, er würde bei der Mine aussteigen; so hatte er es jedenfalls verstanden – aber es spielte keine Rolle. »Wenn wir in der Nähe Ihres Dorfes sind, dann sagen Sie's einfach.« Der junge Mann winkte mit schwerer Hand ab, wie um damit die Unendlichkeit einer Entfernung anzudeuten, oder Gleichgültigkeit. Sie fuhren zur Rinderfarm, die vor fünfzehn Jahren, als sich George Boxer dort niedergelassen hatte, noch abgelegen gewesen war. Nun gab es dort eine Mine und Telegrafendrähte, die über den Hügel führten. Boxer war immer noch da, trug immer noch makellos geputzte Ledergamaschen und wurde von drei Afghanen bewacht, die unter ihrem verfilzten, lockigen Fell mager und wild aussahen. Boxer war einer jener Männer, deren Beziehung zur Welt einzig und allein im Kampf mit der Natur besteht. Das Treiben der Menschen beschäftigte ihn nicht. Die Menschen selbst, ob nun weiß oder schwarz, waren für ihn nur insofern real, als sie mit ihm in diesen Kampf verwickelt waren. Ob der Mann, der mit ihm nach einem verlorenen Kalb suchte oder gemeinsam mit ihm einen Zaun reparierte, schwarz oder weiß war, war nicht von Bedeutung: die Situation war die von zwei Männern, die sich im Kriegszustand mit einem morschen Zaunpfahl oder dem reißenden Leoparden befanden, der ebenfalls hinter dem Kalb her war. Er hatte sich nicht am Gezeter und Geschrei, das die Siedler vor zehn Jahren gegen Bray angestimmt hatten, beteiligt, und aus dem gleichen Grund hatte er sich ihrem Exodus, der auf die Unabhängigkeit folgte, nicht angeschlossen. Es war nicht so, daß ihm das Rassenproblem gleichgültig gewesen wäre – er pflegte einfach keinen Verkehr mit Menschen welcher Hautfarbe auch immer. Umstände – damals Brays Umstände – hatten Boxer wie einen Freund erscheinen lassen, und zwar bloß aus dem Grund, weil er zu gleichgültig für Feindschaft war, aber Bray hatte immer gewußt, daß dieser Eindruck auf seine Weise nicht mehr bedeutete als jener andere, physische Eindruck, den Boxer machte – er trug die Kleider, hielt an den Manieren und häuslichen Gepflogenheiten seiner Privatschulvergangenheit fest, nicht als Zeichen seines Platzes in einer hochentwickelten Gesellschaft, sondern als wären sie die Kennzeichen

und Gefiederzeichnung, das Verhaltensmuster, mit denen er, ohne sich dessen bewußt zu sein, auf die Welt gekommen war (wie ein Hase oder ein Schakal).
Bray wurde vom Haus zu einem der Rinderpferche gewiesen – dort würde er Boxer finden. Während sie sich, den Blick auf Boxers zwei prächtige, von ihm selbst gezüchtete Bullen, miteinander unterhielten, vergaß Bray seinen Mitfahrer im Wagen. Boxer führte Bray am Wagen vorbei zum Haus hinauf: »Da ist jemand, den ich mitgenommen habe.« Boxer warf einen Blick auf den Fahrgast und beendete mit einer wegwerfenden Handbewegung die Pause: »Ich werde ihm was herunterbringen lassen. Sie bleiben selbstverständlich zum Lunch.« Aber Bray beharrte, er könne nicht länger bleiben als auf eine Tasse Tee oder einen Drink. Sie betraten das kombinierte Wohn-Arbeits-Zimmer, dessen Wände von Boxer mit dem hiesigen Mahagoniholz verkleidet worden waren; es erinnerte entfernt an das Studierzimmer eines Lehrers, obwohl sich die Nachschlagewerke auf die Landwirtschaft beschränkten. Das Teetablett hatte eine Silbergravur, das geerbte Mobiliar war im Raum so angeordnet, wie es Bray noch in Erinnerung hatte. Sie sprachen über die Mine. »Irgendwelche Chancen, daß Sie auf Ihrem Besitz fündig werden? Sie haben doch vermutlich Schürfproben machen lassen?« Boxer holte aus einer Vitrine voll Mattglaskaraffen eine Dose Bier. »Deshalb brauch ich mir keine Sorgen zu machen. Nichts da. Jeden Zentimeter hat die Gesellschaft abgesucht. Früher einmal, da hatte ich alles ganz genau geplant – man würde da auf eine Ader stoßen; soundso viel würde dabei für mich herausschauen; die zwanzigtausend Morgen, die ich unten in den Bashi Flats kaufen

wollte. Hat mich viele Nächte lang bei Laune gehalten. Oder zumindest wach.«

Die Bücher über die Rinderzucht hatten den *Mort d'Arthur*, die *Ilias* und Churchills Memoiren in die obersten Borde verbannt, aber Buchclub-Romane und *Das Alexandrinische Quartett* in Taschenbuchausgabe lagen zwischen den landwirtschaftlichen Zeitschriften und Gewehrpatronen, Samenschoten und einer langen Schlangenhaut. – Bray erinnerte sich an George Boxers Frau, dunkelhaarig mit grünen Augen, hübsch, solange ihr Lächeln nicht kleine, fleckige Zähne entblößte. Sie hatten einen Sohn gehabt; er sei gerade in die Militärakademie von Sandhurst eingetreten, sagte Boxer, so als wäre er an etwas erinnert worden, woran er in jüngster Zeit nicht gedacht hatte.

»Weshalb die Bashi?« fragte Bray. »Hätte nicht gedacht, daß das die richtige Gegend für Rinder ist.«

»Nein, nein, das ist es ja – es wird eine Menge Unsinn über die niedrige Lage und dergleichen geredet. Ich habe mich mit der ganzen Geschichte zehn Jahre lang intensiv beschäftigt, ich habe Proben von Weideland gesammelt, habe mir Aufzeichnungen über Wasserstellen gemacht, habe alle Arten von Zecken gesammelt, die es im ganzen Land gibt. Und ich gebe Ihnen mein Wort, es gibt hier oben *nicht* weniger durch Zecken übertragene Seuchen als in den Flats, es ist exakt das gleiche Problem, und das natürliche Weideland ist unendlich viel besser. Wenn das mit dem Wasserreservoirprojekt weitergeht – ich meine die Umleitung von Hochwasser –, dann, glaub ich, würde man überhaupt kein zusätzliches Viehfutter brauchen, nicht einmal zwischen August und November, bevor die Regenzeit anfängt. Man könnte sein Weideland das ganze Jahr nützen. Und man hätte mit dem Tränken der Rinder kein Problem. Verstehen Sie, im Augenblick ist es so, daß alles schnell nach Süden abfließt, sobald das Hochwasser zurückgeht.«

»Aber ich hab gesehen, daß es dort auch während der ganzen Trockenzeit Grundwasser gibt.«

»Nein, nein, haben Sie nicht. Kein sauberes Wasser. Schlammsuppe, mehr nicht. Man kann nicht den ganzen Winter damit auskommen. Und deshalb haben Sie jedes Jahr wieder die große Wanderung der Rinder, und so hat sich auch die Maul- und Klauenseuche jedesmal verbreitet, wenn sie einmal ausgebrochen war. Sie holen sie sich an der Grenze nach Angola und schleppen sie im November bis in die Flats.« Während er redete, trank er unterschiedslos abwechselnd Bier und Tee – sein Problem war der Wasserentzug durch Müdigkeit, die ganze Nacht war er mit seinen Rinderhirten und den Hunden hinter einer Hyäne her gewesen, die während des letzten Monats drei Kälber gerissen hatte. Die graziösen Hunde hatten sie in die Enge getrieben und getötet; nicht einmal ein Fangschuß war nötig gewesen. Sie lagerten im Kreis um ihn und jaulten, wobei sich ihre Filmstarwimpern schlaff über nichtssehende Augen senkten, und waren vor Erschöpfung zu nervös, um sie zu schließen und schlafen zu können. Aber er war in Fahrt, angesichts der Möglichkeit – nicht etwa zu kommunizieren, sondern laut die Taktiken, Erfolge und Rückschläge seiner Kampagne zu entwickeln, wiederzukäuen, die er jahrein, jahraus im stillen Busch geführt hatte, dort, wo, wie die beiden miteinander sich unterhaltenden Männer durch die Fenster sehen konnten, seine Rinder weideten, vereinzelt ästen, stolperten oder – weit weg – eng beieinander zwischen den schlanken Bäumen in einer braunen Flut dahintrieben. Er führte Bray in ein Badezimmer, wo in einem Schrank in etikettierten Aspirinflaschen die Vertreter sämtlicher Zeckenarten des Landes aufbewahrt waren. »Das sind alle, die ich bislang identifizieren konnte ...« Er machte diese Einschränkung mit der vom Geiste wissenschaftlicher Objektivität geforderten Bescheidenheit. Viele Zecken waren am Leben, lebten nach Monaten ohne Nahrung und Luft in einem scheintodartigen Zustand. In der nichtbenützten Badewanne zappelten Silberfischchen; Boxer drehte an einer schwer beweglichen, quietschenden Armatur, um sie wegzuspülen. Von den rosa Wänden dieses Labors lösten sich die angeklebten Abbildungen von Seejungfern und Seepferdchen.

Boxer zeigte keinerlei Interesse oder Neugier für Brays Rückkehr oder seine jetzige Tätigkeit. Aber Bray begriff rasch, daß man aus George Boxers Wissen einigen Nutzen ziehen konnte, wenn man ihn richtig anfaßte. Sinnlos, vorzuschlagen, er solle seine Dienste Mwetas Komitee für landwirtschaftliche Planung anbieten – zwischenmenschlicher Kontakt auf jedweder abstrakten Ebene provozierte bei ihm nichts als kühle Ablehnung. »Sollten Sie einmal nach Gala hineinkommen – ich meine, wenn Sie ohnehin hinfahren –, vielleicht reden Sie dann mit den Veranstaltern der Kurse über Viehzucht, die wir anlaufen lassen wollen. Wir möchten die ehemaligen Fachschulen wieder reaktivieren, auf einer neuen Basis – bescheiden, als Gewerbeschulen, natürlich mit praxisorientierten Kursen über landwirtschaftliche Methoden, gemeinsam mit irgendwas anderem, das von Nutzen sein könnte. Ich sehe nicht ein, warum das den landwirtschaftlichen

Fachschulen vorbehalten bleiben sollte – selbst wenn wir eine hätten. Vielleicht paßt Ihnen das dann auch in Ihr Forschungskonzept – die Burschen könnten Gräser und anderes Zeug aus den Gegenden sammeln, in denen sie ihre Rinder halten.«

»Oh, Gala. Ich glaub, ich war nicht öfter als einmal da, seit Caroline fort ist – Caroline ist in England.«

»Nun, wenn sie zurückkommt, werden Sie sicher wieder öfter in die Stadt fahren, und dann ...«

»Muß mehr als zwei Jahre her sein. Die Zeit fliegt. Hat sich vermutlich nicht viel verändert. Erstaunlich; weiß nicht, wo die Tage hinkommen. Wann seid denn ihr Leute zurückgekommen?«

»Olivia kommt erst. Ich bin jetzt – ja, ich glaube, es sind mehr als drei Monate. Sie sollte eigentlich gleich nach der Geburt von Venetias Kind kommen ...«

Boxers Blick glitt über die rosa Mauern, über seine säuberlich geordneten Zeckenflaschen. »Ihr Badezimmer«, sagte er. Er meinte die Frau mit den schlechten Zähnen. »Wozu in aller Welt braucht man zwei Badezimmer.« Ein angenehmes Gefühl gegenseitigen Verstehens umschloß sie – seine Grundlage, wie Bray fühlte, idiotischerweise ein Mißverständnis. Olivia *würde* kommen; wie schnell doch drei Monate vergangen waren. Es wäre absurd gewesen, hätte er sich die Mühe gemacht, die Dinge Boxer gegenüber richtigzustellen. Sie redeten weiter mit der ruhigen Gelöstheit von Männern, die die Bindungen der Familie hinter sich gelassen hatten.

Als Bray wieder bei seinem Wagen war, war sein Mitfahrer weg. Boxer rief einen Diener; die Mahlzeit, die zu dem Mann hinuntergebracht worden war, war aufgegessen. Sie hielten Ausschau nach ihm, aber er war nirgends zu finden. Bray hatte ein wenig das Gefühl, einen Korb bekommen zu haben, so als wäre von ihm irgendeine Reaktion erwartet worden und als hätte er etwas nicht begriffen. »Er war kein besonders entgegenkommender Fahrgast«, verteidigte er sich mit einer stoischen Ironie. »Wahrscheinlich gerade aus dem Kittchen«, sagte Boxer. »Rasierter Kopf, nicht wahr, hab ich gesehen.«

Bray fuhr über die Paßhöhe des Bashi-Berges, holperte auf der abgenützten Federung seines Wagens durch plötzliche Bodensenken in Flußbetten und schütterte über Erhebungen, die mit losen Steinen bedeckt waren. Die erste Nacht verbrachte er in der staatlichen Rasthütte in der Nähe des Dorfes Tanyele. Unter den Mopanebäumen blühten unmittelbar über dem sandigen Boden und ohne sichtbare Stämme oder Blätter rosa- und mauvefarbige Blumen, so als hätten Kinder sie hineingesteckt, die Hausfrau gespielt hatten. Zuerst dachte er, es wären Iris (blühende Iris rund um den kleinen Lilienteich in Wiltshire), dann aber konnte er sie wieder als die wilden Lilien bestimmen, die Venetia und Pat immer gepflückt hatten, als sie ihn – als kleine Mädchen – zu ihrer Freude auf einer Dienstfahrt begleiten durften. Er wärmte sich eine Konserve mit Curry und Reis auf; früher einmal hatte das Rasthaus einen Koch gehabt, der die hohe Haube eines Küchenchefs getragen und auf einem Primus-Herd einen Erdnußeintopf zubereitet hatte.

Am nächsten Tag weckte ihn das sanfte Klingeln von Ziegenglocken, und er machte sich auf, um dem örtlichen Lehrer einen Besuch abzustatten. Jedermann schien sich an ihn zu erinnern; mit Häuptling Chitoni und dessen Onkel, dem ehemaligen Häuptling, der noch zu Brays Zeiten als D.C. Häuptling gewesen war, trank er Bier

und bekam ein weißes Huhn und ein paar süße Kartoffeln als Gastgeschenk. In gehöriger Entfernung von Tanyele band er die Beine des Huhnes los und ließ es im Busch frei; irgend jemand tauchte zwischen den Bäumen auf, und er hoffte, daß es niemand aus Tanyele war. Dann sah er aber, daß es sein Fahrgast war, der noch immer seinen Pappkoffer trug. Bray lächelte; der andere schien sich durch ihre Bekanntschaft nicht verpflichtet zu fühlen, kletterte aber wieder in den Wagen, so als wären sie miteinander verabredet gewesen. Als er das nächste Mal anhielt, um zu übernachten, bestand er darauf, im Wagen zu schlafen, und hielt sich von den Dorfbewohnern fern. Seine Schuhe waren jetzt grau von eingetrocknetem Lehm und hatten sich der Form seiner Füße angepaßt, und wenn er seine Arme bewegte, dann strömte eine starke, bittere Wolke aus Schweiß in den Wagen. Aber es war, als ob all das, was bis jetzt in ihm eingesperrt gewesen war, entflohen war wie eine harmlose Wolke. Der Gestank war gar nichts; jene dunkle, entpersönlichte Leere war zu einem müden, verdreckten Körper geworden, der eine lange Wegstrecke zurückgelegt hatte. Am dritten Tag bat er Bray plötzlich anzuhalten; Bray dachte, er wolle sich erleichtern, aber nachdem er für ein, zwei Augenblicke unter den Bäumen verschwunden war, kam er zurück und sagte: »Ich bleibe hier, Sir.« In der Nähe hatten Köhler ihr Lager.
Bray verbrachte zwei weitere Tage damit, kreuz und quer durch das höher gelegene Gebiet der Flats zu fahren, von Dorf zu Dorf, auf unbefestigten Pisten. Immer wieder fiel das Auspuffrohr herunter und wurde in jedem Dorf von neuem und auf immer neue Weise repariert. Am Morgen des sechsten Tages wurde der Volks-

wagen von einer Fähre über den Fluß gesetzt, und die ruhige Bewegung nach dem ständigen Rattern war eine Art Omen: Shinza war auf der anderen Seite. In dem lichten, sandigen Wald nahm er eine Bewegung wahr, die er aus der Entfernung äsendem Wild zuschrieb; es waren Frauen, die saure wilde Früchte sammelten, und sie drehten sich um, um zu lachen und zu schwatzen, als er an ihnen vorbeifuhr.

Der Wald hörte auf; der Busch hörte auf; der kleine Wagen befand sich plötzlich vor einem weiten Raum aus fließendem Gras und glitzerndem Wasser, vor dem der Horizont weiter in die Ferne zurückwich. Hier hatte er immer das Gefühl gehabt, er sähe plötzlich alles wie ein Vogel, der ständig höher und höher stieg und in dessen Steigen der Kreis des Horizonts immer größer wurde. Einen Augenblick lang nahm er seine Brille ab, und der schimmernde und schwankende Erdkreis wich schlagartig noch weiter vor ihm zurück.

Die Tupfen und Flecken heißen, blauen Wassers hoben sich dunkel vom endlosen Bett aus sanftem Grasland ab. Kleine Vögel flitzten wie Heuschrecken von den federbuschartigen Halmspitzen. Ein Geruch von Raum lag hier in der Luft. Tausende von Rinderköpfen in dieser Ebene; aber es waren vereinzelte Einsprengsel, nicht größer als George Boxers Zecken im Gras. Die Straße war schrecklich; der Gewaltakt dieser Fahrt durch die heitere Stille war nur mit der Erschütterung eines Flugzeuges zu vergleichen, das in einem klaren Himmel den überraschenden Schlägen von Luftlöchern ausgesetzt ist. Hirten standen reglos und nachdenklich da und beobachteten ihn, wie er mit Spurrinnen fertig zu werden versuchte, die von querverlaufenden Schleifspuren von

Schlitten durchpflügt waren, auf denen man das Holz zog. Ilalapalmen tauchten aus dem Gras auf, die scharfen Blätter starr wie ein Klappmesser mit vielen Klingen. Während er auf seinem Weg durch die Vergangenheit weiter vorantastete, fuhr er, ohne an Kreuzungen lange zu zögern, auf Shinzas Dorf zu. Eine neue Generation nackter Kinder trieb sich in Gruppen im Umkreis der Häuser herum, die eine Mischung aus traditionellen Materialien wie Lehm und Gras und den Ziegeln und dem Wellblech europäischer Siedlungen darstellten. Ein paar Kinder spielten mit einer altertümlichen Wäschemangel aus der Zeit von Königin Viktoria; belgische Missionare aus dem Kongo und deutsche aus Tanganjika waren während des ganzen letzten Jahrzehnts des neunzehnten Jahrhunderts durch dieses Gras gewatet und hatten Alt-Europa zwischen diese langhörnigen Rinder gebracht.

Shinza wohnte jetzt (hatte man ihm gesagt) in mehreren Hütten, die durch eine Schilfwand wie die Wohnstätte eines Häuptlings abgetrennt waren – und es stellte sich heraus, daß es in der Tat ein Teil des Quartiers von Häuptling Mpana war. Dahinter befanden sich verschiedene einzelne Lehmhütten und ein häßliches Backsteinhaus mit einer Veranda, die aus Pfählen und einem Strohdach bestand, verschnörkelte Schutzgitter vor den Fenstern, wie man sie an den europäischen Häusern in den Außenbezirken der Hauptstadt sah. Dort drinnen waren keine Kinder. Es herrschte tiefe Stille. Eine alte Frau lag auf der Seite in der Sonne, ganz mit Wolldecken zugedeckt, die nur die Füße freiließen. Bray hatte das Gefühl, daß sie tot zur Seite rollen würde, wenn er sie mit dem Fuß anstieß.

Anstatt an die Tür zu klopfen, ging er außen herum, so als wäre er an einem verlassenen Ort. Er warf einen Blick in eine dunkle, muffige Hütte, die in ihrer Dunkelheit nichts beherbergte als zwei Motorradreifen und einen alten Stahlaktenschrank neben einem Stapel vermodernder Schlafmatten. Als er sich wieder zur Sonne zurückwandte, tauchte ein Mann auf, lang, kleinköpfig, in grauen Flanellhosen und einem Jackett. Er sah aus wie ein Lehrer oder Angestellter aus der Stadt. »Ja?« sagte er unhöflich, ohne näher zu kommen.

»Ist Edward Shinza hier, wissen Sie das?«

Der Mann antwortete nicht. Dann kam er näher, um sich Bray genauer anzusehen. »Sie möchten Shinza sehen?«

»Man hat mir gesagt, er wohnt jetzt hier. Ist er irgendwo in der Nähe?«

Der Mann stand da, wollte sich nicht drängen lassen. »Ich weiß nicht, ob er da ist.«

»Könnten Sie vielleicht für mich nachfragen?«

»Sie möchten ihn sehen.« Der Mann überlegte.

»Ich bin ein alter Freund.«

»Das weiß ich nicht. Ich schau, ob er da ist. Einen Augenblick.«

Der Mann ging ins Haus, aber Bray hatte den Eindruck, daß er es durch einen Hintereingang wieder verließ; er sah jemanden für einen kurzen Moment auftauchen und den Hof überqueren. Bray stand in der Sonne. Die alte Frau bewegte sich nicht. Ein Geruch von Tierhäuten lag in der Luft. Der Mann kam zurück. »Kommen Sie.« Sie gingen ins Haus, in eine Art Empfangszimmer mit einem Wespennest in der Ecke und Hansard-Bänden auf einem Bücherbrett. Der Mann wartete neben ihm schweigend wie eine Leibwache. Sie saßen auf den harten Stühlen und warteten lange Minuten. Der dunkle Kontrast zum Sonnenlicht draußen wurde schwächer. Dann kam Shinza herein, die Hände in den Taschen eines Morgenmantels, barfüßig, nach einer Zigarette tastend. Aber es wäre nicht die erste Zigarette an diesem Tag; der erste Eindruck war nicht der eines Mannes, der gerade aufgestanden war, sondern eines, der überhaupt nicht geschlafen hatte.

»Du hast also beschlossen mich zu besuchen, trotz allem.«
Edward Shinza – unverwechselbar, lächelnd, die Nasenflügel offen und gespannt. »James ... ihr Engländer, ihr tut, was ihr wollt.« Er zog eine Grimasse, in der sich – ins Lächerliche übertrieben – Angst vor den Folgen widerspiegelte.
Irgendwas war anders (Shinza hatte Brays Hand beiläufig ergriffen, zwischen Daumen und Zeigefinger gleichzeitig eine Streichholzschachtel): es war ein Zahn, ein abgebrochener Schneidezahn – das war's. Shinza hatte jetzt einen bogenförmig abgebrochenen Schneidezahn, und zwar schon seit so langer Zeit, daß er an der Kante so glatt und rund wie alle anderen war. Er zündete sich die Zigarette an, blickte zu Bray, den Kopf zurückgeworfen, und sagte, wobei er sich noch immer über ihn lustig machte: »Weißt du, es ist schön, dich zu sehen, James, es ist schön, es ist ... Ich sollte eine Rede halten, ehrlich, würd ich gern ...« Er überging den Morgenmantel demonstrativ, so als wäre das die Art von Kleidung, die er gewählt hatte. Dem Zuschauer befahl er auf gala wegzugehen, in einer Stunde aber wieder dazusein, offensicht-

lich gleichgültig gegenüber der Tatsache, daß Bray verstehen konnte, was er sagte.

Als er sich aber wieder zu Bray umwandte und auf englisch sagte – die Bemerkung war eine freie Wiedergabe eines Slogans, den Mweta vor großen Versammlungen verwendete –: »Also, du willst beim Aufbau einer neuen Nation helfen, ja...«, da dachte Bray, er habe ihn absichtlich wissen lassen, daß er erwartete, ihn in einer Stunde loszusein – wie jeden beliebigen anderen Gast.

»Warst du es nicht, der ihm beigebracht hat, wie man Reden verfaßt?«

Für einen Gala war Shinzas Hautfarbe hell; er rieb zärtlich seine gelbbraune Brust, wo der Morgenmantel auseinanderfiel. Ein paar Pfefferkörner um die Brustwarzen herum, ähnlich den Haarbüscheln, die seiner Gesichtshaut eine eigene Struktur gaben und aus der Oberfläche sproßten, die pockennarbig und von den Kratern einer lang zurückliegenden Hautkrankheit – Pocken im Kindesalter oder Halbwüchsigen-Akne – überzogen war. Dieser Stechginster lief oberhalb der gewölbten Lippen zusammen und bildete die Andeutung eines Schnurrbartes. Er betonte das Lächeln unter den großen, gespannten Nasenflügeln. »Ein guter Lehrer. Aber ich hab ihm nicht beigebracht, wie man Leuten das Maul stopft. Das hat er selbst gelernt. Oder vielleicht helfen ihm andere dabei; ich weiß nicht.« Er zog wieder das vorgespielt-ängstliche Gesicht, als wäre das etwas, das Bray wiedererkennen würde.

»Komm, komm – es war von vornherein als Einparteienstaat geplant, immer wieder hast du davon geredet, vom – wie hast du's genannt...?«

»Baby-Parlament«, Shinza schnappte die Phrase auf und ließ sie – mit einem Lächeln – distanziert stehen.
»Baby-Parlament – das ist es – das Baby-Parlament, von dem die Schwarzen glauben, es sei eine Ausgabe von Westminster in der eigenen Heimat, sollte in diesem Staat keine Zeit und kein Geld verschwenden.«
»Natürlich, und ich hatte verdammt recht, Mann. Und jetzt würde es deinem Bürschchen so passen, wenn ich mir irgendeinen Phantasienamen aussuchen und eine Opposition gründen würde, damit ihm alle Leute aus seiner Umgebung, vor denen er Angst hat, auf dem Präsentierteller serviert werden – eine nette, harmlose kleine Oppositionspartei, die man dann bei der Wahl mit dem Einheit-heißt-Stärke-Gerede, das ich ihm beigebracht habe, schlagen kann. Oder damit er seine Jungpioniere dazu bringt, daß sie die Wähler zusammenschlagen – das sieht immer noch besser aus, als wenn man sich gegen Leute wendet, die die PIP gemacht und ihn ins Gouverneurshaus gebracht haben, ja? – Warum stehen wir eigentlich?« Er warf die saubere Wäsche auf den Tisch – ausgebleichte karierte Hemden, grob gesäumte Laken, die auf einem häßlichen braunen Sofa ausgebreitet lagen, und räkelte sich in sorgloser Wohligkeit, wobei er seinen Hals zurückbog und das Kinn wie ein Mann, dem bewußt wird, daß er sich nicht rasiert hat, vorstreckte.
Es gab so viele Wege, auf denen sie an diesem Punkt hätten ankommen können. Bray hatte nur gewußt, daß man sich ihm durch Schichten und Schichten vergangener Bündnisse, gegenwärtiger Befangenheit, halbintimer Trivialitäten nähern mußte, mit denen ein Verstand den anderen umkreiste, bevor man sich darauf einigte, auf welcher Ebene man diesmal dem jeweils anderen gegen-

über offen sein würde. Aber sie hatten im Blitztempo alle Versuchsstadien auf einmal hinter sich gebracht; nichts stand zwischen ihnen, kein Schutzwall. Sie hätten den Mund aufmachen und aus dem Nichtgesagten heraus reden können, wie jemand in einen dunklen Raum hineinredet. Bray sagte: »Vom Tag meiner Ankunft an habe ich versucht, mit ihm zu reden. Ich dachte, falls ihr beide nicht miteinander auskommt, könntest du vielleicht eine Zeitlang zu den Vereinten Nationen gehen.«

Shinza beobachtete ihn aus einer Art dünnen, leicht bitteren Amüsements über ein Schauspiel heraus, das aufhörte von Bedeutung zu sein, eine Figur, die ihren Mund bewegte, der aber der Ton abgedreht worden war. »O ja, die Vereinten Nationen«, sagte er freundlich.

Bray setzte sich aufs Sofa.

Shinza lächelte ihm weiterhin nachsichtig zu.

Es war eine kraftvolle Gleichgültigkeit, keine energielose. Ein Löwe fixiert keinen Gegenstand mit seinem Blick, schnappt nicht nach Fliegen. Alter Shinza. Aber er ist überhaupt nicht alt, vier- oder fünfundfünfzig, etwa ein Jahr älter als ich. Bray war sich der Kraft von Shinzas Brust bewußt, die sich hob und senkte, der kräftige Nacken, der in der Wärme ein bißchen glänzte – der Körper eines Mannes, nicht eines Greises, obwohl das Gesicht schon seit Jahren von der komplizierten Geheimschrift der Erfahrung und des Alkohols gezeichnet war.

»Ich hatte den Eindruck, zwischen euch gibt es Dinge, von denen ich nichts wissen sollte.«

»Natürlich, James, natürlich. Wie sonst hätte Mweta es

erklären können? Natürlich; schreck-liche Dinge...« Er begann zu lachen und legte seine Hand auf Brays Knie. »Er wollte mich nicht in seiner Nähe haben. Das ist alles. Es klingt so idiotisch, ja, wie hätte er dir denn erklären können, ich will Shinza nicht. Ich-will-Shinza-nicht. Shinzas großes schwarzes Gesicht in den Zeitungen. Shinza, der im Kabinett sein großes Maul aufreißt. Shinza, der Fragen stellt, wenn ich mit den Bergwerksgesellschaften meine Geschäfte mache. Mit den Briten. Den Amerikanern. Den Franzosen. Warum. Wie. Wieviel. *Und für wen.* Besser, er hat den Mr. Soundso, den jungen Engländer, der um ihn herumspringt und ihn abschleckt, man bezahlt ihn, er macht Männchen, und das wär's auch schon. Kein Shinza, der irgendwelche verdammten Fragen stellt. Früher, da hat er *mich* immer gefragt, was für Fragen er stellen soll. Jetzt ist er's, der Antworten geben muß.«

»Leuten das Maul stopfen?« Plötzlich eröffnete sich ihm eine andere Bedeutung der Redewendung, die vorhin beiläufig gefallen war. »Du hast gerade etwas gesagt – was, genau, hast du gemeint?«

Shinza strich sich den Hals unter seinem unrasierten, hochgereckten Kinn, er lächelte, lieh ihm ein Ohr. Er richtete sich auf und lächelte Bray zu. Dann verschwand aller Ausdruck aus seinem Gesicht. Er sagte: »Ach, Buschgeschichten, wie der Junge, den du im Wagen hattest.«

»Der Junge? Der, den ich mitgenommen habe?«

Shinza hielt den Augenblick in der Schwebe, beobachtete bloß, ohne großes Interesse, aus einer inneren Distanz.

Bray wurde bestürmt von widerstreitenden Gedanken;

hatte er Shinza gegenüber den Jungen erwähnt? Und indem ihm plötzlich die Idiotie all dessen zu Bewußtsein kam, sagte er: »Aber er hat ja selbst den Mund kaum aufgemacht.«

»Ja, das Maul stopfen. Man hat ihm ein Schloß vorgehängt.« Shinza lächelte vielsagend über sein schlaues Wortspiel.

Zwei Monate und siebzehn Tage.

Wahrscheinlich gerade aus dem Kittchen.

»Wo?«

»Oh, in Gala natürlich. Du kennst doch den Chef der Distriktpolizei, Lebaliso. Und den Chef der Provinzverwaltung, Aleke. Natürlich kennst du sie.«

»Wie lautete die Anklage?«

»Anklage? Welche Anklage? Keine Anklage; kein Prozeß. Einfach eingebuchtet.«

»Und was hat er angestellt?«

»In der Fischmehlfabrik gearbeitet.«

Bray machte eine plötzliche, unkontrollierte Bewegung, um Shinzas Aufmerksamkeit zu erregen – und Shinza gab ruhig nach: »Redete mit den anderen Burschen über Bezahlung und Arbeitsbedingungen und so weiter. Hat irgendwas darüber gesagt, wie die Fischkonzessionen der Gesellschaft aussehen. Zu dem Zeitpunkt, als die Regierung die Konzessionen um weitere fünf Jahre verlängert hatte – du weißt schon ...«

Mwetas Minister hatte den Vertrag mit der britisch-belgischen Fischereigesellschaft unter Bedingungen erneuert, aufgrund derer ein Teil der Aktien an die Regierung überschrieben wurde, während die Löhne für die Arbeiter unverändert so blieben, wie sie unter der Kolonialherrschaft gewesen waren.

Bray saß unbeholfen, nach vorn geneigt da, seine Hände lose zwischen den Knien.
Shinza steckte sich wieder eine Zigarette in den Mund, redete an ihr vorbei und stand schließlich auf, um in die Tasche des Morgenmantels zu fahren und die Streichhölzer herauszuholen. »In der Siedlung unten wurden ein paar kleine Versammlungen abgehalten – die Männer aus der Fabrik und Burschen aus dem Kalkwerk. Das hat dem Gewerkschaftsmann nicht gepaßt, und es hat den Jungpionieren nicht gepaßt.«
»Sie haben den Jungen verhaftet?«
»Nennt man wohl so. Sie nahmen ihn mit und sperrten ihn ein; sie hatten ihm eine ganze Menge Fragen zu stellen, brauchten etwa zwei Monate, und nun hast du ihn im Auto mit nach Hause genommen.« Shinza brachte die Geschichte abrupt zu Ende wie ein Märchen, das man einem Kind erzählt.
»Über zwei Monate.« Das war ungefähr in der Zeit gewesen, als er in Gala angekommen war. »Hab nie was davon gehört.«
»Nein«, sagte Shinza und unterdrückte ein Gähnen, »nicht ein Wort. Von Lebaliso? Von Aleke?«
»Wer würde für einen solchen Befehl verantwortlich zeichnen? Wer unterschreibt? Es gibt in diesem Land derzeit kein Gesetz für Präventivhaft.«
»Naja, es gibt die Tradition, aus den alten Kolonialzeiten.« Er hatte mehr und mehr das Gefühl, Shinza wolle die Unterhaltung beenden.
»Aber wessen Befehle?«
Shinza sagte höflich, gelangweilt: »Lebaliso, Aleke.«
»Ich würd gern mit dem Jungen reden.«
»Er hat genug ›Fragen‹ hinter sich«, sagte Shinza.

»Möglicherweise weiß Mweta nichts davon«, sagte Bray.

Shinza lachte. Bray stand da; er wußte nicht, wohin mit sich, hörte seine eigenen Schuhe quietschen. Shinza hatte seine Beine unter dem Morgenmantel ausgestreckt, in seinen Augen ein Ausdruck überdrüssiger, amüsierter Sympathie. Bray sagte: »Die darf ich nicht wieder mitnehmen«; er legte die Schachtel mit den Zigarillos auf die Wäsche. »Deine alte Marke.«

Shinza stand auf, die Situation lag jetzt ganz und gar in seiner Hand. »Mein Gott, Mann, wie ich diese Dinger liebe. In letzter Zeit rauche ich diese verdammten Zigaretten, jemand schafft sie für mich herein. Kannst du mir noch welche davon besorgen, James? Ich hätte gern eine Kiste, laß sie sie mir aus England kommen, hm?« Als sein Gehilfe hereinkam, ignorierte er ihn und schlenderte mit Bray durch eine Küche und aus dem Haus hinaus zu einem anderen, einer Lehmhütte mit Strohdach.

»Das Bier, das sie braut, ist nicht so übel«, sagte er, als er ihn einer jungen Frau vorstellte, die sich hinter dem schmutzigen Vorhang verdrückte, der das Haus in zwei Räume teilte. Er rief ihr nach, und schon war sie sauber gekleidet wieder da und versuchte hoppelnd in ihre Schuhe hineinzukommen. »Sie hat gerade ein Baby gekriegt«, sagte er auf gala. »Wo ist dein Sohn, Talisa, zeig deinen Sohn her«, und sie lachte und antwortete so, wie man vor einem Fremden eine spaßhafte Unterhaltung führt: »Warum kannst du ihn denn nicht schlafen lassen, warum mußt du ihn die ganze Zeit anschauen?«

»Du bist eifersüchtig. Ich hab eine Menge Kinder, eins mehr spielt da für mich keine Rolle. – Es ist ihr erstes«, sagte er zu Bray und trat hinter den Vorhang, wo es dann Gelächter und Zank gab, und kam wieder hervor, zog den Morgenmantel mit einer Hand straff, kniff seine Augen zu einem Schlitz zusammen, weil er den Zigarettenrauch in die Höhe blies, um ihn vom Baby fernzuhalten, das nur ein kleines Westchen anhatte, und das er in der anderen Hand hielt. Es war rosigbraun, fast durchsichtig, hatte winzige, sich leicht bewegende Hände und Beine und ein Gesicht von der Größe einer Taschenuhr, dessen Augen geschlossen waren. Das Mädchen nahm Shinza die Zigarette aus dem Mund, während sie das Baby ansah, und mit dem Zeigefinger seiner anderen Hand fuhr er zart über die Windungen seines Ohrs, dessen Ränder noch immer wie im Mutterleib zusammengedrückt waren. Es pinkelte in einem schwachen kleinen Bogen – der Spritzer irgendeines kleinen Meerestieres, das in seiner Schale aufgestört worden war. Shinza lachte, machte ein paar liederliche Bemerkungen und warf das Kind beinahe zur Mutter hinüber, die fröhlich erregt und verlegen war und es hinter den Vorhang zurücktrug, wo es in überraschend kräftige Schreie ausbrach, die mit dem Gelächter seines Vaters wetteiferten. Er ging herum und suchte ein Tuch. In der Lehmhütte lag der kühle Babymief, es roch nach Bier und verbranntem Holz. Kleider lagen herum, Kochtöpfe, Zeitungen, ein Radio und ein nagelneuer Kinderwagen von der Art, wie man sie in europäischen Parks sieht, standen da – die anständige Unordnung der Intimität. Auf einem Schrankkoffer mit Klebeetiketten der Docks von Southampton, San Francisco und New York (Shinza gehörte zu jener Generation, die Stipendien für das Studium an amerikanischen Universitäten bekommen hatte; Mweta war dafür zu

spät zur Welt gekommen und ging unmittelbar nach der Schule in die Politik) lag ein Spitzendeckchen, auf dem ein ausgefallenes Kaffeeservice stand. Shinza schnappte sich irgendein Kleidungsstück, um sich die Brust abzureiben, und warf den Fetzen anschließend in einen Winkel. Ein Küchentisch mit einer alten Schreibmaschine darauf diente als Schreibtisch. Ein Karton stand da, in dem Bücher durcheinanderlagen; dahinter der einzige Wandschmuck, eine Fußballmannschaft – Nkrumah, der schielende Fanon, das Maskottchen Selassie, Guevara und unter anderen Gesichtern eines, das Shinza selbst gehörte: ein Treffen afro-asiatischer Länder in Kairo, Anfang der sechziger Jahre. Shinza bemerkte, daß Bray es ansah, und sagte: »Gaunergalerie.« Er rauchte eine der Zigarren; er hatte, hier, in diesem Lehmzelt aufgepflanzt, die Autorität eines Feldherren.
Sie tranken das selbstgebraute Bier und redeten zerstreut über Politik im allgemeinen, denn Shinza wurde zweimal hinausgerufen (wie Pferde standen draußen in der Sonne Männer, warteten und traten zur Seite, um mit ihm zu sprechen), und außerdem war das Mädchen mit dem Baby in der Nähe. Nichts davon störte das Gespräch, nicht weil Shinza Bray seine ungeteilte Aufmerksamkeit schenkte, sondern weil alles, was zwischen ihnen an Worten gewechselt wurde, für Shinza nur von peripherem Interesse war.
Als Shinza zum zweiten Mal zur Hütte zurückkehrte, stoppte ihn Bray am Eingang: »Wie weit ist es mit dem Jungen gegangen?«
Shinza warf seinen Kopf wie in einer Pantomime zurück und blinzelte. »Was?«
»›Fragen‹, hast du gesagt. Genug ›Fragen‹?«

Shinza behielt die kalte Zigarre im Mund. »Ach, du weißt doch, worauf Fragen hinauslaufen, James.«
»Tu ich das?«
»Und schließlich und endlich, Mweta ist dein Mann, du hast bestimmte Vorstellungen von ihm, von uns ...«
Bray wurde steif angesichts dieser Gleichgültigkeit, wie Fleisch, das sich in einer kühlen Brise zusammenzieht.
»Fragen müssen beantwortet werden. Irgendwie. Wenn nicht auf die eine Weise, dann auf die andere. Du weißt schon.«
»Ich möchte wissen, was passiert ist.«
So als erklärte er es einem Kinde, sagte Shinza: »James, sein Kopf wollte nicht antworten, also stellten sie ihre Fragen an seinen Rücken.«
»Ich verstehe.«
»Du kannst die Fragen auf seinem Rücken sehen. Möchtest du sie sehen? Ich werde ihn dir herholen.« So als wollte er es hinter sich bringen, wurde er jetzt mit einem Mal stur und bestand darauf, daß Bray das Ausstellungsstück genau besichtigte. »Ich will nicht, daß du irgendwelche wilden Buschgeschichten glaubst – ich werd ihn holen, und du kannst ihn dir ansehen. Nein, nein, bleib hier, ich hol ihn für dich her.«
Bray blieb allein zurück, um ihn herum Shinzas Habseligkeiten. Das Mädchen hinter dem Vorhang war still – sie schien mitgehört zu haben; sie kam nicht heraus.
Shinza war rasch wieder im Zimmer und schob den Jungen vor sich her. Der gab kein Zeichen des Wiedererkennens – Brays Begrüßung erstarb noch auf seinen Lippen, bedeutungslos. Shinza sagte auf gala: »Beug dich vor.« Er hob das Hemd des Jungen. Der Junge stand mit gespreizten Beinen da, die Hände auf die Knie gestützt. Er

sah sich nicht um. Von der Taille, die durch seine Haltung noch schmaler wurde, ging sein Rücken bis hinauf zu den Muskeln unterhalb der Schulter in die Breite, gelblich um die Mitte, pulvergrau in den flachen Vertiefungen zu beiden Seiten der Wirbelsäule, mattbraun über den Muskeln und Schultern. Die Poren der Haut waren erhaben, körnig vom hart gewordenen Talgsekret, das wegen des langen Mangels an frischer Luft und Sonnenlicht nicht hatte austreten können. Eine Haut, die wie das Fell eines Tieres in Gefangenschaft ihren Glanz eingebüßt hatte; Bray kannte diese Art von Haut; er war ihr nicht mehr begegnet, seit er als D.C. auf der Richterbank gesessen hatte und ihm Gefangene vorgeführt worden waren. Im Haus in Wiltshire waren solche Dinge – war die Realität solcher Dinge nicht existent gewesen.

Er war von dem Faktum dieser Haut so sehr wachgerüttelt, daß die kreuz und quer verlaufenden, verheilten Striemen auf ihr – leicht sich kräuselnde Streifen mit dem seidigen Schimmer von Lippen – sich ihm kaum in ihrer Bedeutung erschlossen. Narben, ja, Wunden, ja, der Protest, die langanhaltende Erinnerung des Körpers an all das, was ihm angetan wird – der Zorn der Pickel, rauhe Stellen, die alles festhielten wie in eine Baumrinde eingeritzte Botschaften. Die leichte Vertiefung, weit unten an der linken Seite des Brustkorbes, zum Beispiel; woher stammte die? Eine angeborene Deformierung? Die Verkümmerung eines Knochens aufgrund irgendeines frühen Ernährungsmangels? – Er ließ seinen Finger über die Blindenschrift einer Narbe gleiten – dann zog er ihn, brennend vor Scham, wieder zurück. Der Junge blieb gebückt stehen, ein Objekt – so wie man ihn

für die Schläge selbst gezwungen haben mußte, sich zu bücken. Ein paar der Narben waren nicht mehr als kaum sichtbare Zeichen, die blasser geblieben waren als die sie umgebende Haut, in die sie übergingen, gleichsam vergessend, um sich bald ununterscheidbar mit den anderen Hautzellen zu verbinden. *Die* da mußte tief gewesen sein und im Fleisch geklafft haben, daß sie einen derart dicken Streifen wilden Fleisches hatte ausbilden müssen, um es wieder ganz zu machen. Plötzlich sah er das Muster der Schläge, das regelmäßig wie die Einschnitte in einem Stück gespickten Fleisches über den Rücken lief. Im Unterschenkelmuskel eines kräftigen, rachitisch gekrümmten Beines zeigte sich eine weitere blasse Spur zwischen den spärlichen Haaren. Bray zeichnete sie in der Luft, ein oder zwei Zoll über dem Fleisch, nach, wobei er Shinza ansah: Und das da?
»Da hat einer nicht getroffen«, sagte Shinza. Seine Lippen zogen sich, die Klammern des sie säumenden Bärtchens zogen sich zurück; einen Augenblick lang zeigte er seine Zähne, und während die Lippen sich wieder über sie schoben, erstarb sein Grinsen.
Es hätte eine alte Narbe sein können, die von einer unschuldigen Verletzung zurückgeblieben war – von einem Sturz, einem Unfall –, die nichts mit dem Gefängnis in Gala zu tun hatte, aber Shinza hatte keine Zeit für derlei feine Unterscheidungen. Bray sah: Für ihn waren alle Wunden eine einzige; und die war die seine.
»Was hätten sie aus ihm herausholen können, das das wert gewesen wäre?«
Und jetzt grinste Shinza wirklich, während er seine Handfläche wie auf eine Trophäe auf den Oberkörper des Jungen legte. Voll Freude über den Beweis dafür, daß

er recht gehabt hatte, sagte er: »Der gute alte James, immer noch derselbe.«
Bray sagte auf gala: »Warum richtet er sich denn nicht auf...«, und so als wäre er an etwas Nebensächliches erinnert worden, gab Shinza dem Oberkörper einen freundlichen Klaps und sagte auf englisch: »Okay. Das ist alles.«
Der Junge stopfte sein Hemd in die kurzen Hosen. Bray wollte etwas zu ihm sagen, aber als er ihn ansah, blickte der Junge augenblicklich starr auf Shinza.
»Also dann«, sagte Bray, »was hatte er denn zu verschweigen, daß er das in Kauf nahm?«
»James, James. Kaum bist du wieder hier, siehst du schon hinter jedem Busch einen Helden. Er hat ihnen alles gesagt, was er wußte, sobald sie ihn geschnappt hatten. Auf der Stelle. Ohne auch nur einen Kratzer. Aber sie hatten ein paar Fragen, auf die er keine Antworten wußte. Das ist eine Methode; wenn einer nicht reden will, ganz egal, aus welchem Grund, und keiner erwartet von dir, daß du weißt, warum – dann gib's ihm. Ist Routine.«
»Das ist bekannt. Es passiert natürlich überall auf der Welt. Aber in welchen Gegenden.«
Shinza sagte: »In dieser Gegend hier, James.« Und er stieß ein kurzes Lachen aus und sagte: »Ja?«
Bray sagte: »Es ist immer noch möglich, daß Mweta nichts weiß.«
Shinza betrachtete es wie eine rein akademische Frage. »Nichts von dem da, nein – jeden kleinen Vorfall im Auge behalten, das kann niemand erwarten.« Und zum Jungen: »In Ordnung.«
Der Junge sah Bray schließlich doch an und verabschie-

dete sich von ihm mit der höflichen Grußformel der Gala. Shinza rief ihn zurück und warf ihm ein Päckchen Zigaretten zu, das er wegen der Zigarren zur Seite gelegt hatte. Der Junge nahm sie wortlos und ging.
Bray sagte: »Wir sollten einen schriftlichen Bericht aufsetzen. Einen Bericht darüber, was er vor uns beiden ausgesagt hat.«
Shinza sah ihn beinahe liebevoll an. »Die Zeiten sind vorbei.«
»Du gibst zu leicht auf, Shinza.« Mit gespielter Fügsamkeit akzeptierte Bray die Rolle des Naiven, die ihm zugeteilt wurde. Er wartete, daß Shinza diese Form der Widerlegung aufnehmen, daß er reden würde.
»O ja«, sagte Shinza, »ich bin bloß ein mieser Nichtstuer, der verrostet. Einer, der intrigiert. Nein, nein, nicht einer, der intrigiert, eher, der verrottet ist. Wie du willst – es liegt ganz bei dir. Ein Fall von Lungenkrebs. Andere behaupten, es sei die Leber. – Sag mal, wie geht's dem alten Dando? Und die alte Bande, in London? Ab und zu hör ich von Cameron, wenn du ihn sehen solltest, dann sag ihm, da, wo ich bin, verwendet man Buschtrommeln, deshalb schreib ich nicht.« Das Mädchen kam mit dem Baby heraus, das jetzt wieder hellwach war, und sie saßen hoheitsvoll da, tranken noch mehr Bier und machten die Art von sinnlosen Witzen, die zwischen alten Freunden üblich ist und bei der die Anwesenheit eines Dritten nicht stört.
Shinza ließ keinen Weg, auf dem er an ihn herangekommen wäre. Aber im Weggehen sagte Bray: »Ich komme wieder.« Es hing in der Luft, eine geschmacklose Bemerkung. Natürlich begriff Shinza, daß er vorhatte, Mweta zu sehen; aber Shinza stand bloß noch aus Höflichkeit

am Schilfzaun und lächelte, seine Aufmerksamkeit schon woanders – wie das gespitzte Ohr eines Hundes, das nach hinten weist. »Bleibst du diesmal lange hier?« bemerkte er geistesabwesend zu Mwetas Gast.
»Wenn ich glaube, daß ich was erreichen kann.«
Shinza ignorierte die Frage, die darin lag. »Was ist es diesmal noch, James – Schulen? Was weißt du schon von der Schulmeisterei?«
»Ich arbeite gemeinsam mit Sampson Malemba über die Schulen, das ist das eine – in Wahrheit überprüfen wir das gesamte Bildungssystem; technische Lehranstalten, Handels- und Gewerbeschulen, daran fehlt's auch – ein bescheidener Anfang auf dem Gebiet der Erwachsenenbildung für den neuen Typ von Jugendlichen, der mit der schrittweisen Industrialisierung jetzt selbst hier in Gala auftaucht.«
Das Kalkwerk. Die Fischmehlfabrik, von der sein Fahrgast gekommen war.
Shinza nickte.
Unvermittelt sagte Bray: »Falls du irgendwas brauchen solltest, Edward ...«
Einen Augenblick lang standen sie da, weit auseinander.
»Naja, die Zigarren – du hast gesagt, du besorgst mir welche aus England. Wär schön, weißt du.« Shinza lächelte.

Seine Hände lagen so schwer in den Taschen seines Morgenmantels, daß sich die muskulösen Hinterbacken darunter vorwölbten, als er wegging und im Haus verschwand, in dem Bray auf ihn gewartet hatte. Bray tat, was er mußte; besuchte die Dorfschule, fuhr zwanzig

Meilen weiter bis zur Missionsschule der Weißen Väter, drehte schließlich um und fuhr die Straße, die er gekommen war, ohne stehenzubleiben, zurück, vorbei an den Kindern, die noch immer die alte Wäschemangel als Spielzeugpferd benutzten, vorbei an den Ziegen, den Fahrrädern, den Lehmhütten und dem Schilfzaun, hinter dem Shinza lebte. Aber Bray machte das alles mit blinder Aufmerksamkeit – er hielt den gedanklichen Druck, der ständig wuchs, von sich ab, wartete auf den Anlaß, an dem er sich entladen würde. Das Zittern des Ganghebels in seiner Handfläche, das die schreckliche Straße bewirkte, wurde zum Ausdruck eines Zitterns seiner Hand selbst, das er unterdrückte. Zwei Monate und siebzehn Tage. Erst seit ein paar Monaten wieder hier, und schon hat es angefangen – das Zusammenschlagen, das Einsperren. Eine alte Geschichte. Kein Wunder, daß sich Shinza nicht zurückhalten konnte, über seine Reaktion zu spotten. Er hatte sich nie zu denen gezählt, deren radikaler Liberalismus auf nicht mehr hinauslief als auf eine abstrakte Ablehnung von Methoden der Gewaltanwendung. Noch nie zuvor war er mit dieser Art des Selbstbetrugs konfrontiert gewesen. Im Laufe der Jahre hatte er – aus der Distanz – einige häßliche Fakten akzeptiert, sofern diese unglücklicherweise unvermeidbar schienen, wenn der soziale Wandel, an den er glaubte, herbeigeführt werden sollte. Er versuchte verzweifelt, das Bild des Rückens wegzuschieben. Er würde vieles verzeihen, wenn er sah, daß die Art von Staat geschaffen wurde, die Shinza und Mweta gemeinsam gewollt hatten.

Aber zwischen Shinza und Mweta stand die ›Befragung‹ des Jungen.

Und er selbst? Würde er auch sich selbst verzeihen? Vielleicht war seine Erschütterung im Grunde nur der Ausdruck dafür, daß er sich selbst nicht die Hände schmutzig machen wollte. Das war seine Art des Betrugs. Laß es geschehen, wenn es sein muß, aber nicht durch mich, laß nicht zu, daß ich selbst Hand anlege, nicht einmal dadurch, daß ich meine Unterschrift unter einen Bericht über das Erziehungswesen setze. War es das? Und dennoch hatte er den Impuls, auf der Stelle in die Hauptstadt zu fahren, zu Mweta; so als würde das ein für allemal alle Zweideutigkeiten ausräumen: die, die ihn selbst, und die, die das Geschehene betrafen. – Aleke? Er sollte zuerst wenigstens mit Aleke reden, um Klarheit zu schaffen. Aleke mußte derjenige sein, der die Verantwortung übernommen, unterschrieben hatte. Er sah sich und Aleke in Häusern aus und ein gehen, im *boma*, die Dorfstraße von Gala entlang, sah, wie sich ihre Fühler berührt hatten, wenn sich ihre Wege kreuzten – wie die von Ameisen. Aber Aleke hätte einen Mann niemals aus eigener Initiative eingesperrt; dann war es also Aleke, der von Lebaliso Befehle erhalten hatte? Aleke und Bray hatten über Lebaliso gelacht, einen quecksilbrigen, kleinen Mann, der das Amt von Major Conner, dessen Bursche er im Krieg gewesen war, übernommen hatte. Lebaliso war ein Nichts; das war Aleke zweifellos nicht: Beide taten sicher das, was man ihnen sagte. Aleke war ein tüchtiger Beamter, unabhängig, aber ohne Sinn für Politik und ohne politische Ambitionen. Wenn aus der Hauptstadt ein Befehl einlief, würde er ihn einfach unterzeichnen. Umgänglich, vertrauensvoll, immer über den Papieren mitten im Kinderlärm auf seiner Veranda, wußte er, was er tat, und nahm wohl an, die Leute da oben an der Spitze wüßten ebenfalls, was sie taten. Schließlich und endlich – die Regierung war die PIP. Die festen Überzeugungen von Leuten wie Aleke bringen Regierungen zwar an die Macht, zur Gefahr werden sie für sie aber nie; Aleke würde niemals seine Meinung über Mweta oder irgendwas anderes ändern.

Mweta hatte Justin Chekwe das Justizministerium gegeben; Bray kannte ihn nicht gut, aber Roly Dando nannte ihn einen Pin-up-Boy aus Gray's Inn – »Wer weiß schon, was wirklich unter dieser Nylonperücke steckt, ich saß beim Dinner neben ihm und erwischte ihn dabei, wie er sich in einem Suppenlöffel bewunderte ...« Dando redete so viel: »Wenn dir das Justizministerium einmal übergeben worden ist, dann hast du nicht mehr allzuviel mit Gerechtigkeit zu tun. Du hütest den Frieden dann so, wie es die Big Boys wünschen. Das gleiche mit dem Job des obersten Justizbeamten – zwei Polizisten, die Gerechtigkeit und ich, damit hat sich's dann schon. Vermutlich ist er in Ordnung, solange Mweta den schmalen und geraden Pfad der Tugend wandelt.« Sobald er wieder zu Hause war, wollte er Dando anrufen; und ebenso unvermittelt entschied er, daß das nicht das Richtige war. Das Haus hatte einen Mehrparteienanschluß, und davon abgesehen würde die Vermittlung im Ort ohnehin jedes Wort mithören. Er schrak zurück vor dem Bauchrednergequatsche Dandos, das aus der Ferne zu ihm dringen würde.

Während Bray mit Shinza beisammen gewesen war, war er sich wie ein Erwachsener vorgekommen, der sich weigerte zu glauben, daß sein Lieblingskind gelogen oder betrogen haben soll. In Shinzas Haus hatte er Angst davor gehabt, Mweta wüßte *tatsächlich* davon. Nun aber –

allein inmitten des sanften Grases, das sich, abgesehen vom Aufblitzen einer Ölkanne auf dem Kopf einer Frau, ohne ein Anzeichen eines weiteren menschlichen Wesens bis zum Horizont dehnte – spürte er, es gab die Möglichkeit, daß Mweta tatsächlich nichts davon wußte, daß die Größe dieses unzugänglichen Landes mit seinen Verbindungen, die sich auf überfluteten Pfaden und unter ameisenzerfressenen Telegrafenmasten verloren, es den Menschen ermöglichte, das Gesetz in die eigenen Hände zu nehmen, während Telefone, Telex und Flugzeuge Mweta hinter der roten Backsteinfassade seiner Präsidentenresidenz näher an Addis Abeba, New York und London heranbrachten als an diese von Gras überflutete Steppe, über die der Wind unter dem leeren Himmel hinwegheulte.
Auf dem Paß (er fuhr nun die direkte Route und legte in einem Tag die Strecke zurück, für die er vorher drei benötigt hatte) verlor sich diese Zuversicht wieder – aus ebenso unvernünftigen Gründen. Rauhe Berge mit dunklen Flanken umschlossen die Straße und ihn. Shinza hatte eine andere Art von Zuversicht, eine, durch die sich Bray provoziert fühlte, aber nicht nur geistig, sondern körperlich, in allen Sinnen; Shinza beschäftigte im Augenblick seine ganzen Gefühle und Gedanken, mit Bildern, die so lebendig waren, daß er sich seltsam alarmiert fühlte. Eine Rastlosigkeit wühlte den festgestampften Boden seines Selbst auf, rührte an einen Nerv, der (natürlich) längst verkümmert war – so wie der Vagus mit dem Ende der Reifezeit obsolet wird und die Hypophyse zu arbeiten aufhört, wenn das Wachstum abgeschlossen ist. Shinzas nackte, kräftige Füße, mißgestaltet durch Schuhe, stampften auf dem Lehmboden herum – das Auftreten eines Bühnen-Othello vor den Gestaden

Zyperns. Er rauchte Zigaretten, die über die Grenze geschmuggelt worden waren; Freunde jenseits der Grenze: wer Zigaretten hatte, hatte wahrscheinlich auch Geld und Waffen. Und das Baby; warum tauchte immer wieder plötzlich das Baby auf? – Shinza hielt es ebenso beiläufig in seiner Hand, wie er dieses Mädchen geschwängert hatte. Er gab nicht einmal damit an, daß er eine neue, junge Frau hatte, für ihn bedeutete das nichts.

Der Mann wird sein Leben ändern, der Gedanke brannte in Bray. Mweta war nun nicht mehr als nur der Faktor, dessen Existenz das auslösen, zum Leben erwecken würde. Shinza hätte ebensogut dreißig wie vierundfünfzig sein können. Nein, es war nicht das, daß er ein alternder Mann war, der wie ein Jüngling wirkte – es war etwas ganz anderes –, daß er (aber auf ganz natürliche Weise und mit seinem Einverständnis) dazu getrieben wurde, weiterzuleben, solange er am Leben war. Er mußte schon tot umfallen, wenn er gestoppt werden sollte.

Das Haus in Wiltshire mit all seiner gemütlichen Schönheit und seiner Ordnung, dem Weihrauch von frischgepflückten Blumen und guter Küche, seinen Trankopfern aus Weinen, die erst nach sorgfältiger Diskussion ausgewählt worden waren, brachte sich mit all der stillen Anschaulichkeit eines interessanten Totenkultes in Erinnerung; dort wieder aufzuwachen würde bedeuten, daß man sich stillschweigend bei lebendigem Leibe hatte begraben lassen. Gleichzeitig hatte er das steinerne Gefühl des Betrugs. Olivia ging dort herum, auf dem Nachtkästchen Minzbonbons und Zigaretten, ihre langen, glattbestrumpften Beine unter Röcken, die hinten immer leicht herabhingen. Ein Detail, das aus einem Bild herausgenommen, isoliert und nahe ans Auge herangezogen wurde. Er versuchte sich plötzlich an das Gefühl zu erinnern, in Olivia zu sein. Aber das konnte er nicht. Alles, was er hervorbrachte, während er allein durch den buschigen Wald fuhr, war der warme Reflex einer beginnenden Erektion, eine Reaktion auf die allgemeine Vorstellung von der Wärme im Inneren von Frauen, jeder Frau. Seine Gedanken wandten sich wieder Mweta zu, und sein Fleisch schrumpfte. Er sollte es nicht, es war vielleicht doch falsch, Mweta über irgendwas ins Verhör zu ziehen. Von Anfang an hatte er klar zu verstehen gegeben, daß er keinerlei Autorität beanspruchen würde, die sich aus ihrer Beziehung ergeben mochte, denn er hatte gleich zu Anfang erkannt, daß immer die Gefahr bestand – für seine persönliche Beziehung zu Mweta –, daß diese Verbindung mit irgendeiner noch immer bestehenden Anmaßung von Autorität aus der Zeit des Kolonialismus verwechselt werden könnte. Ich darf nicht vergessen, daß ich ein Weißer bin. Ein Weißer in Afrika weiß nicht, wie er sich sehen soll, es sei denn als Mentor. Er blickt in den Spiegel, und da ist sie, diese fatale Faszination des alten Spiegelbilds, und da spielt es keine so große Rolle, ob es sich dabei nun um den Beamten unter einem Tropenhelm oder den weißen Liberalen handelt, der den Siedlern den Rücken gekehrt hat und gemeinsam mit den Schwarzen zum Lancaster House marschiert ist. Wenn mir nicht paßt, was Mweta tut, dann verschwinde ich besser von hier und fahre heim nach Wiltshire. Und schreibe dort einen Artikel für den *New Statesman*. Beinahe führte er laut ein Selbstgespräch. Er wünschte, Olivia wäre in dem Haus in Gala, wenn er zurückkam. Plötzlich fühlte er sich allein, so wie er sich kalt oder müde hätte vorkommen können. Er begann, in seinem

Kopf einen Brief an Olivia zu entwerfen, in dem er sie aufforderte, sich zu entschließen, rasch zu kommen. Er spürte, wie sehr sie ihm fehlte.
Er wäre gerne in der nächsten Nacht nach Gala zurückgefahren – hätte das auch tun können, wäre er bereit gewesen, die Nacht bis ein oder zwei Uhr früh durchzufahren –, aber widerwillig blieb er bei seiner ursprünglichen Absicht, auf seiner Rückreise einen Bogen zu machen, um auch noch den Distrikt Nome zu erfassen. Auf dem Papier hatte man für dieses Gebiet eine Wiederbesiedlung geplant; die Bevölkerung war arm und apathisch, man traf die Leute dabei, wie sie sich mit dem benommenen Gesichtsausdruck von Menschen, die seit dem Tag, an dem sie das letzte Mal an der Brust getrunken hatten, unterernährt waren, mühsam im Wald irgendeiner Aufgabe widmeten. In manchen Siedlungen gab es überhaupt keine Schulhütte. Verdreckt und schweigend traten Kinder aus dem Wald und verkauften ihm jene radgroßen Pilze, die zu dieser Jahreszeit wuchsen. Ihrem kühlen Fleisch entströmte ein beruhigender Kellergeruch; der deprimierende Geruch von Luxus inmitten menschlicher Armut, den er immer als für Afrika typisch erkannt hatte. Hier im Wald gab es extravagante Überbleibsel eines Festmahls von Göttern – riesige Pilze, Lilien, die aus dem Sand herauswuchsen –, aber keine alltägliche Nahrung für die Bevölkerung.
Er fuhr die letzte Tagesstrecke nach Gala zurück in höchster Willensanstrengung, hinzugelangen, hellhörig für jeden Rhythmuswechsel, der Probleme mit dem Wagen anzeigen mochte, hakte mit jedem Blick auf seine Uhr die Stunden und Meilen ab. Als er schließlich in die Hauptstraße einbog und die Mahagonibäume ihn mit

ihrem brunnentiefen Schatten und Schweigen verschluckten, sah er, daß die Geschäfte geschlossen waren – es war Sonntag. Trotzdem fuhr er ins Büro; Aleke mochte dasein und eine Arbeit erledigen. Aber niemand war da. Der Christusdorn war ausgegraben worden. Er konnte wohl schwerlich zu Alekes Haus – ehemals seinem Haus – fahren, um ihn inmitten der Spielzeugeisenbahn und der Kinder zu stellen. Der gleiche alte Klang sonntäglichen Trommelns stampfte schwach durch den Nachmittag. Die blankpolierten Karosserien, die sich rund um den Club drängten. Ein Wagen, der in die Einfahrt einbog, hielt, als er auf gleicher Höhe war, einen Augenblick lang an, und der Fahrer grinste ihn einladend, wichtigtuerisch an. Es war Broughton, der Clubsekretär, der seinen Mund auf- und zumachte, um ihm etwas mitzuteilen. Er kurbelte das Fenster herunter und zog eine höfliche Grimasse, die besagen sollte, daß er nicht verstehen konnte. »Sie gehen nicht ans Telefon. Ich hab die ganze Woche versucht, Sie zu erreichen. Ihr Antrag ist vom Komitee bewilligt worden. Henderson hat Ihren Antrag unterstützt. Also, das wär's wohl, ich wußte, daß es Sie freuen würde, aber Sie waren verdammt schwer zu erreichen.« Sie blockierten die Einfahrt, und der Mann gestikulierte und fuhr, in der Erwartung, Bray würde ihm folgen, hinein – sein Gesicht strahlte vor Bereitschaft, die unterbrochene Unterhaltung fortzusetzen.

Henderson war der Besitzer eines der zwei Textilgeschäfte im Ort: Er bereitete sich offenbar auf Olivias Rückkehr vor, ein umsichtiger Mann. Bray fuhr die stille Lehmstraße weiter hinunter, vorbei an den halbversteckten Häusern, vorbei an einer männlichen Gala-»Nan-

ny«, die ein weißes Kind im Kinderwagen vor sich herschob, und den Kindern und den Hunden eines der schwarzen Verwaltungsbeamten, die in staatliche Wohnhäuser gezogen waren. Sie standen im Kreis um eine Ansammlung blitzender, neuer Fahrräder. Sein Auge machte zwischen dem übrigen Grün die hochaufragende und sich weit ausbreitende Silhouette eines Feigenbaums aus; nichts hatte sich verändert. Und die ganze Zeit, während alles so blieb, wie es jetzt war, war der Bursche im Busch-Gefängnis vor der Stadt eingesperrt gewesen.
Mahlope hatte den Grasstreifen an der Straße vor dem Haus gemäht. Schürzen lagen, steif getrocknet, auf der Hibiskushecke ausgebreitet. Bray empfand einen Abscheu davor, den leeren, abgeschlossenen Bungalow zu betreten, in dem er auf nichts stoßen würde als auf die Zeichen seiner eigenen Anwesenheit. Das bedrängende Gefühl in ihm fiel auf ihn zurück, ein Echo. Er fing an, seine Habseligkeiten aus dem Wagen zu zerren, und ließ sie ins Gras fallen. Sanfte, fragende Kinderstimmen drangen durch die sonnige Stille; er blickte sich um und sah eine Frau und drei kleine Gestalten, die durch das halb gelichtete Buschwerk zwischen seinem Haus und dem nächsten kamen, von dem er angenehmerweise isoliert war. Ihre Köpfe waren in irgendwas eingewickelt – Handtücher. Aber alles – das hocherfreute Interesse des Clubsekretärs, Leute, deren Köpfe in Handtücher gewickelt waren – war bloß Teil der Ferne, die – aufgrund der Tatsache, daß das, wovon er gehört hatte, hier, mitten unter diesen Erscheinungen, zu denen er selbst gehörte, existierte – zwischen ihn und das Leben an diesem vertrauten Ort geschoben worden war.
Es war wieder das Mädchen, Rebecca Edwards, mit drei

von den vielen Kindern, die das Haus der Bayleys in der Hauptstadt überrannt hatten. Streifen von Seifenwasser liefen unter dem Turban über ihre Schläfe und Wange hinunter. Bray sagte zu den Kindern: »Wart wohl schwimmen, was?« und das kleinere umklammerte den Oberschenkel seiner Mutter. Sie wischte die seifige Träne weg. »Oh, es ist schrecklich, daß ich Sie belästigen muß – verstehen Sie, wir haben auf einmal keinen Tropfen Wasser, und ich habe uns gerade das Zeug da ins Haar getan ...« Eine weitere Träne lief herunter und fiel auf ihren nackten Fuß. »Wenn wir den Kopf unter den Wasserhahn im Garten halten könnten ...« »Um Himmels willen, kommen Sie ins Badezimmer. Ich mach das Haus gleich auf.« Sie und die Kinder trugen billige Gummisandalen. Sie folgten ihm im Gänsemarsch hinein, vertrieben mit ihren platschenden Schritten die Stille und verdrängten mit ihren eindringenden Körpern die Leere. Er stieß das klemmende Badezimmerfenster auf, drehte an den Wasserhähnen; Erleichterungsrufe, als das Wasser herausströmte. »Es ist sogar heiß«, sagte er und ließ sie allein.

Es gab ungeöffnete Post mit vertrauten Schriftzügen, eingerollte Zeitungen; die Pappkartonordner mit Aufzeichnungen und Papieren waren, wie er sie zurückgelassen hatte: BEZIRK, SCHULEN, BEVÖLKERUNG UNTER 18. Er legte ein Kohlepapier zwischen zwei Blätter und spannte sie in die Schreibmaschine ein. Er fing einen Brief an Mweta an; und dann holte er einen billigen, blauen Schreibblock heraus, das einzige dieser Art, was man in Gala kaufen konnte, und begann mit der Hand zu schreiben, einen Brief oder Briefentwurf. Bevor er irgendwas davon wieder anrühren konnte – die

Ordner und Aufzeichnungen –, bevor es überhaupt einen Sinn hatte weiterzumachen, mußte er eine Antwort von Mweta haben. Die gestammelten, wiederholten Fragen eines kleinen Kindes, dessen Wunsch, sich auszudrücken, seinem Vokabular davonlief, drangen gedämpft aus dem Badezimmer. Er riß die Manschetten von ein paar Zeitungen herunter und rollte sie in der entgegengesetzten Richtung ein, um sie zu glätten. Was er schrieb, was er Mweta mitteilte, hatte überhaupt nichts mit dem Jungen zu tun.... *die ganze Opposition von Euch beiden ist falsch, und ich glaube nicht, daß ihre Ursache in irgendeiner realen Differenz zwischen Euren Auffassungen zu suchen ist, aber Du hast Shinza in eine Position gedrängt, in der er – wenn er überhaupt etwas tun soll – gegen Dich opponieren muß, und nicht in negativer Art und Weise. Er muß dem, was Du ohne ihn aufbaust, etwas entgegensetzen. Wenn Du dich nun, da Du an der Macht bist, anders verhältst als früher, tut er es natürlich auch ... Hättest Du ihn jetzt dabei, dann hättet Ihr beide das gleiche Umstellungsproblem, und es gibt eine ziemlich reale Chance, daß Ihr – denkt man daran, wie eng früher Eure Beziehung war – zu einer gleichartigen Lösung kommen würdet. Siehst Du das denn nicht? Um es ganz kraß auszudrücken: Zumindest wäre eine Art Komplizenschaft da ... zumindest würdest Du es vermeiden, Dich vor eine Situation gestellt zu sehen, in der Du eine Reihe Dinge tun mußt, denen Du jetzt nicht ausweichen kannst ...* Rebecca Edwards und ihre Kinder kamen, um sich bei ihm zu bedanken; trotz seiner Geistesabwesenheit kamen ihm seine schlechten Manieren zu Bewußtsein, ihm wurde klar, daß er nicht einmal gefragt hatte, wieso sie zu diesem Haus gekommen war und wo sie herkam.

»Haben Sie ein Haus gefunden? Sie sind jetzt nicht mehr im Hotel?« Sie erklärte, sie sei in das Haus jenseits der Büsche gezogen und teile es mit Nongwaye Tlume, dem für Landwirtschaft zuständigen Beamten, und seiner Frau. »Es macht mir nichts aus, es gibt da eine Art Extraküche, die zu dem Rondavel gehört. Auf alle Fälle hat es mir erlaubt, aus dem Hotel auszuziehen, das hat mich einen solchen Haufen Geld gekostet.« Das Haar der Kinder war oberflächlich getrocknet und widerborstig, ihres war säuberlich ausgekämmt und umgab ihren Kopf wie ein feuchter, dunkler Kranz. Ihre freie, hohe Stirn und die Nasenflügel glänzten ein wenig von der Haarwäsche. Sie hatte gelbe Augen – wie der Vorstehhund, den er früher einmal gehabt hatte. Die vier gingen den Weg, den sie gekommen waren, zurück durch das Buschwerk. Armes Ding; was für eine Geschichte mochte da verborgen sein, und keiner machte sich die Mühe nachzuforschen – sie und ihre Kinder hätten in diesem Haus bleiben können, anstatt im Fisheagle Inn, während sie darauf wartete, daß sie zu Tlume übersiedeln konnte, er hätte daran denken sollen. Wahrscheinlich gehörte das zu dem, was Roly von ihm erwartet hatte ... *Ich kann nicht glauben, daß Shinza etwas unternommen hätte, um Dich auszubooten, wenn er an Deiner Seite gestanden hätte. Nicht aus einem moralischen Grund, sondern weil er von Natur aus immer geheimnistuerisch war und Spaß daran hatte, hinter der Bühne zu stehen, so daß nur ein paar Eingeweihte von seiner Bedeutung wußten ... er ist gerne das Gesicht, das man unter den anderen Gesichtern kaum ausmachen kann, aber da ... Und er hat diese Nachlässigkeit gegenüber den Leuten – Du kennst das –, die Kontinuität täglichen Kontakts mit ihnen ist unzu-*

mutbar für ihn, das Händeschütteln und die grinsenden Menschenmassen. Im Grunde ist er ein selbstbezogener, zurückgezogener Mensch – ich meine damit, Erfolg wäre ihm schnell vulgär vorgekommen, diesen Teil der Angelegenheit hätte er immer Dir überlassen ...

Kalimo kam nach Hause und kochte ihm etwas zum Abendessen. Später stand er in der Dunkelheit unter dem Feigenbaum und rauchte eine der langen Zigarren, die er sich nicht allzuhäufig gestattete. Fledermäuse trieben sich beim Obst herum, diese stillsten und unaufdringlichsten Lebewesen, Fetzen, der Dunkelheit selbst entrissen. Er überlegte, bei wem er wohl zur traditionellen Zuflucht eines Drinks, auf den man irgendwo vorbeischaute, greifen konnte. Nicht der Club – das neue Mitglied, das seine Rechte wahrnahm. Nicht Aleke. Er konnte zu diesem Mädchen gehen, Rebecca Edwards, ein Mitglied aus dem Clan in der Hauptstadt. Aber er und sie würden einander nichts zu sagen haben; sein Kopf war leer, was Konversation anging. Er lehnte sich an den Baum, und die Zigarre brannte zu einem Finger fester Asche herab. Ameisen liefen über seine Ferse und versetzten einen feinen Kapillarbaum von Nerven rükkenaufwärts in Alarmbereitschaft.

Er ging hinein und schlug seiner Frau in einem Brief vor, sie solle sich doch entschließen und innerhalb der nächsten zwei Wochen ein Flugzeug nehmen. Er mußte sowieso in die Hauptstadt, und das hieß, daß er sie abholen und auf der Rückfahrt mitnehmen konnte. Nachdem er unterschrieben hatte, schrieb er noch: *All unsere Gründe dafür, daß Du nicht kommst, scheinen einfach darin zu suchen zu sein, daß wir den Grund, weshalb Du kommen solltest, nicht benennen können.* Dann war es also ein

Liebesbrief. Er strich es durch. Probeweise schrieb er: *All unsere Gründe für Dein Kommen scheinen durch irgendeinen unbekannten Grund für Dein Nichtkommen außer Kraft gesetzt zu sein.* Er spürte, daß er nicht verstand, was er gesagt hatte. Er klebte den Umschlag nicht zu. Er legte ihn zu den Blättern, die er für Mweta – über Mweta – gefüllt hatte.

Am Morgen ließ er die Seiten so liegen. Zumindest bis er mit Aleke gesprochen hätte. Zumindest bis dahin.

Aleke und seine neue Sekretärin begannen den Tag mit einer Tasse Kaffee, als er in den Büroräumen ankam. Es war eine Atmosphäre, die er schon sein ganzes Leben lang kannte – oder was er für »sein ganzes Leben lang« hielt: die Jahre in Afrika. Die Büros noch ungelüftet, aber kühl vor Einbruch der Tageshitze, die Beamten, die sich müßig und über die Schulter hinweg unterhielten, während sie langsam mit ihrem Hin und Her durch die Gänge anfingen; die Zeit, bevor die Post hereinkam. Aleke füllte seinen zurückgeschobenen Stuhl aus und befragte Rebecca Edwards im witzelnden Ton guten Einverständnisses.

»Sie haben doch nicht vergessen, den Paragraph B, Abschnitt siebzehn einzufügen, hm, meine Gute.« Sie lehnte sich ans Fenstersims, in einer Hand die Tasse, in der anderen eine Zigarette. »Hab ich nicht.« Natürlich, man konnte sich darauf verlassen, daß sie übers Wochenende Akten mit nach Hause nahm; Aleke sagte es selbst: »Sie sind ein Engel. Und werden Sie den Vorgang bis Freitag auf den letzten Stand bringen? Schwören Sie?« Er schenkte Bray das Lächeln, mit dem ein vielbeschäftigter Mann jemanden begrüßt, der gerade von irgendeiner Vergnügungsfahrt zurückkommt. »Nun, wie war's im

Busch? Haben Sie alles erledigt?« Sie plauderten über den Zustand der Straße. »Mr. Scott hat neulich zu Stanley Nko gesagt: ›Das beste für die Bashi Flats wäre, wenn sie sezessionieren würden ...‹« (Nko hatte den Posten Scotts, des weißen Provinzchefs der Verkehrsbehörde, übernommen.) Aleke fand diese Lösung des Problems ungeheuer witzig, und alle lachten sie.
»Könnte ich Sie einen Augenblick sprechen, Aleke?« fragte Bray.
»Aber sicher, sicher.«
Rebecca Edwards machte taktvoll Anstalten, sofort zu gehen. »Hier, hier, vergessen Sie das nicht ...« Aleke winkte mit einem Ordner.
Er stand auf, nahm vom entsprechenden Nagel den Toilettenschlüssel, um sich für den täglichen goldenen Augenblick zu empfehlen, und sagte: »Stehe sofort zu Ihrer Verfügung – wenn Sie sich inzwischen die Nachrichten anhören wollen ...« Er machte eine Geste in Richtung auf das Transistorradio auf seinem Schreibtisch.

Aleke wusch seine Hände mit *boma*-Seife und trocknete sie mit einem Streifen *boma*-Handtuch ab.
»Ich hab einen jungen Burschen im Auto mitgenommen«, sagte Bray.
Aleke begann mit dem Kopf zu nicken und wandte sich lächelnd einer Geschichte zu, deren Inhalt er erraten konnte. »Solange er Ihnen nicht eins über den Schädel gezogen hat. Die Zustände werden langsam so schlimm wie unten in der Stadt. Was hat er Ihnen denn abgenommen? Ein paar von diesen Jungs aus der Fischfabrik – ehrlich, ich nehme keine Anhalter mehr mit.«
»Ja, von der Fischfabrik – bloß daß er frisch aus dem Gefängnis kam. Er war über zweieinhalb Monate drin. Kein Prozeß. Keine Anklage. Hier in Gala, in Lebalisos Gefängnis.«
Aleke setzte sich an seinen Schreibtisch und hörte sich etwas an, das ihm bekannt war und das er nicht erst zu erraten brauchte. Er streckte seine Hand aus und setzte den Ventilator in Bewegung; wahrscheinlich tat er das jeden Morgen genau zur gleichen Zeit, um die einfallende Hitze zu vertreiben. Bray konnte in seinen Zügen lesen. »Sie wissen davon«, sagte Bray.
»Lebaliso hat mich ins Bild gesetzt.«
»Also war es Lebalisos Entscheidung?«
»Wir haben diesen Burschen schon seit langem im Auge. Einer von Shinzas Jungs.«
»Was meinen Sie mit ›einer von Shinzas Jungs‹?«
»Es arbeiten jetzt eine Menge Bashi hier. Shinza sorgt

dafür, daß sie ab und zu Ärger machen. In den Gewerkschaften und so weiter.«
»Aleke.« Bray versuchte die Angelegenheit von der Nüchternheit wegzubringen, mit der Aleke sie behandelte, als wäre sie eine scharfe Bombe, die in einem gepflegten Garten vergraben lag. »Aleke, Lebaliso hat einen Mann zwei Monate und siebzehn Tage lang eingesperrt.«
»Nach dem, was man mir erzählt hat, war das ein echter Unruheherd. Ich mein, die Sache geht mich nichts an, abgesehen davon, daß mir das Wohlergehen der Provinz am Herzen liegt. Sieht man es von dieser Seite, dann wird von mir erwartet, daß ich die Dinge im Auge behalte. Wenn es danach aussieht, daß es Schwierigkeiten geben könnte, möchte ich einfach wissen, was man von mir erwartet« – mitten im Satz änderte er seine Meinung darüber, was er nun sagen sollte – »das soll heißen, ich muß mehr oder weniger im Bilde sein.«
»Und was Sie sehen, ist, daß Lebaliso das Gesetz in eigene Hände nimmt.«
Aleke war freundlich, versuchte den leisen Spott heraufzubeschwören, mit dem sie sich beide über Lebaliso lustig gemacht hatten. »Natürlich hab ich am Anfang zu ihm gesagt, der Richter ist der, zu dem Sie mit Ihren Problemen gehen müssen. Nicht ich. Aber es sieht so aus, als hätte man mit diesem Burschen auf alle Fälle etwas unternehmen müssen. Die wollten über ihn ein bißchen mehr in Erfahrung bringen.«
Bray sagte: »War's Onabu, der daran interessiert war?« Aaron Onabu war der Polizeichef der Hauptstadt.
Alekes Reaktion war eher Zustimmung als Antwort. »Ich denke schon.«
Bray sagte, jedes Wort gleichmäßig betonend: »Und ich

habe von niemandem in Gala auch nur ein Wort gehört.«

»Naja, Sie hatten anderes zu tun, als über den alten Lebaliso da oben nachzudenken...« Die Hand winkte in Richtung Gefängnis, jenseits der Bäume, hinter dem Ort. »Wir haben alle genug am Hals. Aber dieses Mädchen, Bray – ich kann Ihnen sagen, mein Leben ist jetzt ganz anders geworden. Will ich was, dann ist es da. Vergesse ich etwas, dann hat sie daran gedacht. Und Sie sollten ihr auch alles geben, was Sie erledigt haben möchten. Wenn Sie Ihre Berichte getippt haben möchten. Sie macht das schon; sie ist ein Arbeitstier, Mann.«

Brays Augen folgten dem surrenden Ventilatorkopf, wie er sich nach links drehte, dann zur Mitte, nach rechts, wieder zurück, nach links, zur Mitte, nach rechts, und wieder zurück. Er wollte fragen: Und sind noch andere dort oben – bei Lebaliso? Aber das Telefon läutete, und während Alekes warme, lebendige Stimme sich in fröhlichem Gala senkte und hob, spürte er die Sinnlosigkeit, diese Angelegenheit weiter über Aleke zu verfolgen, und ging, indem er ein Zeichen gab, mit dem er sich selbst entließ, aus dem Raum.

In seinem Büro machte er sich daran, in die Akten, die er da aufbewahrte, etwas Ordnung zu bringen; sie wanderten ständig zwischen dem *boma* und dem Haus hin und her. Das Büro hatte er nicht zur alleinigen Verfügung, und Godfrey Letanka, der Bürogehilfe, nahm beim Aus- und-Eingehen Rücksicht auf ihn. Er gab ihm etwas, das getippt werden mußte; er brachte es nicht über sich, das Mädchen auszunutzen. Die Hitze wurde größer und füllte den kleinen Raum; er stand am Fenster und blickte über die Siedlung hinweg, die hinter schützenden Bäumen versteckt lag. Um zwölf Uhr kam wieder Leben in sie – Fahrräder, die ihre Besitzer in den Stadtteil der Schwarzen zum Lunch heimbrachten, schwarze, sich hebende und senkende Füße, Schreie, Reden, ungeduldiges Glockengeklingel. Er ging hinaus, und die Hitze der hinter Wolken versteckten Sonne fiel schwer auf seinen Kopf; er hatte das Gefühl, daß er in Wirklichkeit gar nicht hier, in Gala, war: daß ihm die Außenwelt abhanden gekommen war. Oder umgekehrt, daß er etwas in sich herumtrüge, das ihn von all diesen Menschen trennte, die unschuldig, nicht davon infiziert waren. Was tat er da, mitten unter ihnen? In Joosabs Laden gab er eine Hose mit kaputtem Reißverschluß ab; Joosab saß beim Nähen, er brachte verschiedene Lagen von Zwischenfutter auf einem Rockaufschlag an, über seiner Nähmaschine die nackte Birne, an der Wand Mweta. Joosabs Schwager und Schwiegermutter waren kürzlich aus Mekka zurückgekommen, und der Schwager war gerade im Laden, auf dem Kopf seinen weißen Turban. »Wieder daheim, Colonel.« Joosab freute sich mit ihnen und feierte die beiden Weitgereisten – den einen, der aus dem Busch, den anderen, der von einer Pilgerfahrt zurückgekehrt war. »Auch du kommst noch dran, auch du kommst noch dran, Ismail.« Der Schwager sprach großzügig Mut zu, im vollen Bewußtsein des Gewichts der Rolle, die ihm zugefallen war. »Mehr als fünfzehn Jahre jetzt, ich hab immer wieder gedacht, nächstes Jahr und nächstes Jahr ... aber im Ernst, Colonel, ich hab den Plan, die Reise zu machen.« Im Warenhaus, wo er eine Gasflasche abzuholen hatte, waren Veränderungen im Gange: Neben der Kasse und dem AUSGANG HIER-

Schild wurde gerade ein Drehkreuz aufgestellt – neben der zweiten Tür, die früher durch Linoleumrollen und Zinnbadewannen verstellt gewesen war. Schon drängten sich Männer und Frauen in Gesundheitssandalen aus Plastikmaterial, die nun von all jenen getragen wurden, die sich Schuhe leisten konnten, und bahnten sich mühsam einen Weg, um sich ihren Anteil am Supermarkt-Manna zu holen – einen Gratiskamm für jeden Einkauf von mehr als zwei Pfund sechs Shilling. Ein altes, übergeschnapptes Weib, das durch die Straßen Galas zog, war irgendwie hinter das Drehkreuz gelangt und sang gangauf, gangab, zwischen den Regalen mit Lebensmittelkonserven und Waschpulvern, Kirchenlieder.
Anstatt nach Hause zu fahren, machte er einen Umweg über das Gefängnis. Er war der Meinung, hinter dem Spital vorbei und um den Hügel herum führe ein Weg zur Gefängnisstraße. Es war so, wie er es in Erinnerung hatte; verfolgt von japsenden Hunden fuhr er die Straße hinunter, und da war es – ein nacktes Stück Erde mit niedrigen, blinden, der Sonnenhitze ausgesetzten Gebäuden darauf, wie jede andere Kaserne oder jedes andere Gefängnis Afrikas. Er wußte nicht, was er erwartet hatte: Es gab da einen neuen, sehr hohen Zaun aus rautenförmigem Maschendraht und einem Stacheldraht darüber, durch den geriffeltes, metallisch schimmerndes Licht fiel; die neue Fahne hing schlaff herab. Als D. C. war er oft da drin gewesen. Er kannte den heißen, weißen Innenhof und den Geruch von Desinfektionsmitteln und saurem Maniok. Kein politischer Gefangener war zur Zeit der britischen Verwaltung hier festgehalten worden; die waren unter Berufung auf diverse Notstandsverordnungen in Straflager geschafft worden. Er hatte auch die

gesehen; Lager, die in abgelegenen Gegenden errichtet worden waren, wo niemand lebte und in deren Innerem die Wochen, Monate, Jahre in Hitze und Isolation vorübergingen. Menschen waren in ihnen geschlagen worden; waren an Ruhr gestorben. Eine Untersuchungskommission hatte sie weder geheilt noch ins Leben zurückgeholt. Seine Erschütterung auf der Rückreise von den Bashi hatte plötzlich etwas Aufgeblasenes. Der Vorgang verlor den grellen Schein des Abnormen; leidenschaftslos dachte er darüber nach. Er hatte sich jenen narbenüberzogenen Rücken angesehen; aber war es tatsächlich etwas so Unvorstellbares, für Mweta, für ihn selbst – für jedermann, der jemals einen Fuß über die Grenzen von Wiltshire hinauszusetzen gewagt hatte? Seine Hände hatten gezittert – darüber, über etwas Alltäglichem?

Es zu verdammen gehörte ebensosehr zum Zentrum seines Seins wie der verborgene Muskel, der das Blut durch seine Brust pumpte. Aber allein wegen des Wissens, daß es geschah, hier, unter seiner Nase, wie eine Jungfrau zu zittern ...

Etwas allgemein Bekanntes. Die Luft, die wir atmen; mein Leben habe ich mit diesem Gestank in der Nase zugebracht. Warum jetzt dieses Würgen? Du hast bei deiner Arbeit mit dem Gestank der Gewalttätigkeit in der Nase zu tun, wie ein Arzt es bei der seinen mit der Bedingung von Krankheit und Tod zu tun hat.

Die Schraube des Mittags drehte sich über allem. Sie drückte auf das tote Haus, als er sich zum Lunch hinsetzte, den Kalimo hatte anbrennen lassen. (Kalimo war weit weniger tüchtig, als er ihn in Europa in Erinnerung gehabt hatte; oder lag es bloß daran, daß Kalimo älter geworden war, alt? – Bray bemerkte einen bläulichen Ring, einen Ring wie den um den Mond, der eine Grenze zwischen der braunen Iris und den von roten Äderchen durchzogenen gelben Augäpfeln des Mannes zog.) Je mehr er darüber nachdachte, ob er Mweta zur Rede stellen sollte, desto drängender wurden die Zweifel an seiner eigenen Funktion und, darüber hinaus, an der zwielichtigen Problematik – sie war wie der Schatten um ein verdächtiges Organ auf einem Röntgenbild – seiner persönlichen Autorität. Wenn die Geschichte mit dem Jungen ein Fall von Mißbrauch durch irgendeinen Beamten war, der allzu großzügig mit seiner neuerworbenen Macht umging, dann mochte die Unterhaltung mit Aleke allein schon ausreichen, um unter dieses besondere Ereignis einen Schlußpunkt zu setzen; Aleke würde Lebaliso darüber informieren, und Lebaliso würde sich hüten, noch einmal Dinge zu tun, nur um einer (vermutlich) lokalen PIP-Größe gefällig zu sein. Die Intervention Mwetas mochte einen Schritt weitergehen und dafür sorgen, daß Lebaliso getadelt würde. Aber es würde weiterhin solche Vorfälle geben, von denen niemand erfahren und über die einen niemand informieren würde. Die einzige Möglichkeit, daß man sich darauf verlassen konnte, daß sie nicht eintraten, wäre dann gegeben, wenn sich die Lage im Land gut und lange genug so entwickelte, daß ein Kodex der Effizienz dieses Surrogat kleinlicher Machtentfaltung unter Verwaltungs- und Staatsbeamten überflüssig machte. Dann würden bloß noch jene Arten von Mißbrauch übrigbleiben, die in demokratischen Staaten in West und Ost stillschweigend geduldet werden und in denen eher Profit als Gewalt eine Rolle spielte. Und damit der Staat

lange genug gut genug funktionierte, brauchte Mweta die Hilfe Shinzas.
Aber wie, wenn das, was mit dem Jungen geschehen war, von Onabu in der Hauptstadt angeordnet worden war?
Wenn solche Dinge Teil der regulären Aktivitäten des *Special Branch*, der Staatssicherheit waren – oder wie auch immer die Bezeichnungen lauteten, unter denen eine solche Organisation zu firmieren beliebte? Sein Hirn erstarrte in Ablehnung dieses Gedankens. Und doch hatte er so lange gelebt, und so lange hier, unter Weißen und Schwarzen, daß er zur Hälfte davon überzeugt war, daß es nicht anders sein konnte. Und wenn das so war, dann lief das mehr denn je darauf hinaus, daß das Land es sich nicht leisten konnte, daß Mweta aus Shinza einen Feind machte.
Mweta befand sich zu einem mehrtägigen offiziellen Besuch in einem Nachbarstaat. Es war für Bray nicht möglich, ihn auf der Stelle zu sprechen. Er gab den Brief, den er ihm geschrieben hatte, nicht auf; ebensowenig den an Olivia. Er ging im Haus und im *boma* und in der breiten, schattig-düsteren Hauptstraße, die Gala darstellte, herum wie einer, der seine Habseligkeiten gepackt und an irgendeinen unbekannten Bestimmungsort vorausgeschickt hat. Er hielt sich fern von den wenigen Leuten, die er kennengelernt hatte – den Alekes, den Tlumes. Einmal, zur Mittagszeit, hielt er auf dem Heimweg bei der »Eingeborenen«-Bar in der Nähe der Bäume der Händler an, um ein Bier zu trinken. Junge Männer aus den Industriebetrieben waren da; die Elite von Gala, mit Geld, das wöchentlich und regelmäßig einging, anstatt des zufälligen Geldes, das aus Gelegenheitsgeschäften

stammte. Alte Männer saßen allein an schmutzigen, aufgebockten Tischen über einem Humpen einheimischen Biers und drehten in jener knickrigen, fingernden Art, mit der die alten Leute die ihnen verbleibende Zeit in die Länge ziehen, Münzen und Tabak aus Baumwollbeuteln in den Händen. Die Jungen tranken europäisches Flaschenbier aus der örtlichen Fabrik, und er hörte ihnen zu, wie sie über Fußball oder den Preis für Radiobatterien stritten. Manche trugen Abzeichen der PIP, andere Buttons einer Limonadenmarke. Sie ignorierten ihn mißtrauisch, einer der Alten ruckte mit einer Geste respektvoller Begrüßung auf seinem Sitz herum.
An der Kreuzung, an der man zu seinem Haus einbog, holte er Alekes Sekretärin ein, die durch die Hitze wanderte. Die Stirn über ihrer großen Sonnenbrille schimmerte feucht und weiß. Sie sagte: »Es sind bloß noch hundert Meter«, stieg aber trotzdem ein. »Bei meinem treuen alten Freund ist die Kupplung kaputt – wird mich vierzehn Pfund kosten.« »Es ist ein Wahnsinn, in dieser Hitze zu Fuß zu gehen. Ich kann Sie immer zur Arbeit mitnehmen.«
Sie sagte: »Naja, ich wollte Ihnen nicht zumuten, daß Sie um acht und zwölf hinauf- und herunterfahren müssen, bloß meinetwegen ... Ich mein, Sie haben ja keine festen Bürostunden, an die Sie sich halten müssen, oder ...«
Das Haus war kühl, stickig, düster, leer; Kalimo hatte wegen der Hitze die Vorhänge zugezogen, die im Gegenlicht dünn und grell gefärbt wie Fahnen aussahen. Es stimmte; er brauchte sich an keine Bürostunden zu halten, sein Job war seine eigene Erfindung, und er war ausschließlich sich selbst verantwortlich. Das waren die Bedingungen, die er sich gewünscht hatte, um sich nützlich

machen zu können. Das leise Klicken einer Tasse, die auf eine Untertasse zurückgestellt wurde, und das schwache Kratzen seines Messers leisteten ihm in dem düsteren Zimmer bei Tisch Gesellschaft. Aber nur weil er um zwei nicht wieder im *boma* oder sonstwo zu sein hatte, war das noch kein Grund, daß jemand anders in der Sonne zu Fuß gehen mußte. Während er seinen Kaffee trank, schickte er Kalimo mit einer Mitteilung und dem Schlüssel für den Volkswagen hinüber und forderte das Edwards-Mädchen auf, ihn zu benutzen. Kalimo sagte: »Die *Doña,* sie sehr glücklich, sie sagen danke, sie müssen Kinder abholen, vielen Dank.«
Er erledigte unter dem Feigenbaum irgendeine Arbeit; während er seine eigenen Berichte zusammengestellt hatte, hatte er auch nach England geschrieben, man möge ihm alles an Literatur zuschicken, was es über Erziehungssysteme in unterentwickelten Ländern gab. Unter dem Zeug, das während seines Aufenthaltes bei den Bashi angekommen war, befand sich ein Wälzer, der sich mit Lateinamerika beschäftigte. Er machte sich daran, ihn durchzulesen und Notizen zu machen; die unvertrauten spanischen Namen waren Halteseile für den Gang seiner Gedanken, der glatt und gläsern war. Nur mühsam kam er in der Hitze, die die Atmosphäre dickflüssig machte wie Gelatine, voran. Zu dieser Tageszeit war der Garten ein schlechter Platz. Das Weiße der Sonne hinter den Wolken bewegte sich, die Flamme eines Schweißapparats, an den Rändern von Ästen und häutigen Blättern entlang und bombardierte den Nerv, der – ein Zyklopenauge – zwischen seinen Augen vibrierte. Aber es war ihm zuviel Mühe, alles wieder hineinzutragen. Um halb fünf – das war die Zeit, zu der Beamte der

Kolonialverwaltung nach Hause gekommen waren – brachte Kalimo Tee, und Bray bat zusätzlich noch um kaltes Wasser. Es tat seinen Zähnen weh und schien schmerzhaft an den Nerv in jenem dritten Auge zu rühren. Er ließ die Bücher unter dem Baum zurück und ging in das geschützte Wohnzimmer, und als er es betrat, reifte in ihm ruhig und selbstverständlich der Entschluß: er würde morgen in die Hauptstadt fahren. Er legte sich auf das Sofa, dessen lose Überdecke sich unter seinem Gewicht aufwarf, und rauchte ein Zigarillo. Sein Kopf hatte nichts von dem, was er gelesen hatte, behalten. Er schlief; und mußte mehr als zwei Stunden geschlafen haben.

Er erwachte in einem kühler und dunkler werdenden Zimmer, aus dem sich der Tag in eine rosenfarbene Dunkelheit zurückzog, die von einem jener strahlenden Sonnenuntergänge vor der Veranda zurückgeworfen wurde. Die Luft war rosa und dunkel gesprenkelt wie die Innenseite eines Lids. Eine Gestalt bewegte sich im Zimmer. Sie legte lautlos die Schlüssel auf den Tisch und behielt ihn dabei im Auge, wie um ihn nicht zu wecken. Sie erstarrte wie ein Kind in einem Spiel, als er sie ansah. In seinen Ohren war ein Singen – das Singen der Zikaden, das aus dem Garten vor dem Haus hereindrang. Er streckte den dunklen Umriß seines Armes aus – um die Schlüssel an sich zu nehmen; eine Geste der Entschuldigung.

Und dann, in einem zweiten Zögern, wandte sie sich mit jener seitlichen Drehung der Hüften, mit der sich eine Frau zwischen Möbelstücken bewegt, um, kam herüber und packte seinen Unterarm – nicht die Hand – mit einem seltsam tröstenden Griff, einer Art des Beruhigens.

So als fiele er in Schlaf, eher als daß er erwachte, sah er nun mit großer Bewußtheit und Schärfe, was er zu jenem Zeitpunkt kaum wahrgenommen hatte: ihre Hände, die, die Handflächen nach außen gekehrt, erhoben gewesen waren, ihre Brüste, die sich in der ungewollten Bewegung des Zurückweichens ihm dargeboten hatten – damals, am ersten Tag, als er beim Öffnen der Bürotür, hinter der sie gestanden hatte, fast mit ihr zusammengestoßen war.

Sie sahen einander an, aber die Gesichter waren im Halbdunkel bloß schemenhafte Verdichtungen und nicht in ihren Zügen zu erkennen. Er sagte: »Setzen Sie sich«, und drehte seinen Unterarm, um ihr Handgelenk zu umfassen und sie aufs Sofa zu ziehen.

»Die Tür war offen«, sagte sie, als sie neben ihm saß. Die Dunkelheit strömte im ganzen Raum zusammen. Im Eingang hing ein limonenfarbener Spiegel aus Licht.

»Ich kann mich nicht erinnern, jemals solche Kopfschmerzen gehabt zu haben.«

»Oh, hatten Sie welche? Um drei war die Luftfeuchtigkeit grauenhaft.«

»Hat sich der VW anständig aufgeführt?«

»Er war ein Segen. Die Kinder waren ganz drüben, an der anderen Seite der Stadt, beim Haus der Reillys.«

Er würde aufstehen, die Lampe andrehen und ihr einen Drink anbieten. Während er das dachte, wurde er von einem derart starken Verlangen übermannt, daß sein ganzer Körper davon wie angeschwollen war – das gewaltige, undifferenzierte Verlangen, das er nicht mehr verspürt hatte, seit er ein Halbwüchsiger gewesen war.

Aber das war er nicht mehr; er küßte den Mund und streichelte die Haut mit dem Geschick der Erfahrung, stand auf, um sich zu vergewissern, daß Kalimo nicht im Haus war, und um die Türen abzusperren, stand einen Augenblick lang da und sah auf den schwach schimmernden Umriß des Körpers hinunter, den er aus den ihn verhüllenden Kleidern befreit hatte, das Urbild, zugleich vertraut und ein Wunder. Er dachte noch daran, sie zu fragen, ob es sicher sei, und in der Dunkelheit sagte die Stimme: »Nein«, ihm vertrauend. Er begann sie zu lieben, sie begannen einander leidenschaftlich zu lieben, und während ihm sein Körper davonraste, dachte er – unglaublich – an Shinza. Shinzas zuversichtliches Lächeln, Shinzas kräftige, nackte Füße, Shinza, wie er in dem nach Baby riechenden Raum Zigarren geraucht hatte, Shinza. Shinza. Er entlockte ihr einen kleinen Schrei des Triumphes; und noch einmal.

Sie tastete in der Dunkelheit nach ihren Kleidern und ging ins Badezimmer, um sich anzuziehen. Bei Licht sprangen ihn wieder das Sofa an, der Tisch voller ungeordneter Papiere, das Bücherbord mit seinem Durcheinander an Büchern, die alle auf einem Regalbrett beisammen lagen, der Stapel mit den Rechnungen und die Ersatzbirnen. Eine Kakerlake lief unter den Teppich. Er zog Hose und Hemd an und ging in die Küche, um Wasser für Drinks zu holen. Aber sie kam heraus und sagte leise, nüchtern: »Was ist mit deinem Boy? Ich verschwinde besser.« Sie meinte, daß der Diener die Dunkelheit und die versperrte Tür vielleicht schon bemerkt hatte; wenn jetzt jemand sie sah, würde er sich aus den ungewöhnlichen Umständen wohl einen Reim machen.

Sie war weg, bevor es die Notwendigkeit irgendeiner Zärtlichkeit gab, einer Änderung in ihrer Beziehung als

Fremde. Sie war hinunter durch den Garten und, so vermutete er, quer durch das Buschwerk verschwunden. Er hörte die Hunde bellen, sie war schon zu Hause. Es fiel ihm ein, daß er sie geliebt hatte, ohne ihr Gesicht gesehen zu haben. Er war wieder allein in dem stillen Haus; und nun erinnerte er sich daran, daß es Kalimos freier Abend für den Kirchgang war; ansonsten hätte der alte Mann so leicht kommen und an die Haustür klopfen können. Der Mond war aufgegangen und schien auf die Bücher, die er im Garten gelassen hatte, wie auf die Grabsteine in einem Friedhof.
Er klopfte den Bashi-Staub aus seinem Koffer und legte wieder ein paar Dinge hinein. Er versuchte eine Telefonverbindung mit Roly Dando zu bekommen, aber nach einer Stunde rief die Vermittlung zurück und teilte ihm mit, daß der Teilnehmer nicht abhebe. Er nahm eine Lampe und wechselte am Wagen einen abgefahrenen Reifen. Fliegende Ameisen kamen zum Licht und warfen ihre Flügel wie Flocken ab. Der Geruch seines Schweißes lag in der Luft und, während er arbeitete, sehr schwach jener andere Geruch. Er duschte sich und empfand gegen zehn Uhr einen Heißhunger und stellte sich ein seltsames Mahl aus all den Überbleibseln vergangener Mahlzeiten zusammen, die Kalimo im Eisschrank gehortet hatte. Er brach früh auf, erhob sich vor Tagesanbruch. Die Vögel erfüllten die Bäume von Gala noch nicht mit ihrem Leben, aber die Hauptstraße war nicht ganz leer. Ein alter Mann ruhte sich auf den Stufen zum Postamt aus, seine Tagesreise hatte bereits begonnen, und zog sich geduldig einen Sandfloh aus dem großen Zeh.
Am nächsten Tag kam Bray zur Mittagszeit in der Hauptstadt an und fuhr nicht zu Dando, sondern direkt

zum Silver Rhino und nahm sich dort ein Zimmer. »Kein Problem«, sagte Margot Wentz trocken und stieß, Schlüssel in der Hand, die Türen zu leeren Zimmern und Rondavels für ihn auf, damit er sich eins aussuche.
»Selbstverständlich wird das Geschäft wieder anziehen, es wird wieder anziehen.« Hjalmar Wentz erwartete ihre Rückkehr ins Büro und beobachtete ihre Gesichter, als sie auftauchten. Seine Frau ignorierte die Bemerkung.
»Gehen Sie zum Lunch nicht hinein, essen Sie mit uns«, warf Hjalmar ein, und sie sagte zu Bray: »Sie erinnern sich doch noch an den Weg – den Gang da hinunter, dann rechts. Es macht Ihnen doch nichts aus, wenn Sie bis zwei warten müssen? Früher komme ich nicht aus der Küche.«
Hjalmar schien sich wegen seiner Ankunft in einem Zustand glücklicher Erregung zu befinden. Sie gingen in die Bar, und er schnappte sich ein dänisches Bier, das für jemand anderen bestimmt war. Die Bar war voll, obwohl der Großteil der Zimmer leer stand. Der Ventilator an der niedrigen Decke verrührte die Stimmen, und Bray schien es, als hätte das Stimmengewirr nicht aufgehört, seit er das letzte Mal die Hauptstadt verlassen hatte.
»Wenn die Tschechen das Tausend für fünf Pfund produzieren können, dann ist für uns nichts drin ...« »Er war früher unten in Sambia mit den Leuten von der R.S.T., kleine dicke Schotten, Sie erinnern sich ...« »... bin mal auf fünf gekommen, aber damals war ich noch viel jünger ...« »... ja, aber was hat denn das für einen Sinn, man kann nicht auf einer Basis von weniger als fünfundzwanzig Prozent arbeiten, reine Zeitverschwendung ...« »... im Hauptbüro in Nairobi, hab ich gesagt, mögen Sie mit einer derartigen Einstellung vielleicht da-

vonkommen ... blöder Hund ...« Weiße Männer aus der Bauxit-, Straßen- und Bergbaumaschinenbranche, aus dem Technischen Dienst, dem Textil- und Konservengeschäft, Schwarze aus dem Landwirtschafts-, Straßenbau-, Post- und Telegrafenministerium, deren Gebäude unten an der Straße standen. Die Schwarzen waren sorgfältiger gekleidet als die Weißen, und die meisten redeten ein plump-vertrauliches, komisches Englisch anstelle des hiesigen Dialekts. Sie waren voll jugendlicher Kraft und sahen mit ihren kleinen Ohren, den runden, schwarzen Köpfen und schwarzen Händen inmitten der kahlen, blassen Köpfe und den herabhängenden, vom Gin geröteten Ohren gut aus. »Ich war gestern bei ihm zu Hause, mein guter Junge, ich kenne ihn gut, schon seit wir bei der Lehrerausbildung in Salonga waren ...« »... sehr unangenehm, sagt meine Frau zu mir: ›Wie ist es nur möglich, daß Mr. Mapira dich im Haus von Chibwe nicht gesehen hat‹ – ach ja – es gibt nichts, was man vor seiner Frau verbergen kann, gütiger Himmel ...« »... werde mich in der nächsten Woche mit dem Minister unterhalten, ja genau das hab ich vor ...« »... diese Werkstattjungs, Mann, irgendwas sollte man gegen die unternehmen, ich meine, die verlangen von einem, was ihnen paßt ...«

Die winzigen Wikingerschiffchen des Mobiles über der Bar drehten sich träge in der flauen Zugluft; Hjalmar stürzte sich geradezu in eine Bilanz der Finanzen des Silver Rhino und die Bedingungen, unter denen das Lokal erworben worden war. Mit der Selbstvergessenheit eines Mannes, für den alles um ihn herum der Beweis des Problems wird, von dem er besessen ist, wühlte sich seine Stimme durch das Geplapper. Er konnte niemals verkaufen, solange nicht die Rechtmäßigkeit des ursprünglichen Kaufes geklärt war, inzwischen aber war die erste Hypothek nicht zurückgezahlt worden, und die Bank weigerte sich aufgrund der Besitzstreitigkeiten, eine zweite zu gewähren. Die Baufirma wurde »ungeduldig« wegen der Veränderungen, die sie vorgenommen hatte, als sie das Lokal übernahmen; alles wäre in Ordnung, wenn nur die Brauerei im Austausch gegen einen Anteilschein Geld vorstrecken würde, aber nun, unter der neuen Regierung, durften die Brauereien hier ansässigen Ausländern, die nicht Bürger des Staates waren, eigentlich kein Geld vorschießen.

Bray, der während der letzten Monate allein und fern von den Verpflichtungen der Freundschaft gelebt hatte, war diese für Kontinentaleuropäer typische Vertraulichkeit nicht mehr gewöhnt, diese dampfende Anteilnahme am Leben anderer Menschen. Alles, was er tun konnte, war, mit knappen Fragen Stichworte zu geben, die es Hjalmar ermöglichten, seine Sorgen abzuladen – obwohl es nur ein Abladen von Fakten war: Bray spürte, daß sie eine Art Frontstellung aufbauten – »Margot und ich sind der Meinung ...« »... alles, was wir brauchen, ist, sagen wir, noch ein Jahr, um klarzukommen« –, aus einem eher privaten Krieg heraus, über den man nicht sprechen konnte. Nach einer Pause sagte Wentz: »Vermutlich wäre es richtig, wenn ich mit Ras Asahe redete ...« Das magere, schöne Skandinaviergesicht schien gleichsam auf einen Schlag zu warten. Die tiefen Einschnitte, die die Anstrengung wie mit einer Peitsche über dem Jochbein und unter den Augen hinterlassen hatte. »Er hat einen Onkel im Aufsichtsrat, verstehen Sie.« Alle weißen Gesellschaften hatten pro forma einen Schwarzen in ihren Aufsichtsräten. »Ein einziges Wort von dieser Seite, und alles ... nun. Es würde uns vorläufig aus der Patsche heraushelfen.«

»Ja, wenn man die Brauerei überzeugen könnte ...«

Wentz wartete noch immer, bereit, den Schlag ohne zu zucken hinzunehmen. Er sagte: »Aber Emmanuelle ist so schwierig. Meine Frau – Margot – wir wissen nicht, wie Emmanuelle reagieren würde. Und abgesehen davon, wie würde das aussehen, ich meine, für diesen Mann? Bis jetzt haben wir das nie unterstützt, diese Freundschaft mit Emmanuelle.«

Nun, da er den Schlag selbst geführt hatte, war er irgendwie erleichtert: »Was glauben Sie, wie sich die Dinge entwickeln werden?«

»Das sollte ich Sie fragen, ich bin zu weit vom Schuß.«

Wentz öffnete seine Hände zum Raum hin, faltete sie unter seinem Kinn. »Was? Das hier? Die Schwarzen haben die Regierungsjobs gekriegt, die sie haben wollten, und die Weißen sind in der Wirtschaft, wie gehabt – *sie* sind glücklich, nichts hat sich geändert. Er war sehr schlau. Sie sollten sie hören; was für ein großartiger Bursche er ist, was für eine stabile Regierung ... Oh, er war sehr schlau. Wenn Sie bedenken, was die früher alles über ihn gesagt haben, nicht wahr? Das ganze Gerede über Kapitalflucht ist vergessen, sie möchten bleiben, wo sie sind und schnell gutes Geld machen. Natürlich sind die Flitterwochen noch nicht vorüber. Ich sage bloß, was ich sehe. Die Schwarzen – wer sind sie hier denn schließlich und endlich schon? – Leute, die in die Ränge der Verwaltung aufgerückt sind, Beamte, die nicht mehr bei irgendwem angestellt sind, Bergleute, die jetzt die Jobs bekommen haben, in denen sie schon vorher hätten arbeiten können, die ihnen aber wegen des weißen Mannes vorenthalten wurden. Also sage ich, es läuft sehr gut. *Er* macht seine Sache sehr gut. Wie es für den Rest des Landes aussieht – ich komme nie weiter als bis zur Gemüsefarm hinaus, wo Margot das Zeug für das Hotel herkriegt, ich fahr zweimal die Woche mit dem Kombi hinaus, und das ist auch schon alles, was ich vom Land weiß!«

Er lachte über sich. »Und was ist da oben los?«

»Nun, in der Umgebung von Gala entsteht ein bißchen Industrie – aber der neue Vertrag über die Fischereikonzessionen läßt im ganzen Seegebiet alles beim alten, und die Bashi Flats brauchen so ungefähr alles, was man sich vorstellen kann, bevor man daran denken kann, dort die Wiederbesiedlungsprojekte anlaufen zu lassen – Straßen, Dämme – einfach alles.«

Hjalmar widersprach. »Die Lizenzen für die Fischrechte sind um ungefähr zwanzig Prozent gestiegen. Es geht nicht mehr das ganze Geld ins Ausland.«

»Aber die Löhne in der Fischindustrie sind nicht um einen Penny erhöht. Natürlich gibt's da die Entwicklungs- und Planungskommission – vielleicht kommt mit ihrer Hilfe etwas für die Leute am See heraus. Und die Bashi – die haben das sogar noch dringender nötig. Aber die Möglichkeiten für die Fischindustrie sind da, sie brauchen nur genützt zu werden ...«

»Projekte, Kommissionen, Pläne – na, arme Teufel – es ist ihre Sache, nicht wahr«, sagte Hjalmar Wentz. »Das geht Sie und mich nichts an, es ist nicht unser Leben, sie müssen es untereinander ausmachen.« Er zog die Luft tief ein und hielt sie einen Augenblick lang an: Seine Augen folgten den Bewegungen von jemandem auf der anderen Seite des Raums, und dann lächelte er erwartungsvoll, als seine Tochter herankam. »Emmanuelle, du erinnerst dich doch sicher an Colonel Bray? Diesmal wohnt er bei uns...« Mit der unaufmerksamen Korrektheit von jemandem, der einen Auftrag zu erledigen hat, sagte sie: »Irgendein Mensch namens Thomson-Waite möchte dich sprechen. Er hat einen schwarzen Diplomatenkoffer mit seinen Initialen drauf. Die Haare in seiner Nase sind nikotingefärbt.« »Du lieber Himmel, Emmanuelle.« Ihr Vater lachte und spielte sich mit ihr vor Bray auf. Das Mädchen, das ganz ernst und unbeteiligt geblieben war, kaute auf einem eingerissenen Nagel an ihrem Daumen herum. »Du mußt sagen, ob du ihn sehen willst oder nicht. Ich würde sagen, er kommt von einer Bank oder vom Gesundheitsamt; er ist hinter irgendwas her.« »O Gott, ich mach mich besser auf die Beine. Hast du ihn ins Büro geführt?« Hjalmar ging ihr voraus, den Kopf ängstlich vorgestreckt. Bray sah, wie er sich umdrehte, um sie etwas zu fragen, aber sie war schon zwischen den Tischen verschwunden.

Bray duschte sich und saß in einem kaputten Liegestuhl im Garten, um auf den Lunch zu warten. Er las in den Morgenzeitungen, daß Mweta von seinem Staatsbesuch zurück war. Die Einheit sei neuerlich bekräftigt, nützliche Vorschläge seien gemacht worden, über das Fünfzig-Millionen-Projekt zur Gewinnung von Elektrizität aus Wasserkraft, das beide Länder versorgen sollte, habe man sich im Prinzip geeinigt... der Leitartikel meldete Zweifel an der Wirtschaftlichkeit des Projekts an, die in Gegensatz zu seinem Wert als Beispiel panafrikanischer Zusammenarbeit stünde. *Keine Frage, daß dieses Land*

seine Zukunft immer als einen Teil der Zukunft des ganzen afrikanischen Kontinents versteht... kein Zweifel, daß Präsident Mweta an dem Tag, an dem er die Bürde des Amtes auf sich nahm, gleichzeitig mit den Verantwortlichkeiten zu Hause auch das Idealbild eines Afrika vor Augen gehabt hat, das einer Welt, die bisher bei der Lösung des Problems nationaler Widersprüche völlig versagt hat, eine Einheit auf dem Gebiet internationaler Zusammenarbeit vor Augen führen soll. Aber wir dürfen mit unseren eigenen Ressourcen nicht verschwenderisch umgehen, nur um die Zusammenarbeit mit Nachbarstaaten zu pflegen. Mit dem See, der unsere nördliche Grenze bildet, besitzen wir ein Potential an elektrischer Energie, das jedwedes ähnliche Projekt im Süden überflüssig macht, ein Projekt zudem, das die für uns lebenswichtige industrielle Entwicklung letztlich jeglicher Instabilität, zu der es bei unserem Nachbarn kommen könnte, auf Gedeih und Verderb ausliefern würde...
Hjalmars Tochter ging, flüsternd in ein Gespräch mit Ras Asahe vertieft, vor ihm über den Rasen. Sie ignorierten die Gestalt hinter der Zeitung; da das Mädchen in einem Hotel lebte, trug es ihre Privatsphäre ständig vor den Augen anonymer Fremder mit sich herum. Ein Pfeifton kletterte die Notenskala hinauf und wieder herunter; sie mußte einen Radiorecorder bei sich haben. Das Paar ließ sich irgendwo ganz in der Nähe im Gras nieder, und er hörte Emmanuelles klare, resolute Stimme: »Jemand hat mir erzählt, es sei nicht mehr als ein Niesen«, und die tiefe, spöttische Stimme des Mannes: »Herrgott, so bereitet ihr Weißen die Mädchen vor. Wenn du eine Schwarze wärest, dann wüßtest du, wie man liebt, dann hätte man es dir beigebracht.«

»Oh, du bist so verdammt hochnäsig, du bildest dir ein, niemand sonst auf der Welt verstünde sich aufs Leben.«

Stille trat ein. Dann begann ein Musikstück von Bach auf dem Tonbandgerät und ging mit seinem durchdringenden Getriller immer weiter und weiter, immer höher und höher, wobei die hohen Töne mit einem schadenfrohen, schrillen Schrei gehalten wurden.

Am runden Tisch der Wohnung der Wentz' hingen die Falten von Margot Wentz' schweren weißen Armen majestätisch über den Gerichten, während sie servierte. Sie hatte ihr Gesicht gepudert, aber der Geruch des Bratensafts aus dem Hotel haftete an ihr. Ab und zu sah sie – halb liebevoll, halb angewidert – ihren Sohn Stephen an wie einen Schoßhund, der den Inhalt des Freßnapfes vor ihm hinunterschlang. Er besaß das hübsche Gesicht und die blonden Haare seines Vaters, aber es war zur überproportionalen Größe des Gesichtes von jungen Weißen aufgeblasen, die in Afrika geboren waren und deren Entwicklung durch Sport und Sonne – wie bei Batteriehühnern – beschleunigt worden war. Hjalmar Wentz zog ständig seine Augenbrauen zusammen und blinzelte, um die Benommenheit seiner Sorgen abzuschütteln. Fast widerwillig begann er zu lachen: »Der Bursche, der zum Plan für die Zimmer des Personals seine Zustimmung gab, hat ihn abgestempelt, ohne einen Blick darauf zu werfen. Er geht sowieso nach England zurück, es scherte ihn einen Dreck. Das Ganze widerspricht den städtischen Verordnungen, es sind nicht genug Luftziegel da – können Sie sich das vorstellen, der Hauptanschluß für das Wasser ist so angebracht, daß wir für das Wasser, das dort unten verbraucht wurde, nichts gezahlt haben?«

»Ich hab dir ja gesagt, daß ich Abwässer und Geld riechen kann.« All die Sehnen und Muskeln an Emmanuelles Hand traten mit anatomischer Präzision hervor, als sie eine Schnitte Brot mit Butter bestrich.
»Was wirst du tun?« sagte Margot Wentz.
Er appellierte an Bray: »Was sie mir vorschreiben, oder? Die Baufirma holen und es mit dem Inspektor besprechen.«
»Möchten Sie noch etwas Salat, Colonel Bray? Nein? – Welche Baufirma?« Margot Wentz legte ihre Gabel nieder und wartete geduldig auf die Antwort – wie jemand, der bereits sämtliche Antworten kennt, die er zu erwarten hat.
Ihr Mann warf ihr einen schnellen Blick zu. »Nun, Atkinson – wen denn sonst?«
»Ich glaube nicht, daß Atkinson noch einmal für uns arbeiten wird, Hjalmar.«
Stephen streckte seinen Teller um eine weitere Portion Fleisch hin; er hielt ihn ungeduldig, weil er etwas sagen wollte, aber nun aufpassen mußte, was er kriegte.
»Raus mit ein paar Ziegeln, was soll die Aufregung?« sagte er.
»Das Wasser. Die Vorschriften.« Sanft breitete seine Mutter die Fakten aus.
»Ach... es wird ein Jahr dauern, bevor sie wieder jemanden herschicken, und wenn sie's tun, nun, da sind die Ziegel, man schlägt ein paar raus, und damit hat sich's...« Der Junge schnitt sein Essen in Stücke, spießte es auf, nun kaute er und sagte nichts, während seine Schwester, die Hände untätig auf dem Tisch, sagte: »Mach die Augen zu, Hjalmar, und wart, bis sie wieder weg sind.« Ihre schmalen, schwarzen Augen nahmen ei-

nen Augenblick lang von Brays Anwesenheit Notiz, die Pupillen schienen sich zusammenzuziehen, bis sie geschlossen waren, sie schien einzuschlafen, dann erwachten die Augen zu neuem Leben, wurden wäßrig-schwarz, und gerade als er überlegte, daß dieses Mädchen niemals lächelte, lächelte sie ihm zu – mit dem leuchtenden, lebhaften und humorvollen Lächeln tiefen Selbstvertrauens.

Der Lunch wurde wegen der Verpflichtungen Hjalmars, seiner Frau und seines Sohnes abrupt abgebrochen; Stephen wurde vom Barkeeper, einem Farbigen mit einer Strähne seidig-schwarzen Schnurrbarts, gerufen. »Das Problem ist, daß du diesen Burschen gegenüber zu weich bist. Es braucht bloß einer zu sagen, er komme von den Wasserwerken oder was Ähnlichem … das bedeutet doch nicht *das Ende der Welt* …« Stephens zögernd von der Tür her vorgebrachter Vorwurf verriet Anteilnahme. Der Barkeeper legte die Fähigkeit des Personals an den Tag, Taubheit vorzugeben, sobald es sich in den Räumlichkeiten des Arbeitgebers aufhält. Bray fühlte sich ihm auf sonderbare Weise verbunden, wie der Mann dastand und die Füße in Schuhen bewegte, in die für die entzündeten Zehenballen Löcher geschnitten waren. Hjalmar schüttete seinen Kaffee hinunter, weil Margot Wentz ihn daran erinnerte, daß er in einer halben Stunde am Bahnhof sein mußte; Bray erklärte sie: »Wenn man bei der Ankunft des Zugs nicht da ist, holen sie einfach das Zeug aus dem Kühlwagen und stellen es auf dem Bahnsteig in der Sonne ab.«

»Wo hast du die Rechnungen?«

»Schon gut, schon gut, wird mir gleich wieder einfallen …« Sie stand auf, um sich von ihrem Instinkt an jene

Stelle führen zu lassen, wo sie die Papiere beim allmorgendlichen Hin und Her zwischen Korridor und Küche hingelegt hatte.

Emmanuelle ging hinüber und küßte ihren Vater auf die Stirn – um ihrer Mutter zu helfen. Margot Wentz, die die Brille aufsetzte, um die Rechnungen, die sie in ihrer Handtasche gefunden hatte, durchzusehen, hielt inne, als das Mädchen die Strähne glänzenden Haares, die die Glatze vom einen Ende zum anderen verdeckte, mit ihren Lippen zur Seite schob; auf dem Gesicht der Frau lag ein Ausdruck vorsichtig tastenden Erkennens; dann wandte sie sich innerlich ab, und mit einem Rümpfen der Nase, mit dem sie den Sitz der Brille korrigierte, blickte sie hinunter auf die Rechnungen.

Obwohl Hjalmar in Eile war, kam er mit Bray auf dem Weg durch den Gang hinunter nur langsam vorwärts, redete und hielt inne, um seinen Standpunkt darzulegen. Jetzt war die Eisenbahn an der Reihe; eine Menge Unfälle, seit Schwarze als Lokomotivführer eingestellt worden waren. Bray sagte: »Trinken scheint das Problem zu sein.« Hjalmar Wentz hielt es für unbedingt notwendig, irgendwie die Vorurteile und Fehleinschätzungen, die von allen Seiten drohten, zu Protokoll zu geben. Er spielte auf Mweta an, ohne ihn namentlich zu nennen – das bedeutungsvolle Personalpronomen, bei dem er seine Stimme einen Augenblick lang signalhaft und unmißverständlich senkte. Hitzig sagte er: »Natürlich trinken sie. Sie müssen sich irgendwie beweisen, daß das neue Leben gut ist. Was glauben diese Weißen denn, wie sich ihre Urgroßväter aufgeführt haben, als sie zum ersten Mal für ihre Arbeit in einer europäischen Fabrik den Wochenlohn ausbezahlt kriegten, hm? Diese Engländer –

ihre Urgroßväter ließen sich mit billigem Gin vollaufen, und jetzt rümpfen sie über die Schwarzen die Nase... Aber *er* weiß, wie man damit fertig wird, *er* weiß, was man dagegen unternehmen muß. Jetzt erklärt er es zu einem Vergehen, wenn jemand vor Dienstantritt trinkt, ein Drink, und schon ist man seinen Job los. Klug, vernünftig. Sie werden sehen, bald, äh, werden sich die Männer selbst Verhaltensregeln auferlegen – die Eisenbahnen werden um nichts schlechter sein als früher.«

Bray ging zur öffentlichen Telefonzelle hinüber, um Mwetas Privatsekretär, Wilfrid Asoni, anzurufen. Aber er war im Augenblick »unerreichbar«; Clive Small, der Mann, der für die Öffentlichkeitsarbeit zuständig war, kam statt dessen ans Telefon. Er war umwerfend freundlich; er war sicher, der Präsident werde entzückt sein, und so weiter... »Glauben Sie, daß ich ihn morgen sehen könnte?« Small würde selbstverständlich alles unternehmen; Bray wisse sicher, daß der Große Mann gerade erst zurückgekommen sei – Small würde für Asoni eine dringliche Nachricht hinterlassen; in der Stimme lag all die zuversichtliche Schmeichelei professioneller Verbindlichkeit. Dann rief Bray die Bayleys an, war aber erleichtert, daß niemand zu Hause war; er wollte die Freunde nicht aufsuchen, ehe er mit Mweta gesprochen hatte. Er hatte schon die Absicht gehabt, Hjalmar Wentz gegenüber zu erwähnen, es sei unnötig, Roly Dando davon zu erzählen, daß er da sei, er würde das am anderen Tag selber besorgen. Nun gut, er hatte nichts gesagt. Er beschloß, alles dem Zufall zu überlassen, und fuhr sogar mit dem Auto in die Stadt, um ein paar Besorgungen zu machen; wie immer, wenn man an irgendeinem abgelegenen Außenposten lebte, gab es angenehme Kleinigkeiten, die für die Warenhäuser zu Hause etwa Exotisches darstellten. Und obendrein war es ein Ereignis, wieder eine Buchhandlung zu betreten, selbst die eher bescheidene hier, in der sich vor allem die Bestseller des vergangenen Jahres und James-Bond-Romane stapelten. Er kaufte eine Taschenbuchausgabe von Yeats, einen Band Essays von einem schwarzen Professor für Politikwissenschaft an einer ostafrikanischen Universität, eine Neuausgabe von Isaac Deutschers *Stalin* – alles, was einem unter die Finger kam, war ein Schatz. Eine halbe Stunde lang vergaß er, weshalb er in der Hauptstadt war. Er kaufte einen Stapler und ein paar Kugelschreiber, die besser als die üblichen zu sein schienen, und probierte sie auf Empfehlung einer hübschen, kleinen schwarzen Verkäuferin mit einer Pompadourfrisur aus schwarzem Kraushaar aus. Kinderbücher waren ausgelegt, und beinahe hätte er ein paar Tin-Tin-Bücher gekauft – für die Kinder, das Mädchen und die beiden kleinen Jungen, die an jeweils einer Hand von Rebecca Edwards gingen, wenn sie über das freie Gelände zwischen seinem Haus und dem der Tlumes kamen. Aber er legte die Bücher in den Ständer zurück. Er sammelte sämtliche – drei Wochen alten – Ausgaben von Zeitungen und Zeitschriften aus Übersee, die er nicht abonniert hatte, und kam vollbeladen heraus.

Als er wieder beim Silver Rhino ankam, wartete schon eine Botschaft aus dem Sekretariat des Präsidenten auf ihn. Er hatte einen Termin für morgen vormittag um Viertel nach elf bekommen. Hjalmar Wentz, der die Nachricht entgegengenommen hatte, legte das Gegenteil von Neugier an den Tag – und Bray fühlte sich sogar von Wentz' lakonisch-ergebener Diskretion überbewertet;

sie schien davon auszugehen, Brays Stellung sei von Anfang an eine vertrauliche und einflußreiche gewesen und die Verbannung in den Busch unter dem Vorwand eines vagen Bildungsprojekts bloß Tarnung. »Ach – übrigens, wenn Roly in die Bar kommt, dann sagen Sie ihm bitte nicht, daß ich hier bin, ja? Ich ruf ihn morgen an, nur im Augenblick bin ich nicht besonders in Stimmung für Gesellschaft, und wenn wir beide zusammenkommen, dann heißt das nur, daß wir den ganzen Abend trinken ...«

»Gut, daß Sie das gesagt haben. Ich werde Stephen warnen.«

Seine Tochter hob das Klappbrett des Bürotresens und ging hindurch. Ihre vorspringenden Hüftknochen spannten wie Holzpflöcke ein eng anliegendes Baumwollkleid über ihrem flachen Bauch, sie trug eine Notenmappe von jener Art, die Kinder hin- und herschwingen.

»Emmanuelle, solltest du Mr. Dando sehen, dann sag ihm nichts davon, daß Colonel Bray hier ist.«

»Ich seh Mr. Dando nie«, sagte sie hochmütig.

Bray lachte, und ihr Vater lachte gezwungenerweise mit, als wollte er sagen: So ist sie eben.

Bray nahm sich ein Bier zum klapprigen Liegestuhl im Garten mit, den Rücken der Bar und dem Hotel zugekehrt. Plötzlich legten sich zwei klebrige Hände, die nach Lakritze rochen, über seine Augen, und der Stuhl wurde kichernd gerüttelt und gestoßen. Vivien Bayleys Kinder waren aus einem Hinterhalt über ihn hergefallen, während Vivien, schon wieder schwanger, seit er sie das letzte Mal gesehen hatte, daneben stand und lächelnd abwartete, bis alles vorbei war. »Genug jetzt. Ihr habt James überrascht. Jetzt laßt ihn aufstehen. Genug, Eliza! *Genug!*«

Er schnappte sich ein paar Kinder bei den Armen und den Beinen und kam zu ihr herüber, während Gliedmaßen nach allen Seiten hin ausschlugen. Er ließ die Kinder ins Gras fallen und küßte sie. Sie machte einen vernachlässigten Eindruck – die Selbstvergessenheit einer schwangeren Frau. »Wir haben dich an der Verkehrsampel bei der Eisenbahnbrücke gesehen. Sie haben darauf bestanden.«

Die Kinder schrien: »Erwischt, erwischt!«

»Ich hab gleich nach dem Mittagessen, nach meiner Ankunft angerufen.«

»Ich war weg, um sie von der Schule abzuholen. Neil wird begeistert sein. Er war gerade eine Woche in Daressalam, und es ist so langweilig, wieder zu Hause zu sein. James, du siehst schlank und *wunderschön* aus, und ich, wie du siehst...« Sie lachten miteinander – über sie.

»Ich hab's herausgeschwitzt. Jesus, manchmal war es mörderisch in diesem Monat.«

»Ja, ich weiß, aber mein Speck ist nicht von der Art, der schmilzt, fürchte ich.«

»Ach, dafür wirst du ihn eines Tags auf einen Schlag los, ohne daß du auf dein tägliches Brot verzichten mußt...«

Ihre Zuneigung war sofort wieder da – so war es immer gewesen – wie eine Flamme, die bei jedem Zusammentreffen neu aufloderte.

Sie entführte ihn zum Dinner; das war der Lauf der Dinge in der Hauptstadt, nichts hatte sich geändert. Der stadtauswärts flutende Verkehr war in der Stunde nach Geschäftsschluß dicht; noch eine Stunde, und die Straßen würden in der Dunkelheit wieder warm und leer sein wie die einer Provinzstadt. Sie fuhren an Mwetas Residenz mit den Wachen vorbei, die in ihren Häuschen standen. Im Garten der Bayleys brachte ihn Vivien auf den neuesten Stand, während die Kinder ihr Abendessen im Gras verzehrten. Die Pettigrews waren nach Beirut versetzt worden und zufrieden, Jo-Ann würde an der dortigen Universität irgendwas machen; David Rathebe, der Flüchtling aus Südafrika, war für zwei Monate verschollen gewesen und dann wiederaufgetaucht, angeblich war er in Algier gewesen; Timothy Odara war der Staatssekretärsposten im Gesundheitsministerium angeboten worden, aber Evelyn hatte ihn dazu gebracht abzulehnen, weil sie wollte, daß er ein Doktorandenstipendium in Amerika annahm. Von Mweta und Joy hätten sie nicht viel zu sehen bekommen, obwohl die Kinder letzte Woche in der Residenz bei einer Geburtstagsfeier gewesen waren; Joy sei jetzt die englische Blumenarrangeurin los und viel glücklicher, sie führe jetzt auf ihre eigene Art und Weise und sehr geschickt den Haushalt, unterstützt von einer netten, vernünftigen Frau, ihrer Tante, die beim Generaldirektor einer der Goldminengesellschaften etwa zwanzig Jahre lang Haushälterin gewesen war. Mweta sei bei seinem Werben um Kapital von ausländischen Industriellen, wenn auch nicht auf den internationalen Geldmärkten, zweifellos sehr erfolgreich; es sollte gar ein Wohltätigkeitsbankett geben, bei dem weiße Geschäftsleute mit dem Präsidenten für lächerliche fünfzig Pfund pro Kopf zusammentreffen konnten – Geld, das an die Stipendienfonds der Universitäten weitergeleitet werden würde.

Neil Bayley kam nach Hause und war der Mittelpunkt der herumpurzelnden und schreienden Kinder. Er erinnerte immer noch eher an einen Studenten als an einen Verwaltungschef. Für ihn war es selbstverständlich, mit

einem Haufen verschiedener Leute und Situationen gleichzeitig fertig zu werden; er stürzte sich in die Begrüßung Brays, führte mit seinem Sohn einen Schatten-Boxkampf auf, tätschelte seiner Frau das Hinterteil. »Wie geht's, Mädel? Mein Gott, ich hab gerade für ein rothaariges, achtzehnjähriges süßes kleines Ding den Beichtvater gemacht... wenn du... Wird gleich rot, wenn du nur so viel... Man hat ihnen gesagt, sie könnten zu mir kommen und über alles diskutieren – außer über Sex, Religion oder Politik, James.«
Nachdem er zum Dinner eine Menge Wein getrunken hatte, überkam Bray das Verlangen zu reden. Er wollte von Shinza reden, um die Gestalt des barfüßigen Shinza im Morgenmantel in ihr Blickfeld zu bringen; um zu sehen, was Neil sagen würde, wie er ihn deuten würde. Statt dessen hielt er bloß in seinem Kopf einen Monolog rund um diese Gestalt. Was war an den Gerüchten über angebliche Schwierigkeiten Mwetas mit ein paar seiner Minister? Irgendeine Vorstellung, was dahinterstecken mochte? »Wie du weißt, war Paul Sesheka immer schon ein bißchen problematisch«, sagte Neil. »Und in jüngster Zeit gab's ziemlich viel Gerede darüber, daß sich Dhlamini Okoi auf seine Seite geschlagen hätte – die Abstimmung, wer die Vergabe der Geldmittel kontrolliert, und so weiter. Zog unweigerlich eine Menge Blabla nach sich, weil jeder gern für sich in Anspruch nehmen würde, dieses oder jenes für die Entwicklung des Gebietes, aus dem er kommt, getan zu haben. Zu Hause möchte jeder als der braunäugige Junge angesehen werden, der ihnen zu einem Baumwollentkernungswerk oder einem Schlachthof verholfen hat. Niemand möchte die Entscheidung darüber, welches Gebiet was benötigt, der

Entwicklungs- und Planungskommission überlassen. Ja, bei Okoi und Moses Phahle gibt es Anzeichen dafür, daß sie bereit sind, sich Sesheka anzuschließen, so als könnte der Pilotfisch andere Gewässer ansteuern – aber ich weiß nicht, ich kann mir nicht vorstellen, wie Sesheka Mweta tatsächlich bedrohen will, du vielleicht? Ich kann mir nicht vorstellen, wie er es auch nur fünf Minuten lang mit Mweta aufnehmen will, ich glaub nicht, daß er das Zeug dazu hat. Er kam jetzt wegen dieses Wasserkraftprojekts arg ins Schleudern. Das mußt du doch gelesen haben? Zuerst hat er den Präsidenten gedrängt, vorzupreschen und gesagt, er ›bedaure‹, daß so wenig dafür getan würde, ein Zeichen für die praktische Freundschaft und Brüderlichkeit und so weiter mit afrikanischen Nachbarstaaten zu setzen. Dann hat er sich's plötzlich anders überlegt und Forderungen nach einem eigenen Wasserkraftprojekt vorgebracht – was gar keine schlechte Idee wär, gäb es nicht den Umstand, daß wir die ganzen Kosten allein bestreiten müßten, während das andere Projekt auf Kostenteilung basiert und die Finanzierung ohnehin schon gesichert ist, weil Amerika, Westdeutschland und Frankreich zahlen ...«

»Ich hab gesehen, daß die Morgenzeitung so argumentiert hat.«

»Ich weiß. Purer Zufall. Ich glaub nicht, daß Sesheka dort irgendeinen Einfluß hat. Das ist einzig und allein Evan Black, der die Verkaufsziffern weiter hochhalten möchte und deshalb provokative Äußerungen macht.«

Vivien sagte: »Unfair, Neil. Du weißt, daß Evan der Meinung ist, man habe die Leute oben im Norden vergessen.«

»Aber wenn's jemand wär, der mehr Durchschlagskraft hat als Sesheka, müßte sich Mweta dann Sorgen machen?« fragte Bray.

Neil rülpste und schüttelte den Kopf, und als er reden konnte: »Aha! Aber das ist eine andere Geschichte, James. Darüber muß man sich immer Sorgen machen; wenn es zum Beispiel Tola Tola wäre, selbst wenn er keinerlei echten Anlaß zur Klage hätte, der ihn auf die Barrikaden treiben könnte.«

»Du glaubst nicht, daß es einen echten Anlaß gibt?«

»Nein, glaub ich nicht. Mit echten Klagen meine ich, daß Mweta schon dabei scheitern müßte, die Möglichkeiten zu nutzen, die ihm für das Land zur Verfügung stehen.«

»Ich hör, daß Industrielle fünfzig Pfund bezahlen, nur damit sie mit ihm essen können.«

Neil grinste. »Mein Gott, der alte Mweta muß 'n Masochist sein.«

Sie sprachen über Brays Arbeit, und Bray erzählte ein paar Anekdoten aus Gala – wie er wochenlang für die Mitgliedschaft im dortigen Club kandidiert hatte, bis ein kühner Tuchhändler seinen Antrag unterstützt hatte. Vivien unterhielt sich gerade am Telefon mit einem Freund; nach einer Weile kam sie zurück und sagte: »Habt ihr gewußt, daß Mweta um Mitternacht eine Ansprache im Radio halten wird? Offenbar hat man das am Nachmittag alle Stunden angesagt.«

Neil öffnete eine weitere Flasche Wein. »Den Vertrag haben die Chinesen gekriegt. Frankreich, Westdeutschland und Amerika haben das Darlehen aufgekündigt. Oder sie bauen beide Dämme – den durch den See ebenfalls. Oje, oje, wir können nicht schlafen gehen.«

Vivien blickte Bray an. Sie sagte: »Er ist müde. Er ist Hunderte von Meilen gefahren.«

Er schämte sich für Mweta. Warum um Mitternacht? Wer war in solchen Fragen sein Ratgeber? Vielleicht wußte er nicht, daß Hitler immer ausgefallene nächtliche und frühmorgendliche Stunden für seine Reden gewählt hatte, wenn er sich durch das Land der Träume Einlaß verschaffte und in die Köpfe der Menschen eindrang, wenn der Blutdruck und der psychische Widerstand auf dem tiefsten Punkt waren. »Zweifellos wäre Mittag ein angenehmerer Zeitpunkt, über seinen Damm zu berichten.«

»Joy sagt, er ist ohnehin nie vor drei im Bett.«

Neil fing an, nervös seinen Nacken zu kratzen. »Sollen wir Jennypenny und Curtis anrufen und sie dazu bringen, daß sie mit uns gemeinsam Nachtwache halten?«

Vivien sagte sanft, weil Neil durch nichts aufzuhalten war, wenn er Gesellschaft brauchte: »Wir haben James seit Monaten nicht mehr gesehen, ich möchte mich mit James unterhalten. Rebecca schreibt, sie hat ein Haus ganz in deiner Nähe gefunden – dem Himmel sei Dank, daß sie aus dem Hotel raus ist. Ich finde wirklich, dein Aleke hätte dafür sorgen können, daß sie irgendwo wohnen kann, bevor er sie da hinaufholt. Was für ein Mensch ist das? Weißt du, die Sache mit Rebecca ist die: Die Leute nutzen sie einfach aus.« Sie wollte beruhigende Nachrichten von ihm.

Bray sagte: »Ein halbes Haus. Sie teilt es mit irgendwelchen Leuten ...«, während Neil in der für ihn typischen Art kurz auflachte und herzlich sagte: »Arme, alte Becky im Busch. Wir müssen ihr unbedingt schreiben.«

»Aber Aleke – glaubst du, daß der in Ordnung ist?«

»Schatz, selbstverständlich wird er sich an sie ranmachen, falls du das meinst«, warf Neil ein. »Was erwartest du denn sonst? Sie hat diese Wirkung, unsere Becky.«
Wie um Becky gegen Aleke zu verteidigen, sagte Vivien: »Es ist nicht gerecht, daß sie diese Vorstellung irgendwie... sie ist genau das Gegenteil, wenn man sie wirklich kennt – sie fordert die Männer überhaupt nicht heraus. Sondern es ist einfach eine Art schrecklichen Mitgefühls...«
Neil sagte aggressiv: »Ach wirklich, nennt man das bei euch Frauen so?«
»Oh, ich weiß, dir paßt diese Vorstellung nicht. Daß ihr irgendwas an euch haben könntet.« Sie redete jetzt mit ihrem Mann; langsam begannen sie, Worte wie Steine aufzuheben. Bray schämte sich ein wenig seiner Beiläufigkeit, aber er fügte noch im gleichen Tonfall hinzu: »Für Aleke kann man gut arbeiten, stell ich mir vor. Ihre Kinder gehen jetzt in Gala in die Schule.«
Um Mitternacht erfüllte Mwetas Stimme das Zimmer. Sie saßen still da, wie träumend, sahen einander nicht an. Vivien preßte ihre rechte Hand seitlich gegen den Bauch, um die einzige Bewegung im Raum zu beruhigen. Mweta verkündete die sofortige Einführung eines Gesetzes zur Vorbeugehaft.

Es stand alles da, abgedruckt in der Morgenzeitung. Als er las, hörte er Mwetas Stimme, als gälte sie ihm. Ohne die übliche parlamentarische Prozedur hatte man zu Notstandsverordnungen gegriffen, um das Gesetz auf der Stelle in Kraft treten zu lassen. Der Schritt sei »mit größtem Widerstreben getan worden«, aber »ohne den geringsten Zweifel an seiner Notwendigkeit«. »Ich würde das Volk betrügen, die heilige Verantwortung für seine Zukunft, handelte ich nicht rasch und ohne zu zögern ... Gewisse Individuen haben begonnen, heimlich an den Fundamenten des Staates zu nagen, die das Volk mit seiner Arbeitskraft und Opferbereitschaft so fest gebaut hat. Gewisse Individuen sind außerstande, die Umwandlung persönlicher Ambitionen, kleinlicher Zielsetzungen, in das höhere Ziel der Sicherung des Friedens und des Fortschritts der Nation zu vollziehen – ein Ziel, dessen sich selbst die Geringsten unseres Volkes während der kurzen Zeitspanne, in der wir nun die Geschicke unseres Landes selbst lenken, würdig erwiesen haben. Gewisse Individuen sind bereit, das Allgemeinwohl ihren eigenen, niedrigen Ambitionen zu opfern. Es sind wenige, und sie sind schwach, und solange ihr euren Führern vertraut und sie unterstützt, habt ihr von ihnen nichts zu befürchten. Sie sind klein wie Ameisen. Aber sie sind auch gefräßig wie Ameisen; wenn wir nun sagen, oh, es sind doch nur einige wenige Ameisen, dann kann es eines Tages dazu kommen, daß wir aufwachen und feststellen müssen, daß der Boden unter all dem, was wir aufbauen, zusammenbricht. Wir müssen zu Mitteln greifen, die der Zersetzung in ihren Anfängen wehren, wir müssen handeln, solange wir noch Zeit haben, diese Leute dazu zu bringen, den begangenen Fehlern abzuschwören, und ihnen zeigen, wo ihr wahres Interesse – ebenso wie das eure und das meine – tatsächlich liegt...«

Die Zeitung brachte über fünf Spalten ein Bild von Mweta, das ihn lächelnd bei seiner Ankunft im Land vor ein paar Tagen in der Tür des Flugzeugs zeigte, und der Leitartikel strich – es gab keine Fragezeichen – heraus, daß es keinerlei Ursache zu Unruhe und Besorgnis gebe; der Präsident hätte das Land nicht verlassen, hätte er nicht gewußt, daß er die Situation völlig unter Kontrolle hatte.

Die Kellner verständigten sich mit Zurufen, als sie zwischen den Rondavels beim Silver Rhino herumgingen und an Türen schlugen, um den Frühstückstee und die Zeitungen zu bringen. (Zwischen Finger und Daumen schnippte Bray ein paar Ameisen weg, die den Zucker schnell geortet hatten.) Ein Boiler wurde gerade aufgeheizt. Der falsch gestimmte Gong, der gangauf, gangab und im Garten ertönte, um die Mahlzeiten anzukündigen, kam näher und verklang wieder – wie der Radiorecorder des Mädchens tags zuvor. Schuhe klapperten über die schmalen Betonstege ihrem morgendlichen Ziel zu. Die Wasserhähne begannen zu kreischen und zu furzen, als die Installation in Anspruch genommen wurde. Bray überließ sich dem Ablauf dieser Dinge – dem Badezimmer-Ritual, dem Ankleiden, der Einnahme des Frühstücks –, und schließlich, fünf Minuten vor elf Uhr fünfzehn, öffnete sich das Tor unter dem Gang mit den weißen Säulen, vor denen er schon einige Male in seinem Leben gestanden hatte: um als frisch ernannter Distriktkommissar seine Aufwartung zu machen; um ein Wort für Shinzas Entlassung aus dem Arrest einzulegen; um zu den Vorwürfen, die von den weißen Bewohnern von Gala gegen ihn erhoben worden waren, Stellung zu nehmen.

Herausgerissen aus der Trance des Alltäglichen, das ihn hierhergeführt hatte, war Bray im Warteraum der Residenz mit einem Schlag hellwach. Im Pulsieren seiner Hand, die mit einer herabbrennenden Zigarette auf der Sessellehne lag, konnte er den schnellen Schlag seines Herzens fühlen. Deutlich nahm er die Art der Stille in diesem Raum wahr und die Veränderung durch seine Anwesenheit – wie das Ansteigen eines Wasservolumens, nachdem irgendein Gegenstand darin versenkt worden ist. Gleichzeitig ging er schnell und fließend – in Worten und nicht in jenen Sturzfluten von Bildern und Gefühlen, mit denen man ein Treffen einstudiert – das durch, was gesagt werden mußte. Die ruhige, zum Zerreißen gespannte Erregung erfaßte ihn. Es war das erste Mal seit sehr langer Zeit. Er öffnete die Fenster über der Fensterbank, und der Park dort draußen – schlanke Bäume, die still in der Hitze standen, ein Wiedehopfpärchen, das im Gras herumpickte – existierte innerhalb eines anderen Rhythmus, wie eine Landschaft, die man durch das Fenster eines Eilzugs betrachtet.

Der Sekretär, Asoni, kam rasch herein. »Sie verstehen, Colonel, ich habe schon zu Mr. Small gesagt, wenn es irgend jemand anderes gewesen wäre, dann wäre es heute überhaupt nicht in Frage gekommen. Für private Unterredungen ist jetzt wirklich keine Zeit... Wir sind kaum wieder da, und jetzt diese andere Geschichte ...« Die Mundwinkel herabgezogen, energisch, impulsiv. »Wenn's irgend jemand anderes gewesen wäre, hätte ich nicht ... aber es ist mir gerade noch gelungen, Sie unterzubringen ...« Es war die Kellnermanier, für die Bemühungen um einen anständigen Tisch Unterwürfigkeit zu verlangen. Small steckte seinen Kopf durch die Tür: »Ich bin fasziniert, was für hervorragende Arbeit Sie im Norden leisten.« Es besaß die ganze Überzeugungskraft einer auswendig gelernten Phrase, man brauchte bloß »im Süden« einzusetzen, oder »in den Sumpfgebieten«, oder jeden anderen Ort, an dem man sich seit seiner letzten Begegnung mit Small zufällig aufgehalten hatte. »Ich weiß, daß der Große Mann Sehnsucht nach Ihnen hat, nichts könnte ihn dazu veranlassen, das zu versäumen, obwohl er bis zu den Ohren in Arbeit steckt. Unglücklicherweise wird es leider eher kurz ausfallen müssen, fürchte ich.«

Bray gab keinerlei Zusicherung, daß er seinen Besuch nicht ausdehnen würde. Miteinander schwatzend eskortierten ihn die beiden hinaus in den Gang, wo sie aufgehalten wurden, weil vor ihnen eine riesige Kupferurne oder ein Kochkessel auf den Köpfen und Armen von Arbeitern vorübergeschleppt wurde. Mit einer theatralischen Geste wandte sich Wilfrid Asoni an Small.

»Was, in Gottes Namen, fällt denen denn eigentlich ein?« Small weigerte sich, der Prozession auszuweichen. Unter der Last kamen die Männer aus dem Tritt, und ihr schimmerndes Geschütz schaukelte vorwärts. »Warum hat man denn das Ding nicht durch den Dienstboteneingang hereingebracht? Die Küchen – warum benutzen Sie denn nicht den Kücheneingang, hm? Wer hat diesen Leuten erlaubt, hier hereinzukommen?« Bedienstete und Erklärungen kamen zum Vorschein. Die Küchentüren seien zu klein. »Sie können doch nicht einfach irgendwelche Leute durch den Amtssitz des Präsidenten gehen lassen, Sie wissen das. *Sie* wissen das ganz genau, Nimrod. Du lieber Himmel, geht da einfach jeder x-beliebige herum, jeder, der behauptet, ein Arbeiter zu sein?« Er und Asoni blickten sich an. »Das verstehen Sie also unter Sicherheit, he? – Nun, schaffen Sie das Zeug da *weg*, bringen Sie's hier rein, schnell, schnell...« In einem konfusen Haufen zogen sich die Männer fluchtartig durch die Doppeltür eines Empfangszimmers zurück, um Bray, Asoni und Small vorbeizulassen. Die beiden Männer hatten ihr Interesse an Bray verloren. »Unglaublich!« »Sie haben zweifellos recht, Clive.« »Aber im Ernst, hm?« »Das ist das, was Colonel Onabu unter Sicherheit versteht, jawohl.« »Nun, ich weiß, wer *das* noch zu hören bekommt.« »Das *hoffe* ich. Das hoffe ich wirklich.« »In fünf Minuten ruf ich da an. Außer Sie wollen das erledigen?« Wilfrid Asoni huschte in das Arbeitszimmer des Präsidenten und schloß die Tür, während seine Stimme schon auf den ruhigen offiziellen Tonfall eines Arztes umschaltete, der das Krankenzimmer eines wichtigen Privatpatienten betritt. Sofort tauchte er wieder auf und öffnete geistesabwesend die Tür für Bray. Bray erhaschte einen schnellen Blick aus seinem runden wie in Stein gemeißelten Gesicht, dessen Augen wie die emaillierten Augen antiker griechischer Götter übergangslos in die dunkle Haut eingelassen waren und sich bereits der wichtigen Sache zugewandt hatten, die er mit Small teilte.

Mweta stand hinter seinem Fabriksdirektoren-Schreib-

tisch und stützte sich auf die Handflächen. Jedesmal, wenn man ihm zum ersten Mal wieder begegnete, war da die Sekunde wie der schmerzhafte Stich der Erinnerung an den ersten Anblick eines Menschen, in den man sich vor langer Zeit verliebt hat. Er kam mit seinem Lächeln um den Tisch herum – in der Vorstellungswelt Europas wirklich ein Lächeln aus der Zahnpastawerbung, in Afrika aber das Lächeln eines Jungen, der einem irgendwo auf der Straße begegnet und in ein Zuckerrohr beißt – und nahm Brays Hände in seine eleganten dunklen. Eine Art Euphorie durchströmte die beiden Männer. »Wenn man mir gesagt hätte, wen würdest du gerne bei der Rückkehr begrüßen, hätte die Antwort James geheißen. Oh, aber es ist so ermüdend, James, hm? – Damals, vor Jahren, hast du mir nichts davon gesagt, da hast du nicht davor gewarnt. Vom Augenblick der Landung an drei, vier Besprechungen jeden Tag – und die Mittagessen, und die Cocktailparties, die Abendessen ... Und zweimal mußte noch vor einer Konferenz irgendwas Besonderes besprochen werden – die einzige Zeit, die ich hatte, war die vor dem Frühstück und nach Mitternacht.«
»Na, du hast immer das Zeug dazu gehabt. All die Meilen auf dem Fahrrad; das war die richtige Vorbereitung.«
»Egal, wir haben, was wir wollten. Und diesmal ist es einer dieser Fälle, in denen ein gebundener Kredit von Vorteil ist, nicht wahr, die gesamte Ausrüstung, die Materialien und die Fachkräfte kommen aus den Ländern der Geldgeber. Sie zahlen, und ihre Leute werden darauf achten, daß die Arbeit erledigt wird. Kein Hände-über-dem-Kopf-Zusammenschlagen, weil es da oder dort eine Verzögerung gibt. Keine vertragsbrüchigen Geschäfts-

partner, die schuld sind, während wir zahlen. Weißt du, wir werden sechstausend Kilowattstunden pro Jahr bekommen, wenn es einmal voll im Einsatz ist. Wir könnten an den Kongo verkaufen, an Malawi – vielleicht sogar an Sambia, wer weiß, möglicherweise steigen sie aus Kariba aus. Unser Seeprojekt im Norden war genau einer von diesen Träumen, weißt du, einer dieser schönen Träume, die wir vor der Unabhängigkeit hatten. Das ist kein Geschäft verglichen mit diesem. Die Hauptsache dabei ist das Geld – es ist genau doppelt so schwer, Geld für ein Projekt zu bekommen, von dem nur ein einziger Staat profitiert, wie den gleichen Betrag für etwas zu kriegen, das zweien zugute kommt. Und dazu kommt noch, daß man sich allein darum kümmern muß. Ich kann dir sagen, James, da liegen Welten dazwischen, es ist schon ein Unterschied, ob man als Bittsteller oder als Staatsmann kommt. Das ist eins der Dinge, die ich gelernt habe.«

Neben dem wolligen Sofa stand jetzt ein Teetisch mit zwei Ledersesseln davor, die für informellere Gespräche bestimmt waren als solche, die quer über den Schreibtisch geführt wurden. In ihnen ließen sie sich nieder.

Aus dieser Wärme und Behaglichkeit heraus sagte Bray: »Das scheint ja blendend gelaufen zu sein. Aber mich beunruhigt das andere. Das von gestern nacht.« Es schien ein Akt der Grausamkeit, zu sprechen. Mwetas Augen zuckten. Er verschränkte seine Arme, um die entspannte Atmosphäre wiederzufinden. »Versteh ich nicht, James.«

»Beunruhigt es dich nicht?«

Das Flackern in Mwetas Augen hielt an. Lächelnd sagte er: »Du hast gehört, was ich dazu gesagt habe.«

»Ach das. Das, was du sagen mußtest. Aber wie du darüber denkst? Den wahren Grund, weshalb du's für notwendig gehalten hast? Ich bin nicht mit dem Vorsatz hergekommen, mit dir überhaupt darüber zu reden...«
Mweta machte eine schnelle, wegwerfende Handbewegung; Bray war gekommen, um ihn zu sehen, weil er Bray war.
»Nein – ich hatte einen Grund« – ein kleiner Tadel für sie beide lag darin – »ich hab da letzte Woche einen jungen Mann auf der Straße zu den Bashi mitgenommen. Später hörte ich, daß er in Gala beinahe drei Monate lang im Gefängnis war – er brauchte gar nicht erst auf dein neues Gesetz zu warten. Über *ihn* wollte ich mit dir reden, weil ich nicht wußte, ob du es wußtest, obwohl ich natürlich hätte voraussagen können, daß Onabu darüber informiert war, diese Art der Autorisierung – ich weiß nicht, wie ich das bezeichnen soll – kam von oben, von Onabu... Aber das ist es ja gar nicht, worauf es ankommt. Ich meine, an sich kommt es sehr wohl ganz enorm darauf an, aber es gibt da noch etwas viel Wichtigeres, und der Junge, die Vorbeugehaft – die sind nur das Ergebnis.«
Mweta sank in sich zusammen, die Arme noch immer verschränkt, vorgeneigt und mit der entschlossenen Aufmerksamkeit, die Bray so gut kannte. Einen Augenblick glättete sich sein Gesicht, so als wäre er noch einmal davongekommen, dann fing wieder das Flackern in seinen Augen an. Bray war sich dessen die ganze Zeit bewußt.
»... Das ist es nicht, worauf es ankommt. Weil mir klar zu sein scheint, daß das, was mit dem Jungen passierte, das Gesetz zur Vorbeugehaft – beides ist unumgänglich,

unverzichtbar, du kannst ohne das nicht auskommen, angesichts des Grundes, den du dafür hast...«
Mweta unterbrach ihn schnell, aber mißtrauisch: »Ja, gute Gründe. Ich werde nicht tatenlos dastehen und zusehen, wie dieses Land durch Störenfriede ruiniert wird.«
»Was bezeichnest du als Störenfriede, Mweta?«
»Es gibt Leute, die in der Unabhängigkeit von Anfang an nichts anderes gesehen haben als eine Freikarte für alles. Schnapp dir, was du kriegen kannst... Die sind immer da. Man muß mit ihnen fertig werden. Du weißt das. Es gefällt mir nicht, aber ich muß es tun.«
»Du bist hier besser dran als die meisten. Du hast eine gute Chance, den Leuten das zu geben, was ihnen fehlt.«
Mweta sagte: »James, darum geht es nicht. Du könntest ihnen allen ein Haus mit elektrischem Licht und Posten geben, bei denen sie ihre Hände nicht schmutzig machen, und du hättest immer noch Ärger mit ein paar Leuten.«
»Dann ist es etwas anderes, was die stört.«
Mwetas Lächeln war ein kurzes Schnauben. »Da hast du ganz recht – was sie wollen, ist Macht. Jemand möchte Macht, und für so einen Menschen gibt es nur einen einzigen Weg, sie in die Hand zu kriegen. Er muß jeden armen Hund, der ihm zuhört, benützen, er muß sie aufwiegeln mit Reden, die sie nicht verstehen, bis sie schließlich bereitwilligst daran glauben, auch wir hätten sie reingelegt, und von da ist es nur mehr ein winziger Schritt, sie davon zu überzeugen, daß es überhaupt nichts mit ihren Unzulänglichkeiten und unseren Schwierigkeiten zu tun hat, wenn dieses Land kein Gar-

ten Eden ist. James – wir werden mit diesem jungen Gesindel reinen Tisch machen und ihren Hintermännern beweisen, daß es keinen Sinn hat. Du kannst mir glauben, ich will, daß es diese Haftsache nicht einen Tag länger gibt, sobald das erledigt ist.«

Ein unruhiger Funke sprang zwischen ihnen wie in einem Feld statischer Elektrizität hin und her. »Es wird diesen ›einen Tag‹ nicht geben. Du wirst dieses Gesetz für alle Zeiten beibehalten müssen, solange du nichts gegen die Ursache unternimmst, weshalb du es überhaupt erst gebraucht hast. Und wenn du etwas dagegen unternimmst, dann müßtest du auch nicht damit ›fertig werden‹. So wie du jetzt damit fertig werden mußt – auf die Art und Weise, die dir gegen den Strich geht, Mweta...«

Mweta wollte schon antworten, tat es dann aber nicht. Er lächelte Bray zu, wie um ihn auf Abstand zu halten. »Gut, weiter.«

»Ich glaube, daß manche deiner Ameisen an ihren eigenen Parlamentssitzen nagen.«

Mwetas Mund bewegte sich und entspannte sich wieder.

»›Sie stehen unter Beobachtung‹«, sagte Bray, »schön und gut. Und wer sonst noch? Wen sonst beobachtet man noch alles? Und warum? Warum, Mweta? Zu welchem Zweck? Ich werde einfach die Überzeugung nicht los, daß es keinerlei Ärger von seiner Seite gegeben hätte, hättest du ihm ein Ministerium gegeben. Und er wäre mit dem Ärger dann fertig geworden.«

»Er ist es, der ihn immer gemacht hat«, sagte Mweta. Und plötzlich, wie ein Schauspieler, der sich um sein Publikum bemüht, brach er mit glänzenden Augen und gespannt vorgebeugtem Körper, ganz geballter Jagdeifer, betörend, gestikulierend, los: »Shinza! Mit dem Tag der Selbstbestimmung hat er sich mit seiner Kritik gegen uns gewandt. Noch am gleichen Tag. Immer hat er mich beobachtet und innerlich seinen Kopf geschüttelt. Egal, worüber wir gerade diskutierten. Kein Vertrauen mehr zu irgendwem. Er hatte sich dazu entschlossen, er müsse nun uns, die anderen, so beobachten, wie er *sie* immer beobachtet hat. Ja! Du erinnerst dich doch? Bei den Gesprächen in London war immer er es gewesen, der anschließend daherkam und sagte: ›Ich glaube nicht, daß Soundso meint, was er sagt, er will Zeit gewinnen.‹ ›Soundso wird das tun, was der Chef der Kolonialverwaltung ihm sagt.‹ ›Den da müssen wir kleinkriegen ...‹ Er beobachtete sie für uns, während wir zuviel damit zu tun hatten, uns zu überlegen, was wir als nächstes durchsetzen sollten. Er fand Dinge heraus, die mir entgangen waren, und oft hatte er recht und konnte einen warnen. Aber bei uns! Unseren eigenen Leuten! Im Zentralkomitee, bei den Ministern! Wie soll man denn unter solchen Umständen arbeiten? James, James« – seine Stimme senkte sich zu einem geduldigen Appell an die Vernunft, war sanft und dramatisch – »ich kann dir sagen, ständig hatte ich seinen Blick im Nacken. Ich frage ihn etwas – verstehst du, ich ging zu ihm wie eh und je; er war mein Vater, mein Bruder –, er hört mir zu, die Augen geschlossen, auf dem Gesicht ein Lächeln.« Mweta stand vor Bray und sah zu ihm herab. Er verharrte da, hielt, schweratmend, fast nach Luft ringend, inne wie jemand, der gleich losschluchzen wird, der keine Worte findet. »Ich hätte das Kernproblem nicht richtig verstanden. War mir denn klar, mit wem ich es zu tun hatte? – Seine

Augen geschlossen. Um mich auszuhorchen. Ja, wie er es bei den Engländern im Gästehaus der englischen Regierung getan hat, die Engländer, die sich immer räusperten und so aussahen, als schliefen sie ein, aber das war der Augenblick, wo sie drauf und dran waren, dich zu erwischen. Es war verrückt, was? In Ordnung. Ich sagte mir, er ist dein Vater, dein Bruder. *In Ordnung.* Aber soll er es doch offen sagen. Soll er doch zur rechten Zeit sagen, was er von den Dingen hält, wie jeder andere auch. Dies hier ist eine Regierung und keine Geheimgesellschaft. Mach deine Augen auf, und schau mich an, Shinza! Aber ich habe den Mund gehalten. Lange Zeit, lange, lange Zeit. Habe ich dir jemals etwas davon erzählt? Letztes Mal in London? Du hast nie gewußt, wie das war. Ich schämte mich, verstehst du, ich wollte nicht, daß du weißt, wie er sich aufführte. Ich wollte es selbst nicht glauben. Aber ich kann's mir jetzt nicht mehr leisten, über mich selbst nachzudenken. Tu ich das, muß ich raus« – er schlenderte zum Fenster und machte eine wegwerfende Geste zum Garten hin, der dort draußen in der regungslosen Hitze flimmerte. »Wir sind nicht mehr im Busch von Gala, wo wir nur mit uns selbst zu tun hatten. In diesem Land leben acht Millionen Menschen. Es geht einfach nicht an, daß ich wie eine Kuh am Hinterbein festgebunden bin. Als sich Clough und der britische Stabschef wegen des Verteidigungsvertrags trafen und die Frage einer Militärbasis an der Südgrenze aufs Tapet kam, fängt Clough an zu skizzieren, was er ›glaubt‹, wozu ich meine Zustimmung geben würde, und, mein Gott, da wird mir klar, daß er schon im vorhinein eine ziemlich genaue Vorstellung davon hatte, wo wir Konzessionen machen und wo wir nicht nachgeben würden – in der Frage der Raketenbasis zum Beispiel. Clough wußte offenbar, daß wir da etwas würden herausholen wollen, er war darauf vorbereitet, er redete nicht lange drum herum – also sagte ich zu ihm – das heißt, ich erhob absichtlich Einspruch gegen irgend etwas, wogegen wir in Wahrheit überhaupt nichts einzuwenden hatten, nur um zu sehen, wie er reagieren würde. Und er kam auch gleich damit heraus, wie aus der Pistole geschossen: ›Aber soviel ich verstanden habe, ist das doch für Ihre Regierung akzeptabel.‹ – Wie kommen Sie dazu, etwas verstanden zu haben, sage ich, *wer* hat Ihnen denn etwas zu verstehen gegeben? Natürlich hat er sich irgendwie da herausgewunden. Aber später dann, als wir allein waren, fragte ich ihn. ›Man hat es mir zu verstehen gegeben.‹ Er sah mich an, als sei ich übergeschnappt, als wüßte ich gar nichts. Man kann ihm das nicht vorwerfen. Wer hat ihnen das zu verstehen gegeben? – *Er* hatte Gespräche mit Clough gehabt: ›Shinza kannte natürlich meinen Vorgänger gut.‹ Es war oft nützlich, Gespräche im voraus zu führen. In der Vergangenheit seien viele Fortschritte in aller Stille erzielt worden. Und so weiter. Was hätte ich schon sagen können? Nun, in diesem Fall war kein Schaden entstanden. Glücklicherweise. Aber das ist eben so eine Sache. Denk an den Minderheitenbericht, den er vorgelegt hat. Und das ist etwas, wovon du wußtest. Du weißt, was du damals davon gehalten hast. Ja, gut, ein bißchen taktlos, das hast du zu mir gesagt. Aber du bist kein Mann, der viele Worte macht, und ich wußte, daß es dich beunruhigt hat, egal, was du sagtest. Ich habe mich um acht Millionen zu kümmern, James, und ich kann mich nur auf meine Weise um sie kümmern.«

»Du hast ihn in eine Art von Opposition gedrängt, die es zwischen euch beiden eigentlich gar nicht gibt.«

Mweta ließ seine Hände sinken und hilflos hin und her baumeln. »Die es nicht gibt! Gib ihm nur *so viel,* und er verschluckt gleich deinen ganzen Arm. Du denkst von ihm bloß so, wie er vor Jahren war.«

»Ja, er hat sich verändert«, sagte Bray. »Du weißt, daß ich ihn getroffen habe.«

»Nein«, sagte Mweta. »Nein, ich sage dir, ich habe es nicht gewußt.«

Es war das erste Mal, das erste Mal, seit er der Junge mit einer Gitarre auf einem Fahrrad gewesen war, daß Bray nicht wußte, ob Mweta die Wahrheit sagte.

»Wann?«

»Das war's, wohin ich letzte Woche unterwegs war – auf der Bashi-Straße.«

»Oh, ich verstehe.«

»Nein, du verstehst nicht. Ich hab dir etwas geschrieben – hab's nicht abgeschickt, die Sache mit dem Jungen beunruhigte mich... Aber ich wollte dir sagen, daß ich es einfach nicht glauben kann, daß Shinza irgend etwas unternehmen würde, um dich auszubooten, *wenn ihr beide zusammenarbeiten würdet.* Wenn ihr noch immer beide an einem Strang ziehen würdet. Die Differenzen, die ihr unmittelbar vor der Unabhängigkeit in der Partei hattet – das ist nichts Endgültiges. Er wird da gegen dich ankämpfen, weil er glaubt, daß die Partei sich für bestimmte Dinge einsetzen soll, daß die Partei keine Rücksicht auf die Einschränkung der Bewegungsfreiheit der Regierung nehmen sollte, selbst wenn Umstände sie erforderlich machen: dazu ist die Partei in einem Staat wie diesem da. Der Regierung die ursprüngliche Vorstellung dessen vor Augen zu halten, was Unabhängigkeit zu bedeuten hat, und ständig den Widerspruch dieser Vorstellung zu der Bereitschaft der Regierung aufzuzeigen, das zu akzeptieren, was im Interesse der Macht und mit dieser vereinbar ist. Dialektik, im eigentlichen Sinne. Und das ist es, was eine Opposition innerhalb der Partei tatsächlich bedeutet.«

»Ach, wir alle wissen von seiner frühen marxistischen Ausbildung. Seine sechs Wochen anno 1937. Wir haben all das ein dutzendmal von ihm gehört. Wir wissen alle, daß er der Parteiintellektuelle war, und wir die Jungs aus dem Busch. Das haben wir alles hinter uns.«

Bray sagte: »Worauf ich hinaus will, ist, daß etwas in ihm steckt, das ihn stets dazu anspornen würde, ein Machtfaktor zu sein, aber nicht *der* Machtfaktor ... das ist mehr oder minder das, was ich meine. Du würdest einem moralischen Grund, warum er meiner Meinung nach dich nicht bedrohen würde, ebenso mißtrauen wie ich selbst ... Aber das ist kein moralischer Grund, sondern eine Frage des Temperaments. Temperament, das sich über lange, lange Zeit hinweg gezeigt hat. So ist er ... Bekannt möchte er nur bei den paar wenigen Eingeweihten sein. Das reicht ihm. Er hatte seine Freude daran, dazu beigetragen zu haben, daß du ›gemacht‹ wurdest; weshalb hat er nicht die gleiche Energie dazu verwandt, sich selbst zu machen?« (Er dachte: Rühre ich da an Eitelkeiten? Nein, Mweta weiß, daß er nicht in jenem Sinn gemacht zu werden brauchte, der Unzulänglichkeit impliziert.)

»Weil er nicht den Willen hat zu führen, wirklich, er will es nicht. Er wollte es nicht. Nenn es eine Schwäche, eine Art Arroganz. Soll sich doch ein anderer da draußen mit der Menschenmenge herumschlagen.«

Mweta hatte die müde Halsstarrigkeit eines Menschen, der seinen eigenen Gedanken nachhängt. »An meiner Stelle hätte er genau das gleiche getan.«
»Wenn er bei dir wäre«, sagte Bray, »wenn ihr gemeinsame Sache machen würdet, Mweta... dann säßt ihr beide in einem Boot. Er würde die Dinge aus dieser Perspektive sehen, und das ist das einzige, worauf es ankommt. Macht führt zu Kompromissen«, fügte er mit verlegener Geste über eine solche Phrase hinzu. »Er hätte nicht so viel Feuer im Bauch, wenn er mit dir in diesem Haus am Tisch säße.«
Prüfend legte Mweta die Finger der einen Hand über die Knöchel der anderen und drückte sie. Bray sah plötzlich, daß er um Selbstbeherrschung rang, daß er irgendeinen zitternden Teil seiner selbst zusammenhielt. Ich habe ihn verletzt, ich habe ihn verletzt, schon weil ich die Existenz des anderen nur anerkannt habe. Sie konnten die Beziehung, in der sie zueinander gestanden hatten, nicht ändern, er – Bray – und Mweta; er braucht unbedingt Bestätigung von mir, das ist meine alte Rolle. Alles andere ist Verrat. Es war dumm; und Mweta war es nicht. Aber der Junge auf dem Fahrrad; wenn Mweta mit mir beisammen ist, ist er immer der Junge auf dem Fahrrad. Der *Präsident* erwartet von mir Liebe und Bestätigung – unabhängig von Fakten. Wenn es um uns beide geht.
Brays Abneigung gegenüber den arroganten nackten Füßen, der Zigarre im Zentrum des zahnlückigen Grinsens inmitten des dichten Bartes wurde stärker. Er sagte: »Wenn ich du wäre, würde ich Shinza kommen lassen. Jetzt.«
Mwetas Stimme brach sein eigenes Schweigen. »Aber du lehnst die Vorbeugehaft ab. Wenn Shinza zu mir stieße,

würden wir sie beide unterstützen.« Er stieß ein kaltes und herablassendes Lachen hervor.
»Sie wäre überflüssig.«
Mweta beobachtete die große Gestalt, die er so gut kannte, so als suchte er eine Stelle, an der sie verwundbar wäre. »Glaubst du wirklich? Und was ist mit Shinzas Anhängerschaft? Würde sie ihm folgen? – Sie wäre nicht überflüssig.« Er stand auf und ging um den Tisch herum, wobei er einen Blick auf die Papiere auf ihm warf, so als handelte es sich um halb wiedererkannte Gesichter, die nur darauf warteten, seine Aufmerksamkeit auf sich zu ziehen; wandte sich abrupt ab, kam herüber und stellte sich neben Brays Stuhl. »Ich habe keine Botschaft für Shinza«, sagte er.
»Ich bin kein Bote.«
»Aber das Beste, was du tun kannst, ist, ihm begreiflich zu machen, daß das, was er tut, sinnlos ist. Er wird es nicht schaffen, egal, was er sich vorgenommen hat. Er macht einen Narren aus sich. Oder etwas noch Schlimmeres. Wirklich, James, wenn du dir wegen Shinza Sorgen machst, dann sag ihm, er soll aufhören, und ermunter ihn nicht.«
Es war ein Schlag. »Ermuntern?«
»Wie du gesagt hast, die Freundschaft aus der guten alten Zeit und so weiter.«
»Das hab ich nicht gesagt, Mweta«, sagte Bray sanft. »Und die Vergangenheit – nun, die ist, was sie ist. Ihr beide, du und Shinza, das ist jetzt eine Sache des Staates, und ich kann an ihr keinen Anteil haben. Ich kann dir bloß sagen, was ich über euch beide denke; aber das ist auch schon alles. Was ich denke, was ich glaube, ganz intensiv glaube.«

»Schon gut. Schon gut. Trotzdem, wenn du ihn siehst, dann erzähl *ihm*, was du denkst.«

Bray sagte: »Möchtest du nicht, daß ich Shinza treffe?«

Traurig, aber gleichzeitig mit einer Portion politischen Geschicks sagte Mweta: »James, ich würde dir nie im Leben vorschreiben, was du zu tun hast. Guter Gott.«

Aber ich sollte es wissen – was ich zu tun habe. »Ich bin dein Gast hier.«

Mweta sagte bewegt: »Du bist daheim.«

Bray sagte: »Was passiert, wenn der Parteikongreß zusammentritt. Nächsten Monat?«

Mweta war noch immer der Vorsitzende der PIP, und Shinza war, als Distriktsvorsitzender, im Vorstand.

»Wir werden einander treffen. Wenn er kommt.«

»Wie meinst du das?«

Mweta ließ eine Sekunde verstreichen und sagte dann: »Neuerdings ist er nicht immer an seinem Platz. Wie ich höre.«

»Aber zum Kongreß würde er selbstverständlich kommen.« Brays Ton veränderte sich; er ließ es beinahe so klingen, als machte er einen Witz. »Vielleicht rauft ihr euch dann zusammen. Hm? Parteikongresse sind immer so enorm vernünftig. – Sag mir, welche Art Leute willst du mit deinem neuen Gesetz hinter Schloß und Riegel bringen – sind das alles solche Kinder wie der aus der Fischfabrik, den ich im Auto mitgenommen habe? Was hoffst du denn, aus denen herauszuholen?«

»Das ist Onabus Angelegenheit. Er hat Leute, die die richtigen Fragen kennen.«

»Alles, was dieser Bursche aus der Fischfabrik angestellt hat, war, ein paar Leuten in der Unterkunft die Fische-

reikonzessionen zu erklären. Natürlich fand das die Gewerkschaft lästig. Oder nicht in Ordnung, oder was weiß ich. Aber das scheint doch wohl kaum zwei Monate und siebzehn Tage Gefängnis zu rechtfertigen. Zeit, um eine ganze Menge Fragen zu stellen.«
Mweta sagte: »Nun, darum wird man sich jetzt Gott sei Dank kümmern, Leute von den örtlichen Polizeistellen werden nicht mehr die Möglichkeit haben zu tun, was ihnen paßt. Dagegen gibt es im Gesetz die entsprechenden Vorkehrungen und Klauseln – Chekwe und Dando haben es gemeinsam sehr sorgfältig ausgearbeitet. – Der dumme Junge wurde doch nicht mißhandelt?«
Bray sagte: »Er wurde geschlagen. Hat wohl nicht sehr viel Sinn, darüber jetzt eine Aussage zu machen. – Du willst doch nicht allen Ernstes behaupten, daß hinter jeder Beschwerde eines Arbeiters Shinza steckt, der ihn aufgewiegelt hat? Zugegeben, seine Vorstellungen mögen auf die Bashi in unserem Teil des Landes Einfluß haben. Aber was ist mit den Leuten sonst überall? Kann denn alles, was dir Kopfzerbrechen macht, vor seiner Tür abgeladen werden?«
»Dazu sind die Fragen da – damit wir herausfinden, wessen Tür es ist. Und wenn es Shinzas ist – dann würdest du es nicht glauben?«
»Müßte ich wohl. An meiner Überzeugung, daß es nicht notwendig war – *ist,* würde es nichts ändern. Du brauchst dir Shinza nicht zum Feind zu machen.«
Mweta schüttelte den Kopf. »Glaub mir, James. Glaub mir.«
Und trotzdem wollte er nicht, daß Bray ging; zwischen ihnen hielt sich immer das Gefühl, in einer starken Strömung verbunden zu sein. Manchmal kämpften sie sich

aus ihr heraus, lagen zappelnd an ihrem Rand, wurden in sie zurückgezogen.

Bray sagte plötzlich: »Du wirst Shinza doch nicht verhaften?«

»Sollte das jemals notwendig sein, wär es ein schlimmer Tag für uns.« Es klang wie eine Bemerkung in Klammern, eine private Anspielung auf das alte Triumvirat: ihn, Bray und Shinza.

Bray war alarmiert, empfand zugleich die Zwecklosigkeit seines Widerstands. Unerreichbar zog sich Mweta in die alte Beziehung zurück, so als wäre das, was der Präsident tat, etwas anderes. Bray sah sich, stockend und gegen seinen Willen, auf andere Dinge gebracht. »Und Aleke? Was hältst du von Aleke?« »Oh, ziemlich fähig, denke ich.« »Ein bißchen bequem und unbekümmert, hm?« »Oh ... das kann ich nicht richtig beurteilen. Es hängt davon ab, was du von ihm willst. Er hat ein gutes Beamtentemperament.« »Genau, genau. Das meine ich eben. Aber gibt er dir, was du brauchst?«

Bray hielt inne und lächelte. »Ich weiß nicht einmal, ob ich das tu, was du von mir brauchst.«

»Aber wie läuft es denn, James?«

Während er langsam und höflich antwortete, lächelte Bray weiter. »Ich hab die gesamte Provinz abgedeckt. Ich hab meine eigene Volkszählung bei der bildungsfähigen Bevölkerung durchgeführt, man könnte sagen, die Altersgrenzen sind ziemlich weit gefaßt. Jetzt muß ich das Zeug ordnen und vergleichen und einen Bericht schreiben. Das wär's mehr oder weniger. Es dürfte ein einigermaßen exaktes Muster für das übrige Land werden. Sobald es fertig ist, wird es leicht sein, das gleiche in den anderen Provinzen zu machen, wobei die Arbeit

Leuten aus dem jeweiligen Gebiet zugewiesen werden könnte. Dann würde ich in keiner Provinz länger als ein paar Wochen bleiben müssen. Ich weiß nicht, wie lange ich noch in Gala bleiben muß; ich werde mich mit Kamaza Phiri treffen.«

»Gut, triff dich mit Phiri ...«

»Er hat mir brieflich mehr oder weniger vorgeschlagen, ich solle in Gala etwas in Angriff nehmen, was er als Pilotprojekt bezeichnet. Ich hatte ihm ein paar Zeilen über einen Plan für eine Art technischer Schule geschrieben. Ich dachte, wir könnten vielleicht den Club übernehmen« – beide lachten sie – »aber ich glaube, es ist besser, ich erledige, was ich für die Fertigstellung des Berichts erledigen muß – ich sehe zu, daß ich bald in die übrigen Provinzen komme.«

Mweta sagte: »Aber wenn Phiri in Gala etwas aufziehen möchte. Es besteht für dich kein Grund zur Eile, aus Gala wieder wegzugehen.«

»Manchmal hab ich das Gefühl, ich wär nie weg gewesen; aber nur dann, wenn ich allein bin, verstehst du. Es hat etwas mit der Atmosphäre dieser Gegend zu tun, mit ihrem Geruch und so weiter. Aber mein ehemaliges Haus und das *boma,* die lassen mich kalt. Ich vermute, die Art und Weise, wie ich meinem alten Leben den Rükken gekehrt habe ... Manchmal habe ich das Gefühl, nie weg gewesen zu sein, manchmal, nie zurückgekehrt zu sein.«

»Ich meine, du solltest dich nicht hetzen. Ist das Haus, in dem du jetzt wohnst, in Ordnung? Wir sollten wirklich versuchen, dir ein anständiges Haus zu besorgen, James. Wenn du hörst, daß irgendwelche Leute wegziehen, oder du vom Haus irgendeines Siedlers weißt, dann schreib unbedingt – die Regierung könnte für dich so ein Haus kaufen.«

»Oh, das Haus genügt absolut für meine Zwecke. Im Garten steht ein prächtiger Feigenbaum.«

»Es sollte doch ein wirklich schönes Haus für dich und Olivia aufzutreiben sein. Es macht mir Sorgen. Nicht eine von diesen britischen Bruchbuden. Sie kann nicht hierherkommen, um dann in so was zu leben.«

»Das Haus ist wirklich einwandfrei! Für ein paar Monate ist es genau das richtige. Ich weiß nicht, ob Olivia jetzt kommen wird. Sie hat sich schon soviel Zeit gelassen.«

»Überstürz nichts«, sagte Mweta und blickte ihn offen an. »Weißt du, es ist eine komische Sache, all die Jahre – in meiner Vorstellung warst du die ganze Zeit hier, in Gala. Selbst wenn ich hingefahren bin; ich hab erwartet, dich zu sehen. Für mich bist du in Gala. Genau wie ich selbst. Auch ich bin in Gala. Das war damals« – zuerst nahm er seine Unterlippe zwischen die Zähne, dann seine Oberlippe. »Jetzt muß ich mich auf Simon Thabo verlassen.« Thabo war der Provinzminister für Gala. »Man kann einfach nicht mit ihm reden, James. Lasse ich ihn kommen, so erklärt er mir, machen Sie sich keine Sorgen, Mr. President, es ist alles unter Kontrolle. Du weißt, wie manche von uns sind, James, du weißt, wie wir sind? Er hat eine Art, bestimmte Dinge ganz verschieden auszudrücken, bestimmte Worte zu wiederholen. Und immer redet er englisch, dieses besondere Englisch, das er im Kurs für Verwaltungsbeamte gelernt hat, den die Mission unten in Zambia organisiert. Ich sage ihm, erzählen Sie mir nicht, was der Polizeichef gesagt hat, der vor Ihnen salutiert, das interessiert mich nicht. Erzählen Sie mir, was die Leute gesagt haben, was Sie

gehört haben ... Wenn ich mit dir auch nur fünf Minuten lang rede, James, erfahre ich mehr, als ich aus all diesen zuverlässigen Quellen und was weiß ich herausbekomme.«
Bray dachte an den Jungen, der hinter Schloß und Riegel gesessen hatte, während er – weniger als fünf Meilen vom Gefängnis entfernt – in dem Haus mit dem Feigenbaum gelebt hatte. »Ich tappe im dunkeln.«
»Thabo ist nicht der Mann, mit dem man reden kann«, sagte Mweta. »Wenn ich dich da habe, kann ich ... Bei allem, was du mir sagst, weiß ich, daß du dieses Land« – seine Finger schlugen an seine Brust – »da drinnen hast – und du wirst sehen, du wirst sehen, persönliche Gefühle darf ich dabei nicht zulassen. Und das wirst du auch nicht tun. Ich muß wissen, was da los ist. Und zwar von jemandem, der begreift.«
Shinza, Shinza. »Ich hatte nicht einmal eine Ahnung, daß Lebaliso Leute eingesperrt hält«, sagte Bray.
»Es ist ein großes Land. Unmöglich, diese Dinge zu verhindern. Kleine Polizisten, die den starken Mann spielen. Wir werden schon noch lernen.« Er meinte es ernst – trotz seiner Vorbeugehaft. Bray beobachtete ihn. Er sprudelte hervor: »James, wir enttäuschen dich. Mein Gott.« Bray barg einen Augenblick lang in sich eine blödsinnige Eitelkeit, wie seine Hände ein brennendes Streichholz bargen; Premierminister und Präsidenten waren jetzt seine Kollegen, und noch immer wählt er diesen Weg. Zu mir. Mweta sagte gerade: »Du mußt uns helfen, James. Wir brauchen dich, wie eh und je.« Deshalb hat er es dazu gebracht, was er jetzt ist; der unfehlbare Instinkt des Politikers, den Vorteil zu nützen, wenn er sich ihm bietet. Bray war fasziniert – wie ein Mann,

der weiß, daß er viel getrunken hat und sich nicht klar darüber ist, daß das Urteil unter dem Einfluß von Alkohol zustande kommt. Er gab eine Antwort auf etwas, das gar nicht zur Debatte gestanden hatte; Mweta konnte sie als verschlüsselte Botschaft ansehen: »Wenn nur dieses Bildungszeug von mir brauchbar ist.« Und Mweta ließ ihn reden. »Schließlich bin ich kein Experte, ich halte mich daran, was ich als notwendig ansehe, es ist eine sehr hausgemachte Art Pragmatismus, und dazu kommt noch, daß ich mich an der Erziehung orientiere, wie ich sie kenne. Aber sollte man nicht praktischer arbeiten? Muß die Bevölkerung am See unbedingt Rechtsanwälte hervorbringen? Wie wäre es mit Fischern, die lesen und schreiben können und dadurch in der Lage sind, ihre eigene Kooperative, angefangen von den höchsten Verwaltungsposten bis hinunter zur Kontrolle der Fischgründe, zu führen? Wenn wir nichts haben, wenn wir ganz von vorne anfangen, können wir dann nicht den alten Erziehungszielen ausweichen? Ich wünschte, ich wüßte mehr. Ich habe das Gefühl, die Antwort ist ebensosehr irgendwo in den Unterrichtsmethoden zu suchen wie in der Organisation. Von beidem verstehe ich nicht genug.«
Das Gespräch kreiste nun um die Fischereikommunen, denen Bray einen Besuch abgestattet hatte. Bray kritisierte die Vertragsbedingungen der neuen Konzession, ohne noch einmal auf den Jungen, der dafür, daß er das getan hatte, eingesperrt worden war, zurückzukommen, und beim Zuhören zuckte Mweta mit den Wimpern wie ein Mann, für den Worte Geißelhiebe sind, Schläge und Waffen, die der eigene Leib zu spüren bekam und die man dem Leib von anderen zu spüren gab. Er stimmte zu, daß die Konzession – soweit es um eine unmittelbar

spürbare Besserstellung der Fischer ging – gegenüber den Zeiten der Kolonialherrschaft kaum einen Fortschritt bedeutete, meinte aber, daß die erhöhten Lizenzen sie rechtfertigten. »Fünf Jahre, James. Fünf Jahre sind gar nichts. Dann aber werden wir in einer weit besseren Position sein und die Fischindustrie nicht als etwas Isoliertes übernehmen, sondern als Teil der gesamten Erschließung des Seegebiets. Ich erhoffe mir ein Fünfzehn-Millionen-Darlehen oder eine Straße da hinauf, wobei ein Teil des Geldes von der Gesellschaft selbst kommen soll und der Rest von den Ländern, die die Gesellschaft vertritt. Dann werden unsere Fänge nicht mehr mit wenig Profit seeaufwärts gehen, sondern hier herunter und auf die Märkte im Süden.«

»Die Fischer müssen warten.«

Mweta stimmte zu und sagte: »Ich weiß. Aber das müssen wir eben die ganze Zeit tun – den Mittelweg finden. Ich will nicht, daß irgend jemand eine ganze Generation lang warten muß, das ist alles. Das ist es, was ich uns zum Ziel gesetzt habe.«

»Traurig ist bloß, daß es da Vorbeugehaft geben wird, um mit der Ungeduld fertig zu werden.«

»James«, sagte Mweta. Er hatte sich wieder gesetzt; er beugte sich vor und legte seine Hand auf Brays großes Knie. »Dazu wird sie nicht gebraucht werden. Das verspreche ich dir. Diese Absicht hat nicht dahintergesteckt.« Er lehnte sich zurück. Sein Gesicht glänzte wie das von schwarzen Schulkindern, die Bray gesehen hatte, angespannt von Eifer und Wißbegierde. Bray empfand die Korruption der Erfahrung; vielleicht geschehen die Dinge hier, wie sie geschehen, weil wir aus der Alten Welt diese nicht mehr unbefleckte Sicherheit mitbringen, daß nichts anderes möglich ist. Er sagte: »Wenn das Gesetz mal da ist, wird es unmöglich, es nicht anzuwenden.«

In den alten Tagen hätten sie sich zu Eintopf und Brot und zu Joys starkem Tee niedergesetzt, oder hätten gar nicht gegessen, bis sie die Zeit zu einem solchen Mahl gehabt hätten, aber Mweta hatte zusammen mit Nächten, die an Bord von Flugzeugen zu Tagen wurden, und mit der Verwandlung jeder Stunde des Tages in eine Arbeitsstunde auch die faden Imbisse akzeptieren müssen, die der Treibstoff eines solchen Lebens sind. Sie aßen Sandwiches und tranken Kaffee vom Tablett, und während sie die Brotdreiecke wie Arbeiter herunterspülten, diskutierten sie über Mwetas Minister. Mweta vertraute Bray seine Zweifel an, und Bray äußerte seine Beobachtungen; beide hätten diese Dinge niemand anderem gesagt. Mweta wollte Talisman Gwenzi noch immer das Finanzministerium geben, denn er war ein besserer Ökonom als Jason Malenga und im allgemeinen viel klüger, aber wer sollte dann das Bergbauministerium übernehmen, wer verstand wie Gwenzi, daß es dabei auf der einen Seite um ein Verständnis internationaler Finanzmärkte und auf der anderen Seite um eine geschickte Zusammenarbeit mit den Gewerkschaften ging – der Bergbauminister brauchte keine Kenntnis von Erzen und Grubentechniken, das machten schon die großen Gesellschaften. »Wenn ich nur noch zwei Gwenzis hätte!« sagte Mweta gequält. »Nur zwei mehr!« »Einen fürs Finanzministerium und einen fürs Äußere, was?« »Genau.« Und Gwenzi hatte das Ideal der Afrikanisierung prächtig vorangetrieben – und die Lasten dafür den Ge-

sellschaften auferlegt. In zwei Jahren würden durch intensive Ausbildungskurse, die die Gesellschaften entworfen und ausgeführt hatten, alle Arbeitsstellen bis hinauf zum Obersteiger von Schwarzen ausgefüllt sein. Mweta stürzte seinen Kaffee hinunter. »Vor ein paar Jahren haben sie uns da unten noch nicht mal Dynamit anvertraut.« Sie lachten. »Dafür gab's natürlich andere Gründe.« »Als ich das letzte Mal hier war, sprach Phiri davon, Leute zur Verwaltung der Minen an der pädagogischen Hochschule auszubilden.« »Das Problem liegt darin, daß mit dem Beginn eines solchen Kurses eine Menge Lehrer ihren Dienst an den normalen Schulen quittieren werden. Sie haben dafür die notwendige Grundausbildung – und wenn man daran denkt, was ein Verwaltungsposten in den Minen im Vergleich mit dem einbringt, was man als Lehrer bekommt... Ich denke, jemand im Rang eines Verwaltungsdirektors dürfte doppelt soviel verdienen wie ein Schulrektor...? Wir können es uns nicht leisten, da unsere Ressourcen anzuzapfen, um hier ein Loch zu füllen.« »Am besten wär es, die Leute schon während ihrer Oberschulzeit den diversen Bildungszweigen zuzuteilen – so daß man für die Schulabgänger Stipendien für die Weiterbildung an der Hochschule hätte, wie man Stipendien für die Lehrerausbildung vergibt.«
Mweta knüllte eine Papierserviette zu einem Ball und zielte damit auf den Papierkorb. »Wieder eine Frage der Zeit. Zeit. Inzwischen müssen wir die Engländer behalten.« Mweta nannte alle Weißen Engländer: Südafrikaner, Rhodesier, Kenianer und andere, die ihre Fähigkeiten an jeder Ecke in Afrika feilboten. »Red trotzdem mit Phiri darüber, es ist eine Idee.« Mwetas Hirn bewegte

sich zwischen Problemen hin und her wie der prüfende Blick eines Mannes, der einen Raum voller Meßgeräte und Skalen zu überwachen hat, deren zitternde Nadeln das Ansteigen und Abfallen irgendeiner unbekannten Energie anzeigen – Druck oder Elektrizität. Er redete nun von dem Schritt, den er vor einigen Wochen unternommen hatte, der überraschenden Ausweisung des hier im Exil lebenden Führers und seiner Gruppe von Flüchtlingen aus dem unmittelbar im Westen an sein Land grenzenden Staat. Diese Leute hatten noch vor der Unabhängigkeit im Land gelebt; tatsächlich war es, nachdem er – noch vor der Unabhängigkeit – eine gewisse Regierungsverantwortung hatte, eine seiner ersten Amtshandlungen gewesen, darauf zu bestehen, daß Jacob Nyanza, David Somshetsi und ihren Gefolgsleuten Asyl gewährt wurde. Offiziell hatte er sie nicht empfangen können – aus Angst vor den Reaktionen aus ihrer Heimat –; aber sie hatten ein Lager und in der Hauptstadt ein Büro gehabt, das von diversen ausländischen Organisationen, die mit ihren Anliegen sympathisierten, finanziert wurde. Nach außen hin unterhielt er mit dem Präsidenten ihres Landes normale, wenn auch nicht herzliche Beziehungen (das Mißtrauen war historisch gewachsen und reichte in die Zeit zurück, als Mweta und Shinza bei afrikanischen Staaten Unterstützung für ihre Unabhängigkeitsbewegung gesucht hatten); von Zeit zu Zeit hatte Präsident Bete Erklärungen abgegeben, in denen er etwas vage jenen »Bruder«-Ländern gedroht hatte, die den »Verrätern« ihrer Nachbarstaaten Unterschlupf boten. Mweta erklärte, weshalb es unmöglich geworden sei, Nyanza und Somshetsi weiterhin Aufenthalt zu gewähren. Selbstverständlich hatte er vor der Öffentlichkeit den wiederholten Vorwurf von Präsident Bete, Nyanza und Somshetsi verschafften sich Waffen und benützten das Land als Stützpunkt für Guerillatätigkeiten in ihrer Heimat, geleugnet... Er hielt inne und wandte sich an Bray; Bray deutete mit einer Geste an, daß das unvermeidbar gewesen war. »Sie scherten sich einfach um nichts mehr«, sagte Mweta. »Sie machten sich nicht einmal mehr die Mühe, irgendwas zu verbergen. Nyanza flog ein und aus, und in französischen Zeitungen gab es Bilder, wie er überall in Algier Hände schüttelte. Im Küchenblock, den die Quäker für sie im Lager errichtet hatten, hatten sie Maschinengewehre – ja, offenbar hatte man da bloß ein paar Kartoffeln aufgehäuft, die das wohl irgendwie verdecken sollten...« Es kam zum Ausbruch eines kleinen, nervösen Gelächters zwischen ihm und Bray. »Also blieb mir nichts anderes übrig.«

Bray holte ein Zigarillo heraus und behielt es zwischen den Lippen, ohne es anzuzünden. Und so hatten Nyanza und Somshetsi über die Grenze ins nordöstliche Nachbarland weiterziehen müssen, ein Land, das kein Mitgliedsstaat der Wirtschaftsunion war, durch das ihr und Mwetas Staat in Kürze verbunden sein würden.

»Ich habe Jacob Nyanza getroffen. Kein Mensch weiß davon. Ich habe ihn gesehen, bevor sie gingen. Er war immer schon vernünftiger als Somshetsi.« Mweta hielt inne; natürlich hatte er gehofft, Nyanza würde ihn verstehen, wenn es Somshetsi schon nicht tat. Aber offenbar war das nicht der Fall gewesen. Bray zündete das Zigarillo an, und Mweta verfolgte die Züge, die den stumpfen Kopf aufglühen ließen. Er rauchte und trank nicht; der Einfluß der presbyterianischen Missionsschule, die er besucht hatte. »Hast du gelesen, was Tola Tola in Daressalam zu sagen hatte?« Brays Lippen öffneten und schlossen sich in regelmäßigen Abständen um das Zigarillo. Er nickte.

»War gut, was?«

»Eine der besten Reden dort«, sagte Bray, wobei sich der Rauch um seine Worte ringelte.

»Heute morgen erfahr ich übers Telefon, daß er nach Kopenhagen, Stockholm und Helsinki fahren wird.« Ein paar der wichtigsten Leute Mwetas hatten im Parlament aus der ersten Reihe heraus Fragen über die Reiseausgaben des Außenministers gestellt und ein Logbuch seiner Reisen vorgelegt, aus dem hervorging, daß er sich seit der Unabhängigkeit bloß ein paar Wochen lang im Land aufgehalten hatte. »Ja, wenn ich noch einen Gwenzi hätte«, sagte er. »Albert ist eifrig dabei, seinen Horizont zu erweitern, hast du das nicht gesagt? Wenn ihn jemand auf ein Glas eisgekühltes Wasser zum Nordpol einladen würde, er würde fahren. Es ist sehr schwierig für mich, etwas zu unternehmen. Er trägt mir seine guten Gründe vor... verstehst du? Und natürlich ist er ein fähiger Mann. Man hört ihm zu...« Er meinte in der Welt draußen. Albert Tola Tola war außerdem ein Mso, der einzige im Kabinett, der in einer Schlüsselposition saß; wovon Mweta eigentlich redete, war der Umstand, daß Tola Tola, ob nun fähig oder nicht, nicht ausgetauscht werden konnte, ohne daß damit die Wahlvereinbarung mit den Mso verletzt würde, und daß er nicht gehalten werden konnte, ohne die Gemüter von Mwetas Leuten in Unruhe zu versetzen, die nach einem guten Grund suchten, um ihn rauszudrücken. Und hinter dieser stillschweigenden Anerkennung von Fakten gab es noch etwas anderes, wofür es keinerlei Garantie gab – wenn Tola Tola ein anderes Ministerium erhielte, glaubte Mweta dann, aus ihm würde eine jener Ameisen werden? Fürchtete Mweta die Möglichkeit, Tola Tola könne verstimmt sein und sich veranlaßt sehen, seinen Kummer mit anderen zu besprechen – Neil Bayley hatte den Minister für Entwicklung und Planung, Paul Sesheka, Moses Phahle und Dhlamini Okoi erwähnt. Tola Tola war ein eminent kluger Mann; sein Intellekt hatte ihn gelehrt, sich volkstümlich zu geben; es war ein ziemlich wirkungsvoller Ersatz für das, was Mweta von Natur aus besaß.

Bray konnte nun über die Bashi-Tiefebene als solche sprechen, unabhängig von Shinza – Shinza oder nicht Shinza, Straßen mußten her, und es mußte auch ein energischer Schritt getan werden, damit die Bashi im Vergleich mit dem Gebiet rund um die Hauptstadt und um die Gruben weniger wie ein fremdes Staatsgebiet aussahen. »Das Problem ist, daß einfach nichts da ist«, sagte Mweta.

»Nein, nichts, was man als ausbeutbar bezeichnen könnte oder was für ausländisches Kapital attraktiv wäre. Aber die Bevölkerung, Mweta.«

»Es sei denn, man findet irgendein Mineral – in den nächsten paar Monaten ist ein geologisches Gutachten über das Gebiet dort draußen fällig, Schweden –, sonst wären Rinder das einzige. Und selbst die. Die müssen lebendig hier heruntergeschafft werden – ich meine, was es dort an Schlachtvieh gibt.«

Die Flats gehörten zu den wenigen Gebieten im Land, die nicht von der Tsetsefliege befallen waren, der Überträgerin der Rinder-Trypanosomiasis, aber das Vieh wurde hauptsächlich im traditionellen Sinn verwendet, als ein Zeichen von Reichtum und Kapital innerhalb der Stämme. Bray sagte: »Das alles wirst du ändern müssen. Laß dort Rinder auf kommerzieller Basis züchten. Dann wirst du in der Lage sein, die Fleischimporte aus dem Süden zu stoppen. Und es wird sich als unwirtschaftlich erweisen, das Zeug hier herunterzutreiben – damit hast du einen guten Grund, Straßen anzulegen.«

Mweta fing an, sich von ihrer Unterhaltung Notizen zu machen. »Ich will mit dir da rausfahren, um mich mal richtig umzusehen. Irgendwann im nächsten Monat fliege ich nach Gala, und dann fahren wir hinauf. Und später im Jahr fahren wir noch an den See. Vielleicht kann ich Joy und die Kinder mitnehmen, und wenn Olivia da ist, können sie ein paar Tage Urlaub machen, während du und ich – da ist dieses Haus für mich, weißt du, ich war noch nie da...« Die Fischereigesellschaft hatte dem Präsidenten um die Unabhängigkeit herum ein »Sommerhäuschen« am See geschenkt. »In der Zwischenzeit wirst du mir schreiben, James, ja? Dann und wann einen Brief. Laß von dir hören. Wir dürfen den Kontakt zueinander nicht verlieren.«

Er bestand darauf, daß Bray für den Rest der Woche in der Hauptstadt blieb. »Komm zum Dinner. Zu dem mit den weißen Geschäftsleuten. Ich werde es Asoni sagen.« Mweta warf seinen Kopf zurück, und seine Schultern hoben sich unter einem Lachen. »Weißt du, was die wissen wollten? Ob sie für mich ein eigenes Klo bauen sollten.« Die PIP hatte einmal politisches Kapital aus der Tatsache geschlagen, daß für die Königliche Hoheit ein eigenes Klohäuschen gebaut worden war, als ein unbedeutendes Mitglied des Königshauses das Land besuchte. Man hatte nicht gezögert, darauf hinzuweisen, daß dieses kleine Gebäude teurer war als ein Haus jenes Typs, der einer schwarzen Familie im Eingeborenenviertel unten zur Verfügung stand. Während sie lachten, fiel Bray wieder ein, daß das Shinzas Idee gewesen war; Shinza hatte einen sicheren Instinkt für den konkreten Punkt, wie geringfügig auch immer, und er wußte, wie man den Gegner lächerlich und moralisch verwerflich erscheinen ließ.

Als er wieder im Silver Rhino war und zum Empfangspult ging, um seinen Schlüssel zu holen, stand Bray da wie ein Mann, der sich plötzlich mitten in einem Stück, von dem er überhaupt nichts weiß, auf der Bühne wiederfindet: Hjalmar Wentz und seine Tochter rannten in dem kleinen Käfig, der durch Pult, Schreibtisch und Safe gebildet wurde, aufgeregt auf und ab und aneinander vorbei. Hjalmar zögerte und grüßte Bray, aber das Mädchen befand sich in einem Zustand leidenschaftlicher Erregung: »Möchte den Himmel anflehen, daß du endlich mit dem Generationskonflikt aufhörst, das ist alles. Zeug, das du aus den englischen Zeitungen hast. Es hat überhaupt nichts mit den Generationen zu *tun.*« Hjalmars dünnhäutiges Gesicht mit den blonden Haaren war entlang den Jochbeinen und unterhalb der Haarsträhnen auf der Wölbung seiner Stirn gerötet. Ihre schwarzen Augen glänzten mit dem Schimmer eines Leuchtfeuers über nächtlichem Wasser, beim Atmen entstanden oberhalb der Schlüsselbeine Löcher. Sie schob Briefe zu einem Stoß zusammen und ging hinaus; als sie die Klappe des Empfangspults hochhob und ihre kleine, ausrasierte Achselhöhle, die vom Schweiß benetzt war, dem Blick preisgab, fing Bray den Geruch des Ärgers auf.

Emmanuelle hatte vom Plan ihrer Eltern, Ras Asahe zu bitten, in ihrer Angelegenheit bei der Brauerei zu intervenieren, gehört. »Gott allein weiß, wer es ihr gesagt hat«, sagte ihr Vater, und Bray begriff, daß Hjalmar außer ihm schon vielen Leuten davon erzählt haben mußte. Das Unglaubliche daran war, daß sie nicht wütend war, weil sie überhaupt daran gedacht hatten, Ras Asahe einzuschalten, sondern weil sie gezögert hatten, es zu tun, Angst davor gehabt hatten, es ihr vorzuschlagen ... das machte sie rasend. Sie hatte gegen sie gewütet, »weil sie alle verrückt machten«, obwohl sie die ganze Zeit gewußt hatten, daß etwas unternommen werden konnte. Zu ihrem Vater hatte sie gesagt: »Bei deinen Skrupeln könnte mir schlecht werden.« Er sagte zu Bray: »Natürlich müssen Kinder sich durchsetzen, das läßt sich nicht vermeiden, und in jeder Generation ist die Form der Opposition, die das annimmt, für die Eltern immer absolut unbegreiflich.«

Die Reaktion darauf hatte Bray gehört. Er sagte: »Auf alle Fälle sollten Sie weitermachen und sehen, was Sie mit Hilfe von Ras Asahe ausrichten können«, aber er war sich darüber im klaren, daß Hjalmar für den praktischen Aspekt im Augenblick blind war. Das Rot wich in Flekken aus seinem Gesicht, als seine Hände zwischen den vertrauten Gegenständen auf dem Schreibtisch herumfuhren.

Das Mädchen saß vornübergebeugt in einem der durchhängenden Liegestühle im Garten. Bray versuchte schnell an ihr vorbeizukommen, damit sie nicht so tun mußte, als sähe sie ihn nicht, aber mit der rauhen, schmollenden Stimme eines Kindes, das sein schlechtes Benehmen entschuldigen will, gleichzeitig aber unfähig, ihren Mangel an Interesse an den trivialen Beschäftigungen anderer Menschen zu verbergen, sagte sie: »Wie war Ihr Einkaufsbummel?«

Er blieb stehen, um ihr zu beweisen, daß zwischen ihr und der Welt alles in Ordnung war. »Oh, ich habe nichts Besonderes gesucht.«

Sie zupfte an irgendeiner unsichtbaren Unregelmäßigkeit der Haut ihres Oberarms, zupfte mit ihrem Nagel daran und legte dann ihre Hand auf die dunkle, glatte Rundung ihrer Schulter. Sie sagte: »Sie sind lächerlich. Oh, sie meinen es *gut*... aber es ändert nichts daran – lächerlich. Sie hätten niemals herkommen sollen, um hier zu leben – eine Geste, sonst nichts. Mein Vater ist so romantisch. Was er auch getan hat, alles mußte immer romantisch sein.« Sie kratzte beim Reden an dem Stückchen Haut, bis sie schließlich das, was immer es war, abgehoben hatte und ein dunkles glänzendes Auge aus Blut aus dem Fleisch trat. Sie neigte ihren Kopf zur Seite und drückte liebevoll ihren Mund darauf.

Bray sagte: »Selbst in Deutschland?«

»In Deutschland besonders.« Sie saugte weiter das Blut heraus und sah dann zum Haus hinüber. »Er kommt mit dem wirklichen Leben nicht zurecht, und sie hält das einfach nicht aus. Und wer sollte ihr das schon verübeln. Was hat es denn für einen Sinn, von Land zu Land zu zotteln. Was hat es denn für einen Sinn, für so was vor den Gaskammern gerettet zu werden.« Er lachte sie aus, plötzlich aber war sie von sich selbst schockiert – nachdem er's schon nicht sein wollte. »Wir sind gottverdammte Tiere, mein Bruder und ich. Ich bin auf meine Weise genauso schlecht. Das kommt noch dazu. Meine *Mutter* ringt die Hände, weil wir in Afrika wild aufgewachsen sind, *so unkultiviert*, ohne die anständige intellektuelle Erziehung der Europäer, die sie umbringen wollten.«

»Und Sie glauben, Sie sind wild?«

»Glauben Sie, wir würden überleben, wenn wir so wären wie *sie*?«

Da war diese unaufhörliche Gegenwart von Menschen, die ihn streiften – wie Katzen, die zwischen seinen Beinen herumstrichen. Und sie waren alle bis zum Rand voll von Selbstbehauptung und Forderung, Augen, die sich auf einen richteten, schlagende Autotüren, Auftritte und Abgänge, die das Auge seiner Aufmerksamkeit öffneten oder schlossen wie die Pupille, die auf Licht und Dunkel reagiert. Den Impuls, dies jemandem mitzuteilen, hatte er mit seiner trockenen Bemerkung zu Vivien Bayley abgewehrt: »Mir ist kaum bewußt geworden, wie einsiedlerisch ich gelebt habe.«

Bevor er sich bei Roly Dando melden konnte, rief Dando ihn an. »Hast in der Nacht, als du kamst, keine Minute Schlaf gekriegt, hör ich.« Bray, der in der Telefonzelle auf der Veranda unter dem Bild von Mweta stand, an dem hingekritzelte Telefonnummern hinaufkrochen, lächelte über das aggressive Krähen am anderen Ende. »Schätze, du hast auch sonst da oben wenig geschlafen. Der Präsident sagt mir, du und Chekwe, ihr habt gut gearbeitet. Nicht so schlecht, wie's geworden wär, wenn ich nicht dagewesen wär. Mehr verlang ich nicht, mein Junge. Ich würd von mir dasselbe erwarten.«

Beim Dinner in seinem Haus sagte er: »So würd ich die Funktion des Gesetzes in jedem Land, nenn, welches du willst, definieren. Dahin ist das Prinzip der Gerechtigkeit gekommen – man kontrolliert das Chaos, soweit es geht. Damit muß man sich zufriedengeben. Lieber ein bißchen regulieren als zuzusehen, wie die tanzende Bevölkerung gleich das ganze Rechtswesen vom Sockel holt und sich damit aus dem Staub macht. Also macht man lieber Immigrationsquoten in Großbritannien, damit die Briten sich nicht auf ihre farbigen Nachbarn stürzen, und man setzt Zensoren in die Hinterzimmer von tschechischen Zeitungen, damit die Russen nicht wiederkommen.«

Er trank eine Mischung aus Zitronensaft, Soda und klarem Alkohol aus einer Flasche ohne Etikett. »Popococic besorgt ihn mir – Slibovitz. Der jugoslawische Handelsbeauftragte. Reiner Alkohol, belastet die Nieren nicht so stark. Das ist es, womit ich mich im Moment herumschlage – glaub mir, Ideale funktionieren nur, solange man gesund ist, und sie machen einem nur dann Sorgen, wenn innen drin alles gut arbeitet. Ich hab diese verdammte Prostatageschichte, muß alle Stunden aufstehen, um Pipi zu machen, und wenn's mich draußen erwischt, dann muß ich ein Bein ums andere klemmen, damit ich's zurückhalten kann.« Seine Verzweiflung über eine Maschine, die sich weigerte, ordnungsgemäß zu arbeiten, machte sein Gesicht verdrießlich. Er war dünn geworden; seine Stimme klang angesichts der Größe dieses einschrumpfenden Kopfes lauter denn je. Der alte Labrador lag hechelnd zwischen ihnen im Gras. Am unteren Ende des Gartens spielte der Gärtner mit einem Freund auf einem aus der roten Erde herausgekratzten Feld *chisolo*, und hinter dem aufmunternden Grunzen und Schreien, mit dem die Steinzähler angespornt wurden, von einem Loch zum nächsten vorzurücken, hörte man schwach das Kreischen eines Grammophons.

»Du kannst dich doch operieren lassen, Roly.« Die Zweige der Dornenbäume liefen haarfein über den nahen Horizont, pechschwarz und spröde, so als hätte der rosa Himmel wie ein Stück feinen Porzellans ein verästeltes Muster aus Sprüngen bekommen.

»Ja, ich weiß, man wartet ab und schaut, wie es sich entwickelt. Ich würd meine Sachen zusammenpacken und abhauen, um meinen Arsch woanders aufzupflanzen, aber was soll's. Alle Staaten sind gleich. Wir sind lauter Hinterwäldler. Genausogut kann ich bleiben, wo ich bin, anstatt mir irgendwo ein neues Land zu suchen.«

»Wer hatte die Idee mit der Vorbeugehaft?«

Dando machte ihm deutlich, daß die Frage irrelevant war: »Cyprian Kente, vermute ich. Er hat eine Menge Ideen. Oder eine Gabe, mit Dingen herauszurücken, die andere nicht als erste aussprechen wollen. Mweta überlegt etwas, was er nicht ausspricht, und Kente platzt dann immer bei Gelegenheiten damit heraus, wo es nicht mehr vertuscht werden kann, weißt du.«

Kente war der Innenminister. »Mweta hat bloß dich und Chekwe erwähnt.«

»Ruf die Schreiber herein. Wir haben die richtigen Worte. Mir ist es jedenfalls gelungen, *mein* Wort unterzubringen. Es gibt da eine Klausel, daß das Gesetz jedes Jahr bestätigt werden muß. Das ist meine kleine Klausel.«

Die Grillen setzten zu einem Chorgesang von Türsummern an, den keiner je beantworten würde. Darauf bedacht, mit Dando und sich selbst rücksichtsvoll umzugehen, sagte Bray: »Und Jahr für Jahr wird es erneuert werden. Noch lange, nachdem alle schon völlig vergessen haben, wozu es ursprünglich eigentlich da war.«

»Mir egal. Es ist meine Gewissensklausel, mein Junge. *Ich hab sie dort untergebracht.* Die Versuchung der Tugend, Gerechtigkeit – falls ihr irgend jemand zu erliegen wünscht. Steht zur Verfügung. Du verstehst, was ich mein.« Seine Wange zuckte von einem Stich inneren Unbehagens. Der Labrador kam langsam auf die Beine und legte die Schnauze auf sein Knie, wurde aber weggeschoben.

»Und Mweta sagt, er will nicht, daß das Gesetz einen Tag länger Gültigkeit hat, als er es braucht.«

Dandos Ruhelosigkeit erzeugte in Bray eine nervöse Heiterkeit. »Der Menschenfreund am Hofe König Mwetas. Ach Scheiße, James. Du warst es, der zu mir gesagt hat, jeder, der sich einbildet, er könne meinen Job übernehmen, ohne Dinge zu tun, die ihm gegen den Strich gehen, sei ein Narr.«

»Kennst du noch einen Grund, abgesehen von Shinza?«

»Nein, eigentlich nicht. Man kann Sesheka nicht ernst nehmen. Ein bißchen Ärger mit ein paar Leuten, die keine Arbeit haben – nicht Arbeitslose im strengen Sinn, sie kommen im Treck vom Land in die Stadt ... Aber du weißt ja, wie viele Bashi in der Industrie, im Straßen- und Eisenbahnbau tätig sind. Beinahe ein Drittel aller Arbeitskräfte. Shinza opponiert durch sie gegen die PIP-Gewerkschaften, ganz eindeutig.«

Bray sagte: »Und das soll die Vorbeugehaft ändern?«

Dando legte die Hände auf die Armstützen seines Sessels und hievte sich hoch. »Er ist kein grüner Junge. Es ist ein kleiner Anfang. Er hat im Ausland und vielleicht auch im Inland Freunde – es gibt Leute, die unter Umständen bereit wären, auf seinen Zug zu springen. Er ist wie ein

Stück Dreck behandelt worden, bitte schön – einen Augenblick.«

In seinen Schülersandalen trottete er unter eine überhängende Hibiskushecke, und über den schrillen Gesang der Insekten hinweg hörte Bray ihn langsam und laut pinkeln.

Festus kam von hinten mit einem Kübel voll frischem Eis um das Haus herum. Er ergriff die Gelegenheit, daß Dando nicht da, gleichzeitig aber offenbar trotzdem in Hörweite war, um zu klagen: »Warum wohnt *mukwayi* diesmal nicht bei uns?« Er enthielt Bray das Eis vor, bis er antwortete.

»Ich wußte nicht, daß ich kommen würde, Festus, ich hab versucht anzurufen ...«

Die Entschuldigung wurde angenommen, das Eis niedergestellt – ganz im Sinne der von Weißen vor langem eingeführten Konvention, die nun, sonderbarerweise, zu einem Teil des Ehrenkodex des alten Schwarzen geworden war, wonach die Angelegenheiten des »Master« seine eigenen waren.

»Mit Kalimo alles in Ordnung?« sagte er streng. Bray hatte Dando in einem Brief gebeten, Festus zu danken, als Kalimo aufgetaucht war. Sie plauderten einen Augenblick lang und fielen dabei in den örtlichen Dialekt zurück, den Bray nur stockend sprach, wobei ihm Festus dann und wann mit einem Wort aushalf. Während er die tiefen, leisen Ausrufe der Freude und Höflichkeit hervorbrachte, sammelte er ein oder zwei Sodaflaschen ein und verschwand, als Dando wieder auftauchte.

»Ja, der verdammte arme Shinza. Armer, verdammter Edward.« Dando sah jetzt gelassen drein. Er fing an, neue Drinks auszuschenken.

»Er hat eine neue, junge Frau und ein Baby«, sagte Bray lächelnd. »Er blüht und gedeiht.«
»Der alte Teufel!« Dando war entzückt; der Gedanke erfüllte auch ihn mit neuem Leben.
Und Zigaretten von jenseits der Grenze, und ein Haus in Mpanas Dorf. Aber das sagte Bray nicht. Es ging ihn nichts an. Dando sagte strahlend: »Hast du Mweta die frohe Botschaft überbracht?«
»Ich hab ihm gesagt, er soll Shinza kommen lassen. Sogar jetzt noch«, sagte Bray und beobachtete Dando dabei.
»Wenn er Shinza jetzt holen läßt, dann nicht mit einer Karte mit Goldrand.«
Ein Augenblick verging, dann sagte Bray: »Ich dachte, das wäre das einzige, wo du nicht mitmachen würdest – Shinza anzurühren.«
Dando stellte seinen Drink geduldig nieder und gab ein kurzes, scharfes, vielsagendes Lachen von sich. »Ich arbeite für Mweta, mein Junge.«
Bray kehrte sehr spät von Dando zum Hotel zurück; es war unmöglich, bei ihm einen Abend zu verbringen, ohne zuviel zu trinken, und er mußte mit äußerster Vorsicht fahren. Er sah ein Augenpaar, zwei Fuß über dem Straßenrand: ein kleiner, äsender Bock. Der kühle Geruch des schweren Taus war noch durch das Wagenfenster hindurch üppig.
Hjalmar Wentz war noch auf. Im stickigen Büro, das keinen direkten Zugang zu einem Fenster oder einer Tür hatte, sammelten sich die Gerüche, die seine Frau aus den allgemein zugänglichen Räumlichkeiten des Hotels gekehrt und gescheuert und verbannt hatte, in reglosen Schichten – Rauch, Insektenpulver, gekochter Blumenkohl, verschüttetes Bier. Hjalmars Kopf leuchtete unter

der Lampe; wie immer war er umgeben von Rechnungen und Zeitungsausschnitten. Einmal hatte er Bray anvertraut: »Ich weiß von einem Flüchtling in London, dem es gelungen ist, von seinen Akten und Zeitungsausschnitten zu leben. Die Leute bezahlen dafür, sie einzusehen. Ein Professor von der Budapester Universität, mußte sechsundfünfzig das Land verlassen.«

In der Vertraulichkeit der nächtlichen Stunde sagte er zu Bray: »Neulich – hat Emmanuelle da etwas über mich gesagt? Margot hat sie mit Ihnen im Garten reden sehen.«

Bray log mit einem Zitat von Turgenjev. »›Mit einem Ehrenmann wird es so enden, daß er nicht mehr weiß, wo er leben soll‹ – mehr oder weniger lief es darauf hinaus.«

Ein Ausdruck scheuer, müder Freude strich wie eine Hand über sein Gesicht. »Mein Gott. Sie ist seltsam, meine Tochter. Aber wissen Sie, wer ihr das mit Ras Asahe erzählt hat? Stephen. Ihr Bruder. *Er* hat es Margot gebeichtet. Normalerweise kommt Emmanuelle mit ihm überhaupt nicht aus. Dieser schreckliche Gegensatz zwischen Bruder und Schwester. Thomas Mann hat sich in seinen Inzest-Geschichten nur mit der Kehrseite davon auseinandergesetzt ...« Die Lüge war lebenspendend, und er hielt Bray davon ab, zu Bett zu gehen, während ihre Stimmen – wie eine Unterhaltung in den Träumen von Menschen, wie das geheimnisvolle Tun der Mäuse und die unermüdlichen Kiefer von Kakerlaken – durch die frühmorgendliche Totenstille des Hotels hallten.

In dieser Woche tagte das Parlament; für eine Sondersitzung hatte keine Notwendigkeit bestanden. Er besuchte es bei der zweiten Lesung des Gesetzes für die Vorbeugehaft. Für einen Mann seiner Größe war es schwierig, nicht aufzufallen; als er sich gebückt an der polierten Holzrückwand der logenartigen Sitzreihe entlangdrückte, die die Besuchergalerie von den Parlamentariern trennte, blickten mehrere Gesichter im Parkett erkennend zu ihm herüber. Die schöne Kammer, die mit Holz aus den Mso-Wäldern getäfelt war, das die Wasserzeichen der blassen Maserung trug, war vom Gemurmel erfüllt wie ein Schulzimmer. Es roch hier wie in einer Kirche. Ein oder zwei Mitglieder des Kabinetts waren in Togen gehüllt – Dr. Moses Phahle und Dhlamini Okoi, deren feine italienische Schuhe unter der Robe hervorsahen –, aber die meisten Parlamentsmitglieder trugen westliche Kleidung mit dem Wohlgefühl und der Sicherheit, die für Schwarze typisch ist. Roly Dandos schmales weißes Gesicht, das durch den dicken Rahmen der Brille und den Zahnbürstenschnurrbart vergittert und gezeichnet schien, wirkte wie ein Totem in ihrer Mitte.

Nach der plötzlichen Veränderung der Atmosphäre aus Sonnenlicht und Verkehr draußen im Freien kamen ihm diese Eindrücke wie das Kribbeln von Blut in einem eingeschlafenen Bein oder Arm zu Bewußtsein. Durch das Gemurmel hindurch drang die Stimme Kentes, des Innenministers, der einen Zettel mit der Tagesordnung in seiner Faust zusammendrückte. »... Welcher gewöhnliche, friedliebende Staatsbürger hat irgendwas zu befürchten? Was ist dieses ›Netz der Einschüchterung‹, von dem der ehrenwerte Abgeordnete von Inhame spricht? Woher bezieht er dieses Vokabular? Für uns hier, in diesem Haus, ist klar, daß es mit den Realitäten des Lebens in diesem Land nichts zu tun hat. Für uns ist es klar, daß das aus Übersee kommt, der ehrenwerte Abgeordnete hat zu viele Spionagegeschichten gelesen – dieses Haus ist kein Betätigungsfeld für James Bonds und Philbys...«

Ein Teil des Gelächters, das er wollte, bekam er, aber nicht viel; obwohl kaum einer dem Evangelium von James Bond entgangen war, hatten viele noch nie etwas von Philby gehört. Der Parlamentspräsident, der seitlich an seinen hohen Stuhl gelehnt dasaß, als drückte ihn das Gewicht seiner Ringellockenperücke nieder, wurde auf Cyrus Goma aufmerksam, der nun Abgeordneter für einen der nordöstlichen Wahlbezirke war und sich bereits halb aus seinem Stuhl erhoben hatte. Also hatte Goma die Toga übernommen; während er redete, brachte er eines ihrer Enden in Ordnung, wie eine alte Dame, die ihren Schal zurechtzieht, wobei er sein Kinn wie eine Dohle gegen eine der beiden Schultern vorstreckte – genauso, wie es Bray in Erinnerung hatte –, das Gesicht gespannt, die Augen nach oben verdreht, während seine Stimme leise und vernünftig blieb. »Wir haben akzeptiert, daß dieses Gesetz notwendig ist. Das ist das eine. Aber wir dürfen uns nicht erlauben zu denken, die Leute, die sich seinetwegen Sorgen machen, die seinetwegen schwerwiegende Bedenken haben, seien etwas, worüber man Witze machen dürfte. Ich möchte dem ehrenwerten Herrn Innenminister zu bedenken geben, daß diese Leute es aufrichtig meinen; man sollte sich über sie nicht lustig machen. Ein Gesetz zur Einführung der Vorbeugehaft ist nicht zum Lachen. Wir haben nicht gelacht, als die Briten uns eines aufzwangen.« Plötzlich war das Haus ganz Ohr. »Wir haben in den Lagern in Bashi nicht gelacht...« Jemand rief: »Ja, die Bashi!« »...und in

Fort Howard.« Nur einen kurzen Augenblick lang hielt er inne – aber er war gerade lange genug. »Howard!« »Bashi!« »Howard!« Der Parlamentspräsident rief das Haus zur Ordnung. Cyrus Goma schwankte leicht hin und her und begann wieder zu sprechen, vernünftig, leise. »Unser Präsident hat nicht gelacht, als er siebzehn Monate dort eingesperrt war. Er litt, weil es für die Erringung unserer Freiheit notwendig war. Wenn wir akzeptieren müssen, daß es für uns jetzt notwendig ist, die Vorbeugehaft einzuführen, so ist das kein Anlaß für Gelächter.«

Es herrschte argwöhnisches Schweigen; für einen Moment. Ein prasselnder Applaus hart aufeinandergeschlagener Handflächen wurde, während er noch versuchte sich zu behaupten, von einer Art Temperaturanstieg im Haus erdrückt. Jemand sprang auf und rief: »Wenn Sie für Verräter Tränen vergießen wollen!« Die Versammelten schienen in einem Ausbruch von Feindseligkeit miteinander zu verschmelzen, eine knisternde, korporative Oberfläche, der Rücken eines riesigen Tieres, das auf Goma zuwogte. Aber aus der Richtung, in der geklatscht worden war, meldete sich jetzt jemand zu Wort, ein junger Mann mit Nilpferdgesicht und winzigen Ohren, dessen spitz zulaufende, ringbesetzte Hand auf seinem riesigen Rücken lag. Sein Englisch hatte einen starken Akzent. »Kann der Minister erklären, weshalb das Gesetz nicht zuerst dem Zentralkomitee vorgelegt wurde? Korrigieren Sie mich, aber soweit ich weiß, ist dies das erste Mal, daß das nicht geschah. Die Partei hat dieser Gesetzesvorlage nicht zugestimmt, weil die Partei darüber nicht in Kenntnis gesetzt wurde. Soll aus dem Zentralkomitee ein machtloses Instrument werden, das – *ein-*

fach so – Beschlüsse unterschreibt, die die Regierung gefaßt hat? Ist das die Absicht, die dahintersteckt?«
Cyprian Kente wandte sich ob der Naivität der Frage mit einem Lächeln an das Haus. »Der ehrenwerte Abgeordnete ist sich der Tatsache bewußt, daß dieser Beschluß vom Präsidenten aufgrund der Ermächtigung durch Notstandsgesetze gefaßt wurde.«
Die riesige Schuljungengestalt blieb hartnäckig.
»Der Präsident ist auch Parteipräsident. Hat er das Zentralkomitee konsultiert? Das ist es, was ich frage.«
Mweta, mit offenem Gesicht und der sofortigen, beruhigenden Autorität eines Mannes, der immer den Standpunkt jedes Menschen ernst zu nehmen scheint, erhob sich anstelle von Kente. »Ich möchte den ehrenwerten Abgeordneten beruhigen, denn ich weiß, mit welcher Hingabe er, seit er einen der wichtigsten organisatorischen Posten innerhalb der Parteijugend innehatte, der Partei gedient hat. Ich teile mit ihm das Anliegen, daß die PIP – die Sie und ich und wir alle hier geschaffen haben – mit Hilfe dieser Regierung weiterhin jene Politik verfolgt, die sie aus dem Willen unseres Volkes gemeißelt hat. In einer zwingenden Reaktion auf gewisse Informationen habe ich den Schritt zur Einführung des Vorbeugehaftgesetzes getan, ohne daß ich Gelegenheit gehabt hätte, den Gesetzentwurf dem Zentralkomitee vorzulegen. Aber ich möchte betonen, daß ich diesen Schritt erst nach eingehender Konsultation des Kabinetts unternommen habe. Und von den acht Mitgliedern des Zentralkomitees gehören fünf dem Kabinett an.« Ein triumphierendes Summen der Zustimmung; er unterbrach es bescheiden und fuhr fort: »Wenn diese Maßnahme im nächsten Monat dem Parteikongreß vorgelegt wird,

dann bin ich sicher, daß ich nicht nur die Zustimmung von den übrigen Mitgliedern des Zentralkomitees erhalten werde, sondern auch vom Kongreß als ganzem, wodurch dem, was schon von Anbeginn an ein Mehrheitsentscheid der Vertreter des Zentralkomitees im Kabinett war, die Bedeutung eines landesweiten Mandats zukommen wird.« Der Widerspruch aus den hinteren Sitzreihen wurde durch den Beifall auf Hochglanz polierter Schuhe, die auf den Boden trommelten, ausgetreten. Mwetas Anhänger strahlten und strömten vor Zuversicht über. Er ließ sich davon tragen, aber nicht hinreißen, sondern kehrte den Stoß gegen die Andersdenkenden. Seine Stimme war über dem Lärm klar und deutlich vernehmbar. »In diesem ersten Jahr der Existenz unseres Staates stehen wir in einer Weise zusammen, wie es sich vielleicht nie mehr wiederholen wird. Wenn unsere Kinder und Kindeskinder herangewachsen sein werden – so Gott unser Land mit dem Frieden und der Stabilität segnet, um die wir ringen –, dann mag die Aufgabe der Lenkung dieses Staates vielleicht nicht mehr sein als ein Stück effizienter Verwaltungsarbeit, die von Professionellen erledigt wird. Wir aber sind Kampfgenossen. Wir sind es, die Freiheit forderten, als wir nicht mehr besaßen als ein Paar Hosen. Ja, wir sind es – Cyrus Goma, der Abgeordnete für Selusi, ich selbst, viele, viele Gesichter, die ich hier erblicke –, die gemeinsam im Gefängnis gesessen haben, nicht weil wir zerstören wollten, sondern weil wir ein neues Leben für die afrikanische Bevölkerung schaffen wollten. Wir sind es, die gekämpft haben, und gleichzeitig diejenigen, die jetzt regieren. Wir sind die erste Ernte. So haben uns die Leute, die uns regierten, genannt. Und es stimmt, daß sie die Drachensaat kolonialistischer Repression ausgestreut haben und daß plötzlich wir daraus wuchsen, eine Generation, die Feuer spie... Wir haben auf die mühevollste Art und Weise seit den Tagen, da wir noch zur Schule gingen, gelernt, was Einheit von uns verlangt – und wie, ohne sie, nichts, *nichts*, was für irgendeinen unter uns von Vorteil sein könnte, erreicht oder bewahrt werden kann. Kleine Zweifel und Meinungsverschiedenheiten – wir respektieren sie beim anderen. Es sind die Meinungen von Familienmitgliedern. Sie tun der Tatsache keinen Abbruch, daß wir ein großes Ganzes sind...«

Cyrus Goma hielt seine Hand wie eine Scheuklappe seitlich an sein Gesicht, seine Augen Mweta zugekehrt, und auf dem Gesicht lag der Ausdruck eines Mannes, der unerreichbar ist. Dando sah gelangweilt aus. Bray machte sich vor den nachdrängenden Leuten davon, als das Parlament seine Sitzung über Mittag vertagte; nur die Journalisten eilten ihm voraus – ein schwarzer Mann in einer Schottenweste hatte schon eine der stromlinienförmigen Telefonzellen besetzt und brüllte in den Hörer. Der Präsident ruft zur Einheit auf; natürlich. Bray schritt langsam die blumengeschmückte Auffahrt zum Parkplatz für die Besucher hinunter und mußte stehenbleiben, weil er eine Sekunde lang nicht wußte, ob er sich nun vor einem Minijeep, der aus dem Parkplatz für Parlamentsabgeordnete herausbog, mit einem Sprung vorwärts oder zurück in Sicherheit bringen sollte. Der Fahrer war der riesige junge Mann, der die Frage über das Zentralkomitee aufgeworfen hatte. Als er bremste, schnellte er so hoch, daß er beinahe ans Leinendach schlug, und als er wieder herunterfiel, öffnete und schloß sich sein Gesicht zu einem Grinsen über das

Mißgeschick der beiden Beinahe-Opfer, Bray und ihn selbst.

Bray war mit Neil Bayley zum Lunch verabredet. Ein Italiener, den es aus dem Kongo hier herunter verschlagen hatte, führte unmittelbar hinter den zentralafrikanischen Warenhäusern eine Pizzeria – sie war voll von jüngeren Weißen aus der Stadt; kein Schwarzer hätte sechs Shilling für ein kreisrundes Stück verkohlten Backteigs ausgegeben, auf das man Tomaten und Sardellen geschmiert hatte. Sobald die kleine weiße Bevölkerung die Pizza satt hätte, würde der Italiener einen Fish-and-Chips-Laden eröffnen müssen, wo dann die Schwarzen zu seinem Stammpublikum zählen würden. Aber jetzt war das Lokal offensichtlich etwas, wohin man in einer Stadt, die ansonsten nichts zu bieten hatte, ging; unter den Zöpfen aus Raffiazwiebeln und dem herausgeplärrten »Arrivederci Roma« saßen hübsche Sekretärinnen aus Ministerien, Botschaften und Konsulaten und Männer aus anderen Ministerien, Botschaften und Konsulaten (Konferenzen sind wunderbare Gelegenheiten, um Frauen abzuschleppen, bemerkte Neil Bayley), die mit den Eröffnungszügen sexueller Annäherung, die sich leicht über einen Tisch hinweg bewerkstelligen ließen, beschäftigt waren. Wie alle anderen tranken Neil Bayley und Bray den Wein des Hauses aus Coca-Cola-Gläsern, und Bayleys großer Flußgottkopf mit dem gelockten roten Bart blickte zwischen seinen Ausbrüchen intensiver und lebhafter Konzentration auf das, was er gerade sagte, vergnügt durch den Raum. »Ja, ja, natürlich, Goma ist ein subtiler Schweinehund, und wenn er den Mund aufmacht, redet er nicht nur für sich selber, darauf kannst du dich verlassen. Was andere nicht sagen kön-

nen, weil sie dem Kabinett angehören – das sagt unser Cyrus im Parlament.«
»Er hat sie immerhin so weit gebracht, daß sie sich vorstellten, sie wären wieder in Bashi und Fort Howard eingesperrt, diesmal von ihren eigenen Leuten ... in einem einzigen Satz ... und die Pause war genau kalkuliert ... Und dann, bevor noch irgend jemand einen Finger auf das legen konnte, was er gesagt hatte, brachte er Mwetas siebzehn Monate aufs Tapet, das große Beispiel für Selbstaufopferung ... ein Inbegriff von Loyalität.« Bray lachte bewundernd.
»Oh, er jagt dir das Messer zwischen die Rippen, und es sieht so aus, als klopft er dir auf die Schulter.«
»Es war ein sauberes Manöver. Sehenswert.«
Neil zeigte dem Raum, Kinn nach oben, sein gutaussehendes Profil, als er mit einem Wink mit der Karaffe Wein nachbestellte.
»Schmeckt ein bißchen metallisch, nicht wahr? Gereift in echten Ölfässern. – Oh, dieser Bursche hat noch ein langes Leben in der Politik vor sich.«
»Er hat schon ein langes hinter sich. Eine Zeitlang war er für die Organisation der Partei auf nationaler Ebene zuständig – als Shinza Generalsekretär war.«
»Ist das wahr? Das hab ich nicht gewußt, James. – Du bist ein wanderndes Archiv. Aber gegen Mweta können sie sich alle einpacken lassen.«
»Ja, das hat er gerade wieder gezeigt«, sagte Bray.
»Er hat dich überzeugt, daß er die Vorbeugehaft braucht«, sagte Bayley halb fragend, halb feststellend, das schöne, rosige Gesicht glänzend vom Wein.
»Mweta ist ein eigentümlicher Mensch.«
»Wie meinst du das, James?« Bayley liebte es leiden-

schaftlich, aus Menschen Vertraulichkeiten herauszulokken; es war Teil seiner Technik bei Frauen – sie waren fasziniert von dem Mann, der sie dazu gebracht hatte, ihre Geheimnisse zu verraten –, aber er empfand ein Vergnügen daran, seine Erpresserfähigkeiten im Überreden und Überrumpeln bei jedermann auszuprobieren. Bray ordnete die Olivenkerne auf seinem Teller: zuerst eine Neunerreihe, dann zwei Reihen, die eine zu fünf, die andere zu vier Kernen. Er lächelte.

»Was meinst du damit? Du glaubst ihm und möchtest es eigentlich nicht? Du glaubst ihm nicht, möchtest es aber? Komm. Du mußt die Details kennen. Sag schon, James.«

Er schenkte Neil Bayley den Blick eines älteren Mannes, der lächelte und einen jüngeren warten ließ. Bayley blickte skeptisch drein.

»Er verlangt einen Vertrauensbeweis.«

Neil Bayley hob seine goldblonden Augenbrauen. Er kam zu dem Schluß, daß es satirisch gemeint war. Bray war ihm entschlüpft, der folgende Austausch war nur noch ein Nachhutgefecht: »Interessant. Interessant. Seine frühe Schulung bei den weißen Padres.« »Das waren Presbyterianer. Er ist kein Katholik.«

»Ach, natürlich. Dieser Wein schmeckt ein bißchen nach Karbid ... Trank des Vergessens, Lethe. Ich bin am Ende. Ich falle in Ohnmacht.«

Roly Dando und ein Mann mit einem jugendlichen Gesicht, weißem Bürstenhaar und einem Lächeln, unter dem sich seine Stirn in Falten legte, tauchten auf und lugten über die überfüllten Tische und den knapp darüberliegenden Rauch hinweg.

»Kommt, wischt euch den Vino vom Kinn und laßt uns

mal ran.« Dando stellte seinen Begleiter vor, einen amerikanischen Juristen, der sich auf dem Rückweg aus Südafrika und Rhodesien befand, wo er als Beobachter an politischen Prozessen teilgenommen hatte. Er hatte die bewußte Ungezwungenheit einer Berühmtheit in unangemessener Umgebung. Jeder andere als Roly Dando hätte ihn im Great Lakes Hotel zu gefrorenen Garnelen aus der Dublin Bay und Chablis eingeladen. »Was machst du denn da mit dem alten Bray? Sind dir die Puppen ausgegangen?« Dando und Neil Bayley rieben sich freundlich aneinander, obwohl Dando der alte Seehund war, der von dem jungen Bullen schon lange aus seiner Stellung als Herrscher über den Harem verjagt worden war, und der nun mit seinen starken weißen Zähnen und glänzenden Lippen auf ihn herunterlächelte. Bayley war noch ein kleiner Junge gewesen, der mit einem Schild um den Hals aufs Land evakuiert worden war, als der adrette Captain Dando (es gab ein Photo, das, von Festus abgestaubt, auf Dandos Kaminsims stand), sein Offiziersstöckchen unter dem Arm, durch die Straßen von Kairo gewandert war. »Ich zeig James bloß das Revier, Roly. Du hast es ja längst abgegrast, ist für dich uninteressant.« Der zu Besuch weilende Jurist ließ ein eingeweihtes kurzes Lachen hören, eifrig bemüht, einfach und menschlich zu wirken.

»Und wie finden Sie die südafrikanische Justiz, Mr. Graspointner?« Der Flußgott war nicht nur gutaussehend und amüsant, er wußte auch, wer Graspointner war (Institute for Advanced Studies, Princeton, Autor von Standardwerken über Internationales Recht), und er wußte, wie man ein Thema ansprach, über das er selbst einiges Eloquente von sich geben konnte.

»Nun, ich muß sagen, ich fand die Prozeßführung einwandfrei. Das war eine ziemliche Überraschung. Es war ein öffentlich zugänglicher Prozeß. Es war ein unparteiisches Gericht – obwohl, wie Sie wissen, ein paar der Angeklagten Weiße, andere Farbige waren. Der Richter war ein Bure. Aber die Durchführung des Prozesses entsprach den höchsten Standards der Gerichtsbarkeit, wie man sie überall in der freien Welt findet. Das Recht wurde getreu dem Buchstaben des Gesetzes gesprochen.«

»Getreu dem Buchstaben des Gesetzes. Ah ja. Aber wie steht's mit dem Gesetz, Mr. Graspointner? Die Gesetze der Republik Südafrika sind einzigartig in der Welt in ihrer Gleichsetzung der legitimen Bestrebungen der Mehrheit der Bevölkerung mit Verbrechen und Landesverrat. Legitime Bestrebungen, wie sie in der Menschenrechtskonvention der Vereinten Nationen definiert werden. Würden Sie dem zustimmen?«

»Im großen und ganzen ja. Das ist so.«

»War dann das, was Sie gesehen haben, Gerechtigkeit, oder tut man nicht nur so als ob? Eine Menge Perücken, die durch den Reifen springen. Ist Gerechtigkeit ein Mechanismus oder ein ethisches Konzept? Macht die Verkündung eines Gesetzes das Gesetz gerecht? Kann Gerechtigkeit durch ein solches Gesetz geschehen? Ich dachte, die Antwort auf diese Frage sei schon in Nürnberg gegeben worden.«

»Sie wurde in Nürnberg nicht gegeben. Sie wurde niemals und nirgendwo gegeben«, sagte Dando mit gereizter Geduld. »Aus dem einfachen Grund, weil es so etwas wie Internationales Recht im Sinne eines internationalen Standards von Gerechtigkeit nicht gibt. Internationales Recht ist ein Stichwort für Interpol, für den Austausch von Flüchtlingen und Spionen, für blutige Grenzkämpfe und Balgereien um Luftraum und Drei-Meilen-Zonen für Heringsflotten. Gerechtigkeit ist ein empirisches Problem, das von jedem Land so gelöst wird, daß ein ganz bestimmtes Gesellschaftssystem aufrechterhalten werden kann. Du solltest das wissen. Menschenrechtskonvention! Warum nicht gleich die Bergpredigt? Phrasen, die sich gut anhören, Mann.«

»Natürlich habe ich eine Menge Leute dort unten getroffen, die sich Sorgen machen. Sehr, sehr große Sorgen wegen dieses Problems, Professor Bayley ...«

»Was für ein Klima, in dem die Menschen da existieren müssen! Könnten Sie in einem solchen Land leben?« Neil Bayleys Oberschenkel rollten auseinander, seine Arme öffneten sich weit, er schien mit dem ganzen schwarzen Kontinent nach Belieben zu schalten und zu walten, mit den schlammigen Ufern des Niger und Kongo, den Wäldern und Wüsten, den scheuen Batwa und eingeschrumpften Buschnegern, den schönen Prostituierten von Brazzaville und den wißbegierigen Schulkindern aus Gala. »Könnten Sie das, Graspointner?«

»Nun, ich weiß es nicht. Man darf in dieser Frage nicht vorschnell urteilen. Jemand erzählte mir, seine *raison d'être* sei, dort in Opposition zu leben, einfach dazusein, halsstarrig, selbst wenn er nicht viel zur Veränderung der Lage beitragen kann. Ich bin kein Revolutionär, sagte er, ich habe nicht den Mut, mich auf das Risiko einzulassen, daß man mich verhaftet. Aber ich darf sie nicht damit durchkommen lassen, ohne Zeugen. Ich muß bleiben und geistigen Widerstand leisten. Das ist

meine Situation; ich habe nichts anderes, das mir etwas bedeutet.«
»Ekelhaft.«
»Natürlich, im täglichen Leben, gab er zu, ... entwikkelt man eine gewisse Gleichgültigkeit ... man läßt den Dingen ihren Lauf, nicht?« Der Amerikaner wandte sich an Bray, um ihn einzubeziehen.
Bray sagte vorsichtig: »Ich hab neulich was gelesen – jedes Volk hat eine besondere Art der Gewalttätigkeit ... nach einer gewissen Zeitspanne kann sich jeder innerhalb fast aller Grenzen zu Hause und geborgen fühlen – man gewöhnt sich an alles.« Und er überlegte, woher habe ich das denn? Irgendwo bei Graham Greene? Warum halte ich mich in letzter Zeit immer wieder an die Meinungen anderer Leute und lasse mich selbst dabei aus dem Spiel?
Neil Bayley stand auf und versperrte dem Kellner den Weg. »Ja, danke *vielmals.* Wenigstens kann sich jeder seine eigene Gewalttätigkeit aussuchen. Aber nicht alle sind gleich schlimm, darauf kommt's an. Und ich lasse mir nicht einreden, daß wir alle gleichermaßen schuldig sind. Das ist sentimental. Also, könntest du da leben, James, als Weißer, und ›geistigen Widerstand‹ leisten?«
Dando sagte: »Sei kein größerer Akademikertrottel als nötig, Neil. Natürlich könnte er dort nicht leben. Jesus, er wurde von den Briten aus diesem Land hier rausgeschmissen, da warst du noch ...«
»Ja, ja – ein Rotzjunge, dem sie in Exeter den Arsch versohlten.« Bayley kannte Dandos Ausfälligkeit in allen ihren Variationen. Sie lachten; ein lauter Tisch in dem lärmerfüllten Raum. Bayley setzte sich wieder zu einem Glas von Dandos Wein nieder, und Bray bekam eine fei-

ne Zigarre mit den Initialen des Juristen auf der Banderole. »Ich hab einen Freund, der kriegt sie aus Kuba. Weiß Gott, wie er das macht. Die Banderole kommt wohl in Tampa drauf, vermute ich.«

Er dachte, auch ich habe einen Freund, der Zigarren mag. Er mußte die Runde verlassen, um ein geborgtes Dinnerjackett und Hosen für das Golden Plate Dinner von der Frau des Sekretärs des Ministers für Entwicklung und Planung abzuholen – die ideenreiche Vivien hatte das arrangiert. Gabriel Odises Frau war Sozialarbeiterin, und die Büros ihrer Amtsstelle waren im alten Teil der Stadt untergebracht, dem Streifen aus menschlichen Behausungen entlang der Bahnlinie, der einmal die ganze Stadt dargestellt hatte. Ein paar alte Mupapabäume streckten dort ihre buckligen Wurzeln in die Straße hinaus; in der Luft lag der Geruch von Lebertran von den Säcken getrockneten *kapentas* und der eigentümliche, süßliche Gestank der Innereien, die in einem Fleischerladen baumelten. Zwei Prostituierte aus dem Kongo, die Köpfe in ihren Turbanen wie Bonbons, saßen auf der Bürgersteigkante und kicherten auf ihre bemalten Fußnägel und goldenen Sandaletten hinunter. Sie blickten auf und lächelten, als er vorüberging. Sie trugen den *pagne,* eine kurze, enge Bluse, die einen kleinen Wulst schimmernder brauner Taille freiließ. Die örtlichen Frauen sahen gegen sie hausbacken und respektabel aus in ihren billigen europäischen Kleidern. Das Treppenhaus im Innern der Wohlfahrtsbehörde hatte Flecken und Pfützen einer Flüssigkeit, in der Ameisen gestorben und Staub getrocknet war, und die Wand bezeugte die Prozession von Menschen, die hier aus dem einen oder anderen Grund ausgeharrt hatten, und die nicht die Obszönitäten der Schreibkundigen, sondern die ungelenken Unterschriftsschnörkel von halben Analphabeten gekritzelt hatten. Leute saßen dicht zusammengedrängt auf einer oder zwei Bänken; der Rest hockte auf dem Fußboden des Flurs und bewegte Beine und Bündel stoisch hin und her, um Platz zu machen. Während er unter ihnen wartete – der einzige Weiße – blickte er aus dem Fenster hinunter auf den Hof, wo sich zumindest noch einmal hundertfünfzig Menschen auf der von vielen Füßen und Körpern festgestampften, bloßen Erde versammelt hatten, unter Bäumen, die von vielen Rükken blankgescheuert waren wie Laternenpfähle. Die im Flur sahen ohne Groll zu, daß er vor ihnen in Mary Odises Raum gewinkt wurde. Sie war ein hübsches Mädchen mit dem Stewardessenchic, den schwarze Frauen in verantwortlichen Jobs oft annahmen. Als sie ihn hereinließ, glitten ihre Augen, rasch die Menge taxierend, über diese hinweg, mit einem Ausdruck, als schätzte sie weniger die Anzahl der Menschen, sondern als würde sie abwägen, welche Last sie dort, auf ihren ausdruckslosen Gesichtern, zu tragen hatten. Ein diagnostizierender Blick. Sie hatte in einem Glas auf ihrem Tisch eine rosa Rose stehen; die abgetretenen Fußbodenbretter waren peinlich sauber, aber die Geruchsspuren von Erbrochenem von Kleinkindern und von schmutzigen Füßen, die kein Schrubben aus einem Raum herausbringen kann, in dem die Armen und Verängstigten empfangen werden, waren da. Das Gerichtszimmer in Gala hatte immer so gerochen.

Er probierte das Dinnerjackett an und maß die Hose an seiner Seite, hüftabwärts, bis hinunter zum Knöchel. Sie hatte eine gutmütige Freude daran, daß beides offenbar paßte. »Die Fliege! Ich hab vergessen, wegen der Fliege zu fragen.«

»Ich kann mir leicht eine kaufen. Es ist sehr freundlich von Ihnen ... Sie sind sicher, daß es Ihrem Bruder nichts ausmacht?«

»Er hat zwei und trägt sie nie. Es war einmal seine Arbeitskleidung ... er hat eine Kapelle, sie spielen im Great Lakes Hotel. Sie tragen jetzt Silberjacketts, mit blauen Aufschlägen – schrecklich! Und die Reinigungen hier wissen nicht, wie sie sie behandeln sollen. Er wird sie einfach weggeben müssen, wenn sie zu dreckig werden.«

Sie legte den Anzug fachmännisch zusammen und steckte ihn in eine Papiertüte mit der Aufschrift: Ich habe im Red Circle Supermarket Geld gespart.

»Sehr überarbeitet, Mary?«

Sie vermied es peinlichst, mit Beschwerden herauszuplatzen, wie es unter ihren weißen Kollegen üblich war.

»Nicht wirklich. Man kann im Laufe eines Tages nur eine bestimmte Anzahl von Leuten sehen. Und wenn man schneller zu sein versucht, kann man ihnen nicht helfen. Ich bin jetzt dem Arbeitsministerium zugeteilt, und ich kriege all diese Leute herein, die mir das Arbeitsamt schickt.«

»So viele alte Frauen und Kinder – sehen mir nicht gerade besonders anstellungsfähig aus.«

»Die suchen keine Arbeit. Die suchen Verwandte, die auf die Chance hin, einen Job zu finden, aus dem Busch herkommen. Sie haben keine Ahnung, wo sich der, den sie suchen, gerade aufhält, sie wissen nicht, wo er arbeitet – sofern er arbeitet. Was soll man da tun? Sie haben kein Geld. Wenn Sie sehen wollen, wo sie schlafen, gehen Sie hinunter zum Busbahnhof. Das Arbeitsministerium weiß nicht, was mit ihnen anfangen, und so schickt man sie zu mir.« Sie lachte leise und voll Mitleid. »Ich habe vorgeschlagen, man soll ihnen ein Dach über dem Kopf geben – es gibt da zum Beispiel die alte Markthalle, an die hab ich gedacht. Aber der Chef des Wohlfahrtsamtes meint, wir wären dann für sie verantwortlich ... sie sollten ja tatsächlich nicht hier sein. Sie würden dann bloß auf immer und ewig dableiben, zumindest einige. Das macht uns Kopfschmerzen.«

»Was in aller Welt tun Sie aber?«

Mary Odise war in Birmingham als Sozialarbeiterin ausgebildet worden und hatte dort Untersuchungen über Mißhandlung von Frauen, verwahrloste Kinder und Alkoholismus in dem Volk durchgeführt, das die weiße Zivilisation in ihr Land gebracht hatte. Während einer der Unabhängigkeitsparties hatte er neben ihr gesessen, und sie hatte für ihn eine Engländerin imitiert, die ihre scheußliche Leidensgeschichte vor ihr ausgebreitet und dann gesagt hatte: »Bei Ihnen, Schätzchen, schäm ich mich nicht so, weil Sie 'ne Schwarze sind.«

Sie war sehr professionell. »Zahl ihnen die Busfahrkarte und versuch sie dazu zu bringen, daß sie heimfahren. Aber jetzt geben wir statt dessen Busgutscheine aus – sie nahmen einfach das Geld und blieben da. Gestern hat mein Vertreter herausgefunden, daß ein paar von ihnen angefangen haben, die Gutscheine zu verkaufen.« Sie lachte leise, als sie ihn hinausbegleitete. Als die Tür aufging, lief eine träge Welle der Bewegung durch den Gang: Augen, die sich auf sie richteten, Körper, die sich vorbeugten. Auf der Treppe wurde er von einem alten Mann mit einem Stückchen Papier aufgehalten, das so oft gefaltet worden war, daß es an den verschmutzten Fälzen in vier Teile auseinanderfiel. Ein verstümmelter Name darauf sah so aus, als gehörte er einer Baufirma; er schüttelte den Kopf, wies auf die Schlange in den Gängen und gab dem alten Mann eine halbe Krone. Er vermied es sorgsam, ein Wort Gala oder einheimischen Dialekt zu sprechen. Für diese bedauernswerten Menschen vom Land bedeutete nach langer Erfahrung weiße Haut Macht; wenn sich ihnen durch ihre eigene Sprache ein Weg öffnete, würde er ihrer Zudringlichkeit nicht mehr entkommen. Als nächstes werde ich aus mir einen Narren machen, der alte Menschen herumführt, um arme Teufel vom Land aufzuspüren, die irgendwo Tomaten verhökern.

Die Hosen waren ein bißchen kurz. Er betrachtete sich in dem fleckig beschlagenen Spiegel an der Kleiderschranktür in seinem Zimmer. Er hatte doch vergessen, sich eine schwarze Fliege zu kaufen; aber Hjalmar hatte sicher eine. Ja, und es war eine schöne von feiner Machart und aus bester geriffelter Seide, an der Innenseite immer noch das Berliner Etikett. Emmanuelle lachte. »Kein Mensch trägt diese großen Schmetterlinge heutzutage. Ras wird Ihnen seine leihen. Sie sieht einfach aus wie zwei Stück schwarzes Band, die sich vorne überkreuzen.« Ras Asahe war bei der Familie Wentz zu Gast; auf dem runden Tisch unter der tief herabgezogenen Lampe standen Drinks. Es herrschte die Stimmung von Besorgtheit und Rücksichtnahme, die einem erfolgreich überstandenen Familienkrach folgt: Offenbar war man an Asahe wegen seines Onkels herangetreten.

»Klar, wenn Sie kurz zu mir rüberkommen wollen?«

Bray war aber mit der Fliege, die er hatte, ganz zufrie-

den. Hjalmar lachte über Asahes Wiedergabe eines Wortwechsels mit dem Direktor des Radioprogramms, dessen Stellvertreter er war, in englischer Sprache. Offensichtlich war der Mann Südafrikaner – Asahe imitierte den Akzent: Wie viele Gebildete im Lande war Asahe eine Zeitlang an einer Universität unten im Süden gewesen und hatte außerdem in England beim Rundfunk gearbeitet. »›… Zufällig handelt es sich dabei um die Standard-Aussprache der BBC‹, hab ich zu ihm gesagt. ›Zum Teufel, Mann, aber es ist nicht unsere Standard-Aussprache.‹ – Es würde mich nicht überraschen, wenn er nun das Gerücht verbreitete, ich sei Neoimperialist …«
Immer wieder blickte Hjalmar zu seiner Frau hinüber, um sich zu vergewissern, ob sie das amüsant fand. Wie eine alternde Schauspielerin hatte sie ihre Augenbrauen in die Höhe gezogen. Emmanuelle strahlte, flirtete mit ihrem Vater und sogar mit ihrem Bruder, nannte ihre Mutter »Darling« – ein Schauspiel für Ras Asahe, vielleicht aber auch, um sich selbst ein Familienleben vorzuspiegeln, das in ihrer Vorstellung dem anderer Leute entsprach.
Es war ein warmer Abend, an dem der Mond an der einen Seite des Himmels aufging, während ein tiefvioletter Sonnenuntergang auf der anderen Seite noch nicht der Dunkelheit gewichen war. In der Luft lag der Geruch gekochter Kartoffeln, wie er in ganz Zentralafrika nach Einbruch der Nacht von irgendeinem Busch aufsteigt. Als er die Tabakversteigerungshalle erreichte, wo das Golden Plate Dinner gegeben wurde, war es dunkel. Er hatte eigentlich nicht hingehen wollen – Mweta hatte ihn mit der Einladung ein wenig in Verlegenheit gebracht –, aber die Wagen, die sich auf dem Gelände versammelten,

die weißen Hemden und farbenfrohen Kleider, die er im Scheinwerferlicht einfing, und die gestreifte Markise über dem Hauseingang mit den goldbetreßten Türstehern davor erzeugten von selbst eine Art simpler Vorfreude. Der warme Kartoffelgeruch und die Mischung aus schwarzen und weißen Gesichtern inmitten der Herde, die in Abendgarderobe zum Eingang drängte, waren für ihn Beweis genug, daß es sich hier nicht bloß um eine weitere für die Hauptstadt typische Zusammenkunft handelte – das war Afrika, und diesmal waren die Schwarzen die Ehrengäste, die man mit einer Verbeugung und einem Lächeln empfing. Ein Gefühl der Befriedigung war da – naiv, das wußte er; aber egal – in diesem offensichtlichen und letztlich unwichtigen Aspekt des Wandels. Es spielte für die Schwarzen keine Rolle mehr, ob Weiße mit ihnen zu essen wünschten oder nicht; sie selbst stellten jetzt die regierende Elite, und die Weißen waren es, die um die Ehre ihrer Gesellschaft bitten mußten. Fünfzig Pfund pro Kopf für eine Eintrittskarte; er wartete in der Schlange hinter einem Engländer mit Glatze und rostrotem Gesicht und einem lebhaften, untersetzten Schotten und deren blonden Frauen sowie einer schwarzen Dame, wahrscheinlich der Frau eines untergeordneten Beamten, die artig ihre Uniform aus Dekolleté und Perlen angelegt hatten. Sie roch beinahe klinisch nach Eau de Cologne. Der schwarze Bürgermeister und der weiße Präsident der Handelskammer begrüßten zusammen die Schlange der Gäste und waren beide gleich salbungsvoll.

Man hatte sich für die Tabakversteigerungshalle entschieden, weil nicht einmal der Flamingo-Saal des Great Lakes Hotel groß genug gewesen wäre, um die erwarte-

ten Gäste fassen zu können. Die nackten Wände waren hinter roter Baumwolle versteckt; ein riesiges Farbposter von Mweta hing inmitten der Golddraperien über dem Podium, wo die wichtigsten Würdenträger ihre Sitzplätze hatten; Steckarrangements aus chemisch eingefärbten Lilien und vergoldeten Blättern standen zwischen den langen Tischen und an den vier Ecken eines eigens konstruierten Tanzbodens, der wie ein Boxring aussah.
Das perfekte Spiegelbild des vulgären städtischen Geschmacks wurde durch den heimeligen und delikaten Duft von Tabakblättern gemildert, von dem das Haus durchdrungen war und der sich gegen den Essensgeruch und das Parfum der Frauen durchsetzte. Bray fiel er auf, als er seine Gedanken während der Ansprachen schweifen ließ. Der Bürgermeister sprach, der Präsident der Handelskammer sprach, ein prominenter Industrieller sprach, der Vorsitzende der größten Bergbaugesellschaft sprach. Während des Pampelmusen-Cocktails, des Flußfischs in weißer Soße (*Tilapia Bonne Femme*, wie es auf der mit bunten Buchstaben beschrifteten Speisekarte hieß) und irgendeiner Art Rindfleisch, das offenbar frisch von den Bashi heruntergebracht worden war (*Bœuf en Casserole aux Champignons*), saß er zwischen Mrs. Justin Chekwe, der Gattin des Justizministers, und Mrs. Raymond Mackintosh, der Gattin eines Versicherungsmannes, einem der letzten weißen Stadträte, die im Amt verblieben waren. Die weiße Matrone, die wie eine Touristin unbedingt ihre gerade gelernten Phrasen loswerden wollte, um damit zu demonstrieren, wie sehr sie sich zu Hause fühlte, beugte sich vor, um an ihm vorbei die schwarze Matrone anzusprechen: »Mrs. Mweta sieht so jung aus, nicht wahr? Was für eine Verantwortung, in

ihrem Alter. Ich würde damit sicher nicht fertig werden. Sieht der Saal nicht wunderhübsch aus? Es kommt einem gar nicht zu Bewußtsein, wieviel wirklich harte Arbeit in diesen Festvorbereitungen steckt – Sie hätten unsere Vorsitzende, Mrs. Selden Ross, sehen sollen, wie sie, oben auf einer Leiter, Nägel eingeschlagen hat.« Zu Bray gewandt, fügte sie mit gesenkter Stimme hinzu: »Wir haben das ganze Zeug den Indern aus der Nase gezogen, wissen Sie.« Mrs. Chekwe, mürrisch vor Schüchternheit, Nacken und Kopf gestützt vom Fleischpolster, das durch ihre Korsage in die Höhe gedrückt wurde, wußte nicht, was sie mit dem Fisch anfangen sollte, weil sie – im Gegensatz zu Bray und Mrs. Mackintosh, die mehr Erfahrung besaßen – ihren Abscheu nicht überwinden und ihn nicht essen konnte. »O ja«, murmelte sie, und wieder: »O ja?«, wobei sie den Tonfall hin zu einer höflichen Frage variierte. Während der zehn Minuten Aufmerksamkeit, die er Mrs. Chekwe widmete, dachte er, daß es vielleicht besser wäre, sich mit ihr auf gala zu unterhalten, kam dann aber zu dem Schluß, es könnte falsch aufgefaßt werden, einerseits (von Mrs. Mackintosh) als Angeberei und Anbiederung bei den Schwarzen, und andererseits (von Mrs. Chekwe) als Herablassung und Andeutung, ihr Englisch sei nicht gut. Er wußte immerhin, daß sie aus der nördlichen Provinz kam, und es gelang ihm, mit ihr nicht allzu stockend über die Veränderungen in der Stadt Gala und das Schicksal verschiedener Mitglieder ihrer Familie zu plaudern. Mrs. Mackintosh war gesprächig, eine jener energischen Damen aus den Kolonien – »Mich wirft so leicht nichts um«: Sie bezog sich natürlich auf ihre Probleme als Mitglied des Frauenkomitees, schenkte ihm aber einen augenzwinkernden

Blick, der die gegenwärtige Gesellschaft in einem Aufwasch mit einbezog. Sie wußte nicht, wer er war; das Kuriose war die Tatsache, daß Leute wie er und sie einander in Zeiten der Kolonialherrschaft nie begegnet wären, unwiderruflich getrennt durch seinen Standpunkt, die Schwarzen seien die Eigentümer ihres Landes, und dem ihren, sie seien eine Rasse von Dienern mit guten Herren. Nun waren sie durch die Schwarzen selbst zusammengeführt worden, der eigentlichen Ursache des Streits, wobei seine Anwesenheit das Ergebnis einer langen Freundschaft war und die ihre das ebenso natürliche Ereignis jenes Willens, sich anzupassen, um zu überleben – in wirtschaftlicher Hinsicht, wie sich versteht; ihr Fleisch und Blut waren niemals in Gefahr gewesen. Sie akzeptierte eine Regierung von Schwarzen ebenso wie Ameisen im Zucker und die Pflicht, vorbeugend Medikamente gegen Malaria einzunehmen.

Er war an den Ehrentisch gesetzt worden, aber an dessen Ende – ein Name, der eingefügt worden war, nachdem man die Sitzordnung bereits bestimmt hatte. Der Industrielle sprach von der großen neuen Autofertigungshalle eines britisch-amerikanischen Konsortiums, mit der Arbeitsplätze für fünfhundert Arbeiter geschaffen würden, und stellte fest, daß eine stabile Regierung und »vernünftige« Bedingungen für ausländische Investoren jenes Kapital ins Land zogen, das Nachbarstaaten mit ihren »unmöglichen« Restriktionen gegenüber ausländischem Aktienbesitz und den »wilden Forderungen« nach Verstaatlichung der Industrie den Rücken kehrte: »Hier werden die Industrie und die Nation Hand in Hand in die Zukunft gehen.« Sir Reginald Harvey, der Vorsitzende der Goldminengesellschaften, sprach im Ton bescheidenen, patriarchalischen Stolzes und »erlaubte sich«, kühn zu sagen, daß die Bergbauindustrie, deren Geschichte bis zurück vor die Jahrhundertwende reiche, »in diesen Teil Afrikas den ersten Schimmer der Hoffnung trug – nach Jahrhunderten der Ausplünderung und der durch den Sklavenhandel bedingten wirtschaftlichen Stagnation. Auf der Basis des goldhaltigen Gesteins, das damals, in den neunziger Jahren des neunzehnten Jahrhunderts, entdeckt wurde, ist der moderne Staat von heute gegründet worden...« Er brauchte nicht einmal zu erwähnen, daß vierzig Prozent des Nationaleinkommens aus den Minen stammten; jeder im Saal war sich dieser Tatsache ebenso selbstverständlich bewußt wie des Umstandes, daß am Morgen die Sonne wieder aufgehen würde. Die Bergbauindustrie würde weiterhin neue Betätigungsfelder erschließen... es habe da einen kurzfristigen Rückschlag in der alten Mondo-Mondo-Mine gegeben – aber die unermüdliche Forschungsarbeit, für die die Gesellschaft in ihren Bemühungen um bessere Bohrtechniken und Anhebung der Produktion Jahr für Jahr mehr als eine Million ausgebe, würde es vielleicht bald möglich machen, diese Schwierigkeiten zu überwinden und die Mine wieder zu eröffnen... die Bergbaugesellschaft und die Nation würden gemeinsam in die Zukunft schreiten...

Der Applaus war ausdauernd und stark und brach wie auf ein Stichwort hin los, wenn der jeweilige Redner den Mund schloß. Schwarze Wangen glänzten, Blut stieg in erregte weiße Gesichter, während in den Köpfen beider Gruppen, davon unbeeinflußt und unberührt, Klarheit darüber herrschte, daß das, was der Industrielle gesagt hatte, bedeutete: »Ihr kriegt unser Geld – aber zu unseren Bedingungen«, und daß das, was der Vorsitzende der Goldminengesellschaft gesagt hatte, bedeutete: »Wir haben nicht die Absicht, die Mondo-Mondo-Mine wiederzueröffnen, weil unsere Aktienbesitzer in Übersee hohe Dividenden von produktiven Minen wünschen, und keine Expansion, die zwar mehr Arbeitsplätze schafft, aber fünf oder sechs Jahre brauchen würde, bis sie sich zu lohnen beginnt.« Der Direktor der Tiefkühlgesellschaft, deren Fleischerläden die Schwarzen im ganzen Land durch eine Luke in einer Tür bedient hatten, um sie von den weißen Kunden getrennt zu halten, bis ein Boykott der PIP vor drei Jahren eine Veränderung erzwungen hatte, bestand charmant darauf, daß sein schwarzes Gegenüber am Tisch von ihm eine Zigarre annahm. »Dann stecken Sie sie ein. Rauchen Sie sie zu Hause, wenn Sie Lust dazu haben.« Mr. Ndisi Shunungwa, der Generalsekretär des Vereinigten Gewerkschaftskongresses, der einmal gesagt hatte: »Sie sind mit einer Flasche Gin und einer Bibel ins Land gekommen – geben wir ihnen zurück, was sie mitgebracht haben, und sagen wir ihnen, daß sie abhauen sollen«, fischte eifrig unter dem Tisch nach der Handtasche der Frau des Direktors der Medizinischen Versorgungsstelle. Sie war eine plumpe und dankbare Blondine, die sich entschuldigte: »Ach, ich bin unmöglich ... oh, sehen Sie, Sie sind ganz staubig am Ärmel ... Oh, ich bin ...«

Mwetas Rede war sehr kurz. Von seinem Sitzplatz aus konnte Bray sein Profil studieren, die hohe, gebogene schwarze Augenbraue, das kleine, flachgedrückte Ohr, das Blitzen des Auges unter den Wimpern, die aufgebogen waren wie die einer Frau, die starken Lippen, die sich beim Reden leicht vorstülpten. Alle, die gemeinsam für das Land arbeiteten, seien Landsleute, sagte Mweta. »Von den frühesten Tagen unseres Kampfes an« sei Staatsbürgerschaft für ihn nie eine Frage der Hautfarbe gewesen. Wenn es falsch war, von der Hautfarbe zu profitieren, dann war es ebenso falsch, eine Hautfarbe zu diskriminieren. Er verstand »dieses Dinner als die teuerste Mahlzeit, die jeder von uns hier je gegessen hat«. Gelächter; er lächelte, war aber ernst, aufrichtig, ein Mann, der vor noch nicht einem Jahr in einem Zwei-Zimmer-Haus mit Wellblechdach im schwarzen Stadtviertel gewohnt hatte: »... aber die Kosten sind in Wahrheit sogar noch viel höher als das, denn der Preis für dieses fröhliche Beisammensein wurde durch mehr als fünfzig Jahre der Arbeit der Bevölkerung dieses Landes bezahlt und mit dem entschlossenen Weitblick jener von draußen, die an seine Entwicklung geglaubt haben.«

Laute Musik entfaltete sich über den Gesprächen und dem Klirren der Teller und dem gequälten Stampfen schwitzender Kellner. Joy Mweta wurde von einem der weißen Männer auf die Tanzfläche geführt. Die Stimmen paßten sich dem Lärm an und wurden lauter; die Kapelle aus dem Kongo spielte ihren speziellen Schluckauf-Rhythmus, unterstrichen von südamerikanischen Rasseln und Klappern. Dann und wann platzte eine Trompete dazwischen wie der Ausbruch eines fetten Gelächters. Ein paar weiße Männer drifteten wie bei clubinternen Tanzveranstaltungen aufeinander zu, und die schwarzen Männer fühlten sich zur männlichen Kameraderie des Whiskys und der geschäftlichen Gespräche hingezogen. Weiße Frauen gingen geschlossen wie Schulmädchen auf die Toilette und kamen mit einem animierten Gesichtsausdruck zurück, der von einem herzlichen Lachen über das ganze Theater herrührte. Schwarze Frauen saßen geduldig da, dazu geboren, die Langeweile und die Vernachlässigung bei offiziellen Anlässen zu ertragen. Beim Tanz mit dem pflichtbewußten Bray wurde Mrs. Mackintosh nun unter der Wirkung von Gin und Tonic sorgloser. Sie kicherte über das rote Flaggentuch, das die Wände bedeckte.

»Haben wir von den Kulis geschnorrt, mein Bester. Sie haben die armen, gottverdammten Eingeborenen so viele Jahre lang übers Ohr gehauen, daß sie sich's jetzt leisten können, was rauszurücken.«

Er tanzte mit Evelyn Odara. Sie zog ihn mit sich, um ihn einem eleganten Mädchen vorzustellen, das ihm aufgefallen war, als es an den schwarzen Ehefrauen wie an abgesetzten Teehauben und an den weißen Frauen, die ihr zusammen mit ihren Männern nachsahen, blicklos vorüberglitt, wobei ihr weißes Kleid und die baumelnden Glasohrringe ihre seidige, schwarze Haut hervorhoben. Doris Manyema. Aber er hatte sie schon zuvor, während der Unabhängigkeitsfeiern getroffen. Sie war gerade erst zum Kulturattaché des Landes bei den Vereinten Nationen ernannt worden; sie nahm die Gratulationen zurückhaltend und mit selbstbewußter Herablassung entgegen – es war, als könnte man sie nur durch Glas betrachten, denn diese Schönheit würde ihren Platz weder im Hinterhof eines Weißen finden noch in den Frauenquartieren eines Schwarzen. Sie war im Begriff, über Algier nach New York zu fliegen; sie sprachen ein paar Minuten über Ben Bella und Boumedienne, und dann ließ ein junger Weißer, der sich die Zeit, bis sich eine Gelegenheit ergab, am Gespräch teilzunehmen, damit vertrieb, ihre Brustwarzen, die sich von unten her gegen das Kleid drückten, anzustarren und in einer Art unbewußten Reflexes seinen eigenen blonden Schnurrbart zu berühren, irgendeine Bemerkung über Tschombes Tod fallen. »Ich hab meine Wette, daß er aus dem Gefängnis rauskommen würde, verloren. Ich hab mir die Chancen ausgerechnet – Sie wissen, wie oft er schon um Haaresbreite mit dem Leben davongekommen ist –, hab sie einem Computer gefüttert. Ein unglaublich gerissener Bursche. Ich bin im Versicherungsgeschäft – Statistiker, verstehen Sie«, sagte er – eine entwaffnende Entschuldigung dafür, daß er fachsimpelte. Doris Manyema würdigte ihn keines Blickes und sagte zu Bray: »Ich hoffe, Tschombe verrottet in der Hölle.« »Ach, jetzt machen Sie aber einen Punkt.« Der junge Mann schmollte scherzhaft. »Mein Interesse war rein sportlicher Natur.« Ihre schmalen Augen blickten an ihren runden Wangenknochen hinunter, die Nasenflügel leicht gebläht. »Wir teilen nicht die sportlichen Instinkte von euch Leuten. Eure blutigen Sportarten in der einen oder anderen Form. Sie haben ihn nur wegen Mobutu so lange am Leben gelassen. Sie hätten ihn in den Graben schmeißen sollen, wie er's mit Lumumba gemacht hat.« Der junge Mann forderte sie zum Tanzen auf und führte sie am Ellbogen davon, goldblonde kühne Koteletten. »Ein hübsches Paar«, sagte Evelyn Odara und lachte ihr Männerlachen. Sie war eine solide Säule, drapiert mit einer farbüberladenen Robe; Ndisi Shunungwas randlose Brille blitzte auf wie immer, wenn er eine politische Rede hielt, aber er tanzte mit seiner reumütigen Blondine, auf die er jovial herablächelte, wobei er seinen Kopf von ihr entfernt hielt, während sich auf ihrem Gesicht die großäugige Vorsicht einer Frau ausdrückte, deren Becken beim

Tanzen gegen einen fremden Mann gepreßt wurde. Zu vorgerückter Abendstunde stieg von den Gruppen unentwegter Trinker brüllendes Gelächter auf; sie begannen, die Anwesenheit der Schwarzen zu vergessen und ihre obszönen Geschichten zu erzählen. Die schwarzen Männer sammelten sich hier und da und sprachen in ihrer Muttersprache, *pas devant les enfants.* In der Männertoilette sah sich einer der weißen Männer neben Bray schnell um und sagte zu seinem Begleiter: »Gott sei Dank ist jetzt alles gut überstanden, hm, Greg? Jesus, aber es ist zäh mit diesen Burschen. Und eine Mammy, die ich auf der Tanzfläche rumschieben mußte – ich sag dir, ich mußte den niedrigsten Gang einlegen, um diesen Arsch auf Trab zu bringen.«

Das Durcheinander des Lärms wurde plötzlich unterbrochen, weil die Kapelle zu spielen aufhörte. Die Leute brachen ihre Unterhaltung ab und blickten in die Runde. Es gab irgendeine Unruhe; die Leute stellten sich jetzt in Gruppen zusammen; eine andere Art Lärm setzte ein, wurde aber wieder zum Schweigen gebracht. Mweta bahnte sich mit Joy zwischen den Gästen einen Weg; in den Händen seine Gitarre. Das zumindest war sie für Bray: seine Gitarre. Aber es war natürlich nicht jene Gitarre, es war einfach eine, die ihm von einem Mitglied der Kapelle auf einen Vorschlag oder eine Bitte hin, vielleicht sogar auf Mwetas eigenen plötzlichen Einfall, ausgehändigt worden war. Egal, er ging jedenfalls, beinahe scheu, Joy an der einen Hand, die Gitarre in der anderen, mit einem halb erwartungsvollen (er hatte diese Gitarre geliebt), halb stolzen Ausdruck (er hatte das Vergnügen gemocht, das die Leute in den Siedlungen an seinem Spiel gehabt hatten), den er immer dann gehabt hatte, wenn er vom Fahrrad gestiegen und die Gitarre von seinem Rükken herabgeglitten war, durch den Saal. Ohne jede Ankündigung und ganz selbstverständlich schritten sie zum Podium hinauf, und er begann zu spielen, während sie ihre Hände ein- oder zweimal zusammenschlug, ihren jungen, lockeren, mütterlichen Körper in dem schulmädchenhaften rosa Kleid streckte, lächelte und schließlich mit ihm zu singen anfing. Ihre Stimmen waren weich und harmonierten wunderbar. Sie sangen irgendein banales populäres Lied aus einem amerikanischen Film der fünfziger Jahre.

Die Weißen applaudierten donnernd; sie waren einfach begeistert: Vielleicht war es eine unbewußte Erlösung, diesen schwarzen Mann von allen schwarzen Männern in der alten, für sie akzeptablen Rolle des Entertainers zu sehen. Die Schwarzen sahen bloß zufrieden zustimmend drein; nach vierzig Jahren, in denen ihnen gesagt worden war, wann sie zu kommen und zu gehen, wann sie zu stehen und wann ihren Hut abzunehmen hatten, bestimmte nun ein schwarzer Präsident darüber, was man tat und was nicht. Dann half Mweta seiner Frau vom Podium herunter, gab die Gitarre zurück und verließ den Saal durch ein Spalier von Leuten, die spontan unter dem leuchtenden Blick aus diesem schwarzen Gesicht, diesem Lächeln eines verwundbaren Glücks, auf ihn zudrängten. Er dachte daran, wie er Bayley gegenüber von Mweta gesagt hatte: »Er braucht einen Vertrauensbeweis.« Was er wirklich gemeint hatte, war, daß es Unschuld, eine Art Unschuld erfordert, um einen Vertrauensbeweis zu verlangen. Er redete gerade mit dem Regierungssprecher, der ihn – als erster schwarzer Journalist des Landes – um ein Interview gebeten hatte, als die unvermittelte

Rückversetzung nach England gerade bekanntgemacht worden war. »Was mir damals am meisten Kopfzerbrechen machte, war, daß ich fürchtete, Sie könnten bemerken, daß ich noch nicht stenographieren konnte ...« Sie lachten – ganz im Sinne der Konvention, daß die Vergangenheit immer etwas Amüsantes ist. Aber er spürte in sich eine gespannte Besorgnis um dieses Wesen, das Mweta hieß, eine Sammlung innerer Aufmerksamkeit, Zuneigung und Verteidigungsbereitschaft für Mweta, eine Verteidigungsbereitschaft, die sogar gegen ihn selbst, gegen Bray, gerichtet war. Seine Sinne waren überwach gegenüber der Welt, die den Geist Mwetas zu verformen drohte – weiße Geschäftsleute, schwarze Politiker, das gebieterische Blitzen von Ndisi Shunungwas randloser Brille, die OAU – sein Hirn pickte wahllos Drohungen aus der Vergangenheit heraus, aus Zeitungen und dem, was gerade um ihn herum passierte. Es muß *ein* Wesen geben, an das man glaubt, trotz allem, *ein* Wesen!

Die Kapelle füllte den Saal wieder mit Lärm. Sofort setzten sich die Leute ohrenbetäubend in Bewegung, tranken und tanzten.

Am nächsten Morgen, als er wieder auf der Straße zurück nach Gala war und Bäume und Gruppen von Bambusstauden gleichförmig auf ihn zukamen, dachte er an die vergangenen paar Tage, so als gehörten sie dem Leben eines anderen.

Eine gluckenhafte Angst, gestern nacht.

Schreib mir, schreib mir. Wir müssen in Verbindung bleiben. Über Shinza, versteht sich; fahr nach Gala zurück und behalt Shinza im Auge. Vergiß nicht, mit mir wegen Shinza *in Verbindung zu bleiben.*

Aufruf zu einem Vertrauensbeweis; dazu muß man unschuldig sein. Blödsinn. Es ist ein Akt beginnenden Messianismus – der älteste politische Trick der Welt. Vermute ich.

Es lag ein heilsamer Nachgeschmack darin, sich selbst zu verhöhnen, weil man sich hatte bluffen lassen.

Teil Drei

Tag um Tag verbrachte er unter dem Feigenbaum, um das Material für seinen Bericht zusammenzustellen. Es regnete nicht mehr; am nächtlichen Himmel bildeten die Sterne Quarzkrusten und Lichtborsten, und der kleinste Laut hallte wider. Kalimo machte ein Feuer aus Holzscheiten, auf denen die getrockneten Flechten wie krause Medaillons in Grau und Rostrot wirkten.
In der über Gala hängenden Stille kam er sich wie in einer Art akustischer Spannung gefangen vor – etwas in ihm spitzte die Ohren wie ein Tier, das von einem Traum gestreift wird. Horchen; dann und wann hob er den Kopf von den Papieren, und das Summen des üppig wuchernden, unbekümmerten Lebens im Baum – in dem es raschelte, kroch, sauste, nagte, knarrte, summte – schläferte ihn nicht ein. Gala besaß die unheimliche Eigenschaft der Urwaldsiedlung, die alles zudeckt und verschluckt, was das lastende Grün umfängt und den Blicken entzieht. Tief unter den Mahagonibäumen wanderten die immer gleichen, aus der Sicht von oben verkürzten schwarzen Figuren umher. Kein Laut, den die bloßen Füße im Staub erzeugt hätten; ein Stimmengewirr wie von Vögeln im Käfig der Äste. Sklavenjagd, portugiesische und englische Strafexpeditionen – das Kielwasser des ständig sich erneuernden Blattwerks schloß sich hinter ihnen. Das ferne Klirren und Knirschen des kleinen Industriegebiets wurde so ebenfalls unhörbar. Nichts, was sich an diesem kleinen, abgelegenen, friedlichen Knotenpunkt von Straßen vor aller Augen ereignet hätte.

Jede Veränderung war ein Schrei, den dieses Meer aus Bäumen verschluckte. (Eines Tages, während der Mittagspause, wurde er plötzlich von der Vorstellung erfaßt, diese nämliche Stille der Sonne und der mächtigen Bäume dauere fort, während alles andere aus seiner Bahn geworfen werde – er sah einen brennenden Wagen und ganz weit unten, unter dem wechselnden Schattenmuster der Bäume, blutende Leiber. Einen Augenblick lang war das Bild übermächtig lebendig; eine Gänsehaut überlief ihn – wie die Erfahrung des *déjà vu,* eine Reaktion auf einen physischen Reiz –, ein Rinnsal aus kühler Luft war zwischen sein feuchtes Hemd und den warmen Rücken eingedrungen.)

Ab sofort brachte er ein Gutteil seiner Zeit in Sampson Malembas Haus unten im alten Stadtviertel zu.

Kamaza Phiri war es gelungen, Geldmittel aufzutreiben, die dank einer Sofortmaßnahme für den Betrieb einer technischen Schule zur Verfügung gestellt wurden. Bray hatte zu ihm gesagt: »Ist Ihnen klar, daß das, was Malemba und ich tun, ein bißchen was von einem Wiederbelebungsversuch der ehemaligen staatlichen Werkstätten hat, die von Ihrem Ministerium geschlossen wurden? Das Ganze steht im Widerspruch zur gegenwärtigen Politik.« Phiri klappte seine Handflächen auseinander; sie hatten die Farbe von Teerosen. »Es ist ein Experiment, das den Zielen des Bray-Reports dient« – die Bezeichnung amüsierte Bray, und seine Mundwinkel gingen in die Höhe – »und ich bin bereit, es zu unterstützen.«

Sampson Malemba war nachgerade begeistert. Er klapperte die Fabriken ab, um von den Leuten zu erfahren, welche Grundkurse man am dringendsten benötigte. Er

hatte sich in Schweden nach den Preisen für die Bestükkung von Maschinenhallen erkundigt. »Warum in Schweden, Sampson?« Der aber hatte seine Hausaufgabe auf dem geblümten Wachstuch seines Küchentisches gemacht: »Der Vertrag – verstehen Sie. Das Darlehen, das die Regierung bekommen hat. Wir haben da einen Restkredit für Land- und Industriemaschinen offen.«
Sie planten kleine Zentralen in den Dörfern, die als Filialen der Zentralstelle in Gala selbst geführt werden sollten – man wollte jeden einzelnen Häuptling bitten, eine große Hütte zu errichten, für die dann seitens des Projekts das unumgänglich notwendige Inventar für den Unterricht im Schuhmacher- und Schreinerei-Handwerk und – das war das vordringlichste – für Wartung und Reparatur der vom Landwirtschaftsministerium den Kommunen leihweise überlassenen Landmaschinen zur Verfügung gestellt werden sollte. Malemba hatte einen großartigen Einfall gehabt: Mechaniker der beiden hiesigen Kfz-Werkstätten sollten dafür bezahlt werden, daß sie in den Siedlungen Abendkurse abhielten oder aber Wochenendkurse, falls die Entfernung zu groß sein sollte. Das Hauptproblem bestand darin, daß man erst für sämtliche Unterrichtszweige qualifizierte Kräfte auftreiben mußte; aber – und darin waren beide leidenschaftlich einer Meinung – wenn man sich davon schon abschrekken ließ, dann konnte man in Afrika überhaupt nichts erreichen. Die Kfz-Mechaniker stellten jene beispielhafte Notlösung dar, wie man sie in jedem einzelnen Fall suchen mußte – sie sprachen die gleiche Sprache, und obwohl es unter der Kolonialherrschaft niemals eine entsprechende Lehrlingsausbildung für Kfz-Mechaniker gegeben hatte, hatten sie sich im Zuge ihrer Arbeit für

bwana zu Fachkräften ausgebildet. Jahrelang hatten sie in Gala die Wagen und Traktoren der weißen Kommune in Schuß gehalten – ihre eigene Kommune hatte weder das eine noch das andere gehabt.
Ein weiteres Problem war, wo man die Zentrale unterbringen sollte. Bray war eigentlich davon überzeugt, daß sie nicht im ehemaligen Viertel der Schwarzen, aber auch nicht auf dem Areal der neuerrichteten Wohnanlage und des Arbeiterheims untergebracht werden sollte, sondern in der »Stadt« selbst. Für den Durchschnittseinwohner von Gala war es wichtig, daß ein Grenzpfahl mit aller Entschlossenheit in jenes Gebiet getrieben würde, das immer im Besitz des weißen Mannes gewesen war und das jetzt die Weißen und die schwarze Beamtenschaft als Revier miteinander teilten. Er wollte, daß die Leute, die bloß in die Stadt kamen, um zu arbeiten, einzukaufen oder sich pflichtschuldig der einen oder anderen über ihr Leben bestimmenden Art von Verwaltung zu unterwerfen, hier ein für allemal ihr Existenzrecht geltend machten. Der Club, die Sons of England Hall, die Princess Mary-Bibliothek – zu viele Jahre hindurch waren sie daran bloß vorübergegangen. Er wollte, daß sie endlich Anspruch auf die Stadt erhoben. Er machte nicht viele Worte, als er – auf Ausschau nach einem passenden Gebäude – die unterschiedlichsten Leute aufsuchte. (Letztlich war es doch nicht ganz umsonst, daß er ehedem Staatsbeamter gewesen war.) Aber die offenbar einfache Art, mit der er an die Leute herantrat – so als handelte es sich dabei um eine Routinesache ohne besondere Bedeutung –, weckte, trotz oder vielleicht gerade wegen der noch von früher her vertrauten Aggressionslosigkeit seines Verhaltens, jenes unerbittliche Ressentiment gegenüber einem Menschen, der

anscheinend immerzu moralisch im Recht ist. Sein Draufgängertum war von der stillen Art, ein Streich, den ihm seine kulturelle und nationale Herkunft spielten, die ihn als Karikatur des beherrschten Engländers erscheinen ließen. Er wandte sich an den Clubsekretär, obwohl er und Mweta schon beim Gedanken daran gelacht hatten; die Clubmitglieder sollten ihre Chance erhalten. Sie erinnerte ein wenig an jene Chance, die Dando dem Parlament zur Aufhebung des Vorbeugehaftgesetzes gelassen hatte. Er machte dem Sekretär den Vorschlag, man könne das unbenützte Billardzimmer – die Generation der Billardspieler war ausgestorben, im Augenblick waren die Squashplätze populär – für die Sekundarschulkurse für Erwachsene verwenden, die Malemba persönlich abzuhalten gedachte. Das Billardzimmer besaß einen eigenen Eingang, und man brauchte dementsprechend nicht den Haupteingang in den Gebäudekomplex des Clubs zu benützen. Die Kurse fänden nur in den Abendstunden statt. Und dann gab es auch noch die große Scheune, beziehungsweise den Schuppen, der, wie er (Bray) sich erinnerte, für die Unterbringung der Hundemeute errichtet worden war (in Gala hatte es vor Jahren Schleppjagden gegeben, und irgend jemand hatte die Jagdhunde aus Irland mitgebracht, die, einer nach dem anderen, an biliärer Zirrhose eingegangen waren – allerdings nicht, ohne vorher die U-förmigen Ohren weitervererbt zu haben, die nun in sonderbaren Variationen bei den einheimischen Kötern wiederauftauchten). Dieser Schuppen würde sich sehr gut als Werkraum für Monteur- und Drechselkurse eignen, und da er ein gutes Stück vom Hauptgebäude entfernt lag, würden die Mitglieder ungestört ihren Aktivitäten nachgehen können.

»Wissen Sie, ein bißchen wird das wie bei einer von diesen großen Universitäten sein, wo die Fakultätsgebäude auf die verschiedenen Stadtviertel verteilt sind«, erklärte Bray in sanfter Bescheidenheit. Er und Sampson Malemba – der zum ersten Mal in seinem Leben in diesem Club saß – blickten einander an und lächelten.
Der Sekretär aber schien zu befürchten, ein Lächeln könnte den ganzen Club – wie ein Wink, mit dem bei einer Auktion jemand für einen Restposten den Zuschlag erhält – den schwarzen Siegern in die Hände geben. Gewichtig sagte er: »Ich verstehe.« Er würde die Angelegenheit, wie sich von selbst verstehe, dem Komitee vortragen – Bray müsse schriftlich, in einem Brief, die Fakten darlegen und so weiter. »Ja, das wird Mr. Malemba erledigen – das Projekt untersteht seiner Abteilung.« Wieder »verstand« der Sekretär; er müsse ihnen allerdings jetzt schon sagen (nun war er an der Reihe zu lächeln, das Aufblitzen bedauerlicher schlechter Nachrichten), daß das Billardzimmer mit Kulissen und Requisiten vollgestopft sei, Dramen- und Operngruppen hätten schon vor Jahren Anspruch darauf erhoben, und nicht einmal seine Boys ließen sich dazu bewegen, dort hineinzugehen und Ordnung zu machen. Und diese Scheune – »Sie meinen doch die da unten in der Nähe des Lagers, gleich bei Loch Sieben des Golfplatzes?« – in dieser Scheune also habe der für den Rasen zuständige Mann sein Werkzeug verstaut, die Rasenmäher und so weiter, und, um die Wahrheit zu sagen, schliefen dort unten ein paar von den Caddies. »Ich weiß davon und weiß auch wieder nichts – Sie verstehen.« Nun, da er seine Besucher loswurde, erging er sich wortreich und ganz im Bewußtsein, was für ein gutmütiger Kerl er war, darüber. »Viel-

leicht könnten wir die Caddies in die Schule aufnehmen«, sagte Bray, der sich wie ein fröhlicher Missionar vorkam. Der Sekretär war ein großer Mann, dessen Schenkel sich beim Aufstehen aneinander rieben; sein kurzes Haar war derart stark pomadisiert, daß er aussah, als käme er gerade aus der Dusche. Er stimmte in das Gelächter des Schwarzen ein, obwohl er ihn, abgesehen von der Vorstellung am Anfang, eigentlich nie direkt angesprochen hatte. Er komplimentierte sie hinaus, indem er mit einem Arm in der Luft hinter ihren Schultern einen Bogen beschrieb. »Colonel, haben Sie Ihr Projekt woanders schon mal angesprochen? Ich meine, vielleicht im Laufe einer Unterhaltung?« Die Stimme klang vernünftig, schmeichelte; so setzte er sie vielleicht ein, wenn er einem Clubmitglied, das einen guten gebrauchten Squashschläger loswerden wollte, Hoffnungen machte; er wußte, daß Bray seit der Benachrichtigung von seiner Aufnahme als Mitglied nicht ein einziges Mal auf einen Drink in die Bar gekommen war. Und Bray murmelte, das Gesicht unbewegt: »Ich war in letzter Zeit nicht viel in Gala, ich hatte wirklich keine Gelegenheit ...«
Im Wagen sagte er: »Das war ein Fehler, die Sache mit den Caddies. Die Golfer werden glauben, der Weltuntergang steht bevor; jetzt wollen wir ihnen ihre Caddies wegnehmen, um sie zu *erziehen.*«
»Ich würd sie äußerst gern in die Schule stecken.« Malemba blieb hartnäckig. »Diese Kinder haben von nichts eine Ahnung, außer wie man Kippen raucht und wie man um Pennies spielt.«
»Du lieber Himmel! Die Caddies werden in uns auch ihren Untergang sehen. Sie werden zusammen mit den

Clubmitgliedern auf die Barrikaden steigen und das Gelände mit Golfschlägern verteidigen.«
Es mußte eine Sondersitzung des Clubvorstands stattgefunden haben. Binnen einer Woche befand sich bei der Post, die per Bote aus dem *boma* heraufgebracht wurde, ein Brief. Sein Inhalt war an den für das Gebiet zuständigen Bildungsbeamten, Mr. Sampson Malemba, gerichtet und trug den Vermerk: »Kopie an Colonel E. J. Bray, D.S.O.« Die Mitglieder des Gala-Clubs, zu jeder Zeit willens, der Sache des Gemeinwesens zu dienen, was der Club seit seinen Anfängen im Jahre 1928 bewiesen habe, verträten die Ansicht, daß weder das Haupt- noch die freistehenden Nebengebäude des Clubs als Örtlichkeit für Erwachsenenbildungskurse geeignet seien und deren Erfordernissen nicht entsprächen. Zweck des Clubs sei – und sei es immer schon gewesen –, mit seinen Einrichtungen der Erholung zu dienen, nicht aber der Erziehung, für die in Schulen, Kirchen und anderen Zentren, die für den Unterricht bestimmt und auch ausgerüstet seien, zweifellos besser gesorgt wäre. Deshalb müsse man mit Bedauern und so weiter.
Er rief Sampson Malemba an, der eines der wenigen Telefone im schwarzen Township besaß, aber es hob bloß ein sehr kleines Kind ab, das immer wieder nur eine fragende Silbe in die Muschel wiederholte: »Ei? Ei? Ei?« Unter der Post fand sich auch ein kurzer Brief von Aleke, der mit der trockenen Einleitung begann: »Ich höre, Sie sind zurück.« Es stimmte, er war nicht im *boma* gewesen; er hatte sämtliche Papiere zu Hause, und im Augenblick war Malemba der einzige Beamte, mit dem er zusammenkommen mußte. Wie auch immer, Aleke lud ihn zum Abendessen ein. Um mich unter die Lupe zu neh-

men, um sich davon zu überzeugen, wie gut man es in der Hauptstadt verstanden hat, mich einzuwickeln? Er dachte: Das wüßte ich selbst gerne.
Das erste, was er sah, als er die Verandastufen hinaufstieg, dorthin, wo so lange sein eigenes Zuhause gewesen war, war das Mädchen. Rebecca Edwards – sie kehrte ihm den Rücken zu. Sie war gerade dabei, an den Haufen barfüßiger Kinder – schwarze und weiße, deren Hände und Kinne sehnsüchtig auf der Tischkante lagen – Orangesquash auszuschenken, und als die anderen ihn begrüßten, drehte sie sich um, wobei sie das Haar, das ihr in die Stirn gefallen war, mit einer Kopfbewegung zurückwarf. »Willkommen in der Heimat – wie ging's denn in der Stadt?« sagte sie fröhlich und natürlich und ohne zu erwarten, daß sie in diesem Durcheinander von Stimmen eine Antwort bekäme. Es war alles in Ordnung; es wurde ihm bewußt, wie ratlos ihn die Vorstellung gemacht hatte, daß er diesem Mädchen, das er seit jenem Zwielicht nicht mehr gesehen hatte, wieder begegnen würde. Selbstverständlich war er ihretwegen nicht ins *boma* gekommen, und ihretwegen hatte er veranlaßt, daß ihm Tag für Tag die Post zugestellt wurde. Er wollte mit der peinlichen Angelegenheit, wie er sich diesem Mädchen gegenüber verhalten sollte, *nicht behelligt werden.* Die Tage, die inzwischen vergangen waren, hatten das alte Bekanntschafts-Verhältnis wiederhergestellt. Oder die Geschichte war für sie ebenso peripher wie für ihn; in ihrer Sorge um sie hatten ihre Freunde in der Hauptstadt das angedeutet.
Sampson Malemba war da (seine Frau war scheu und kam kaum je zu solchen Treffen europäischen Zuschnitts, auch dann nicht, wenn sie bei Schwarzen statt-

fanden); Nongwaye Tlume, der für die Landwirtschaft zuständige Beamte, und seine Frau; Hugh und Sally Fraser, das junge Ärztepaar aus dem Missionsspital; und Lebaliso, der sich vor den Gästen in einen unbequemen Liegestuhl fallen gelassen hatte, als hätte Malemba das arrangiert, um zu sagen: *Da,* mehr ist nicht dran an ihm – ein bißchen ulkig, mit seinem Schnauzbart, Typ 1914 bis 18, mit dem er den weißen Mann nachäffte, dessen Nachfolger er geworden war, und den gewienerten Schuhen – braunglänzend wie seine Wangen –, die seine lange Lehrzeit als gemeiner Soldat verrieten. Malemba und Bray begannen sofort über den Brief zu reden. Beim Bier und obendrein in dieser Gesellschaft, die ihre Kommentare dazu abgab, kam er einem viel lustiger vor, als er es tatsächlich war. Und besonders der erste Satz, der sich auf den Club bezog, der seit 1928 »der Sache des Gemeinwesens gedient« habe, und unzweideutig zu verstehen gab, daß mit dem »Gemeinwesen« ausschließlich die Weißen gemeint waren, bewirkte ein derart wildes Durcheinander von Einwürfen und brachte sie so sehr zum Lachen, daß eines der kleinsten Kinder (ein Sprößling der Tlumes), aus den Mundwinkeln triefend vor Neugier, die Stufen zum Lärm heraufkroch, um sich dann, schwankend wie eine Schlange beim Klang der Beschwörungsmusik, aufzurichten. Rebecca Edwards hob es auf und wiegte es, bevor aus dieser Trance noch Angst werden konnte.

»Und was werden Sie nun unternehmen?« fragte Fraser; mit seinem schwarzgelockten Haar, den sonnengebräunten, behaarten Unterarmen und dem Bierschaum auf den Lippen hätte er einen bühnenreifen Seeräuber abgegeben.

»Was meinen Sie, Sampson?« stichelte Bray.
»Wir müssen das reiflich überlegen.«
»Hier spricht der Schulmeister!« Alekes Bemerkungen waren freundschaftlich und kritisch, während er mit einer Hand im Haar seines Gastes wühlte.
Hugh Fraser rollte die Augen. »Laßt uns auf ewig das ehrwürdige, efeuumrankte Gemäuer des Gala-Clubs erhalten, dessen Geschichte von so vielen denkwürdigen Samstagabend-Tanzveranstaltungen und von so vielen edlen Vorstellungen der Stücke Agatha Christies trieft.«
»Nein, jetzt im Ernst, James?« sagte Aleke träge. Immer wieder gab er dem Kind der Tlumes Zeichen, indem er eine Augenbraue hochzog, bis dieses langsam von Rebeccas Schoß herunterglitt und zu seinem Bein hinkroch.
»Das nächste wird wohl die Gandhi-Halle sein müssen, glauben Sie nicht, Sampson. Hm?«
»Nichts einfacher als das. Sorgen Sie dafür, daß Sie einen Befehl für die Requirierung sämtlicher brauchbarer Objekte erhalten.« Bei der Erinnerung an den Zusammenhang von Sally Frasers Bemerkung – die Aura der freundschaftlichen Beziehung Brays zum Präsidenten – lachten abermals alle.
»Oh, ich bin kein Aleke oder Lebaliso!«
Der Polizist faßte das als Kompliment auf, kicherte selbstzufrieden in die Runde: »Aber-aber, Colonel, aber-aber ...« Aleke ging zum Spaß auf den Scheinangriff ein und parierte ihn mit einer Grimasse. In diesem Augenblick sagte seine Frau, das Essen sei fertig, und er verkündete: »Bin doch verdammt der cleverste P.O., den Gala jemals gesehen hat, was? Was glauben Sie, wer

gekocht hat? Meine Sekretärin da. Ja« – sie lächelte und schüttelte den Arm ab, den er ihr um die Schultern legte – »ich krieg sie sogar so weit, daß sie kocht.« »Unsinn, ich hab Agnes bloß das Rezept gegeben, mehr nicht.« »Sie ist den ganzen Nachmittag hier gewesen, um für mich das Essen zu kochen«, erklärte Mrs. Aleke ruhig. »Und ich hab Ihnen den Nachmittag freigegeben, stimmt's, Becky? Ich bin der beste Chef, den Sie je hatten, stimmt's, Becky?«

Bray hatte den Edwards-Kindern nichts gekauft, wohl aber die Bayleys. Jetzt bot sich ihm die Gelegenheit, zu dem Mädchen zu sagen: »Vivien hat mir für Sie ein paar Sachen mitgegeben – ein Paket. Entschuldigen Sie, daß ich es Ihnen noch nicht gebracht habe.«

»Ach, das macht nichts. Ich kann ja eins von den Kindern rüberschicken.« Sie entwand sich sanft dem kräftigen Unterarm Alekes.

Am Tag darauf ging er zu Joosab. Die Bemerkung des Clubsekretärs, er sollte das »Projekt mal woanders erwähnen«, hatte vielleicht etwas für sich – und wenn das auch nicht bei den Mitgliedern des Gala-Clubs der Fall sein konnte, so vielleicht doch bei einem der indischen Kommune. Joosab sagte gar nichts; seine großen schwarzen Augen blickten Bray aus den verschrumpelten Hautlappen, die die Farbe und Konsistenz eines Skrotums hatten, unverwandt wie nächtliches Sternenlicht an, während dieser das Projekt skizzierte und er selbst schon davon überzeugt war, daß sich der weiße Club weigern würde, und ihm bewußt wurde, was nun kommen würde: die Frage, ob nicht die Gandhi-Halle und die indische Privatschule, zu der sie gehörte, als Lokal herhalten könnten. Obwohl die Inder von Gala – wie

so viele afrikanische Kommunen – sich hauptsächlich zum islamischen Glauben bekannten, beriefen sie sich auf Gandhi, einerseits wegen des Ansehens, das er Indien und der dritten Welt schlechthin eingebracht hatte, andererseits vielleicht, weil sie – in Anbetracht ihrer unsicheren Lage inmitten der Schwarzen – vage hofften, die Verurteilung von Klassen- und Rassenhaß durch den Mahatma vermöchte das aufkeimende Ressentiment der Schwarzen ihnen selbst gegenüber zu mildern. Natürlich lagen die Halle und die Schule – entsprechend des zu Zeiten der Kolonialherrschaft praktizierten Vorgehens der Weißen, die die verschiedenen Rassen in unterschiedlicher Entfernung von sich selbst angesiedelt hatten – in dem kleinen Stadtteil, den man als »Bazar« bezeichnete, ein Viertel, das nur aus ein paar Straßen bestand und, jenseits der indischen Läden, am Rande der »weißen« Stadt lag. »Aber das wird doch schön sein, meinen Sie nicht, Joosab – mit diesen alten abgegriffenen Klischeevorstellungen zu brechen, daß dieser dahin gehört und jener dorthin, die einfach nicht aussterben wollen ...? Ihre Leute würden den Europäern ein Beispiel geben, das ihnen zu denken geben würde ... und für die Schwarzen wäre es zweifellos ein Beweis für eure Treue als Staatsbürger ... Sie dürfen mich auch nicht mißverstehen – wir hoffen, daß sämtliche Inder, die Interesse an Kursen haben, die ihnen nützlich sein könnten, diese auch belegen, Joosab ...«
Noch nie hatte ihn Bray mit »Joosab« ohne das Präfix »Mr.« angeredet; der Schneider wußte, daß das plötzliche Wegfallen der Anrede nicht auf jene Distanz zurückzuführen war, die andere Weiße zwischen ihm und sich aufbauten, indem sie es ihm nicht zugestanden, son-

dern darauf, daß die beiden Männer einander nun schon so lange Zeit kannten und schon so viele Veränderungen miterlebt hatten.
Er lächelte: »Unsere Leute *sind* alle ausgebildet, Colonel. Von den allerersten Tagen an haben wir unsere eigenen Schulen gehabt.«
»Ich weiß. Um ehrlich zu sein – ich rechne damit, von euch ein paar Lehrer zu bekommen ... Ich möchte deshalb auch mit Mr. Patwa reden.«
Auf einem blitzblanken neuen Dreirad saß vor dem Laden eines der Enkelkinder Joosabs und schellte gebieterisch mit der Glocke, angeschoben von einem zerlumpten, kleinen, männlichen schwarzen »Kindermädchen«; jedesmal, wenn sich der Junge grinsend und nach Luft schnappend aufrichtete, brüllte ihn das Mädchen in wütendem Gujerati an.
Das Komitee der indischen Schule erteilte Erlaubnis, die Gandhi-Halle und die Schreinereiwerkstätte der Schule dürften – vorausgesetzt, die Kurse wurden außerhalb der täglichen Unterrichtszeit und nicht an religiösen Feiertagen abgehalten – von den Verantwortlichen des Erwachsenenbildungsprojekts benutzt werden. Auf seinem Stammplatz unter dem Feigenbaum verfaßte Bray im eigenen sowie im Namen Malembas ein Dankschreiben. Eines der Edwards-Kinder tauchte auf – er wußte nicht, war es ein Junge oder ein Mädchen, alle trugen sie den gleichen kurzen Haarschnitt und Shorts. Eine helle Mädchenstimme fragte nach dem Paket für Mummy. Gemeinsam mit ihren beiden anderen Kindern wartete Rebecca Edwards in ihrem schäbigen Wagen auf der Straße. Sie winkte entschuldigend mit der Hand. Er brachte das Geschenk der Bayleys hinaus, und sie unterhielten sich

miteinander durchs Wagenfenster; im Auto drinnen bliesen ihre Jungen, die Badehosen um die Köpfe gewunden, einen Plastik-Seehund und einen riesigen Ball auf – es war Sonntagmorgen. »Das Wasser ist das ureigenste Element dieser Familie. Immer, wenn ich an euch denke, fällt mir gleichzeitig Wasser ein.«
Sie lächelte, während sie zu ihren Kindern hinsah. »Ihr neues Büro gefällt mir; ich seh Sie immer da sitzen, wenn ich vorbeifahre. Wie Buddha unter dem heiligen Feigenbaum der Inder. Aber ein herrlicher Platz zum Arbeiten. Im Vergleich zum *boma* zweifellos eine Verbesserung.«
»Nun, Sie waren es, die mich darauf aufmerksam gemacht hat, daß ich im *boma* überflüssig bin.«
»*Ich?* Aber davon kann doch überhaupt nicht die Rede sein!«
»Machen Sie sich deshalb bloß keine Sorgen – und ich bin jetzt dankbar. Großartig, mein Feigenbaum, was! Jetzt, wo's kühler ist – der perfekte Aufenthaltsort.«
Sie war leicht zu beunruhigen und leicht in Verlegenheit zu bringen. Das Blut wich aus ihrem Gesicht, nur die Helligkeit in den Augen blieb zurück. »Aber wann hab ich das denn gesagt?«
»Oh, das macht doch nichts. Sie waren so freundlich und haben mir verziehen, daß ich so gedankenlos war und Sie nicht mitnahm, als Ihr Wagen in der Werkstatt war.«
»Ach, das damals – aber Sie mißverstehen ...«
»Ja, das weiß ich, aber manchmal stößt man bloß durch einen Irrtum auf eine kleine Wahrheit.« Sie war wieder beruhigt, wenn auch ein wenig ratlos. Ein paar Augenblicke lang sagte keiner etwas, sie ließen still die Morgen-

sonne auf ihre Gesichter scheinen, wie es Leute in der Natur tun. »Wie ist es bei den Indern gegangen?«

»Wir können die Gandhi-Halle haben – außer an Fest- oder Feiertagen. Ein faires Angebot.«

»Ach, *das* ist gut.«

Er sagte: »Arme Teufel. Was ist ihnen schon anderes übriggeblieben. Sie hoffen, daß es vielleicht hilft.«

Sie schüttelte fragend den Kopf und zog die Brauen zusammen, so daß zwischen ihren Augen eine Falte entstand. »Selbstverständlich hilft das. Für Sie ist es ein Beginn.«

»Daß es ihnen hilft. Sofern es eines Tages so aussieht, daß sich die Dinge zu ihren Ungunsten entwickeln.«

»Aber es sieht doch nicht schlecht für sie aus. Kein Mensch hat was gesagt, oder?«

Er sagte zu ihr: »Sie sehen, was sonst überall passiert ist. Kenia. Uganda. Wie es in anderen Gegenden gekracht hat. Überall haben sie sich aus den Freiheitsbewegungen der Schwarzen herausgehalten, weil sie sich mit dem Colonial Office gut stellen wollten, und haben gezögert, eine britische Staatsbürgerschaft abzulegen, die schließlich nicht einmal mehr das Papier wert war, auf dem man sie ihnen bestätigt hatte. Während meiner ersten Zeit hier haben sie sich geweigert, der hiesigen Parteistelle der PIP die Gandhi-Halle zur Verfügung zu stellen, und die hohen Herrschaften vom Islamischen Komitee haben sich nie die Gelegenheit entgehen lassen, mich von dieser Tatsache in Kenntnis zu setzen. Und nun wollen sie einen Haufen Schwarzer aus dem Busch dort einlassen, wo die noch nie einen Fuß hinsetzen durften – und dahinter steht die gleiche Art von Hoffnung, obwohl ihre Situation nicht genau das Gegenteil der früheren ist... denn

jetzt gibt es keine alternative Kraft, jetzt haben sie nur noch die Wahl zwischen den Schwarzen oder gar nichts. Aber der Instinkt ist der gleiche. Der Instinkt, auf Nummer Sicher gehen zu wollen; warum stellt es sich schließlich immer als so gefährlich heraus, wenn jemand auf Nummer Sicher geht?«
»Es bringt kein Glück.« Sie sagte es mit einer Überzeugung, wie sie Menschen nur für Aberglauben aufbringen.
Er lachte. Sie aber sagte fest – es war, als hätte sie Handlinien gelesen: »Nein, ich meine das wirklich. Es bringt kein Glück, weil man zuviel Angst hat, um eine Chance nützen zu können.«
»Es bringt Unglück, wenn man keinen Mut hat?«
»Genau das ist's. Man muß auf das, was auf einen zukommt, einfach losmarschieren, sich darauf verlassen, daß man Glück haben wird. Denn wenn man auf Nummer Sicher geht, hat man's auf keinen Fall.«
»Dann ist es verspielt?«
»Ja.«
»Nun, was die Inder angeht, haben Sie recht ... welche Motive auch immer hinter ihrem Entschluß gesteckt haben, uns die Gandhi-Halle zu überlassen – wenn sich die Dinge ungünstig für sie entwickeln sollten, dann fällt es nicht ins Gewicht, ob sie sich nun dazu entschlossen haben oder nicht.«
Er las von ihrem Gesicht ab, daß sie plötzlich an seine Beziehung zu Mweta dachte; dieses Aha-Erlebnis, das ihn immer wieder bestürzte, weil es ihn mit einer Pseudobedeutung ausstattete. »Weshalb sagen Sie, wenn sich die Dinge ungünstig entwickeln sollten?«
Der Klang seiner Stimme änderte sich, er versuchte

rasch, sich zu korrigieren. »Mit den ersten von uns, die aus fremden Ländern hier vor drei- oder vierhundert Jahren als Besatzer eingedrungen sind, hat ein folgenschwerer Kreislauf des Wandels seinen Anfang genommen. Wir neigen zur Annahme, daß sich dieser Kreis mit der Unabhängigkeit schließt... aber es ist nicht so... der Prozeß ist immer noch im Gange – das ist alles, und man darf das nie vergessen. Und was die Invasoren betrifft – wir wissen noch immer nicht, ob ihre Überreste letztendlich ein für allemal ausgespien oder ob sie hinuntergeschluckt werden. Soweit sich das im Augenblick absehen läßt, tendieren diejenigen Staaten, die sich für den Sozialismus entschieden haben, dazu, rein schwarzafrikanisch zu werden, während die kapitalistisch orientierten Staaten eine genauso oder fast so große Zahl von Nachfahren der Besatzer aufweisen wie vorher. Das ist nicht weiter überraschend. Aber das alles kann sich wieder ändern...«

»Meine Leute sind fortgezogen, um sich in England niederzulassen – meine Eltern«, sagte sie. »Ich weiß nicht... ich habe das Gefühl, ich wäre dazu zu faul, verstehen Sie? Ich rede dabei nicht vom Geschirrabwaschen – ich meine, um meine Lebensweise zu ändern.«

»Wo haben Sie denn gelebt, bevor Sie hierherkamen?«

»Ach, in Kenia. Ich bin da geboren, mein Bruder ebenfalls. Als man seine Stelle mit jemand anders besetzte, ging er nach Malawi hinunter, und als Gordon – als der Vertrag meines Mannes nicht verlängert wurde, übersiedelten wir zuerst nach Tansania. Clive ist dort zur Welt gekommen.« Sie legte ihre Hand um den Hals des Kindes, und er schüttelte sie ab. Er sagte: »Will *er* auch mit zum Schwimmen kommen?«

»Silly-Billy, du weißt doch, daß wir bloß das Geschenk von Vivien abholen wollten...« Die Kinder lärmten, man solle es aufmachen. Als sie losfuhr, zerrten sie am Einpackpapier wie kleine Hunde, die sich um einen Knochen streiten. Sie wandte sich um, um ihm zum Abschied zuzulächeln; zwischen ihren Augenbrauen bildete sich bereits eine Falte der Anstrengung.
Er ging zurück zu seinem Feigenbaum und blieb vor seinen Notizen, den Berichten und Zeitungsausschnitten, die da auf ihn warteten, sitzen. Er zündete sich eine Zigarre an und schnippte Ameisen weg, die von den Ästen gefallen waren und über seine handgeschriebenen Zeilen krabbelten. Es gab da diesen Engpaß, der in dem Augenblick entstehen würde, da man sich eifrig bemühte, jedes Kind in eine Schule zu stecken, und der Abgang von Volksschülern die Anzahl der vorhandenen Plätze in den Sekundarschulen überschritt. Es war relativ einfach, im ganzen Land Volksschulen zu bauen und diese mit Lehrkräften zu besetzen; aber was dann? Kenia. Er entdeckte eine eigene Anmerkung dazu: Jedes vierte oder fünfte keniatische Kind, das die Voraussetzungen für die Sekundarschule mitbringt, findet keinen Platz. In Gedanken, nicht auf dem Papier, das vor ihm lag, schrieb er sich etwas auf. Man müßte sich realistisch bemühen, Volksschulabgänger in Richtung Landwirtschaft umzulenken, wo sich – wenigstens für die nächsten zwei Generationen – ohnehin die meisten ihren Lebensunterhalt würden verdienen müssen. Seine Augen wanderten unachtsam wie eine der Ameisen die Tabelle hinunter, die er über die Anzahl von Lehrern und Schulen und die Höhe der Budgetanteile für das Unterrichtswesen in vergleichbaren Ländern angefertigt hatte. Olivia hatte geschrieben und

Photographien ins Kuvert gesteckt: Venetias Baby lag da, nackt, sah auf – in seinem Blick die lebhafte Reaktion eines ersten Lächelns. Shinza hatte das rosig-gelbhäutige Kind in einer Hand gehalten. Die dritte Seite von Olivias Brief, die zuoberst lag, setzte wie nach einer abgebrochenen Unterhaltung ein: *überhaupt nicht, wie man vielleicht erwarten würde, es entspricht eher der Idealvorstellung, wonach jedes Kind einfach aufgrund der Tatsache, daß es eben ein Kind ist, die gleichen Ansprüche an dich stellt. Ich komme mir eher befreit als eingeengt vor.* Fasziniert betrachtete er diese ferne Landschaft der Aussöhnung zwischen persönlicher Leidenschaft und unpersönlicher Liebe, zwischen Zuwendung und Wahrung des Abstandes, das Inbild von Gnade, wie es dieser liberalen Agnostikerin immer vorgeschwebt war. Einer großmütterlichen Gnade, wie sich herausstellte. Seine Frau war beinahe ebenso alt wie er; sie hatten während des Krieges geheiratet. Ein paar Jahre jünger als Shinza. Sie strebte immer nach dem ihr Gemäßen, das Schritt für Schritt dem jeweiligen Lebensstadium entsprach; ein Gefühl zärtlicher Zuneigung zu dem blonden, schlanken Mädchen mit der Hexenspalte zwischen den vorderen Schneidezähnen, das seine Frau geworden war, erwachte in ihm – es war wie die Erinnerung an jemanden, von dem man lange Jahre nichts gehört hatte und nach dem man sich nun erkundigte: »Und was wurde denn eigentlich aus …?«

Unter der Post war auch eine Nachricht von Mweta. Der schlichte getippte Umschlag hatte durch nichts verraten, wer der Absender sein mochte, und als er das Blatt, das in ihm steckte, auseinanderfaltete und die Handschrift sah, tat er das eher mit dem Gefühl von etwas Unausweichlichem, von ihm Erwarteten, als daß er überrascht gewesen wäre. Mweta hoffte, die Subvention sei »ausreichend hoch gewesen«; wieder drängte er – und wie steht's mit einem Haus, einem anständigen? Wann Olivia denn nun komme? Er hatte schon fest mit einem Brief von ihm gerechnet, aber vielleicht war Bray wieder unterwegs gewesen, auf dem Land? »Wir dürfen den Kontakt nicht abreißen lassen.«

Jedesmal, wenn Bray sich wieder mit dem Faktum des Briefes auf dem Tisch konfrontiert sah, wurde er von einer Art Starrsinn gepackt. Der Brief war wie eine mahnende Hand, die sich ihm auf die Schulter legte; unter ihrem Druck wurde er steif wie ein Stock. Sein Kopf wandte sich störrisch den Fakten und Ziffern seines Berichtes zu: Das ist meine Aufgabe, sonst nichts. Damit kann ich von Nutzen sein. Er würde den Brief nicht beantworten; seine Antwort wäre, nicht zu antworten.

Ein oder zwei Tage danach verfaßte er in Gedanken den Brief, und dieser begleitete ihn auf seinem Gang über die Straße von Gala. *Du kennst mich gut genug, um zu wissen, daß ich für dich nicht auf dem Lande »unterwegs« sein kann: Es ist unmöglich, daß ich dir Informationen über Shinza zuspiele, egal, wie vorsichtig wir das auch formulieren – du und ich. Du kannst mich nicht dorthin schicken, wo Lebaliso der Zutritt verweigert wird, ich kann unmöglich den Kurier-&-Spion zwischen dir und Shinza machen. Ich bin nicht zu diesem Zweck hierher zurückgekommen.*

Der Brief stellte sich immer wieder aufs neue selbst zusammen und um. Einmal, während er ganz und gar mit einer zugespitzten Variante beschäftigt war (diesmal war es eine Fassung, die unter alles einen Schlußpunkt setzte;

nachdem man ihn abgeschickt hatte, würde man in ein Flugzeug steigen und nie mehr zurückkommen können, es sei denn als ein Löwen anstarrender Tourist, der der Landessprache nicht mächtig war), begegnete er den beiden Fräulein Fowler in der Reparaturwerkstatt. Er hatte die beiden alten Damen seit seiner Rückkehr aus England nicht gesehen, obwohl er sich nach ihnen erkundigt und sich vorgenommen hatte, sie irgendwann zu besuchen. Sie kamen trottend von der Princess-Mary-Bibliothek herunter, ihre Bücher in Tragriemen aus Gummi – genau wie vor zehn oder fünfzehn Jahren, als sie auf ihrem zweimonatlichen Besuch in der Hauptstadt in der Residenz mit Olivia immer zu Mittag gegessen hatten. Enttäuscht von der Liebe während des Krieges-vor-dem-letzten-Krieg waren sie in den frühen zwanziger Jahren »nach Afrika raus« gekommen und in einem Ford hoch hinauf ins Zentralplateau gefahren (Miss Felicity, die ältere, war in jenem Krieg Ambulanzfahrerin gewesen). Sie züchteten auf den Hängen um den See Tee und waren schon Teil der Landschaft gewesen, lange bevor er Kommandeur dieses Distrikts geworden war. Miss Adelaide leitete auf ihrem Grund eine kleine Schule und eine kleine Klinik; Höflichkeit, Nächstenliebe und aufmunternder Zuspruch waren für sie Teil ihrer Christenpflicht gegenüber der einheimischen Bevölkerung, obwohl sie sich – wie Felicity gegenüber Olivia freimütig zugab – an ein und demselben Tisch mit den Schwarzen niemals so wohl gefühlt hätten wie die Brays. Während des Treffens der Siedler im Fisheagle Inn, das Druck für die Entfernung Brays aus dem *boma* machen sollte, weil er den schwarzen Nationalisten Mut zusprach, erhoben sie sich als Abweichler protestierend von ihren Sitzen. Abgese-

hen von Major Boxer (der seine Meinung ohnehin durch sein Nichterscheinen kundgetan hatte), waren sie die einzigen Weißen gewesen, die ihn verteidigt hatten.
Wie immer bestritt Adelaide den Großteil der Unterhaltung, übernahm die Sätze von Felicity und führte sie an ihrer Statt zu Ende. Sie interessierten sich hauptsächlich für Olivia – sie war zu Hause in Wiltshire, nicht wahr? Würden sie sie dort sehen?
»Fahren Sie auf Besuch hinüber?«
»O nein – wir ...«
»Sie müssen doch gehört haben, daß wir unsere Sachen packen«, erklärte Adelaide kategorisch. »Bestimmt haben Sie davon gehört.«
Eine Entschuldigung schien vonnöten, so als hätte er es an Interesse mangeln lassen.
»Es gibt so viele Dinge, von denen ich offenbar nichts höre.«
»Nun, ich vermute, viele von denen werden Sie nicht treffen«, sagte Felicity und meinte damit die ortsansässigen Weißen.
»Ach, es geht, wissen Sie, alles ganz freundlich. – Ich hab schon so oft daran gedacht, Sie einmal aufzusuchen, und immer wieder hab ich mir dann geschworen, wenn Olivia kommt ...«
Das Zittern von Adelaides greisem Kopf – das dünne Haar hatte sich die Farbe und Struktur einer Kokosmatte bewahrt – glich unter dem Haarnetz eher einem Beben. Sie sagte fest: »Unsere Zeit ist abgelaufen. Wir sind Museumsstücke, die man am besten in eine Vitrine stellen sollte.«
Er sagte: »Ich hätte gedacht, Sie wären es ganz zufrieden, wenn sie hier ablaufen könnte. Haben Sie wirklich das

Gefühl, daß Sie Ihre Zelte abbrechen müssen? Ich glaube, Sie hätten nichts zu befürchten, man würde Sie zufrieden lassen, oder?«

Felicity sagte: »Unlängst haben uns diese Inspektoren aufgesucht – Adelaide mußte garantieren, daß wir niemanden entlassen würden, aus der Plantage, wissen Sie. Und einen neuen Schulinspektor haben sie auch, einen Eingeborenen – er wollte wissen, ob ich mich wohl an den Lehrplan halte, und er ...«

»Das macht doch nichts, Felicity.« Adelaide hatte sie zwar angeredet, ignorierte sie aber trotzdem. »Aber wir sind zu alt, James. Es geht einfach nicht, daß man in einem Land wie dem hier bleibt, bloß um in Ruhe gelassen zu werden.«

Während Brays Reifen aufgepumpt wurden und er das Wasser seiner Batterie nachfüllen ließ, plauderten sie miteinander. Er versprach, Olivia zu schreiben und ihr mitzuteilen, daß die Fräulein Fowler kommen würden. Bei Adelaides Büchern handelte es sich, wie er bemerkte, um Lord Wavells Memoiren und um einen Mickey Spillane.

Sie verabschiedeten sich und gingen die Straße unter den Bäumen hinunter, Adelaide mit ihren weißen Baumwollhandschuhen und dem Haarnetz, Felicity in ihren ausgebeulten Hosen und in Männersandalen. Die alte Adelaide (sie hatten sie immer Lady Hester Stanhope genannt – er und Olivia – und über sie gelacht) war letztlich also doch keine Romantikerin. Sie war früher keine Liberale gewesen, und jetzt war sie keine Romantikerin. Die alten Mädchen hatten nicht – zusammen mit Schwarzen – in ihrem Salon sitzen wollen, nun aber erwarteten sie nicht, daß man sie daselbst in Ruhe lassen würde. Sie hatten zur Kenntnis genommen, daß sie ein Anachronismus waren.

Begegnungen dieser Art, die ihm in Wahrheit fernlagen, brachten seine Überlegungen aus dem Gleichgewicht. In Gedanken wurde der Brief abermals zerrissen. In die vier Winde gestreut. Was für einen selbstgefälligen, absurden Narren machte er denn aus sich? Dieses jungfräuliche Lüpfen der Röcke, damit sie nicht schmutzig würden. Ich bin nicht der und nicht der. Was, um Himmels willen, bin ich denn dann? Ein Pfadfinder? Einer, der im eigenen Rücken Beifall klatscht? Eine riesige Ungeduld mit sich selbst wallte in ihm auf; und auch das war für ihn etwas Neues, eine andere Art von Gewalttätigkeit – noch nie war er egozentrisch genug gewesen, sich dem Selbstekel hinzugeben. Immer hatte es zu viel zu tun gegeben. Jetzt aber weigere ich mich – ich weigere mich zu handeln. Weil ich nicht *das Recht habe, zu handeln.*

Wieder dachte er: Dann geh weg, geh zurück in dein Haus in Wiltshire. Schließ endlich dieses verdammte Erziehungszeug ab. Vielleicht nützt's was, kann jedenfalls keinen Schaden anrichten. Was du dir vorgenommen hast.

Aber wie eine allmählich einsetzende Attacke von Zahn- oder Kopfschmerzen stellte sich wieder dieser Spannungszustand ein, daß er Shinza treffen wollte, sich nicht beherrschen konnte und eines Tages dabei ertappen würde, wie er die kleinen Vorbereitungen für eine Fahrt zurück zu den Bashi traf. Er würde wieder zu Shinza fahren, und sobald er dort war, würde er wissen, wozu.

Die Tlumes, das Edwards-Mädchen und ihre Kinder, die Alekes und Bray – es trieb sie zueinander, und sie sahen sich beinahe jeden Tag, allerdings ohne daß eine wirklich enge Freundschaft zustande gekommen wäre. Gala war so klein; zusammen mit ein paar anderen Familien von Beamten waren die Tlumes und Alekes von der »schwarzen Stadt« isoliert; Rebecca und Bray wiederum waren beide – sie, weil sie erst vor kurzem hergezogen war und unter Bedingungen lebte, die der Gemeinde der Weißen nicht vertraut waren, und Bray wegen der Vergangenheit – von der »weißen Stadt« isoliert. Bray aß oft unten im alten, nach Rassen unterteilten Stadtteil bei den Malembas zu Abend, wurde manchmal aber auch von einer barfüßigen Abordnung von Kindern der Edwards' oder Tlumes hinüberzitiert, wo er dann im Haus der Tlumes auf der anderen Seite des leeren Grundstückes aß. Und das Haus der Alekes – ehemals sein eigenes Haus – war schon aufgrund seiner Geräumigkeit ein Ort, an dem Menschen zusammenkamen. Seinen Junggesellen-Unterschlupf – ohne Frau oder Kind – sparte man aus, der gedeckte Tisch durch Kalimos Netz von einem Leichentuch vor Fliegen geschützt.
An einem Wochenende fuhren sie alle über den Tag an den See, und da war auch er mit von der Partie. Ein paar überschüssige Kinder wurden samt Picknick-Zubehör – sein Beitrag zur Lösung des Transportproblems – vor seinem Haus abgestellt; während er fuhr, sangen ihm die Kinder

Lieder vor, die sie in der Schule gelernt hatten. Kaum angekommen, platzte die Gesellschaft schon wie ein Haufen ausgelassener Vögel aus den Wagen und zerstreute sich. Bray und Aleke ließ man zurück, damit sie auspackten; Aleke hatte in weiser Voraussicht für das hüfthohe Gras am Seeufer eine Sense mitgenommen und streifte das Hemd ab, um mühelos, als wäre er ein x-beliebiger Arbeiter und hätte nichts mit dem *boma* zu tun, eine kleine Fläche abzumähen. Er hatte eine kleine Schlange in zwei Hälften zerschnitten – eine harmlose Grasschlange. Glücklich wie ein Schuljunge legte er sie zur Seite und reinigte mit einer Handvoll Gras das Sensenblatt, stand da und beäugte Bray amüsiert. »Wir werden Lebaliso also los«, bemerkte er.

»Was werden wir?«

Aleke ließ seinen jugendlichen Körper in das geschnittene Gras gleiten und nahm sich eine der zwei Wochen alten englischen Zeitungen, die Bray mitgebracht hatte. »Wurden gestern verständigt. Er weiß noch nichts davon. Versetzt. In die östliche Provinz. Bezirk Masama.« Interessiert studierte er ein Titelphoto, auf dem wie Zwitterwesen gekleidete Leute abgebildet waren – Stiefel an den Beinen, Mandarin-Mäntel, fließende Hosen, Blütenkränze und Halsketten, Wachsfiguren-Uniformen – und ein paar ältere Typen in Fräcken und mit Zylinderhüten auf dem Kopf, die sich vorwärts bewegten wie eine apokalyptische Armee, und darüber die Schlagzeile PEER-SOHN HEIRATET: HOCHZEITSGÄSTE SCHLIESSEN SICH VIETNAM-PROTESTMARSCH AN.

Jetzt war Bray an der Reihe, ihn zu beobachten. »Hat Sie das denn nicht überrascht?«

Aleke lächelte – wie es schien, über das Bild. Dann sah er auf. »Nein, ich bin nicht überrascht.«
»Na, ich aber.«
Alekes Gesicht ging lachend in die Breite; er hatte ein tolerantes Verständnis für die Macht. Wenn Bray in die Hauptstadt fahren und sich beim Präsidenten Gehör verschaffen konnte, nun, dann mußte man das eben als ein weiteres Faktum zur Kenntnis nehmen. Natürlich, Aleke wollte auf seine Weise seine Arbeit ebenfalls erledigen und in Ruhe gelassen werden.
Bray sagte: »Naja, das ist in jedem Fall gut so.« Aleke hüllte sich in liebenswürdiges Schweigen. Er ließ sich zurücksinken und stützte sich auf einen Ellbogen, sein mächtiger, unbehaarter Brustkasten und seine muskulöse, dennoch aber auf sinnliche Art männlich-fleischige Brustpartie hoben und senkten sich unter entspannten, regelmäßigen Atemzügen. Er bot einen herrlichen Anblick; Brays Gedanken schwirrten um alte Kupferstiche afrikanischer Könige, die sonderbar entspannt wirkten – ihr Fleisch, ein königliches Attribut. »Genausogut hätte er freilich für seine Weitsicht befördert werden können. Trotzdem – dieser Junge hätte ein Verfahren gegen ihn einleiten sollen.«
Sie verfielen wieder in Schweigen und blätterten die Seiten ihrer Zeitungen um. Bray las eine einheimische Tageszeitung, die mit vierundzwanzigstündiger Verspätung aus der Hauptstadt heraufkam. Gwenzi, der Bergbauminister, appellierte an die Bergleute, nicht »verantwortungslos« jene Löhne und Gratifikationen zu fordern, die ausländischen Experten zugebilligt werden müßten; diese Experten würden noch für die nächsten zwanzig Jahre »eine Notwendigkeit« für die

weitere Ausbeutung der Goldgruben bleiben. Ein Gewerkschaftssprecher stellte fest, ein paar von den Weißen seien in den Minen »von Kindern zu Männern« herangewachsen; weshalb müßte man ihnen denn Flugreisen in andere Länder und einen eigenen Heimaturlaub finanzieren, wo sie doch »ihr ganzes Leben bloß um die Ecke von den Minen« zugebracht hatten? Der Justizminister dementierte Gerüchte, wonach es sich bei einem Ritualmord – der erste Fall dieser Art seit vielen Jahren – in Wahrheit um eine politisch motivierte Tat handelte und daß der Fall nunmehr genau untersucht werde.

Rundum glänzten die geschnittenen Grasgarben; über ihnen schrillten die Stimmen der die Kinder aus dem Wasser zurückbeordernden Frauen, um sich über dem Wasser zu verlieren. Die Tatsache, daß Winter war, änderte kaum etwas an der Luftfeuchtigkeit unten am See; die Luft war so hitzeschwer, daß man die Flugbahn jedes einzelnen Lautes beinahe wie den Kondensstreifen eines Düsenflugzeugs im Raum hängen sehen konnte.

Nach dem Lunch kam Nongwaye Tlume mit ein paar Fischern ins Gespräch und borgte sich von ihnen das Boot aus. Es war zu klein, als daß alle Kinder sicher in ihm hätten untergebracht werden können; Bray griff ins Gespräch ein und mußte dann zwei von den jüngeren samt Rebecca als Aufpasserin in einem Einbaum mitnehmen. Aleke und sein siebtes Kind schliefen, auf den Gesichtern den gleichen glasigen Ausdruck – er vom Bier, das Kleine von der Muttermilch.

Unter Hallo und Händewinken stieß das große Boot ab, von plattfüßigen und grunzenden Fischern aus dem Schilf hinausgeschoben. Bray führte das Paddel des aus

einem Baumstamm roh herausgehauenen Fahrzeugs mit der Umsicht und dem Geschick seiner Studentenzeit. Er hielt sich nahe beim Ufer; angesichts der riesigen Krümmung des Sees, der sanft zum fernen Horizont hin anstieg, glitzerte und sich in Trugbildern der Ferne zusammenzog, schien seine Last umzukippen. Sie hatten das Gefühl, sie befänden sich auf dem Rücken irgendeines schimmernden, schuppenbewehrten Lebewesens, das so riesig war, daß sich Form und Ausdehnung seines Körpers von keinem Punkt aus vollständig überblicken ließen. Das andere Boot hüpfte dahin, glitt heraus aus dem Gesichtsfeld und wurde zu einem schwarzen Schatten, der aus dem Wasser in den flirrenden Glast der Hitze tauchte und aus ihm wieder zurück ins Wasser. Das Wasser unter ihnen warf das Licht zurück auf die braunen und weißen Kindergesichter und das Gesicht des Mädchens; er hatte den ihm gemäßen Rhythmus für sein Paddel gefunden und beobachtete, wie sich, nun, da sie ruhiger geworden waren, auf ihren Gesichtern jener selbstvergessene Ausdruck des Versunkenseins in eine neue Art von Wahrnehmung einstellte, den die Menschen annehmen, wenn ihnen plötzlich bewußt wird, daß sie auf dem Wasser treiben. Unter den Hemdsärmeln des Mädchens hatten sich Halbmonde aus Schweiß gebildet. Ihre Hosenbeine waren bis zu den Knien hinauf aufgekrempelt, und das lehmige Wasser am Boden des Einbaums umspülte die Beine der Kinder ebenso wie ihre ziemlich groben, kräftigen Füße. Er bemerkte, mit welch feierlichem Ernst er sich dem Paddeln gewidmet hatte, und friedlich grinsten sich die beiden Erwachsenen an.
Die Kinder wollten schwimmen; das Wasser war überall gleichermaßen blaßgrün, klar, nachgiebig und weich,

aber an den schilffreien Stellen, wo eine niedrige Klippe das Ufer bildete, zu tief für sie. Als aber der Einbaum wiederum die seichteren Stellen anlief, drohte die Gefahr von Krokodilen. Bray hielt auf eine kleine Insel zu, die, weil man verhindern wollte, daß die Tsetsefliege hier brütete, bis zu sechs Fuß über dem Wasser kahlgeschlagen war; die Kinder hatten ihre Ablenkung und vergaßen das Schwimmen. Als er langsam auf die andere Seite der Insel zusteuerte, kamen sie an einen richtigen Strand – makellos weißer Sand, ein breitkroniger Affenbrotbaum und die starken Stämme toter Bäume, die an Land gespült worden waren, so daß man sich an ihnen anlehnen konnte. Das Mädchen war ebenso begeistert wie die Kinder. »Oh, wie herrlich – hier kann's doch nicht gefährlich sein, oder? Schauen Sie, man sieht bis zum Grund, wir könnten alles erkennen, selbst wenn's noch meterweit weg ist...«
Er und das Mädchen stiegen aus dem Einbaum und zerrten ihn auf den Sandstrand; es war ziemlich anstrengend. Hier gab es keine Menschenseele, und ihre Stimmen klangen laut. Seine kurzen Hosen bis zu den Schenkeln hinauf aufgekrempelt, watete er sicherheitshalber die Bucht entlang, vom einen Ende zum anderen; aber Schilf gab es hier ebensowenig wie halb untergetauchte Baumstämme, die plötzlich zum Leben erwachen konnten. »Meiner Meinung nach ist es hier absolut sicher.« Die Kinder waren schon ausgezogen. Ungeschickt hüpfend wie eine Frau, die sich die Hose auszieht, fing sie an, aus ihren Kleidern zu steigen – darunter trug sie ein geblümtes Ding von Badeanzug, das in ihre Oberschenkel einschnitt und bei der Lockerung des Gummizugs im sonnengebräunten Fleisch weiße Striemen hinterließ. Sie lief

mit weichen, trottenden Schritten ins Wasser, an der einen Hand watschelte ein kleines, fettes Negerkind, an der anderen zerrte ein fröhlich hüpfendes, mageres weißes.

Er hatte sich im Sand ausgestreckt, stand aber wieder auf, um seinen kurzsichtigen Blick durch die Brille hindurch über das durchsichtige Blaß und Geglitzer wandern zu lassen und aufzupassen, während sie im Wasser waren. Während der ganzen Zeit waren die Umrisse des schwarzen Babys verblüffend deutlich erkennbar, wogegen die anderen in einem sonderbar kraftlos gewordenen Licht verschwanden und nur eine Schulter, eine ausholende Hand oder eine aufglänzende Wange Gestalt annahm. Wo niemand lebt, hat die Zeit ihre Bedeutung verloren und die Interessen des Menschen sind irrelevant – ein intensiver Zustand bloßen Seins greift Platz. Während dieser Minuten, die er, die Augen in jener ältesten aller Gesten von der Hand überschattet, dastand, war er auf eine alles andere ausschließende Weise und jenseits aller wechselnden Stadien seines Lebens er selbst. Er war sich selbst zurückgegeben, weder jung noch alt, sonderte weder den Speichel des Bewußtseins seiner eigenen Individualität aus noch auch kleisterte er mit ihm das Nest aus Lehm und Stroh einer ihn umschließenden Lebensweise zusammen. Er rauchte eine Zigarre. Er hätte der Rauch sein können. Frau und Kinder kreischten auf, als sich ein Fisch, Maul an Schwanz, in einer einzigen Bewegung aus dem Wasser katapultierte und wieder zurückfiel. Er sah, wie sich ihre Gesichter ihm wie von einer anderen Küste her um ein bestätigendes Lächeln zuwandten.

Sie brachte die Kinder zurück, stand ein wenig atemlos da und preßte ihre Haare aus der Stirn nach hinten, so daß über Nacken und Schultern Rinnsale liefen und sich auf ihrer von Natur aus wachsartigen Haut kleine Kügelchen bildeten. »Es-ist-so-herrlich-schade-daß-Sie-nicht-« Sie war noch nicht wieder bei Atem; unschlüssig ging sie allein wieder ins Wasser, diesmal weiter hinaus. Er hatte das Gefühl, er ertrüge es nicht, sie alleine da draußen zu beobachten. Er dringe damit in ihre Freiheit ein. Er saß da, den Arm auf einem der Knie, wachsam, ohne wachsam zu wirken, und ließ seinen Blick in Abständen über das Wasser gleiten. Dieser feuchte, feminin-bewegliche, fleischig zitternde Körper, der im durchnäßten Stoff des Badeanzugs, der über der Nabelmulde eine Vertiefung bildete und sich über dem Schamberg wölbte, die paar lockigen Härchen, die dort, wo der Stoff in der Leiste hochgerutscht war, herausgesehen hatten – das war es also, was er geliebt hatte. Das also war dagewesen, das hatte er – »besessen« war ein lächerliches Wort, um nichts mehr hatte er ihn besessen als jetzt, da er ihn betrachtete. In diesen Körper war er eingedrungen. Selbst »erkannt« – dieser gute biblische Euphemismus – paßte nicht. Er kannte diesen Körper nicht – er sah, mit Mitgefühl und gleichzeitig kritischem Männerblick, als sie nun zum zweiten Mal aus dem Wasser auf ihn zukam, daß die Beine, schön geformt bis zum Knie hinauf und mit schlanken Fesseln, an den Oberschenkeln dick waren, so daß das Fleisch »überquoll« und, prallvoll, bebte. Sie streckte sich neben ihm aus; sie schnüffelte, strahlte vor dem Vergnügen, das ihr das Wasser bereitet hatte. Abgesehen von den zwei kleinen Kindern war niemand da. Er sagte ihr – was er ihr vielleicht bei einem Zusammentreffen in einem anderen Leben gesagt hätte: »Tut mir leid, was passiert ist.«

Die Worte lagen auf ihren geschlossenen Lidern wie die Sonne. Einen Augenblick lang schwieg sie, dann sagte sie vorsichtig: »Warum?«
Er empfand Schuld, weil er Ohrenzeuge gewesen war, als man in der Hauptstadt über sie geredet hatte. Er antwortete nicht sofort.
»Weil es ist, als wäre es nie passiert.«
»Dann ist es in Ordnung«, sagte sie. Sie lag ganz still; unvermittelt richtete sie sich auf und bat um eine Zigarette, während sie sich gleichzeitig ohne alle Eitelkeit in ihr Handtuch wickelte.
»Es ist beinahe wie die Strände am Malawisee.«
»Tatsächlich? Ich war nie in Malawi. Im Jahr, in dem ich rausgeschmissen wurde, wollten wir unsern Afrika-Urlaub dort machen, also kam's nie zustande. Vor zehn Jahren haben wir hier immer mit den Kindern gepicknickt.«
»Hier am Strand?«
»Nein, ich war komischerweise noch nie an diesem Strand – hab nicht gewußt, daß es ihn gibt, bis wir ihn heute entdeckten. – Wir fuhren gewöhnlich weiter hinauf, jenseits des Execution Rock, verstehen Sie: entlang der Hauptküste.«
»Execution Rock – was ist das nun wieder?«
»Sie kennen die Legende nicht? Na, in Wahrheit ist es uns näher als eine Legende. Die Dolo, der Stamm des obersten Häuptlings in dieser Gegend, prüften hier die Ausdauer und Härte ihres neugewählten Häuptlings. Bevor er das Amt übernehmen durfte, mußte er vom Festland bis zur Insel schwimmen. Schaffte er's, dann wurde er im Triumph zurückgerudert. Wenn nicht, so wurde er zur Hinrichtung weggekarrt, und die bestand angeblich dar-

in, daß man ihn vom Execution Rock warf. Dieser Teil der Geschichte hat sich seit Menschengedenken nicht mehr ereignet, aber die Kanalüberquerung war bis herauf in die jüngste Vergangenheit Brauch – der Vorgänger des derzeitigen Häuptlings ist noch geschwommen. Als wir hierher zogen, lebte er noch.«

Sie sagte: »Hängt Ihre Frau auch so an diesem Land wie Sie?«

Er lächelte, halb aus Freude darüber, halb, weil er mißverstanden worden war. »Hänge ich so sehr daran?«

Sie wollte nicht so tun, als kennte sie ihn. »Immerhin sind Sie wiedergekommen.«

»Ich kann nicht zu jedem einzeln hingehen und ihm erklären – aber es ist verdammt kompliziert, wenn die Leute von einem die Vorstellung verbreiten, man tue das oder sei so und so ... Und andere greifen das dann auf, und schon verbreitet es sich und zieht immer weitere Kreise...« (Es wurde ihm klar – aber er fing sich auch sofort wieder –, daß er plötzlich, während er scheinbar von sich redete, das ausdrückte, was er von ihr dachte, jenes Bild, das ihre Freunde in der Hauptstadt von ihr gezeichnet hatten und von dem er sich noch ein paar Minuten zuvor distanziert hatte.) »Zurückzukommen ist eine Art von Traum, ein Witz – über meine Rolle nach der Unabhängigkeit redeten wir im Tonfall von Und-wenn-sie-nicht-gestorben-sind-dann-leben-sie-noch-heute. Einmal saß Mweta im Gefängnis, dann war er wieder draußen, und ich war der Weiße, der, mit ihm, Opfer eben jener Macht geworden war, der ich gedient hatte. Ich war eine Art Symbol für etwas, das es in Afrika nie gegeben hatte: einen von Freundschaft und Licht umwobenen, freiwilligen Verzicht auf weiße Unversöhnlichkeit, auf die nur mit schwarzer Unversöhnlichkeit geantwortet werden kann. Ich repräsentierte etwas, wonach alle Schwarzen sich sehnten – selbst während sie gelobten, sie würden die Weißen ins Meer jagen –, eine Situation, in der sie nicht gezwungen waren, die Dynamik *ihrer* Stärke auf Verbitterung aufzubauen. Menschen wie ich standen für jenen historisch unerreichbaren Zustand – das ist alles.« Er dachte, rede ich mir das etwa nur ein? Habe ich immer so gedacht? – Ich habe mit Mweta in London an der Lösung praktischer Probleme tatsächlich *gearbeitet*: an der Marschroute, die die Delegationen dann einschlugen, an Vorschlägen und Memoranden und allem anderen, was im Tauziehen mit dem Colonial Office wichtig war. »Aber die Vorstellung überdauert ... Aleke meint nun, Lebaliso sei nur entfernt worden, um mich zufriedenzustellen. Es ist ganz offensichtlich. Heute morgen erzählt er mir, so als gäbe er bloß einen Kommentar zu etwas mir längst Bekanntem ab, daß Lebaliso gefeuert ist.« Er lachte resigniert und verstört. Das war selbstverständlich nichts, das für ihre Ohren bestimmt war – die Ohren von Alekes Sekretärin. Aber es verschaffte ihm ein wenig das Gefühl von Selbstbefreiung, daß er sich weigerte, die kleinen Anstandsregeln der Intrige zu respektieren. Er wußte überhaupt nichts von Lebalisos Versetzung und hatte ebensowenig Recht darauf, es vor dem Mann selbst zu erfahren, wie sie. »Es gab da einen jungen Burschen – Lebaliso hat ihn zusammengeschlagen, hier im Gefängnis. Man hat ihn eingesperrt, ohne Anklage gegen ihn zu erheben. Ich hab's durch Zufall herausgefunden.«

»Vermutlich glaubt Aleke, Sie hätten es denen erzählt – dem Präsidenten.«

»Aber natürlich hab ich das. Und jetzt nimmt man an, ich hätte den Präsidenten bloß zu bitten brauchen, er möge Lebaliso entfernen lassen – und schon ist's passiert.«

»Trotzdem – der Präsident muß geglaubt haben, Sie seien der Meinung, es wäre gut, ich meine, er kennt Sie schon lange. Ob Sie ihn nun darum gebeten haben oder nicht.«

Er suggerierte sich selbst: »Ich bin für Lebalisos Entlassung verantwortlich, ob mir das nun paßt oder nicht.«

»Aber Sie finden es doch richtig, daß er gehen muß? Was spielt es da noch für eine Rolle?«

»Es gibt ein Gesetz zur Vorbeugehaft. Sein Vorgehen wurde in der Zwischenzeit legalisiert. Das Prinzip, aufgrund dessen man ihn hätte entfernen können, steht nun irgendwie auf schwächeren Beinen.«

Sie zog die kräftigen Oberschenkel an sich heran, so daß sie – Knie unter dem Kinn – ihren ganzen Körper verdeckten. Sie entfernte den Sand zwischen ihren Zehen. »Vielleicht hat Mweta es tatsächlich getan, um Sie zufriedenzustellen«, sagte sie. Im gleichen Augenblick stellten sie fest, daß die Kinder im Busch verschwunden waren. »Wohin sind sie?« Sie hörten das Fallen und Steigen umherstreifender Stimmen. Die beiden machten sich auf den Weg über den schweren Sand. Er trug den mageren, kleinen, weißen Jungen zurück, sie den schwarzen und wies ihn wie in einem Stummfilm darauf hin, um wieviel größer die Fettwülste um seine Oberschenkel waren als seine Hinterbacken. Das Kind lag da und sah faul und vergnügt zu ihr auf, wie jemand, der einen Anspruch darauf hat, getragen zu werden. »Stimmt's, daß Sie ein Enkelkind haben?«

»Ja, ein Mädchen.« Sie lächelten. »Mir kommt das ganz, ganz weit weg vor.«
»Sie haben es wohl noch nie gesehen?«
»Ach, Photographien.« Er hob seine Last mit einem demonstrativen Ruck ein wenig in die Höhe. »Das da ist Ihres – ich sollte es inzwischen eigentlich wissen, aber es sind immer so viele ...« Obwohl der Junge dunkelhaarig war wie sie, ähnelte er ihr überhaupt nicht, dennoch aber hatte sein Gesicht jene prägnanten Züge, die unzweifelhaft auf Vererbung hindeuteten – schwarze Augen unter jetzt schon dichten und wohlgeformten Brauen, beerenfarbene Lippen, deren untere eine kleine Kerbe aufwies: Das hier war ein Mann, obwohl die Beine, die von verschorften, knochigen Knien herabbaumelten, klein und armselig und die kleinen kalten Klauen weißlich waren und in der rissigen Haut sich Schmutzkörnchen gesammelt hatten. Ihre Kinder sahen vernachlässigt aus, gingen stoisch in ihren Spielen und ihrer Fröhlichkeit auf, wie es für Kinder typisch ist, die sich an unablässige und nie erklärte Wechsel ihrer Umgebung und immer neue Clans aus »Tanten« und »Onkeln« gewöhnen müssen.
»Er ist ganz Gordon«, sagte sie wie angesichts einer unabänderlichen Tatsache. »Nicht bloß im Äußeren. Die Art, wie er spricht, einfach alles. Das ist sonderbar, weil er die ganze Zeit bei mir war – ich glaube, Gordon hat keine vier, fünf Monate mit uns zusammengelebt, seit er gehen gelernt hat.«
»Die Bayleys haben sich Ihretwegen Sorgen gemacht.« Er achtete streng auf die Wahl der Worte. »Ob es Sie glücklich macht, für Aleke zu arbeiten.«
»Aleke ist ein Schatz, wissen Sie. Wirklich. Ist alles ein Riesenbluff bei ihm. Er macht sich gerne vor, daß er

mich mit der Peitsche antreibt. Mein Gott, er hätte ein paar von denen kennen sollen, für die ich früher gearbeitet habe. Es gibt schon ein paar Schweine auf dieser Welt. Aber ich glaube nicht, daß die Schwarzen jemals wirklich so sein könnten.«

»Wie was?« Die Kinder spielten wieder am Rand des Wassers, während er und das Mädchen am Strand entlangschlenderten.

»So, daß sie Spaß daran haben, wenn man sich *so* klein vorkommt. Ich meine, sie sind höllisch unverläßlich, borgen sich Geld bei einem, und man sieht's nie wieder – so Sachen. Aber sie wissen nicht, wie man jemanden derart erniedrigt.«

»... Aber doch nicht Aleke?«

»O ja – mein erstes Gehalt. Das hat er aber zurückgezahlt. Und vergangenen Monat wieder, aber diesmal ist er nicht so prompt. Ich nehm's ihm nicht übel – ihr Haus, das ist wirklich zu teuer für sie, verstehen Sie. Zuviel Platz für die Verwandtschaft, und zu essen brauchen die auch, selbst wenn's bloß Maisbrei ist. Agnes hat außerdem noch eine Waschmaschine gekauft, und ihre Möbel müssen sie auch abzahlen.«

»Trotzdem – das muß doch Ihr Budget irgendwie durcheinanderbringen.«

Sie hatte ein Stück Glas aufgehoben, das vom Wasser rundgeschliffen war, und warf es jetzt weg. »Aleke! Wissen Sie, was er sagte – und dabei wollte er mir helfen, ganz im Ernst, verstehen Sie –, als ich ihm sagte, daß ich das Darlehen diesen Monat zurückhaben müßte, weil ich ansonsten meinen Anteil am Haushalt der Tlumes nicht zahlen könnte? Er wollte bei den Tlumes für mich ein Wort einlegen, er wollte ihnen erklären, daß ich wegen des Umzugs und der Autoreparaturen ein wenig knapp bei...«

»Erzählen Sie den Bayleys besser nichts davon.«

»Ach, dabei ist Aleke aber in Ordnung. Ich erinnere mich, einmal, in Rhodesien, da hat sich Gordon auf die Hinterbeine gestellt und gemeint, ich könne dieses alte Schreckgespenst, für das ich arbeitete, Humphry Temple, nicht einen Augenblick länger aushalten. Er wollte mich nicht einmal mehr mein Geld abholen lassen. Er ging persönlich ins Büro hinauf, marschierte schnurstracks in Temples Büro und bestand auf einer Entschuldigung... Kein Mensch hatte in diesem Büro auch nur die blasseste Ahnung, wer dieser unverschämte Bursche war...« Sie lachte. Sie kam wieder auf die Sorgen der Bayleys zurück und sagte: »Ich finde das alles hier ganz in Ordnung. Am Anfang bildete ich mir ein, ich müßte einfach meine Sachen packen und mich geschlagen geben. Zurückgehen. Ich hab geglaubt, ich dreh durch... Aber das war wohl bloß der übliche Umzugskoller.«

»Man ist hier isoliert. Werden Sie sich nicht einsam vorkommen?« Beinahe hätte er, ganz selbstverständlich, hinzugefügt: » – wenn ich fort bin«, aber nicht etwa, weil er sich als Person gemeint hätte, sondern die Gegenwart eines Menschen, wie er es war.

»Ich hab noch nicht darüber nachgedacht. Man weiß, was man zu tun hat, wenn man einzig und allein daran denkt, daß man weg will – das scheint alle Probleme zu lösen, und das, was danach kommt, sieht man nicht. Und ist man schließlich da – sicher und wohlbehalten –, dann stellt sich wieder heraus, daß es die immer gleichen praktischen Probleme sind, daß man ein Dach überm Kopf hat, in welche Schule man die Kinder schicken soll... Aber es ist besser so, für mich. Sie wissen, wie nett man dort unten zu mir war, ich hab diese Leute sehr gern, aber« – sie wandte sich von ihm ab, blickte auf den See hinaus und flüchtete in eine Art bewußter Banalität – »sie-haben-mich-krank-gemacht.« Eine Pause trat ein, wie so oft nach halben Wahrheiten.

Abermals änderte sich das Tempo ihrer Unterhaltung. Sie redeten über den See und seine Reisen kreuz und quer durchs Land. »Sie begreifen, wie schwer es ist, Veränderungen zu erfassen, es sei denn in konkreten Zahlen. Wenn Sie zehn Jahre lang von Europa weg waren und wieder zurückkommen, dann *sehen* Sie die Zeit, die inzwischen verflossen ist – an neuen Gebäuden, an Landschaften voller Wohnanlagen, sogar an den Automodellen und der Mode, nach der man sich nun kleidet. Hier aber gibt's nichts, das nicht so aussähe wie früher – der See ist der gleiche, die Boote sind die gleichen, die Leute sind die gleichen – nicht einmal so viel wie eine Brücke oder Straße, die es nicht schon vorher gegeben hätte. Und doch hat alles sich verändert. Der Kontext, in dem all das steht, ist ein anderer als früher. Und dazu kam dann noch, daß ich einen alten Freund aufsuchte... einen der Weggefährten aus jener Zeit, verstehen Sie, und an *ihm* waren diese zehn Jahre ablesbar – graue Haare, ein zerbrochener Zahn, jene kleinen Hinweiszeichen, die einem das Gefühl geben, man wüßte, wo man sich gerade befindet. Da aber stellte sich heraus, daß er einen Sohn hatte, der erst vor kurzem auf die Welt gekommen war – zu eben jener Zeit, da ich ein Enkelkind bekommen hatte, war da ein kleines Kind geboren worden!«

»Das ist doch nicht so was Besonderes«, sagte sie, forschend und amüsiert zugleich.

»Aber verwirrend ist es«, sagte er und lachte ebenfalls.
»Ich sehe nicht ein, warum. Vielleicht ist er daneben schon Großvater.«
»Ach, das sicher. Mehrfacher Großvater. Er hat noch eine Reihe weiterer Söhne, wenn ich mich recht erinnere.«
»Oh, ein Schwarzer also.«
»Haben Sie jemals den Namen Shinza gehört – Edward Shinza?«
»Kann mich nicht erinnern, aber vermutlich schon. Ein politischer Führer? Sonst kenn ich die Namen der Kabinettsminister, aber danach muß ich passen. Ich fürchte, Sie denken, ich bin politisch eine Null. Im Gegensatz zu Vivien.«
»Er ist ein alter Freund. Er war der Gründer der PIP.«
Sie sagte: »Sie kennen wohl jeden?«
»Ja«, sagte er, »das ist das Problem.«
»Lassen Sie mich zurückpaddeln, ja?« sagte sie. »Mein Gott, der See ist herrlich. Das wiegt vieles auf.«
»Wiegt was auf?«
Einen Moment lang sah sie ihn an, als wüßte sie es selber nicht. »Hier zu leben.« Der Sonnenbrand ließ die Ränder ihrer Nasenflügel und Jochbeine glänzen, und ihre Lippen sahen aus, als wären sie ausgetrocknet – sie schien kein Make-up dabei zu haben, mit dem sie sich wieder hätte herrichten können. Es war wahr, sie flirtete überhaupt nicht. Es war fast ein Affront. Ihr gelber Löwinnenblick ruhte auf den Kindern.
Am Abend, als sich die Gesellschaft wieder vollständig zu Hause eingefunden hatte, überquerte er das leere

Grundstück, um die Kleinigkeiten abzuliefern, die die Kinder in seinem Wagen zurückgelassen hatten. Sie spielte mit Nongwaye Tlume auf der Veranda Schach; sie hatten eine moderne Gaslampe, die ein unterweltliches, stählernes Licht verbreitete. Sie ließ das Zeug auf einen Stuhl fallen und begleitete ihn in den Garten, der zaunlos war und nur durch die Demarkationslinie von ein paar Zinnienköpfen und den seichten Vertiefungen und Pfaden der Kinder getrennt war. »Ich habe Nongwaye gezeigt, wie das Spiel geht, aber jetzt schlägt er mich ständig. Wenn ich mich aufrege, dann sagt er, es sei in Afrika von alters her Sitte, die Frauen zu schlagen – er sei aber derart verwestlicht, daß er's nur beim Schachspiel so halte.«

Schließlich war sie, die Arme über der Brust gekreuzt, schlendernd und plaudernd näher bei seinem Haus als bei ihrem und kam auf einen Drink herein. »Ist es zu kalt für den Feigenbaum?«

»Nein, nein, ich würde fürs Leben gern unter dem berühmten Feigenbaum sitzen.«

Er besaß einen kleinen Kerzenhalter mit Glaszylinder. Wie mit einer Lampe, die man in einer Höhle in die Höhe hält, beleuchtete er die Risse und kirchenschiffartigen Vertiefungen des großen Baumes, dessen Rinde selbst nachts von Aktivitäten überlaufen war, von Ameisen und Käfern wimmelte.

»Mit den Tlumes kommen Sie gut zurecht, nicht?« Er fand es bemerkenswert, daß eine Frau, der die liberalen Prinzipien und das leidenschaftliche Engagement wenig zu bedeuten schien, das Zusammenleben mit einer Familie von Schwarzen für so wenig erwähnenswert hielt. Offenbar war sie im kolonialen Stil erzogen worden und hatte ihr Leben auf der weißen Seite der Wagenspur in Reservaten verbracht, wo immer das auch gewesen sein mochte.

Sie sagte: »Es sind halt einfach sehr nette Leute. Ich hab Glück gehabt. Es ist verdammt riskant, gemeinsam in einem Haus zu wohnen.«

»Haben Sie denn nicht das Gefühl gehabt, daß sie im Grunde ganz anders sind? – verstehen Sie, in den nebensächlichen Dingen, die allerdings eine Menge bedeuten, wenn man zusammenlebt.«

»Na, selbstverständlich ist das was ganz andres – wenn man mit anderen Menschen lebt. Ich hab in den vergangenen ein, zwei Jahren mit Schwarzen zusammengearbeitet, und in unserer Clique bei den Bayleys, da hatten wir Schwarze als Freunde; aber noch nie davor hatte ich mit ihnen zusammengelebt. Nur, wie ich schon heute nachmittag sagte ... damals hab ich mir über nichts Gedanken gemacht ... außerdem mußte ich aus diesem Hotel raus, und da hat sich mir diese Möglichkeit angeboten ... Natürlich gibt's da einen Unterschied – in dem Haus hat man nicht viel Privatleben, wir leben praktisch alle zusammen, ich meine, eine Einteilung wie: das da ist mein Bereich, und das da eurer, wie ich es erwartet hatte – das gibt's da nicht. Für die ist das einfach eine Selbstverständlichkeit; wir essen gemeinsam, die ganze Zeit gehen die Leute ein und aus bei dir. Und trotzdem: es *gibt* eine Art Privatleben, eine andere Art. Sie würden nie Fragen stellen. Sie akzeptieren einfach alles an einem.«

Als er mit ihrem Bier aus dem Haus zurückkam, sagte sie: »Gordon ist natürlich auf die Barrikaden gegangen. Ich schrieb ihm, wo wir sind, und *das* hatte dann natürlich einen Brief von ihm zur Folge. Letzte Woche hab ich ihn gekriegt – was für ein Milieu für die Erziehung seiner Kinder und lauter so Zeug. Er ist beinahe *durchgedreht*. Er schreibt diese Art von Anwaltsbriefen immer dann, wenn er sich Sorgen macht – großkotzig und dämlich. Er stellt sich vor, wie wir im Hof sitzen und aus einem riesigen Topf Maisbrei essen – Sie kennen Gordons Vorstellungen nicht.« Sie lachte spöttisch, aber gleichzeitig mit einem Anflug von Stolz.

»Wo ist Gordon?« sagte er, so als handle es sich bei ihm um einen Bekannten.

»Ich finde es schrecklich, Ihnen das zu sagen.« Halb vertrauensvoll, halb vergnügt über die Möglichkeit, ihn zu schockieren. »Im Kongo, mit diesem alten Gangster Loulou Kamboya« – sie sah, wie er versuchte, den Namen einzuordnen – »nein, kein Politiker, bloß ein gewöhnlicher Halunke. Oder besser: ein außergewöhnlicher. Gordon hat ihn in einer Bar in Zambia kennengelernt. Loulou taucht überall in seinem schwarzen Mercedes auf. Gordon ist mit ihm ins Souvenirgeschäft eingestiegen. Loulou hat eine ›Fabrik‹, die diese Armbänder aus Elefantenhaar produziert. Er vertreibt alle Arten von gräßlichen Dingen – Maskenimitationen und Holzschnitzereien. Er wollte nach Südafrika gehen, um da Kontakte mit der Raritäten-Mafia zu knüpfen, aber sie wollten ihn natürlich nicht hineinlassen. Also fuhr Gordon an seiner Stelle. Ein Vermögen sollte das bringen, und sie wollten ein Netzwerk für ganz Afrika aufbauen, vom Osten bis zum Westen und vom Norden bis zum Süden – verstehen Sie. Ich weiß nicht, was passiert ist – scheint irgendwie eingeschlafen zu sein. In dem letzten Brief da schreibt Gordon, daß er einen Job bei dieser Cabora-Bassa-Sache annehmen will – beim Dammbau. Er hat in Kariba gearbeitet, versteht sich: das war damals, als ich nach Salisbury ging. Wenn's gar nicht anders geht, dann ist er Ingenieur. Falls Sie ein Elefantenhaararmband brauchen sollten, ich hab massenhaft davon.«

Er wollte sich an den Tlumes ein Beispiel nehmen und niemals Fragen stellen – das heißt, Fragen, mit denen er in sie drang. Aber sie hatte als erste von diesem Mann – ihrem Mann – angefangen; er schien kaum mehr zu sein als eine Anekdote. Bray sagte: »Nun, wenigstens ist er kein Söldner. Als Sie vom Kongo sprachen ...«

»Oh, ich bin sicher, Loulou hat sein Teil am Waffenschmuggel beigetragen, aber die Sache wäre doch wohl wirklich zu profitabel, als daß man da jemanden anderen mit einbezogen hätte. Dabei hätte Gordon Edwards nichts zu suchen.« Es war eine Art Parodie auf das Jammern einer Hausfrau aus der Vorstadt, die sich darüber beschwert, daß ihr Mann bei der Beförderung immer übergangen wurde. Die trockene Art, die er bislang noch nicht an ihr entdeckt hatte, amüsierte ihn. Sie erzählte ihm jetzt Anekdoten aus dem Leben in der Hauptstadt, deren Gegenstand Dando, Beamte aus den diversen Ministerien und von der Universität waren, und sie lachten beide aus vollem Herzen. Es waren die Geschichten einer intelligenten Sekretärin, Beobachtungen, die sie aus dem Hintergrund heraus gemacht hatte; falls es irgendwelche Geschichten einer intelligenten Geliebten gegeben hatte, dann hatte sie sie weggelassen. Er begleitete sie durch die Büsche zurück nach Hause und gab ihr ein Gutenachtküßchen auf die Wange, wie es zwischen den Männern und Frauen jener Gruppe, zu der sie in der Hauptstadt gehört hatten, üblich war. Sie war ein mutiges und ehrliches Mädchen, und er empfand eine kleine Befriedigung darüber, daß er für klare Verhältnisse zwischen sich und ihr gesorgt hatte. Er hatte eine Abneigung gegen unklare Dinge. Selbst unbedeutende Fehleinschätzungen richtigzustellen war schon etwas. Er tat es so, wie er seinen Tisch in Ordnung brachte, sobald das, was tatsächlich erledigt werden mußte, nicht mehr in Angriff genommen werden konnte. Als er sie wochentags einmal traf, während sie gerade Eiscreme für die Kinder einkaufte, bot er ihr an, sie am nächsten Wochenende wieder alle zusammen zum See mitzunehmen – er wollte mit den Leuten von der Fischgefrieranlage reden.

Aber Freitag abend rief sie an – Sampson Malemba war bei ihm im Zimmer, sie arbeiteten – und erklärte ihm, die Kinder seien auf eine Party eingeladen worden und wären »ganz verrückt« darauf, und leider ... Das machte überhaupt nichts, vielleicht ein andermal (ständig, selbst wenn er von alltäglichen Vorhaben sprach, hatte er das Gefühl, er könnte plötzlich – noch vor ihrer Ausführung – nicht mehr dasein). Dann dachte er, er habe vielleicht ein bißchen zu erleichtert geklungen, weil er sich wegen des Ausflugs nicht mehr den Kopf zu zerbrechen brauchte, und fügte hinzu: »Sie können natürlich gerne mitfahren, wenn Sie möchten – sofern Sie nichts Besseres zu tun haben?« Sie sagte, sie würde es ihn Samstag morgen wissen lassen, ob das früh genug wäre? Er empfand die Toleranz vielbeschäftigter Menschen gegenüber den Beschäftigungen eines anderen.

Malemba saß mit in den Nacken gelegtem Kopf wartend da und tippte mit einem Bleistift gegen seine großen gelben Zähne; jetzt war alles wieder nur eine Frage des Geldes, des Geldes. Es gab da eine alte Polizeikaserne – rund um einen Innenhof quadratisch angeordnete Räume –, die sie sehr billig erwerben und für einen Betrag von ein paar hundert Pfund in Klassenräume umwandeln konnten. Die Subvention der Regierung war bereits für andere Dinge vorgesehen; Malemba sagte: »Und was, wenn Sie schreiben und um mehr bitten würden?«

»Wem schreiben?«

Er sah Bray an und zuckte die Achseln.

Ja, er brauchte Mweta bloß zu bitten; sagte er. »Und nehmen wir an, ich würde an meinen Freund, den amerikanischen Kulturattaché dort unten schreiben. Die sind ganz scharf auf Erziehungsprojekte. Natürlich sind ihnen die großen lieber, die, mit denen man was hermachen kann – wie die Universität zum Beispiel. Aber Vortragssäle – so müßte man das nennen –, vielleicht klingelt's bei ihnen dann.«

Er hörte, wie sie durch die Fliegengittertür der Veranda kam, während er gerade sein Frühstück beendete. Sie trug Männerjeans und ihre Christussandalen mit den Gummiriemchen und war froh, daß sie rechtzeitig gekommen war. Sie wirkte sehr jugendlich – er wußte nicht, wie alt sie wirklich war, vermutlich um die dreißig. Mit einem Bindfaden, den er von den Paketen des Metzgers gerettet hatte, hatte Kalimo ein Brotpaket zusammengeschnürt: »Was ist da drin?« fragte Bray, und Kalimo zählte es mit dem Zeigefinger an den Fingern der anderen Hand ab: »Ah-h, geblatenes Hähnchen, Eiel mit den k'einen Fischen dlin, ah-h, Tomaten, Blot, Sa'z, k'eine bißchen Pfeffe'. Keine Butte'. Sie müssen kaufen Butte'.«

Es war das gleiche Picknick, das er immer vorbereitet hatte – bis hin zu den mit Sardellen gefüllten Eiern, wie es ihm von Olivia gezeigt worden war, und den Papierröllchen mit Salz und Pfeffer drin. »Machen Sie sich wegen der Butter bloß keine Gedanken, die würde sowieso nur schmelzen«, sagte das Mädchen. Auf dem Weg aus dem Ort hielt er an und kaufte statt dessen eine Flasche Wein.

Sie hatte ein kleines Radio dabei, und als er sie darauf aufmerksam machte, daß sie bei der Fischgefrieranlage möglicherweise ziemlich lange auf ihn würde warten müssen – »Ist auch nicht gerade der verlockendste Ort zum Warten!« –, da holte sie etwas heraus, das sie zum Lesen aus seinem Bücherregal genommen hatte – mehr in der Absicht, nicht zur Last zu fallen, als aus sonst einem Grund. Es war angenehm, im Auto Gesellschaft zu haben; sie zündete für beide die Zigaretten an, und das staubige Straßenstück, das zwischen den Bergen hinabführte, war schnell zurückgelegt. Soweit er bisher überhaupt von ihr Notiz genommen hatte, hatte er für das Mädchen, dessen Leben das von anderen Menschen überlappte, selbst aber kein Zentrum besaß, immer Mitleid empfunden. In diesem Augenblick kam sie ihm wie eine jener Anhalterinnen vor, die sich von der Welt tragen und treiben lassen, die sich, weil sie kein Zuhause haben, überall zu Hause fühlen, sich in Sicherheit glauben, weil sie kein Gepäck haben, und gute Gesellschaft sind, weil sie keine besonderen Vorlieben kennen. Ebensogut hätte sie ihn an der Straße angehalten haben können, bloß um mitgenommen zu werden. Er stellte den Wagen in dem bißchen Schatten ab, den er bei der Fischfabrik fand; die Bäume zwischen den Gebäuden und dem häßlichen Hafenkai waren umgehackt worden, und im Staub lagen verstreut die zertrampelten Eingeweide von Fischen, über die sich armselige Köter und Fliegen hermachten. Er sah, wie sie es sich auf der Stelle bequem machte, die Wagentüren öffnete, um Durchzug zu schaffen, und das kleine Radio mit ausgezogener Antenne am Fenster aufhängte.

In der Woche davor hatten die Zeitungen von Auseinandersetzungen in der Fischfabrik berichtet; Unzufriedenheit über das Anstellungsverhältnis der sogenannten »Gelegenheits«-Arbeiter – es war nicht ganz klar, worum es ging. Weswegen *er* gekommen war, das waren zusätzliche Daten über die Anzahl der Familien und die Größe des Gebiets, aus dem sie stammten, und darüber, wie sie in den Statistiken über die männlichen Angestellten, die auf den Trawlern arbeiteten, erschienen; es gab da in seinen Aufzeichnungen eine gewisse Diskrepanz zwischen den schulischen Bedürfnissen der Bevölkerung, wie sie sich aus der Anzahl der Arbeiter ergab, die, wenn auch in der Umgebung verstreut, als ortsansässig angesehen werden konnten, und der tatsächlichen Größe dieser Bevölkerung – die viel kleiner sein konnte, sofern die Arbeiter tatsächlich weitgehend aus Dörfern kamen, die viel weiter oben am See lagen, und sofern sie ihre Familien zu Hause ließen. Die männliche Bevölkerung rund um den See führte traditionsgemäß ein Leben von Nomaden, das bis vor die Zeit der Besiedlung durch die Kolonialisten zurückreichte; sie waren dem Handel und den Fischen nachgezogen. Manchmal war es schwer festzustellen, zu welchem Dorf sie gehörten. Hätte man sie gefragt, so hätten sie – im Gegensatz zu anderen Gruppen, deren nähere Heimat in doppelter Hinsicht definiert war, zum einen durch Stammestradition, zum anderen

durch das Bezirkssystem der Kolonialverwaltung – immer nur gesagt, »zum Wasser« – ein Terrain, dessen entfernteres Ende, weit oben in anderen Staatsgebieten Afrikas, sie noch nie gesehen hatten.
Die Gefrierfischabteilung der Fabrik hatte die Leichenschauhausatmosphäre von Männern in Gummischürzen, die Betonböden abspritzten, und plötzlichen Erinnerungen an Blut und Eingeweide, die keine hygienische Maßnahme restlos beseitigen kann. Eine Minute lang unterhielt er sich mit dem weißen Manager, einem faltigen, verunstalteten und von der lebenslänglichen Arbeit in Jobs wie diesem rot angelaufenen, schmutzigen Mann, für den das hier Routine war, in der Wildnis, in der Sonne, Routine wie ein Büro in der Stadt. Er wurde an einen grauhaarigen Farbigen weitergereicht, dessen Büro mit erhebenden Sinnsprüchen gepflastert war. Die Daten waren nicht allzu befriedigend; Bray fragte, ob er nicht einen der Betriebsräte sprechen könne – die Akten der Gewerkschaft ergaben vielleicht mehr Sinn. Der Angestellte antwortete irgend etwas Vages und ging aus dem Zimmer. »Nur eine Minute, ja?« Er kam zurück, auf dem Gesicht den gelassenen Ausdruck eines Untergebenen, der die Verantwortung abgewälzt hatte. »Der Direktor sagt, wir nicht wissen, ob er heute da ist, sie nicht arbeiten Samstag, nur wenn machen Überstunden.« Bray hatte ein paar Leute arbeiten sehen. »Ja, ein paar heute morgen machen Überstunden, aber ich weiß nicht ...« Der Angestellte war wieder unruhig geworden und brachte ihn in die Etage, wo der Fisch gereinigt und verpackt wurde. Er schien hoffnungslos davon überzeugt zu sein, daß Bray den Mann auf der Stelle inmitten der anderen erkennen würde; tatsächlich blickte einer

der Aufseher dieser Abteilung, ein großer, tiefschwarzer Mann, der dort, wo die Fische abgeschuppt wurden, im Wasser stand, rasch auf und warf dem Angestellten einen Blick zu. Er kam daher, beflissen wie einer, der es gewöhnt ist, vorgerufen zu werden. Bray stellte sich vor, und mit beinahe militärischer Exaktheit sagte der Mann: »Guten Morgen, Sir! Elias Rubadiri«, konnte Bray aber nicht die Hand schütteln, da die seine feucht war wie die Fische selbst. Überall an ihm – sogar im Schnurrbart – hingen glänzend die Schuppen – wie Pailletten an einem Karnevals-Neptun. Sie traten hinaus in einen offenen Korridor, um sich miteinander zu unterhalten; o ja, es gab Gewerkschaftsakten. Aber der Mann, der sie aufbewahrte, war nicht da, sie seien weggeschlossen. Wo? In seinem, im Haus dieses Mannes. Könnte man ihn vielleicht aufsuchen? – Draußen an der frischen Luft trockneten die Schuppen schnell, er rubbelte seine Hände aneinander, daß sie wegspritzten. »Er ist nicht da ...« Es folgte jene Pause, die häufig einer präzisen Erklärung durch einen Schwarzen vorausgeht. Bray wechselte über zum intimeren Gala, und der Aufseher sagte: »Wissen Sie, vor kurzem, da ... es hat ihn am Kopf erwischt.« Sie kamen ins Gespräch. Rubadiri war einer der halb ausgebildeten Männer, die über einen scharfen Verstand verfügen, im Umgang mit Weißen empfindlich, trotzdem aber selbstsicher sind und zu einer anmaßenden Haltung gegenüber den eigenen Leuten neigen und überall dort Autorität auf sich ziehen, wo die Unabhängigkeit durchgesetzt ist. Nun, da die Kupferschmiedewärme gegenseitiger Abhängigkeit – das einzige, worum man sich im Kreis hinhocken konnte – von der Hochofenhitze der Macht ersetzt worden war, hielten solche Leute die PIP

am Leben. Die Auseinandersetzung habe keinen Sinn gehabt – so stellte er es Bray dar. Die alten Männer und Frauen, die in der Dörrfisch-»Fabrik« angestellt waren – »diese Stöcke im Sand mit ein paar Fischen drauf, die Sie draußen sehen können« –, waren für alle anderen Arbeiten unbrauchbar. Sie hielten sich an keine geregelten Arbeitszeiten, den einen Tag waren sie krank, am nächsten fingen sie erst nachmittags an, sie hatten Schmerzen in den Beinen – er lachte nachsichtig. »Sie haben was zu tun und verdienen sich damit das Geld für ihren Tabak.« Natürlich war die Gesellschaft Besitzer der Dörrfischanlage. Es hatte sie schon vorher gegeben, eine unbedeutende private Konzession, die die Gesellschaft zusammen mit ein paar Booten und dem Recht auf Benützung des Landestegs aufgekauft hatte, als man die fabrikmäßige Produktion aufnahm. Sie warf im Jahr ein paar tausend Sack Dörrfisch ab, die in die Minen gingen – aber die Nachfrage gehe zurück, weil die Minen noch vor der Unabhängigkeit fast alle Wanderarbeiter abgebaut hätten und weil den Arbeitern, die bei ihren Familien lebten, nicht jene Rationen zugeteilt würden wie den Arbeitern in den Lagern. Für den übrigen Markt hätte die Gesellschaft die Dörr- und Gefrierfischfabrik in Gala, wo, wie Bray ja wissen müsse, alles maschinell erledigt werde. Und diese Leute hier – er machte eine wegwerfende Handbewegung – »die Gesellschaft läßt sie also einfach da, wo sie sind«. Die Gewerkschaft, die gleichzeitig mit der Inbetriebnahme der Fabrik gegründet worden war, erkannte sie nicht an.
Als er vom »Ärger« der Vorwoche anfing, wurde sein Gesichtsausdruck verschlossen – der Ausdruck eines Mannes, der all das schon vor einer Versammlung ange-

führt, es, vielleicht, viele Male wiederholt und dabei immer hartnäckiger Zweifel oder abweichende Interpretation zurückgewiesen hatte. »Und jetzt kommen irgendwelche Leute daher und behaupten, die Leute, die den Fisch dörren, arbeiten hier, arbeiten für die gleiche Gesellschaft, und warum sind sie dann nicht in der Gewerkschaft? Sie behaupten, daß sie zu wenig bekommen, daß es schlecht für uns ist, wenn sich jemand mit einem Schandlohn zufriedengibt. Woher würden wir denn wissen, ob sie nicht eines Tages für unsere Arbeit herangezogen würden, wenn es Ärger geben und wir streiken sollten?« Er zog seine Lippe verächtlich in die Höhe und stieß die Luft aus, als wäre das Ganze mehr als lächerlich. »Natürlich sind sie sich dabei darüber im klaren, daß das alles Blödsinn ist. Wie sollten denn Frauen und Greise unsere Arbeit tun; alles, was sie könnten, wäre den Boden aufwischen! Sie verstehen nichts vom Verpacken und kennen sich bei den Maschinen in der Gefrieranlage nicht aus.«

»Warum kümmern die sich dann um diese Leute?«

»Warum, Sir? Ich werd es Ihnen verraten. Das sind Leute, die von sich behaupten, sie seien die PIP, aber sie sind nicht die PIP. Sie möchten der PIP in der Gewerkschaft Ärger machen. Sie möchten hier Streiks organisieren. Ich kenn die. Die suchen nichts als Ärger.«

Er sah so aus, als sei er seiner Sache sicher. »Sie sind zwar von hier. Aber sie haben Freunde – dort« – er bohrte mit dem Finger ein Loch in die Luft – »in Gala, in der Fabrik, oben in der Stadt – ich weiß es.«

»Dann hat's also eine Schlägerei gegeben?« sagte Bray.

»Ärger, Ärger bei der Versammlung. Ein Teil von unseren Leuten will, daß sie aus der Gewerkschaft ausge-

schlossen werden. Und da gab's anschließend eine Schlägerei – Ärger.«
»Und Sie – wollen Sie auch, daß sie ausgeschlossen werden?«
Er lächelte Bray unter seinem zerzausten Schnurrbart heraus an – von Kopf bis Fuß ein Profi: »Man braucht der PIP nicht zu sagen, daß sie sich um die Arbeiter hier kümmern soll. Die müssen umdenken, sie müssen zur Vernunft kommen.«
Bray unterhielt sich noch ein wenig mit ihm und bekam ein paar brauchbare Informationen über die Heimat der Trawlerbesatzungen und Fabrikarbeiter; wie sich herausstellte, lebten Rubadiris Frau und Familie ebenfalls nicht in unmittelbarer Nähe, sondern in einer der Siedlungen weiter oben am See.
Bray war sich bewußt, daß er das Mädchen beinahe eine Stunde lang im Wagen hatte warten lassen, aber als er die Gestelle mit dem gedörrten Fisch entdeckte, die an eine Art Getreide erinnerten, das an der anderen Seite der Mole entlang aufgestapelt lag, ging er schnell hinauf, um sie sich anzusehen. Es stimmte, daß es eher wie ein kleiner, lokaler Fischereibetrieb aussah als wie eine von mehreren Unternehmungen einer großen Gesellschaft, die Weißen gehörte. Bloß ein bißchen größer – technisch um nichts anspruchsvoller – als eine beliebige eigenhändig erbaute Anlage zum Dörren von Fischen, auf die man überall stieß, wo eine Hütte stand, fuhr man die Küste entlang nach Norden. Die üblichen Schilfgestelle, die man mit Gras zusammengebunden hatte und auf denen der Länge nach zerteilte Nilbarsche und Barben lagen, die steif waren wie gegerbte Häute, gelblich, vom Salz wie von Reif überzogen, und mächtig stanken. Der Bo-

den war kahl, das Seeufer übersät von Konservendosen und Unrat, und an einem gab es keinerlei Zweifel: keiner da, der gearbeitet hätte. Es war allerdings Samstag. Nackte Kinder und Hunde, die es auf Aas abgesehen hatten, trieben sich herum; dann machte er die Entdeckung, daß es sich bei einer Reihe von verlassenen Hütten unter einem gemeinsamen, verrostenden Blechdach keineswegs um Lagerschuppen handelte, obwohl sie wie diese stanken, sondern daß hier Menschen wohnten. Sie besaßen keine Fenster, sondern bloß die finsteren Löcher der Türöffnungen. Undeutlich zeichneten sich in der Dunkelheit Gesichter ab; nun bemerkte er, daß das, was er für umherliegenden Unrat gehalten hatte, in Wahrheit die Haushaltsgüter dieser Menschen waren. Herkömmliche Gerätschaften aus Lehm und Holz gab es nicht; und es gab auch keine, die im Geschäft gekauft worden waren – nichts als die immer gleiche Art von Abfall, der wie Schaum das Seeufer säumte und gebrauchsfähig gemacht worden war, so als lebten diese Menschen vom Dreck, dessen sich eine Gesellschaft entledigt hatte, die selbst schon erbarmungswürdig genug war und ihrerseits die billigsten und schlechtesten Güter des weißen Mannes benutzte. Er schämte sich, weil er hinaufging und die Leute anstarrte, aber er ging in ein paar Schritt Entfernung eilig an ihnen vorüber – mit dem typischen Schmerz, den der Anblick geduldig hingenommener Erniedrigung beim Wohlgenährten auslöst. Der malariakranke Greis lag im Freien auf dem Boden, die Beine angezogen, so als nähme er schon die traditionelle Begräbnishaltung ein. Seine Anwesenheit wurde aus jenen schwarzen Löchern der Türöffnungen, die aufgerissen waren wie verfaulende Mäuler, mit dem unsicheren

Grinsen der Senilität oder des Ernährungsmangels quittiert. Er bemerkte, daß es drinnen keinerlei Besitztümer gab, nur Menschen, die sich starr, auf dem Rücken liegend, aus der Sonne zurückgezogen hatten. Mit dem für eine angeborene Hüftgelenkluxation typischen, rollenden Gang kam ein Mädchen heraus, im Gesicht den wilden Ausdruck des Krüppels, der von Anstrengung, nicht von Übellaunigkeit herrührt, und nahm die Bettlerhaltung ein. Ein altes Weib blickte gesprächsbereit auf, fand es dann aber zuviel der Mühe, etwas zu sagen.

Er ging um die Gefrieranlage herum zurück zum Wagen und sagte zu Rebecca: »Kommen Sie einen Augenblick her. Ich möchte Ihnen was zeigen.«

Sie gingen schnell – sie gefügig, wobei sie ihn aber trotzdem neugierig musterte. »Himmel, was für ein Gestank ...« Sie gingen an den Gestellen vorbei. Er faßte sie am Arm und führte sie an der Reihe der Hütten entlang. Sein Griff schien sie am Reden hindern zu wollen. Sie sagte: »Aber das ist ja grauenhaft.« »Ich mußte es Ihnen zeigen.« Sie unterhielten sich halblaut miteinander, ohne sich dabei anzusehen. Das verkrüppelte Mädchen, das alte Weib, die Kinder beobachteten sie, als sie an ihnen vorübergingen.

Wieder beim Wagen, platzte sie los: »Warum unternimmt denn keiner was dagegen? Wer sind denn diese Leute?«

Er nickte. »Ich wollte mich bloß vergewissern, daß ich nicht irgendwie übertreibe. Ich meine, dieses Land ist nach wie vor arm. Das Leben in den Dörfern sieht nicht ganz so rosig aus.«

»Aber das! In den Stammessiedlungen haben sie vielleicht nicht die Dinge, die man in der Stadt kriegen kann,

aber trotzdem haben sie ein paar eigene Habseligkeiten, und man kann auch sehen, daß sie *leben*. Die hier haben ja überhaupt nichts, Bray, überhaupt nichts. Nicht einmal das Allernötigste zum Leben, egal, was man darunter versteht.«
»Genau den Eindruck hab ich auch gehabt. Irgendwie ist denen die Haut komplett abgezogen worden.«
»Wovon leben die denn überhaupt?«
»Vom Fischdörren.« Er erzählte ihr die Geschichte, während sie losfuhren und das Gelände hinter sich ließen.
Schließlich sagte er: »Also gut – suchen wir uns was, wo wir essen können«, und verlangsamte seine Fahrt, um zu überlegen. Sie schauderte ein wenig zusammen: »Irgendwo, wo's schön ist.«
»Wo wir neulich waren.«
»Ja, wunderbar.« Als er aber am Uferweg anhielt und Anstalten machte, sich da niederzulassen, wurde ihr Gesichtsausdruck unsicher.
»Haben Sie nicht hier gemeint?«
Sie sagte: »Ich dachte, Sie wollten zur Insel ...«
»Den ganzen Weg zur Insel hinüber?«
»Nein, lassen Sie's, es ist schon gut.«
»Naja, wenn Sie keine Eile haben, wieder nach Hause zu kommen – ich hab's ganz bestimmt nicht eilig. Warten Sie – ich seh zu, daß ich ein Boot auftreiben kann.«
Sie protestierte abermals, verbarg aber ihre Hoffnung nur schlecht. Zwei Einbäume mit vielen Blechflicken waren durch das Schilf heraufgezogen worden und lagen an Land. Ein Fischer machte sich an einem Netz zu schaffen. Es wurden kurz ein paar freundliche Begrüßungsworte in Gala getauscht, dann durften sie zwischen

den Fahrzeugen wählen. Sie nahmen das, welches weniger Wasser zu führen schien, und diesmal bekamen sie zwei Paddel. Sie paddelten nicht im gleichen Rhythmus, aber sie bestand darauf, ihr Teil beizutragen, war rot angelaufen und auf eine Art selbstvergessen, wie sie für eine attraktive Frau unüblich ist. Waren sie einmal älter als vierzehn, dann überlegten sie immer nervös, wie sie sich gebärden sollten; er hatte das an seinen Töchtern beobachtet.

Sie hatte recht. Insel und Strand waren die Mühe wert. Sie schwelgte im Besitzerstolz. »Haben Sie jemals einen derart traumhaften Sand gesehen? Und, sehen Sie doch – eine Rückenstütze, und direkt mit Blick aufs Wasser ...« Als erstes gingen sie schwimmen, zogen sich ohne falsche Scham aus und wieder an, wobei keiner der beiden in Richtung des anderen blickte. Dann packten sie Kalimos Lunch aus. »Nehmen Sie eins von den Eiern mit den kleinen Fischen drin, na, probieren Sie's schon.« Sie aßen voll Gier und tranken den warmen Rotwein. Sie hatte wirklich zu dicke Oberschenkel für diese alten Hosen, und nun, da sie gegessen hatte, spannten sie auch über dem Bauch, stramm wie ein Trommelfell. Was verstand man denn unter einem »attraktiven« Mädchen? War ihr Gesicht hübsch? Es war ein quadratisches, sonnengebräuntes, gerötetes Gesicht, so breite Kiefer waren nicht sein Fall – wenn sie einmal in die Jahre kam, würde sie stattlich und rundbackig sein. Ihr Profil zeigte eine wohlgeformte Stirn unter glattem schwarzem Haar – tiefschwarzes Haar. Und, natürlich, wunderbare Augen, diese gelblichen Löwinnenaugen. Nein, »attraktiv«, das bedeutete nur soviel – eine Anziehungskraft, die nichts mit den Schönheiten und Makeln, den Proportionen und Symmetrien zu tun hatte, die in ein und derselben Frau nebeneinanderlagen. Sie verwendete kein Parfum, aber der sympathische Anblick des kleinen Grübchens, das von den Knochen am unteren Ende ihres vollen Halses gebildet wurde, verlockten einen dazu, sein Gesicht dort, wo der Körper auszuatmen, wo er wie kaum sichtbaren Rauch Leben auszuströmen schien, zu verbergen.

Seite an Seite legten sie sich im Sand hin; sie hatte eine von seinen Zigarren genommen und ließ sie sich schmekken. Hin und wieder stützte sie sich seitlich auf einen ihrer Ellbogen, um etwas zu fragen oder zu unterstreichen, und dabei fuhr sie mit der einen Hand unter ihr unordentliches Haar, während die andere halb unter ihrem Körper lag, die aufeinanderliegenden Brüste verdeckt vom Aufschlag ihres Hemdes. Sie mochte sein was immer, eine Kokette war sie nicht.

»Wie lange läuft Ihr Vertrag – mit Aleke?«

»Achtzehn Monate.«

»Und danach – werden Sie zurückgehen?«

»Wohin?« sagte sie. Er dachte an die Hauptstadt, für ihn war es schon zur Selbstverständlichkeit geworden, daß er dachte, man müsse einen festen Wohnsitz haben. »Ich weiß noch nicht, wohin. Vielleicht gehen wir nach Südafrika. Wegen Cabora Bassa.«

»Das liegt in Moçambique – meilenweit überhaupt nichts.«

»Er wird aber für die Südafrikaner arbeiten. Sie werden ihn in südafrikanischer Währung bezahlen. Aber vielleicht verlängere ich hier auch nur – um weitere achtzehn Monate. Werden ja sehen. Auf alle Fälle möchte ich Adam und Suzi in ein Internat schicken.«

»Aber doch nicht in Südafrika.«
»Na, doch. Für Rhodesien hab ich schon gar nichts übrig. Und viel länger können sie hier nicht bleiben ...«
Sie war ängstlich darauf bedacht, seine Gefühle nicht zu verletzen – indem sie etwa andeutete, seine großen Pläne für das Unterrichtswesen in diesem Land seien nicht gut genug. »Mit den neu integrierten Schulen, die in letzter Zeit gegründet wurden, ist es bloß so, daß das Niveau *tatsächlich* verdammt viel niedriger geworden ist, und – verstehen Sie – man darf einfach nicht zulassen, daß die eigenen Kinder so eine halbgare Schulbildung bekommen.«
»Versteht sich. Momentan profitieren nur die schwarzen Kinder, während die weißen ein bißchen hintendran sind. Aber Sie denken doch nicht im Ernst daran, sie nach Südafrika zu schicken?«
Wieder sagte sie: »Ach, ich weiß nicht. Es heißt, die Schulen seien gut.«
Er wußte, daß sie ans Geld dachte; möglicherweise würde sie in Südafrika das Geld haben, um für sie zu bezahlen. Unter der Oberfläche wurde ihr Leben von den allervordringlichsten Problemen wie diesem hier bestimmt, angesichts dessen Skrupel und Gefühle Luxus waren. Er sagte aber freundlich: »Hier leben Sie doch alle glücklich und zufrieden mit den Tlumes zusammen. Und nun wollen Sie sie dorthin schicken, damit sie in der altmodischen kolonialistischen Tradition dazu erzogen werden, ihre weiße Hautfarbe für etwas zu halten, das sie vor anderen Menschen auszeichnet.«
Sie lächelte ein wenig verlegen und abwehrend: »Nun, und was ist mit mir. Bei mir, in Kenia, war's genau das

gleiche. Das hält nur so lange vor, wie sie zur Schule gehen; da wachsen sie wieder heraus.«

»Nicht jeder kann so natürlich sein wie Sie«, sagte er.

Wieder drehte sie sich um, um sich auf ihre Ellbogen zu stützen. »Ich versteh nicht ganz, wie Sie das meinen.«

»Sie halten sich an die Realität«, sagte er. »Es ist denen einfach nicht gelungen, Sie auf die guten alten kolonialistischen Theorien einzuschwören, daß ein Nigger ein Nigger ist und ein Weißer ein englischer Gentleman. Sie halten sich stur an andere Kriterien – ich hab keine Ahnung, was für welche das sind, aber auf die Hautfarbe berufen Sie sich zweifellos nicht.«

»Das ist ein Riesentrara um nichts und wieder nichts. Wenn das alles ist, worüber man sich den Kopf zerbrechen muß ...« Sie ließ den Kopf sinken und drehte sich wieder auf den Rücken. Vielleicht dachte sie über ihre »anderen Kriterien« nach – darüber, welche das wohl waren. Vielleicht war sie unzufrieden mit ihnen – mit sich selbst. Es war einfach, für sie Schlüsse zu ziehen und zu konstatieren, daß ihr Leben auf wunderbar simple Art und Weise von den grundlegendsten Bedürfnissen regiert wurde, selbst dort, wo es ein Provisorium und Kompromiß war. Welche Kriterien hatte dieser unsichtbare Mann, mit dem sie zwar verheiratet war, aber nie zusammenzuleben schien? Und der Ruf, sie sei nur allzu entgegenkommend, in dem sie bei den verheirateten Männern der kleinen Gruppe stand, die sie in der Hauptstadt zurückgelassen hatte? Wieder empfand er das, was er schon beim ersten Mal am Strand der Insel empfunden hatte, nur daß diesmal sie, diese junge Frau, da war, während er diesen Zustand unmittelbaren Seins erlebte, das sonderbar still und lebendig zugleich und nicht durch das ver-

mittelt war, wer sie beide in bezug auf andere Menschen und andere Abschnitte ihres Lebens waren.
Die Fischadler hockten gleichgültig auf einem toten Baum draußen im See. Versuchte er, ihrem Blick über das Wasser zu folgen, so fing der seine zu taumeln an, um in einiger Entfernung hinabzustürzen; ihr Blick überstieg das Vermögen des menschlichen Auges – so wie bestimmte Laute jenseits des Frequenzbereichs des menschlichen Gehörs liegen. Sie sagte: »Südafrikaner werden sie aber niemals werden.«
»Es widerspricht Ihrem Realitätssinn, verstehen Sie. Es gibt keinen Realitätssinn ohne Prinzipien – es ist bloß Bequemlichkeit, wenn man behauptet, daß der Realist die Dinge akzeptiert, wie sie sind, selbst wenn es sich dabei um den Ausdruck einer unwirklichen und falschen Situation handelt. Sie sind jemand, der diese Situation durchschauen und für ihre Kinder rein instinktiv ablehnen sollte, selbst wenn es sich dabei um keinen Dauerzustand handelt. Das heißt, ein Prinzip in der Praxis anwenden.«
Sie murmelte in ihre gekreuzten Unterarme: »Ich werd's mir merken.« – Daran, wie sich ihre halb versteckte Wange bewegte, konnte er erkennen, daß sie lächelte.
Ach ja, wie wohl tat es doch, sich gegenüber einer eher einsamen jungen Frau als väterlicher Freund aufzuspielen, ihr klarzumachen, was mit ihr los war: »Besser, wir sehen zu, daß wir weiterkommen.«
Gedankenverloren sagte sie: »Und wie lange werden Sie noch bleiben?«
»Das hängt von mir ab.«
»Sie haben Ihren Vertrag mit sich selbst abgeschlossen?«
Sie gab offen zu, daß sie ihn beneidete.

»Eine angenehme Sache. Und ich allein weiß auch, wie die Bedingungen lauten – zumindest sollte ich's wissen.«
»Dann wissen Sie's wahrscheinlich auch.«
»Meinen Sie?«
»O ja. Die Menschen sind so: Wir wissen alles über uns selbst. Alles.« Sie kratzte sich am Kopf und holte, ganz in Gedanken und so, als wäre sie allein, unter ihren Fingernägeln den Straßenstaub hervor, der sich dort angesammelt hatte. Wie unglaublich natürlich sie ist, dachte er wie zu ihrer Verteidigung; er hatte Olivias anspruchsvolle Art, ihren beinahe ehrfurchtgebietenden Mangel an kleinen, abstoßenden persönlichen Eigenheiten immer sehr geschätzt. Niemals hätte Olivia mit jemandem in einem Bett liegen können, der in der Nase bohrte ...
Sie blieben noch eine Weile auf der Insel, und nach ihrer Rückkehr zum Ufer und der Bezahlung für die Benutzung des lecken Einbaums witzelten sie mit dem säbelbeinigen Fischer im Sportleibchen und den zerrissenen Hosen. Er schien überrascht, daß er überhaupt etwas bekam; was ihn betraf, so hatte er mit seinem Netz zu tun gehabt – mochten sie in der Zwischenzeit ruhig sein Boot benutzen.
Aber kaum sah er das Geld in seiner Hand, fiel ihm wohl plötzlich etwas ein, das er sich kaufen wollte, denn er blickte lächelnd darauf hinunter, so als wollte er sagen, was soll ich denn schon damit anfangen? Er sagte zu Bray auf gala, können Sie mir nicht noch zwei-neun drauflegen? Bray hatte nicht so viel Kleingeld, aber das Mädchen, und amüsiert zahlten sie auf. Also traten sie erst am späten Nachmittag die Heimfahrt an, und da es nun den Paß hinauf- anstatt hinunterging, kamen sie langsamer

vorwärts. Kurz nachdem sie die offene Steppe erreicht hatten, spürte Bray, daß sie einen Platten hatten. Sie wechselten den Reifen ohne große Schwierigkeiten, kamen aber erst lange nach Einbruch der Dunkelheit nach Hause. »Das ist einer jener Augenblicke, in denen man wünschen würde, daß auf der Hauptstraße durch Gala plötzlich auf magische Weise ein kleines Restaurant auftaucht.« Sie sagte irgend etwas, wie, daß sie ohnedies zu den Kindern zurück müsse; aber als sie unter den schwachen, weit voneinander getrennten Lampen jener Straße entlangfuhren, in der sie wohnten, schien sie ihre Sorge vergessen zu haben und kam mit ihm ins Haus. Kalimo hatte Feuer angemacht; in dem häßlichen Zimmer hing der weiche, trockene, parfümierte Rauch des *Mukwa*-Holzes. Sie hatten am See ein paar Brassen gekauft, die sie über der Holzasche zubereiten wollten, Kalimo trug sie aber davon. »Nur nicht braten, Kalimo, um Himmels willen – gegrillt, *nicht* gebraten ...«
Sie lachte, als sie sah, wie er sich durchzusetzen versuchte. »Wenn Sie sich wegen der Kinder Sorgen machen ...? Sie könnten doch jetzt rasch mal hinüberlaufen? Wie ich Kalimo kenne, braucht er bestimmt eine Stunde, bis er fertig ist.«
Sie ging, so als hätte sie es sowieso vorgehabt, aber er begriff, daß sie nicht gegangen wäre, hätte er nichts gesagt; und nach zehn Minuten war sie wieder zurück. Sie hatte sich die Lippen angemalt, und ihr Haar – noch glatt vom See – war nach hinten gebürstet. Sie sah selbst wie ein frisch gebadetes Kind aus. »Alles in Ordnung?«
»Ach Gott, ja. Satt und im Bett. Darauf kann man sich bei Edna Tlume verlassen.« Sie hatte eine Packung tür-

kischen Honig mitgebracht. »Für später, zum Kaffee. Schmeckt Ihnen der geröstet auch so gut?«
Als Kalimo hereinkam, um den Tisch abzuräumen, blickte er mißbilligend drein; sie hockte vor dem Feuer und beobachtete aufmerksam, wie das rosa Zuckerwerk am Ende einer Gabel aufging, wieder schrumpfte und ein wenig schwarz wurde. »Versuchen Sie ein Stück, Kalimo«, sie winkte ihm mit der Gabel, aber er stapfte hinaus – die Küche war der Platz, wo man kochte.
Sie rauchte eine von Brays Zigarren. Es war halb zehn, als sie Kalimo die Küchentür zusperren hörten. Ihr Kopf und ihre Arme lagen auf den Knien. Er strich ihr übers Haar; eine derart banale Zärtlichkeit – gerade gut genug für Hunde und Katzen. Sie warf ihren Kopf zurück – ob in Abwehr oder als Erwiderung – er wußte es nicht, wartete ab, beugte sein Gesicht hinunter zu jenem kleinen Grübchen zwischen den Knochen am unteren Ende ihres vollen Halses und wurde auch schon – eine hölzerne Nußschale auf hoher See – in die Gezeiten eines anderen Wesens hinausgeschleudert, in das Steigen und Fallen ihres Atems, das gleichmäßige, dumpfe Pochen ihres Herzens, das seltsame kleine Geräusch, das sie beim Schlukken machte.
»Wie lange kannst du bleiben?«
»Solang es uns gefällt.«
Jetzt küßte er sie – fürs letzte ebenso wie für dieses Mal – und legte seine Handfläche schützend auf ihren Bauch und die harte Rundung ihres Beckens in den engen, abgetragenen, alten Jeans, die ihr nicht standen. Alles war ganz selbstverständlich zwischen ihnen. Er zog sie aus und brachte sie zu seinem Bett in jenem kahlen, männlichen Zimmer, das er noch nie mit einer Frau geteilt hatte;

es war das Zimmer eines Schuljungen *und* das eines alten Mannes in einem, das Zimmer, das er hinter sich gelassen hatte und das gleichzeitig irgendwo in der Zukunft seines Lebens noch auf ihn wartete. Aber das enge Bett war wieder erfüllt, er war erfüllt, und alles war da, der Körper, der zitternd ins Wasser gelaufen war, die kräftigen Beine, deren Fleisch gebebt hatte, die schwingenden Brüste. Diesmal betrachtete er jede Einzelheit, verfolgte, wie die Brustwarzen zu dunklen, zwischen seinen Fingern hin und her rollenden Murmeln wurden, fand er die feine, durchscheinende Haut, unter der wie ein unterirdischer Fluß eine Vene verlief, wo das elastische Haar aufhörte und der Oberschenkel sich emporwölbte, entblößte er den Vorhof aus mauver Haut, wo sich die Hinterbacken am unteren Ende ihrer Wirbelsäule teilten. All das sah er und noch mehr, ehe er über ihr kniete und sie in ihrer praktischen Art so nebenbei sagte: »Keine Sorge« (weil sie selbst für sich sorgen konnte, und im Bewußtsein, daß man ihr vertraute, daß sie keinen Ärger machen würde), und mit ihrer Hand fuhr sie unter seinem Körper hinauf, faßte das Ganze, das schwere Bündel des Geschlechts, und verlieh der Fremdheit Ausdruck, dem Staunen über das Anderssein ihrer beiden Körper, und in all das, was er betrachtet hatte, drang er ein und öffnete die Grenzen seines Körpers wie in einer Explosion in den ihren.

Sie war eine Frau voll sexuellen Stolzes. Sie sagte: »Du hattest eine Menge Samen.« Er hatte Mund und Nase in ihrem Haar begraben und roch das dumpfig-schale Seewasser. Zwischen zwei Augenblicken war er eingeschlafen und wieder aufgewacht; seine Hand zog sich von ihrer feuchten Brust zurück und folgte der Vertiefung, die

zwischen der Wölbung ihrer Hüfte und dem Brustkasten lag, wie man über die Saiten einer Gitarre streicht, bevor man sie weglegt.
Sie drehten das Licht aus, und in der Dunkelheit unterhielten sie sich miteinander. Es war die alte Geschichte; der entlastete Körper entlastet den Kopf. So wird in Betten Vertrauen gebrochen, Tratsch verbreitet, werden Geheimnisse eröffnet. Er war sich dessen bewußt, aber nichtsdestoweniger redete er mit ihr; über Shinza. »Ich habe diese unsinnige, fixe Idee: Wenn ich ihn wiedersehe – dann werde ich's wissen.«
»Diesen Gedanken hatte ich auch. In bezug auf dich und mich. Wenn – *wenn* – es dazu kommen sollte – einmal noch –, so dachte ich, dann werde ich's wissen.«
»Was?« hänselte er sie. Sein Geschlecht erhob seinen stumpfen Kopf und stieß zart gegen sie, wie ein Tier, das im Schlaf aufgestört worden war.
»Was wir tun würden«, sagte sie.
In der Woche fuhr er in die Bashi. Vor dem europäisch anmutenden Haus von Häuptling Mpana wurde der Mann in den sauberen, grauen Flanellhosen und den polierten Schuhen von einem Kind angehalten. Der Junge erklärte, Shinza sei krank. Bray sagte, daß er das bedaure; ob er denn hinübergehen und ihn in seinem Haus aufsuchen dürfe?
»Nein, er ist krank.«
Aber er werde doch sicher guten Tag sagen dürfen? Was es denn für eine Krankheit sei?
Er schlafe. Er schlafe, weil er krank sei.
Die Augen des Jungen sahen aus wie die Innenseite einer Muschel, undurchdringlich und mit einem membranartigen Schimmer, als läge ein dünner Quecksilberfilm dar-

über. Obwohl sein Gesicht mager war, wirkten seine Lider fleischig und weich. Er sagte: »Er ist krank.« Es war die verächtliche Unbelehrbarkeit, die zu Zeiten des Kolonialismus so gut funktioniert hatte; man konnte sich darauf verlassen, daß der weiße Mann kehrtmachen und einen in Ruhe lassen würde: blöder Nigger.
»Wenn er wüßte, daß ich es bin, dann würde er mich sehen wollen.«
»Er ist krank.«
Bray kehrte zum Wagen zurück und rauchte eine Zigarre. Auf dem Sitz lag eine große Kiste für Shinza. Sie sollte er auf alle Fälle dalassen; er war schon wieder auf dem Weg zum Haus, in der Hand die Zigarren, als er, einem Impuls folgend, einen Bogen machte und zur großen Hütte hinüberging, wo Shinza und das Mädchen mit dem Baby wohnten. Im Hof hielten sich nur Kinder auf. Die Tür stand offen, und bevor er leise anklopfte, sah er, überwältigt von einem Gefühl der Vertrautheit, den Kartentisch, auf dem sich Papiere häuften, den Schiffskoffer mit dem Kaffeeservice darauf, das Familienphoto der Politiker, das schief an der Wand hing – dann aber tauchte Shinzas Mädchen auf, Shinzas Frau, in den Armen das Baby, das nun nicht mehr gelblichrosa war; wie ein anfangs blasses, junges Blatt hatte es Farbe angenommen. Sie begrüßte ihn scheu, formell. Er bat um Entschuldigung; und wie Shinza sich denn fühle?
Sie sagte: »Oh? Oh, es geht ihm gut.« Sie sprach plötzlich ein Englisch, wie man es in Missionsschulen lehrte. »Aber ich dachte, er ist krank und liegt im Bett?« Sie stand da und blickte ihn einen Moment lang tief an, verdutzt – von seiner Gegenwart wie in einem blendenden Licht gefangen. Dann ging sie hinüber und verschloß

hinter ihm die Tür. Das Licht im Raum war dämmrig, und man fühlte sich in ihm geborgen; das Stroh quietschte, ein Wecker tickte. Er konnte sie kaum noch erkennen und sagte: »Was ist denn mit Shinza los?« Seine Stimme kam ihm überlaut vor.
Sie beugte sich vor: »Er ist wieder fort. Aber erzählen Sie's niemand.«
»Über die Grenze?«
Es machte ihr angst, daß sie etwas gesagt hatte. »Ich glaube ja.«
Er sagte: »Machen Sie sich keine Sorgen. Ich bin gleich wieder weg. Sollte mich jemand sehen, dann sage ich, daß Sie mich nicht zu ihm lassen wollten. Das geht schon in Ordnung.«
Wie die Tentakel irgendeines kräftigen Unterwassertieres bewegten sich die Arme und Beine des kleinen Jungen in ihrem Schoß in der Luft. Sie sagte: »Muß ich ihm sagen, daß Sie da waren?«
»Wenn Sie nicht befürchten, deswegen Ärger zu kriegen.«
»Ich werd's ihm sagen.«
Das Baby stieß einen kleinen Freudenschrei aus. Er flüsterte: »Ihr Sohn ist ein Prachtjunge«, und nahm die Kiste Zigarren wieder mit – für den Fall, daß sie doch beschloß zu vergessen, daß er hergekommen war.

Der neue Polizeichef war eingetroffen; ein Mann aus der Zentralprovinz, aber ein Dendi von einem der Stämme, die gala sprachen. »Ehemaliges Mittelgewicht«, sagte Aleke. »Soll vor zirka zehn Jahren um den Titel gekämpft haben.«

»Weiche Birne?«

»O nein, der ist ganz in Ordnung im Oberstübchen.« Aleke lachte.

Rebecca erzählte ihm: »Der neue Polizeichef hat hereingeschaut und nach dir gefragt.« »Wirklich? Was kann er denn von mir wollen?« Als er das nächste Mal im *boma* war, steckte sie den Kopf rasch durch die Tür: »Er ist wieder da.« Ein paar Minuten danach mischte sich auf dem Korridor unter die Stimme Alekes die eines anderen, und Aleke führte einen Mann herein, der Brays eigene Größe hatte sowie die gebogene, an den Nasenflügeln aber abgeflachte Nase, die die Vermischung von arabischem Sklavenhändlerblut mit dem der ansässigen Bevölkerung hinterlassen hatte. Obwohl das ganze Gesicht auf Boxerart verzogen war – die Nase war offenbar nicht gebrochen. Aleke empfahl sich. »Ich werde dem Boy sagen, er soll euch Tee bringen.«

»Ich freue mich, daß Sie hier in diesem Bezirk sind, Colonel, ist eine Ehre.«

»Und Sie – sind Sie mit Ihrer Beförderung zufrieden?« Der Austausch von Liebenswürdigkeiten ging weiter.

»O ja – nun, man gewöhnt sich an diese ständige Umzieherei. Wissen Sie, wir sind noch immer dabei zu reorganisieren. Es ist ein junger Staat, nicht wahr? Nun, auch ich bin gerade dabei, alles zu organisieren – es gibt immer ein paar kleine Veränderungen, wenn man einen Job übernimmt. Aber ich glaube nicht, daß ich Probleme haben werde. Ab jetzt gibt's keine so unliebsamen Vorkommnisse mehr. Ab jetzt geht alles« – er spreizte seine Finger und riß seine Hände auseinander – »strikt und korrekt zu...« Und er lachte und schüttelte damit gleichsam die kleinen Sünden der Vergangenheit ab.

»Ich hab gehört, welchen Ruf Sie im Ring genießen«, sagte Bray. »Ich werde mich an Sie wenden müssen, damit Sie ins Zentrum kommen, um uns ein paar Tips zu geben. Wir werden da auch verschiedene Freizeitclubs haben.«

»Aber mit Vergnügen, mit Vergnügen, wenn ich es irgendwie unterbringen kann – der Job, den ich da habe, erfordert wirklich den ganzen Mann – und man weiß nie, wann man das nächste Mal ein paar freie Stunden zum Ausspannen haben wird...« Die Großzügigkeit eines Mannes, der Versprechungen macht und gleichzeitig weiß, daß man ihn nie auffordern wird, sie einzulösen.

Und das Mädchen hatte gesagt: *Vielleicht hat Mweta es bloß getan, um dir eine Freude zu machen.* Nun würde es »keine so unliebsamen Vorkommnisse« mehr geben; auch das, um mir eine Freude zu machen? Es gab keinen anderen Grund, aus dem ihn der Polizist hätte aufsuchen sollen. Bray saß in dem abgenutzten Stuhl vor dem Schreibtisch, der eigentlich nicht der seine war, und nahm die Brille ab, um sich die Augen zu reiben. Mit den Händen schob er die Haut zu beiden Seiten der Nase über die Jochbeine zurück, den weichen Wulst am Hals in die Höhe und drückte die Augenbrauen so hoch hinauf, daß sie vollständig deformiert waren. Shinza war über die Grenze; hatte Freunde dort; wieder. Die Frau hatte das gesagt, dieses: wieder. Shinza wechselte in beiden Richtungen über die Grenze, und vielleicht wissen das auch – er sah das zufriedene, von Schlägen zugerichtete Gesicht des Polizisten vor sich, der Lebalisos Stelle angetreten hatte – vielleicht wissen sie davon, vielleicht auch nicht. Mweta war wahrscheinlich verletzt, weil er nicht schrieb. Es wäre so einfach, ein Blatt Papier zur Hand zu nehmen und ihm zu schreiben: *Du hattest mit deiner Vermutung, daß Shinza nicht zu Hause ist, recht, seine Frau sagt, er überquert die Grenze ständig in beiden Richtungen. Vielleicht hast du eine Idee, mit wem er sich dort drüben trifft.*

Er war stark kurzsichtig, und das Abnehmen der Brille bewirkte, daß er die Welt in sich hineinzog wie eine Schnecke ihre Fühler. Das Grün vor dem Fenster draußen war undeutlich verwischt. Die Titel der Nachschlagewerke auf dem verstaubten Regal – Handelsadreßbücher, ein alter Webster – waren für ihn unentzifferbar. Er saß inmitten seiner optisch eingeengten Welt, eigensinnig, untätig. Aber seine Gedanken ließen sich nicht aufhalten; sie waren hinter Shinza her, jagten einmal diese Sackgasse hinunter, dann jene, verfolgten und verwarfen Bruchstücke von Tatsachen und Vermutungen.

Er hatte Rebecca erzählt, er habe Shinza nicht sehen können, weil dieser krank gewesen sei; alle übrigen hatten ohnedies nur eine vage Vorstellung von seinen Absichten und Zielen. Sie brachte nun eine Menge Zeit im Haus zu. Anfangs kam sie nur nachts, verließ das Haus, wenn sich die Tlumes schlafen gelegt hatten, kam mit ihrer winzi-

gen Stablampe quer durch die Büsche und wurde um zwei oder drei Uhr früh an der Hand zwischen den dunklen Bäumen hindurch nach Hause eskortiert. Die Nächte waren zu dieser Jahreszeit so strahlend schwarz, und die Sterne leuchteten so tief unten und so nahe nebeneinander wie in einem Kometenschweif, und die Abkühlung der Luft ließ die Zikaden und Baumfrösche verstummen; sie konnten einander atmen hören, während sie die kurze Strecke eilig zurücklegten. War er wieder zurück, dann war das Feuer duftende Asche, das Zimmer warm; jeder einzelne Abend verschwendete sich und hinterließ keinerlei Nachwirkungen. Dann aber kam sie schon zum Essen und blieb über Nacht bei ihm und ging erst, knapp bevor Kalimo frühmorgens das Haus aufsperrte, und die Kinder weiter oben in der Straße »in ihr Zimmer platzten«. Sie erzählte ihm, daß sie mit Edna Tlume im Morgengrauen in der Küche säße, und daß sie gemeinsam Kaffee tränken – Edna stand sehr früh auf, um vor Antritt des Dienstes im Krankenhaus ihre Hausarbeit zu erledigen.
»Und was denken die Tlumes?«
»Oh, die sind sehr diskret. Wie ich dir gesagt habe. Sie denken gar nichts.«
Wie zum Trotz erinnerte er sich an die Leichtfertigkeit, mit der man unten in der Hauptstadt über sie geredet hatte.
»Weißt du, was Edna gesagt hat? – ›Gut und schön, aber wo ist dein Mann. Ein Mädchen muß einen Mann haben.‹ Das war so typisch die Mentalität der Schwarzen.«
Sie stand neben ihm beim Tisch, wo er über seinen Papieren saß. Er zog sie an sich und drückte sein Gesicht durch

den Stoff ihres Rockes hindurch an ihren Bauch, dann schob er den Pullover hoch und entblößte ihre Brüste, die den warmen Atem ihres Körpers ausströmten. Sie hatte eine Art, ganz stillzustehen, geduldig in ihrer Freude, gestreichelt zu werden. Er fand es ungemein erregend. Zu Anfang hatte er ihren Körper nicht für schön gehalten, aber als er ihm vertraut wurde, öffnete er sich ihm, wurde er ihm zu einer Quelle lebendigster Gefühle – es war, als verkörperte er in Gestalt, Gefühl und Farbe das, was in ihm erregt war.

Sie zog unmerklich mit ihren alltäglichen Verrichtungen in das leere Haus; flickte die zerknitterten Kleider der Kinder, saß auf dem Läufer vor dem Feuer, schrieb mit ihrer großen Kalligraphenschrift Briefe, machte sich an Sonntagnachmittagen, wenn sie sich in seinem Badezimmer einschloß, das Haar zurecht. Sie brachte ihre Nähmaschine herüber und fing an, die Vorhänge umzunähen. »Wenn deine Frau kommt, dreht sie beim Anblick dieser schrecklichen Dinger noch durch.«

Olivia hatte in ihrem Brief geschrieben, sie verspreche nun hoch und heilig, bis zum November zu kommen – es war der verschämte, schuldbewußte Brief eines verwöhnten kleinen Mädchens, das weiß, daß es seinen Willen, alles so einzurichten, wie es sich das vorstellt, bis zur Neige strapaziert hat. Für Bray war der November noch weit. Sein ganzes Zeitgefühl schien gedehnt oder, richtiger, wirklichkeitsfern geworden zu sein. Ob nächste Woche oder November – beides entzog sich gleichermaßen seiner Vorstellungskraft. Er hatte keine Ahnung, wo er sich, abgesehen vom jeweils gegenwärtigen Zeitpunkt, aufhalten würde. Er wußte nicht, was er damit meinte: *wo er sein würde*. Die Kluft zwischen seinen Gefühlen

und seinen Handlungen wurde größer, und in diesem Abgrund – der keine Leere war, sondern ein neuer, unerwarteter, noch nie betretener, nie bedachter Seinszustand – lag die Erklärung. Er saß mit dem Mädchen im selben Zimmer und schrieb an Olivia, zutiefst empört, daß es im November nun aber tatsächlich höchste Zeit sei, daß es gleichzeitig aber bedauerlich sei, daß sie den Winter versäume, der in Gala – wie sie vielleicht vergessen habe – so wunderschön war. Nichts stand in diesem Brief, das ihn selbst anging. Die Intimität, die in ihm zum Ausdruck kam, war oberflächlich, äußerlich; die dünnen Blätter lagen wie eine abgestreifte Schlangenhaut da, die bis ins kleinste die äußere Form eines Körpers simulierte, der nicht vorhanden war. Er faltete den Brief und steckte ihn in den Umschlag.
Rebecca erledigte gerade irgendwelche Schreibarbeiten für ihn; das war unumgänglich. Sie blickte auf, formte mit ihrem Mund ein Wort; wandte sich wieder ihrer Arbeit zu und lächelte ein wenig. Er sagte zu ihr: »Edward Shinza war nicht da, als ich zu den Bashi fuhr.«
Sie erweckte häufig den Eindruck, sie mache sich Gedanken und habe Angst, sie könnte ihn mißverstehen, wenn er sie auf diese Weise anredete – selbst im Bett, in der Dunkelheit, empfand er das.
»Er war über die Grenze. Dort, in den Bashi, ist es nicht allzu schwer, die Nordwestgrenze in der einen oder anderen Richtung zu überschreiten. Meilenweit nichts – die Flats gehen in eine Art Halbwüste über, und es gibt nur diesen einen Grenzposten am Tanga-Fluß. Seine junge Frau gab mir mehr oder weniger zu verstehen, daß er das früher auch schon getan hat. – Mach nicht so ein besorgtes Gesicht!« Ihr Gesicht war

in die Breite gegangen und war glatt vom Ausdruck der Anspannung.
»Ich frag mich, ob es nicht Somshetsi ist, den er da aufsucht. Erinnerst du dich an die beiden? – Mweta hat sie vor ein paar Monaten des Landes verwiesen, weil der alte Präsident Bete ihn beschuldigte, er lasse es zu, daß sie auf unserer Seite der Westgrenze eine Guerilla-Basis aufbauen.«
»Und wenn er sie nun tatsächlich aufsucht ...?«
Er holte nachdenklich Luft; um die Mitte war er so schlank wie mit fünfundzwanzig, aber wie viele Männer seiner Körpergröße hatte er einen Spitzbauch entwickelt – er ließ sich in den sich ausdehnenden Brustkorb einziehen, aber die Tatsache, daß er über seinen Gürtel vorstand, wenn er ihn vergaß, ließ sich nicht verheimlichen. Er schob den Gürtel nach oben. »Da steht etwas in einer der englischen Zeitungen. Somshetsi und Nyanza haben sich offenbar getrennt. Jetzt ist Somshetsi der Mann. Er hat Nyanza öffentlich bezichtigt, er habe Gelder verschwendet und Gelegenheiten nur mangelhaft genutzt, die für die Befreiungsabsichten und so weiter förderlich gewesen wären. Was auch immer dahintersteckt, sofern Somshetsi hier irgendeine Chance auf einen Wechsel sähe, der seiner Truppe die Rückkehr und die Etablierung einer Basis ermöglichen könnte – weshalb sollte er daran dann nicht höchst interessiert sein? Dort, wo sie sich jetzt aufhalten, liegt zwischen ihnen und ihrer Heimat ein ganzer Staat. Keine Chance für einen Infiltrationsversuch. Dort, wo sie sich jetzt aufhalten, haben sie keine gemeinsame Grenze mit ihrer Heimat. Shinza könnte ihre Chance sein.«
Sämtliche Kommentare von ihrer Seite waren halbe Fra-

gen: »Wenn er hier tatsächlich Schwierigkeiten machen will.«
»Ich glaube folgendes: Hätte sich Shinza tatsächlich zurückgezogen, um eine weitere Familie großzuziehen, dann würde er nicht über die Grenze zu Somshetsi gehen.«
»Was könnte er dabei für sich herausholen?«
»Weiß ich nicht.« Er hielt seine Zunge im Zaum, als er sich bereits sagen hörte, Shinza könnte, auf dem Umweg über Somshetsi, vielleicht von anderer Seite Unterstützung erhalten, von einer Seite, die Mweta entmachten wollte; er könnte eventuell zu Waffen kommen, könnte mit Somshetsi irgendeine Art Allianz bilden – Shinza! Absurd, was da aufblitzte. Shinza und Mweta gehörten in den Kontext heftiger, verbaler Schlagabtausche im Lancaster House, mitsamt den üblichen Opfern und Leiden eines Unabhängigkeitskampfes gegen eine Macht, die – im Gegensatz zu den Siedlern, die die Meinung vertraten, sie sei dazu da, ihre Interessen zu vertreten – einfach bloß den Zeitpunkt der Entlassung in die Freiheit bestimmte. Die Rolle eines Präsidenten – neben dem Premierminister Mweta – paßte zu Shinza besser als die eines Mannes, der im Busch Intrigen schmiedete.
Es klopfte – tief unten an der Verandatür mit dem Fliegengitter davor. Rebecca rief hinaus: »Ja, Suzi?« Die Kinder rannten nie einfach so herein, ohne vorher vorsichtig anzuklopfen; er fragte sich, ob sie sie darauf gedrillt hatte, oder ob sie eine Art instinktiven Taktgefühls besaßen oder gar Angst davor hatten, sie würden herausfinden, wovon sie nach Ansicht der Erwachsenen nichts wissen sollten. Die Stimme des kleinen Mädchens klang gedämpft.

»Komm herein und sprich laut. Ich hab keine Ahnung, wovon du redest.«

Das Mädchen stürmte durch die Tür und sprudelte irgendeine Beschwerde über die Jungen hervor.

»Beachte es einfach nicht. Sie sind eben doof.«

»Das sag ich ihnen aber, daß sie doof sind.«

Rebecca lächelte zu ihm herüber, die schuldbewußte Vorsicht persönlich. »O nein, *denen* darfst du das nicht sagen. Das ist ein Geheimnis, das nur wir beide miteinander haben.«

Die Entrüstung des Mädchens legte sich, als er es zu sich rief und ihm eine Zigarrenkiste mit Mahagonibohnen gab, die er vom Baum vor dem Haus Sampson Malembas gepflückt hatte. »Irgendwer muß da Löcher durchbohren, damit ich eine Halskette daraus machen kann.«

Er ging mit Kindern äußerst höflich und zuvorkommend um; wieder: der perfekte Onkel. »Ich hab nicht das richtige Werkzeug für die Löcher, Suzi, aber ich werd dafür sorgen, daß das in der Gandhi-Schule unten für dich gemacht wird, wenn du mir ein wenig Zeit läßt.«

Das kleine Mädchen sagte, ihrer Sache sicher: »Das wird mein Daddy für mich machen, wenn er kommt.« Die Kinder schienen keinerlei Zeitgefühl zu haben; sie sprachen von ihrem Vater so, als wäre er Teil ihres täglichen Lebens.

Als das Kind gegangen war, saß sie da, die Hände zwischen ihren gespreizten Schenkeln, und starrte auf die Schreibmaschine. Sie drehte sich um und sagte: »Du willst jetzt also wieder hinunterfahren.« Sie meinte, in die Hauptstadt, zu Mweta.

»Das werde ich nicht.«

»Nein?«

»Nein.«
Sie hatte wohl nicht richtig aufgepaßt, war irgendwo auf der Strecke geblieben: Sie blickte stoisch verloren drein. Er nahm es bloß zur Kenntnis, ohne einen speziellen Grund dafür zu wissen, und kam herüber, um sie geistesabwesend und zärtlich zu berühren; es gab so viel im Leben des anderen, in das sie mit ihren Fragen nicht eindrangen, nie eindringen würden – egal, soviel hatte er ihr anzubieten: dem Augenblick Dauer zu verleihen. Mit einem Zeigefinger strich er ihr über die Augenbrauen, um sie über den dichten Wimpern hinaufzuziehen, die immer an der Stelle, wo das obere Lid mit dem unteren zusammenkam, ein wenig verfilzt waren – in den äußeren Winkeln jener Augen, die heute die Farbe von Tee hatten. Keines ihrer Kinder hatte ihre Augen.
»Es wäre das Ende«, sagte er.
Er entfernte sich von ihr. Fast wie eine Anklage empfand er: Mein ganzes Leben lang hättest du mich kennen müssen, um zu begreifen. Aber er redete weiter so, als unterhielte er sich mit Olivia, *die genau das gleiche empfinden würde wie er*; bloß daß er sich mit Olivia überhaupt nicht mehr unterhielt, daß er mit ihr nicht einmal mehr in Briefen redete. Und während er sprach, kam ihm ein unangenehmes Gefühl wachsender Einsamkeit zu Bewußtsein, wie Kälte, die aus Zehen- und Fingerspitzen aufwärtskriecht. Und während ihm der sachliche, unbeirrbare Tonfall seiner Stimme im Ohr klang, dachte er plötzlich – eine Gleichgültigkeit, die hastig durch sein Bewußtsein strich – an den Tod: So also war das Sterben, das Leben, das sich wie ein Stück Papier, das zur Mitte hin brannte und einen erkalteten Ring in Grau zurückließ, aus den Extremitäten zurückzog.

»Ich habe ganz genau gewußt, was ich tat... als Shinza und Mweta die PIP ins Leben riefen, war das etwas, woran ich glaubte. Der offenbare Widerspruch zwischen meiner Position als Beamter der Kolonialverwaltung und diesem Glauben war in Wahrheit überhaupt kein Widerspruch, weil er in meinen Augen dem System der Kolonialverwaltung immanent war – der Widerspruch, der, dialektisch ausgedrückt, das Lebendige an ihr war, ihr transzendierendes Element, das – indem es Widerstand leistete – Sprengkraft besitzen und die Zukunft freigeben würde – der Fall des Kolonialismus und die Entlassung der Schwarzen in die Eigenverantwortlichkeit, das *war* die Zukunft des Kolonialismus. Ich habe das Ende meiner Arbeit bloß vorweggenommen, ich... ich habe meine Energien irgendwie in etwas über- und einfließen lassen, das sich danach als notwendig erweisen würde, weil der Kolonialismus – sieht man davon ab, wie gut oder schlecht er war – eine Institution war, die sich bereits überholt hatte. Die stagnierte. *Boma*-Boten, Steuereintreibungsreisen – ein Haufen Ameisen waren wir, die sich im *rigor mortis* krümmten, während über ihnen der Union Jack flatterte. ... Aber nun, so glaube ich, sollte ich sie in Ruhe lassen.«
Sie saß kerzengerade, so als hätte sie das, was er sagte, in die Höhe gezogen und hielte sie da. »Warum ist es denn jetzt so anders? Dir muß doch bewußt sein, daß das, was du denkst, das Beste wäre, die beste Regierung, das beste...«
»Für sie – das ist das Problem. Warum sollte ich mir denn so sicher sein, daß ich es weiß? Wieso sollte ich denn überhaupt sicher sein? Früher, da war das etwas anderes. Da war das meine Situation, und ich steckte

mittendrin, *weil* ich ein Teil dessen war, wogegen sie opponierten, *weil* ich es mir aussuchen konnte, ob ich meine Einstellung dazu ändern und selbst in die Opposition gehen wollte – verstehst du? Jetzt würde ich mich zwischen sie stellen – selbst wenn meine Einflußnahme auf das, was passiert, ob nun in dieser Richtung oder in jener, nicht mehr Gewicht hätte als das einer Feder –, es geschähe noch immer aufgrund des Prinzips, daß ich mir das Recht anmaßen würde, *für sie* zu entscheiden.«

Sie entrüstete sich über ihn. »Mweta möchte doch, daß du Shinza überzeugst! Und wenn sie dich doch darum bitten!«

»Das ändert aber nichts an meiner Einstellung, ob Mweta von der Versuchung, der ich ausgesetzt bin, Gebrauch machen möchte, wenn es ihm in den Kram paßt...«

Einen Augenblick darauf sagte sie: »Und was ist mit den Leuten, die für andere in den Krieg ziehen. Bloß weil sie davon überzeugt sind, daß die eine der beiden Seiten im Recht ist. Wie steht's mit so was wie dem Spanischen Bürgerkrieg?«

Er lächelte, rieb sich die Nase, hob seinen Kopf, wie um nach Luft zu schnappen. »Der Unterschied zwischen der Internationalen Brigade und den Söldnertruppen des Kongo, von Biafra...!«

Langsam begann sie wieder zu tippen. Die Anschläge waren zögernde Schritte quer durch den Raum, der zwischen ihnen lag.

»Das Problem ist, ich meine – du bist so – du *steckst* drin. Das ist doch alles, was dich interessiert, oder?«

»Ach, jedermann ›liebt‹ Afrika.«

»Du lebst in deinem schönen Haus, irgendwo in England

vergraben, so als hättest du dein Leben schon hinter dir. Ich meine, es passiert nichts Schreckliches, du erfährst alles aus der Zeitung, fliehst vor dem Ganzen in einem schönen Wagen, wie irgendein alter …«

»Pensionierter Colonel.«

Sie hatte beinahe Tränen in den Augen – das hatte sie nicht sagen wollen; Zuneigung übermannte ihn in Gestalt von Verlangen.

»Alles, was du erlebt hast, hast du hier erlebt. Immer.«

»Bis auf die kleine Episode des Kriegs.«

»Davon sprichst du nie«, sagte sie.

»Das hier ist der Kontinent, wo du alles erlebt hast«, sagte er.

»Ach Gott, ich bin hier geboren. Keine andere Wahl.«

»Der gute alte Colonel – träumt von den Zeiten, in denen er hinter dem *boma* fleißig Revolution machte.«

»Du bist da. Und du liebst diesen Mann«, sagte sie in einer Art komischer Schwermut.

»Welchen Mann?« sagte er und tat so, als nähme er sie nicht ernst, indem er sich den Anstrich gab, als nähme er sie sehr ernst.

»Nun, alle beide, soweit ich weiß. Aber bei Mweta kann ich es direkt sehen. Und damit zählt dieses ganze Gerede über die Nichteinmischung und so weiter überhaupt nichts mehr. Du bist an jemanden gebunden, und die Dinge entwickeln sich aus sich selbst heraus, wie in einer Ehe, egal, was passiert – es gibt immer Dinge, die auf das eigene Konto gehen, denn schließlich und endlich, es ist eben einfach da – das, was *du* deine Situation nennen würdest. Du steckst mittendrin. Was soll man schon machen. Man vergißt, was die Leute sagen, wie das, was man tut, nach außen hin aussieht, was man von sich selbst denkt und hält. Man tut einfach, was man tun muß, um weiterzuleben. Ich sehe nicht, wie das anders funktionieren soll.«

Er war sich gleichzeitig seiner Skepsis gegenüber ihrer »erhabenen« Vorstellung jener höheren, geschlechtslosen Liebe bewußt (ein Überbleibsel der Predigt irgendeines anglikanischen Pfarrers in der Mädchenschule in Kenia) wie der Tatsache, daß ihm ihre Vorstellung, er sei einer Sache fähig, die sie für ungewöhnlich und endgültig hielt, schmeichelte – ihn rührte? Und daneben die Gegenwart Mwetas, Mweta, wie er sich hinter seinem Schreibtisch erhob.

»Du wärst wohl schnell wie der Blitz bei Mweta, um ihm zu erzählen, daß Shinza tatsächlich die Grenze überquert, und das wahrscheinlich, um Kontakt mit Somshetsi aufzunehmen.«

Sie wartete kaum, bis er geendet hatte. Sie warf ihren Kopf zurück, hatte die vollen, blassen, rissigen Lippen zusammengezogen, zwischen ihren zusammengepreßten Augenbrauen die Längsfalte: »Ja, selbstverständlich würd ich das tun. Das ist doch natürlich.«

»Ich halte nicht viel von dieser Art von Liebe«, sagte er, so als spräche er zu ihrer kleinen Tochter.

»Naja, typisch englisch. Irgendwo muß es ja herauskommen – diese Vorstellung, daß man seine Gefühle nicht zeigen darf.«

»Meine liebe kleine Rebecca, die Engländer haben sich zum vielleicht ungehemmtesten Volk der Erde entwikkelt. Du warst schon lange nicht mehr in England; überall verkündet und demonstriert man Liebe – alle möglichen Arten von Liebe, egal, wo man hinschaut. Man findet es absolut in Ordnung, darüber zu sprechen.«

»Ich war überhaupt nie dort. – Aber trotzdem, das ist ja nicht deine Generation. Bray – o ja, die alten Tabus hängen dir immer noch an …« Während sie sich gegenseitig aufzogen und lachten, verloren sie den Faden des Gesprächs.

Nach dem Essen saß sie zusammengekauert am offenen Feuer und las plötzlich laut aus ihrem Buch vor: »Die Menschen müssen einander lieben, ohne von dieser Liebe viel zu wissen.«

Er suchte gerade etwas in einem Aktenordner und blickte auf, unaufmerksam, aber nachsichtig.

Sie lehnte sich auf ihren Ellbogen zurück und beobachtete ihn. »Da hast du's.«

Dann begriff er, daß sie das auf ihn gemünzt hatte – und auf Mweta.

Sie (er und sie) hatten dieses Wort, diese alte Phrase, im Umgang miteinander niemals verwendet, nicht einmal als Zauberformel, das Abrakadabra des Miteinander-Schlafens. »Was für ein Buch ist das?«

Sie lächelte. »Erinnerst du dich an den Tag, an dem du zur Fischgefrieranlage fuhrst? Bevor wir abfuhren, hab ich's mitgenommen.« Sie hielt das Buch in die Höhe; es war Camus. *Die Pest* – eins von den Taschenbüchern, die ihm Vivien bei seinem Umzug nach Gala mitgegeben hatte.

Also schon eine gemeinsame Vergangenheit.

Was mache ich nur mit diesem armen Mädchen? An wen wird sie als nächstes weitergereicht werden? Und aus welchem Grund mische ich bei diesem Stafettenlauf mit?

Er erteilte ihr Sprachunterricht – Gala. Seine Methode war eine Art Spiel – sie dazu zu bringen, daß sie mit einem Satz, einer Erzählung anfing, und daß sie – wenn sie das richtige Wort für das, was sie sagen wollte, nicht kannte – einfach ein anderes an seine Stelle setzte. Sie fing etwa so an: »Ich ging die Straße hinunter – ich ging weiter, bis ich an einem kleinen Haus vorbeikam, das bedeckt war mit … mit …« »Weiter.« »Mit … Petersilie …« Sie lachten und stritten sich. Wenn die Sätze nicht bloß lächerlich waren, dann erwiesen sie sich manchmal als bizarre Kommentare zu den Einheimischen oder sie selbst.

Aus der Brusttasche fischte er ein Zigarillo und ging hinüber zu seinem verstellbaren Lehnstuhl mit dem klumpigen Kissen darauf, um näher bei ihr zu sitzen. Sie rückte ihrerseits herüber und lehnte ihren Rücken an seine Beine. Er sagte auf gala: Mußt du heute nach Hause gehen? Sie antwortete völlig korrekt und schien mit sich zufrieden, als sich die Worte einstellten: Nein, heute nacht werde ich – konnte das Wort »bleiben« nicht finden – im Haus meines Freundes schlafen. Und morgen? Und gestern? Er prüfte die Zeiten und Verwandtschaftsbezeichnungen ab, die er ihr im Laufe der vergangenen Tage beigebracht hatte. Gestern war ich im Haus meiner Kusine, morgen gehe ich zu meinem (Mutter-Bruder) Onkel, übermorgen zu meinem Schwager, und am Freitag gehe ich zu meiner Großmutter. »Sehr gut!« sagte er auf englisch und redete dann wieder in Gala weiter – »Und danach kommst du wieder zu deinem Freund zurück?« Sie war eine begabte Schülerin; sie erinnerte sich daran, einen Begriff nicht gebraucht zu haben: Im Gala gab es keinen Überbegriff für »Heim«, die Kinder mußten das Wort für Eltern-Haus verwenden, verheiratete Männer sprachen vom »Haus meiner Frau« und Frauen vom »Haus meines Mannes«. »Moment mal …« Sie ging den

Satz in ihrem Kopf noch einmal durch – »Danach gehe ich in das Haus meines Mannes.«
Sie hatte alles korrekt beisammen, hielt einen Augenblick lang inne, lächelte triumphierend – und plötzlich, als er ihr Lächeln erwiderte, ging ein außergewöhnlich starker Ausdruck des Staunens über ihr Gesicht, eine Vene, die ihre Stirne hinunterlief, schwoll, als er sie ansah, sichtbar an. Diesmal hatte das Spiel etwas ungesagt Gebliebenes ans Tageslicht gebracht – mit der unheimlichen Zufälligkeit einer Nachricht, die von einem Vergrößerungsglas buchstabiert wird, das man mit leichter Hand über ein Alphabet wandern läßt.
Sie versuchte darüber hinwegzugehen, indem sie, grammatikalisch inkorrekt, in der gewohnten *Non sequitur*-Variante des Spiels anfügte: Mein Mann ist nicht zu Hause, er ist draußen auf den Feldern.
Dann sagte sie auf englisch: »Ich hab einen Brief von Gordon bekommen. Kann sein, daß er herkommt, um die Kinder zu sehen.«
»Das heißt, er kommt also.«
»Ich hab's erst vor ein paar Tagen erfahren. Bei ihm weiß man nie, ich glaub's erst, wenn er da ist. Deshalb hab ich auch nichts davon erzählt. Dann aber hat Suzi heute nachmittag das von den Bohnen gesagt...«
»Wann?« sagte er.
Nun, da sie gestanden hatte, war eine Last von ihr abgefallen, sie war entspannt, fast glücklich. »Nächste Woche. Wenn er tatsächlich kommt.« Aber er wußte, daß sie wußte, daß der Mann kommen würde – und daß sie das Datum kannte. Er sagte: »Was wirst du tun?«
Sie sagte: »Wahrscheinlich wird er im Fisheagle Inn wohnen. Edna hat wirklich kein Bett mehr für ihn.«

Sicher hatte sie schon alles vorbereitet; immerhin nähte sie die Vorhänge, weil sie wußte, daß Olivia kommen würde.
Die Nacht verbrachte sie »bei ihrem Freund«. Sie lag im Bad, ihr Körper vergrößert durch die Linse des Wassers, und während er sie ansah, sagte sie wie träumend: »Olivia wird von mir wohl nie etwas erfahren.«
»Vermutlich nicht.«
»Du würdest ihr nichts sagen?«
»Wahrscheinlich nicht.«
»Ich weiß nicht – ich hätte vermutet, ihr seid dieser Typ Ehepaar, der sich alles erzählt.«
Waren wir, waren wir. »Machst du dir Sorgen wegen Gordon?« Er saß am Wannenrand, noch immer in seinen Kleidern; ihre braunen Brustwarzen ragten, steif von der kühlen Luft, aus dem Wasser, das Gewicht, das ihre Brüste gehabt hatten, als sie ihre Kinder stillte, hatte die Haut in wellenförmigen Wasserzeichen gedehnt. Es war ein junger (er wußte nun, daß sie erst neunundzwanzig war), ein gezeichneter Körper, voll des Wissens. »Herrgott, nein.«
»Irgend jemand könnte es ihm freundlicherweise stekken. Vermutlich wissen alle davon. Der ganze Ort.« Er hatte sich darüber noch nie Gedanken gemacht; für das, was an einheimischen Weißen übrig war, war es, soweit er es beurteilen konnte, möglicherweise ein Skandal. Wenn schon niemand die winzige Stablampe und die beiden Gestalten gesehen haben sollte, die in den frühen Morgenstunden durch die Bäume gingen, dann war es zumindest unwahrscheinlich, daß Kalimo den anderen Dienern gegenüber nicht getratscht hatte.
»Das glaub ich nicht.« Sie dachte dabei wohl an die

Loyalität der Tlumes, der Alekes; die Weißen kannte sie eigentlich nur als Eltern von Kindern, die mit den eigenen zur Schule gingen. »Er lebt in seiner eigenen Welt. Nur ab und zu erinnert er sich daran, daß es uns gibt. Gordon wird dir gefallen, du wirst sehen. Er ist ein sehr angenehmer Mensch. Alle mögen ihn.«

Es klang, als redete sie von einem alten Freund, einem eher eigenwilligen Typ. Er sagte: »Wenn ich ihn seh, werd ich an ihn glauben.«

»Oh, ich weiß schon.« Einem Impuls folgend, stieg sie aus der Wanne, tropfnaß und mit nassen Fingern knöpfte sie ihm Hemd und Hose auf und preßte sich an ihn, ein Kontakt, der ihn mit nervösem Unbehagen erfüllte und ihm gleichzeitig höchst angenehm war.

Frühmorgens erwachte er von einem heftig aufwallenden Gefühl der Bestürzung, wohl weil Kalimo an der Tür stand und sie immer noch da war – offenbar hatten sie verschlafen. Das Herz, das sich in ihm wie zur Faust ballte, trieb dieses Wissen unter Schlägen in eine andere Ecke der Qual, einer, die vom Tag davor zurückgeblieben war. Kalimo öffnete die Tür, brachte aber keinen Kaffee herein. In Wirklichkeit war es noch viel zu früh für den Kaffee, und er war gekommen, um Bray zu sagen, jemand wünsche ihn zu sprechen. Bray verstand nur zur Hälfte und vergaß, daß das Mädchen bei ihm war, als er hinausrief: »Kalimo, was in aller Welt ist denn los – sag, was du sagen möchtest, komm her...« Und Kalimo machte die Tür auf und stand da, dem Bett gegenüber, und tat – nachdem er schnell hingesehen hatte – so, als bemerkte er auch nicht, daß sich die Frau bewegte. »*Mukwayi*, er sagen, er der Bruder von Ihrem Freund, dort – dort...«

Unter den schmächtigen Papaubäumen vor der Küchentür stand, in dem eigentümlich künstlichen Licht der Morgendämmerung, ein Mann, vornübergebeugt wegen der Kälte.

Shinza wünschte ihn zu sehen. »Im Haus von Major Boxer! Hält er sich da im Augenblick auf?«

»Ja. Oder Sie können mir sagen, an welchem Tag Sie kommen werden. Er wird hinkommen.«

Seine Blicke folgten dem Mann – einer jener Gestalten in Hemd und Hosen, denen man auf sämtlichen Straßen des Kontinents begegnen kann, wie sie – meilenweit hinter ihnen nichts, meilenweit vor ihnen nichts – schweigend ihren Weg gehen. Die Sonne ging hinter den Papaubäumen auf wie zwischen den gespreizten Fingern einer Hand, ohne Wärme zu spenden. Sie schien ihm direkt in die Augen, und er wandte sich ab. Er ging um die Vorderseite des Hauses herum und stand unter dem Feigenbaum. So viele Arme wie Shiva und totenstill, immer stiller als alle anderen Bäume, selbst in dem sanften und schweigenden Morgen, weil sein Blattwerk wegen des hohen Alters so spärlich war, daß die Luftströmungen sich nicht bemerkbar machten. Was er fallen gelassen hatte, lag um ihn herum; Früchte, die, ohne zu reifen, getrocknet und abgefallen waren, tote Blätter, Larven und Kokons. Sie war angezogen, als sie aus dem Haus trat, blickte sich einmal um und kam dann zu ihm herüber.

»Vielleicht fahr ich heute oder morgen über den Tag weg. Nein, nicht in die Hauptstadt. *Er* möchte mit mir reden – der aus den Bashi.«

Als sie über das struppige Gras ging, registrierte er betroffen, wie schicksalsergeben sie aussah, und rief leise:

»Rebecca!« Sie hielt inne. »Alles in Ordnung?« – Freilich, Kalimo war unvermittelt hereingekommen; er mußte es zwar ohnehin schon wissen, aber dennoch... Sie nickte heftig mit dem Kopf, wie ihre Kinder es manchmal taten. Erst als er auf der Straße war, fiel ihm ein, daß er nicht bemerkt hatte, ob sich Kalimo beim Servieren des Frühstücks irgendwie anders verhalten hatte. Von Olivia und ihm selbst als einem Paar, einer Familie, war er wie ein Besitztum abhängig gewesen; und doch hatte er nicht einmal durch die Art seines Schweigens Olivias Anwesenheit-in-ihrer-Abwesenheit verteidigt. Vielleicht empfand selbst Kalimo auf irgendeine Weise Brays Gegenwart in bezug auf sich selbst als anders als das, was sie früher gewesen war – zwar blieb er der Diener, aber obwohl sich für ihn in materieller Hinsicht nichts geändert hatte, war die emotionale Abhängigkeit zwischen Herrscher und Beherrschtem verschwunden. Und mit dieser Abhängigkeit waren auch die Eigentumsrechte verlorengegangen und gleichermaßen die Betroffenheit. Vielleicht aber war Kalimo auch nur älter geworden und sah in Olivia nun einen Teil einer Vergangenheit.

Die Straße in die Bashi war wegen der Eisenerzmine bis in die Gegend, wo Boxer lebte, in einem passablen Zustand. Die üblichen Arbeitertrupps waren da, die in der Trockenzeit die Schlaglöcher und Auswaschungen des Sommers ausbesserten, und immer mal wieder wurde er von einem barfüßigen Arbeiter, der mit einem roten Lappen am Ende eines Stockes herumstolzierte, umgeleitet, trotzdem aber kam er um zwei Uhr nachmittags bei der Farm an. Weil er so lange ohne Unterbrechung gefahren war, war er ein wenig benommen. Boxers gewienerte Gamaschen blitzten in der Sonne. »Keine Ahnung, was der alte Teufel will.« Er wies auf der Stelle jedwede Beziehung zu Shinza oder sonstwem von sich. »Aber wenn Sie mit ihm irgendwas auszumachen haben, so ist's mir auch recht. Lassen Sie sich ruhig Zeit. Einmal ist er gekommen, weil er sich von mir Geld leihen wollte!« Das war eines der wenigen Dinge, die Boxer zum Lachen bringen konnten: die Vorstellung, bei ihm könnte Geld für irgendwelche Darlehen herumliegen. Auch er machte sich gerade die Trockenzeit zunutze – um ein neues Wirtschaftsgebäude aufzustellen. Bray mußte einen Blick auf eine Lieferung von Fertigbetonblöcken werfen, die nicht sachgemäß verlegt werden konnten, weil sie alle falsch eingerichtet waren. »Verdammte Dinger, aus der Form herausgenommen, bevor sie trocken waren!« Die Blöcke kamen aus der neuerbauten Fabrik in Gala; Bray mußte ein Versprechen ablegen, daß er sich beschweren würde.

Boxer machte sich wieder an die Arbeit, die unbrauchbaren Blöcke auszusortieren, und rief: »Wo ist dieser Bursche? Ich weiß nicht, wo sich Seine Lordschaft höchstpersönlich gerade aufhalten, obwohl ich weiß, daß er eingetroffen ist, ich habe nämlich den Wagen seines Schwiegervaters unten bei meinem Damm gesehen – aber er hat irgendwen hiergelassen, der nach Ihnen Ausschau halten soll.« Sein Gesicht spiegelte Gefühle, die mit dem, was er sagte, nichts zu tun hatten – Verdruß über jedes neuerliche Beweisstück mißgestalteten Betons, Argwohn bezüglich der Urteilsfähigkeit der beiden schwarzen Kuhhirten, die unter seiner Oberaufsicht werkten. Der Kundschafter war verschwunden. »Aha, dürfte ihn wahrscheinlich geholt haben. Gehen Sie ruhig schon mal

ins Haus. Ich hab nichts dagegen. Schenken Sie sich einen Drink ein oder verlangen Sie in der Küche Tee.«
Einer der Afghanen begleitete Bray zum Haus zurück. Anzeichen für die Aufteilung der Räumlichkeiten gemäß ihren Haushaltsfunktionen einer vergangenen Epoche – als die Boxers noch als Familie dort gewohnt hatten – wurden allmählich vollständig von der Unbeirrbarkeit einer Einzelpersönlichkeit überlagert, die so ausschließlich mit der Aufzucht von Rindern beschäftigt war, daß tatsächlich keinerlei unterschiedliche Funktionen übriggeblieben waren, die von den Räumen hätten abgelesen werden können. Das Wohnzimmer, das den gleichen schicksalhaften Weg nahm wie das Badezimmer, an das sich Bray noch vom letzten Mal her erinnerte, verlor allmählich den Charakter seiner ursprünglichen Bestimmung, nachdem zwischen dem erblindeten Silber und den Staffordshire-Hunden Phiolen mit Impfstoff, Abhandlungen über Viehfütterung, getrocknete Proben von Weideland zusammen mit drei Paaren immer noch vom Sommerschmutz überkrusteter Stiefel auf einem kleinen rotgoldenen Shiraz neben dem Sofa offensichtlich ihre ständige Heimstatt gefunden hatten. Es war nicht so, daß nichts an seinen Ort gestellt worden wäre, sondern es gab keinen Platz mehr im Haus, der nicht für alles der richtige gewesen wäre. Bray öffnete den Schrank mit den alkoholischen Getränken und holte zwischen Flaschen mit Mitteln gegen Blähsucht eine Dose Bier hervor. Er hörte einen Wagen und nahm eine zweite Dose heraus. Der wunderschöne Rüde, der auf so menschliche Weise weiblich aussah – eine Art Umkehrung des Anthropomorphismus –, erhob sich graziös aus seiner Fransenpracht und bellte an Brays Seite zur Türe

hin, als er einen schwarzen Mann aus dem Wagen steigen sah. Shinza trug ein fröhlich-buntes Hemd, das über seiner Hose flatterte, und Sandalen, die er beim Gehen mit den Zehen festhalten mußte. Er erweckte beinahe den Eindruck westafrikanischer Großspurigkeit. Er ignorierte den lärmenden Hund und kam die Stufen zur Veranda und zum offenen Wohnzimmer mit einem Ausdruck selbstbewußter Verlogenheit herauf, der auf der Stelle vertraut wirkte – Filmschauspieler, Champions, sie traten träge vor die Fernsehkamera so wie er, gerade erst zurück von dem einen oder anderen triumphalen Erfolg. Der Wagen war ein alter großer Amerikaner – unter dem Staub schimmerten schwach die mattlackierten Flächen –, der schwer auf seinen ausgeleierten Federn lag.
»Das ist ja ein tolles Ding.«
Shinza grinste, während er in Brays ausgebreitete Arme lief.
»Nun ja, ihr wart damals gegenüber der Stammesautorität wirklich großzügig. Häuptling Mpana hatte bei euch eine ganz große Nummer.«
»Dann hast du also die Tochter von Häuptling Mpana geheiratet?«
»Du kennst sie, bist ihr schon begegnet!« Shinza legte seine Hand auf den Kopf des Hundes, er murmelte ihm seine Bewunderung zu, und der Hund knurrte und wedelte mit seinem Federnboaschweif.
»Das stimmt. Ein reizendes Mädchen. Du bist ein Glückspilz.«
»Der Wagen ist in keinem *derartig* guten Zustand.« Shinza lachte, setzte sich und sah sich mit dem nachsichtigen Interesse eines Gastes in Boxers Zimmer um, bei dem es sich für ihn um eines jener Weißen-Domizile handelte,

die selbst ihn, der in Europa und Amerika gelebt hatte, manchmal ratlos machten.
»Wie geht es ihr? Und dem Sohn?«
»Nett von dir, daß du sie besucht hast.«
»Leider warst du gerade Zigaretten holen.«
Shinza strahlte – ein breites Grinsen, mit dem er zugab und die Tatsache quittierte, daß sie einander akzeptierten –, und schon war die Voltspannung zwischen ihnen eine andere. Er wartete ab, während Bray das Bier ausschenkte, tat es aber mit dem Ausdruck, die gemeinsame Basis gefunden zu haben. »Deshalb hab ich mir keine Sorgen gemacht.« Bray zog ein Gesicht, das seine Zweifel daran erkennen ließ, ob solches Vertrauen weise sei. »Ich wußte, daß ich mir keine Sorgen zu machen brauchte. Aber ich wollte mit dir reden – weißt du, ich möchte dir ein paar Dinge sagen, ich möchte dir zeigen ...« Unter den zurückgezogenen Lippen biß er seine Zähne zusammen, und seine Hände, die er um den Bierbecher gelegt hatte, machten, halb spaßhaft, eine Geste, als würden sie einen unsichtbaren Kopf so drehen, daß er etwas in den Blick bekam. »Das ist alles. Eine Menge Weichen wurden vor langer Zeit gestellt. Nicht nur in London. Schon davor, in den allerersten Anfängen, äh, hier, daheim. Was soll denn aus all dem werden, he? Was wird denn daraus, James?«
Seine Stimme meisterte die Fragen rhetorisch hervorragend. Es war gerade so, als hätte es die fast beleidigende, durch Vorurteile bestimmte Reserviertheit, mit der er Bray während des Gesprächs im Haus in den Bashi bedacht hatte, nie gegeben. Jetzt wurde mit der gleichen Selbstverständlichkeit eine alte Vertrautheit vorausgesetzt, mit der sie leichthin für tot erklärt worden war.

Shinza verstand es, zwischen Beispielen, Anekdoten und persönlichen Überlegungen hin und her zu wechseln, ohne sich um ihre logische Aufeinanderfolge zu kümmern, weil die Verbindungsglieder in Brays Kopf ebenso da waren wie in seinem eigenen. Er klagte an, forderte, verhöhnte – immer in ihrer beider Namen. »Kayire sitzt in der Häuptlingsversammlung – dieser alte Verbrecher, der vor ein paar Jahren ein Kind vergewaltigt hat und dann dem Richter sagte, er habe als Häuptling ein Recht darauf. Diese alten Ignoranten wollte man ihrer ›Rechte‹ berauben, sämtliche Erscheinungsformen ihrer parasitären Existenz ausrotten, nach ihren Verdiensten sollten sie beurteilt werden – aber hat man je auch nur ein Sterbenswörtchen über die Abschaffung der Häuptlingsversammlung gehört? Nein, das einzige, was man gehört hat, war, daß das Versammlungshaus vergrößert werden soll, damit sich diese Fettwänste in ihren blauen Anzügen bequem breitmachen können. – Angestrichen, verstehst du. Nett hergerichtet. Mweta redet noch immer davon, wie notwendig es ist, daß die Stammesstreitigkeiten vergessen und begraben werden – so nennt man das jetzt, man redet nicht mehr davon, daß die Stammeswirtschaft abgeschafft werden muß, denn sonst würden die fetten alten Männer das Zittern kriegen –, und dabei schaut er ständig nur darauf, daß das Versammlungshaus besser hergerichtet wird. Weil die dort zusammentreten – solange er das bleibt, was er ist. Mweta hält gern große Reden über die Zeit, in der wir nur ein einziges Paar Hosen hatten – das Problem ist, daß er sich nicht mehr daran erinnert, daß wir damals aber wußten, was wir wollten. Wir wollten dieses Land vollständig umkrempeln. Stimmt's? Wir wollten ganz von vorne anfangen und allen Leuten, die – wie die Ameisen aus einem Haufen, den man gerade mit dem Fuß umgestoßen hat – herumlaufen, ohne eine Ahnung zu haben, wohin, die Möglichkeit für ein neues Leben geben. Stimmt's, James? Worauf aber lassen die Zeichen schließen? Reginald Harvey erklärt ihm, für die Gesellschaft komme die Erschließung unbedeutender Nebenminen nicht in Frage, es sei denn, der Goldpreis ziehe an, und er schluckt das, ohne ein Wort zu sagen. Nun, eigentlich nicht ohne Worte – Harvey hat Worte, noch und noch, Harvey braucht nur so nebenbei zu erwähnen, daß die Gesellschaft weit mehr Profit machen kann, wenn sie in Südafrika expandiert, und *ihn* haut das um, und dann kann er gar nicht oft genug betonen, wie sehr er die Gefälligkeit der Gesellschaft, hier überhaupt Dividenden zu kassieren, zu schätzen weiß. Aber wir haben uns das so vorgestellt! – O ja, ich weiß schon, innerhalb von zwei Jahren wird jede Stelle bis hinauf zum Obersteiger mit einem Schwarzen besetzt sein. Und? Was weiter? Welche Art von Fassade wird denn da aufgebaut, wenn nicht gleichzeitig neue Arbeitsstellen geschaffen werden? Wir rücken auf die Sessel der expatriierten Weißen nach und arbeiten vielleicht nur, damit sie weiterhin ihre Dividenden kriegen, nachdem sie sich in ihrer ›Heimat‹ in den Ruhestand gesetzt haben? Haben wir uns das so vorgestellt? Himmelherrgott, James, wozu haben wir all die Jahre geredet, wenn das dann dabei herauskommt? Wie rohe Eier faßt er die Engländer und Amerikaner an – weil wir Kapital aus dem Ausland brauchen. Aber wenn man's sich weiterhin von den ehemaligen Stellen zu holen versucht, dann kriegt man es weiterhin zu den alten Bedingungen. Das sollte selbst einem Kind einleuchten. Und die Profite kommen *ihren* Ökonomien zugute, nicht der unseren. Dieses große neue Zuckerprojekt, von dem wir schon so viel gehört haben – worauf läuft das letztlich hinaus? Sie kriegen den Zucker zu Vorzugspreisen, anstatt daß wir Reis anbauen und mit ihm auf dem offenen Markt einen besseren Preis erzielen. Wir exportieren ihnen unser Eisenerz zu ihrem Preis und kaufen dafür von ihnen den Stahl, ebenfalls zu ihrem Preis. Wir verkaufen noch immer unsere Baumwolle und kaufen ihre Stoffe – die Tschechen haben sich angeboten, uns die notwendigen Apparaturen und Fachleute für eine Textilfabrik zu schicken, aber das gebundene Darlehen, das er für die Baumwollentkörnungsanlage von den Japanern bekommen hat, ist vertraglich an die Bedingung geknüpft, daß sie die gesamte Ernte kriegen. Also wären wir wieder da, wo wir waren. Haben den Stoff am Leib, den sie produzieren und an uns wiederverkaufen. Wir könnten das gleiche haben wie Nyerere – eine Textilfabrik *und* unsere Entkörnungsanlage, eine Textilfabrik, die uns die Chinesen bauen, das gesamte Know-how, das wir benötigen, und die ganze Sache zinsfrei finanziert. Wovor hat er Angst? Er möchte das Spiel nur mit dem Teufel spielen, den er kennt, hm? Abgesehen von ein oder zwei großen Projekten, die vorläufig nur auf dem Papier existieren, und ein paar ungünstigen neuen Vertragsabschlüssen für die Expansion der bestehenden Industrie wie den Handel, den er mit den Fischereikonzessionären abgeschlossen hat, etwas Sinnloseres war ja noch nicht da, eine Katastrophe – was haben wir also, wenn man davon absieht? – Die Abfüllanlage für Coca-Cola und eine Fabrik für die Verpakkung von Transistorradios aus Deutschland in Plastikköfferchen, weil unsere Arbeitskräfte billiger sind als die europäischen und sie einen größeren Gewinn haben, wenn wir die Radios kaufen? Erziehen wir unsere Leute bloß dazu, daß sie die Dinge brauchen, die *die* verkaufen? Du lieber Himmel, steigen wir nur vom Export von Rohmaterialien auf Flaschenabfüllung und Montageanlagen um – nie aufs Produzieren?«

»Es ist ein mühsamer Anfang, ja.«

»Ein Anfang? Wie sehen denn seine Ziele aus?« Shinza schien zu warten, daß das Echo verhallte. »Es war überhaupt nicht der Anfang, den wir geplant hatten. Er hat vergessen! Vergessen, was sich dieses Land vorgenommen hatte. Was wir versprochen haben. Die großen Versprechungen von Politikern aus dem Busch. Sollen sie jetzt ruhig kalte Getränke abfüllen und dabei ihre Freiheits-Shirts abtragen.« Er stieß ein kurzes bellendes Lachen aus. »Könnte man sich nicht hinsetzen und losheulen?« sagte er. »James, muß man nicht heulen wie ein räudiger Hund?«

»Shinza, ich bin wohl naturgemäß davon weniger betroffen als du...« Und dann, da Shinza in seiner Leidenschaftlichkeit die Atmosphäre aufgerissen hatte, sagte er laut, was er dachte: »Du siehst das mit deiner schrecklichen Klarheit... weißt du...? Aber vielleicht ist es einfach... vielleicht erwartest du zuviel in zu kurzer Zeit, weil du nicht mitten im Staub stehst, der aufgewirbelt wird, nichts davon hast du selbst zu tun brauchen. – Ich beobachte das jetzt an mir selber, weil ich in diesem Ausbildungsprojekt drinhänge. Mweta hat nur ein paar kurze Monate gehabt.«

»Ja, und die zwanzig Prozent vom Budget, die der Erziehung zufließen sollten, wie steht's damit? Jeden Pfennig mußt du zusammenkratzen, damit du nur überhaupt was voranbringst, hm? Inzwischen kritzeln schon weitere dreißigtausend Kinder ihre Rechenergebnisse in den Lehm unserer sogenannten Schulen. Und nicht lange, und wieder werden fünfzehntausend Jugendliche halb ausgebacken herauskommen und in die Städte abwandern.«

»Es werden sicher nicht mehr als zwölf Prozent des Budgets werden.«

»Ein paar Monate! James, wir wissen, daß ein paar Monate für uns eine lange Zeit sind. Die PIP ist zu einer typisch konservativen Partei geworden – die überall, wo nur möglich, an den Kontakten mit der alten kolonialistischen Macht festhält, westlich orientiert, partikularistisch. Es ist ein Lehrbuchbeispiel. *Seine* Form der Demokratie entpuppt sich als eine, die die Rechte der alten körperschaftlichen Interessen mehr als die irgend jemandes anderen schützt – die der Häuptlinge, der religiösen Organisationen, der vorkolonialen Volksgruppen. Fremde Interessen. Eins wie das andere. In sieben Monaten gibt man zu erkennen, in welche Richtung man marschiert. Entweder stimmt sie von Anfang an oder nie. Sieh dich um. Dieser Kontinent, in diesem Augenblick. Man hat nicht jahrelang Zeit, man kriegt keine zweite Chance.«

Es war kalt hingeworfen, ein Faktum, an dem es nichts zu rütteln gab; trotzdem gleichzeitig eine seltsame Mischung aus Drohung und Besorgnis. Während Bray von seiner Argumentation mitgerissen wurde, entstand in ihm ein altes Verantwortungsbewußtsein gegenüber Mweta. »Ich bin nicht der Meinung, daß er es so schlecht gemacht hat, wie du glaubst. Aber die Richtung ...«

Shinza beobachtete ihn, fischte aus der schlaff herabhängenden Brusttasche seines Freizeithemds aus japanischer Baumwolle eine Zigarette, und die Erkenntnis, daß er Bray ein Eingeständnis abgerungen hatte – jetzt zeigte sie sich deutlich –, wuchs trotz der Kontrolle seines Gesichts, während Bray redete.

»Der Weg, den er eingeschlagen hat, da würd ich schon sagen, daß du recht hast.« Bray machte eine Bewegung ungeduldiger Geringschätzung. »Mir ist klar, daß es nicht so ist, wie es sein sollte. Wenn du oder er es ernstgemeint hat – damals. Ich muß es daran messen, was ihr damals wolltet. Die Art des Staates, die euch damals vorschwebte, die euch meiner Meinung nach vorschwebte, als ich« – seine Stimme wurde dann bis zur Selbstverleugnung bescheiden, wenn es darum ging, seine Rolle in einem Kampf zu definieren, den er nicht als den seinen beanspruchen wollte – »beschloß, mich euch anzuschließen. Es ist schon wahr – was ihr absolut richtig saht, war, daß die Tatsache, daß man an die Macht kam, nicht bedeuten durfte, daß sich die Emanzipierten einfach vermehren würden, während die Restbevölkerung weiterhin eine Klasse von in die Freiheit entlassenen Sklaven bleiben würde ...« Lächelnd spielte er auf die Wendungen von Fanon an. »Es ist nie besser ausgedrückt worden.«

»Das hat man vergessen. Und noch etwas, das wir von Fanon gelernt haben: Man muß das Volk lehren, ›Haltet den Dieb!‹ zu rufen.«

»Kann mich jetzt nicht erinnern ...«

»Schlag's nach«, sagte Shinza. »Schlag's nach.«

»Lange her, daß ich ihn gelesen habe. – Ich frag mich jetzt, ob ihr eine ausreichend deutliche Vorstellung davon hattet, wie ihr es angehen solltet, das zu bekommen, wovon wir so überzeugt waren, daß wir es wollten. Die komplizierteren Ziele blieben weitgehend Gegenstand einer Art privaten Debatte zwischen dir und Mweta...«

»...und dir«, sagte Shinza.

»...und einer Handvoll anderer, nicht einmal einer Handvoll. Es ließ sich einfach nicht ändern. Alles war ganz versessen darauf, wie sich die PIP ausschließlich und möglichst problemlos als Kraft organisieren ließe, die die Unabhängigkeit durchsetzen konnte. Von wie vielen Leuten durfte man erwarten, daß sie ihren Blick auf Dinge richten würden, die jenseits dessen lagen. Na, das ist eine alte Geschichte, schade um die Zeit, die man daran verschwendet – eines der Ergebnisse unserer Politik« – plötzlich bezog er sich auf sich als auf einen Teil der Kolonialverwaltung – »die darauf abzielte, die Bildung von politischen Parteien so lange zu behindern, bis sie schließlich die Form von Massenbewegungen annahmen und explodierten – und dann konnte man konsequenterweise damit rechnen, daß sie zu Gewalttaten neigen würden, weshalb sie im Interesse von Recht und Ordnung verboten werden konnten ... Im Endeffekt aber hat man damit politische Parteien wie die PIP um das für sie elementar wichtige Stadium einer Funktion als politische Schulen und ideologische Diskussionsforen gebracht und darum, ein Instrument zu sein, mit dessen Hilfe die blinde und quälende Sehnsucht danach, zu *haben*, in etwas umformuliert werden konnte, das noch lange nach dem« – seine Hand beschrieb in der Luft eine Spirale – »grandiosen Antiklimax der Freiheit, die man nun auf dem Papier besaß, tragfähig sein würde. Damit setzte man sich nicht ernsthaft auseinander – eine praktische

Maßnahme dagegen, daß man nicht einfach das alte Leben aus den Händen des weißen Mannes empfing, man wollte ein neues, noch nie gekanntes Leben haben. Man hat sich damit einfach nicht auseinandergesetzt. Nur wir haben das, unter uns, getan. Und im Hinterkopf selbst der intelligentesten und vernünftigsten Leute steckt da das undefinierbare Gift einer Vorstellung von Beute, die dadurch ausgelöst wird, daß man das Ende der Fremdherrschaft vor Augen hat. Beute dieser oder jener Art ... es muß nicht gerade das Einwerfen von Schaufensterscheiben sein, weißt du. ›Wenn die Zeit gekommen ist, dann kaufen wir mal ordentlich ein.‹ «

»Vielleicht.« Shinza lenkte ein, wie jemand, der anderer Meinung ist. »Vielleicht liegt die Schuld auch bei mir. Ich hätte es sehen müssen.«

»Was hättest du denn schon tun können, so wie die Dinge lagen?«

»Ich hätte sehen müssen, was für ein Mensch *er* war.«

Bray lachte kurz auf. Es klang wie ein Schnauben. »Ich sage immer das gleiche, und es läuft immer auf das gleiche hinaus. Beide zusammen hättet ihr es machen müssen. Ihr *wart* es. Man wußte nie, wer von euch einen Einfall gehabt hatte – selbstverständlich unter Berücksichtigung der Auswirkungen, die deine Erfahrung mit der Gewerkschaft hatte. Es war nicht vorauszusehen, wie *er* sich entwickeln würde, wenn ihr beide euch trennt. Oder, anders herum, wie es mit dir weitergehen würde.«

»Ich hab immer gewußt, was wir als nächstes tun sollten. Bei mir hat sich überhaupt nichts geändert. Ich war vermutlich bloß zu verdammt faul ... manchmal muß man sich selbst einen Tritt in den Hintern geben.« Er faltete seine Hände hinter dem Kopf, lächelte und verlieh seinen Worten durch das Leichte dieser Geste einen doppeldeutigen Charakter.

»Und du denkst definitiv nicht daran, eine neue Partei zu gründen?«

Shinza schüttelte den Kopf, bevor die Worte ganz heraus waren. »Ich hab's dir schon gesagt. Die PIP ist dieses Land – genau wie er sagt: die PIP hat es gemacht. Alles muß aus der PIP kommen. Er hätte die Partei natürlich gerne gesäubert, ausgenommen wie die verdammten Fischereikonzessionen. Die PIP ist die Partei, die ich gegründet habe.«

»Es war auch eine Suggestivfrage«, sagte Bray.

»Ich verberge nichts vor dir. Du siehst alles genau so wie ich, auch du hast dich nicht verändert, es ist nur so, daß du die gleiche nette, höfliche Art zu sprechen hast wie eh und je, wirklich nett, du deckst ihn ... James! Wenn du zwischen Mweta und dem Schicksal dieses Landes zu wählen hättest – du lieber Himmel!«

»Er hat mir mehr oder weniger das gleiche gesagt.« Es klang trocken, rücksichtsvoll, wie nebenbei; er lächelte.

»Freilich mit einem wesentlichen Unterschied – was auch immer *er* an Entscheidungen für dieses Land trifft, muß richtig sein.« Wie Finger streckte Shinza seine Zehen aus, umklammerte die Lederknöpfe der Sandalen.

»Nein, nein – ich will nur andeuten, ich würde tun, was man gewöhnlich ›einfach alles‹ nennt – mit anderen Worten, etwas, das mir gegen den Strich geht –, wenn es nur helfen könnte.« Noch immer die alte Jungfer, die die Spitzenuntersätzchen zurechtrückt, dachte er.

»Helfen? Wobei?« sagte Shinza. »Dabei, daß das ganze

Land beinahe genauso zusammengehalten wird wie früher; dabei, die Art von Status quo beizubehalten, die die Europäer Stabilität nennen – die Stabilität überseeischer Investitionen, die Stabilität, so arm zu sein, daß man einmal im Jahr einen Festtag hat, und zwar dann, wenn die Raupen auf den Mopanebäumen ausschlüpfen? Aber wir wünschen uns Instabilität, Bray, wir wünschen uns Instabilität für die Armut und Rückständigkeit dieses Landes, wir möchten, daß die Leute an der Spitze jetzt für ein paar Jahre ein bißchen ärmer sind, damit die tatsächliche, die traditionelle, die Armut, die absolut unter jeder Würde ist, endlich in ihrer berüchtigten Stabilität kaputtgemacht wird, damit sie endlich, endlich aus der Scheiße herausgezogen werden kann ...«

Wie gebieterisch, wie lebendig diese beiden die Hand nach anderen ausstreckten – er und Mweta. Bray sagte: »Ich muß gestehen, es kann sein, daß er irgendeine Ahnung davon hat, daß du über die Grenze gehst. Er erwähnte irgendwas – bevor ich dich wieder besuchen wollte. Ich habe dem zum damaligen Zeitpunkt nicht allzugroße Beachtung geschenkt.«

»Grenzen! Das bedeutet in den Bashi überhaupt nichts«, sagte Shinza. »Die Leute überqueren sie jeden Tag, um ihre Ziegen zurückzuholen. Du hast vergessen, daß wir zum selben Volk gehören – auf beiden Seiten der Grenze.«

»Wenn ich mir schon vorstellen kann, was du da machst, dann ist es nur logisch, daß er's wahrscheinlich auch kann.«

Shinza zog den Rauch gedankenverloren und genüßlich ein und schluckte ihn hinunter. Hatte er sich einmal eine Zigarette angezündet, dann blieb sie so lange in seinem

Mundwinkel, bis sie bis zu seinen Lippen heruntergebrannt war.

Bray sagte: »Was hat es mit dieser Sache auf sich – mit Somshetsi und Nyanza.«

»Wie's im Exil so ist.« Er blickte starr geradeaus, wie um zu verhindern, daß sich Brays Gedanken von dieser Deutung entfernen könnten. »Sie vertragen sich nicht mehr so besonders ... Nyanza hat immer alles ein bißchen auf die leichte Schulter genommen und darauf gewartet, daß ihm die Früchte in den Schoß fallen. Als Mweta sagte, verschwindet, da ist er bloß schnurstracks zu Somshetsi« – er warf sein bärtiges Kinn zurück – »und hat gesagt: ›Pack deine Sachen zusammen‹; kam ihm nie in den Sinn, ein bißchen auf den Tisch zu hauen, ein paar Freunde darüber zu informieren ... Ich meine, sie hätten ja Zeit schinden, sich weigern, beim Flüchtlingskommissar der UNO protestieren können ...«

Sie grinsten. »In Anbetracht der Art und Weise, wie peinlich genau sie die Regeln der Gastfreundschaft beobachteten«, sagte Bray, tat aber gleich seine Vorbehalte mit einer Handbewegung ab.

Shinza sagte nüchtern: »Na, das ist es in etwa. Somshetsi glaubt, Nyanza möchte sich bloß bequem niederlassen, sobald er wieder einmal woandershin abgeschoben wird. Somshetsi möchte, daß was weitergeht. Er hat nicht die Absicht, im Kreis seiner Enkelkinder im Bett zu sterben. Natürlich kann man Unterstützung kriegen, wenn man zu erkennen gibt, daß man etwas unternehmen will.«

»Ist nicht viel, was man unternehmen kann, wenn ein ganzer Staat dazwischenliegt.«

»Nein, das stimmt.« Shinza pflichtete desinteressiert bei.

»Für mich ist offensichtlich, was du Somshetsi anzubieten – zu versprechen hast, aber nicht offensichtlich scheint mir, was er dir Wertvolles anzubieten haben kann.«
Zwischen ihnen herrschte das Einverständnis von zwei Menschen, die logen; Shinzas gebogene, nackte, gelbe Zehen mit ihren dicken, ungeschnittenen Nägeln; die Stille, auf sonderbare Weise leicht. Mit einer enormen Anstrengung, auszubrechen: »Außer du denkst daran, einen Guerillakrieg zu beginnen.«
»Und dann?«
Es wurde ihm aus der Nase gezogen; Shinza wollte es einfach nicht selbst gesagt haben. »Ich vermute – du könntest ihm den Weg über die Grenze erleichtern, er könnte von drüben Waffen mitbringen, ihr könntet gemeinsam was unternehmen. Genau wie die südafrikanischen und rhodesischen Guerilleros, die über Zambia arbeiten. Bloß mit mehr Erfolg, würde ich meinen. Es würde davon abhängen, ob du dich auf Gewalt einlassen willst.«
Shinza nickte mit dem Kopf, während er einer auswendig gelernten Lektion lauschte. Dann sagte er: »Ich weiß immer ganz gern, daß ich eine Chance habe zu gewinnen.«
Vielleicht spielte er damit darauf an, wie hoffnungslos die Gründung einer neuen Partei wäre, vielleicht – halb im Spaß schauderte er zusammen – wollte er damit sagen, er würde nicht als Sieger aus einem Guerillakrieg hervorgehen, den er unvernünftigerweise angefangen hätte.
»Wirst du dich beim Parteikongreß sehen lassen?«
»Sehen lassen? Klingt, als sprächst du von einer Tanzveranstaltung.« Er drückte seinen Rücken durch, saß ker-

zengerade da. »Ich bin Mitglied des Exekutivkomitees. Noch. Ich werd zur Stelle sein.«
»Bravo!« – Wie leicht ich umfalle, wohin immer er auch will.
»Und du, wirst du auch dasein?«
Er parierte, aus der gleichen Stimmung heraus: »Ich bin Parteimitglied. Ich nehm an, daß ich's noch bin, oder? Aber ich gehöre selbstverständlich zu keiner mir bekannten Delegation.«
»Ach, dafür wird schon er sorgen. Erinnere ihn dran.« In einer Weise zufrieden, die in Bray ein unbehagliches Gefühl erzeugte, sagte Shinza: »Du lieber Himmel, ich wollte mit dir reden, verstehst du, James? Es ist schon in Ordnung, ist schon in Ordnung. Ich wußte, daß mit dir alles in Ordnung sein würde. Dir kann man nichts vormachen.«
»Shinza, ich hab die eine – na – verrückte Hoffnung. Was den Kongreß betrifft. Vielleicht kannst du irgendwas tun – was die Richtung angeht. Das ist der richtige Ort dafür.«
»Na gut, komm hin und sieh dir's an. Komm und hilf uns.« Shinza war nicht besonders gut darin, Herzlichkeit zu zeigen; er lachte sich mit seinem asthmatischen Raucherlachen selbst aus. »Komm und laß dich gemeinsam mit mir rausschmeißen – wie in der guten alten Zeit.«
Der Hund hatte sich aufgerichtet und stand, mit seinem buschigen Schwanz wedelnd, in der Verandatür. Boxer erschien und kündigte, als er über die Stufen hinaufstieg, sein Kommen durch übertriebenes Grunzen an, durch Seufzen und Puhen; dem Hund war das rätselhaft. Boxer sprach den Schwarzen an, der lässig und demonstrativ locker in seinem Wohnzimmer saß, wie jemand, dessen

Ausdruck von Intimität – sofern sie einen hat – sich durch das Maß der Distanz von der augenblicklichen Umgebung definierte. »Ihnen geht's gut, Shinza? Versteht sich. Wie war das Gras in diesem Jahr? Natürlich, Rinder langweilen Sie, ich weiß. Aber Ihr Schwiegervater – er muß gute fünf- oder sechshundert Kopf haben, hm? Die korrekte Ziffer erfährt man ja nie. Aber diese Burschen da unten, die haben schon respektable Herden. Wär ganz gern daran beteiligt. War das Bluthamen dies Jahr sehr schlimm da unten? Hier war's absolut säuisch. Fünfzehn oder sechzehn Viecher sind mir dabei draufgegangen.«

Shinza stand nicht auf; aufreizend zwanglos für die Begriffe eines Weißen – aber er strengte sich ehrlich an, mit Boxer über Dinge zu reden, die diesen interessierten. Überraschenderweise verstand Shinza viel von Rindern; wie von allem anderen, das man ihm nicht zugetraut hätte. Sein Verhalten gegenüber Boxer erinnerte Bray an das eines Erwachsenen, der einen seiner ehemaligen Hauslehrer aufsucht; eine Mischung aus Freundlichkeit und Mitgefühl wider Willen, begleitet vom Bewußtsein, den Lehrer auf für ihn selbst unfaßbare Weise übertroffen zu haben. Als Shinza wieder in Mpanas altem Wagen davongefahren war, sagte Boxer unschuldig: »Jetzt können wir uns in aller Ruhe einen genehmigen. Sie haben ihm doch hoffentlich um Himmels willen nichts gegeben. Er kommt sich viel zu grandios vor, als daß er es zurückzahlen würde.«

»Aber ich dachte, Sie hätten sich geweigert, ihm ein Darlehen zu geben.«

»Da haben Sie verdammt recht, ich habe mich geweigert. Schon 'ne Ewigkeit her. Er wollte Geld, um mit dem politischen Kram anzufangen – die Partei von denen – *Ihnen* brauch ich das ja nicht zu erklären. Aber Mpana, dieser andere alte Teufel, der hat mich einmal um einen Bullen zum Decken gebeten – kein Wunder, daß seine Herde so gut gedeiht. Hab nie auch nur einen Pfennig gesehen. Eines Tages fahr ich da noch runter und schau mir seine Jungkühe an, und dann sag ich: Sehen Sie her, alter Mann, ich entdecke in Ihrem Haus meine Töchter – Sie wissen, irgendwas, das er zu schätzen wüßte.«

Er mußte den Abend mit Boxer verbringen. Eine lange vergrabene Einsamkeit – nicht so sehr eine Folge der Isolation, sondern seiner einspurigen Besessenheit – weckte in dem Mann einen schwachen Impuls. Trübe Weinflaschen, die er anläßlich eines seiner seltenen Besuche in der Hauptstadt beim libanesischen Importeur erstanden hatte, wurden kommentarlos herbeigeschafft und aufgemacht (wie Shinza verfügte Boxer über ein gewisses Maß an Taktgefühl), dennoch aber im Bewußtsein, daß es ein besonderer Anlaß war. Boxer redete wie üblich ohne Unterbrechung, mit luzider Präzision und sogar mit Stil – über seine Viehwirtschaft, die ökologischen Verhältnisse des Weidelandes und seine außergewöhnlichen Wahrnehmungen über die seltsame Form von Leben, die sich in Zecken manifestierte – eine Beschreibung des Sublebens der Stille und der Geduld des Parasitentums. Er sah seltsam verändert aus, ohne seinen Hut; seine Stirn war ab halber Höhe, wo der Hut tagein, tagaus auflag, weiß, feucht und faltig wie die Hand einer Wäscherin. Echte Nacktheit zeigt sich bei verschiedenen Leuten an verschiedenen Stellen des Körpers; bei ihm war es diese exponierte Stirn, die glänzte, als der Wein wirkte, und Schweiß produzierte. Bray dachte nicht mehr an die

Zecken – Boxer selbst wirkte auf ihn wie irgendeine seltsame Form von Leben. Bray hörte ihm mit jener gelangweilten Faszination zu, mit der er einst, kurz bevor er England den Rücken gekehrt hatte, mit Olivia in einem Zukunftsfilm gesessen hatte – sein eigenes Lebensinteresse ganz woanders.

Er schrieb gerade einen Brief an Mweta und blickte in dem Augenblick auf, als das gelbe Kleid, das er so gut kannte, durch das Buschwerk sichtbar wurde und näher kam. Sie verschwand wieder und tauchte, noch ein Stück näher, auf; er erhob sich und wartete. Genauso hielt er manchmal in den frühen Morgen- oder Abendstunden wie erstarrt inne, wenn sich ein Reh, das während der Nacht wahrscheinlich auf dem Golfkurs geäst hatte, leise ganz in der Nähe bewegte. Aber sein Körper hatte seine eigenen Assoziationen bezüglich des gelben Kleides, stürmische, aber nichtsdestoweniger zärtliche Freude darüber, daß er sie in einem Augenblick, wenn sie beisammen wären, an sich drücken würde, stieg in ihm auf. Und dann trat sie eilig heraus, auf das Gras im Garten, und da gab es etwas, das sie hemmte – irgendwie war sie anders –, so als hätte sie jemand anderen geschickt, der an ihrer Stelle lächelte. Als sie bei ihm war, bemerkte er natürlich, daß sie ihr Haar hochfrisiert und hinten festgesteckt hatte. Er sagte: »Schätzchen, ich hoffte, du würdest gleich nach dem Aufstehen bemerken, daß der Wagen wieder da ist...«, und als er seine Hand auf ihren Hinterkopf legen wollte, fühlte er wieder diesen Widerstand, und diesmal war es von ihr ganz bewußt so gewollt, weil sie einen Viertelmeter vor ihm stehenblieb, die Handflächen nach oben, um ihn zum Schweigen zu gemahnen oder in Distanz zu halten, das Gesicht glänzend, konspirativ, schmerzerfüllt und doch halb mit einem Kichern. »Sie sind direkt hinter mir – die Kinder,

Gordon. Wir kommen, um dich für heute abend auf ein paar Drinks mit ihm einzuladen. Ich hab ihm erzählt, daß ich an den Abenden für dich getippt habe. Es ist alles in Ordnung.«

Noch bevor es seinen Kopf erreicht hatte, hatte es seinen Körper erreicht, der sofort erschlaffte. Er sagte: »Warum bringst du ihn her, Rebecca?«

Sie blickte ihn an, leidenschaftlich, kokett, kichernd, erregt. Er hatte sie noch nie so erlebt. »Die Kinder, du Esel. Sie reden in einem fort von dir. Es ist ganz offensichtlich, daß wir die ganze Zeit bei dir ein und aus rennen. Es würde sonderbar aussehen, wenn wir jetzt nicht kämen.«

»Mein Gott, warum hast du denn nicht gesagt, wann er kommt. Ich hätte ein paar Tage lang wegbleiben können.« Er zog sich hinter seine »Altherren«-Stimme zurück, wie sie es genannt hatte, und wie er wußte, hatte sie damit in ihrer großzügigen und vorurteilslosen Art gemeint, er stelle zwischen ihnen damit eher die Distanz ihrer unterschiedlichen sozialen Herkunft, Erziehung und Selbstsicherheit als die des Altersunterschieds her.

»Ach, sei doch kein *Idiot.*« Sie flehte ihn an, in ihren Augen heiße Tränen wie Tränen des Lachens. »Es ist alles in bester Ordnung. Du *kennst* ihn nicht. *Niemals* würde er sich dabei was denken. Der Typ ist er einfach nicht. Frauen finden ihn äußerst attraktiv. Er würde nie auf die Idee kommen, ich hätte noch für jemand anderen Augen. Ich hab's dir gesagt. Er fährt bald wieder ab. Es ist ganz *in Ordnung.*«

Sie stand da, ein Schulmädchen, das sich gerade die Hand in den Mund stecken wollte, um ein hysterisches Schuld-

bekenntnis vor einer Autoritätsperson zu ersticken. Er war so sehr über sie erstaunt, wie er sich über sich selbst ärgerte, weil er sich wie ein Narr vorkam. Er wollte fast schon sagen: Und was wir denken – meine Liebe, ist es dir denn nicht in den Sinn gekommen, daß ich ihm eigentlich nicht begegnen möchte! – aber die Kinder, die wie kleine Hunde vor dem Mann einherliefen, platzten in die Unterhaltung, purzelten beinahe über die beiden, und eine Stimme, die er wegen ihrer mühelosen Überzeugungskraft unwillkürlich für die eines Iren hielt, verschaffte sich Zutritt, redend und redend: »Das ist der richtige Baum für ein Baumhaus, Clivie, schau dir den mal an! Das nenn ich einen Baum! Da könnte man eins hinstellen, das Platz genug für ein Feldbett hätte...«
»Und für einen Herd, zum Kochen...« Das magere kleine Mädchen hüpfte auf und ab, um die Aufmerksamkeit auf sich zu lenken. »Ich zeig's dir – ich klettere da immer rauf!« – Der kleinere Junge kletterte los, ohne seine Mutter oder Bray eines Blickes zu würdigen. »Sagst du denn Bray nicht guten Morgen, sagst du nicht guten Morgen?« Sie holte ihn sich, während er sich mit Händen und Füßen wehrte – »Laß mich los! Laß mich los!« Sie lachte und hielt ihn rachsüchtig fest, während er nach ihr trat und aufbegehrte, in seinen schwarzen Augen Tränen der Wut.
»Um Himmels willen, Becky – warum muß es denn, überall wo wir hinkommen, gleich Mord und Totschlag geben.«
Sie setzte das Kind auf dem Boden ab und lachte über dessen Riesenzorn und über den Vorwurf. Der kleine Junge, der halbherzig nach den Schienbeinen seiner Mutter zu treten versuchte, hatte jene ausgeprägten Züge und

Körpermerkmale, die bei einem Kind Zeichen einer stark erblich bedingten Ähnlichkeit sind. Nun sah Bray das Gesicht, das in dem des Kindes steckte. Der Ehemann war eine Überraschung; aber das wäre er vielleicht allemal gewesen, egal, wie er aufgetaucht wäre, und zwar einfach, weil er für Bray überhaupt nicht existent gewesen war. Er sah überdurchschnittlich gut aus, auf graziöse und vollendete Art, ein eher kleingewachsener Mann – aber auch das wieder vielleicht nur gemessen an Brays Körpergröße. Etwa einsfünfundsiebzig – groß genug, um Rebecca in einem für den männlichen Stolz ausreichenden Maß zu überragen. Er wußte seine jungenhafte Kleidung mit Eleganz zu tragen – enganliegende beige Hosen, Gürtel auf den Hüften, ein Seidentuch, das im offenen Kragen seines Hemdes gebunden war. In ihrem gelben Kleid und ihren Sandalen mit Gummiriemchen wirkte Rebecca neben ihm schäbig. An einem der beiden kleinen Finger seiner kräftigen, olivenfarbenen Hände trug er einen Heliotrop, und auch sein Gesicht mit den großen, ruhigen, glänzenden schwarzen Augen des kleinen Jungen und dem mattroten, frischen Mund war gleichmäßig olivenfarben. Beim erwachsenen Mann hatte das Gesicht eine C-förmige Lachfalte, die das Ende der Lippen gerade eben andeutete, und speichenförmige Lachfältchen in den äußeren Winkeln der Augen. Sein dunkles Haar wurde vorzeitig silbergrau und sah wie das eines Schauspielers aus, der sich, um distinguiert zu wirken, hatte Streifen einfärben lassen. Er sagte gerade: »Vermutlich sind Sie diesen ganzen Wirbel gewöhnt, den meine Leute machen. Ich bin der Ansicht, Becky hat ihnen die Zügel zu sehr schießen lassen, sie ist zu weich. Ja – ich werde euch das Fell gerben müssen ...« Er drehte sich um und knurrte die Kinder zum Spaß an, so daß sie kreischend auflachten, der Kleine noch immer mit Tränen in den Augen, die nicht aufgetrocknet waren. »Aber der Baum, den Sie da haben, der ist ja ideal für ein Baumhaus. Ich glaube nicht, daß ich die Finger davon lassen könnte, selbst wenn ich meine Kinder nicht um mich hätte, denn dann hätte ich meine eigene kleine Zufluchtsstätte da oben, mit elektrischem Licht, und hinter mir würde ich die Leiter hochziehen ...«

Und Bray, der gutmütige Freund, sagte: »Oh, ich komm mit diesem alten Ding da am Boden aus, wic Sic schen ...«, während Rebecca mit der gleichen, erregten, koketten, übertriebenen Art, in der sie mit ihm geredet hatte, nun zum Angriff überging: »Gordon, bring sie doch um Himmels willen nicht auf eine solche Schnapsidee. Laß doch wenigstens Bray mit seinem Baum zufrieden, du hast ja keine Ahnung, wie er in seinen Baum vernarrt ist ...«

Während sie in dieser verbindlichen Leichtigkeit weiterredeten, registrierte er den Lapsus – selbst sie, mit all ihrem offenkundigen Geschick, dem Kind einer langen Praxis. Wenn eine Frau den Nachnamen eines Mannes auf diese Weise benutzte, dann sicher nicht im Sinne einer formellen Anrede; es war eine auf verräterische Weise umgekehrte Form der Intimität, die sozusagen unter dem hastig gemachten Bett hervorlugte. Sie dabei ertappt zu haben, bereitete ihm eine kleine Befriedigung. Sie sagte: »Besser ich verlasse euch beide jetzt, so sehr ich eure Gesellschaft schätze – Aleke braucht seine Sekretärin. Ich hab mich bereits um eine halbe Stunde verspätet.«

»Ruf den Burschen an und sag ihm, du nimmst dir den Nachmittag frei«, instruierte sie der fesche Mann. »Soll

ich's für dich tun?« »O nein, Gordon, ich kann nicht, er hat mir erst gestern freigegeben, und morgen fängt ohnehin schon das Wochenende an. Am Montag türmt sich dann alles.« Er zuckte die Schultern. »Also, ab durch die Mitte, wenn's sein muß, dann geh...« Sie legte ihren Kopf zur Seite: »Schlüssel?« Er warf ihr die Autoschlüssel zu, sie griff daneben, und beide bückten sich danach. »Kein Wunder, daß mein Sohn nicht Kricket spielen kann.« Er gab ihr einen Klaps auf das Hinterteil. »Husch! Und ja keinen Unfug mit Überstunden oder ähnlichem. Verstanden? Um sechs kommen Leute zu Besuch. Hast du gehört?«
Im Laufen wandte sie sich noch zu ihnen um und nickte wie mit einem Puppenkopf. Ihre Oberschenkel bebten wie an dem Tag, als sie auf der Insel aus dem Wasser gestiegen war.
Die Kinder stiegen auf den Feigenbaum und bewarfen sich gegenseitig mit den verschrumpelten Früchten; auch ihr Benehmen war völlig verändert – unterwürfige kleine Kreaturen, die herumliefen und sich dabei scheu umsahen und sich die heftigen Auseinandersetzungen und angeberischen Spiele für einen Zeitpunkt aufhoben, zu dem dann, fern von den furchteinflößenden Erwachsenen, nur ihr eigenes Gesetz galt. Im Gegensatz dazu waren Brays Töchter als Kinder so selbstsicher gewesen, hatten die Unterhaltung mit einem Sekretär der Kolonialverwaltung zu Besuch um neun oder zehn ebenso vollständig gefaßt abgewickelt, wie sie beim Lunch gegenüber einem schwarzen Nationalisten höflich eine Ansicht geäußert hatten. Wie ihre Mutter waren sie fähig, mit jedermann zu reden und zu jedermann Distanz zu wahren.

Der Gatte stand mit der sofortigen und nichtssagenden Freundlichkeit dessen herum, der immer unterwegs ist. Das war die Art, wie er in den Bars und Hotels in ganz Afrika zu Hause war; ein Mann, der – weil er sich nirgends für längere Zeit aufhält – sofort das Auftreten eines alten Bekannten hat, egal, wo er gerade ist. Genauso unterhielt er sich wahrscheinlich im Stehen mit dem Besitzer einer Reparaturwerkstätte in einem Dorf im Kongo, wo (wie er Bray erzählte) sein Wagen kaputtgegangen war, wie er es jetzt mit dem mittelalterlichen Colonel tat, für den seine Frau Schreibarbeiten erledigte. Er war »so übergeschnappt«, Geschäftsinteressen im Kongo zu haben – »Aber ich hab meinen Spaß dabei gehabt. Hab mich zurückgezogen. Man kann da immer noch Geld machen, aber die Belgier sind mit solcher Macht zurückgekehrt, daß sie alle anderen vertreiben... die guten alten Kongolesen ziehen es vor, mit den Teufeln zusammenzuarbeiten, die sie schon kennen, und nicht mit einem Teufel wie mir. Tatsächlich.« (Shinzas altes Sprichwort, das er auf Mweta angewandt hatte, tauchte hier in einem neuen Kontext auf.) »Ich kenn diesen Mann – Belgier –, der ist jetzt zum vierten Mal wieder aufgetaucht. Zuerst hatte er eine Erdgaskonzession in der Provinz Kivu oben – die Kraterseen, in denen wartet eines Tages noch ein Vermögen auf irgendwen, sofern man's erlebt. Dann war er in Industriediamanten in den Kasai, die wollten sich gerade selbständig machen, und er war knapp daran, ein Konsortium zu finden, das bereit war, ihre Diamantenindustrie zu finanzieren, als sie der Union Minière einen Tritt gaben.« Er zeigte sein träges, appetitliches Lächeln, ironisch und weltmännisch-gutmütig, gute Zähne. »Keine Ahnung, was es beim dritten Mal

war. Jetzt ist er jedenfalls im Devisengeschäft zwischen Lubumbashi und Zambia. Er hat mir gesagt, daß er sich in Europa ›unnütz‹ vorkommt. Er sagt, die Menschen hier brauchen Hilfe, damit es weitergeht – sie nehmen's, wie's kommt. Während sich die Russen, Chinesen und Amerikaner gegenseitig auf die Finger klopfen, muß man zusehen, daß man zurechtkommt.«
»Sie halten uns für Teufel?« sagte Bray.
Anwesende waren ausgenommen. »Sie wissen es genausogut wie ich. Die Weißen treiben sich nicht aus Sorge um die eigene Gesundheit in Schwarzafrika herum. Wo immer ein Vakuum entsteht, gibt es die Jungs, die nicht zögern, es zu füllen. Mein Gott, Sie sollten bloß ein paar von denen so kennenlernen wie ich. – Okay, jetzt reicht's aber – runter vom Baum, aber schnell. Und räumt den Sauhaufen weg, den ihr auf dem Tisch da gemacht habt – James wird euch nie erlauben, ein Baumhaus zu bauen, wenn ihr Sachen auf seine Papiere runterschmeißt...« Er grinste über seine eigene Kühnheit, immer voll Zuversicht, daß sie gut aufgenommen würde, und übernahm gleichzeitig das Kommando: »Was halten Sie aber davon, Becky derart unterzubringen? Wenn sie sie brauchen, dann müssen sie verdammt nochmal irgendwas für sie zum Wohnen finden, oder? Es muß hier doch irgendwo ein Haus zu haben sein. Und wenn nicht, dann müssen sie ihr eben eins suchen. Das ist nun mal so – wenn man die Dienste von jemandem benötigt, dann muß man auch bereit sein, dafür zu bezahlen. Ich hab es Aleke gestern direkt ins Gesicht gesagt: Sie brauchen sie, also suchen Sie ihr ein Haus.«
»Ich glaub, in gewisser Hinsicht ist Edna Tlume eine große Hilfe.« Es war unmöglich, eine Bemerkung zu

machen, die in seinen eigenen Ohren nicht eine absurde Anzüglichkeit gehabt hätte.

»Oh, diese Frau würde für Becky alles tun. Aber die Sache ist die: Dieses Haus ist ein Slum. Zwei Zimmer und kein eigenes Badezimmer. Kann doch so nicht leben. Ich hab gesagt, schaut her, wenn ihr mir nur eine Woche gebt, ich wette, ich finde ein Haus – eure Regierung, ist die bereit, dafür zu bezahlen?« Die Kinder umstanden den Mann stolz im Kreis. »Schau her!« Suzi streckte ihre trockene kleine Hand mit der schwarzen Kruste auf dem Mittelfinger aus, wo Rebecca ein Warzenentfernungsmittel aufgetragen hatte. Sie trug ein Armband aus aufgefädelten Mahagonibohnen und schüttelte es mit einer jähen weiblichen Bewegung den Arm hinauf.

Die Kinder hatten die Früchte, die sie auf den Tisch hinuntergeworfen hatten, weggeräumt. Er blies ein vertrocknetes Blatt, das von einem Netz aus Staub und Spinnenspeichel überzogen war, von seinem Brief. Er hatte ihn völlig vergessen. Die kleine Gruppe entfernte sich plaudernd auf dem Weg, auf dem Rebecca immer zwischen den spärlich belaubten Bäumen auftauchte und wieder verschwand. Er widmete sich wieder dem Brief. Er bat Mweta darin, er möge darauf dringen, daß man ihn zum Parteikongreß einlud. Er schrieb auch, welche Fortschritte das Ausbildungszentrum machte. *Vielleicht entpuppt es sich schließlich eher als so was wie diese Arbeiterclubs im England des neunzehnten Jahrhunderts. Hier, in diesen ländlichen Gegenden, wo die Leute allmählich ein – sie geben dem natürlich keinen Namen – neues Selbstbewußtsein entwickeln, das ihnen sagt, daß sie mehr sind als bloß Leistungseinheiten, sind sie mit allem einverstanden, das funktioniert: Könnte vielleicht nützlich sein. Ob jemand einen Judokurs abhält oder die verschiedenen Möglichkeiten erklärt, wie man das Gesetz von Angebot und Nachfrage anwenden kann ... Ich wollte der hiesigen Parteistelle der PIP vorschlagen, das Zentrum als eine Stätte für politische Bildung in einem weiteren Sinne zu verwenden als nur für dieses Hurra-Geschrei, das man bei Parteiversammlungen hört. Es würde auch zur Bekämpfung der Disziplinlosigkeit beitragen. Ich neige immer eher zur Annahme, daß die Gefahr, daß etwas den Verstand der Leute übersteigen könnte, geringer ist, als diejenigen glauben, die sie schulen.*

Der Stil und die Argumentationsweise solcher Briefe war etwas, das er gleichzeitig mit der Feder in die Hand nahm. Es funktionierte von selbst. Ein Leben lang – plötzlich hatte sich dieses Wort, das man mit Inseraten für teure Schweizer Uhren assoziierte, in seinem Kopf festgesetzt: ein Leben lang. Die Gewohnheiten eines ganzen Lebens. Er spürte, daß er selbst außerhalb dieser schutzspendenden Vorstellung stand, die sich, Schicht um Schicht, aufbaute, und daß er, blaß und nackt, ausgesetzt war – ein Mann, dem man in seinem Gefängnis zu lange die Sonne vorenthalten hatte. Das Mädchen stand vor seinen Augen, Auge in Auge, Tat gegen Tat, präsentierte sich als Postkarten-Apokalypse, die den Himmel seines Kopfes erfüllte. Seine Gedanken konnten auf ihr und um sie herumkriechen, über das unverwandte Lächeln und die offenen gelben Augen und bei den Ohren und Nasenlöchern hinein und heraus. Einen Augenblick lang saß er genau so da, als hätte er eine unbekannte Pille verschluckt und wartete jetzt darauf, daß sich die Droge mit ihren Sensationen in ihm entfaltete. Dann läutete im

Haus das Telefon. Es war Malemba, der ganz aus dem Häuschen war: Die Drehbänke aus Schweden waren angekommen. Er brach auf, um irgendwo einen Lastwagen zu borgen (wieder die entgegenkommenden indischen Händler), bei Malemba vorbeizuschauen und gemeinsam mit ihm die Maschinen vom Magazin der Spedition abzuholen.

Das Treffen im Haus der Tlumes unterschied sich von der üblichen gedankenlosen Stippvisite, zu der man nach der Arbeit für eine Stunde bei den Alekes oder Tlumes vorbeischaute, wo dann oft irgendeiner von Ednas Verwandten oder ein unterwürfiger kleiner Beamter, dem sein – nunmehr für Schwarze vorgesehener – Job noch neu war, herumsaß, ohne ein Wort zu reden, und Kinder, in den Händen das Abendessen, ein und aus gingen. Es gab sogar ein oder zwei Gesichter, die nicht dazugehörten; ein Fernmeldetechniker, mit dem Gordon Edwards gereist war, und die blonde Rezeptionistin vom Fisheagle Inn. Sie war diejenige, die den Minirock im Ort eingeführt hatte (es gab eine Verzögerung von etwa einem Jahr zwischen dem Zeitpunkt, zu dem eine Mode in Europa aufkam, und jenem, zu dem sie bis in den Busch vorgedrungen war), aber in dieser gemischten Gesellschaft hielt sie die berühmt gewordenen Oberschenkel sittsam wie einen affektiert verzogenen Mund zusammengepreßt. Die Ärzte Hugh und Sally Fraser aus dem Missionshospital waren da, in ihrer Gesellschaft ein junger Finne, der gerade von Westafrika zu Fuß hier heruntergekommen war – sein Rucksack lehnte an der Wand. Er trug ein Hemd mit dem Porträt irgendeines afrikanischen Führers, das rauh und vom Schweiß und vom vie-

len Gewaschenwerden ausgebleicht war, und hatte auf dem Kopf eine, für sein Alter eigentlich verfrühte, kahle Stelle, so daß er wie ein jugendlicher Heiliger auf einem billigen Votivbild aussah. Sampson Malemba hatte sich, nach der Drecksarbeit des Be- und Entladens der Maschinen, in seinen besten dunklen Anzug geworfen. Aleke trug ein braunes Lederwams mit Fransen – ein Geschenk von Gordon; woher wußte der nur, was über Alekes mächtigem Brustkorb so hervorragend sitzen würde? Aber man hatte den Eindruck, als würde Gordon Edwards Dinge erwerben, die – konnte man lesen – wie Schlüssel zum Fortschreiten seines Lebens in seinem Besitz blieben: Er war zu einem bestimmten Zeitpunkt zufällig hier, um das eine aufzulesen, und zu einem anderen zufällig da, wenn etwas anderes zu haben war. Und in derselben zufälligen Weise kam dabei heraus, daß diese Dinge dem einen ausgezeichnet paßten oder genau das waren, was jenem gefiel.
Die Alekes, Tlumes, Frasers – sie alle akzeptierten Brays und Gordon Edwards' gleichzeitige Anwesenheit, ohne sich etwas anmerken zu lassen. Es hätte abgesprochen sein können, so gemütlich und selbstverständlich war diese Verschwörung von Freunden: Er war nicht ganz sicher, war er der Hauptdarsteller oder das Opfer? Alle waren so ausgelassen. Manchmal hatte er das Gefühl, *er* sei ein betrogener Ehemann; Rebecca trug ein neues Kleid (auch ein Mitbringsel?), und als er mit ihr tanzte, setzte sie den erhitzten, verlogenen Gesichtsausdruck eines jungen Mädchens auf. Wer konnte – wie sie angedeutet hatte – glauben, daß der geschmeidige, kleine Mann nicht mit ihr schlief? Physische Eifersucht lähmte plötzlich seine Arme, so daß er sie beinahe losgelassen hätte.

Inmitten der Unterhaltung erwartete sie von ihm, daß er von ihren Lippen las – »Ich werd versuchen, einmal früh am Morgen zu kommen.« Er murmelte: »Nein, tu's nicht.« Sie zog ein Gesicht, halb verletzt. Sie sagte: »Fahren wir wieder an den See. *Du* schlägst es vor. Sonntag.« Ein Familienausflug. Er spürte, daß er lächelte – der gehörnte Liebhaber. »In Ordnung, ich spiel den Gastgeber.« Gordon Edwards tanzte wieder und wieder mit dem großen, kultivierten Flittchen aus dem Fisheagle; er war wohl der Grund für ihre Anwesenheit. Vielleicht wohnte er also doch im Hotel? Idiot, Idiot. Er beobachtete sich selbst amüsiert und voll Grausamkeit, wie schon so oft, seit er hierher zurückgekehrt war, wo alles eigentlich die Vertrautheit des doppelt Erlebten, der Vergangenheit, haben und Sicherheit spenden sollte. Aleke übernahm die Blonde aus dem Fisheagle; er hielt sie in seinen großen, selbstsicheren schwarzen Händen zärtlich umfaßt wie die Tauben seiner Kinder, sie hatte ihre falschen Wimpern auf die Wangen herabgesenkt – wie auf Besuch in ein fremdes Land war sie aus dem sicheren Unterschlupf des Hotels ins Haus der Tlumes gekommen. Agnes Aleke trug die Perücke, die sie, wie Rebecca erzählte, über den Postversand bestellt hatte, und sah wie eine hübsche amerikanische Negerin aus. Sie redete mit dem Finnen über ihre Sehnsucht, einmal die Städte Europas zu sehen, dabei hielt sie ihren Kopf wie eine Frau, die einen neuen Hut trägt. Für ihn waren das Schlachtfelder, auf denen Jugendliche die Wagen reicher Leute umstürzten und in den Mausoleen toter Autoritäten auf Teppichen campierten, nicht ihr Einkaufsparadies. »›Nette Dinge?‹« sagte er in seinem langsam artikulierten Linguaphone-Englisch. »Sie haben hier nette Dinge – die

Form der Bäume, die runde Sonne, diese wunderbaren *fruits* –« auf seinem Knie balancierte er eine Mangofrucht, die er streichelte. Sie reagierte auf seinen Mangel an Intellektualität mit gönnerhafter Koketterie – »Dieses Hemd? In Afrika haben Sie das gekauft? Wer ist dieser Präsident, oder wer das sein mag?«

Der Finne schielte auf seine Brust hinunter, und so, als legte er eine Hand auf den Kopf eines Hundes, der ihm überallhin folgte, sagte er: »Sylvanus Olympio.«

»Aber, leider Gottes, *assassiné* – mausetot.« Bray hatte sich an Agnes gewandt, um ihr diesen Vorteil zu verschaffen.

Der Finne erklärte ungerührt: »Das ist egal«, in einem Ton, der zu verstehen gab, der da sei trotzdem ein anständiger Bursche, ob nun tot oder lebendig, und im Grunde anständiger als so manche, die noch immer am Leben waren, vielleicht sogar in diesem Raum.

Agnes' Gönnerhaftigkeit brach in sich zusammen und schlug in das ungehemmte afrikanische Gekicher um, das sie zu lähmen schien und, nach einem kurzen Seitenblick, auch auf Edna übergriff. Dieses offene und unaggressive Vergnügen auf seine Kosten brachte den Nordländer, der auch schon eine Menge Bier getrunken hatte, zum Schmelzen. Er tanzte jetzt wild drauflos, allerdings allein. Er war so dünn, daß sein Geschlecht in den eingegangenen Jeans an seinem Körper die einzige Kurve bildete.

Die Einwanderungsbeamten an der Grenze hatten sein Geld beschlagnahmt. Bray sagte: »Das ist ganz normal, das machen alle Länder so – er hat kein Rückflug-Ticket. Sie müssen sich schützen, für den Fall, daß er ihnen hier sitzenbleibt.«

»Dann werden wir ihm also inzwischen ein Taschengeld zahlen müssen.« Die Frasers musterten ihn beiläufig.
»Oh, er wird nicht viel brauchen.«
Aleke lächelte und bemerkte gegenüber Rebecca: »Wir könnten an die Einwanderungsbehörde schreiben? Die Mission würde für ihn garantieren, ja? Vielleicht bringen wir sie dazu, daß sie mit einem Teil des Geldes wieder herausrücken?«
»Das wäre großartig«, sagte Hugh Fraser. »Er soll sich übrigens bei der Polizei melden, während wir in der Stadt sind.«
»Ich glaub aber nicht, daß der Kommissar da ist.« Aleke sah einen Augenblick unsicher zu Bray hin, dann erklärte er ihm in der abwesenden Art, mit der er derartige Angelegenheiten abhandelte: »Es hat irgendwelche Gerüchte über Ärger in der Eisenerzmine dort oben gegeben.«
»Ach, welcher Art denn?«
»Keiner weiß, wie diese Dinge gelaufen sind, solange sie nicht vorbei sind. Irgendwas wegen Überstunden.«
Die Gewerkschaft hatte gerade einer Abkühlungsfrist von achtundvierzig Stunden zugestimmt, bevor sie einen Streik offiziell anerkennen wollte. »Wird gestreikt?«
»Offenbar.«
»Wir haben gehört, man soll eine Wagenladung hiesiger PIP-Jungs gesehen haben, die in die Bashi hinauf unterwegs waren«, sagte Fraser. »Morgen werden wir's wissen – wenn die ersten Schädelfrakturen ins Spital eingeliefert werden. Ota, besser, du bleibst nüchtern, vielleicht mußt du früher an die Arbeit, als du glaubst.«
»Soll mir recht sein. Mir ist's immer noch lieber, Köpfe zu verbinden als Leute zu begraben.« Die hellen blauen

Augen, die Europa aufgegeben hatten, wandten ihren Blick ohne Mitleid und Urteil Afrika zu. Sein Brustkorb hob sich unter dem Freiheitshemd, und wieder begann er zu tanzen.

»Wo hat er es denn überhaupt her?« sagte Rebecca.

»Ein Mann geben's mir«, sagte er. »Ich hab bei ihm in seiner Hütte gewohnt, ein kleines Loch, Dach aus Bananenblättern, aber drinnen ist's kühl. Am Ende, wissen Sie, sagen er, ist kein neues Hemd – aber er geben's mir.«

»Wir müssen ihm eins besorgen, wo Mweta drauf ist, jetzt, wo er hier ist. Kein gebrauchtes. *Wir* können uns das leisten.« Rebeccas neue kumpelhafte Art, mit Bray zu reden. Nicht ganz so neu; es war eher schon ihre Art Verhalten aus den Tagen, als sie in der Hauptstadt im Clan der Bayleys eine grüne Witwe gewesen war, eher die Art, wie sie mit den Männern dort geredet hatte. Die übliche Vertuschung des Was-und-Warum einer anderen Form von Beziehung inmitten der übrigen Gesellschaft. Ihr anderes, neues Verhalten – die versteckte Koketterie – zeigte sich ebenfalls dann und wann unter der Oberfläche. Zu ihm hin, aber nicht an ihn gewandt, fragte sie: »Hat es da nicht in der Fischfabrik vor nicht allzulanger Zeit einen Streik gegeben?«

»Oh, das ist ein unguter Haufen. Immer kocht's da irgendwo. Aber das hat man beigelegt, diese andere Sache.« Alekes Antwort war für alle bestimmt.

Bray fühlte, wie sie ihn beobachtete. Er sagte: »Am See ist alles friedlich. Wir sollten das eigentlich ausnützen und hinunterfahren. Wie wär's mit Sonntag?« Alle waren Feuer und Flamme. »Ich bring das Essen mit, Kalimo wird alle Hände voll zu tun haben. Nein, nein – das ist meine Party.« »Kann man da mit der Harpune fischen?« Gordon wollte es von ihm auf der Stelle ganz genau wissen. »Um Himmels willen, hoffentlich hast du meine Ausrüstung hier oben?« fügte er zu Rebecca gewandt hinzu, und sie sagte sanft, zu seiner Beruhigung: »Alles im braunen Blechkoffer. Alles intakt.« »Ich hab's noch nie ausprobiert, aber eigentlich sollte es gehen.« »Wir werden es auf alle Fälle ausprobieren, hm? Haben Sie ein Boot?« »Dort gibt's überall Einbäume, und man wird Ihnen gerne einen überlassen.«

»Du wirst keinen *nötig* haben«, versicherte ihm Rebecca begeistert. »Da gibt's Millionen Fische. Sie sind mir zwischen den Beinen durchgeschwommen. Man braucht nicht erst meilenweit in den See hinauszugehen. Sie sind überall, rund um die ganze Insel.«

Der Ehemann unterzog sie nun geduldig einem Verhör, wie man es tut, wenn man von den Aussagen eines Menschen, dessen persönliche Eigenheiten man nur allzugut kennt, Abstriche macht. »Wenn es diesem Mädchen einmal irgendwo gut gefallen hat, übertreibt sie wie der Teufel.«

Ihre Augen glänzten, übervoll; es war ihre Art rot zu werden, und sie zog vor den beiden ihr breites Kinn zurück. Gordon Edwards sagte zu Bray, wie um ihn aufzufordern, sie zu bewundern: »Sind Sie jemals einer Frau begegnet, die Simone Signoret so ähnlich sah? Sind Sie das? Die Haltung des Kopfes und der kräftige Hals? Die Form des Kinns?«

Sie blickte ihn nicht an. Sie fuhr den Ehemann lebhaft an: »Sie ist fett, und die Jüngste ist sie auch nicht mehr. Außerdem hat sie ein Doppelkinn.«

»Blödsinn. Ich kann nur hoffen, es gelingt dir, so auszusehen wie sie, wenn du älter bist, mehr nicht. Dann kannst du verdammt von Glück reden.«

Er war nicht sicher, wer Simone Signoret war – eine Schauspielerin, soviel war klar, aber er und Olivia gingen kaum je ins Kino. »Nun, um ehrlich zu sein, hab ich das gar nicht bemerkt...«

»Diese alte Schachtel!«

Sie lachten gemeinsam über ihre Empörung.

Er wohnte also bei den Tlumes; zu jeder Tages- und Nachtzeit tauchte er auf, redete schon, bevor er noch richtig da war – das tadellos gebürstete Haar mit den Streifen drin, die olivfarbene, sonnengebräunte Haut und die schwarzen Augen, die er selbstbewußt durch den Raum schweifen ließ. Er behandelte jedermann so, als würde er ihn schon sein ganzes Leben lang kennen, und wies jedem einzelnen entschlossen und ohne alle Zweifel den entsprechenden Platz in den Beziehungsrastern zu, die er über die Welt gelegt hatte. So unterstellte er auch Bray, in dem er schnell einen langjährigen Autoritätsträger von Berufs wegen erkannte (und ebenso unbefangen hätte er die jeweils brauchbaren Eigenschaften eines Devisenschmugglers oder eines Arztes erkannt, der sich nicht weigern würde, mit einer Abtreibung auszuhelfen), er eigne sich als Alliierter bei diversen Beschlüssen, die sich nicht so sehr gegen Rebecca richteten, sondern ihre Vorschläge umstandslos vom Tisch wischten. »Sinnlos, Alan und Suzi in irgendeine Schule zu stecken, solange das Kleine zu Hause ist. Sie sind immer noch in dem Alter, in dem sie ihre Mutter und ein geordnetes Familienleben brauchen. Welchen Sinn hat es denn für eine Frau, Kinder zu haben, wenn sie sie dann nicht aufzieht? Sie war verdammt versessen auf Kinder. Es wäre verrückt, sie wieder für ein paar Monate aus der gewohnten Umgebung zu reißen – es hängt nur davon ab, wie lange ich brauche, bis ich meine Angelegenheiten geregelt habe, und sie wieder mit mir zusammenleben kann. Ist doch sinnlos, inzwischen noch einmal alle Sachen zusammenzupacken, oder? Das Problem ist nur, daß sie jedesmal, wenn sie wo ist, sich so einzurichten anfängt, als würde sie ewig dableiben. *Hier* zum Beispiel. Ich meine, hat man je so etwas gehört ...? Ich komme her, und schon hat sie sich wie ein Vogel auf dem Telegrafenmast niedergelassen. Ich hätte das tun sollen, was ich von Anfang an wollte, und sie nach England zu ihrer Mutter schicken sollen. ›Sie wollte nicht so weit weg sein.‹ Aber wo könnte man denn noch weiter weg von allem sein als hier? Die Zelte bei den Einheimischen aufzuschlagen, nicht einmal ein eigenes Badezimmer. Das ist nicht die Umgebung, in der meine Jungs aufwachsen sollen. Bekky erzählt mir ganz stolz, daß sie jetzt Gala lernen. Wo in aller Welt wird es ihnen denn was nützen, wenn sie Gala können, um Gottes willen? Wer wird denn ihr Gala verstehen?« Er lachte. »In England? In Frankreich? In Deutschland? Wie würde ich mich denn anstatt mit Französisch mit Gala durchschlagen, und ohne das bißchen Portugiesisch, das ich aufgeschnappt habe – wissen Sie, ich war eine Zeitlang in Angola, eine der besten Zeiten meines Lebens, wie sich später herausstellte –« er lächelte und ließ seine bezaubernden, leicht durchscheinenden Zähne sehen, ein Mann, der nichts bedauerte, und dann erzählte er zumindest die halbe Geschichte: »Du lieber Himmel, genau auf der anderen Seite des Benguela, das Tauchen! Sieht aus wie in Griechenland –

blanke, gelbe Felsen und blaues Meer. Kein Baum, nicht einmal ein Grashalm. Ich war gerade vertraglich für den Hafen von Lobito verpflichtet. Jedes Wochenende ging's quer durch die Wüste, damit wir zu unserem bißchen Küste kamen. *Garoupinhas* – so etwas. Nun, unter anderem lernte ich Portugiesisch. Ich kann mich verständigen... und jetzt habe ich einen Vertrag für Cabora Bassa, für den Damm – wissen Sie? Die Franzosen und die Deutschen bauen ihn für Südafrika und für die Portugiesen. Ich komme mit den Ingenieuren vom Kontinent gut zurecht – wir haben schon früher zusammengearbeitet. Reizt mich, wieder als Ingenieur zu arbeiten. Zumindest eine Zeitlang. Und da kommt mein Portugiesisch wie gerufen, in Moçambique. Man sitzt in dem gottverdammten Busch fest, meilenweit nichts, da hilft's, wenn man mit dem örtlichen Krämer oder der Polizei reden kann, die erledigen allerhand für einen. Ich hab gern Eis in meinen Drinks... In anderer Beziehung wird dieser Ort vielleicht auch ganz besonders heiß sein« – er gab zu verstehen, daß das nur für sie beide bestimmt war und nicht für Rebeccas Ohren – »Sie haben wahrscheinlich gelesen, daß die Terroristen damit gedroht haben, das Ding in die Luft zu sprengen, wenn wir gerade daran arbeiten. Na, meine Lust, für die Regierungen von Südafrika und Moçambique zu sterben, ist nicht größer, als für irgend jemand anders draufzugehen. Schwarze oder Weiße – diesen Jungen kriegen sie nicht. Ich persönlich glaub zwar nicht, daß es ihnen gelingen wird, uns auf den Pelz zu rücken – die ganze Anlage wird wie eine Festung bewacht sein. Da kann man sich auf die Südafrikaner verlassen. Außerdem gibt es sowieso keinen Ort der Erde, den man als sicher bezeichnen könnte. Ich frage mich, wie's hier ist. Die Streiks oben in der Eisenerzmine. Ich kenne diese Länder; wenn's einmal Schwierigkeiten mit den Arbeitern gibt, da gibt's kein Pardon, egal, wer ihnen gerade vor die Füße läuft. Eine kleine Ausfallstraße und ein kleines Flugzeug zweimal die Woche – das kann man vergessen. Glauben Sie, daß es hier sicher ist? Nun – ich verlasse mich darauf, daß Sie ihr im Fall, daß sich die Dinge zum Schlechten zu entwickeln drohen, einen Tip geben und dafür sorgen, daß sie verschwinden und nicht erst darauf warten, daß es wirklich Schwierigkeiten gibt. Ich kann mich doch darauf verlassen, daß Sie das tun werden, oder?«

»Selbstverständlich.«

»Weil – Sie sehen ja, wie Becky ist – sie glaubt, ihr wird niemals jemand was Böses tun. Allein schon, daß sie ins *bundu* gekommen ist – einfach verrückt. Nun, wenn man eine von den gut und sexy aussehenden Frauen will, dann stellt man sich drauf ein, daß man die Denkarbeit selber erledigen muß, nicht wahr? Kann nicht alles haben...« Seine Tochter war zu ihm gekommen, und er machte Schluß, indem er weiter von der Mutter sprach, die Bezüge aber geschickt so veränderte, daß die Tochter gemeint schien, deren unordentliche Haarsträhnen er mit seinem Zeigefinger um die Ohren wickelte, während er gleichzeitig ihr schmales Koboldsgesicht zu sich hindrehte, um seine Nase an der ihren zu reiben. »Ist das alles, was du zum Anziehen hast, die alten Hosen deines Bruders? So ein süßer kleiner Spatz wie du? Sollen wir für dich ein anständiges Kleid einkaufen?« Sie sagte nichts, sondern nickte nur zu allem heftig mit dem Kopf. Es stimmte, Rebeccas Kinder sahen irgendwie schäbig

und vernachlässigt aus. Bray folgte einem eigentümlichen Impuls der Loyalität und wechselte, um die Aufmerksamkeit des Vaters abzulenken, das Thema: »Was für Ausrüstung haben Sie denn für den See – Sie wollen doch nicht sagen, Taucheranzug und Sauerstoff und lauter so Zeug?«
Also bestand Gordon Edwards sonntags am See darauf, daß er sich gemeinsam mit ihm im Harpunenfischen versuchte. Eine Reihe von Taucherbrillen, Flossen und Harpunen war vorhanden. Er entdeckte eine seltsam glückliche Form der Versenkung, frei von Assoziationen zu allem, das er je erlebt hatte. Er fing nur einen einzigen kleinen Fisch, während der andere in seiner Geschicklichkeit einen beachtlichen Fang machte, darunter einen etwa fünfzehnpfündigen Nilbarsch. Einmal begegneten sie einander unter Wasser, die beiden Männer, und tauchten, Angesicht in Angesicht, am anderen Ende der Gleitbahn, in die sie sich durch den Abstoß ihrer spinnennetzförmig gespreizten Füße katapultiert hatten. Er begegnete dem Lächeln hinter der Glasplatte der Taucherbrille, dem feucht-schwarzen Haar, dem auf und ab steigenden Körper; die Bewegung hing einen Augenblick lang in diesem Element.
»Nun, wie gefällt's euch?« Sie erwartete sie schon, als sie zurückkamen.
»Oh, großartig. Ich fühlte mich wie ein Fisch *im* Wasser...« Nichts konnte Aleke oder Tlume dazu bewegen, mit hinunter zu kommen. »Und das sind die Burschen, die ein Geschrei anstimmen, weil andere Leute ihre natürlichen Rohstoffquellen ausbeuten, was, James?« – Gordon Edwards, der mit seinem Kopf in ihre Richtung deutete. Unter seinem Hut hervor sagte Aleke, der im

Schatten lag: »Mein Land braucht mich. Leben zu wertvoll.«
Das Gerücht der Frasers bestätigte sich. Während sie an jenem Tag alle am See waren, fuhr eine Bande von PIP-Rowdies durch die Quartiere der Arbeiter am kahlen Abhang des Hügels nahe der Eisenerzmine und zertrat die sonntäglichen Kochfeuer, die vor fast jedem der Häuser brannten, setzte Fahrräder in Brand, und in einem Fall töteten sie eine Ziege, die jemand festgebunden hatte. Aleke berichtete über all das später – als sie von ihrem Picknick kamen, erwartete ihn die dringende Bitte des neuen Polizeikommissars, Selufu, zur Mine zu kommen. Es war da jener kurze Augenblick, in dem Aleke halbherzig den Vorschlag machte, Bray solle doch mit ihm kommen, aber er war kaum ausgesprochen, als ihn beide – aus verschiedenen Gründen – auch schon wieder fallenließen, so als wäre er nicht ernstgemeint gewesen. Vielleicht war Aleke gesagt worden, er solle zu erkennen geben, daß Shinzas alter Freund tatsächlich einen quasioffiziellen Platz in Mwetas Auftrag einnahm; vielleicht aber hatte man ihm auch nur gesagt, er solle Bray ein Gefühl der eigenen Wichtigkeit geben ... Andererseits hatte Aleke – sofern er von oben keine Direktiven erhalten hatte – vielleicht schon in dem Augenblick, da ihm die Worte über die Lippen gekommen waren, Zweifel daran gehabt, ob einer unbekannten Größe wie dem Colonel Einblick in die Probleme dieses Bezirks gewährt werden sollte. Sie hatten kein Wort mehr über den Jungen gesprochen, den Lebaliso im Gefängnis von Gala geschlagen hatte.
Aber am nächsten Tag, unten im *boma*, da sprach Aleke – während sein Ventilator den ganzen Morgen von der ei-

nen Seite zur anderen wanderte, obwohl das Winterwetter angenehm war – über die Sache vom Sonntag eher so, als wäre sie nicht mehr gewesen als Ausschreitungen bei einem Fußballspiel. Er kritisierte ein derartiges Verhalten zwar, erging sich darüber aber genüßlich. »Eine alte Frau machte sich verdammt viel Sorgen um ihre Nähmaschine – sie trug sie auf dem Kopf und lief heraus, keine Ahnung, wohin sie damit wollte – und ein Bursche« – er nannte die militanten Anhänger der PIP immer »die Burschen« – »grabschte, eher weil ihn der Teufel ritt als aus sonst einem Grund, nach ihr. Nun aber packte ein Polizist *ihn* beim Kragen, also stellt sie die Maschine ab und fängt an, ihn – während der Polizist ihn festhält – zu schlagen und zu treten... Ein unglaublicher Auftritt! Und das Schlimmste daran sind die Frauen... unsere Frauen: Von nichts krieg ich größere Kopfschmerzen, als wenn eine dieser alten Mütter herumzuschreien anfängt.«

Die »Burschen« von der PIP waren in der Absicht zur Mine gefahren, den Beschluß der Gewerkschaftsvertreter (der im Gegensatz zur Überzeugung der Kumpel selbst stand), keinen wilden Streik anzufangen, zu unterstützen. Sie behaupteten, sie wollten bei der Mine eine Versammlung abhalten – »um sie wissen zu lassen, daß nicht nur die Gewerkschaft, sondern auch die PIP von ihnen erwartet, daß sie arbeiten«, fiel Bray ein. »Genau«, sagte Aleke. »Die Burschen behaupten, sie wollten friedfertig an die Loyalität der Arbeiter appellieren und so weiter. Und es wäre auch weiter nichts passiert, Mann, hätten nicht vor allem diese Alten in dem Augenblick, in dem der Lastwagen in die Siedlung kam, zu schreien angefangen...« Ein paar Köpfe waren

blutig geschlagen worden; nicht so viele, daß das Missionshospital in Bedrängnis gekommen wäre. »Sie sind ein Glückspilz, Aleke, wär mir das passiert, als ich noch Ihre Arbeit erledigen mußte, hätte ich sie am nächsten Tag alle im Gerichtssaal vor mir gehabt.«
»Als ob ich das nicht wüßte.« Aleke bot die wohlwollende Anteilnahme des Kollegen an. Obwohl er die Ereignisse dieser Nacht derart lakonisch-beiläufig beschrieb, war seine und Selufus Arbeit offenbar effizient. Selufu verhaftete den Großteil der Burschen von der PIP, und sie waren vom Magistratsgericht in Gala zur Voruntersuchung vorgeladen worden. Alles war so, wie es sein sollte; Bray gestattete sich ein Nachlassen der inneren Spannungen. Natürlich dachte er über Shinza nach – der in der Woche vor dem Streikversuch im Gebiet um die Mine dort oben gewesen war. Na, Shinza würde sich davon überzeugen können, daß man zumindest die militanten PIP-Anhänger verhaftet hatte.
Mwetas Antwort kam prompt; aber sicher würde Bray eine Einladung zum Kongreß erhalten – in welcher Funktion, das schrieb er allerdings nicht. Wie Bray wisse, werde der Kongreß diesmal in der Hauptstadt abgehalten werden. (Man hatte diese Entscheidung bereits ziemlich scharf kritisiert; immer war er in dem kleinen Dorf Yambo, an der Grenze zwischen der Zentralprovinz und Gala, abgehalten worden, wo unmittelbar nach dem Krieg die ersten erfolgreichen Demonstrationen und die ersten Verhaftungen seitens der britischen Behörden stattgefunden hatten.) Mweta ignorierte den Umstand, daß Bray nicht jene Briefe geschrieben hatte, auf die er wartete, und teilte ihm bloß mit – ganz so, als hätte es auf diesem Sektor in ihrer Beziehung kein

Schweigen und keine Zurückweisung gegeben –, daß er sich frage, was Bray von den Auseinandersetzungen um die Eisenerzmine halte.
Seine Antwort, die er unverzüglich unter dem Feigenbaum verfaßte, lautete, daß das, was ihn interessiere, das Muster sei, das die Auseinandersetzungen in der Fischfabrik und der Mine miteinander gemeinsam hätten. In beiden Fällen handle es sich um ein und dasselbe: Ein Problem, das die Arbeiter aufs Tapet gebracht hatten, sei von ihren Betriebsräten ebensowenig wie von anderen Gewerkschaftsvertretern, die zudem noch Funktionäre der PIP seien, unterstützt worden. Den Ausgangspunkt bilde in beiden Fällen ein Übereinkommen, das zwischen Gewerkschaft und Arbeitgeber getroffen worden und insgesamt für die Arbeiter inakzeptabel gewesen sei: In der Fischfabrik habe es sich um den Status der sogenannten Gelegenheitsarbeiter gehandelt (und Mweta wisse ja – er hatte es ihm persönlich geschildert –, wie diese Leute arbeiteten und wie sie lebten); in der Mine sei es das Problem der Bezahlung von Überstunden gewesen. Es scheine klar, daß die Einmischung der PIP in Angelegenheiten der Gewerkschaft die Funktion der Gewerkschaft selbst außer Kraft zu setzen drohe – und zwar diejenige, die Interessen der Arbeitnehmer gegen die der Arbeitgeber zu vertreten. Das könne eben passieren, wenn die Interessen des Arbeitgebers plötzlich mit denen des Staates zusammenfielen und die Regierung wiederum die Partei sei. Es führe zu Unruhen unter den Arbeitern, denen eine Gewerkschaftsführung fehle, die bei den Arbeitern über genügend Vertrauen verfüge, die Unruhen zu kontrollieren. *Wenn Du die Gewerkschaften zerstörst, brauchst Du die Polizei – mehr und mehr Poli-*

zei. Zumindest am Anfang. Am Ende herrscht dann selbstverständlich Friede, einfach, weil die Arbeiter keine Rechte mehr haben, die sie verteidigen könnten. Staat und Arbeitgeber, die sich im Besitz des Wissens glauben, was für die Wirtschaft das Beste ist, entscheiden, was sie brauchen und was nicht. Und auch dafür gibt's einen Namen. Ohne Ironie fügte er noch hinzu, daß er einen Blick in den Gerichtssaal werfen würde, wenn die militanten Anhänger der PIP vorgeführt würden; für die Partei sei es gut, daß sie verhaftet und dem Gericht überantwortet worden seien.

In dieser Woche kam sie einmal früh am Morgen, aber nicht früh genug, als daß nicht Kalimo schon auf den Beinen gewesen wäre. Sie machte die Schlafzimmertür leise hinter sich zu, und er hörte eine heisere frühmorgendliche Stimme, seine eigene: »Sperr ab.« Sie war fix und fertig für die Arbeit angezogen und hatte einen Aktenordner unter dem Arm. Der Raum war verdunkelt und ein wenig muffig von der Nacht, von seinen herumliegenden Kleidungsstücken, den privaten Ausdünstungen seines Körpers. Die gegen die Vorhänge drückende Sonne entzündete die Embleme aus Fischen, Porzellanschnecken, jungen Kampfhähnen, die ihre üppig prunkende Glut quer durch den Raum warfen, zu einem fliesenartigen Muster. Er stützte sich im Bett auf einen Ellbogen auf, ohne allerdings ganz wach werden zu wollen. Sie roch nach kaltem Wasser und Zahnpasta, ihr Herz schlug leicht und schnell, gespeist von der Energie eines Menschen, der schon eine Weile auf ist. Das seine schlug noch immer im langsamen Rhythmus des Schlafes. Mit seinem sandpapierartigen Bart und seiner Nachtwärme trocknete er diesen oberflächlichen Tau der morgendlichen Körperpflege auf, und darunter fand er sie. Bei geschlossenen Augen zog er ihr die frisch angelegten Kleider aus, an denen er mit unempfindlichen Fingern herumzerrte und -fummelte. Es ging ihm nicht darum, sie auszuziehen, es ging ihm darum, ihr Geschlecht bloßzulegen, wie man von jemandem sagt, er lege sein Innerstes bloß. Sie ließ sich hinunter in die während der Nacht aufgestaute Wärme und nahm ihn in ihren Mund, das feine Kopfhaar zwischen seinen Beinen. Mit einer Intensität, die das ganze Leben verschlossen in ihm gelegen hatte (dunkler, unterirdischer See, dessen Auge er nie gefunden hatte), wurde Barriere um Barriere überwunden, jedes noch so entfernte Ufer des Selbst erreicht und zurückgelassen, wurden die Worte wieder mit jener süßen, schleimigen Membran, der sie entrissen worden waren, vereinigt.

Sie holte ein sauberes Taschentuch aus seinem Schubladkasten, tauchte es ins Wasserglas neben seinem Bett und wischte sich ab – das Gesicht, die Armhöhlen, das Geschlecht. Sie wollte weder Kalimo noch Mahlope auf dem Weg ins Badezimmer begegnen. Sie zog sich an.

»Ich steh auf und seh nach, ob die Luft rein ist.«

»Ich geh über den Golfkurs – der Wagen steht unten, in der Nähe des vierten Loches. Ich hab gesagt, ich muß schon früh aus dem Haus, um ein paar Arbeiten zu erledigen, die ich gestern mitgebracht, aber noch nicht erledigt habe.«

»Ist schon recht – ich hör sie in der Küche.« Für derlei geflüsterte praktische Fragen taten es Worte.

Weg war sie.

Sie war nicht länger als eine halbe Stunde bei ihm gewesen. Es erinnerte ihn auf eigentümliche Weise an ihren ersten Besuch. Die Wiederholung machte den Unterschied deutlich: Ein Ritual, bei dem man einmal ahnungslos mitgemacht hatte, ohne auch nur im entferntesten zu wissen, was es in Wahrheit einmal bedeuten würde.

Er ging zu Fuß in die Stadt, weil er die perfekte Harmonie und Balance seines Körpers auskosten wollte. Als er in die bergab führende lange Hauptstraße unter den wunderbaren Bäumen einbog, wurde in ihm all das wieder lebendig, was ihn mit Freude erfüllt hatte; der Wechsel von Licht und Schatten auf seinen Fahrten in Wiltshire oder, Jahre davor, in Moshi, in Tanganjika, der langsame Flossenschlag im Bett des Sees letzte Woche – all das – jedes winzige Detail, das einen frischen Abdruck wie in Lehm hinterließ – verschmolz im bewußten Erlebnis dieser Straße, dieses Ortes, zu einem Ganzen. Alles war unvermittelt und auf der Ebene eines konkreten Zustandes verifizierbar. Die präzise Würze der Trockenheit, wenn mehrere Monate lang kein Tropfen Wasser in den Staub gefallen war; das Schellen der Fahrradglocken, das in seinem Rücken die Luft zerzupfte; die Kinder, die nichts am Leib hatten außer Unterhemden und einen Maiskolben von Mund zu Mund weiterreichten; die Krähen, die außer Sichtweite krächzten. Ein ganz gewöhnlicher Morgen, der für ihn aber der sonnenbeschienene Platz war: das letzte Stück Welt, das der verurteilte Gefangene sehen durfte und sehen würde, solange er lebte.

Das Gericht war im ehemaligen Verwaltungsgebäude untergebracht, wo die Leute immer ihre Pensionen abgeholt und ihre Steuern eingezahlt hatten. Davor eine

Gruppe uralter, pfeifenrauchender Frauen. Ihre Körper, die, abgesehen von den zwischen ihren Eutern baumelnden Perlen, hüftaufwärts nackt waren, erhoben sich wie die von Schlangen aus dem Spiralwerk der Röcke, in denen sie dahockten. Sie schwiegen. Beamte, Nichtstuer, junge Männer in weißen Hemden und vor den Augen billige Sonnenbrillen streiften sie im Vorbeigehen. Er ging in den Raum, der noch immer wie ein Schulzimmer roch; dort oben auf der Rostra hatte er selbst einst gesessen und an der Karaffe, über die ein Glas gestülpt war, herumgefingert. Er saß auf einer der Bänke unter anderen Leuten, der einzige Weiße. Seine beiden Nachbarn unterhielten sich quer über seine Schultern hinweg, nicht unverschämt, sondern weil sie annahmen, er könne nicht verstehen, was sie sagten, und sei aus diesem Grunde nicht anwesend. Sie diskutierten über Geld, das einer der beiden oder beide gemeinsam verliehen hatten; es war offensichtlich, daß sie so eng miteinander befreundet waren, daß es keinerlei Rolle spielte, welcher es gewesen war. Sie hatten die gleichen Cowboy-Jeans, importiert von den indischen Händlern des Ortes, die gleiche Art japanischer Uhren mit dickem, vergoldetem Armband, und die gleiche Fertigkeit von Freiluft-Barbieren hatte ihr dichtes, oben abgeflachtes Haar *en brosse* getrimmt. Die drei Narben auf den Jochbeinen, die die Stammeszugehörigkeit anzeigten, trugen sie nicht auffälliger zur Schau als Impfnarben.

Dicht an dicht füllten Jungpioniere der PIP die ersten beiden Bankreihen. Die meisten waren kaum mehr als Jugendliche zu bezeichnen. Das Kraftpotential der Halbwüchsigen, das denjenigen, deren Hoffnungen nicht aufgegangen sind, weit über die Zeit erhalten bleibt, verriet sich in ihrer Körperhaltung und Rastlosigkeit. Sie starrten und scharrten, eisern und verdrossen. Ein paar von ihnen trugen die Kappen der PIP, andere das zerrissene Hemd des Müßiggängers der Familie, und einer hatte ein Transistorradio bei sich, vor dessen Inbetriebnahme ihn ein Gerichtsdiener warnte, der in quietschenden Stiefeln eigens deshalb den Saal durchquerte. Er hielt es weiterhin ab und zu an sein Ohr und vermied es nun bloß, vor den Augen des Gerichtsdieners an den Knöpfen zu drehen.

Die üblichen Bettler und Käuze, die sich nirgendwo sonst neben anderen Leuten akzeptiert fühlen, konzentrierten sich eifrig aufs Nichtstun; ein alter Mann hatte den besorgten, angestrengt aufmerksamen Blick, der Bray so vertraut war – eine Art auf alles übertragener Sorge auf dem Gesicht der Hilflosigkeit, die alle Schwarzen vor dem *boma* und dem Gesetz erfüllte. Er fragte sich, wer wohl die Bäuerinnen draußen im Freien waren; wahrscheinlich Verwandte der Minenarbeiter, die in den Fall verwickelt waren. Es gab noch andere, »respektabel« gekleidete Männer und Frauen aus den schwarzen Townships, bei denen es sich ebenfalls um Verwandte handeln mußte. Die vertraute Atmosphäre der Resignation und Autoritätsangst, die über den ländlichen Gerichten lauerte und die alle gleich machte, Unschuldige und Schuldige, erwachte wieder zum Leben, als die Angeklagten ein- und in Reih und Glied zur Anklagebank marschierten, mit der gleichen Langsamkeit, mit der sich der gleichzeitig eingeschaltete Deckenventilator in Bewegung setzte, um die abgestandene Luft zu zerschneiden. Der Gerichtssaal hatte sich gefüllt, und immer wieder blickten Gesichter aus der Menge, die sich draußen gebildet hatte, durch die Fenster herein. Man hörte sogar, wie das unregelmäßige Bum-pah einer Kapelle draußen plötzlich verstummte. Die elf Angeklagten waren zuviel für die kleine Bank, und wie Leute, deren Sitzplatzkarten fürs Theater durcheinandergekommen waren, drückten sie sich aneinander vorbei und wechselten Plätze, bis schließlich einigen von ihnen auf dem durch eine Balustrade abgetrennten Platz für die Rechtsanwälte Stühle zugewiesen wurden. Mit ihnen war eine Abordnung von Selufu-Leuten hereingekommen, die sich rund um die Zuschauergalerie postierten. Das Gericht erhob sich; der schwarze Richter kam herein und setzte sich vor der Karaffe nieder. Er war ein ehemaliger Lehrer und Bürogehilfe einer Rechtsanwaltskanzlei in einer anderen Provinz, und dann und wann bediente er sich eines Dolmetschers, der ihm ins Englische übersetzte, wenn er nicht sicher war, ob er die Nuance eines bestimmten Idioms aus dem Gala voll erfaßt hatte. Bray war ihm in Alekes Haus begegnet; ein fröhlicher, intelligenter Mann, der auf der Richterbank grämlich wirkte.

Aus der Hauptstadt war ein indischer Rechtsanwalt heruntergekommen, um die Verteidigung zu übernehmen. Die Männer auf der Anklagebank legten ihre stoische Solidarität einen Moment ab, um ihn sich genau anzugukken, wahrscheinlich hatten sie ihn noch nie zuvor gesehen. Die Anklage wurde verlesen. Während er ihr lauschte, strich er sich das glänzend schwarze Haar an den Schläfen zurück, so als wäre es noch von der Reise her in Unordnung. Mit seinem flüssigen, weichen Englisch mit Gujerati-Akzent forderte er auf der Stelle eine getrennte Durchführung der Verfahren; diejenigen der neun Männer, die der Ruhestörung und mutwilligen Beschädigung von Privateigentum angeklagt waren, sollten unabhängig von den zweien, die der Tätlichkeit und Verstoßes gegen das Landfriedensbruchgesetz bezichtigt wurden, behandelt werden. Dem Antrag wurde stattgegeben; die Verhandlungen wurden auf zwei verschiedene Tage ein oder zwei Wochen danach vertagt. Der Rechtsanwalt erhob Einspruch, weil ihm zu wenig Zeit für die Vorbereitung der Verteidigung bliebe; die Verhandlungen wurden auf noch spätere Zeitpunkte vertagt. Es wurde neuerlich eine Kautionssumme für die neun festgelegt – nicht aber für die beiden anderen. Die Jungpioniere ließen die Bänke knarren und erzeugten kehlige tlok!-Geräusche, die wie die Warnrufe bestimmter Vögel klangen. Noch mehr Gesichter hüpften vor dem Fenster auf und ab. Einer der beiden, die nicht gegen Kaution freigelassen wurden, war ein schlanker junger Mann, an dessen Hals sich die Muskeln wie bei einem männlichen Balletttänzer anspannten; immer wieder verdrehte er seinen Kopf, um sich einen gebieterischen Anstrich zu verleihen, und wie Michelangelos *David* blickte er unter gerunzelten Augenbrauen in die Runde. Jedesmal, wenn er das tat, ging eine Bewegung durch die beiden ersten Reihen – die Streitmacht dort schien unruhig zwischen seinem Blick und der Unbeweglichkeit von Selufus Polizisten abzuwägen.

Der Rechtsanwalt erhob Einspruch gegen die Ablehnung einer Kaution; der Vertreter der Anklage war unerbittlich. Der Richter schien keinem der beiden zuzuhören; er wiederholte, daß es keine Freilassung gegen Kaution geben werde. Das war alles. Als die Gefangenen hinausgingen, wobei sie ihre zahlenmäßige Stärke nutzten und ihren Abgang verlangsamten, stimmten sie ein

PIP-Lied an, und die zwei, die in die Zellen abwanderten, riefen Wahlsprüche, die alten Wahlsprüche aus den Tagen vor der Unabhängigkeit. Bray überließ sich dem Schieben und Stoßen der Menge im Gerichtssaal. Frauen in Sonntagskleidern öffneten bedächtig ihre Münder und brachen in ihr Klagegeheul aus. Der Richter schlug mit seinem Hammer auf den Tisch und resignierte, als man ihn nicht beachtete; sein Mund formte etwas, wahrscheinlich hieß es Vertagung, dann ging er hinaus. Ein weiterer Fall stand bevor, und während sich die Polizei zwischen den Bankreihen vorwärtsschob und hilflos auf und ab hüpfend zum Spiel der Wellen wurde, wurden die Beweisstücke – darunter ein Fahrrad, dem ein Rad fehlte – hereingebracht. Es war schwer zu sagen, ob die Bewegung durch die Tür hinaus von den Leuten verursacht wurde, die hereindrängten, oder von dem sich leerenden Gerichtssaal. Es war keine wütende, sondern eine seltsam selbstsichere Menge, die sich in ihren Gesprächen und Drängeleien unter Kontrolle hatte. Die heulenden Frauen standen noch immer dort, wo sie sich aus den Bänken erhoben hatten, und schwankten hin und her. Es war, als hätten sie ihn gezwungen, mit ihnen zu tanzen; er überragte körperlich alle, und während er hin- und hergeschoben wurde, konnte er alles beobachten. Die Leute von der PIP, die in das Lied der Gefangenen einstimmten und ihre Köpfe wie Hühner bewegten, während sie sich zwischen den Menschen durchdrängten, das verwirrte Gesicht eines alten Bettlers, die jungen Männer, die sich lebhaft von der einen Seite zur anderen drehten. Er hatte Lust zu grinsen: ein bebrilltes, weißes Totem, das lächerlich im Kielwasser der Hintern herumschwankte, die ihre Baumwollröcke großartig – wie

Glocken – hin- und herschwingen ließen. Langsam wurde er mitsamt der Meute, wie Wasser durch das Abflußloch einer Badewanne, durch die Tür hinausgezogen. Draußen trommelte die Drei-Mann-Kapelle, deren pathetisch-religiöser Takt der Heilsarmee abgeschaut war, zögernd drauflos. Das PIP-Kontingent ließ sich von den Zuschauern und den herumlungernden Gerichtssaalelementen in eine Diskussion verwickeln. Es war ein Kommen und Gehen der einzelnen PIP-Leute, die zwischen der Ansammlung und dem Gerichtsbüro hin und her liefen; alles wartete auf das Erscheinen der neun, nachdem diese ihre Kautionsformalitäten erledigt hätten. Als sie dann tatsächlich herauskamen, eher wie Schafe, wie Leute, die sich vor den Augen von Freunden noch ausschiffen, bevor sie ihre Reise überhaupt angetreten hatten, wurde die ganze Versammlung von der Polizei von den altmodischen offenen Veranden heruntergejagt und aus dem Hof des Gerichtsgebäudes vertrieben. Kurzfristig herrschte ein Zustand der Verwirrung, in dem sie sich hätte zerstreuen können, und dann marschierte jemand auf das unbebaute Grundstück auf der anderen Straßenseite, das unmittelbar an die Princess-Mary-Bibliothek angrenzte. Die Kapelle spielte weiter und trampelte hinüber. Die Jungpioniere der PIP improvisierten eine Versammlung; einen Moment lang blieb er neben den ungleich hohen Pfeilern des winzigen Parthenons mit dem Wellblechdach, das die Damen der British Empire Service League errichtet hatten, stehen, um zuzuhören. Der Sprecher stand auf einer hölzernen Lattenkiste, die irgendein Händler weggeworfen hatte und von den Leuten, die auf Brennholzsuche waren, noch nicht in Stücken weggeschafft worden war. Die PIP habe die

Freiheit gebracht, und Leute, die der PIP nicht gehorchten, seien Narren ... es gäbe nichts im Land, das nicht Sache der PIP sei ... Die PIP sei nicht die Weißen losgeworden, um sich von genauso schlechten Schwarzen sagen zu lassen, was sie zu tun habe ... Es sei zwar unerlaubt, über etwas zu sprechen, das vor Gericht gerade verhandelt werde, aber er wolle dennoch alle darauf aufmerksam machen – Leute, die sich gegen die Gewerkschaften stellten, stellten sich auch gegen die Regierung, und die PIP wisse, wie man mit ihnen zu verfahren habe.
Er wollte weggehen und wich einer Keilerei aus, die plötzlich entstanden war – ein Schlagabtausch zwischen jungen Männern, fliegende Steine. In der Flugbahn eines von ihnen stand er; es erwischte ihn seitlich am Hals; seine Hand fuhr hoch – die unwillkürliche Bewegung, mit der man nach einer Fliege schlägt. Eine vorbeigehende Frau sagte hastig: »Ach, entschuldigen Sie, entschuldigen Sie, *mukwayi ...*«
Der Stich förderte kein Blut zutage. Er hatte den Stein aufgefangen, als er in seinen offenen Kragen fiel; er steckte ihn in die Tasche.
Es kam in Gala an dem Tag zu einer Reihe nervöser Aktionen. Nicht alle schienen mit dem Prozeß zu tun zu haben, waren aber ein Ergebnis des gestiegenen Selbstvertrauens der Meute aus dem Gerichtssaal, das sich auf die Atmosphäre des Ortes ebenso auswirkte wie eine Hitzewelle auf die Bürger eines Landes mit kaltem Klima.
»Man sollte sie zusammentreiben und ihnen Zwangsarbeit im Straßenbau aufbrummen«, sagte Mr. Deal im Supermarkt ihm im Vertrauen, während er gerade sein eben gekauftes Pfund Schinken einwickelte. »Eine Bande von Rowdies, und keiner mehr da, der die Sprache mit

ihnen spricht, die sie verstehen. Alles, was sie gelernt haben, ist besser zu stehlen. Sie würden mir nicht glauben, wenn ich Ihnen erzähle, was für Einbußen ich habe, seit ich auf Selbstbedienung umgestiegen bin. Das Land ist einfach nicht reif dafür – dazu braucht es zivilisierte Menschen.«

Ein Mädchen hatte ihre paar kleinen Tomaten auf dem Gehsteig aufgereiht. Er kaufte gerade welche, als Gordon Edwards daherkam und ihm sofort vorschlug, im Fisheagle ein Bier zu trinken. Kein Schwarzer hatte es bisher gewagt, sein Gesicht in der Hausbar des Fisheagle zu zeigen; die Gäste plauderten über Gold und ein europäisches Autorennen, das am Abend zuvor im Fernsehen übertragen worden war.

Gordon Edwards erzählte eine amüsante Geschichte über einen seiner Freunde, der sich, nachdem er seinen Dienst auf einem Patrouillenboot auf dem Moçambique-Kanal, das Schiffe mit Ladung nach Rhodesien aufhalten sollte, quittiert und sich ins Privatleben zurückgezogen hatte, selber ein erfolgreicher Vermittler im Geschäft mit der Umgehung des Handelsembargos geworden war und Tabak aus dem und Maschinen ins Land gebracht hatte. Während Edwards redete, kehrte sein Blick immer wieder zu Brays Hals zurück. »Da hat Sie was gebissen.«

Sein Gesichtsausdruck gab zu verstehen, er habe es gar nicht bemerkt. Der Stein lag, inmitten des anderen Kleingeldes, in seiner Tasche – wie das, was früh am Morgen geschehen war, inmitten der belanglosen Witzeleien des Gesprächs in seinem Kopf lag.

Die neun Männer wurden schuldig gesprochen, sie bekamen eine Geldstrafe. Die beiden anderen wurden nie vor

Gericht gestellt; auf die persönliche Intervention des Präsidenten hin wurde die Anklage gegen sie fallengelassen.

Beinahe täglich wurden Unruhen in dieser oder jener Provinz gemeldet.

Jeder, der sich einen Fernsehapparat leisten konnte, verfolgte weiter die eingekauften Sendungen aus Amerika und England – Sport, Populärwissenschaftliches, alte Western und (wenn es sich um Weiße handelte) die Endlosserie der *Forsyte Saga.* Edna Tlume hatte einen Apparat gemietet, und für gewöhnlich fand sich während der Stunden, in denen der Sender in der Hauptstadt ausstrahlte, der gesamte Haushalt im verdunkelten Gemeinschaftswohnzimmer der Familien Tlume-Edwards. Einmal pro Tag gab es eine Nachrichtenübersicht (eine Zeitlang war Ras Asahe der Kommentator), aber der Sender konnte sich kein ständiges Team von Kameraleuten und Reportern für die Live-Aufnahmen von Ereignissen in der Heimat leisten. Der halbdunkle Raum – voll vom Plärren der Musik und dem Bellen der Tonbandstimmen, vom Geruch der ungewaschenen Kinder, des Currypulvers billiger Gerichte und von Nongwayes verschnittenem Tabak –, wo gerade ein Fußballspiel aus Madrid übertragen wurde oder ein Prozeß gegen Vietnam-Flüchtlinge, schien wirklicher als das, was in der Nachbarprovinz und im nächstgelegenen Dorf passierte. Das schwere Grün Galas hing davor und sperrte es aus.

Wenn seine Körpermasse den Eingang verdunkelte, stand Rebecca immer leise aus ihrem Leinenstuhl auf und stahl sich aus der Gruppe der Zuschauer davon; alle anderen blieben, ganz und gar in Anspruch genommen, zurück. Die beiden wurden nun selten von den Kindern belästigt; manchmal dachte er – und vergaß es auch gleich wieder –, daß er sie daran erinnern wollte, nicht zuzulassen, daß sie fernsehsüchtig würden. Sie saß da, ihre Kinder mit jeweils einem Körperteil in physischem Kontakt an sie gelehnt, das Kleinste manchmal schlafend in ihrem Schoß; was von ihr abstrahlte, war genug und mehr als ausreichend, dem entgegenzuwirken, was vor ihren Augen vorüberzog und wie ein Stein über die Oberfläche ihres Fassungsvermögens hüpfte. Er konnte das nachempfinden; er kannte die gleichbleibende Strömung ihres Körpers, seine beruhigende und energiespendende Wirkung. Nichts Böses konnte geschehen, solange man im Rhythmus dieses Fleisches atmete.

Der Ehemann, Gordon Edwards, war wieder abgereist. Er hatte nicht herausgefunden, ob sie mit ihm geschlafen hatte – würde es wohl auch nie; sogar in dem Augenblick, in dem er ihre Beine mit seinem Knie auseinanderschob und in sie eindrang, dachte er daran. Ihren Augen sah man es jedenfalls nicht an, als sie, wie sie es manchmal gerne tat, auf ihm lag und in sein Gesicht blickte – ihr Gesicht offen ihm zugewandt –, wie es nur Liebende tun. Sie beschwerte sich, daß seine Augen wegen seiner Kurzsichtigkeit während der leidenschaftlichen Umarmung völlig ausdruckslos waren und er vor ihr verborgen blieb. »Nie kann ich sehen, was du denkst.«

»In diesen Augenblicken denke ich nichts.« Sie aber war diejenige, die Geheimnisse hatte. Und doch waren ihre Löwinnenaugen (die eher braun wirkten, wenn sich ihre Pupillen erweiterten) nicht geheimnisvoll. Die kokette Lebendigkeit, die sie sich wie eine seltsame Form der Reserviertheit zugelegt hatte, als ihr Mann dagewesen war, war ebenfalls verschwunden. Es war klug von ihr gewesen, an jenem Morgen zu ihm zu kommen, weil es nun nicht das Problem gab, wie sie – sobald der andere wieder weg war – wieder zueinander finden würden: Es war schon geschehen, nie waren sie nicht beisammen gewesen – im praktischen, heimlichen Einverständnis der Freunde und der Umstände. Und doch war nichts »Raffiniertes« an ihr – in jenen Augen. Sie war einfach rückhaltlos *da,* nichts, das sie ihm vorenthalten, das sie vor ihm in Reserve gehalten hätte, nicht einmal ihre Geheimnisse. Also gab es ein Stadium, in dem man einander erreichen konnte und in dem selbst die Beziehungen, die jeder für sich zu anderen Personen hatte, zur Beziehung gehörte, die man zueinander hatte. Alles konnte das beinhalten, alles umfassen, nicht auf eine resignative Weise, sondern in einer subtilen Form von Begierde. Wenn ich für jede Form von Jungfräulichkeit, die an mir lächerlich wäre, zu alt bin, dann muß sie das auf ihre Weise ebenfalls sein. Es war schließlich nicht Naivität, die sie dazu imstande sein ließ, die Vorhänge für Olivias Ankunft herzurichten.

Er schrieb Olivia über die Streiks, die Aussperrungen und konfusen Ausdrucksformen der Unzufriedenheit, die – im Busch – die Form von Stammesreibereien annahmen. Er deutete nicht an, diese Atmosphäre sei der Grund dafür, daß sie nicht kommen solle. Aber keiner der beiden tat in seinen Briefen noch so, als käme sie. Er fragte sich nicht, weshalb sie, für ihr Teil, den Vorsatz fallengelassen haben sollte, denn – das war ihm ziemlich deutlich bewußt – es war ihm nur recht, daß sie es stillschweigend getan hatte. Er berichtete ihr von den Rindern, die aus Rache hingeschlachtet, von den Hütten, die niedergebrannt worden waren, und von der vorgeschlagenen Novellierung des Arbeitsrechts, das Streiks von Lehrern und Beamten für illegal erklärte. Sie schrieb von der wunderschönen Offizierstruhe, etwa aus der Zeit der napoleonischen Kriege, die sie und Venetia in einem Antiquitätenladen in einem Dorf aufgestöbert hatten, von einer Spritztour nach London, wo sie sich ein Stück über die inzestuöse homosexuelle Liebe zwischen zwei Brüdern angesehen hatten, das nicht habe aufgeführt werden dürfen, solange der Lord Chamberlain noch das Recht des Rotstifts gehabt hatte. Ihre jüngere Tochter Pat war zu Besuch aus Kanada dagewesen. Venetia und ihr Mann verbrachten viel Zeit im Haus in Wiltshire; Photographien des Babys, das lachend auf einer Blumenwiese lag, waren beigegeben. Er stieß immer wieder auf sie in dem Schrank, in dem Kalimo sie in einen zerbrochenen Aschenbecher gelegt hatte, und klemmte sie eines Nachmittags hinter die Ecken des Rahmens, in dem ohnehin schon ein Bild von Venetia mit dem Kind steckte, als Rebecca, übers ganze Gesicht strahlend und sehr erleichtert, hereinkam, um ihm zu sagen, daß alles in Ordnung sei und die Periode endlich eingesetzt habe. Sie war fast eine Woche überfällig gewesen. Sie nahm die Brille ab und küßte ihn, leidenschaftlich, dankbar: »Obwohl ich natürlich nach England fahren könnte, wenn es tatsächlich jemals passiert. Das halt ich mir immer vor Augen.« Er schenkte ihr Tee ein und strich ihr übers Haar. »England?«

»Hier ist es gesetzlich verboten, so etwas machen zu lassen.«

Also gab es diesmal kein Kind von ihm; aber es konnte

jederzeit dazu kommen. Er bemerkte, daß sie Angst davor hatte und diese Angst akzeptierte. Sie hatte ihm erklärt, sie könne die Pille nicht nehmen, weil sie davon dick werde.
Sampson Malemba und seine Frau wurden zum Abendessen erwartet. Man nahm es jetzt als selbstverständlich hin, daß Rebecca die Position der Frau des Hauses einnahm. Sie half Kalimo, sofern er das zuließ; Kalimo beschränkte Mahlopes Arbeit strikt auf den Bereich außerhalb des Hauses – Mahlopes Gemüsegarten versorgte den Haushalt von Tlume und Aleke ebenso wie den eigenen. Mrs. Malemba (die viel zu schüchtern war, als daß sie einen Weißen mit dem Vornamen angeredet oder ihn aufgefordert hätte, es bei ihr so zu halten) kam immer nur dann zu Bray, wenn er die Malembas alleine einlud. Sie war zufrieden, wenn sie, abgesehen von ihren extrem höflichen Antworten auf die Aufforderung, doch zu trinken und zu essen, überhaupt nichts zu sagen brauchte, und sobald aus dem Bündel mit dem Baby, das sie überall mitnahm, auch nur ein Mucks zu hören war, verschwand sie schon in die Küche, um es zu füttern oder zu beruhigen. Rebecca gelang es, sie ein wenig aus der Reserve zu locken; Rebecca war ohnehin eine Frau, die andere Frauen gut leiden konnten, aber zu jener Zeit war es für Bray und sie leicht, zu anderen Leuten nett zu sein. Sie waren zusammen am Morgen erwacht und würden, wenn sich alle für die Nacht verabschiedet hätten, zusammen in sein schmales Bett schlafen gehen; das war die Quelle einer überströmenden Großzügigkeit.
Das Erwachsenenbildungszentrum-plus-Handelsschule entwickelte sich überraschend gut. Sampson holte Be-

amte aus dem *boma*, die für ältere Leute in den Townships Kurse im Lesen und Schreiben abhielten. Bray hatte die unwahrscheinlichsten Leute aus der weißen Kommune dazu gebracht, in der Werkstatt der Gandhi-Halle Unterricht in den verschiedensten handwerklichen Fähigkeiten zu erteilen; mit einem ahnungsvollen, kaum selbst gedeuteten Schauder der Sorge begannen die Weißen zu denken, daß es vielleicht keine so schlechte Idee wäre, solange es nichts kostete, eine Geste der Kooperationsbereitschaft mit den Schwarzen zu machen, die jetzt alles kontrollierten. Im stillen setzte er auch auf das allgemeine, uneingestandene Vergnügen, das jeder empfindet, wenn er demonstrieren kann, was er weiß und beherrscht. Die Amerikaner hatten Geld und ein paar überraschend gut brauchbare Arbeitskräfte zur Verfügung gestellt – keine Angehörigen des Friedenskorps, sondern irgendwelche Quäker –, die Kurse im Montieren und Drehen, im Wickeln von Elektromotoren und für Fertigkeiten auf diversen anderen Gebieten abhielten, die den Erfordernissen der allerersten Anfänge einer Leichtindustrie in und um Gala entgegenkamen, und die sich auch in ihre Jeeps setzten, um aufs Land zu fahren und den Leuten beizubringen, wie man die schweren Landwirtschaftsmaschinen, die von Nongwaye Tlumes Abteilung zur Verfügung gestellt worden waren, bediente und wartete. Selbst Boxer war heruntergekommen und hatte seine Freude daran gehabt, in einem Intensivkurs über Viehzucht eine Woche lang ohne Unterbrechung reden zu können. Die Amerikaner besaßen ein Tonbandgerät, und die ganze Sache wurde zu weiterer und immer weiterer Verwendung konserviert; da Boxer auf gala gesprochen hatte, konnte es Leuten aus den entlegensten

Dörfern vorgespielt werden, weil sie es verstanden. Boxer wohnte bei Bray; Rebecca hatte natürlich wegbleiben müssen, nicht einmal ein frühmorgendlicher Besuch war möglich. Boxer war um fünf Uhr auf den Beinen und rumorte in seinem Zimmer. Er hatte jene altjüngferliche Junggesellengemütlichkeit mitgebracht, von der er meinte, sein Gastgeber teile sie: Man hatte das Gefühl, er denke, es wäre ideal, wenn sie ständig zusammenleben könnten. Er gehörte zu jener Sorte von Männern, bei denen das sexuelle Verlangen früh versiegt; vielleicht war er schon impotent? Er redete ohne Aufforderung über Shinza: Der ständige Ärger in der Eisenerzmine sei auf die Einmischung »Seiner Lordschaft« zurückzuführen, die im Wagen ihres »Schwiegerpas« aus den Bashi komme und die Leute anstachele. Der Sekretär der Bergarbeitergewerkschaft sei aus der Hauptstadt gekommen, um zu sehen, was los war, wer aber würde dem schon zuhören? – es seien alles Mpana-Leute, und sie hörten jedem zu, dem sie auf Mpanas Befehl zuhören sollten. Und Mpana hieß sie, auf seinen Schwiegersohn zu hören, auf Seine Lordschaft Shinza. Boxer gab die Tatsachen wie dörflichen Klatsch weiter.

Am Tag, an dem Boxer frühmorgens abfuhr, kam sie zur Mittagszeit, und sie schliefen miteinander. Der Mittagstisch wartete unter dem Schleier von Kalimos Moskitonetz. Während sie aßen, sagte sie, froh, den Besuch loszusein: »Wieso ist das ein derart deprimierender Mensch?«

»Weil er eine Vision von mir ist – ohne dich.«

Sie lachte, belustigt und empört zugleich. »Du! Als ob du jemals so sein könntest wie er!«

»Jeder hat eine ganz private Vorstellung von dem, was er

am anderen Ende der Skala sein könnte, ganz weit unten. Niemand sonst erkennt das, nur man selbst.«
Sie war voller Neugier. »Sehr komisch, daß du dich je mit *ihm* auf die gleiche Stufe stellen solltest. Diese private Vorstellung muß doch tatsächlich das Unwahrscheinlichste sein, das jemals eintreten könnte. Völlig verrückt.«
»Aber hast du denn keine?«
»Hab ich eine? Weiß nicht.« Einen Augenblick später sagte sie: »O doch. Schließlich bin ich ja deswegen aus der Hauptstadt fort.« Und nun war sie schwermütig, verträumt, während er redselig und hungrig war.
Das Zentrum erfüllte vielleicht sogar einen nützlichen Zweck; er arbeitete weiter mit Malemba daran, trotz all dem, was passierte. Es existierte weiterhin und erforderte weiterhin den tagtäglichen Einsatz, wogegen der Zusammenhang – des Landes und seiner Überlegungen –, in dem es stand, sich auflöste und ihm auf verschiedenen Ebenen wirbelnd und schwindelnd davongaloppierte. Die vertraute Zusammenarbeit in praktischen Dingen mit dem guten, soliden, vernünftigen Sampson Malemba, die aufmerksamen Gesichter, die sich vor der Gandhi-Halle beziehungsweise vor der umfunktionierten Polizeikaserne versammelten, der Jeep der Quäker, der die Wolke selbst aufgewirbelten Staubs hinunter in die Dörfer in der Steppe um den See oder in Richtung der Bashi trug – all diese nützlichen Unternehmungen fanden auf einer treibenden Scholle Festlands statt, auf der die Leute ihren Geschäften nachgingen, ohne zu bemerken, daß sich ihre unmittelbare Umgebung selbständig gemacht hatte und davongetragen wurde, ein Haus, das auf einer Flutwelle ritt, die Möbel noch immer an ihrem

Platz, und die Topfpflanzen noch immer auf den Fensterbänken. Was man selbst Tag für Tag tut, ist wirklich, dachte er; sie saß auf dem Bett unter der Leselampe, zupfte Hornhaut von ihren kleinen Zehen. (»Meine Winterhaut, die da heruntergeht – im Sommer, wo ich die ganze Zeit Sandalen trage, krieg ich sie nicht.«) Er erwachte in den kurzen Morgenstunden, und sein Kopf umriß die Fakten in der Klarheit des Dunkels. Shinza hatte immer auf seinen Einfluß in den fortschrittlichen Kreisen der Bevölkerung zählen können, bei den Arbeitern – aufgrund seiner Beziehung zu den Gewerkschaften. In der Hinterhand hatte er auch dank seiner Verwandtschaft mit der Familie des Obersten Häuptlings die Loyalität der Stämme – wenn sich Bray richtig erinnerte, war er sein Neffe. Hauptsächlich seinetwegen hatten die Lambala sprechenden Volksgruppen – Verwandte der Gala, die im ganzen Gebiet der Bashi verbreitet waren – von Anfang an in der PIP gehalten werden können. Durch seine Ehe mit der Tochter Mpanas mußte sich seine Anhängerschaft um vieles vergrößert und sein Einfluß nicht nur auf die beachtliche Gefolgschaft Mpanas zu Hause, sondern auch auf die verstreuten Tausenden, die immer schon ein Gutteil der Arbeiterschaft im ganzen Land gebildet hatten, erweitert haben. Mpana war der Mann, der zu Brays Zeiten in der Kolonialverwaltung zum regulären Stammesvertreter ernannt worden war, nachdem man den Obersten Häuptling, Nagatse, wegen Radikalismus und Unterstützung der im Entstehen begriffenen PIP abgesetzt hatte; mit der Unabhängigkeit war Nagatse abermals als Oberster Häuptling eingesetzt worden, während Mpana wieder zu einem ganz gewöhnlichen Häuptling geworden war, der ein Souvenir aus besseren Tagen besaß – seinen verbeulten amerikanischen Schlitten. Nun, derzeit fuhr Shinza diesen Wagen. Die Allianz war, abgesehen von der Heirat, eine logische Sache. Mpana und seine Leute würden Mweta die Degradierung sicher nicht vergeben; wie wenig das Anliegen Shinzas auch mit ihrer Angelegenheit zu tun haben mochte, wenn es zu Mweta in Opposition stand, würde es ihrer eigenen Sache dienen.

Und Shinza? Nagatse war einer seiner Konvertiten gewesen, sein »aufgeklärter Häuptling«, der vor einer nationalistischen Bewegung keine Angst hatte. Mpana war einer der regierungstreuen »braven Jungs« gewesen, ein Jasager, über den sich Shinza lustig gemacht hatte – das war seine dezidierte und großmütige Art, wenn er jemanden verachtete. Familiengefühle würden daran wohl kaum etwas ändern; Opportunismus aber allemal. Shinza hatte neuerdings überall höchst seltsame Freunde.

Manchmal, während er, umgeben von all diesen Fakten, wach lag, schien es ihm, als wäre Shinzas Namensliste ein potentes Sammelsurium – so wie er es in der Dunkelheit einschätzte. Er stellte dem Mweta gegenüber. Er konnte nicht entscheiden, was Mweta tun würde, tun sollte. Wenn ich Mweta wäre – aber das war's ja, er war es nicht. Er versuchte, sich von lebenslangen Vorurteilen zu lösen, die letzte Jungfräulichkeit über Bord zu werfen. Aber immer war da noch eins und noch eins – wenn er doch endlich schon beim letzten wäre! Durch die Nacht war sein Verstand befreit. Wenn es eine Revolution gab, die die Leute aus der Verschüchterung, Ausbeutung befreien und aus dem Kreidekreis, der von der falschen Macht gezogen worden war, entlassen konnte, wie weit konnte diese Revolution gehen, um sich selbst und das zu verteidigen, was sie für das Volk erreicht hatte? Wie lange noch, bis sie langsam aus den gleichen Mauern die Feldsteine zog und wieder zu jenen Waffen griff, die sie zerschmettert hatte; bis sie sie gegen die einsetzen würde, die sie Konterrevolutionäre nannte? Was waren Konterrevolutionäre? Shinza und Mweta waren beide Identitäten angeheftet worden – vom jeweils anderen. Shinza glaubte, Mweta habe die Prinzipien der Revolution verraten und sei deren Feind; Mweta glaubte das gleiche von Shinza. Und *er* wollte, sie hätten beide unrecht. Er wollte glauben, keiner der beiden würde sich mehr des Verrates schuldig machen, als es aufgrund der täglichen Abnutzung der an die Macht gelangten menschlichen Fehlbarkeit unumgänglich war, wenn sie zusammengingen. Genau als das definierte er es für sich selbst, um seinen Standpunkt, daß das, was er glaubte, einfach das Vernünftige war, nicht aufgeben zu müssen.

Manchmal, wenn die tote, stille Pause (Minuten? Stunden?) zwischen dem Nachlassen der Nacht- und dem Einsetzen der Vordämmerungsgeräusche vom schrillen Unisono der Vögel erobert wurde, die mit ihrem Tschilpen die Dunkelheit verjagten, ordneten sich die Fakten in seinem Kopf auf eine andere Weise. Die Bedeutung von Shinzas Allianz verringerte sich; Mweta brauchte Shinza bloß wieder neben sich einzusetzen, Mpana durch ein Provinzamt auszusöhnen, die Vorherrschaft der PIP innerhalb der Gewerkschaft zu brechen – es war zu machen. Und Shinza hatte gesagt: »Ich weiß immer ganz gerne, daß ich eine Chance habe zu gewinnen.« Mit seiner Namensliste der Alliierten – Mpana; vielleicht sogar ein paar von Nagatses Leuten; eine An-

hängerschaft in der Gewerkschaftsbewegung, deren Stärke und Größe man nicht schätzen konnte; diese wilde Geschichte mit Somshetsi, der auf der anderen Seite der Grenze saß – konnte er eine reale Chance haben?
Aber das bedeutete, es – bei geschlossenen Augen, da alles mit einem Mal präsent war – vorzuziehen, andere Fakten, Berge von Fakten, zu ignorieren. Tom Msomane, der Arbeitsminister, hatte eines Tages gesagt, die Unruhe unter den Industriearbeitern sei nicht auf »reale Forderungen«, sondern auf »Agitation« zurückzuführen, und hatte am nächsten Tag verzweifelt die Implikation zu vertuschen versucht, es gebe unter den Arbeitern etwas wie Unzufriedenheit in politischer Hinsicht. Wie viele der Streiks und Meinungsverschiedenheiten hatte Shinza, als Vater des Gedankens, angefacht? Man konnte ihm zuviel oder zuwenig anlasten. Und welchen Sinn hatte es zu glauben, Mweta brauche bloß die schwere Hand der PIP vom Rücken der Gewerkschaften zu nehmen – Mweta glaubte doch, am schnellsten ließe sich die Wirtschaft zum Wohle der Arbeiter und aller anderen Staatsbürger entwickeln, wenn man die Arbeitgeber-Investoren dadurch unterstützte, daß man ihnen eine willige Arbeiterschaft garantierte.
Umhüllt war dieses Firmament nicht miteinander in Einklang zu bringender Fakten von seiner eigenen Atmosphäre – Emotion, die es umschloß wie eine Speichelschicht, mit der ein Insekt sein zentrales Lebensinteresse umgibt, seine Eier; er ärgerte sich über Shinza, weil er dachte, Shinza habe recht, und ärgerte sich über Mweta, weil er nicht zugeben konnte, Mweta habe unrecht. Und gleichzeitig war er (war's jetzt vier Uhr früh, fünf?) bereit, sein eigenes Urteil wie einen Grabstein umzudre-

hen, um darunter bloß jene Dinge zu finden, die eben unter Steinen liegen.
Er stand auf, um im stickigen Badezimmer Wasser zu lassen. Er benutzte das Waschbecken und ließ das Leitungswasser leise als Spülung rinnen, um sie nicht durch den Lärm der Klosettspülung zu stören. Einmal drängte sich hartnäckig etwas in seine Gedanken, das Shinza gesagt hatte – »Man muß die Leute lehren, ›Haltet den Dieb!‹ zu rufen«. In welchem Zusammenhang hatte das gestanden? Shinza hatte gesagt: Schlag's nach. Er tappte den Gang zum Wohnzimmer hinunter und drehte das Licht an. Die Aschenbecher randvoll, kalt. Im Kamin Weinranken, und auf dem Tisch eine Tasse elenden Kaffees. Er war nackt und kniete, an den Fesseln die baumelnde, feuchte Berührung seiner selbst, während er das Regal mit den Regierungsnachlässen durchsuchte. Er hatte schließlich Fanon nach Afrika mitgenommen. Die Seiten der Taschenbuchausgabe hatten die Farbe unterschiedlich starker Nikotinflecken rund um einen Zigarettenstummel angenommen. Er fand die Stelle: »›Haltet den Dieb!‹ rufen. Auf seinem beschwerlichen Weg zum rationalen Denken muß das Volk ...« Er ging ein paar Zeilen zurück, um den Sinnzusammenhang zu erfassen. »... und doch schien davor alles andere so einfach zu sein: die Bösen waren auf der einen Seite, die Guten auf der anderen. Dem klaren, unwirklichen, idyllischen Licht des Anfangs folgt das Halbdunkel, das die Sinne verwirrt. Die Menschen müssen feststellen, daß die schändliche Tatsache der Ausbeutung ein schwarzes Gesicht tragen kann, oder aber ein arabisches; und sie stimmen das Geheul vom ›Verrat!‹ an. Dieses Geheul ist das Produkt eines Irrtums, und dieser Irrtum muß richtigge-

stellt werden. ›Verrat‹ ist nicht national, sondern sozial. Man muß das Volk lehren, ›Haltet den Dieb!‹ zu rufen. Auf seinem beschwerlichen Weg zum rationalen Denken muß das Volk auch seine allzu vereinfachte Vorstellung von den Herrschenden aufgeben.«

Er legte sich wieder ins Bett und lag wach da, während ihr Kopf auf seinem Arm lag und ihr Bein zwischen die seinen geglitten war; wenn sie irgendwo nahe an der Oberfläche des Wachzustands auftauchte, spürte er die Bewegung ihrer Lippen am Haar auf seiner Brust. All die Stunden während dieser Nächte, in denen er sich in einem Zustand inneren Aufruhrs befand, war er gleichzeitig in tiefstem Frieden. Es war ihm bewußt, daß er diese beiden Widersprüche ausbalancierte. Seine Mutter hatte einmal eine Freundin gehabt, die immer, wenn sich jemand plötzlich mit außergewöhnlichen Anforderungen konfrontiert sah, schadenfroh gesagt hatte: Jetzt weiß er, daß er lebt.

Er fragte sich, ob sie gewußt hatte, was sie da sagte.

Er sah die silbrigen Antennen der beiden Polizeijeeps, die, vollbesetzt mit Selufus Männern, durch Blatt- und Buschwerk dahinpeitschten. Es war Nachmittag, und er kam gerade aus einem Dorf zurück, das eines Tages zu den Vororten von Gala zählen würde. Das war der Weg herauszubekommen, was gerade los war: Man hielt Augen und Ohren offen. Er erwähnte es gegenüber Aleke, als er im *boma* vorbeischaute, und Aleke mußte, kaum daß er wieder aus dem Zimmer war, Selufu angerufen haben. Egal, am nächsten Nachmittag wußte jeder, was passiert war. Ein Arbeiter, der beim Eisenbahnbau arbeitete – nun schon vierzig Meilen vor Gala –, war getötet worden. Die anderen Arbeiter legten aus Protest gegen die Arbeitsbedingungen ihre Spitzhacken nieder; sie bedrohten die italienischen Vorarbeiter. Einer von ihnen fuhr, die Hälfte der Strecke im Busch, die andere Hälfte auf Waldwegen, nach Gala. Als Selufus Polizisten zur Baustelle kamen, stellten sie fest, daß die Leute aus der nahe gelegenen Ortschaft Kasolo, aus der die Gelegenheitsarbeiter für diesen Streckenabschnitt rekrutiert worden waren, den toten Arbeiter nach Hause geschafft hatten, um ihn zu begraben, und unmittelbar nach dem Begräbnis in einer Art Tobsuchtsanfall von Trauer weggegangen waren, um sich den Streikenden anzuschließen. Die Vorarbeiter hatten sich in dem Eisenbahnwaggon, in dem sie schliefen, verbarrikadiert; ein Güterwaggon war angezündet und Gerätschaften und Werkzeug waren in den Fluß gestürzt worden.

»Die Lage wird jetzt ein wenig heißer, vor dem Kongreß«, lautete Alekes Kommentar, so als wäre das nur zu erwarten gewesen. Er, Bray und Rebecca tranken Tee, um ihrem Aufenthalt in Alekes Büro einen Sinn zu geben. Nun, da Selufu ohne die besten Männer seiner kleinen Streitmacht war, war es in der Fischmehlfabrik und in den Ziegelwerken im Industriegebiet von Gala selbst zu obskuren Differenzen zwischen den Jungpionieren der PIP und den Arbeitern gekommen. Sie griffen nach Arbeitsschluß auf die Townships über, und im Triumphzug zog sogar eine Bande von Herumtreibern durch die Stadt und die Hauptstraße. Rebecca war ihnen auf der Heimfahrt begegnet; sie wiederholte: »Ich hupte, und sie machten mir irgendwie Platz, und dabei schrien sie die ganze Zeit, aber ich glaube nicht, daß es mir gegolten hat.« Vielleicht wollte sie hören, das sei tollkühn oder unverschämt frech gewesen; was sie in Frage stellte, war aber eher ihr eigenes Verhalten als das der Bande: Er sagte zu ihr: »Nun, du hättest das doch eigentlich verstehen müssen?«, und tat dabei so, als tadle er sie als ihr Sprachlehrer. »Ich hab bloß ungefähr so viel verstanden wie ›wir kommen‹« – und wiederholte zur Bekräftigung die entsprechende Wendung in Gala.

»Die Leute haben gern ein bißchen Aufregung, das ist alles. Zumindest war das heute morgen mein Eindruck.« Aleke war in das Township gerufen worden, um den Bürgermeister, Joshua Ntshali, auf einer Inspektionsfahrt zu begleiten. Selufu war kein Narr und überlegte, daß ein Auftauchen von Beamten in Zivil und der städtischen Autoritätsträger nicht nur seinen Mangel an polizeilichen Ordnungskräften kaschieren, sondern sogar den Eindruck entstehen lassen könnte, die Präsenz von Polizisten sei überflüssig. »Eine Menge Leute blieb grundlos daheim, anstatt zur Arbeit zu gehen – wir sahen sie vor den Häusern herumstehen, und dabei hätten sie da schon weg und an ihren Arbeitsplätzen sein sollen. – Leute, die nichts mit der Fischmehlfabrik oder den Ziegelwerken zu tun haben. Einer behauptete, er habe sich den Tag freigenommen, weil seine Frau und seine Mutter nicht alleine zu Hause bleiben wollten. Die Frau eines anderen ließ ihn nicht weg, weil sie Angst hatte, er würde in der Stadt in Streitereien hineingezogen werden. Und so fort. Es ist lächerlich. Josh hielt ihm einen Vortrag, der alles enthielt, angefangen davon, wie man seine Frau in die Schranken weist, bis hin zu seiner Verantwortung für das Wohlergehen der berühmten Stadt Gala. Es stellte sich heraus, daß er im Schlachthof die Tiere ausweidet.«

Aber im Arbeiterheim, dem großen, neuerrichteten Block auf dem Hügel, der ehedem das weiße Gala vom Stadtteil der Eingeborenen getrennt und diesen außer Sichtweite gehalten hatte, gab es mehr als nur Aufregung. »Wenn diese Jugendlichen Arbeitslose sind, die sich den Jungpionieren anschließen, wieso leben sie dann da?« fragte Bray. Das Arbeiterheim sollte eigentlich unverheirateten Männern, die in der Industrie und in Projekten der öffentlichen Hand tätig waren, Unterkunft bieten.

»Genau das hab ich auch zum alten Ntshali gesagt. Es ist eine städtische Einrichtung. Dieses Heim ist voll mit Leuten, die kein Recht darauf haben, dort zu sein – sie haben keine Jobs, sie ziehen einfach ein und teilen dann mit ihren Verwandten, die in der Stadt arbeiten, die Zimmer.«

»Dann sollte die PIP sich von ihnen distanzieren.«

»Die PIP distanziert sich nicht von unseren Leuten«, sagte Aleke.

»Mein lieber Aleke, die PIP kann und tut es – was ist zum Beispiel mit den Arbeitern in der Erzmine, die sich gegen die Gewerkschaft gestellt haben?«

Aleke gab es lächelnd zu und enthielt sich jeglichen Urteils. »Dieses Heim war sowieso ein schlechter Einfall, ganz egal, von wem er stammt.«

»Natürlich. Erinnert zu sehr an ein Arbeitslager. Das haben Leute geplant, die sich noch immer zu sehr von der Vorstellung von Wanderarbeitern leiten ließen.« Und für Rebecca fügte er hinzu: »Die letzte weiße Stadtverwaltung vor der Unabhängigkeit; es ist ihr Kind.«

»Stimmt vermutlich«, sagte Aleke. »Was soll man unternehmen, damit alle darüber unterrichtet werden, daß ab heute nächtliches Ausgehverbot besteht – in einem Ort, wo's keine Zeitung gibt? Selufu besteht darauf, daß wir für ein oder zwei Tage ein Ausgehverbot verhängen.«

Rebecca sagte: »Das Radio?«

»Hm, nein ... ich weiß nicht.« Beide, Aleke und Bray, kannten die Einwände dagegen; man wollte nicht im ganzen Land den – kaum realistischen – Eindruck verbreiten, in Gala herrsche der Notstand.

Er sah Aleke an. »Es wird allerdings wahrscheinlich in den Nachrichten sein – Ausgehverbot verhängt, und so weiter.« Aber das war etwas anderes, als wenn man über das Radio an das Volk der Gala den ausdrücklichen Befehl richtete, eine Warnung, die alle anderen hören würden.

»Selufu möchte einen Lautsprecherwagen herumfahren lassen.«

»Das ist zweifellos das beste.«

»Aber er hat keinen Polizeiwagen übrig – die sind alle im Busch und oben bei der Eisenbahn.«

»Was werden Sie tun?« sagte Rebecca. Sie kam herüber und stellte sich neben Bray. Sie blickten hinauf auf den gepflegten Garten des *boma* (Hibiskus war anstelle des Christusdorns gepflanzt worden, der sich in die Zehe eines der Kinder Alekes gebohrt hatte) und hinab den Hang, auf dem die Stadt erbaut war, die der Kumulus aus Immergrün halb verdeckte, bis dorthin, wo der Markt mit seinen gemüsefarbenen Flecken lag, ein kopflastiger, verblassender gelber Bus mit Leinenplanen anstelle von Türen auf dem offenen Gelände der Busremise wartete, und zum Garten des Warenhauses von Parbhoo mit seiner Fünf-Rosen-Werbung auf dem Dach und der ansehnlichen Reihe hockender Frauen und Kinder vor der

Klinik – all das lag vor ihnen. Die üblichen Fahrräder und Fußgänger bewegten sich auf der Straße; die Fahrräder holperten das Stückchen hinunter, wo die fünfhundert Meter Asphalt, die vor dem *boma* verlegt worden waren, in eine von Fahrrinnen durchzogene Senke übergingen und im Lehm endeten. Er hatte das Gefühl – parenthetisch, präzise –, daß sie beide plötzlich gleichzeitig an den See dachten. Der See mit seinem sich aufwölbenden Horizont, über den schwarze Einbäume zu einem herabglitten. Der See, still wie der bleiern-heiße Himmel.

Aleke sagte: »Mir den von der PIP ausborgen, vermutlich. Die sind die einzigen, die einen haben, der fertig ausgestattet und fahrbereit ist.«

Aus irgendeinem Grund wollte Rebecca, daß er zum Mittagessen ins Haus der Tlumes kam – für gewöhnlich holte sie eilig die Kinder von der Schule ab, um ihnen zu essen zu geben, es sei denn, sie gingen zufällig zu Schulfreunden nach Hause, so daß sie zu ihm kommen konnte. Ohne sich weiter darüber Gedanken zu machen, sagte er ja, weil er um die Mittagszeit im *boma* einen Anruf von Joosab erhalten und ihn nun aufzusuchen hatte, wobei ihm schon von vornherein klar war, was es mit der dringlichen und im Entschuldigungston ausgesprochenen Einladung auf sich hatte. Und tatsächlich, I.V. Choonara von der Islamischen Gesellschaft hatte sich in Joosabs Schneiderei eingefunden. Dort brachten, zwischen Bügelbrett, Nähmaschine und dem Tresen mit der an einem Bindfaden befestigten langschnäbeligen Schere, die beiden älteren Herren »die Sorge der Kommune« bezüglich Gandhi-Halle und -Schule »zum Ausdruck«. Dort hielt er zweimal die Woche seinen Kurs für die

Ortsparteistelle der PIP ab – über die notwendige ökonomische Basis panafrikanischer Vorhaben. Die Mitglieder des Islamischen Komitees stellten sich die Frage, ob es zum gegenwärtigen Zeitpunkt klug sei, daß sich die jungen Männer gerade in der indischen Schule träfen ... Was sie tatsächlich sagen wollten, war, daß sie die Schule und Werkstätten für das Erwachsenenbildungszentrum so lange schließen wollten, wie es diese Unruhen gab. Es überraschte ihn nicht; obwohl er insgeheim an der Wahrscheinlichkeit zweifelte, daß diese PIP-Klasse unter den gegebenen Umständen hier auftauchen würde. Bei einigen indischen Läden waren, wie er am Morgen festgestellt hatte, die Holzrollos nicht aufgezogen worden.
Rebecca und das Sammelsurium aus schwarzen und weißen Kindern, das sie von der Schule mit zum Haus der Tlumes gebracht hatte, saßen schon bei Tisch. Es gab Limonade und Kuchen. »Sie bestanden darauf, daß du mit dabei bist«; er begriff, daß es sich um ihren Geburtstag handelte, und nicht um den eines der Kinder. »Hätte ich wissen müssen, wann du Geburtstag hast?« Sie lachte – »Ich glaube, ich hab's dir einmal gesagt. Als ich dein Sternzeichen wissen wollte.« »Meins sind die Fische«, sagte der Kleine, Clive.
Er durfte ihr – weil sie Geburtstag hatte – vor den Kindern einen Kuß geben. Obwohl sie ein schlechtes Gewissen hatte, weil sie ihn zwang, die geräuschvolle und nicht besonders genußreiche Lunchparty mitzumachen, fühlte sie sich eher glücklich und geschmeichelt, im Mittelpunkt der Aufmerksamkeit der Kinder zu stehen. Sie hatten Geschenke für sie – Zeichnungen und bemalte Objekte aus Gips, die sie in der Schule angefertigt hatten. Clive erinnerte sie an Daddys Geschenk oben auf der

Garderobe. Eine aufwendig verpackte Schachtel, in der ein durchsichtiger Stein an einer silbernen Kette lag. Es war eins der Dinger, die aus Ceylon kommen und von indischen Juwelieren in Daressalam oder Mombasa gefaßt werden. Suzi zwang sie, es anzulegen, und während der ganzen Mahlzeit baumelte es an der Stelle, an der ihre Brüste im Ausschnitt ihres Kleides gegeneinandergepreßt wurden. Sie mußte das Päckchen eigens aufgehoben haben, um es an ihrem Geburtstag zu öffnen.

Ob nun Selufu danach geschickt hatte oder nicht – am Nachmittag tauchte jedenfalls von anderen Polizeiposten rund um die Stadt Verstärkung auf. Verwirrt und staubig standen sie mit der gesichtslosen Autorität von Fremden an den Straßenecken vor der amerikanischen Bar, vor den Stiefelputzern und den Ständen der Fahrradmechaniker zwischen den gigantischen Wurzeln der Mahagonibäume entlang der Hauptstraße, unter dem Sklavenbaum im Industriegebiet der Stadt. Er war auf der Suche nach einem hübschen Geschenk für Rebecca und machte die Runde, aber es gab keinen einzigen Platz, an dem er nicht auf sie gestoßen wäre.

Was konnte ein Mensch in Gala schon auftreiben? Er fuhr sogar zurück zu Joosab, um sich bei ihm zu erkundigen, ob er nicht irgendeinen der indischen Läden wüßte, in dem ihm außer japanischen Baumwollstoffen nichts vorgelegt worden war, der aber irgendwo noch für die Hochzeit einer Tochter einen eleganten Seidensari versteckt haben mochte. Aber es gab gar nichts; nicht einmal ein Flacon mit gutem französischem Parfum in der Drogerie – »kein Bedarf für so was«. Schließlich kaufte er einen Lederkoffer für sie, der in einem Hinterzimmer der Abteilung für Herrenausstattung in Deal's

Supermarket aufgestöbert wurde; es war das einzige schöne Geschenk, das in ganz Gala aufzutreiben war, und mußte schon jahrelang dagelegen haben, zu teuer, als daß es sich hätte verkaufen lassen – und, eingewickelt in eine billige Reisedecke, hatte es seit der Zeit vor seinem Weggang von hier, vor zehn Jahren, da gewartet. Er trug ihn zum Volkswagen, nicht ganz zufrieden, aber er war besser als nichts, und bevor er die Straße überquerte, mußte er stehenbleiben, um den Lautsprecherwagen der PIP vorbeizulassen. Eine verschüttete Stimme plärrte furchteinflößend etwas, das zwar unüberhörbar, dessen Inhalt allerdings unverständlich war. Frank Rogers, der Besitzer des Getränkeladens und der Fisheagle Inn, ehemals Bürgermeister von Gala und Mitorganisator der Intrige, die zur Rückberufung des D. C. geführt hatte, stand wartend neben ihm. Das Gelb von Rogers Zähnen war ebenso verrostet wie das seines blonden Haars. Er grinste. »Daß Sie uns nicht einfach wieder abhauen, Bray, hm?«

»Abschiedsgeschenk für einen meiner Mitarbeiter im Bildungszentrum.«

Natürlich wissen alle, daß Bray eine Frau hat – zuerst hat er zu den wilden Typen unter den Schwarzen gehalten, jetzt kommt er wieder und sucht sich, weit weg von irgendwelchen Scherereien zu Hause, ein Flittchen. Das finden Weiße wie er so toll – zu tun und zu lassen, was einem paßt, die Schwarzen kümmert das ohnehin einen Dreck. – Er wußte, daß man die alten Gerüchte, er halte sich eine schwarze Geliebte, wieder aufgewärmt hatte, sobald er nach Gala zurückgekehrt war – die empörten Weißen projizierten sämtliche Sehnsüchte nach den eigenen Hinterhöfen auf diejenigen, die mit ihnen wohl die

Hautfarbe, nicht aber die politische Überzeugung teilten. Würde sich die unzweifelhafte Existenz einer weißen Geliebten weniger als Schandfleck erweisen als das Hirngespinst einer schwarzen? Es wäre amüsant gewesen zu erfahren, ob man eine weiße Geliebte für ein kleineres oder größeres Zeichen der Degeneration hielt.

Und würde Olivia, auf ihre Art, eine Schwarze weniger ausmachen als eine Weiße? (Sie wußte von dem bezaubernden schwarzen Mädchen, an dem er vor seiner Heirat in Daressalam so sehr gehangen hatte.) Würde sie ein schwarzes Mädchen in Hinblick auf ihn verständlicher finden? Nicht weil sie der Meinung war, schwarze Frauen würden auf ihrer Ebene nicht zählen, sondern weil sie selbst viele von ihnen schön gefunden hatte und sich gut vorstellen konnte, daß ein Mann bei Negerinnen bestimmte Qualitäten entdecken würde, die die westlichen Frauen gegen die Emanzipation eingetauscht hatten. Auch das zu wissen wäre interessant gewesen; andererseits aber – er würde es nie wissen. Olivia würde niemals etwas von der Existenz dieses Mädchens erfahren, niemals leiden. Diese Tatsache schien unanzweifelbar, während er gleichzeitig mit diesem Mädchen zusammenlebte und es keinen Plan oder Gedanken gab, in den er ihre Gegenwart nicht einbezog. Die Vorstellung, das Mädchen »aufzugeben«, existierte nicht; und doch akzeptierte er gleichermaßen, daß Olivia unverletzt, unberührt, in der Gegenwart einbalsamiert bliebe. Sein ganzes Leben lang hatte er nach dem Vernunftprinzip gelebt; jetzt herrschte die Unvernunft, und paradoxerweise war er erlöst; heil; eine Schlange, die sich in den Schwanz biß. Eine Erklärung? Die Sache war die, daß er nicht die Notwendigkeit empfand, von sich eine Erklärung zu fordern. Überhaupt keine.

Tom Msomanes Staatssekretär im Arbeitsministerium flog nach Gala, um sich ein Bild von der Eisenbahngeschichte in Kasolo zu machen, und landete auf dem Flugfeld in der Nähe des Gefängnisses, beobachtet von barbäuchigen Kindern. Aber da war die ganze Sache bereits beigelegt. Drei Männer, die der Versenkung von Staatseigentum in den Solo-Fluß angeklagt waren, erwarteten ihren Prozeß, und die übrigen waren wieder an ihre Arbeitsplätze zurückgekehrt; nur der Italiener, der, um Hilfe zu holen, durch den Busch gerattert war, weigerte sich zurückzukehren. Der Staatssekretär wurde in der Ortschaft Kasolo mit einem großen Bierumtrunk willkommen geheißen und hielt eine Rede, in der er die Dorfbewohner darüber aufklärte, wieviel mehr Geld und Arbeit für den Bezirk die Eisenbahnlinie mit sich bringen würde.

Während seines Aufenthaltes in der Umgebung war Staatssekretär Caleb Nyarenda bei den Alekes zu Gast. Er war ein kleiner, lebendiger Mann mit buschigem Haar, der hinter seiner gepflegten Hand ausgiebig rülpste, während er starken Tee trank und Anekdoten aus den Tagen erzählte, als er in der Hauptstadt Geldeintreiber eines Bestattungsinstitutes gewesen war. Vielleicht hatte er in seinem Umgang mit Menschen noch immer zuviel von jener taktvollen Nur-bis-zur-Tür-und-nicht-weiter-Art; er bemerkte, die Dorfbewohner in Kasolo seien sehr freundlich gewesen, aber »keiner von ihnen kam zu mir, um mir zu erklären, was wirklich vorgefallen war. ›Ach, die Sache, letzte Woche‹« – er demon-

strierte, wie sie es abgetan hatten – »schließlich bin ich nicht zu einer Hochzeit hier heraufgekommen.«
»Nun, sie waren einfach erfreut, Sie zu sehen, das ist alles«, sagte Aleke. »Die Menschen haben gerne das Gefühl, daß die Regierung von ihnen Notiz nimmt.«
»Einen von diesen riesigen Erdfressern in den Fluß hineinzubugsieren ist ein seltsamer Versuch, zur Notiz genommen zu werden!« Nyarenda suchte lachend nach Bestätigung.
Jemand erwähnte den italienischen Vorarbeiter, der sich noch immer in Gala aufhielt und den ganzen Tag hinter seiner dunklen Sonnenbrille auf der Veranda des Fisheagle Inn Beobachtungen machte, während er selbst, das an einem Halskettchen blitzende Kreuz über der behaarten Brust im offenen Hemdausschnitt, unbeobachtet blieb. Bray sprach ein wenig Italienisch und war betont freundlich, wenn er zufällig vorbeiging. Der Vorarbeiter erzählte ihm, er wolle per Anhalter in die Hauptstadt, sobald er seine Sachen von der Baustelle zurückbekommen hätte; dann würde er heim nach Foggia fahren, und wenn die Gesellschaft wolle, dann solle sie ihn ruhig verklagen. »Er sagte, die Jungfrau Maria habe ihm einmal das Leben gerettet, aber man könne nie wissen, ob sie es wieder tun würde. ›Ob sie es rechtzeitig noch einmal tun würde‹, war eigentlich der genaue Wortlaut.«
»Das ist der Mann, der mir gestern im Supermarkt den Einkaufswagen geschoben hat.« Agnes Aleke trug die Perücke und hatte – was sie nur bei besonderen Anlässen tat – den ganzen Tag für den Staatssekretär Augen-Make-up aufgelegt, nicht aus dem Wunsch, ihm zu gefallen, sondern weil sie in der entlegenen nordwestlichen Provinz einen gewissen Standard aufrechterhalten wollte.

»Hat er denn nicht begriffen, daß Sie Regierungseigentum sind?« Nyarenda war schnell.
Agnes stand da, die Hand in die Hüfte gestützt. »Ich kann Ihnen nur soviel verraten: Das war das erste Mal, daß ein Weißer angeboten hat, mir irgend etwas zu tragen.«
»Und die Schwarzen?« sagte Edna Tlume mit ihrer sanften Stimme.
»Ach *die.* Fang mir bloß nicht von denen an. Da erwartet man es ja nicht einmal.«
Während die Witzeleien weitergingen, konzentrierte sich Aleke in seiner halblaut geführten Unterhaltung mit Bray wieder auf die Dorfbewohner von Kasolo. Er hatte Nyarenda natürlich begleitet. »Sie wünschen sich dort einen Damm, hat man mir gesagt, aber mit ihm wollten sie nicht darüber sprechen. Ich fragte, weshalb, aber sie sagten, er sei ein Mso, weshalb sollte der bei der Regierung ein Wort dafür einlegen, daß für die Gala ein Damm gebaut wird? Verständlich, daß er darauf schaut, daß dort für die Leute Dämme gebaut werden, wo er herkommt.« Aleke zuckte die Achseln und lachte.
»Aber warum hat denn nicht *er* die Sache angesprochen?«
»Woher soll er denn wissen, was die wollen?«
Das war Alekes System, alles schön auf sich beruhen zu lassen. Wenn die Ordnung wiederhergestellt war und die Leute ein wenig stolz darauf waren, einen wichtigen Vertreter der Regierung bewirtet und unterhalten zu haben, selbst wenn sie zu ihm persönlich kein Vertrauen hatten, weshalb sollte man dann ihre Aufmerksamkeit wieder auf ihre Unzufriedenheit lenken? Nun, und wenn der Dammbau zwar besprochen, dann aber nicht durchge-

führt wurde, dann wäre Aleke der Mann, der mit der Unzufriedenheit fertig zu werden hatte.

Auch das Township von Gala beruhigte sich wieder; Mr. Choonara erklärte sich damit einverstanden, daß die Gandhi-Schule wieder geöffnet und dem Zentrum zur Verfügung gestellt werden sollte. Bei der Eisenerzmine gab es weiterhin Ärger dieser oder jener Art. Die Phosphatminen in der östlichen Provinz drohten mit wilden Streiks. Einer brach unter den Arbeitern und Fahrern der Reparaturwerkstätte der Transportfirma aus, die Post und Zeitungen nach Gala brachte. Eine Woche lang war Gala ohne Zeitungen, und die Briefpost kam mit großer Verspätung. Trotz (oder vielleicht aufgrund ihres Schweigens?) der unregelmäßigen Postsendungen erhielt Rebecca einen Brief von ihrem Mann. Er hatte seine Meinung darüber, ob die Kinder ins Internat gesteckt werden sollten oder nicht, offenbar geändert und sie in einer Schule in Südafrika einschreiben lassen.

»Ist er dort gerade?«

»Geschrieben hat er aus Windhoek, die Schule ist aber in Johannesburg.«

»Und der Kleine?« sagte Bray. Der mit dem Gesicht des Vaters; für die Schule zweifellos noch zu klein – erst fünf.

»Er wird bei Gordons Schwester bleiben. Eine Zeitlang. So stellt er sich das mehr oder weniger vor. Sie hat Zwillinge in seinem Alter. – Dann kriegt ihn Gordon ab und zu zu sehen.«

Er sagte zu ihr: »Wollte er denn nicht, daß du auch kommst?«

Sie hatte eine schüchterne, trotzige Art, eine Gefahr zu vertuschen, die überstanden war. »Ja, er wollte, daß wir alle von hier wegziehen – aber ich hab ihm erklärt, ich könne unmöglich einen Vertrag brechen, und dazu kommt auch noch das Geld – und obendrein das Geld vom Haus. Ich kann das alles einfach nicht von einer Minute zur anderen stehen- und liegenlassen ...«

»Was für ein Haus?«

»Das Haus in Kenia – als wir heirateten, hat uns mein Vater ein Haus gebaut. Wir haben es letztes Jahr verkauft, und es ist uns gelungen, das Geld herauszuschaffen und hierherzubringen. Aber von hier kann man derzeit kein Geld nach Südafrika transferieren.«

»O mein Gott.« Er sah sie schon in Johannesburg stranden, und Gordon Edwards, weit weg, im Busch von Moçambique, sorgte indessen dafür, daß er Eis für seinen Whisky bekam; und er selbst unerreichbar. Es war eine jener Zukunftsvisionen des Elends und Verlassenseins, die man als Kind beim Anblick eines auf der Straße schlafenden Bettlers hat.

»Was sagt er?«

»Was mich betrifft?« Ihre Stimme klang zögernd. »Aber ich hab's ihm *gesagt.* Ich könne unmöglich kommen. Ich müsse bis zum Auslaufen meines Vertrages hierbleiben. Zumindest kann ich nicht weg, bevor Aleke nicht jemand anders gefunden hat.«

Ihr Kinn war entschlossen, aber ihre Augen, die er mit seinem Blick festhielt, waren ihm ausgeliefert – wie Hände, die angesichts eines Pistolenlaufs schweigend in die Höhe gehen.

Sie besprachen weiter die praktische Seite der Abreise der Kinder.

In dieser Nacht begann sie, noch während sie sich liebten, zu weinen. Er hatte sie noch nie weinen sehen. Die

Tränen, wie sein Same herausströmend, tröpfelten in ihr Haar und in die Vertiefung am Ende seines Halses. Er tastete mit der Hand, um sich zu vergewissern, und als er seine Finger wegnahm, waren sie naß wie von einer Wunde, die er nicht gespürt hatte. Sie begrub nicht ihren Kopf, versteckte nicht ihr Gesicht; sie lag in seinem Arm auf dem Rücken. Er dachte an den kleinen Jungen und sagte: »Ich weiß, ich weiß.« Er wischte sich die Tränen am Körper ab. Weil sie nicht zu den Frauen gehörte, die weinten, wurde sie einen Augenblick lang genau wie jene, die er gekannt und die es getan hatten, und er hatte nichts zu bieten, außer den üblichen Tröstungen – er küßte ihre Augen und ließ seine Zunge über ihre Lider gleiten. Sie sagte: »Er ist so selbständig, aber trotzdem ... klein, nicht wahr?«
Er brachte ihr ein Aspirin und ein Glas Wasser, und sie schlief ein und schnarchte ein wenig, weil sie geweint hatte. Er wurde innerlich in Stücke gerissen. Sie würde mit ihren Kindern gehen. Er würde es ihr befehlen. Er hielt sie, und die Strömung ihres Körpers trug ihn, als hätte sich nichts verändert, schließlich in den Schlaf.
In der Früh verschliefen sie, und es war unmöglich, jetzt ein Gespräch anzufangen. Am Abend würde sie nicht zu ihm kommen können; Nongwaye war draußen im Busch, und Edna hatte Nachtdienst, also mußte sie bei den Kindern schlafen. Er ging zum Abendessen hinüber, aber wieder bot sich keine Gelegenheit – es war Freitag, und die Kinder durften ausnahmsweise länger aufbleiben. Er und das Mädchen spielten mit ihnen »Reise nach Jerusalem«. Sie war voller Späße und glücklich, und als die Kinder zu Bett gegangen waren, war nicht der Zeitpunkt, sie wieder traurig zu machen. Sie war glücklich,

weil Ednas Mutter kommen würde, um am Tag darauf nach der Familie zu sehen, und er hatte versprochen, mit ihr allein an den See zu fahren. Mit jedem Tag wurde es noch schwieriger, das zu sagen, was er zu sagen hatte. Bei jeder Fahrt an den See erlebten sie aufs neue, was sie beim ersten Mal, als nur sie beide dort gewesen waren, erlebt hatten. Sie fuhren zur Insel – sie nahmen jetzt immer die Tauchausrüstung mit –, und sie fing ihren ersten Fisch. Es war Frühling; die Hitze, die sich zwei Monate vor der Regenzeit aufbaute, setzte schon ein, und er mußte den Einbaum an Land ziehen und ihn an den Felsen so ausbalancieren, daß er einen Schatten warf – der Baobab hatte noch keine Blätter ausgetrieben. Dennoch war der Hitzestau um ein Uhr mittags umwerfend. In ihre Schattendeckung zurückgezogen, sprachen sie in einer angeregt vertraulichen Stimmung, die sich bei ihnen immer einstellte, wenn sie am See waren. Einmal sagte sie: »... und als es mir hundeelend ging, weißt du. Es war in Wirklichkeit, daß es mir im Grunde kaum etwas ausmacht. Schrecklich, nicht wahr. Ich freu mich auf dich, und ich ... sie nicht in der Nähe zu haben, bloß ... Das Problem ist, daß ich bei der Vorstellung, daß wir beide allein hier zurückbleiben, vor Freude bersten könnte –«, und einen Augenblick lang begriff er nicht ganz, was sie sagen wollte – er selbst hatte, inmitten der Vertrautheit und den Freuden dieses Tages, vergessen, was es war, das er sagen mußte.

Und so blieb es ungesagt; es war unnötig.

Die Kinder verließen Gala im Auto des Ärzte-Ehepaars, das von den Vereinten Nationen leihweise als Berater für den staatlichen Gesundheitsdienst zur Verfügung gestellt worden war. Es waren alte Freunde Rebeccas, noch aus

ihrer Zeit in dem oder jenem afrikanischen Staat, die nach einer Reise zu den Kommunen am See in die Hauptstadt zurückkehrten. In der Hauptstadt sollte Vivien die Kinder der Obhut eines ihrer Freunde übergeben, der denselben Flug nach Johannesburg gebucht hatte.
Während der letzten Tage vor der Abreise der Kinder war Rebecca manchmal traurig – diesmal vielleicht tatsächlich, weil sie sich von ihnen trennen mußte. Wegen der Bedeutung, die die Kinder der Aussicht, zu ihrem Vater zu fliegen, zumaßen, waren sie zu aufgeregt, um viel Gefühl übrig zu haben – und dann und wann, wenn sie alle zugleich über Johannesburg zu brabbeln anfingen und darüber, was »wir« dort tun würden, wurde das Gesicht des einen oder anderen einen Augenblick lang ausdruckslos, und es fiel die Bemerkung: »Unsinn, Mummy wird ja noch gar nicht dasein.« Sie schienen zu glauben – oder hatte sie es ihnen etwa erzählt? –, daß sie bald nachkommen werde. Vielleicht stimmte es auch, und sie hatte es bloß ihm nicht erzählt.
Edna Tlume saß schluchzend im Volkswagen, nachdem die Kinder abgefahren waren; sie hatte sich dorthin zurückgezogen, um allein zu sein, und mußte herausgeholt und getröstet werden. Ihre Uniform war zerknautscht, so als wäre sie verletzt worden, und die Tinte der beiden Kugelschreiber, die sie gemeinsam mit einer Schere in ihrer sauberen Krankenschwesterntasche aufbewahrte, war ausgelaufen und hatte einen Fleck hinterlassen. Sie sagte zu Bray, als Rebecca eine Zitrone für den Tee holte: »Sagen Sie's ihr nicht – ich würde meine Kinder niemals allein lassen, niemals. Sagen Sie's ihr nicht.«
Jetzt war es nicht mehr nötig, daß sie sich aus dem Haus schlich, um vor Tagesanbruch zurück in ihren Zimmern

bei den Tlumes zu sein. Nach Ankunft der Kinder rief Gordon aus Johannesburg an; der Anruf kam per Radiotelefon, der Empfang war sehr schlecht, reichte aber aus, um zu verstehen, daß alles in Ordnung war.

Später saßen sie unter dem Feigenbaum, sie hatte die Sandalen abgestreift und die Füße hochgelegt, weil sie von der Hitze angeschwollen waren. »Er hat gesagt, ich soll alle von ihm grüßen – die Tlumes und dich.«

Er sagte: »Er bat mich, dafür zu sorgen, daß du und die Kinder rechtzeitig aus dem Land kommt – sobald ich es für notwendig hielt.«

Sie war müde. »Oh? Na, jetzt wird das nicht mehr nötig sein.« Sie streckte ihre Hand nach der seinen aus, und ihre Hände hingen, lose ineinandergehakt, zwischen den beiden Stühlen.

Teil Vier

Das Luxurama Cinema war im Besitz von Ebrahim und Said Joshi, der zweiten Generation einer Familie indischer Händler, die noch vor der Eisenbahn in die Hauptstadt gekommen waren. Für gewöhnlich hielt sich vor allen Vorstellungen einer der Joshi-Brüder im Foyer auf, um dafür zu sorgen, daß sich die arbeitslosen schwarzen Jugendlichen nicht hineindrängten, ohne bezahlt zu haben, aber am Eröffnungstag des PIP-Kongresses war keiner der beiden zu sehen, und die riesige Fläche des rot-grün ausgelegten Mosaikbodens war bald in Blöcke aus Füßen in Sandalen und solchen in glänzenden Schuhen unterteilt, in Figurengruppen, die Togen hinter sich herzogen, und solche, die Mweta-Tuniken, dunkle Anzüge oder sogar Anzüge mit einem metallischen Schimmer trugen, und das Gewirr intensiv diskutierender Stimmen dort, wo sonst apathisch die Menschenschlangen auf Kinokarten warteten, verlieh dem Ort etwas von der Atmosphäre einer gewalttätigen Besetzung. In Zieraquarien leuchteten Fische auf (die Joshis nannten ihr Kino »das luxuriöseste in ganz Zentralafrika«), glitten am Glas entlang und schnappten wie das Spielzeug eines besiegten Volkes, das in Panik zurückgelassen worden war, schweigend nach den Perlenschnüren aus Sauerstoff. Der Apparat fürs Popcorn funktionierte nicht; die Eisbar war von einem Komitee von Parteimüttern übernommen worden, das auch Teemaschinen gemietet hatte.

Auf der Straße draußen sangen in voller Lautstärke

Frauenorganisationen in diversen Pseudouniformen – wobei das Uniformartige ihrer Kleidung aus der Kombination der rot-schwarzen Parteifarben bestand. Eine Gruppe von Jungpionieren verfügte über eine Band, die auf großen Teedosen spielte. Ab und zu stürzte eine Woge solcher Feiernden, Parteislogans schreiend und Flaggen und Banner über den Köpfen der Leute schwenkend, in das Foyer, machte es den in Gruppen beisammenstehenden Abgeordneten unmöglich, sich akustisch verständlich zu machen, und hinderte den treppauf, treppab eilenden Menschenstrom daran, ins Hochparterre zu kommen, wo sich das Sekretariat des Organisationskomitees befand, das für die Tagesordnung zuständig war. Wie Periskope fuhren aus dem Gewühl die Kameras der Presse hoch; Blitzlichtbirnen explodierten und fingen in jähem Wetterleuchten Gesichter ein. Eine Gegenwoge – mehr der Ungeduld als der Anstrengung der Parteiordner – spülte die Sänger und Rufer in einem Strudel zurück auf die Straße, unter die Kinder, die dreirädrigen Eiswagen und die Motorräder der Polizei.

Die Oktoberhitze – die weißen Siedler pflegten diesen Monat den Selbstmördermonat zu nennen – hielt draußen alles unter einem Belagerungszustand, das Luxurama hingegen war klimatisiert; in diesem nach Rauch und Kaugummi riechenden Kühlschrank hörte Bray jedes einzelne Wort fallen, plötzlich frei vom Lärm und der dickköpfigen Luftfeuchtigkeit. Mweta, der hereingekommen war, um seine Begrüßungsansprache zu halten, paßte sich der zuversichtlichen Stimmung an, die Bray überall um sich herum spürte, in den flinken Augen, die sich weiß von den schwarzen Gesichtern abhoben, in der

angespannten Körperhaltung von Leuten, die ihre vom Schatten gegensätzlicher Standpunkte noch verschonten, vorbereiteten Reden ebenso parat hatten wie die Siege, die sie mit nach Hause bringen wollten. Und auch Shinza war irgendwo da oben auf der Bühne unter den Vorstandsmitgliedern und dem Zentralkomitee; allmählich löste sich das Gesicht aus seiner Umgebung; der Bart, die Art, lässig aufzusehen, nicht ins Auditorium hinaus, sondern zur Seite geneigt, so als würden dem hingehaltenen Ohr unsichtbar für die anderen irgendwelche Geheimnisse anvertraut. Da war er.
Mwetas Tunika war eine Abwandlung des kleingemusterten Schals, den er um seinen Hals trug; aus der Entfernung und unter dem Scheinwerferlicht der Bühne sah sie wie ein undeutlicher roter Fleck aus und machte einem unter all den anderen Gesichtern sein Gesicht auch dann bewußt, wenn man ihn nicht direkt ansah. Seine Haut glänzte; er sah gut und gesund aus. In seiner warmen, herzlichen Art sprach er zuerst über die Instabilität des Regierungsapparates, den man erst seit nicht ganz einem Jahr in Händen habe, nachdem mit der Repatriierung des Beamtenstabes der Kolonialverwaltung der bereits chronische Mangel an Arbeitskräften noch schärfer geworden war. Die ausgebildeten Arbeitskräfte des Landes seien immer zum größten Teil von Ausländern gestellt worden, weil es die Kolonialmacht »für unnötig erachtet hatte«, die Fähigkeiten der heimischen Bevölkerung zu entwickeln – das sei die wohlbekannte Politik des Kolonialismus. »Wir wurden vom weißen Mann nicht auf die Unabhängigkeit ›vorbereitet‹, und als wir für sie kämpften und schließlich siegten, nahmen wir unser Land in unsere bloßen Hände.« Vom allerersten Tag

an habe man der Tatsache ins Auge gesehen, daß ein Großteil der Verwaltungs- und Facharbeit weiterhin von Ausländern erledigt werden mußte – mit dem Unterschied, daß »nun wir die Arbeitgeber und sie unsere Arbeitnehmer sind; wir bezahlen den Flötenspieler und bestimmen die Musik«. Man solle doch nur überlegen, wie schwierig, wie gefährlich, wie prekär die Situation des Staates zu jenem Zeitpunkt gewesen sei, als er endlich in die Hände seiner rechtmäßigen Besitzer kam – und wie stehe er jetzt da?

Mweta unterbrach sich und blickte hinaus in die Reihen von gespreizten Knien und entlang an den Reihen von Gesichtern, die er – jenseits des grellen Lichtes, das ihn auf der Bühne umgab – im Halbdunkel des Hauses wohl nur undeutlich ausmachen konnte. Er zeigte sein nacktes Gesicht – ein Sebastian für viele, viele Pfeile. Und er schien diese schon jetzt wie etwas Harmloses aus seinem Fleisch zu ziehen: Ja, es habe gewisse Probleme gegeben, Probleme mit den Industriearbeitern und solchen, die in Unternehmungen der öffentlichen Hand tätig seien, aber in Wahrheit stellten sie eine unmittelbare Konsequenz jenes Vermächtnisses dar, das der Kolonialismus hinterlassen habe, und es seien Probleme, die unter der Kolonialherrschaft im hintersten Regal versteckt worden seien, vor denen man sich gedrückt und die man für einen immer noch späteren Tag zurückgestellt habe. »Und das ist jetzt unser Tag« – unvermittelt wechselte er zu seiner Fußballstadions- und Massenveranstaltungsstimme über, was für das Mikrophon einen Augenblick lang zuviel wurde, so daß seine Wendung zwischen den Wänden hin und her schwirrte – »das ist jetzt unser Tag, und die Probleme müssen nun so behandelt werden, als hätte die

Regierung sie verursacht und nicht als Erbe übernommen. Es ist leicht, die Menschen nur für den Augenblick zufriedenzustellen, ihnen etwas in die Hand zu drücken und glücklich wieder wegzuschicken – glücklich für kurze Zeit. Was aber ist dann, wenn sie abermals mit ausgestreckten Händen kommen und man diesmal nichts anzubieten hat, weil man die Wirtschaft des Landes weit über das Maß seiner verfügbaren Ressourcen strapaziert hat?« Die Lösung der Probleme der ökonomischen Entwicklung müsse in diesem Stadium gegenüber allen anderen Forderungen Priorität haben. Das Wohl des Staates als Ganzheit sei es, was die Regierung im Auge gehabt habe, als sie den Forderungen der Bergarbeiter – die nicht von der ökonomischen Realität eines unabhängigen Entwicklungslandes ausgegangen seien, sondern sich auf eine Ökonomie berufen hätten, wie sie zur Zeit des Kolonialismus bestanden habe – weder nachgab noch nachgeben konnte oder auch wollte. Es sei verständlich, daß es in den Köpfen der Arbeiter zu einer solchen Verwechslung kommen konnte … und es verstehe sich auch ganz von selbst, daß es überall in diesem Land Elemente gebe, die bereit seien, diese Verwechslung für ihre eigenen Absichten zu nutzen. Aber »die PIP-Regierung muß sich hoch aufrichten und über die Köpfe des Volkes hinwegsehen«. Die PIP-Regierung lege Arbeitskonflikte auf eine Weise bei, die den langfristigen Interessen der Arbeiterschaft besser diene, als dieser vielleicht klar sei – ja, diese Beilegung geschehe in Wahrheit sowohl in *ihrem* als auch im größtmöglichen Interesse des Staatsganzen. »Während des europäischen Krieges griff die Regierung des Vereinigten Königreiches zu Sondermaßnahmen – einschließlich der Aufhebung des Streikrechts –, um den

Stand der industriellen Produktion auf gleichem Niveau zu halten. Auch wir befinden uns im Kriegszustand – einem Krieg gegen die Unterentwicklung unseres Landes, gegen die Rückständigkeit und Armut. Ich werde niemals den Weg des geringsten Widerstandes gehen, wenn dieser Krieg verlorenzugehen droht. Ich werde es nie so weit kommen lassen, daß ich die Menschen in diesem Land mit leeren Händen wegschicken muß.«

Nach dieser hochtrabenden Wendung bediente er sich wieder seines üblichen Tricks und stellte sich einem weiteren konkreten Vorwurf – daß es noch ein Problem gegeben habe, mit dem man sich während dieser ersten paar Monate auseinanderzusetzen gehabt habe. Er habe dem Volk gegenüber zum betreffenden Zeitpunkt eine vollständige Erklärung abgegeben, aber selbstverständlich sähe er sich immer ganz besonders dazu verpflichtet, der Partei Rechenschaft darüber abzulegen, was im Namen der Partei geschehen sei. Ein Vorbeugehaftgesetz sei eingebracht worden; eine Maßnahme, die dazu diene, unterschwelligen Versuchen ein Ende zu setzen, die auf die Erschütterung des Gleichgewichts des Staates zu einem Zeitpunkt abzielten, da er dieses erst zu finden versuche. Wie bereits festgestellt, trage in manchen Teilen des Staatsvolks zeitweise der ungeduldige Wunsch nach den Früchten der Freiheit den Sieg über den gesunden Menschenverstand der Bevölkerung davon. Sie liefe Gefahr, Opfer jener gewissen, zersetzenden Kräfte zu werden, denen man in ganz Afrika begegnen könne und die die Menschen dazu zu überreden versuchten, sich selbst zu sabotieren. Es sei einfach, Ressentiments zu schüren; leichter, als sie durch harte Arbeit und das kontrollierte und maßvolle Wachstum des Landes zu beschwichtigen.

»Wenn wir einmal unseren Staat aufgebaut haben, dann werden wir auch in der Lage sein, die Wortverdreher und Intriganten als harmlose Spinner zu tolerieren, dann werden wir auch keine Vorbeugehaft nötig haben. Sie ist eine vorübergehende Maßnahme gegen unsere neue Art von Notstand – eine Notstandsmaßnahme, die nicht das Produkt von Unruhen ist, sondern der Notwendigkeit entspringt, die Arbeit, unbelästigt von Zerstörern, voranzutreiben.«
Es habe noch ein drittes Problem gegeben, und auch bei ihm handle es sich nicht um eines, mit dem es nur dieser Staat zu tun habe, sondern um eines, das für das gesamte gerade neu erstehende Afrika charakteristisch sei. Die Lage in Nachbarstaaten sei häufig instabil und unruhig; stabile und friedliebende Staaten fänden sich oft vor die Situation gestellt, für Flüchtlinge »dieser oder jener Art« die Gastgeberrolle zu übernehmen. Diesen Flüchtlingen sei völlig bewußt, daß sie den Schutz dieses Staates nur unter der strengen Auflage genössen, ihn nicht zu mißbrauchen. Kein Land könne tatenlos dulden, daß »konspirierende Ausländer das Asylrecht dadurch verletzen, daß sie Waffen ins Land schaffen und die täglichen, friedlichen Verrichtungen des Volkes als Deckmantel für ihren Waffenhandel mißbrauchen«. Fischereilaster, die Nahrungsmittel vom See in die Hauptstadt transportiert hätten, seien von den Flüchtlingen auf diese Weise benützt worden. Niemandem sei es gestattet, »auf unsere Kosten einen Krieg zu führen«, und man habe diese Subjekte dementsprechend des Landes verwiesen; wobei sie sich noch glücklich schätzen könnten, daß man ihnen nicht den Prozeß gemacht habe. Die Entscheidung darüber, ob solche im Exil lebenden Individuen für ihre

Waffentransporte ins Staatsgebiet vor Gericht gestellt werden sollten, liege beim Generalstaatsanwalt, und sollte es nochmals zu derartigen Vorfällen kommen, so würde dieser nicht zögern zu handeln – das möchten andere Flüchtlinge bitte zur Kenntnis nehmen.

Trotz »all dieser Probleme, deren Erbe wir antraten, als wir die Führung des Staates selbst in die Hand nahmen«, stehe dieser, sowohl bei seinen afrikanischen Bruderstaaten als auch beim Rest der Welt, in hohem Ansehen, und – was wichtiger sei – die Menschen könnten beobachten, wie ihre Hoffnungen im täglichen Leben Gestalt annähmen. Die Afrikanisierung mache Fortschritte. Bei der Beamtenschaft verhalte es sich derzeit so, daß schon fast die Hälfte sämtlicher Zollbeamten schwarz seien. Alle District Commissioner seien durch schwarze Provinzverwaltungsbeamte ersetzt, sechzehn schwarze Richter seien ernannt worden. Der Oberbefehl über die Polizeistreitkräfte liege in den Händen eines Schwarzen – ein Beweis, der die staatliche Einheit und eine Loyalität spiegle, wie sie seiner Meinung nach von keinem zweiten jungen Staat für sich reklamiert werden könne. In zwei bis drei Jahren werde selbst das Oberkommando über die Armee »einem Mann aus unserem Volk« anvertraut.

Ein neues Lehrlingsausbildungsprogramm werde dafür sorgen, daß die Privatindustrie ihr Teil für die Ausbildung Jugendlicher beitragen werde. Freilich, der größte Schritt nach vorne sei bereits getan – gemäß dem Ausbildungsprogramm, dessen Umsetzung in Zusammenarbeit mit den Bergbaugesellschaften zum frühestmöglichen Zeitpunkt in Angriff genommen worden sei, würden in zwei Jahren sämtliche Arbeiter bis hinauf zum

Rang eines Obersteigers Schwarze sein. Er sei in der glücklichen Lage, diesen Kongreß als erster darüber zu informieren, daß der Minister für Bildung und Erziehung gemeinsam mit dem Minister für Planung und Entwicklung erfolgreich durchgesetzt hätte, daß die Internationale Arbeiterorganisation in der Hauptstadt ein Trainingsprogramm für Manager initiieren werde. Sein spezielles Ziel werde die Ausbildung von Schwarzen sein, um so die Management-Lücke zu füllen, die in Handel und Industrie entstanden sei, und die Posten sowohl auf der Ebene des mittleren Managements zu besetzen, die derzeit fast ausschließlich Ausländer innehätten, als auch jene, die durch das Ausscheiden von Pensionierten frei würden. Ein weiteres Ziel sei die Motivierung von Schwarzen, angesichts der expandierenden Wirtschaft ins Geschäftsleben einzusteigen. Das Projekt sei auf fünf Jahre anberaumt, eine Zeitspanne, nach deren Ablauf sich die Experten der Vereinten Nationen erübrigen würden. Der Sonderfonds der Vereinten Nationen werde fünfundachtzig Prozent der Kosten tragen, die Regierung die restlichen fünfzehn.

Er hatte eine Art, das Ende des Applauses geduldig abzuwarten, während er mit seinen Gedanken offenbar schon weiter voraus war – bei dem, was er seinem Auditorium als nächstes sagen wollte –, aber er quittierte ihn mit einem schnellen, breiten Lächeln, bevor er abermals das Wort ergriff. Jetzt war die Erziehung an der Reihe. »Der gesamte Komplex Erziehung wird mit Nachdruck einer Prüfung unterzogen, die nicht nur auf die Möglichkeit für eine volle, zehnjährige Ausbildungszeit abzielt, sondern auch nach neuen Wegen sucht, wie die psychologischen Barrieren abgebaut werden können, die die kolo-

nialen Schulen im Zug der Erziehung unserer Kinder errichtet haben, indem sie den Lernprozeß ausschließlich auf fremde Kulturen hin ausrichteten und in die Köpfe das Bewußtsein einpflanzten, ihnen werde nur ein oberflächliches Wissen von etwas, das in Wahrheit mit ihnen überhaupt nichts zu tun habe, angeboten.« Dann wandte er sich der Entwicklung natürlicher Ressourcen zu – die erfolgreichen Verhandlungen über das riesige hydroelektrische Kraftwerksprojekt bedeuteten, daß »unsere Kinder noch zu unseren Lebzeiten ein Leben in Wohlstand genießen werden«. Ferner bedeute es – da es sich um ein Gemeinschaftsprojekt zweier afrikanischer Staaten handle –, daß das Land eine erste wichtige Initiative in Richtung panafrikanischer Zusammenarbeit gesetzt habe, des Aufbaues einer dritten Welt afrikanischer Errungenschaften – von Afrikanern, für Afrikaner, in Afrika. Die Höhe der Investitionen der ausländischen Bergbaugesellschaften in der Industrie werde sich in den nächsten fünf Jahren auf fünfunddreißig bis vierzig Millionen Pfund belaufen. Das sei die Antwort auf jene Leute, die immer noch in den Kategorien der Träume aus jener Zeit dächten, in der die Unabhängigkeit noch nicht Wirklichkeit geworden war, und die zu diesem Zeitpunkt »von Verstaatlichung sprechen«. Man könne in einem unterentwickelten Land nicht verstaatlichen.
Er hob beide Handflächen, um sich gegen den Applaus zu stemmen. Dieser erste Kongreß seit der Machtübernahme durch die Partei sei vielleicht der wichtigste in der Geschichte dieser Partei. De facto sei die PIP jetzt die Regierung und selbst für die Ausführung jenes Auftrags verantwortlich, den sie vom Volk erhalten habe – sie sei nicht mehr in der Position, in der sie andere unter Druck

setzen könne, dies oder jenes zu tun, und das mache gewisse Veränderungen notwendig. Aufgabe der Partei könne es nun nicht mehr sein, die alten Funktionen auszufüllen, die alten Aktivitäten des Freiheitskampfes weiterzuführen – diese seien nun überholt und in manchen Fällen Kraftverschwendung. Sie müsse sich nun, entsprechend den Funktionen und Aktivitäten einer Partei, die fest im Sattel sitze, umstellen – einer Partei, die nicht mehr nur das geistige Kind des Volkes sei, sondern die konsolidierende Kraft und das Rückgrat der Regierung, die sie eingesetzt habe. Dies sei der Geist, aus dem heraus er, als Präsident und Führer der People's Independence Party, diesen Kongreß so kurz nach der Unabhängigkeit einberufen habe – früher, als es sich die meisten Staatspräsidenten angelegen hätten sein lassen –, um Bericht zu erstatten. Er sei sicher, daß sich der Kongreß, genau wie in den frühen Tagen des Freiheitskampfes, als kraftvoll anpassungsbereit erweisen würde, bereit, den »Mut und die kollektive Klugheit einer wahrhaft afrikanischen Führerschaft, die aus allen Teilen des Landes zusammengekommen ist«, unter Beweis zu stellen.
Der allgemeine Applaus überschwemmte zuerst die unterschiedlichen Reaktionen. Dann, als die diversen Formen des Applauses in ihrem Kontrast zum generellen identifizierbar wurden, wurden sie auch zu Indikatoren für die unterschiedlichen Arten der Reaktion, so wie die verschiedenen Instrumente eines Orchesters im Crescendo, wenn sie alle in voller Lautstärke ertönen, ununterscheidbar sind, hingegen identifizierbar werden, sobald dieses verebbt und ein paar verstummen, während andere ein Thema oder eine Variation weiterführen und damit augenblicklich erkennbar werden: die Stimme

der Oboe, die kollektive Klage der Saiteninstrumente. Teil des Lärms war pure Höflichkeit – jedermanns Hände müssen deutlich sichtbar in Bewegung sein, wenn der Präsident gesprochen hat –, er verebbte und überließ es den harten Handflächen des Großteils der Enthusiasten, das schwere Blech weiterklingen zu lassen, lauter zu werden, unterstützt von dem durch den Kinoteppich gedämpften, regelmäßigen Stampfen von Füßen. Dieser ohrenbetäubende, alles auslöschende Lärm wirbelte den Staub in anderen Saalabschnitten auf; Männer, die dagesessen und sich einfach geweigert hatten, irgendein Zeichen der Zustimmung zu geben, nachdem die Rede von ihnen pro forma zur Kenntnis genommen worden war, begannen, auf ihren Stühlen unruhig zu werden, die Köpfe zu verdrehen und unterschwellig einer anderen Solidarität entgegenzuwogen, der Opposition.

Einen Augenblick lang lehnte Bray seinen Nacken zurück an die Sitzlehne. Die klimatisierten Räume erfüllt vom Aufruhr, so als zögen Vögel Kreise und Gegenkreise. Er verspürte den Impuls, Kontakt aufzunehmen; einen Faden zwischen sich und Roly Dando zu ziehen, der da oben, die Arme in die Hüften gestemmt und die Beine unter dem Konferenztisch gekreuzt, auf der Bühne saß – eine Abwehrhaltung, die er unbewußt in eben dem Augenblick eingenommen hatte, als Mweta auf seine Macht als Generalstaatsanwalt anspielte. (Wie auf das Mitglied einer Leibgarde, einen bezahlten Schläger; der kleine Dando.) – Oder Mweta selbst zu stellen, indem er ihm, einen Augenblick lang im Glauben, Mweta könne ihn, Bray, aus dieser Entfernung ausmachen, direkt in die Augen blickte: Die kurzen Bemerkungen über ein Ausbildungsprojekt waren beinahe wortwörtlich das, was er

Mweta geschrieben hatte; sie kamen vom öffentlichen Rednerpult zu ihm zurück, ein versteckter Anspruch auf seine anonyme Anwesenheit da in der Menge. Der Generalsekretär – Justin Chekwe war zugleich Generalsekretär der PIP und Justizminister – begann mit der endlosen Prozedur der Begrüßung und Vorstellung von Repräsentanten politischer Parteien, die als Beobachter aus anderen Ländern angereist waren. Den Namen folgte manchmal zaghafter, manchmal stürmischer Applaus: Enthusiasmus für den TANU-Vertreter aus Tansania, den UNIP-Vertreter aus Zambia; eine halbherzige Begrüßung der Vertreter der Nasser-Delegation mit ihrem kurzgeschnittenen, glänzenden, krausen Haar, freudigem Lächeln und tranceartigem Schielen – die Leute vom Land wußten nicht so ganz, wer sie waren, und für einen großen Teil derjenigen, die Bescheid wußten, standen sie zu weit links, als daß man ihnen Achtung gezollt hätte. Mweta wurde auf die übliche Weise zum Präsidenten des Kongresses gewählt, dann wurde der Antrag gestellt, die Wahl von Parteipräsident, Amtsträgern und Komitees auf die Abschlußsitzung zu verschieben.
Bei der Erledigung dieser Formalität war einen Augenblick lang wieder die gesamte Aufmerksamkeit da: Es war, als steckte jedermann mit seinem geistigen Auge die Grenzen des Schlachtfeldes ab, die schon vorweg durch das zeitliche Limit definiert waren. Zweieinhalb Tage, in denen man überzeugen, sich sammeln, gruppieren und wieder umgruppieren konnte, seine Gunst verkaufen, die alten Bestände um sich versammeln und neue dazugewinnen konnte. In den dunklen Händen mit den blassen Nägeln, die Aufzeichnungen hinkritzelten, und den fettigen, herzlichen, verschlossenen, entschlossenen oder

unsicheren Gesichtern verkörperten sich all die Absichten, in und mit denen man aus den Townships, den Dörfern, vom See, aus den Überschwemmungsgebieten und Freiheits-Bars und von den Ständen am Straßenrand hergekommen war und die an den Nahtstellen des täglichen Lebens nur schwach zusammenhingen. Zwischen dem Pflügen, dem Trinken, dem Viehhüten, der Arbeit, dem Herumlungern, dem Träumen auf Binsenmatten oder eisernen Bettstellen, den Auseinandersetzungen in Kirchenschiffen aus Schilf und Lehm, dem Lehnen über Spielautomaten, dem Pläneschmieden über den Hauptbüchern von Beamten mit zweiklassiger Schulbildung kommt die Formulierung zustande. Ich möchte. Du möchtest. Er möchte. Wir möchten. *Sie* möchten. Die Konjugation menschlichen Wollens. Aus diesem Grund waren einige der Köpfe in seiner Umgebung in ihrem Inneren von einer privaten Szene erleuchtet, in der dieses Gesicht jenes verdrängte und dieser Name von jenem den vorangestellten Amtstitel übernahm. Irgendwo auf der Tagesordnung stand, daß über einen Feldzug entschieden werden sollte; er konnte sich schon im voraus einiges vorstellen – er mußte sich die Sache näher ansehen, bevor die Sitzungen noch richtig anfingen. Schon jetzt, während man noch andere Formalitäten der Vorgangsweise aus dem Weg räumte, wurde Mwetas Begrüßungsansprache in diese und jene Erinnerung hineingesiebt – als Münze eingeworfen, kategorisiert, wurden ihre Intentionen herausgefiltert und das Drumherum an Worten verworfen. Was Shinza wohl daraus machte? Ein stark gebauter Mann neben Shinza verdeckte die ganze Zeit den Blick auf ihn.

Zu Beginn der Mittagspause hielt sich Bray in der Nähe

eines der Aquarien auf; sein weißes Gesicht war ohnehin unübersehbar. Die Delegierten legten die Fröhlichkeit von Schuljungen an den Tag, die hinausgelassen worden waren, bevor die Arbeit überhaupt noch angefangen hatte; nicht einer, den nicht der Foyertratsch festgehalten hätte. Mehrere alte PIP-Mitstreiter kamen zu ihm, um ihn zu begrüßen – Albert Konoko, früher Schatzmeister (kein ganz ehrlicher, aber er war vor langem seines Postens enthoben worden, und die frühen »Unregelmäßigkeiten« waren vergeben und vergessen), der alte Reverend Kawira aus dem Bezirk Ravanga mit seinem Stock und der Aktenmappe mit Eselsohren, Joshua Ntshali, der Bürgermeister von Gala – »Wir hätten uns absprechen und gemeinsam herunterfahren sollen – warum haben Sie mich denn nicht angerufen? Reichlich Platz in meinem Wagen – kaltes Bier obendrein!« –, die wenigen Inder, die von dem kleinen Grüppchen, das die PIP von Anfang an unterstützt hatte, auf Delegiertenebene überlebt hatten. Leute warfen Zigarettenkippen ins Aquarium, und mit seiner zusammengerollten Tagesordnung holte er eine, an der ein Fisch zu knabbern begann, heraus. »Die armen Fische.« Shinza stand neben ihm. Shinza hatte ein Talent dafür, aus der Geistesabwesenheit anderer Leute Witze zu machen. »Kennst du Basil? Basil Nwanga.« Bei ihm war der schwere junge Mann mit den winzigen Nilpferdohren, der Bray damals vor dem Parlament beinahe umgefahren hätte. Sie erkannten einander und grinsten. »Ich hab ihm vor nicht allzulanger Zeit bei einer Zwischenfrage im Parlament zugehört.« Nach ein paar Augenblicken empfahl sich Nwanga wieder ganz in der Art eines Menschen, der nur vorgestellt werden will und weiß, daß er dann

nicht länger stören darf. »Gehst du essen?« fragte Bray.
»Wo wohnst du?« sagte Shinza überlegend.
»Bei Dando.«
»Oh. Die Straße runter ist ein Café. Das in der Nähe vom Postamt. Bis gleich.«
Als Bray ging, kam Dando auf gleiche Höhe, ließ aber zwischen sich und ihm einen Abstand von zwei, drei Leuten. Als Weiße hatten sie das stillschweigende Gefühl, es sehe nicht gut aus, wenn sie ständig beisammensteckten; ein Gefühl, das – unterhalb jeder gesellschaftlichen Bedeutung – auf der privaten Ahnung beruhte, daß sie sich in ihren Positionen – obwohl sie alte Freunde waren – weit voneinander entfernt hatten. Roly sagte: »Gefällt's dir?« Der düstere Ausdruck ließ sein Gesicht schmal erscheinen. Er hatte sich so sehr verändert; der sexuell draufgängerische, adrette Dando von vor zehn Jahren existierte in Wahrheit nur noch in der Erinnerung: Das hier war das gealterte Gesicht eines Mannes in mittleren Jahren, das vollständig umgeformt worden war – von Enttäuschungen, von Sehnsüchten und Verdauungsstörungen, die für einen Weißen charakteristischer sind als seine Haut. Kein Schwarzer veränderte sich jemals so stark.
Die von Griechen geführten Lokale waren immer Cafés genannt worden, obwohl sie mit der europäischen Institution dieses Namens nur äußerst wenig gemeinsam hatten. Das Café in der Nähe des Postamts verkaufte die üblichen Fish-and-Chips auf der Straße – ein Relikt aus jenen Tagen, da Schwarze nicht an den Tischen hatten sitzen dürfen – und hatte noch immer das Standardgericht der weißen Siedler auf der Speisekarte: Eier, Steak

und Pommes frites. Shinza saß bereits da und trank ein Glas mit irgendeiner hellen synthetischen Flüssigkeit, die unermüdlich in den Glasbehältern auf der Theke rotierte. Er hob einen Finger, um ein wichtiges Problem zu klären: »Steak und Eier? Wurst?« »Ja, ich denke, Wurst.« Zwischen ihnen auf dem Tisch stand – griffbereit wie ein Sortiment von Gegengiften – die übliche Ansammlung von Flaschen: Worcestersauce, Tomatensauce, trüber Essig. »Hätte in manchen Passagen beinahe der alte Banda sein können, hm?« sagte Shinza; zusammen mit den Sauceflaschen stand auch Mwetas Begrüßungsansprache da zwischen ihnen.

Bray lächelte: »Zum Beispiel?«

Shinza wedelte mit seinen Händen ungeduldig über den Tisch. »›Das ist die Antwort und so weiter an diejenigen, die von Verstaatlichung reden! ... hat keinen Sinn, in einem unterentwickelten Land von Verstaatlichung zu reden.‹ Das ist genau das, was der verrückte Doktor denen in Malawi einredet.«

»Nicht ganz so schlimm. *Der* behauptet immer, man müsse zuerst Kapital akkumulieren, bevor man verstaatlichen könne – irgendwas in dieser Richtung. ›Verstaatlichung als nationaler Selbstmord.‹ Nein, Mwetas Linie war eher die von Senghor.«

»Senghor?« Shinza forderte grinsend Beweise.

»O ja. Senghor hat das einmal gesagt – ziemlich das gleiche wie Mweta. Er klopfte den Gewerkschaften auf die Finger und schrieb einen Artikel, in dem er behauptete, Verstaatlichung sei für ein unterentwickeltes Land sinnlos.«

»Ah, jetzt erinnere ich mich, worum's da ging. Ja, möglicherweise hat er das tatsächlich gesagt...« Shinzas

Schnauben gab zu verstehen, er sei ein Mann ohne Illusionen. »Er hat die sozialistischen Gewerkschafter nie leiden können. Weißt du, wann das war? Das war vor dem Jahr einundsechzig. Als er sich gegen die Forderungen der UGTAN stellte, die verlangte, daß man einen Teil der Wirtschaft verstaatlichte. Er war schnell damit zur Hand, die Burschen von der Gewerkschaft eine scheinheilige Elite und eine Menge anderer Dinge zu nennen.« Überrascht von der Parallele, über die er da gestolpert war, nickte er vielsagend mit dem Kopf.

»Ich habe mir die Tagesordnungspunkte bis jetzt noch nicht genau angesehen. Bist du mit dem Sekretariat des Organisationskomitees zurechtgekommen?«

Shinza drückte seine Schultern gegen den unbequemen Plastikstuhl, und unter seinem eher eleganten, langärmeligen Hemd zeichneten sich seine Brustmuskeln ab. Er trug keine Krawatte, aber das Hemd war bis hinauf zu dem spitzen Kragen zugeknöpft, zu dem die bestickten Klappen über den Brusttaschen genau paßten. Seine Aufmachung setzte sich von den Togen oder paramilitärischen Tuniken als eine Art Phantasiekostüm ab (er hatte während der Zeit des Unabhängigkeitskampfes eine Mweta-Tunika getragen, also war das sein privates Signal dafür, daß er keine Lust hatte, seine Zeit mit etwas zu vertrödeln, das passé war) und strafte das Mischgewebe-Prestige aus Baumwolle und Terylene der neuen schwarzen Mittelschicht mit Verachtung. Mit dem Ausdruck des Mannes, der sich bewußt ist, daß seine Chancen nicht allzugut stehen, es aber vorzieht, diese Tatsache zu ignorieren, sagte er: »Wir haben einen Tagesordnungspunkt eingebracht, die Haltung der Partei zu den Gewerkschaftsangelegenheiten zu überprüfen, der wur-

de rausgeschmissen. *Aber* – das gleiche passierte mit dem Vorschlag der Jungpioniere, die Partei solle die Regierung bei ihren Bemühungen unterstützen, ›der Gewerkschaft gegen zersetzende Elemente in den eigenen Reihen den Rücken zu stärken‹. Ein kleiner Vogel hat mir gesungen, wie das gelaufen ist. – Das ist gut, findest du nicht? Das ist *gut.* Ich sag dir das als ein zersetzendes Element zum anderen.« Sie lachten. »Aber wir hatten eine ganze Menge Kleinzeug – einen Punkt hier, einen Punkt da, der uns mehr oder weniger die gleichen Möglichkeiten geben wird... wir hatten so eine Ahnung, daß es der große nicht bis in die Tagesordnung schaffen würde... Wir haben aber einen ganz schönen Haufen anderer, die hinreichen werden.«
»Wie ist es denn dem Komitee gelungen, sich aus dem großen rauszuwinden?«
»Oh, weißt du – das alte Rezept: Sämtliche Dinge, die unter diesem Stichwort liefen, wurden gesondert behandelt und in andere Punkte aufgenommen, also ergäbe das hier keinen Sinn. Na, wir hatten das erwartet... Und die Jungpioniere muß man aufgefordert haben, leisezutreten und in ihrem Fall nachzugeben. Unnötig, den Kongreß mit einer Diskussion darüber zu belasten, womit man sie ohnedies tagtäglich davonkommen läßt.«
Shinza verschlang das Essen, beinahe ohne darauf zu achten, was auf seinem Teller lag. Wie ein Franzose wischte er ihn mit Brot aus.
Bray machte oft Pausen. »Ich hab gesehen, daß man Mwetas Befugnis, den Generalsekretär der Gewerkschaftsverbände zu ernennen, anfechten wird. Wie hast du denn das geschafft?«

»Das ist ein Antrag der Parteiorganisation von Yema...«

»Ja, das ist mir aufgefallen.« In Yema gab es Werkstätten der Eisenbahn und die Phosphatminen; die dortige Parteiorganisation war eine der ältesten und war Jahre davor von Gewerkschaften gegründet worden, deren Organisation ein Werk Shinzas war.

Shinza kicherte heiser und schnalzte mit der Zunge. »Das war ein harter Knochen. Die haben behauptet, das sei eine Angelegenheit für den UTUC-Kongreß und nicht eine für den Parteikongreß. Aber wie es das Schicksal so wollte...«, er zog seine Augenbrauen in die Höhe und wackelte mit seinem Bart, »brachten verschiedene andere Zentralen genau den gleichen Antrag ein... und das... hat dem Komitee die Sache erschwert. Sie waren gezwungen, uns anzuhören.«

»Ich war überrascht.«

Shinza nickte langsam.

»Es könnte sehr wichtig werden«, beharrte Bray; entweder eine Frage oder eine Feststellung – kam ganz darauf an, wie Shinza es auffaßte.

»Es könnte...« Shinza starrte geistesabwesend-neugierig den Kellner an, der den Nachbartisch abräumte, dann kehrten seine Augen langsam zu Bray zurück und lagen ruhig auf ihm, während seine Nasenflügel sich spannten.

»Du kennst doch die ILO-Sache«, sagte Shinza nach einer Pause und beobachtete Bray beim Durchsägen seiner zu harten Wurst.

»Du bist nicht sehr beeindruckt.«

»So läuft es hier eben. Managementplanung. Ein Ausbildungszentrum für eine kleine Klasse von Kaufleuten. Sie werden lernen, wie man Kredite von weißen Importeuren kriegt und für den Fall, daß der Mann vom Finanzamt kommt, eine doppelte Buchführung anlegt.« Er kippte auf seinem Stuhl zurück. »Alle sind glücklich, weil sie glauben, daß dahinter der Versuch steckt, die Inder rauszuekeln. Als ob das irgendwas lösen würde. Sie halten das für einen Geniestreich mit der Absicht, die dumme Situation in Zambia zu vermeiden, als man die Inder dazu zwang zu verkaufen und sich dann herausstellte, daß es keine Zambianer gab, die Geld genug hatten, um zu kaufen, oder die gewußt hätten, wie man ein Geschäft führt. Aber egal – was sie auch denken, es geht am Problem vorbei. Es sind nicht Rasse oder Hautfarbe des Krämers, die verändert werden müssen. Alle Mittelsmänner sind ihrer Natur nach Ausbeuter, und die Afrikanisierung der Ausbeuterklasse wird unser Problem nicht lösen.«

Es war nicht nötig zu sagen, daß er dem zustimmte. Shinza wußte das. »Die Ausbildung könnte in anderer Hinsicht nützlich sein – bei der Führung kleiner Coop-Läden und so weiter.«

»Wir hätten so was gebraucht, wie's die Tansanier haben – die ILO ist gerade dabei, Lehrwerkstätten in Dar aufzubauen. Selbst das ugandische Projekt wäre besser gewesen als diese Managementgeschichte. Die Ausbildung der kleinen Einzelhändler ließe sich im Sinne von kooperativen Genossenschaften umlenken. Am Lake Albert gibt es eine Fischerei- und Agrargenossenschaft und in Kampala eine Schreinerei. Nicht schlecht. Aber man kriegt, worum man die ILO bittet. Das liegt im Wesen dieser Art von internationaler Hilfe – wie sich von selbst versteht; sie können nicht einfach weitermachen und gegen die Wünsche der Länder selbst handeln. Also haben wir einen Plan, der auf die Afrikanisierung einer alten Gesellschaft freier Marktwirtschaft hinausläuft.« Er drehte den Teller mit der Rechnung darauf zu sich hin. »Na – besser, wir sehen zu, daß wir weiterkommen. Wieviel macht mein Anteil aus?«

»Du kannst morgen für mich zahlen.«

Sie schoben quietschend ihre Stühle zurück. Shinza ließ Bray durch und sagte im Vorbeigehen: »Iß lieber nicht zu häufig mit mir.« Er blieb stehen, um sich an der Theke Zigaretten zu kaufen. Er ging im blendenden Sonnenlicht der Straße neben Bray her und setzte eine große dunkle Brille auf, die das Geheimnisvolle seines Bartes noch verstärkte und sein ganzes Gesicht verdunkelte. »Kein Mensch hier nennt mich mehr ›Boy‹. Ist das die Unabhängigkeit, oder werde ich bloß alt?«

»Alt wirst du nicht«, sagte Bray. »Mag sein, daß du älter geworden bist, aber alt wirst du nicht, das kann ich dir versichern.«

Shinza stopfte sein Hemd lächelnd unter den Gürtel. Während sie gingen, holte er ein Zündholz heraus, zerbrach es in zwei Teile und stocherte in seinem Mund herum. »Meine Zähne gehen kaputt.«

Bei aller Intellektualität blieb Shinza ein typischer Schwarzer; wenn man seine Zähne verlor, dann lag das in der Natur der Dinge: Er dachte wahrscheinlich gar nicht daran, einen Zahnarzt aufzusuchen, um das hinauszuzögern. Aber Joshua Ntshali hatte unübersehbare Goldzähne; es war so, daß für ihn – Bray – das, was Shinza tat, bedeutend war. Es gibt Menschen, an denen man etwas abliest, und andere, die oberflächlich betrachtet ebenso typisch sind, deren Leben aber nicht zu einem spricht.

»Weshalb sollten wir nicht zusammen essen?«
Shinza warf das Streichholz wortlos weg. »Du wohnst bei Dando. Könnte sein, daß ihm das nicht gefällt.«
Er möchte wissen, ob ich mit Mweta zusammenkomme.
»Ich denke nicht, daß mich kompromittieren könnte, wo ich mich aufhalte.«
»So, denkst du nicht.« Damit wollte er nicht andeuten, Bray sei naiv, was die Realitäten anging; es steckte beinahe Bitterkeit dahinter, eine Art Anklage, eine Herausforderung. »Aber das tut es und wird es auch weiterhin tun. Denken *wir.*«
Der Vorwurf, irgendwie nicht richtig reagiert zu haben, traf ihn. Wie immer bestand seine Verteidigung darin, kühler und kühler zu werden und mehr und mehr Beweise für die Richtigkeit dessen, was man ihm zur Last legte, zu liefern. »*Wir?* Heißt das, du und Mweta?«
Shinza lachte, aber es war kein Lachen, mit dem er Bray freisprach.
Bevor sie beim Kino ankamen, verließ ihn Shinza mit der Bemerkung, er müsse mit jemandem reden. »Ich wohn bei Cyrus Goma«, sagte er.
»In der Altstadt?« Das Viertel der Schwarzen war immer Altstadt genannt worden.
»Mm. Ich glaube, es ist Nummer einhundertsieben, Hauptstraße. Direkt neben der Methodistenkirche.«
»Ah, ich weiß.«
»Die Trockenreinigung an der Ecke richtet's mir aus, wenn irgendwas ist. Eine Mrs. Okoi. Schreib dir die Nummer auf.«
»Dhlaminis Mutter? Ich erinnere mich an sie.« Dhlamini Okoi war Postminister; Mweta hatte ihm gerade das

Informationsressort weggenommen, um daraus ein eigenständiges Ministerium zu machen.
»Genau. Es ist wirklich die Wohnung des alten Goma, wo ich derzeit wohne.«
Das Sekretariat des Organisationskomitees hatte strikt darauf geachtet, daß auf die Tagesordnung des ersten Nachmittags nichts Schwerwiegendes kam. Das Problem der Teilnahme von Frauenorganisationen brachte seitens der wenigen weiblichen Teilnehmerinnen harte Worte – früher hatten sie an den Kongressen nicht aufgrund ihrer regionalen Herkunft, sondern nach ihrer Vertretung in den Parteiorganisationen teilgenommen. Sie wollten ihre alten Rechte wiederhaben. (Deshalb waren wohl auch die militanten Sängerinnen draußen aufgetreten.) Der Antrag, daß »intensive« Anstrengungen für den Aufbau eines eigenen diplomatischen Dienstes anstelle der Abhängigkeit von den Diensten der ehemaligen Kolonialmacht unternommen werden müßten, war eine Angelegenheit, die den Leuten die Möglichkeit gab, ihre Steckenpferde durch ein – in parteipolitischer Hinsicht – unvermintes Feld zu reiten. Ob konservativ oder radikal – jeder wünschte, daß das Land seinen eigenen diplomatischen Dienst besäße; der Antrag befriedigte den Patriotismus, obwohl weder die Mittel noch das Personal zur Verfügung standen, mit denen er in die Tat hätte umgesetzt werden können. Ein Antrag zur Afrikanisierung sozialer Einrichtungen, die von der Parteiorganisation von Gala eingebracht wurde, stellte sich als Sampson Malembas Kind heraus – mit keinem Wort hatte ihn Sampson auf der Fahrt im Wagen herunter auch nur erwähnt. Aber es stand außer Frage, welche Institutionen im besonderen er persönlich vor Augen hatte, als er von

den »weißen Gesellschaftsclubs mit einem reichen Angebot an Einrichtungen« sprach, »die es noch immer in kleinen Städten gibt, wo derlei Dinge der Gemeinde als Ganzes nicht zur Verfügung stehen«. Es gebe einen ihm bekannten Fall, in dem »ein Hundezwinger nicht für Werkstätten des Gemeindezentrums zur Verfügung gestellt wurde«. Unterdrücktes Lachen wurde laut. Malemba blickte langsam und überrascht auf; er erklärte, es handle sich dabei nicht um eine gewöhnliche Hundehütte. Diesmal mußte der Vorsitzende den Kongreß zur Ordnung rufen, Köpfe senkten sich über Pressetischchen und Kugelschreiber kritzelten. Schlaglichter vom Kongreß: die weißen Reporter würden die Anekdote mit Vergnügen aufnehmen – *Kongreß diskutiert über Hundehütten* – und die Schwarzen würden diese Themenauswahl ratlos und ein wenig beleidigt zur Kenntnis nehmen. Die Frauen waren glänzend in Form, nachdem sie ihr Recht, dem Kongreß in großer Zahl beizuwohnen, erfolgreich verteidigt hatten. Wich der Vorsitzende einem Paar gebieterischer Augen aus, so blickte er direkt ins nächste. Eine große Frau unter einem Turban in Kongreßfarben und in einem knöchellangen kunstseidenen Rock nannte die »Waschräume« von Geschäften und Reparaturwerkstätten als Einrichtungen, die afrikanisiert werden sollten. Sie redete in ihrer Muttersprache und verwendete das englische Idiom voller Hohn. In diesen »Waschräumen« gebe es Klosette und Wasserhähne, aber die Schlüssel seien ausschließlich den weißen Frauen vorbehalten. Wenn weiße Frauen dort drinnen ihr Gesicht pudern dürften, weshalb sollten dann schwarze Frauen nicht hineingehen können, um ihre Babys zu waschen?

Dem folgenden Antrag, nach dem Wein und hochprozentige Alkoholika stärker besteuert werden sollten, wurde dann nicht jene Aufmerksamkeit zuteil, die er vielleicht verdient hätte. Der Delegierte, der sich dazu zu Wort meldete, hatte Fakten und Zahlen vorliegen; im Jahr davor waren fünfzehnmal mehr hochprozentige Alkoholika importiert worden als im Jahr 1962. Und das zu einem Zeitpunkt, da der Bevölkerungsanteil der Europäer stark zurückgehe. Das Land müsse Sorge tragen, daß es nicht dem Beispiel von Ländern wie Madagaskar folge, wo Alkoholika in einem Jahr an der zweiten Stelle auf der Rangliste der eingeführten Güter aufgetaucht waren – anstelle der dringend benötigten Maschinen und technischen Geräte. Es gab wieder Gelächter, aber man bemühte sich pflichtbewußt um Ernsthaftigkeit, als jemand das Beispiel des abstinenten Präsidenten ins Treffen führte. Mweta selbst grinste breit in der entwaffnenden Selbstparodie des starken Mannes, der seine Muskeln spielen läßt. Der Antrag wurde angenommen und beendete den offiziellen Teil dieses Tages, und als sie langsam hinaus in die Gänge drängten, bemerkte Brays Nachbar vertraulich scherzend: »Und jetzt gehen wir alle rasch auf ein Bier.«

Er war wieder da, wo er angefangen hatte, im Rondavel bei Roly Dando. Er lag auf dem Bett und blickte zur Lampe hinauf, die vom Deckenbalken herabhing, und zu dem wie mit einem Kamm gezogenen Muster des Strohs. Schmeißfliegen brummten hoffnungslos gegen das starr befestigte mittlere Fensterglas und fanden nie die offenen Unterteilungen. Sie klopften und schlugen gegen die unnachgiebige, unsichtbare Barriere; und gegen die Benommenheit, die sich seiner bemächtigte. Hinter den geschlossenen Lidern und im ausschwärmenden Rot-Dunkel seiner selbst war sie da, mit ihrem eckigen Kinn, dem unschuldig kampflustigen Gesicht, dem Gesicht einer Frau, die sich immer ganz alleine hatte durchschlagen müssen – ein großbusiges weibliches Wesen, dessen Kopf über dem vielgebrauchten Körper aufmerksam ihre Jungen bewacht. Sie war vieles für ihn. Auch eine Griechin aus der Frühzeit, über deren Leben ein unausweichliches Fatum hing. Eine Iphigenie, die eingesehen hätte, daß Agamemnon sie gegen einen günstigen Wind eintauschen mußte. Er dachte, vielleicht kommt es daher, daß sie in Wahrheit ein durchschnittliches Mädchen ist, relativ beschränkt, mutig, aber ohne die Intelligenz, diesen Mut für sich selbst zu nutzen, und ich bin bloß ein Mann in mittleren Jahren, der das letzte Zucken seiner Prostata genießt. Es war eine Wendung, mit der er und Olivia immer großzügig die Affären ihrer Freunde quittiert hatten; er hatte vergessen, wer von beiden sie geprägt hatte. (Er sah die Brüste des Mädchens mit den Zeichen darauf, ihre fleischigen Oberschenkel, die für Hosen wirklich zu dick waren.) Einem selbst konnte das ebenso widerfahren – wie Krebs oder Arteriosklerose; wie der Tod. Man brachte es immer nur mit anderen Menschen in Zusammenhang, aber es konnte genausogut einen selbst treffen. – Nun, wenn das so war, dann brauchte man nicht großmütig zu sein – Neid war dann das Angemessenere, wenn die überlegen Toleranten nur gewußt hätten, wovon sie sprachen.

Olivia allerdings würde sich dessen bewußt sein. Olivia verfügte über eine hohe Intelligenz; auch in einem zweiten Sinne noch, Intelligenz in jeder Beziehung: auch in bezug auf den Körper. Zu Anfang – in Wahrheit waren es Jahre gewesen – hatte es das zwischen ihnen gegeben; Venetia und Pat, die junge Mutter und das Mädchen, das Schauspielerin werden wollte, waren das Ergebnis dessen, was ihnen als schier unüberbietbare Intimitäten erschienen war. Olivia mußte sich daran erinnern; er aber lebte sie. Für sie und gemeinsam mit ihr gehörten sie der Vergangenheit an. Das Erinnerungsvermögen des Körpers ist kurz. Der seine hatte sie vergessen, schon lange bevor er dieses Mädchen noch zum ersten Mal geliebt hatte. Was Olivia und ihm widerfahren war, schien nun so sinnlos anzuzweifeln wie das Resultat eines Flugzeugunglücks; er war der Überlebende. Er war sich der sexuellen Überheblichkeit dieser Deutung bewußt... ein Vogel schrie mit Beharrlichkeit über seinem Kopf auf dem Dach, und er öffnete seine Augen in dem Gefühl, genau diesen Ton schon einmal gehört zu haben. Er stopfte das schlaffe Kissen unter seinen Nacken und setzte sich auf, um die Tagesordnung des Parteikongresses langsam durchzugehen, wobei er hier und da mit dem Bleistift schwache Kreuze machte.

Roly Dando hatte seine Operation hinter sich und unterbrach die abendliche Trinkerei nicht mehr mit seinen Ausflügen in die Büsche, aber der Ausdruck irgendwelcher lästigen inneren Andränge, die das Ziehen in der Blase auf seinem Gesicht ausgelöst hatte, würde wohl für immer bleiben. Ob nun bei Dando oder bei jedem x-beliebigen anderen, dem er in der Hauptstadt begegnete – sein persönliches Wohlbefinden mußte sich, das fühlte Bray, als das verraten, was es war; es mußte auf seine Weise ebenso leicht zu identifizieren sein wie die blauumrandeten Augen eines halbwüchsigen Masturbanten.

Dando aber sagte nichts. Die Distanz zwischen ihnen war schwer zu analysieren. War es nun eine Frage der sexuellen Energien, des Alters, der sich verändernden politischen und persönlichen Einstellung – es ließ sich jedenfalls nicht von der Atmosphäre des Gartens trennen, die nicht mehr die von früher war, obwohl sie da saßen, wie sie es immer getan hatten.

Auch Dando hatte bemerkt, daß Mwetas Absicht, das Recht der Ernennung des Generalsekretärs des Gewerkschaftsverbandes für sich zu reklamieren, auf die Tagesordnung des PIP-Kongresses kommen würde. Er überging Brays Ausdruck der Überraschung darüber, daß es so weit gekommen war. »Es gibt nichts, das nicht Angelegenheit der Partei wäre. Vermutlich hat Shinza so viel Unterstützung zusammengetrommelt, daß die Burschen im Sekretariat es einfach nicht vermeiden konnten. Genauso wenig wie bei der Gewerkschaftssache, bei der es ihm gelungen ist, sie schon vor dem Kongreß ins Gespräch zu bringen, kann Shinza auch hier nicht anders, als offen auftreten. Er muß gute Gründe dafür haben, daß er glaubt, er würde wieder zum Generalsekretär gewählt werden, wenn man die Wahl in gewohnter Weise dem UTUC überläßt.«

»Mweta ist ebenfalls offen damit herausgekommen. Wenn er so weit geht, daß er sogar ein neues Gesetz einbringt, nur um Shinza aus den Gewerkschaften herauszuhalten.«

»Ach, es wird sich bloß um eine Bekanntmachung handeln, mit einem neuen Gesetz braucht man sich dabei nicht herumzuschlagen. Das alte, das zur Erhaltung des Arbeitsfriedens, erlaubt das ja – es ist ein Stück guter, alter, kolonialer Gesetzgebung, maßgeschneidert, um

damit die Schwarzen unter Kontrolle zu halten. Reicht zum gegenwärtigen Augenblick völlig.« Dando leerte sein Glas, auf dessen Grund sich der Gin gesetzt hatte, und verzog die dünnen Sehnen seines Kiefers.
»Wenn Shinza wieder Generalsekretär des UTUC würde, wäre das die perfekte Chance.«
»Wofür, Mann, wofür?«
»Wenn Mweta sie nur sehen würde. Eine perfekte Chance, um Shinza ohne Gesichtsverlust wieder einzubinden. Shinza hätte dann aus eigener Initiative den Schritt aus dem ›Ruhestand‹ heraus getan und hätte *die* absolute Schlüsselposition außerhalb der Regierung; Mweta könnte, ohne gönnerhaft zu wirken, einfach seine Hand ausstrecken und ihn hereinnehmen und würde sich dabei auch nicht im mindesten erniedrigen. Und auf einen Schlag hätte er die Lösung der Probleme mit den Arbeitern und das Ende der feindlichen Lager innerhalb der Gewerkschaften. Dann hätte er endlich eine starke Regierung.«
»Mit Edward Shinzas heißem Atem im Nacken?«
Bray lächelte. »Neuerdings trinkt er nicht mehr.«
»Ich denke nicht an den Geist des Weines, sondern an den der Revolution.«
»Ein bißchen davon kann nicht schaden.«
Dando ließ sich für seinen Angriff tief in den Sessel sinken, wie in eine Höhle: »Sollte ich aber verdammt doch wohl hoffen. Sollte verdammt nochmal hoffen, *daß* er schadet. Ich weiß nicht, wozu Idioten wie ich ihre Zeit auf diesem Kontinent verschwendet haben, wenn die Ideen, die wir hergebracht haben, dem System, das die Schwarzen von den Weißen übernommen haben, nicht schaden.«

»Na bitte, da hast du's.«

»Gut, da hab ich's.« Dando schoß mehr oder minder gezielte Blicke in den Garten ab; getroffen wackelte sein alter Hund mit dem Schwanz. »Aber Mweta wird sich doch weder von Shinza noch von sonstwem dieses Permanente-Revolution-Zeugs aufzwingen lassen. Wenn er davon spricht, daß er auf einem soliden Fundament aufbauen möchte, dann meint er genau das – nicht nur die Plackerei der Landarbeiter und all das, sondern vielmehr den zwei Ziegel hohen kapitalistischen Staat, der hier schon im Aufbau begriffen war. Mag sein, daß er da und dort ein paar nette, freistehende Nebengebäude von staatseigenen Unternehmen anbaut, verstehst du – aber für das Grundkonzept wird es keinerlei Änderungen im Stil geben. Ein bißchen wird es an eine Schweizer Bank erinnern – oder vielleicht eher noch an eine westdeutsche. Die erweiterte Familie wird ihre Hütten auf dem Gelände stehen haben, und sie werden eine ganze Menge genießbarer Häppchen von Golden Plate Dinners abbekommen, es wird ihnen bessergehen als früher, wenn's recht ist, und ihnen wird's recht sein. Mweta ist zutiefst davon überzeugt, daß das das Beste ist, wozu er imstande ist, und zweifellos wird er's auf die bestmögliche Weise erledigen. Ein kleines schwarzes *Wirtschaftswunder.* Ließe er Shinza überhaupt erst in die Nähe, ließe er ihn im UTUC groß werden – was dann auf ihn wartet, das weiß er nur zu gut: das Risiko, daß die Gewerkschaften sich gegen die Regierung stellen. Darauf ist Shinza aus, das ist sein Comeback, das er mit Hilfe der Verfassung versucht, und er strengt sich schwer dabei an – und unser Junge weiß das.« Er schenkte Bray noch ein Glas ein, wie um ihm damit das Maul zu stopfen.

»Das leuchtet mir nicht ein. Ich glaub nicht, daß Shinza es darauf ankommen lassen würde. Wenn er über die Gewerkschaften an die Macht kommen will, dann will er es, um eine Position zu haben, die es, wie gesagt, Mweta ermöglicht zu erkennen, daß er ihn braucht wie eh und je. Es ist eigentümlich, selbst wenn er Mweta jetzt kritisiert – und manchmal tut er das mit ziemlichem Groll –, dann spürt man, daß er sich trotzdem irgendwie um ihn Sorgen macht und sich für ihn verantwortlich fühlt. Egal – Gefühl oder nicht –, ich glaube jedenfalls nicht, daß er es auf die andere Sache ankommen lassen würde.«

»Warum denn nicht, in Gottes Namen? Siehst du das nicht? Muß ich's dir vorbuchstabieren, Bray? Du weißt doch, daß der UTUC und die Partei all die Jahre, bis heute, im Grunde immer ein und dasselbe waren. Beide haben ihre Mitglieder aus der gleichen Schicht bezogen, ihre intellektuelle Ausrichtung war eine ähnliche – in Hinblick auf die politischen Methoden und die Auffassung von sozialen und ökonomischen Fragen gab es zwischen ihnen keine Differenzen. Zum Teil hatten sie dieselben Leute in der Führungsspitze! Denk nur an Shinza selbst – erster Vorsitzender der PIP und gleichzeitig Generalsekretär des UTUC. Und Ndisi Shunungwa und noch eine Reihe anderer Leute. Aber trotzdem hätte sich schon früh eine Situation ergeben können, in der der eine, obwohl beide im gleichen Joch gingen, dem anderen hätte davonziehen können, hm? – Und plötzlich hätte man vor der Tatsache gestanden, daß eine Arbeiterorganisation mit einer weniger progressiv eingestellten Partei in Konflikt gerät. Es ist nicht passiert – es konnte damals aufgrund zweier Tatsachen nicht passieren: Das Land war nicht frei von politischer Fremdherrschaft und hatte ein bestimmtes Stadium der Industrialisierung noch nicht erreicht. Ja? Aber jetzt ist die Lage anders. Wir sind unabhängig, die Front verläuft nicht mehr vor dem Gouverneursgebäude. Theoretisch sollte sich der UTUC jetzt von rein gewerkschaftlichen Überlegungen leiten lassen – er sollte eine selbständige Gewerkschaftspolitik verfolgen. Aber eigentlich ist der UTUC eine körperschaftliche Gewerkschaft, eh, ein Teil des Staates, von dem man erwartet, daß er die Politik des Staates fortsetzt und dessen Ziele verfolgt – gab es da nicht eine Klausel in den Gründungsstatuten des UTUC? Bin mir verdammt sicher, daß es da so was gab. Der UTUC ist die Vertretung der jüngeren Staatsbeamten und der Arbeiter, außerdem aber ist er eine Art starker Arm des Arbeitsministeriums – und das ist ein verdammt komplizierter Balanceakt, mein Bester. Aus dem UTUC ist ein Kalb mit zwei Köpfen geworden, und Shinza hat jetzt die Chance, es zu schlachten. Er braucht bloß sich selbst als den Vorkämpfer für die Rechte der Arbeiter gegen die Herrschaft des Staates über die Gewerkschaften und die Unterordnung des Wohles der Arbeiterschaft unter die Forderungen des Staates darzustellen. Und daran arbeitet er gerade. Schau dir einmal an, welche Dinge seine Handschrift tragen.« Er ließ seine hochkant aufgestellten Hände auf Brays Tagesordnung mit ihren angekreuzten Resolutionen niedersausen. »Bei einem Dutzend wilder Streiks im ganzen Land hat er seine Hand im Spiel gehabt. Im geheimen hören sie auf ihn und verachten ihre eigenen Gewerkschaftsfunktionäre, denn der Widerspruch mit seinen Folgen ist bereits vorhanden – das zweiköpfige Kalb.«

»Du hast dir die Antwort selbst gegeben!« Er hatte den

überraschten Hund kräftig hinter den Ohren gekrault, während Dando gesprochen und er auf eine Pause gewartet hatte. Jetzt gab er dem Hund den abschließenden Klaps. »Du meinst, die Gewerkschaften hätten vor der Unabhängigkeit – selbst wenn sie sich in Konflikt mit einer weniger progressiven Partei befunden hätten – bei ihrer Oppositionsbildung nicht erfolgreich sein können, weil das Land ein bestimmtes Stadium der Industrialisierung noch nicht erreicht hatte. Die Arbeiterklasse war nicht groß genug. Aber das gilt ja auch jetzt noch. Noch immer ist es nicht zu einer Industrialisierung in dem Ausmaß gekommen, das auch nur annähernd ausreichte, die Klasse der Lohnempfänger erheblich zu stärken. Der UTUC ist zahlenmäßig einfach nicht groß genug und verfügt folglich auch nicht über größere wirtschaftliche Ressourcen, weshalb er sich auch nicht als Opposition gegen die Regierung Mweta etablieren kann. Ob nun unter Shinza oder sonstwem. Vergiß nicht, daß Shinza seit seiner Zeit als Jugendlicher in den Boss-Boys-Komitees der Minen in der Gewerkschaftsbewegung ist. Er hat sich in anderen afrikanischen Staaten umgesehen. Und vergiß nicht, daß er ein alter Kumpel von Ben Salah ist; er weiß, wer bei dem Krach zwischen der Gewerkschaft und der Neo-Destour-Regierung in Tunesien den kürzeren gezogen hat... und hier ist die Lage ähnlich. Es muß Shinza klar sein, daß es im gegenwärtigen Stadium nicht zu schaffen ist.«
»Aber versuchen kann man's. Auf alle Fälle – würde es Shinza gelingen, hier auch nur als ein Ben Salah herauszukommen, so bin ich mir sicher, er hielte sich für einen Glückspilz. Pack schlägt sich, Pack verträgt sich. Vielleicht sieht er sich selbst als den alten Gewerkschaftsfüh-

rer, der der Regierung so erfolgreich die Daumenschrauben anzieht, daß er in ein paar Jahren schließlich noch seinen Galaauftritt *à la Salah* als Minister für Planung und Finanzen erlebt. Und vielleicht sieht Mweta das schon im Sud einer seiner alkoholfreien Tassen und möchte auf Nummer Sicher gehen, daß es nicht eintritt.«

Während ihre Stimmen lauter wurden und sie sich gegenseitig vehement ins Wort fielen, flatterten die frühabendlichen Fledermäuse um sie herum – eine Verkörperung der Dinge, die nicht ausgesprochen wurden. In einer Pause – die Luft verdichtete sich plötzlich zu Dunkelheit, und er konnte Dandos schmales Gesicht nicht mehr deutlich sehen, während er gleichzeitig spürte, wie sein eigenes sich verbarg – fiel ihm auf, daß sie von Shinza redeten, so als handelte es sich bei ihm um einen interessanten Menschen in einer interessanten politischen Situation, die man aus der Zeitung kannte, und als lebte er in einem anderen Land und nicht ein oder zwei Meilen entfernt im Hause Gomas in der Altstadt. Es ging auf das Konto Dandos, daß sich diese Art des Bezugs wie von selbst einstellte. Er war ein alter Mann in einer hohen öffentlichen Stellung, und seine leidenschaftliche Objektivität war sehr distanziert; wie er selbst einmal gesagt hatte: er arbeitete für Mweta. Shinza spielte – in seinem persönlichen Leben – bei seinen Überlegungen keinerlei Rolle.

Nach dem Essen entschuldigte er sich, ohne zu sagen, wohin er fahren wollte, und fuhr in die Altstadt. Die Stadteinfahrt war um nichts besser geworden, die Straßen waren noch immer ungeteert und Straßenlampen irregulär und selten. Er fuhr an der Bar vorbei, die in

einem alten Laden untergebracht war und in die er, damals, während der Unabhängigkeitsfeiern, mit Bayley und den anderen gegangen war. Rebecca hatte sie entdeckt, war aber nicht dabeigewesen; er erinnerte sich daran, wie er im Wagen vor dem schäbigen Mietshaus gewartet hatte, während Neil Bayley Kiesel an die Fenster geworfen hatte. Aber das Mietshaus blieb in Dunkel gehüllt; eine andere Zeit, eine andere Rebecca.
In dieser gegenwärtigen Dunkelheit erkannte er die Trockenreinigung von Mrs. Okoi und, gegenüber, das, was das Haus der Gomas sein mußte; auf den Ziegeln da waren einmal Zahlen aufgemalt gewesen, aber sie waren schon vor langem verblichen. Es war eine der wohlhabenderen Straßen, und im Freien standen keine offenen Roste, dafür aber hatten Kinder und Banden von Jugendlichen sie mit ihrem Geschrei, Gelächter und Spiel in Beschlag genommen, während die Jüngsten – wie der Esel, der still danebenstand – schon im Stehen schliefen. Dem Grundriß des üblichen Zwei-Zimmer-Hauses waren rundum Anbauten hinzugefügt worden, und zur Veranda an der Vorderfront führte ein glatter Betonstreifen; die Verandatür fehlte, und ein Hund, dessen Leine zu einem Draht führte, der zwischen zwei Pfosten gespannt war, so daß er hin und her laufen konnte, wurde, wie ein Fisch am Angelhaken, mit einem würgenden Ruck hochgerissen, als er versuchte, an Bray heranzukommen. Er mußte lange klopfen, bis jemand kam: ein hübsches, kleines Kind im Pyjama. Es sah ihn an und rannte davon. Aber er konnte Stimmen hören und jenseits des winzigen Raumes, auf den die Tür sich öffnete, Shinzas Lachen. Im Zimmer Stühle mit senkrechten Lehnen, ein Eisschrank und eine *Home Ency-*

clopaedia, ein altes Sofa, das für zwei weitere kleine Kinder, die unter dem gelben Licht schliefen, als Bett hergerichtet war. Schließlich öffnete sich die innere Tür und gestattete einen kurzen Blick auf Gesichter und Gesten hinter einem Schleier aus Rauch und aufgestauter Hitze. Eine Frau blickte ihn an und wandte sich gleich wieder zurück, um sich aus dem Raum hinter ihr Direktiven zu holen, dann aber trat ungeduldig Cyrus Goma heraus, und kaum hatte er bemerkt, wer es war, kam er näher und schloß die Türe hinter Bray, um ihn willkommen zu heißen. »Kommen Sie nur herein. Meine Mutter... Mein jüngerer Bruder... Basil Nwanga... Linus Ogoto...« Das Haus war voll. Alles Leute vom Kongreß. Shinza hatte sich erhoben und stand mit zufriedenem Gesicht herum; er legte Bray einen Arm auf die Schulter. Am Ende des Tisches spielten zwei Männer Karten – blind gegen alles, den Blick wortlos hinunter in ihre Karten und herauf zum Gesicht des anderen gerichtet. In einem freien Winkel, den er am Boden gefunden hatte, machte ein Junge seine Hausaufgaben. Das Radio spielte. Eine junge Frau brachte ein rosa Glas mit Goldrand, und Shinza schenkte Bray ein Bier ein. Cyrus Gomas Mutter thronte wie ein Hausgott in seinem Schrein ein wenig abseits auf einem seltsamen dunklen Holzgestühl, einer Art Kirchenbank, auf das sich verständlicherweise kein anderer Mensch jemals zu setzen gewagt hätte. Beim zweiten Hinsehen kapierte Bray dann, daß es sich dabei um einen altmodischen Nachtstuhl handelte, der für weniger intime Benutzung adaptiert worden war; welches Mitglied der Familie Goma ihn auch immer erstanden haben mochte – wahrscheinlich hatte es keine Ahnung gehabt, was seine ursprüngliche Bestimmung gewesen war. Die alte Frau war groß und schwarz, wie es nur Leute waren, die aus dem an den Kongo angrenzenden Teil des Landes stammten. Die Gesichtszüge, die Cyrus geerbt hatte, waren eine Bleistiftskizze des Hauptmotivs, das hier ganz ausgeführt war; der Kopf ragte, massiv wie ein Block, empor, die Nasenflügel hatten Schneckenform, die breiten, vorgestülpten Lippen den Blauton des Alters, die Augen waren blutunterlaufen – eins trat ein wenig hervor (möglicherweise ein leichter Schlaganfall), und die Ohrläppchen – Schmuck, der sich selbst genügte und verächtlich allen anderen Zierat zurückwies – hingen bar der Kupferringe, die einstmals in ihnen gesteckt waren, bis zu den fleischigen Schultern herab. Die Füße unter ihrem langen Baumwollkleid waren nackt. Sie sagte kein Wort, nahm Brays Erscheinung nur mit einem einzigen tiefen Atemzug zur Kenntnis, dem aus stolzer Höhe ein großartiges Neigen des Kopfes folgte. Dann und wann hustete sie und zog mit einem von allen ignorierten Geräusch Schnupftabak auf. Es war zugleich traurig und ein Zeichen für den ihr gebührenden Respekt: man vertrieb sie trotz ihrer schmutzigen Gewohnheiten, die ihrer Senilität zuzuschreiben waren, nicht, nahm aber auch keine Notiz von ihr.

Shinza befand sich in jenem Gemütszustand, der sich bei ihm immer am Vorabend von Wahlen eingestellt hatte, als die PIP erstmals den Siedlern ihre Sitze streitig zu machen begann. Er machte auf eigene Kosten abfällige Witze, eher verspielt als selbstbewußt. Eher ein David als ein Goliath. Der Mann, den man als Linus Ogoto vorgestellt hatte, ging Punkt für Punkt den Antrag durch, den er am

Tag darauf einbringen wollte und der die überhöhten Gehälter der Regierungsbeamten anging. Er war ein kräftiger Mann, dessen Gesicht und Kopf zerfurcht waren – selbst die Linien auf dem fleischigen, kahlrasierten Schädel wirkten wie abgesteppt, so daß sich die Intensität eines Ausdruckswechsels nicht allein auf das Gesicht beschränkte, sondern über den ganzen Kopf lief. Er hielt Bray in fließendem Englisch mit hartem Akzent einen Vortrag. »Wissen Sie, wie hoch sich die geschätzte Summe beläuft? Siebenundvierzig Prozent des Budgets. Minister- und Generaldirektoren-Attrappen wie Joshua Ntshali…« »Vorsicht, Ntshali ist einer von James' Nachbarn«, warf Shinza ein. »… sie bekommen drei- bis zehntausend im Jahr. – Unsere Hilfsarbeiter verdienen zwischen dreißig und zweiundsiebzig Pfund. – Einen Augenblick, ich bin noch nicht fertig. Ich hab noch ein paar andere Zahlen. Kostenlose Wohnung, Kraftfahrzeugpauschale in der Höhe von fünfundsiebzig Pfund, Kilometergeld für Dienstfahrten an jedem beliebigen Wochentag von einem Shilling pro Meile extra, verbilligtes Benzin an den Tankstellen des Ministeriums für öffentliche Arbeiten. Und höhere Verwaltungsbeamte und Beamte, die in öffentlichen Körperschaften tätig sind, kommen in den Genuß von ähnlichen Privilegien.«

Cyrus Goma und Nwanga waren beide Parlamentsabgeordnete, die gut verdienten und selbst gewisse Privilegien genossen; sie waren freilich keine Kabinettsminister. Sie schienen davon auszugehen, daß sie Kürzungen ihrer eigenen Gehälter selbstverständlich in Kauf nehmen würden; das würde zweifellos nicht unbeachtet bleiben, wenn sie beim einfachen Volk auf Stimmenfang gingen. »Ich hab die Höhe des Durchschnittsverdienstes der Kongreß-Delegierten da. Dreiundsiebzig Prozent verdienen weniger als sechshundert pro Jahr, und von diesen dreiundsiebzig Prozent verdienen wiederum beinahe drei Viertel zwischen dreißig und hundert pro Jahr. Das ist alles.«

»Das ist in Bargeld, versteht sich? Was sie zu Hause ernten und so weiter ist da nicht inbegriffen, hm?« Unter der Leichtigkeit, mit der Shinza das hingeworfen hatte, war er wachsam auf Ausschau nach Löchern, in der die Opposition herumstochern würde.

»Bargeld. Die Erträge, die einem Kabinettsminister sein Garten auf dem Land draußen abwirft, werden ihm ja auch nicht aufgerechnet.«

Shinza nickte rasch, befriedigt.

Nwanga sagte zu Bray: »Die Dondo- und Tananze-Leute werden das mit ganzer Kraft unterstützen. Sie möchten, daß sämtliche Gehälter über sechshundert pro Jahr eingefroren werden.«

»Nun. Beinahe jeder in diesem Saal verdient weniger als sechshundert. Da sollten sie sich eigentlich nicht weigern, dafür zu stimmen.« Ogoto schaute drein, als wollte er sie alle durch seine Blicke aus der Fassung bringen.

»Das war ein Haufen Detektivarbeit«, sagte Shinza nebenbei. »Wie hast du das denn gemacht?« – er meinte die Gehaltsziffern für die Delegierten.

»Ich war monatelang dahinter her, Mann. Die Leute beantworten keine Briefe, verstehst du – man muß ständig am Ball bleiben. Hat mich 'ne Menge Porto gekostet.« Ogoto lachte plötzlich, verlegen, und seine Ohren brachten Bewegung in seine Kopfhaut. Sobald er allerdings seine Verlegenheit über das Lob überwunden hatte, stieg es ihm eher zu Kopf; vor lauter Freude konnte er

nicht aufhören, von den Schwierigkeiten zu reden, die er zu bewältigen gehabt hatte. Eine Anekdote folgte der anderen; alle lachten – außer den Kartenspielern und dem Schuljungen, die sich in ihre Konzentration eingruben, und der alten Frau.
Bray unterhielt sich mit Cyrus Goma über einen Antrag, der die Landarbeiter betraf. Es war ihm aufgefallen, daß er vom Parteipräsidium der südlichen Provinz eingebracht wurde – Goma war Abgeordneter der östlichen –, trotzdem wußte er über die einzelnen Punkte genau Bescheid. »Das Grundkonzept ist, daß die Landarbeiter als Arbeitnehmergruppe innerhalb einer landwirtschaftlichen Industrie anerkannt und wie die Arbeiter in allen anderen Sektoren der Industrie organisiert werden sollten. Einundsiebzig Prozent der Lohnempfänger dieses Staates arbeiten noch immer auf dem Land. Sie haben keine entsprechende Vertretung, keine entsprechenden Anstellungsbedingungen, die irgendwo festgehalten wären, keine Mindestlöhne, nichts. Natürlich ist das eine knifflige Angelegenheit – die meisten sind nicht als Lohnempfänger angestellt; einen Teil ihrer Zeit verbringen sie damit, ihr eigenes Stammesgebiet zu bebauen; oder sie dürfen mit Erlaubnis der Weißen gegen einen Anteil an der Ernte als Squatter einen Teil von deren Land bearbeiten …«
»Gibt's dafür viele Stimmen?«
Goma lachte kurz. »Im Prinzip ja. Wer wird schon aufstehen und sagen, daß er gegen die Verbesserung der Lebensbedingungen von drei Viertel der arbeitenden Bevölkerung ist? Aber kann sein, daß sich die Leute aus anderen Gründen zurückhalten.«
»Logisch. Organisieren Sie diese einundsiebzig Prozent

der Landarbeiter, und die Gewerkschaften haben einen Machtzuwachs ungeahnten Ausmaßes.«

Goma zuckte die Achseln. Wann immer Bray versuchte, die Politik hinter den einzelnen Anträgen von Shinzas Lager zu definieren, zeigte Goma nichts als sein verbindliches Gesicht. Shinza diskutierte wieder mit Linus Ogoto und Nwanga, wobei seine Zigarette auf der Lippe auf und ab wippte. »... in Guinea, ich meine, vergessen wir nicht, daß es da erst gar nicht zum Problem der Afrikanisierung gekommen ist... die Franzosen machten sich auf und davon, sobald Sékou sich dazu entschlossen hatte, aus der französischen Gemeinschaft auszutreten, es gab keine ausländischen Beamten mehr, deren fette Einkünfte die Einheimischen mit den eigenen hätten vergleichen können. Sie standen auf ihren eigenen Beinen. Es war kein Problem, die Gehälter drastisch zu kürzen. Aber man muß sehr aufpassen, wie weit man geht... wenn man darangeht und die Lohnstaffelung und die Nebenvergünstigungen auf das Niveau von, sagen wir, Lehrern absenkt, dann wird es zum Bumerang« – er gähnte ab und zu voll Begeisterung – »dann hat man wieder nur erreicht, daß ihre Gewerkschaft eine Kampagne zur Erhöhung der Gehälter startet...«

Shinza war von der Tatsache irritiert, daß die Frage der Ernennung des Generalsekretärs des UTUC durch Mweta als einer der ersten Tagesordnungspunkte für den nächsten Nachmittag angesetzt war. Ein Mann in grauem Anzug, auf den Jochbeinen das Zeichen seiner Stammeszugehörigkeit, sagte: »Sie wollen es hinter sich bringen.« Shinza ignorierte ihn, ignorierte Brays Blick. Er stützte seinen Ellbogen auf den Tisch, legte seine Hand über den Mund und zog seufzend die Luft

durch die geweiteten Nasenlöcher ein: »Hinter sich.« Natürlich, er wollte Zeit haben, um Eindruck auf den Kongreß zu machen und über mehrere Tage seine Rückkehr zur aktiven Führung sowie seinen Anspruch auf Unterstützung zu demonstrieren, bevor das Problem aufgeworfen wurde. Er war halb in Vergessenheit geraten und mußte die PIP daran erinnern, was er immer noch war und sein konnte. Dann würden Shinzas politische Aktien steigen – egal, ob nun der Antrag niedergestimmt werden, Mweta für sich das Recht zur Ernennung des Generalsekretärs des UTUC in Anspruch nehmen und ihn übersehen sollte, oder ob er erfolgreich wäre und das Recht, ihn zu wählen, beim Vorstand des UTUC verblieb.
Cyrus Goma sagte zu Shinza irgendwas über die Zeit. Die kleine Gruppe nahm – sich gegenseitig beäugend – die wachsame Haltung von Leuten an, die man woanders schon erwartete. Shinza ließ sich auf die Geheimnistuerei nicht ein. »Wenn du willst, komm mit...? Wenn du Lust hast...« Goma neigte seinen Kopf und blickte stirnrunzelnd an sich hinunter; die anderen standen verlegen herum. Shinza spürte den Druck ihrer Mißbilligung und überspielte seine Einladung, so als hätte Bray bereits abgelehnt. »Tut mir leid... wir müssen los, Dhlamini Okoi treffen.« Also gehörte Okoi, der Postminister, jetzt ebenfalls zu Shinzas Lager. Shinza lächelte träge, als er von Brays Gesicht diese Schlußfolgerung ablas. Aber Gomas Blick verriet heftige, ärgerliche Verstimmung. Bray grüßte die alte Frau abermals mit Respekt. Nun, da er wieder auf dem Weg hinaus war, war Cyrus Goma erleichtert und in dieser Erleichterung liebenswürdig und plapperte drauflos, um zu beweisen, daß es nicht

persönlich gemeint gewesen war. »... nach all diesen Jahren. Und wie geht's Mrs. Bray? Ist sie glücklich und zufrieden da oben in England? Bestellen Sie ihr meine besten Grüße, wenn Sie ihr schreiben, ich weiß nicht, ob sie sich an mich erinnert...« Er trug noch immer die westafrikanische Baumwollrobe – sein Kostüm bei öffentlichen Auftritten. »Gehen wir.« Shinza sprach es aus. Er sagte, gleichsam innerlich amüsiert über die Haltung der anderen, zu Bray: »Bis morgen früh. Paß auf in der großen Stadt – daß du keinen Ärger kriegst.«
Es war noch nicht zehn, und die Hitze der Nacht war drückend. Ein fliegender Kakerlak verirrte sich in den Wagen und drückte sich flach wie eine Messerklinge unter die abgetretene Fußmatte, als er nach ihm schlug. Unter den Sitzen und in Ritzen fanden sich wahrscheinlich noch von den Fahrten mit den Kindern kleine Leckerbissen. Sie hatten mit Krumen und zerbrochenem Spielzeug den Wagen zu einer Heimstatt verwandelt, genauso wie sie es mit dem von Rebecca immer getan hatten. Weder wollte er jetzt schon ins Bett, noch hatte er Lust, mit Roly zu saufen; er überlegte, ob er einen Umweg machen und den Wentz' im Silver Rhino guten Tag sagen sollte. Sie erwarteten sicher, daß er einmal bei ihnen vorbeischaute, und er hatte nicht die Absicht, sich nach dem Kongreß noch länger in der Hauptstadt aufzuhalten. Das Rhino war voll. »Preisnachlaß für Delegierte – was soll man schon machen«, sagte Hjalmar. »Wir müssen der Belegschaft das gleiche zahlen, egal, wieviel die Gäste blechen.« Margot war im Bett. »Doch nicht etwa krank?« »Wer kann das bei Margot schon sagen? Wenn sie sagt, daß sie müde ist, ist sie krank, und wenn sie sagt, daß sie krank ist, ist sie müde. Wenn ich möchte, daß sie

auf Urlaub fährt, dann fragt sie mich, warum ich denn nicht auf ein paar Tage wegfahre.« Er ließ das Büro unbesetzt zurück, und sie saßen in dem kleinen privaten Wohnzimmer mit seinem runden Tisch unter dem Lichtkegel des tiefhängenden Lampenschirms bei geöffneten Fenstern, die weit, wie luftschnappend, hinaus in die heiße Nacht mit ihren Gerüchen von rotem Staub und Grasbränden aufgestoßen waren. Wie jemand, der keinen Menschen hat, mit dem er sich unterhalten kann, ließ Hjalmar Wentz immer augenblicklich eine Atmosphäre der Vertrautheit entstehen; in dieser Nacht machte er den Eindruck eines Gefangenen, dessen Zellenschloß Bray gesprengt hatte, ohne sich dessen bewußt gewesen zu sein. Sohn Stephen hatte die Reifeprüfung gemacht, von der Universität wollte er allerdings nichts wissen – soweit sie sich erinnern konnten, war dies seit Generationen das erste Mal, daß irgendein Mitglied seiner (Hjalmars) und Margots Familie einfach so von der Schule abging und zu einem Vertreter der halbgebildeten *petite bourgeoisie* wurde. »Er ist ein echtes Kind des Kolonialismus – dieser anpassungsfähige Typ, der seine Beliebtheit dem Umstand verdankt, daß er eine Bar führt und jeder ihn Steve nennt – Sie wissen, was ich meine. Da läßt sich einfach nichts machen. Jeder mag ihn. Margot findet es schrecklich. Ich bin natürlich auch nicht hellauf begeistert ... aber ich sehe es als eine Art Lösung des Überlebensproblems, mhh? Wir haben ihn in diese Welt und diese Stadt hereingesetzt, und jetzt löst er die Probleme eben auf seine Weise. Nicht intellektuell, verstehen Sie – er verfügt nur über Instinkte. Margot hat solche Menschen in Europa nie kennengelernt. Ihr Vater – der alte Professor –, der hat seine Mahlzeiten, wenn sie in einem

Kurort auf Erholung waren, immer in einem privaten Zimmer eingenommen. Man hat ihnen eingetrichtert, daß Einsamkeit und Kontemplation für die Fähigkeiten des Menschen förderlich sind und daß es für die Entwicklung dieser Fähigkeiten hinderlich und hemmend ist, wenn man seine Zeit mit Dummköpfen vergeudet. Er war ein großer Hegelianer; jeden Gedanken, den sie einmal akzeptiert hatten, mußten sie umkehren, und dann mußten sie sein Gegenteil denken, bevor sie sich endgültig entschieden – wissen Sie, in Negationen denken und so weiter. Er empfand eine große Verachtung für Händler, Verkäufer, Makler und so weiter ... nun, wer tut das nicht, besonders dann, wenn es sein Schicksal ist, einer zu werden. Er ist aber nie einer geworden... er ist gestorben, bevor er vor diesem Problem stand. Ah-ja-a-ah!« – das war nicht die deutsche Interjektion, sondern die unverwechselbar langvokalige skandinavische mit gegen Ende steigender Kadenz – »alles höchst jüdisch-intellektuell, obwohl er sich selbst kaum als Jude sah. Hätte er in Osteuropa gelebt, dann wäre der alte Herr einer jener heiligen Talmudschüler gewesen, die sich keine Gedanken ums Geldverdienen machen – Teil der rabbinischen Tradition, die er für eine viel schlimmere Art von Ghetto hielt als die echten.«

Bray erinnerte sich daran, daß die Tochter ihren Namen von diesem zurückgezogenen und unnahbaren Europäer bekommen hatte. Um Hjalmars Gedanken vom Sohn abzubringen, lenkte er seine Aufmerksamkeit auf das Mädchen, das ihm viel näherstand. »Und Emmanuelle? Wie steht es um ihre musikalische Karriere beim Radio?«

»Sie hat regelmäßig jeden Donnerstag ihre Sendung.«

Hjalmar blickte ein wenig fassungslos drein; das wußte doch sicher jeder. Aber Bray hörte nie etwas anderes als die Nachrichten und wurde sich seiner Unterlassungssünde gar nicht bewußt.

»Oh, prima.«

Hjalmar wies seinen eigenen leichtfertigen Stolz auf sie als etwas Verachtungswürdiges zurück. »Sie sollte in Kopenhagen ans Konservatorium gehen. In Paris. Kleine, aus Stöcken gemachte Flöten blasen und über Blechstückchen auf einer Kalabasse dahinpfeifen. Ah, ich will gar nicht darüber reden. Und dazu kommt jetzt noch Margot mit ihren Vorstellungen« – er holte tief Luft und hielt sie an; dann ließ er sie entmutigt wieder aus – »Margot nimmt sie jetzt an die Hand und bringt sie zum Arzt, damit sie gewappnet ist. Man nehme eine Pille und dann nehme man einen Mann – so als wär's ein Aspirin.« Er wandte sich an die abwesende Margot. »Wer bist du denn, daß du für sie die Entscheidung triffst, ob sie mit jedem Mann schläft, der ihr über den Weg läuft? Sie hat nicht darum gebeten; *du* triffst die Entscheidung. Du bestimmst die Art und Weise, wie Mädchen heutzutage leben.« Er wandte sich von sich selbst ab. Aber die Anklagen folgten ihm. »Und ich bin derjenige, der keinen Draht zur Realität hat. Ich bin derjenige, der in einer Traumwelt lebt. Ist ja klar. Jeder Mann, der im Busch daheim eine Frau und fünf oder sechs Kinder hat, ist recht für sie, da braucht man sich überhaupt keine Sorgen zu machen – Emmanuelle ist ja gewappnet. Wogegen? Kannst du mir das verraten? Sind denn sämtlicher Kummer und sämtliche Sorgen schon aus dem Weg geräumt, wenn eine Frau nur weiß, daß sie nicht riskiert, ein Kind zu kriegen?«

»Wir tun, was wir können – das ist alles«, sagte Bray.
»Ihre Töchter sind verheiratet.«
»Ja, das ist aber auch keine Immunitätsgarantie.«
Es gab eine Entspannungspause; Hjalmar zog am Rand seines wohlgeformten Ohrs. »Wissen Sie, oft hätte ich Lust gehabt, auf ein paar Tage zu Ihnen hinauf zu kommen – nur kurz einmal, zur Abwechslung, um mir was anzusehen. Ich kenne das Land so gut wie überhaupt noch nicht.«
»Nun, warum tun Sie's dann nicht.«
»Ich spiele bloß so mit dem Gedanken.« Er zuckte die Achseln. »In diesem Geschäft kommt man nicht einmal für einen halben Tag weg. Es wird ständig noch unmöglicher, Personal zu kriegen. Margot mußte gerade erst wieder in die Küche – bei einem Kampf bekam der Koch eine Stichwunde. Nun, was bleibt mir schon übrig? Man kann nicht einfach aus dem Nichts heraus Köche herzaubern. Ich hab zu ihr gesagt, wir sollten uns jemand aus Europa suchen, einen Einwanderer. In Italien oder in Deutschland inserieren.«
Emmanuelle erschien auf der Bildfläche, und ihr Gesichtsausdruck nahm augenblicklich zu Protokoll: wieder die gleiche Leier. Sie streckte ihre schlanke, fahle Hand aus und schüttelte sie wie ein Tamburin. »Schlüssel, die Schlüssel, bitte. – Hallo, Colonel Bray, ich wußte gar nicht, daß Sie da sind.«
»Leider hat er uns diesmal eine Abfuhr erteilt, er logiert bei Mr. Dando. Man hat uns verlassen.«
Was sagte man zu einem Mädchen in Emmanuelles Alter? Nicht, du bist aber gewachsen... obwohl es ihm so vorkam. Sie wirkte größer als beim letzten Mal und sogar auf noch elegantere Art schlank. Ein paar Augenblicke

lang plauderten sie miteinander; aber sie pochte auf einen gleichberechtigten Erwachsenenstatus, auf den sie sich – natürlich! – beim letzten Mal eingelassen hatten. Er hatte das Gespräch im Garten vergessen. »Kommen Sie und trinken Sie was mit uns«, sagte sie und ließ die Einladung offen, so als wüßte er, welche Gesellschaft sie kurzfristig verlassen hatte. Sie hatte sich, die Beine gespreizt, vor ihrem Vater aufgepflanzt und schüttelte abermals die Hand, weil sie die Schlüssel haben wollte. »Was willst du denn?« »Darum mach dir mal keine Sorgen.« Er lächelte, lenkte ein. »Im Ernst, Emmanuelle, wozu brauchst du sie denn?« »Ich will jetzt all die Schlösser der Familiengeheimnisse öffnen und vor den neiderfüllten Augen der Zuseherschaft den ganzen Schatz an Familienjuwelen zur Schau stellen – dazu.« Ihr dunkles, schmales Gesicht noch immer ohne jedes Make-up – aber ihr Haar war gewachsen und hing zu beiden Seiten des langen Halses von ihrem schmalen Kopf herab, glatt, kräftig und glänzend. Sie blickte ihn voller Liebe und Mitleid an – ein sonderbar grausamer und verzehrender Blick. So mochte sich jemand zur Entscheidung durchringen, sein treues und geliebtes Pferd zu töten, wenn die Zeit gekommen war. Dann war sie wieder gegangen, mit ihrem lässigen Gang, äußerst weiblich in seiner hochmütigen Ablehnung alles Weiblichen.

Hjalmar Wentz war wie ausgewechselt, wenn er von Angelegenheiten sprach, die mit seinem Privatleben nichts zu tun hatten. In einer sonderbaren Umkehrung hatte er sich sein öffentliches Ich als Refugium vorbehalten, in dem er am meisten er selbst sein durfte, geschützt vor dem Abnutzungskrieg seines privaten Daseins. Er beugte sich gespannt vor (er trug noch immer Espadrillos und eine verschrumpelte Leinenhose, so als wäre er, aus Dänemark kommend, in den Ferien an der Costa Brava entführt worden), während sie sich über die Streiks und Unruhen der vergangenen paar Monate unterhielten. »Hinter jedem guten Reformpolitiker steht eine Bande Ganoven. – Ist bei ihm nicht anders. In einem Land von Bauern, die weder lesen noch schreiben können, wissen die schon, welche Argumente überzeugen. Die Stimme der Vernunft wird nicht verstanden.« Mwetas Begrüßungsansprache stand in den Abendausgaben der Zeitungen; DAS IST UNSER TAG – PRÄSIDENT MWETA. »Was sagt es denn den Leuten, wenn er feststellt, die wirtschaftliche Entwicklung habe gegenüber allen anderen Ansprüchen den Vorrang? Was bedeutet es denn für sie, wenn er sagt, Arbeit, Arbeit und noch einmal Arbeit? Aber wenn ihnen die Jungs von den Pionieren eins drüberziehen, weil sie gegen den Willen der Gewerkschaft streiken, *dann* verstehen sie. Dann wissen sie, daß die Gewerkschaft die Partei und die Partei der Staat ist. Es ist ein einziges Ganzes, und jeder, der auch nur einen Pieps von sich gibt, wenn die Gewerkschaftsbosse etwas sagen, ist ein Verräter. Unter uns gesagt: Die Lümmel von den Jungpionieren sind an vielen Orten angeblich als das einzige aktive Verbindungsglied zwischen Partei und Regierung übriggeblieben. Eine traurige Geschichte, daß er die Parteistellen im Busch so hat vor die Hunde gehen lassen, die örtlichen Parteistellen werden vernachlässigt... wenn die Jugendlichen nicht Krach schlagen würden, dann hätten viele der ländlichen Parteiorganisationen das Gefühl, sie hätten überhaupt keine Verbindung zur Regierung... Das ist ein Fehler... Aber was soll man schon machen. Er mußte um der größeren Effizienz willen zentralisieren. Nun, das sind die Kinderkrankheiten.«

»Das Problem ist nur, daß viele von den Jungpionieren schon ein bißchen aus den Kinderschuhen rausgewachsen sind.«

»Ja. Nun, das ist das Paradoxe an diesen Ländern – ein Mangel an Arbeitskräften und gleichzeitig ein Überhang an Leuten, die man nicht einstellen kann.«

»Allein nächstes Jahr brauchen wir zweieinhalbtausend Schulabgänger mit Abschluß, und in den nächsten fünfzehn Jahren werden es dreizehntausend sein. Optimistisch geschätzt, werden es im kommenden Jahr aber nicht mehr als etwa tausend sein. Aber in fünfzehn Jahren sollten wir es schaffen können.«

»Das ist die Geschichte, an der Sie arbeiten, was?« Hjalmar war dankbar für die Annehmlichkeit von Zahlen, auch wenn sie vielleicht falsch waren. »Sie haben recht. Ich bin noch immer davon überzeugt, daß die einzige Hoffnung die Erziehung ist. Ich muß einfach daran glauben, trotz allem ...« Er meinte Deutschland, das Scheitern der Geisteswissenschaften, deren Erkenntnisse die Menschen nicht humaner gemacht hatten; jene Achse, um die sich sein Leben gedreht hatte. »Heutzutage ist es die Liebe, nicht wahr? Zurück zur Liebe. Und nicht einmal nach dem christlichen Rezept. Ich vertraue darauf ebensowenig wie auf den Haß.«

Bray sagte: »In Europa haben wir ab und zu von einer verlorenen Generation gesprochen, aber in Afrika gibt es tatsächlich eine. Was wird aus ihr werden?«

»Sie wird vermutlich bei Staatsstreichen zur Hand sein. Wer kann das schon voraussagen? – Sie wird alt werden und heimgehen, um Maniok anzubauen. Wir werden das nicht mehr erleben.«

»Aber Sie meinen immer noch, daß die Dinge nicht so schlecht laufen?« fragte Bray neugierig.

»Nein, nein. Im großen und ganzen. Er hält sich ganz gut.«

»Und seine Versprechungen?«

Hjalmar setzte das treuherzige Gesicht einer alten Frau auf, die einem etwas anvertrauen möchte. »Er hat zu viele gemacht. Wie alle anderen. Aber wenn sie ihm Zeit lassen. Wenn sie ihn nicht von allen Seiten in die Zange nehmen – die Briten, die Amerikaner, die OAU.«

»Ich glaube, was die Jungpioniere machen, ist einfach eine Nebenerscheinung – ein Phänomen, das durch die Umstände bedingt ist. Sie sind da; haben nichts zu tun; und wie Sie ganz richtig bemerkt haben: ihr Randalieren hat eine bestimmte Funktion, denn es stellt bei einigen PIP-Organisationen so ungefähr die einzige aktive Anteilnahme an den Problemen des Staates dar. Aber lassen wir sie einen Augenblick beiseite – was ist denn bei den Betriebsstreiks in den Goldminen, bei den Auseinandersetzungen wegen der Überstunden in der Eisenerzmine, bei dieser Eisenbahnaffäre bei Kasolo passiert: Das alles sind Anzeichen dafür, daß die Arbeiter ihr Vertrauen in die Gewerkschaften verlieren. Sie haben nicht mehr das Gefühl, daß die Gewerkschaften noch in ihrem Namen sprechen. Angefangen von den kleinsten örtlichen Angelegenheiten bis hinauf zur föderativen Ebene werden sämtliche Entscheidungen, die sie unmittelbar angehen, über ihre Köpfe hinweg getroffen. Wenn der Generalsekretär nun durch den Präsidenten ernannt werden soll, dann wird der UTUC mehr oder weniger dem Arbeitsministerium eingegliedert. – Es ist einfach nicht gut, Burschen von der PIP herzuschaffen, die dann den Leuten, die gegen die ohne entsprechende Konsultationen getroffenen Gehaltsvereinbarungen und so weiter protestieren, die Köpfe blutig schlagen. Das eigentliche Problem ist die Spaltung innerhalb der Gewerkschaften.«

»Aber ist das tatsächlich so? Der Präsident würde doch niemals eine faschistische Situation hier zulassen. Das kann mir keiner erzählen. Das würde er nie erlauben. Er mag keinen Totalitarismus, weder linker noch rechter Prägung, das ist in seinen Augen ein und dasselbe... Aber dieser Mann, Edward Shinza – Sie haben ihn gekannt? – die Leute behaupten, er stecke hinter dieser ganzen Sache.«

Bray hatte vergessen, daß er derjenige war, der Fragen stellte. »Aber das ist eine Realität. Er hat das nicht erfunden. All diese Punkte werden beim Kongreß offen zur Sprache gebracht werden. Es wäre ein Jammer, wenn sie in einem bloßen Machtkampf untergingen.«

Hjalmar Wentz räkelte sich wohlig in seinem Stuhl. »Aber ist es denn nicht so?« Sein Lächeln brachte nachdrücklich die gemeinsamen Erfahrungen ihrer Generation in Erinnerung. »Nun, es ist interessant dabeizusein – Sie sind ein Glückspilz. Geht das in diesem Kino? Zuerst hat es geheißen, sie wollten es vielleicht hier abhalten, wissen Sie...« – ein Anflug amüsierten Stolzes – »aber wir haben vermutlich so schon genug Probleme.«

Emmanuelle, Ras Asahe und ein zerknitterter junger Weißer saßen in der Diele für Gäste des Hotels. Sie rief Bray nach, als er schon im Weggehen war; einen Drink lehnte er ab, blieb aber für einen Augenblick stehen, um sich mit ihnen zu unterhalten. Der Engländer machte den Eindruck, auf eine liebenswerte Art betäubt zu sein, wie einer, der wochenlang in seinen Kleidern und in Flugzeugen geschlafen hat. Er kam von einer der Wochenzeitungen oder war vielleicht Korrespondent einer Nachrichtenagentur (wieder dachte man, Bray wüßte es, allein aufgrund seines Namens) und war auf der üblichen Tour durch afrikanische Länder. Ras Asahe gab ihm gerade Tips, welche Leute er aufsuchen sollte; er hatte in seine Taschen einen Haufen Zettel gestopft, von denen er die verschiedensten Namen abzulesen versuchte, die ihm, von wieder anderen Namen, empfohlen worden waren: »Basil sagte, ich solle diesen Burschen unbedingt sehen, wie hieß er noch... Und kennen Sie jemanden namens... Anthony behauptet, der sei sehr interessant...« Zu Bray gewandt sagte er: »Ich bin mir sicher, irgendwer hat mir auch *Ihren* Namen genannt?«

»O ja, Colonel Bray ist eine stadtbekannte Persönlichkeit«, sagte Ras Asahe.

Emmanuelle schenkte Bray eines ihrer raren und überraschend schönen Lächeln. Sie deutete damit an, daß sie die mißverständliche Andeutung verstanden hatte, die auf Ras' Unkenntnis einer Bedeutungsnuance des englischen Ausdrucks beruhte.

»Sie sind doch der, der gemeinsam mit dem Präsidenten im Gefängnis war oder so ähnlich?«

»Oder so stimmt genau.«

»Putzen Sie ihn nicht gleich herunter«, wies Emmanuelle Bray zurecht; das war vielleicht ihre Art, mit dem Journalisten zu flirten. Sie ließ sich in das tiefe Sofa mit seinen gebrochenen Federn zurückfallen. Ihre kleinen

Brüste lagen schlaff und offenbar nackt unter dem hochgeschlossenen Baumwollkleid.
»Colonel Bray kannte die ganze Gruppe gut – meinen Vater, den alten Shinza.« Asahe, ganz der einflußreiche Mann, wandte sich überschwenglich an Bray: »Man sollte Shinza hinter Schloß und Riegel bringen, was? Das Problem ist nur, daß der Präsident mit diesen Typen nicht hart genug umspringt.«
Der Journalist überprüfte noch immer seine Namen. »Sie kennen nicht zufällig einen Mann namens Carl Church? Ich glaube, das war der, der Sie erwähnt hat. War früher beim *Guardian*... etwa fünfundvierzig, kennt Afrika wie seine Westentasche.« Er kannte Carl Church tatsächlich; aber als er anfing, sich nach ihm zu erkundigen, stellte sich heraus, daß der junge Mann ihn nicht kannte – sie waren einander zum ersten Mal vor ein paar Tagen in einer Bar in Libreville begegnet.
Er wünschte gute Nacht. »Weshalb wollen Sie, daß Edward Shinza hinter Schloß und Riegel kommt, Ras?«
»Auf alle Fälle sollte man ihn aus der Partei ausschließen. Es heißt, er sei gemeinsam mit Somshetsi in Peking gewesen... Egal. Na, das ist nur eine Vorspiegelung. Dabei ist er rumgefahren und hat sich heimlich mit den Arbeitern aus den Goldminen getroffen, und er hat ihnen Photokopien für den Betriebsstreik gegeben, hat die ganze Sache geschickt aus seinem Versteck gelenkt. Woher hätten die von sich aus wissen sollen, wie man so was macht? Ich hatte die Idee, eine Live-Dokumentation zu drehen, Interviews und so weiter, Gespräche mit den Streikenden – aber der Boß im neuen Info-Ministerium hat abgelehnt... die Sache müsse mit kühlem Kopf abgehandelt

werden, und da... Wenn ich's gemacht hätte, dann wäre Edward Shinza jetzt schon hinter Gittern.«

Ras Asahe hatte das ganz eigene Auflachen eines vollständigen Selbstvertrauens (auf das Bray die Bayleys einmal hingewiesen hatte), das ganz bestimmt keine Beule oder Kratzer abkriegen und nie versiegen würde. Kein Wunder, daß sich das Wentz-Mädchen, das seinen Vater – das geborene Opfer – liebte, zu jemandem hingezogen fühlte, dessen Überlebensinstinkt derart offensichtlich war. Vielleicht sollte man Hjalmar damit trösten, daß auch Emmanuelle – nicht nur ihr Bruder – deutlich einen unbewußten Selbsterhaltungstrieb zeigte.

Der Antrag von Linus Ogotos Parteistelle, der die hohen Gehälter von Regierungsbeamten verurteilte, steigerte die Intensität des Kongresses gleich zu Beginn der Vormittagssitzung. Eine wachsame Stille verfolgte seine ersten Sätze, aber Konzentration und alarmierte Hellhörigkeit drängten nach, während er fortfuhr, die abstrakten Zahlenberge zu übersteigen, und bei der Tankstelle innehielt, an der Regierungsbeamte kostenlos Benzin bekamen. Wie eine Handvoll Karten steckte er die Prozentsätze zusammen, um sich im Namen des Kongresses die Freiheit herauszunehmen, noch einmal eine zu nehmen – und dann noch eine, um schließlich die Größe der wöchentlichen Ration Fleisch vorzuzeigen, die ein Arbeiter sich für seine Leistung kaufen konnte, und ihr im Vergleich dazu die Arbeitsleistung entgegenzuhalten, die einem Beamten sein Hähnchen einbrachte – das manchmal obendrein als Aufwandsentschädigung absetzbar war.

Eine Frau in Brays Nachbarschaft begleitete diese Offenbarungen mit einem tiefen Brummen – wie ein Cello, das man zufällig mit dem Bogen gestreift hatte. Männer, die zur Einkommensgruppe gehörten, der die Attacke galt, bewiesen die trockene, überlegene Geduld, mit der die Reichen überall auf der Welt die Unwissenheit der Armen bezüglich der tapfer getragenen Bürde ihrer Privilegien quittieren. Als die Debatte begann, erhoben sich überall, wohin das Auge des Vorsitzenden fiel, zwei oder drei von ihnen, ihre Brust voller Eloquenz gegen die

Füllhalter gewölbt. Immer wieder wurde die Frage aufgeworfen, ob man denn von hochrangigen Regierungsbeamten erwartete, daß sie sich die Stunden des Schlafes, die sie verloren, während sie bis tief in die Nacht mit Problemen beschäftigt seien, die an den Lebensnerv der Nation rührten, von einer Stechuhr sollten bestätigen lassen? Der Anspruch dieser Männer auf eine »bescheidene Entschädigung« für ihr Wissen und ihren unermüdlichen Einsatz – »Welch eine Lüge, von Arbeitsstunden zu sprechen, denn die Wahrheit sieht so aus, daß man in einer gehobenen Position nicht wie ein glücklicher Arbeiter um fünf Uhr alles stehen- und liegenlassen kann!« – brachte den Antrag beinahe zu Fall, aber Ogotos unschuldige Enthüllung, daß drei Viertel der persönlich hier anwesenden Delegierten selbst im Jahr unter sechshundert Pfund verdienten, reichte aus, die Entscheidung doch noch zu seinen Gunsten ausfallen zu lassen. Ogotos Mund zuckte; Bray bemerkte, daß er die Lippen spitzen mußte, um eine Anwandlung von Triumphgefühl zu kontrollieren. Er lächelte weiterhin unsicher dahin und dorthin, wie jemand, der kurzsichtig ist und nicht den Eindruck erwecken will, er ignoriere einen Gruß. Oben auf der Bühne rauchte Shinza.

In einer eigentümlich widersprüchlichen Reaktion auf Ogotos Erfolg reagierte der Kongreß auf den Aufruf der Parteiorganisation von Tananza, man solle Gehälter über sechshundert Pfund einfrieren, mit Unsicherheit. Jason Malenga, der Finanzminister, ging nicht so weit, tatsächlich zuzugeben, daß die gesamte Basis des politischen Systems durch eine gerechtere Verteilung des Geldes auf dem Spiel stehe, warnte aber davor, daß ein Einfrieren und eine Angleichung der Löhne Investitionen seitens

des Auslandes gefährde; es gelang ihm durchzusetzen, daß die Angelegenheit in die Hände eines Sonderausschusses gelegt wurde.
Es brauchte eine Weile, bis die Offensive der ländlichen Parteiorganisationen anrollte, die eine Organisation für die Landarbeiter und eine Festlegung von – je nach Region unterschiedlichen – Mindestlöhnen forderten. Der Vorsitzende mußte vorerst jene Sprecher aus der Diskussion ziehen, die sich lieber über örtliche Fälle der Ausbeutung von Landarbeitern auslassen als zum Problem selbst etwas sagen wollten; Unruhe und ein Gefühl von widerstreitenden Zielvorstellungen kamen auf. Shinza, Goma sahen aus, als wären sie zu Stein erstarrt. Und dann zeigte sich plötzlich – so als hätte es sie nicht schon die ganze Zeit gegeben – die Grundstruktur dieses Kongresses, und die Verteilung der menschlichen Kräfte in diesem Treffen wurde deutlich sichtbar. Bray kannte diesen Augenblick von all den Konferenzen, Gesprächen und Diskussionen, die er in seinem Leben mitgemacht hatte: Es gab immer einen Zeitpunkt, an dem das, worum es bei den Versammlungen tatsächlich ging, stark und unmißverständlich wie der Geruch von Verbranntem hervortrat. Da viele Parteifunktionäre und -führer gleichzeitig in der Regierung saßen, gab es immer irgendein Mitglied der entsprechenden Regierungsabteilung, das – unter dem Deckmantel seiner Anwesenheit als Parteidelegierter – die Linie der Regierung zum jeweiligen Tagesordnungspunkt vertrat. Der Staatssekretär des Landwirtschaftsministeriums war es, der für diesen Anlaß präpariert worden war. Die saisonbedingte Art der Landarbeit, die primitiven Anbaumethoden und das Überwiegen von unausgebildeten Ar-

beitskräften, die ihren Einsatz immer noch eher vom Gedanken der bloßen Selbsterhaltung und nicht von dem der Produktivität bestimmen ließen, sagte er mit beinahe gelangweilter Urbanität, mache die Organisation von Landarbeitern zu einem Ding der Unmöglichkeit, und der Ruf danach komme »um zehn Jahre zu früh«. »Geben wir den landwirtschaftlichen Entwicklungsprojekten der Regierung zuerst eine Chance, die Produktivität der Landwirtschaft zu erhöhen.« Dann gab er sich einen volkstümlichen Anstrich. »Schon seit langem haben sich die Leute im Bedarfsfall vom weißen Mann zum Unkrautjäten und zur Ernte anheuern lassen – wollen wir jetzt etwa sagen, daß diese Frauen, Kinder und Greise, die keiner geregelten Arbeit nachgehen können, ihre Möglichkeit, ein kleines Taschengeld zu verdienen und bei der Kultivierung des Landes mitzuhelfen, verlieren sollen, weil die Organisation der Landarbeiter es in Übereinstimmung mit der industriellen Gewerkschaftspolitik verbieten wird? Man kann nicht die rückständigsten Teile des Landes über Nacht in eine modern organisierte Arbeiterkommune verwandeln, weder durch einen Gewerkschaftsvertrag noch durch ein anderes Stück Papier.«
Cyrus Goma pflichtete in seiner an einer seiner hohen Schultern festgesteckten Robe bei, daß landwirtschaftliche Entwicklungsprojekte essentiell wichtig seien: »Natürlich sind auch die meisten von ihnen noch immer nicht mehr als ein Stück Papier. Aber Rückständigkeit auf dem Agrarsektor läßt sich nicht dadurch zum Besseren wenden, daß man den Leuten Dämme baut und Traktoren borgt und jemanden hinschickt, der ihnen beibringen soll, wie das Konturpflügen funktioniert. Wie

rückständig und unausgebildet die Bevölkerung auch sein mag, sie muß jetzt in einer modernen Geldwirtschaft leben, und der erste Schritt, der getan werden muß, ist, zu erkennen, daß ihre Arbeit im Sinne dieser Wirtschaftsform beurteilt werden muß. Das Geld, das sie brauchen, um etwas kaufen zu können, ist das gleiche wie das aller anderen; die Arbeit, die sie verrichten, um es zu verdienen, muß nach Maßgabe dieses Geldwertes eingeschätzt werden und nicht nach Maßgabe dessen, wovon der weiße Landbesitzer meint, es sei für alte Frauen und Kinder ausreichend. Dieses Prinzip aber wird sich nie durchsetzen, solange die Landarbeiter nicht so organisiert sind wie alle anderen Arbeiter. Und was nun die durch die Umstände bedingte Art der Arbeit auf dem Land angeht – der Fortbestand der überholten Methoden aus den Zeiten unserer Großväter, die einfach Bäume niederbrannten, um gerade genug Land zu gewinnen, auf dem sie gerade genug anpflanzen konnten, um sich davon zu ernähren, und dann, nachdem dieser Boden ausgelaugt war, weiterzogen, woandershin –, daraus wird niemals eine hochproduktive moderne landwirtschaftliche Industrie werden, bis der Landarbeiter sich organisiert. Wie soll es eine Industrie ohne entsprechend gestaffelte Löhne, ohne fixe Arbeitsbedingungen und soziale Leistungen geben? Ohne diese Dinge bleibt der Landarbeiter ein Leibeigener.« Je tiefer seine Anklage ging, desto trockener wurden seine Ausführungen. »Ich möchte dem Kongreß die Frage stellen, ob die Versprechungen, die die Partei dem ganzen Volk gemacht hat, nur noch für die Menschen gelten, die in der Stadt leben?« Er machte eine Pause, stieß aber auf eine Mauer schweigender Ablehnung. »Wenn ihr euch diese Frage nicht selbst stellen wollt, dann werdet ihr mir vielleicht erlauben festzustellen, daß Fachmänner unterschiedlichster politischer Einstellung in einem Punkt ungeteilter Meinung sind: Rückständigkeit auf dem Agrarsektor verlangsamt ausnahmslos und verhindert manchmal zur Gänze jede Möglichkeit einer raschen wirtschaftlichen Entwicklung. In England hat die Agrarrevolution, also die Parzellierung von Gründen in öffentlicher Hand zwischen dem sechzehnten und dem achtzehnten Jahrhundert, die industrielle Revolution um vieles erleichtert. In Amerika, in Japan hat vor nicht mehr als hundert Jahren die rasche Reform der Landwirtschaft die Wirtschaftswunder dieser Länder möglich gemacht. In Frankreich hat die Grundsteuer jener Bewegung, die euch unter der Bezeichnung Physiokraten bekannt ist...« – Bray erkannte eine Reihe von Zitaten aus den Arbeiten des sehr in Mode stehenden René Dumont wieder.

»Was für eine Grausamkeit, zu uns hinaus auf die Farmen zu kommen und Versammlungen abzuhalten, in denen man uns auffordert, Mitgliedsbeiträge für die Gewerkschaft zu zahlen, und uns alles mögliche verspricht, das wir dann nicht bekommen.« Ein junger Mann war auf die Füße gesprungen; ob er nun tatsächlich vorher das Auge des Vorsitzenden auf sich gelenkt hatte oder nicht, ließ sich nicht mehr feststellen, selbst für den Vorsitzenden nicht, dazu war es zu spät – Köpfe fuhren herum, so als folgten sie der Flugbahn einer Hornisse zwischen ihnen hindurch. »Was für eine Grausamkeit, den Menschen auf dem Land einzureden, sie könnten leben wie in der Stadt, sobald sie nur eine Gewerkschaft haben... wir sind Dreck- und nicht Goldgräber... wir pflanzen zu einer Zeit, da andere in der Schule sitzen... weshalb willst du uns erzählen, daß sich das ändern kann, nur weil wir zwei Pfund sechs hinlegen und der United Congress der Trade Unions es so will...« Man versuchte ihn zu unterbrechen, und angesichts des Durcheinanders schüttelte der Vorsitzende den Kopf. Der Redner wechselte unvermittelt von seiner Analphabeteneloquenz über zu den Wendungen eines konventionellen Sitzungssaal-Englisch, wodurch er noch einmal die Aufmerksamkeit auf sich ziehen konnte. »Die ländlichen Parteiorganisationen der PIP haben sich dazu verleiten lassen, diesen Antrag durchdrücken zu wollen. Die höheren Löhne der Landarbeiter werden, wenn überhaupt, das Ergebnis einer verbesserten Produktion sein, die mit Hilfe der Projekte der Regierung ermöglicht werden und durch sonst nichts, und dadurch werden sich auch ihre Arbeitsbedingungen verbessern. Die Farmarbeiter werden benutzt, mit ihren Forderungen werden sie sich keinerlei Vorteile verschaffen, aus dem einfachen Grund, weil für sie nichts drin ist. Alles, was dabei drin ist, ist der Versuch eines bestimmten Flügels der Gewerkschaftsbewegung, seinen Einfluß zu vergrößern und seine Finanzen zu verbessern, und das hat seine ganz bestimmten Gründe. Ich möchte diese Gründe nicht nennen... Die Gewerkschaften können für die Landarbeiter nichts tun, was nicht auch das Landwirtschaftsministerium für sie tun könnte. Die Partei hat als Volkspartei, als Landarbeiterpartei angefangen, weil wir alle von dort kommen – vom Land« – Applaus besonders jener Leute, deren Kleidung die Vermutung zuließ, daß sie sich am weitesten davon entfernt hatten – »und keiner hat für diesen Unsinn Verständnis, daß die Leute auf dem Land vergessen worden seien, weil es immer noch keinerlei Unterschied zwischen Land- und Stadtbevölkerung gibt. Wir sind alle gleich. Die Vorstellung, es gebe in der Stadt eine andere Klasse von Menschen – ich weiß nicht, wo irgendeiner von uns die hernehmen sollte. Diese Vorstellung ist unafrikanisch. Sie kommt von irgendwo anders her, und wir können damit nichts anfangen. Unsere Partei war schlichtweg eine Volkspartei, und unsere an die Macht gekommene Partei ist schlichtweg eine Volksregierung.«

Jetzt meldete sich zum ersten Mal Shinza zu Wort. Er trug das Hemd vom Tag zuvor, in der zugeknöpften Brusttasche die Konturen einer Packung Zigaretten. Bray, der ihm so viele Male zugehört hatte, spürte die Nerven in seinem Magen, verfolgte hochgespannt die schweigenden Reaktionen der Masse, die sich ganz konzentrierte und doch um ihn herum im ruhigen Auf und Ab des Atmens bewegte. Wie Mweta (Mweta hatte sich ihn ganz am Anfang zum Vorbild genommen) ließ Shinza sie ein oder zwei Augenblicke lang warten, bevor er zu sprechen anfing – ein Trick, der Autorität, nicht Unentschlossenheit verriet. Dann öffnete er einmal seinen Mund – der abgebrochene Zahn bildete eine häßliche Lücke – und schloß ihn wieder, ohne einen Laut von sich gegeben zu haben. Als die Stimme dann kam, schien sie in Brays eigenem Kopf zu sein. »Die PIP, die Unabhängigkeitspartei des Volkes, ist aus Buschsiedlungen hervorgegangen und aus den Wohnvierteln in den Städten der Weißen, in die die Dorfbewohner zur Arbeit kamen. Sie ist aus den Arbeiterbewegungen in den Minen hervorgegangen, deren Arbeitskräfte ebenfalls aus dem Busch kamen.« Die Stimme verriet Ruhe und Geduld;

vielleicht ein bißchen zuviel Geduld – sie könnten es als Rücksicht auf ihre Langsamkeit auffassen. »Es ist wahr, daß sie eine Bewegung von Bauern war und wir alle Söhne von Bauern sind. Aber es ist nicht wahr, daß das genug ist, um die regierende Partei für immer zu einer Volkspartei und die Regierung zu einer Volksregierung zu machen. Wenn ihr an das Gesicht eurer Jugendzeit zurückdenkt, verliert ihr deswegen doch keine Narbe und keine Falte, die ihr jetzt habt.« Eine Hand gedankenverloren über dem Bart, der die eigenen verdeckte. »Für einige Tausende – weniger als ein Viertel der Bevölkerung – hat sich das Leben tatsächlich verändert. Sie arbeiten in Ministerien, Regierungsabteilungen, Büros, Geschäften und Fabriken. Diejenigen, die an der Spitze sind, besitzen Autos und Häuser; selbst die am unteren Ende der Skala wissen, daß sie regelmäßig jede Woche ihre Lohntüte bekommen, und können Anzahlungen leisten – auf Herde und Radios, auf die Dinge, mit denen sie ihren neuen Standard am leichtesten zeigen können.« Ein kleines Achselzucken. »Für die Zehntausende aber hat sich sehr wenig geändert. Drei Viertel der Bevölkerung leben noch immer auf dem Land, und obwohl die Industrialisierung – vorausgesetzt, es handelt sich dabei nicht nur um eine erweiterte Konzession für Ausländer – in den kommenden Jahren ein Gutteil anziehen wird, so werden trotzdem noch Zehntausende übrigbleiben – auf dem Land. Wir sind alle gleich – ob in der Stadt oder auf dem Land, und doch gibt es da keine Autos und Ziegelhäuser, keine Kühlschränke und modischen Kleider... Wir sind alle gleich, und doch haben die kein regelmäßiges Gehalt, das zwölfmal im Jahr gezahlt wird, keine Arbeitslosenversicherung, keine Entschädigungen für Unfälle am Arbeitsplatz, keine Abfindungen für den Fall der Entlassung. Wir sind alle gleich? – Gleich ja, aber verschieden? – Ja, gleich, aber verschieden. Wir müssen der Tatsache ins Auge sehen, daß großspurige Worte über unafrikanische Vorstellungen ein Zeichen der Dummheit sind, die die Wahrheit nicht anerkennen will. Die Industrialisierung selbst ist eine unafrikanische Idee – wenn Sie damit etwas meinen, das für Afrika neu ist. Jede politische Partei ist eine unafrikanische Idee. Dieses wunderschöne Kino, in dem wir da sitzen, ist eine unafrikanische Idee, denn eigentlich sollten wir irgendwo draußen unter einem Baum sitzen... Die Erkenntnis, daß wir eine urbane Elite hervorgebracht haben und daß die Kluft zwischen dieser Elite und der Landbevölkerung – in Hinblick auf Befriedigung materieller Bedürfnisse und Besserstellungen anderer Art – wächst, daß die wenigen davongaloppieren und den vielen nichts als den Staub hinterlassen – diese Erkenntnis ist nicht unafrikanisch oder un-sonst irgendwas, sie hängt nur davon ab, ob man das, was tatsächlich passiert, sieht oder nicht. Wenn wir tatsächlich eine klassenlose Nation gewesen sein sollten, dann produzieren wir derzeit unser eigenes besitzloses Landarbeiterproletariat. Das Leben der Menschen in den ländlichen Gegenden stagniert. Sofern die PIP, als eine regierende Partei, eine Partei des Volkes bleiben soll, die sie während der Kämpfe um die Unabhängigkeit war, muß sie erkennen, was sie hat geschehen lassen. Soeben waren wir Zeugen, wie sich Mitglieder dieses Kongresses gegen einen Antrag gestellt haben, der elementare Rechte für die Landarbeiter als Teil der Arbeiterschaft fordert. Dürfen wir unseren Ohren trauen? Ist das die Sprache, die die PIP jetzt spricht?« Er unterbrach sich, um Zwischenrufe herauszulocken; aber wieder war da nur ein mürrisches Schweigen. Seine Stimme wurde jetzt kraftvoll. »Nun, wir nehmen heute am siebten Kongreß der PIP teil, dem ersten, seit die Partei die Regierung bildet; wir müssen Vertrauen haben. Gestern sahen sich unsere Frauenorganisationen gezwungen zu protestieren, weil man sie von der Teilnahme am Kongreß ausgeschlossen hatte. Auch da mußten wir unseren Ohren trauen – als wir erfuhren, daß Frauen, die sich von Anfang an neben den Männern für die Unabhängigkeit eingesetzt hatten, daß unsere Frauen also, die immer Vollmitglieder einer Partei waren, die sich verpflichtet hatte, keinen Menschen wegen seiner Stammeszugehörigkeit oder seines Geschlechts zu diskriminieren – daß unsere Frauen draußen gelassen wurden, um Tee zu kochen, während der Kongreß Debatten über Beschlüsse abhält, die auf ihr Leben und das ihrer Kinder entscheidenden Einfluß ausüben werden. – Wir haben es gehört, und was wir gehört haben, das kann nur eins bedeuten: Die Verbindungen, über die sich das Freiheitsgebäude in dieser Stadt mit den Parteiorganisationen in den Dörfern und im Busch verständigt, sind dabei zusammenzubrechen. Und das ist auch der Grund, weshalb die Partei die Stellung der Landarbeiter so diskutiert, als handelte es sich um Fremde, um Leute, die irgendwo anders leben – um Marsmenschen. Das ist der Grund. Die Partei wird nur so lange eine Volkspartei und die Regierung nur so lange eine Volksregierung bleiben, wie die Leute wissen, daß Regierung und Partei für sie da sind. Es sollte keine vergessenen Regionen, es sollte keine vergessenen Teile der Bevölkerung geben. Aufgabe der Partei ist es, das Sprachrohr der Massen zu sein, und nicht als eine

Verwaltungsbehörde zu handeln, die dafür verantwortlich ist, daß Anweisungen der Regierung weitergeleitet werden. Die Partei ist – ob nun an der Macht oder nicht – dazu da, der Bevölkerung bei der Formulierung ihrer Forderungen und der Bewußtwerdung ihrer Bedürfnisse Hilfestellung zu leisten, und nicht dazu, sich als Schirm zwischen die Massen und ihre Führer zu stellen. Wenn die PIP den Anspruch der Landarbeiter ignoriert, sich als eine anerkannte Arbeiterschaft mit dem Recht auf autonome Entscheidungen zu organisieren, dann macht sie sich der verächtlichen Haltung schuldig, die sagt, die Massen wären unfähig, sich selbst zu regieren – eine Haltung, die wir überwunden zu haben glaubten, als das Gouverneursgebäude zur Residenz des Präsidenten wurde. Dieser Kongreß muß der Tatsache ins Auge sehen, daß die Partei Gefahr läuft, zu einer Partei von Kabinettsministern, Beamten und Geschäftsleuten zu werden.«

Applaus und Mißbilligung schlugen aneinander wie die beiden Hälften eines Beckens; ein großer Teil derjenigen, die applaudierten, taten es halb trotzig, wie jemand, der die Schultern hochzieht, weil er fürchtet, gescholten zu werden. Leute vom Land, deren charakteristisches Aussehen und deren Kleidung in den Rängen von Knien und Gesichtern nicht deutlich geworden waren, tauchten plötzlich in beachtlicher Anzahl auf. Gesichter mit den Malen der Stammeszugehörigkeit, in die Länge gezogene, bis zu den ausgefransten Hemdkragen herabhängende Ohrläppchen – sie waren scheinbar überall. Bray war in einer eigentümlichen Hochstimmung; und doch hatte er im Augenblick den Inhalt von Shinzas Worten kaum in sich aufgenommen – er hatte versucht, in den Gesichtern um sich herum und in denen auf der Bühne zu lesen. Mweta hatte seinen Kopf abgewandt, während Shinza redete; keine wie immer geartete Reaktion, außer vielleicht einem – von Bray aufgrund seiner durch Nervosität gesteigerten Beobachtungsfähigkeit entdeckten – leichten Heben des Kinns, das bewies, daß er zuhörte – sehr genau sogar. Der Antrag wurde sehr knapp abgelehnt, und die Niederlage wurde mit unmutigem Murren quittiert; eine Menge bildet immer eine seltsam emotionsgeladene Einheit, deren zusammengesetzte Stimme über ein Repertoire expressiver Laute verfügt – verstümmelte Schreie, Warnrufe, Anfeuerungen –, deren Artikulation den Leuten, die diese Menge bilden, einzeln genommen, nicht möglich ist. Cyrus Goma lief in den Fesseln seiner Niederlage rastlos hin und her. Shinza sah überhaupt niemand an, sondern nur stur geradeaus – in seinem Blick etwas, das aus der Entfernung auf Bray wie ein kleines, verstecktes Lächeln wirkte oder wie ein kaum merkliches Heben der Lippen als Ausdruck der Geduld, mit der er sein Schicksal ertrug. Während Brays Augen auf ihm lagen, kratzte er sich plötzlich heftig die Brust; eine Art Signal, das etwas Komisches hatte – ein Lebenszeichen.

Kein Zweifel, er hatte auf den Kongreß Eindruck gemacht. Wenn es vorher keine zwei scharf voneinander abgegrenzte Lager gegeben hatte – jetzt gab es sie. Als die betreffenden Delegierten zögernd, aber dennoch unaufhaltsam für Shinza und zu seiner Unterstützung klatschten, war seine persönliche Anhängerschaft unter dem Volk für jeden, der da war, zu sehen und zu hören. Es gab sie, hier und jetzt. Das mußte Mweta klar sein. Und er mußte auch die für ihn bestimmten und glatt in die Rede eingeflochtenen Botschaften verstanden haben; mit keinem Abwenden des Kopfes konnte er ihnen entgehen.

Im Foyer stieß Bray, der aus der Männertoilette kam, genau in dem Augenblick mit Roly Dando und Shinza zusammen, als sie einander nicht mehr übersehen konnten. Dando sagte: »Das ist jetzt also Ihre Linie, Edward«, genauso als sähen sie einander jeden Tag. »Ich habe keine Linie, Roly. Ich werde jedem Antrag meine Stimme geben, die sich im Namen der produktiven Rolle der Arbeiterschaft aktiv gegen jeglichen Wirtschaftsimperialismus wendet. Das ist meine Politik, und sie ist es auch immer gewesen. Sie wissen das.«

Dando quittierte die glatte Antwort mit einem Grinsen, das in seine Falten eine neue Ordnung brachte. »Ah ja, die Partei-in-der-Partei.«

»Gehn wir was essen, da kannst du dann sein Wissen erweitern«, sagte Bray.

»Ihr zwei könnt euch auf die Beine machen und euch einen Lunch zu Gemüte führen. In meinem verdammten Büro stapelt sich die Arbeit nur so. Diese Art von Zirkusvorstellung ist in meinen Augen reine Zeitverschwendung.«

Nun versammelten sich die Leute in aller Öffentlichkeit um Shinza. Goma, Ogoto und der riesige junge Basil Nwanga sausten herum, dirigierten seine Aufmerksamkeit konzentriert auf das und jenes, mit flinken Blicken, die aus der Menge der Delegierten auswählten und ausschieden. Mweta, der bislang noch nie außerhalb der Sitzungen aufgetaucht, sondern immer sofort im Präsidentenwagen weggefahren war, schritt, umgeben von

Mitgliedern des Zentralkomitees, durch das Foyer. Er entdeckte Bray und steuerte – da er nicht unter ihm wegtauchen konnte – inmitten seines Begleiterreifens auf ihn zu. Er rief, vorbei an Köpfen und Gesichtern: »Seh ich dich heut abend?« Brays Blick wurde zur Frage. »Hat der Sekretär dich denn nicht angerufen?« »Vielleicht nachdem ich schon aus dem Haus war.« »Ein Essen. So etwa um acht. Nach der Cocktailparty. Ja?«

Es war unangenehm, nun, nachdem er unter den anderen hervorgehoben worden war, wieder in die Umlaufbahn um Shinza einzutreten. Anklägerisch hatte Cyrus Goma alles genau verfolgt. Bray mußte sich einen inneren Ruck geben, um sein eigenes Schuldgefühl zu überwinden und Shinza für einen Moment zur Seite zu ziehen, wozu ihn eine Mischung aus Erregung und Sorge wegen des Antrags trieb, der Mweta die Befugnis entziehen sollte, den Generalsekretär des UTUC zu ernennen. Die Frage sollte am Nachmittag behandelt werden. Shinza war nicht allzu optimistisch; und dennoch war es angesichts des Gefühls von Stärke, das ihm die deutlich sichtbare Unterstützung, die sich um ihn scharte, gab, schwer für ihn, sich von der möglichen Aussicht auf Erfolg nicht berauschen zu lassen. Wie dem auch sein mochte – als er mit Bray sprach, schien er sich plötzlich zu etwas zu entschließen. Sein Gesichtsausdruck war starr wie der eines Betrunkenen, aber er brachte es trotzdem ganz ruhig heraus: »Erinnerst du dich noch an den alten Zachariah Semstu? Er macht noch immer bloß seinen Mund auf, und schon blöken alle fünf Bezirksparteileitungen von Tisolo im Echo zurück... Cyrus liegt ihm schon seit Tagen in den Ohren, aber du weißt ja, wie das ist... er mag denken, was er will, aber bei der Vorstellung, gegen

Mweta zu stimmen, würgt es ihn... nun, das kann man verstehen. Aber er weiß, daß du – das heißt, was dich betrifft – also, ich mein, dem, was du sagst, wird er immer vertrauen. Wenn du ihm nun etwas sagen würdest, dann gäb's überhaupt keine Probleme.« Und Bray erwiderte – so schnell, daß er seine eigene Stimme hörte: »In Ordnung. Wo ist er?«
»Unten auf dem Parkplatz. Linus hat ihn gerade gesehen. Neben dem Zaun, hinten, an der Rückseite des Gebäudes. Geh einfach runter, so als ob du zu deinem Wagen wolltest, dann wirst du ihn schon sehen.«
Bray verließ das Luxurama, ohne daß ihn dabei jemand beobachtete, und trat hinaus in die Hitze. Er ging über den unebenen Boden, als stieße ihn jemand vorwärts. Von den Wagen, auf die er zu- und an denen er dann vorbeiging, drehten sich ihm Hunderte Sonnen entgegen; dann und wann knirschte unter seinen Füßen Ziegelbruch, den man zum Füllen von Löchern verwendet hatte. Einen Baum hatte man stehenlassen; er war – wie ein Möbelstück, das in einem leeren Zimmer mit einem Leichentuch zugedeckt war – vom Staub einer ganzen Trockenperiode bedeckt. Die kleinen Jungen, die mit schmutzigen Lappen herumlungerten und die Leute anbettelten, ihnen die Windschutzscheibe putzen zu dürfen, spielten um seine freiliegenden Wurzeln herum um Pennies.
Er sah ein paar Männer, die in der offenen Tür eines Wagens saßen, zur einen Hälfte drinnen, zur anderen draußen. Sie aßen Fish-and-Chips, und einer von ihnen ballte seinen papierenen Behälter in seiner Faust zusammen und zielte damit auf den übrigen Unrat, der sich unter dem Baum angesammelt hatte. Der alte Mann, Zachariah

Semstu, saß gerade auf einer aufgestellten Obstkiste und rauchte eine Pfeife mit einem kleinen blechernen Deckel an einem Kettchen. Als Bray herankam, bedeutete der alte Mann den Kindern, wohin das Päckchen gefallen war, und ohne Bray im Moment zu erkennen, erklärte er den anderen verärgert: »Laßt sie's essen, wenn ihr's nicht wollt.« Bray begrüßte ihn förmlich auf gala und titulierte ihn dabei mit »mein alter Freund«.

Die Ohren des alten Mannes erkannten wieder, was seine Augen nicht erkannt hatten. Ein Ausdruck freudigen Staunens ging über sein Gesicht. Der Austausch von Grußformeln ging fünf Minuten lang weiter. »Aber du hast mich doch da drinnen gesehen«, sagte Bray und neigte dabei seinen Kopf. »Nun, nun... ich habe gehört, daß du wieder im Lande bist. Ich hatte es gehört. Aber ich dachte, du wärst für immer von uns fortgegangen... du warst so lange weg.«

»Ich hatte keine andere Wahl. Wie du weißt, hat man mich die ganzen Jahre nicht hereingelassen.«

»Und ich bin ein alter Mann geworden«, sagte Semstu.

Die anderen blickten, als kennten sie all das schon; seine Autorität lähmte sie. Zwei von ihnen stellte er vor – beide offenbar Parteifunktionäre aus Tisolo –, bei den anderen, weniger wichtigen, erledigte er es auf einmal, mit einer alle einschließenden Bewegung einer der beiden Hände, deren Finger, wie Bray bemerkte, in der dafür charakteristischen Weise seitlich von einem durch Arthritis vergrößerten ersten Knöchel wegstanden. Zehn Jahre sind eine lange Zeit – je nach dem Lebensstadium, bei dem man zu zählen anfängt.

Die beiden unterhielten sich stehend über Tisolo. Es gab dort Ziegelbrennereien, gute Lehmgruben, die besten im ganzen Land. Ansonsten armseligste Landwirtschaft, die kaum für das tägliche Auskommen reichte. »Eure Ziegeleien müssen doch mächtig expandieren, wo die Regierung so große Bauvorhaben hat?« Ja, aber die neuen Lehmgruben befänden sich am östlichen Ende der Provinz, und zur vollen Ausnützung ihrer Möglichkeiten sei eine Eisenbahnlinie notwendig. »Das Ministerium für öffentliche Arbeiten und der Rundfunksender werden mit Ziegeln aus Kaundas Land gebaut«, sagte der alte Mann. »Ich habe an Mweta geschrieben. Er ist ein vielbeschäftigter Mann. Es ist neuerdings nicht mehr so leicht, ihn zu sprechen. – Aber er hat geantwortet. Ja, ein sehr guter Antwortbrief.«

Der Mann, der das Eßpaket weggeworfen hatte, sagte: »Es stand darin, was wir schon wissen. Bis zum Ende des Baus der Eisenbahnlinie werden Ziegel importiert werden müssen.«

»Und die Eisenbahnverbindung steht auf Liste-Nummer-Eins«, sagte Semstu. Alle lachten sie ein wenig, Bray ebenfalls. Semstu sagte: »Ich fürchte, Liste-Nummer-Eins ist sehr lang. Ich würde gerne wissen, wo auf dieser Liste die Eisenbahn steht.«

»Und war das der Anlaß für die Schwierigkeiten«, sagte Bray. Im Monat davor hatte es in den Ziegeleien Streiks gegeben. Ein zweites Mal gab es aus Unentschlossenheit heraus eine Pause: Sie gab zu verstehen, daß das eine Angelegenheit war, die man nicht mit Außenstehenden besprach. Aber Semstu hatte Bray noch lange vor allen anderen gekannt: »Man hat den Leuten erklärt, entweder bleiben die Löhne gleich, oder aber eine bestimmte Anzahl von Leuten muß entlassen werden. Die Gewerkschaft hat das erklärt. Und dann, als es mit diesen

Schwierigkeiten losging, hat uns die Regierung irgendeinen von den Hiesigen runtergeschickt, und der hat folgendes gesagt: Die neuen Ziegeleien werden so lange in den roten Zahlen sein, bis die Eisenbahn gebaut ist, also sollten sie auf alle Fälle Leute entlassen. Aber in der Zwischenzeit würden sie sie behalten – sofern sie keine höheren Löhne verlangen.«

»Aber wenn das stimmt, was ich aus den Zeitungen weiß, dann hat doch die Gewerkschaft selbst, noch bevor die Schwierigkeiten angefangen haben, Lohnverhandlungen geführt?«

»Ja, ja – zuerst hat die Gewerkschaft von der Gesellschaft eine Lohnerhöhung verlangt, dann aber hat sie sich's anders überlegt, und dann wieder anders – und dann hat sie den Männern in den neuen Ziegeleien erklärt, sie würden entlassen werden, wenn die Männer in den alten Ziegeleien weiterhin auf ihren Lohnerhöhungen bestehen ...«

Bray nickte heftig; alle vermieden es, einander anzusehen. Der Mann, der zuerst geredet hatte, erwies sich als derjenige, dessen Blicken man auswich. »Was hätten wir denn sonst machen sollen. Nachdem wir angefangen hatten, mit der Gesellschaft zu verhandeln« – die Ziegeleien waren Tochtergesellschaften des Goldminenkonsortiums – »wurden wir ins Arbeitsministerium gerufen, und dort hat uns dann der Staatssekretär gesagt: Schaut her, Jungs ...«

»Wenn jemand mit Mweta reden könnte«, drängte der alte Semstu. »Wenn wir die Eisenbahn kriegen könnten. Und was, wenn *du* mit ihm redest – vielleicht kannst du es ihm beim nächsten Mal sagen?«

Bray hatte beobachtet, wie die Erkenntnis, er sei vielleicht jemand, den man benutzen könnte, langsam Gestalt annahm. Der alte Mann sagte: »Natürlich wirst du ihn treffen.«

»Stimmt, ich werde ihn treffen. Aber, wie du selbst gesagt hast: Er ist ein vielbeschäftigter Mann. Jeder will von ihm irgendwas haben.«

Semstu dachte nach, aber sein Gesicht verschloß sich gegen jeden Versuch, ihn zu vertrösten. Er setzte sich wieder seinen alten Hut auf den Kopf; noch immer trug er den schwarzen Anzug eines Geistlichen oder Lehrers, über dessen Bauch die Kette im Bogen zu einer Uhr führte – die ehemaligen Amtsgewänder und Insignien derer, die lesen und schreiben konnten. »Briefe sind nichts. Sie werden von irgendwem in die Maschine getippt.« Seine arthritische Hand mit der Pfeife darin setzte den Schnörkel einer Unterschrift unter einen Text.

Die anderen sahen Bray und ihn an, die Augen wegen des Sonnenlichts zugekniffen. Der Mann von der Gewerkschaft stülpte seine Unterlippe vor und ließ einen Lungeninhalt voll Rauch vor seinem Gesicht aufsteigen. Bray sagte zu ihm: »Eure Gewerkschaft wird den UTUC unter Druck setzen müssen, daß er die Eisenbahnangelegenheit bei den Leuten vom Entwicklungsamt vorbringt.«

Der Mann schnitt eine Grimasse über das ganze Gesicht, so als wollte er andeuten, Bray wisse nicht, wovon er rede. Er schüttelte den Kopf und lachte, äußerst bedacht darauf, sich – und sei's vor einem Verrückten – deutlich zu machen.

»Aber das habt ihr natürlich schon getan.«

»Und was ist dann passiert?« sagte der Mann. Bray lächelte. »Nun, sag's schon.«

»Der UTUC sagt nicht, was wir wollen, er sagt uns, was die Gesellschaft will.«
Stille. Mit einem tiefen Brustzug aus der Zigarette inhalierte er beides – die Gesellschaft, das Entwicklungsamt, eins wie das andere.
Nun, da genau der richtige Augenblick gekommen war und sich selbst anbot, formulierte Bray seine Einleitung beinahe beiläufig als Frage an den Mann, mit dem er sich gerade unterhielt, wandte sich dann aber noch rechtzeitig an Semstu. »Nun, tut mir leid hören zu müssen, daß die Dinge in deinem Bezirk nicht so gut gehen, *mukwayi*, mein alter Freund. Was aber hältst du von dieser Idee, den Generalsekretär der UTUC zu ernennen, anstatt ihn zu wählen? Das ist ein äußerst wichtiger Posten – ich meine, zum Beispiel bei Problemen wie deinem, da wäre doch der Generalsekretär – vorausgesetzt, er ist der richtige Mann – derjenige, der die Regierung dazu bringen kann, daß sie die Augen aufmacht...«
»Oh, aber es ist Mweta, der bestimmen wird, wer es ist.«
»Wir haben doch gerade festgestellt – Mweta hat so viele Entscheidungen zu treffen. Mweta hat derart viel, worüber er sich den Kopf zerbricht.«
Der alte Mann sagte: »Mweta sucht sicher keinen Narren oder schlechten Mann aus.«
»Nein, natürlich nicht. Aber wie gesagt, er kann nicht seine Fühler überall haben und wissen, was jeder gerade denkt. Er sollte jemanden haben, der ihn berät, glaubst du nicht...«
»Ja, ja. Aber wen?« Der alte Mann ging davon aus, daß dafür nur Mwetas eigene Kabinettsmitglieder, Leute seiner eigenen Wahl, in Frage kämen.

»Leute aus dem Arbeitsministerium. Vielleicht Planungs-und-Entwicklungs-Leute.« Zum Mann von der Gewerkschaft gewandt, fügte Bray hinzu: »Diejenigen, gegen die Sie angerannt sind.«
»Und wer soll besser wissen als Mweta, wer der richtige Mann ist?«
Die anderen Männer stiegen aus dem Auto und näherten sich vorsichtig. Bray appellierte an sie alle, mit einfachen Worten, ganz offen: »Na, ich würd sagen, die Arbeiter selbst. Sie müssen wissen, wer für sie sprechen soll. Dazu sind Gewerkschaften schließlich da.«
»Der Generalsekretär soll also weiterhin gewählt werden.« Der alte Mann äußerte die Feststellung, um sie zu betrachten.
»Bisher war das immer so«, sagte Bray. »Seit Shinza und Mweta die Gewerkschaften gegründet und die Kolonialverwaltung dazu gezwungen haben anzuerkennen, daß die Arbeiter Rechte haben. Seit damals, ohne Unterbrechung.«
Der alte Mann wehrte sich plötzlich gegen die Richtung, die das Gespräch nahm. Er schien sich selbst zu warnen. »Ah, aber jetzt haben wir ja die Unabhängigkeit. Mweta weiß, was er zu tun hat. Wenn er sich dafür entscheidet, den Mann selbst auszusuchen, dann weiß er auch, warum.«
Gleich darauf legte er den Kopf unter dem Hut zur Seite, blickte ihn an wie ein Schwerhöriger und deutete mit seiner Pfeife auf Brays Bauch. »Aber du bist ein kluger Mann. Du bist den ganzen Weg mit Mweta und Shinza gegangen, um uns die Unabhängigkeit zu bringen. Dich werden wir nie vergessen. Die Menschen werden sich an dich erinnern wie an unsere Vorväter. Du sprichst es

nicht aus, aber was du sagst, heißt, daß du nicht glaubst, daß Mweta das Richtige tut.«
»Ich sage, daß es – ganz egal, wen Mweta nun auswählt – nicht richtig ist, daß er derjenige sein soll, der wählt. Der UTUC muß seinen Generalsekretär selbst wählen.«
»Ja, auch das; aber du sagst, daß Mweta etwas Falsches macht.«
»Ja, ich sage, daß Mweta einen Fehler macht. Und ich werde es ihm auch sagen. Weil er ein großer Mann ist, sage ich es ihm immer, wenn ich glaube, daß er was falsch macht.«
Das gefiel dem alten Mann; er grinste. »Oh, ich seh, du bist noch stark. – Als die Briten ihn wegzugehen zwangen, da haben wir gesagt, paßt auf, die werden ihn wie einen Stier in ihrem Schiff anbinden müssen...«, aber die jüngeren Männer hatten kein Interesse an den Legenden aus kolonialen Zeiten.
»Ich höre, daß Shinza Generalsekretär werden möchte.« Es war kühn, aber sein Instinkt trieb ihn, das zu sagen; zum ersten Mal in seinem Leben schien ihm nichts anderes übrigzubleiben, als sich davon leiten zu lassen. Er hätte nicht sagen können, ob sie das von Shinza die ganze Zeit schon gewußt hatten oder nicht und ob es das war, wovor sie insgeheim zurückscheuten. »Shinza, hm?« sagte der alte Mann. »Und dir ist das recht?«
Bray sagte spontan: »Er war schon früher mal Generalsekretär. Wenn der UTUC ihn will. Kein Mensch versteht die Gewerkschaftsarbeit besser als Shinza.«
»Ich möchte was mit dir besprechen.« Der alte Mann sah sich nach den anderen um. Sie gingen in der Gruppe geschlossen weg, ließen sich Zeit dabei, die modischen Jakken über die Schultern geworfen. Bray und der alte

Mann setzten sich auf den Rücksitz des Autos; obwohl die Türen offenstanden, war es um nichts kühler als draußen. In einem Gestell neben dem Rückspiegel steckte eine Vase mit Wachsrosen. Semstu sagte: »Ist das nicht eine schlechte Sache …«
Er meinte vielleicht, es sei nicht korrekt, Mwetas Absicht zu durchkreuzen, oder aber er meinte, er habe wenig für die Idee übrig, Shinza zum jetzigen Zeitpunkt in Amt und Würden zu sehen. Es wäre nützlich gewesen, er hätte von Shinza ein bißchen mehr über die jüngste Entwicklung seiner Beziehung zu dem alten Mann in Erfahrung gebracht. »Du willst wissen, was ich glaube? Ich glaube, Mweta braucht Shinza in einer Position wie dieser. Er braucht Shinza« – Bray machte eine abwägende Geste – »›dort oben‹. Shinza ist zu weit weg von ihm.«
»Ja, in den Bashi unten. Das ist ein weiter Weg. Und Shinza versteht auch die Schwierigkeiten – er hat selbst in den Minen gearbeitet.«
»Genau. Shinza bedeutet für Mweta ein zweites Paar Augen und ein zweites Paar Ohren, und er versteht auch, was er sieht und hört.«
»Der Mann, den sie uns in die Ziegeleien hinuntergeschickt haben …« Semstus Zungenschlag schnalzte wie eine Peitsche vor Widerwillen. »Der hatte zwar sein Abgangszeugnis von der Schule, das wohl …«
Bray ließ ihm noch eine Minute zum Nachdenken.
»Goma hat schon wegen der Abstimmung mit mir gesprochen. Die ganze Zeit ist er hinter mir her.«
»Na, es ist ja auch wichtig. Die fünf Ortsgruppen von Tisolo, du weißt ja.«
»Aber es hat mir Sorgen gemacht, es könnte eine schlechte Sache sein … weil Mweta bestimmen möchte.«

»Ich glaube nicht, daß es eine schlechte Sache ist.« Selbst auf gala hörte er noch sein autoritäres und selbstbewußtes Engländergehabe aus seinem Tonfall heraus; genau wie eine Hure, die anständig geworden ist, sich aber eine gewisse Professionalität in ihrem Umgang mit Männern bewahrt hat.
Semstu redete weiter, über Goma: »Er zieht seinen Kopf so wie ein Geier zwischen die Schultern, schwer, einem Mann zu vertrauen, der wie so ein Vogel aussieht«; Eifersucht auf Mweta, Eifersucht auf Shinza – »jemand von denen muß was ausgeplaudert haben«; die komfortablen Sitze im Luxurama, der erste Kongreß – erinnerte sich Bray noch daran? –, als die Polizei sich die Tagesordnung geschnappt hatte. Als dieses Vorgeplänkel abgeschlossen war und er sich unabhängig genug fühlte, sagte er: »Du kannst Goma ausrichten, daß ich's tun werde.«
»Alle fünf Ortsgruppen?«
»Alle fünf.«

Und das war dann auch schon alles. Er stellte sich vor, wie er zu Shinza sagen würde: Und das war dann auch schon alles. Ich habe meinen Auftrag erfüllt. So einfach geht das. Er ging in das Café, in dem er mit Shinza Würstchen gegessen hatte, verspürte aber keinen Hunger. Nach der kühlen Temperatur im Luxurama waren seine Füße vom Stehen in der Hitze angeschwollen. Seine Uhr klebte an seinem Handgelenk und löste sich mit einem schmatzenden Geräusch von der feuchten Haut und den Haaren, als er sie verschob. Der künstliche Fruchtsaft rotierte und rotierte in seinem Behälter, grell und wolkig. Der griechische Besitzer und seine Frau

tranken aus winzigen Tassen türkischen Kaffee. »Könnte ich eine Tasse von *dem* da haben?«
Im grünlichblassen Gesicht des kleinen Mannes entstanden zwei Grübchen, als er den großen Engländer anlächelte. »Oh, diese Art Kaffee verkaufen wir nicht, das Zeug trinken wir Griechen immer.« »Ich weiß. Ich mag es sehr. Könnte ich eine Tasse davon haben?« Der Mann war amüsiert. »Na, wenn Sie möchten. Ich geb Ihnen eine.« Seine schwangere Frau, die sehr jung war und in deren Armbeuge schwarze Haare einen Flaum bildeten, holte – sie lächelte dabei nicht – eine Tasse. In der Bucht, die von Oberkörper und Arm gebildet wurde, schmeckte er immer das Süßlich-Parfümierte dessen, das dort hingeschmiert worden war, um den Schweißgeruch damit zu überdecken, und das leicht Gallig-Bittere des Schweißes selbst (der Geschmack eines zerbissenen Orangenkerns), und seine Zunge, die sich langsam in der einen Richtung vorbewegte, fühlte – lief sie in der Gegenrichtung zurück – die Wurzelnoppen der abrasierten Haare. Der Kaffee war kochend heiß, dick und köstlich. Er hatte überhaupt nicht an Rebecca gedacht; bloß dieses eine Teil von ihr ergriff ihn plötzlich mit einem überwältigenden Gefühl eigener Realität. Sexbesessen nennt man das, dachte er, voll tief empfundener Liebe – egal, wie man das nannte. Er fühlte sich sofort anschwellen. Er bestellte eine Flasche Selterswasser, weil der Mann für den Kaffee kein Geld annehmen wollte: Er, Bray, war es gewesen, der ihm die Ehre erwiesen hatte, die Gebräuche des Landes hochzuhalten – eines Landes, das Tausende Meilen entfernt war.
Jeden Tag im Oktober machten die Elemente zu dieser Zeit eine seltsame Verwandlung durch. Der Himmel war

nicht länger Farbe oder Raum, sondern das Gewicht der Hitze; er drückte auf Menschen, Bäume und Gebäude herab. Um zwei Uhr nachmittags sahen die Straßen aus, als duckten sie sich unter Schlägen. Wegen seiner Größe kam er sich wie auf den Boden gehämmert vor, auf dem sich nur die großen roten Ameisen frei und unbeschwert bewegten. Er nahm sich für die paar Häuserblöcke bis zum Luxurama zurück ein Taxi. Die Taxifahrer der Hauptstadt befanden sich im euphorischen Zustand des gutgehenden Geschäfts – der Kongreß brachte haufenweise Kunden in die Stadt. Der Fahrer trug eine weiße Golfmütze und Sonnenbrille, und an der Verkehrsampel trommelte er zur lauten Musik aus dem Radio mit den Handflächen auf seine Oberschenkel.

Das Foyer hatte sich fast schon wieder in den Kinosaal entleert; Bray sah, daß er hineinschlüpfen konnte, ohne dem Shinza-Kontingent zu begegnen. Er hatte keine Lust, über Semstu zu reden. Aber Shinza persönlich kam, entgegen der Laufrichtung des Delegiertenstromes, heraus; Papiere in der Hand, eilte er irgendwohin.

»Na, wie bist du mit deinem alten Freund Semstu zurechtgekommen?«

»Du kriegst die Ortsgruppen aus Tisolo.«

Eine Parodie dessen, was er selbst gedacht hatte – sie kam aus Shinzas Mund: »So einfach geht das.«

Bray sagte nichts. Shinza war immer in dieser Verfassung, in die man kommt, wenn ein Ereignis von einschneidender Bedeutung unmittelbar bevorsteht und sich das Hirn in der unerträglichen Erwartung seines Eintretens an irgendeine Nebensächlichkeit klammert, die nun unbedingt erledigt werden muß, an irgendeine halbe Phrase, die noch hinzugefügt werden muß, und man all diese sinnlosen Dinge mit eben jenem Feuereifer ausführt, den dieses Ereignis selbst kategorisch aufhebt: hier; jetzt; und die in sich schon das Orakel dessen trägt, wohin es schließlich ausschlagen wird. Was immer das für Zettel sein mochten, er hielt sie fest, so als hinge von ihnen sein Schicksal ab – der Blick schon an Bray vorbei, die Lippen hielten mit einem Lächeln eine ausgegangene Zigarette fest. »Ich wünschte, sie würden mir so selbstverständlich vertrauen wie dir.«

»Mir vertrauen sie, weil ich keine Macht habe. Dir würde das wohl wenig nützen, oder?« Er zog das kleine Gasfeuerzeug, das ihm Rebecca geschenkt hatte, aus seiner Tasche, und die kleine Flamme sprühte unter der schnappenden Drehung seines Daumens auf: »Hier.«

»Du hättest nicht zufällig eine Schachtel Streichhölzer für mich – meine sind mir ausgegangen?« Mechanisch neigte Shinza seinen dunklen, wolligen Kopf und zündete sich die Zigarette abermals an.

»Du kannst das behalten.« Ein paar weiße Einsprengsel, wie weiße Baumwollfussel, die man von einem Wollstoff zupft, da oben, in der Krone. Nie hatte Bray für Shinza jenes Gefühl der Zuneigung wie für Mweta empfunden, eine Zuneigung, die freilich auch eine bestimmte physische Affinität voraussetzte, das heißt, Toleranz gegenüber dem Körper des anderen, gegenüber dem ihm Wesentlichen und seinen charakteristischen Merkmalen. Zum Teil war es das, was das Mädchen einmal gemeint hatte, als es behauptete, er »liebe« Mweta; er hätte ebenso selbstverständlich Mwetas Rasierapparat benützt oder eins von Mwetas Kleidungsstücken angezogen (nicht, daß er jemals in Mwetas Sachen hineingepaßt hätte!), wie er ein Handtuch verwendete, auf dem Streifen von dem schwarzen Zeug waren, das beim Abschminken von Rebeccas Wimpern herunterging. Aber bei Shinza, der ihn so viel besser kannte als Mweta – Shinzas Denkweise stimmte mit der seinen überein, sie waren die gleiche Generation –, Shinza und er stießen sich physisch irgendwie ab. Es fiel ihm wieder jener Tag und Augenblick ein, da er Shinza zum ersten Mal wiedergesehen hatte, zusammen mit dem kleinen Jungen, den er mit der jungen Frau gezeugt und der in seiner Hand so schwächlich ausgesehen hatte. Ein Augenblick reinster sexueller Eifersucht. Und dabei keine Frau im Spiel; keine bestimmte Frau, nur die Frau an sich, das Symbol der Kindeszeugung. Also gut, sollte der Geist jetzt ruhig aus der Flasche heraus; seine Gefühle, diese Flut reizbedingter Reaktionen der Nerven, hatten sich also in einer Art sekundären Intelligenz und mit einer irgendwie überwältigenden Umsicht und Flexibilität als Macht der Gewohnheit etabliert. Als er für eine Sekunde auf Shinzas Kopf hinabblickte, dachte er: Hat das damals angefangen – als *er* seinen Sohn hielt?

Jemand hatte vergessen, die Beleuchtung des Luxurama einzuschalten, und über den Ausgängen glimmten nur die roten Lämpchen. Da er aus dem Tageslicht kam, sah er in diesem Dunkel nur wenig und spürte all die Augen, die – nicht ihm – in schweigender Spannung dem zugewandt waren, was da kommen sollte. Es wurde nicht viel geredet. Er ertastete sich den Weg zu einem der Sitze. Dann stellte man das Licht richtig ein, und alle wurden sie in einer Art verträumter Ungeduld ertappt, mit der sie darauf warteten, daß Vorstand, Zentralkomitee und Präsident hereindefilieren würden.

Mweta trug dieselbe Robe, die er bei seiner Amtseinsetzung getragen hatte. So brauchte er in der Oktoberhitze weder Kragen noch Krawatte anzulegen – eine Hitze, die sich allerdings hier drinnen nicht hielt. In der Robe wirkte er viel größer, und die Muskeln, die unten, am Ende des Halses, zu einem V zusammenliefen, hoben sich auf der weichen, schwarzen Haut als glänzender Streifen ab, wenn er seinen Kopf zur Seite drehte. Shinza beugte sich über den Tisch, wobei seine hochgezogenen Schultern den Blick auf die anderen verstellten, und mit seinen beiden Fäusten, auf die er sein Kinn stützte, verdeckte er die untere Gesichtshälfte. Bray ließ ihn nicht aus den Augen, um zu sehen, ob er aufblicken würde; um ihn zu zwingen, aufzublicken. Er war eigentümlich erpicht darauf, daß Shinza es tun möge, weil er unbedingt wissen wollte, was die Delegierten sich bei diesem Anblick dachten. Shinza rührte sich nicht. Die vertraute Geste, mit der er in seiner Brusttasche nach einer Zigarette fischte, fehlte.

Nach Erledigung der Formalitäten, mit denen der Kongreß vom einen Geschäftsordnungspunkt zum nächsten überging, kam man schließlich zum Antrag: »Daß der Kongreß der PIP mit großer Besorgnis die Absicht registriert, den Posten des Generalsekretärs des UTUC zu einer Frage der persönlichen Ernennung seitens des Staatspräsidenten zu machen, anstatt diese Ernennung der Wahl durch die Mitglieder des UTUC zu überlassen, wie es seit der Geburtsstunde der Gewerkschaften in diesem Lande gehalten wurde. Die PIP stellt den Antrag, der Präsident möge bei allem gebotenen Respekt darauf hingewiesen werden, daß eine solche Usurpation demokratischer Verfahrensweisen dem Geiste dieses Staates

und den Prinzipien einer freien Arbeiterschaft widerspricht, die von der PIP und dem UTUC, auf deren Grundfesten dieser Staat errichtet wurde, hochgehalten werden; daß der Präsident ferner aufgefordert wird, das unveräußerliche Recht des UTUC auf einen Generalsekretär eigener Wahl zu bestätigen.«
Der legalistische Jargon, der Vorsitzende, der auf die Reihenfolge von Wortmeldungen achtete, denen man vielleicht Gehör schenken würde, die Leute, die mit diesem Stück Papier dasaßen, der Tagesordnung, dem Unterpfand für die Zähmung ihrer wildesten und drängendsten Überlegungen, die auf billigem weißen Papier in Symbole übersetzt worden waren; diese uralte Form der Disziplin – diese zerbrechliche, gesprungene, von den Griechen überkommene Amphore – sie hielt. All die hochgestimmte *Bonhomie* der Versammlung während der ersten Treffen war jetzt abgescheuert. Die Anzüge waren vom Sitzen zerknittert, und die Raucher gingen durch Packung um Packung, während sie den ständigen Wechsel zwischen Langeweile und Spannung über sich ergehen ließen. Trotz der Klimaanlage – oder, richtiger: kühlgefächelt von ihr – lag dieser Herdengeruch in der Luft, der Geruch einer Menschenherde, der sich nicht aufgrund körperlicher Betätigung entfaltete, sondern aufgrund von Überzeugung, Vorurteil, Auffassungskraft, nervlicher Anspannung, die – wie Bray überlegte – von mir und all den anderen kommt. Wir sagen nichts, ich weiß nicht, was die Nachbarn zu beiden Seiten von mir halten, unsere Arme berühren einander zwar auf den Stuhllehnen, aber wir übermitteln sie, diese Botschaft, die wir genausowenig entziffern können wie die Tiere.
Der erste, der sich zu diesem Antrag zu Wort meldete,

war sorgfältig ausgewählt worden: Der Gewerkschafter Sam Gaka war ein Vertreter jener Sorte Mensch, die man als »eng aber ernsthaft« bezeichnen könnte – das heißt, als begnadet mit einer gewissen, hartnäckig-beharrlichen Auffassungsgabe für eine bestimmte Anzahl von Fakten, die dann ohne Bezug zur Hierarchie anderer Fakten isoliert dastanden. In jeder Gesellschaft, in der das nur möglich war, wäre er apolitisch gewesen; hier begriff er nur nicht, was seine politische Position war. Er war ein (fast im biblischen Sinne des Wortes) gläubiger Anhänger eines genossenschaftlichen Gewerkschaftsgedankens – der Beschränkung der Aktivitäten der Gewerkschaft auf ausschließlich pragmatische Fragen des Arbeitgeber-Arbeitnehmer-Verhältnisses. Und obwohl dergleichen vom UTUC niemals hätte praktiziert werden können, weil diesem von den allerersten Anfängen an der politische Kampf, an dem er teilgenommen hatte, ein nationales Anliegen war, ein Kampf, in dem der Arbeitgeber/weiße Kolonialist ein und dasselbe waren, eine Macht, gegen die der Arbeiter/schwarze Untertan seine Forderungen/Rechte zu behaupten hatte, und obwohl auch der genossenschaftliche Gewerkschaftsgedanke etwas war, das der UTUC derzeit nicht in die Praxis umsetzen konnte, weil ein unterentwickeltes Land in der Lage sein muß, seine Arbeiter im alten politischen Sinne des Wortes »aufzurufen«, damit sie für den Staat den Kampf um ökonomische Emanzipation führen – gelang es ihm, der Wahl des Generalsekretärs aus der »puristischen« Position der genossenschaftlichen Gewerkschaft das Wort zu reden. Und diejenigen, die das erkannt hatten, wußten auch einen Namen dafür; für die Mehrheit bedeuteten

seine Worte bloß, daß die Mitglieder des UTUC, der die gesamte Arbeiterschaft des Landes repräsentiere, immer diejenigen seien, die wissen müßten, wer am besten geeignet sei, in ihrem Namen mit der Regierung zu verhandeln, daß ferner die Idee der Gewerkschaftsbewegung insgesamt auf der Wahl der eigenen Sprecher durch die Arbeiter basiere und so weiter.
Schlauer Shinza, dachte Bray, gerade diesen Mann auszuwählen. Aber es gab auch Reden, die noch aus diesem politisch unverdächtigen Zusammenhang Nutzen zogen. Ndisi Shunungwa, derzeitiger Generalsekretär des UTUC, bediente sich bei seiner Rede eines anderen Vorteils – jedermann wußte, daß er selbst ins Amt gewählt worden war, und trotzdem machte er die Parteimitglieder darauf aufmerksam, daß der Mann, der in Zukunft vom Präsidenten ernannt werden würde, kein Außenseiter sein werde – man habe Vorsorge dafür getroffen, daß das nicht passieren könne –, sondern ein Vorstandsmitglied des UTUC und damit jemand, der von den Gewerkschaftsmitgliedern frei gewählt worden sei, damit er ihre Interessen vertrete – wie sonst wäre er denn überhaupt in den UTUC gekommen?
Basil Nwangas mächtiger Rücken versperrte, als er sich erhob, die Sicht auf die Männer neben ihm. »Herr Vorsitzender, das mag zwar als nette und saubere Antwort eines Amtsträgers hingehen, den vielleicht die Zuversicht erfüllt, er werde den Sessel behalten, auf dem er jetzt sitzt, auch wenn der Generalsekretär ernannt und nicht mehr gewählt wird« – bevor noch der Vorsitzende irgendwelche Einsprüche erheben konnte, fuhr er ohne Pause in seiner beißend-umgänglichen Tonart fort: »Gut, persönliche Ansichten interessieren uns nun aber

natürlich nicht, wir haben über Fakten zu befinden, und ein Faktum, das man hier ausgelassen hat, ist, daß es innerhalb der UTUC selbst Leute gibt, die unterschiedliche Auffassungen zur Gewerkschaftsbewegung vertreten. Allein die Mehrheit der Mitglieder des UTUC hat das Recht zu entscheiden, welcher Mann, der welche Vorstellungen vertritt, den Arbeitern als Generalsekretär am besten dienen wird. Erfolgt die Ernennung von außerhalb, dann kann man darin nur die Bevorzugung der einen Gruppe von Ansichten gegenüber einer anderen sehen. Es muß so kommen. – Es wird zu Ärger in den Gewerkschaften führen. Überlaßt es den Arbeitern, ihren eigenen Mann zu wählen – es ist Pflicht der Partei, dieses Recht zu unterstützen ...« Er sprach sprunghaft, und sein Englisch hatte einen starken Akzent, der die Sätze in ungewohnte Betonungsmuster auflöste, aber seine jugendliche Unbefangenheit setzte spontane Reaktionen frei. Applaus kam daher wie geworfene Münzen, als er seinen massigen Körper untertauchen ließ und den Blick wieder freigab. Jemand erhob sich mit der Frage, weshalb denn diese Angelegenheit überhaupt vor dem PIP-Kongreß diskutiert werde – sei sie nicht etwas, worüber sich die Gewerkschaften untereinander zusammenraufen sollten? –, aber auf der Stelle wurde ihm das Wort entzogen, was triumphierenden Beifall auslöste, mit dem man nicht ihn meinte, sondern sich in den Rängen derer, die für diesen Antrag waren, gegenseitig beglückwünschte.

Shinza kam langsam wieder aus dem Rückzugsgebiet seiner Konzentration hervor, er hatte Nwanga Applaus gespendet, hatte aber den Zuspruch nur mit einem flüchtigen Lächeln quittiert. Als das Tempo der Debatte rasanter wurde, hatte Bray den Eindruck, als sei Shinza die ganze Zeit an etwas anderes angeschlossen, an eine Art Sender vielleicht, als lausche er, warte er auf etwas, das von jenseits des Echos der Rednerstimmen, ja selbst von jenseits des verworrenen Hintergrundgemurmels kam, das trotz der Ordnungsrufe des Vorsitzenden lauter wurde. In sämtlichen Sitzreihen beteiligten sich die Delegierten an einer Unterdebatte; man gab Zettel weiter, tauschte die Plätze, machte strengvertrauliche Buckel, und während sich Köpfe samt Ohren herabneigten, kreuzten sich Blicke aus Augen – aus gelblichen, rotgeäderten Augen, aus klaren, froschartig vorstehenden Augen, die ihr Weißes zeigten, aus vom Alter marmorierten Augen – und in allen lag jener Glanz introvertierter Konzentration, der nichts verrät.

Mweta faltete über seiner Robe die Arme; dann breitete er sie wieder aus und ließ sich, die Hände lose vor sich auf dem Tisch, in seinen Stuhl zurücksinken. Wie wenig öffentliche Gebärden es gab – und selbst diese noch vom gleichen Satz der Konventionen bestimmt wie das althergebrachte Ritual, das diese Versammlung zusammenhielt. Hatte Mweta Zweifel an der von ihm beanspruchten Verfügungsgewalt? Wußte er, während er – ein kleiner, gutaussehender römischer Imperator – dasaß, daß er im Unrecht war? Glaubte er, dies tun zu müssen, um seine Macht zu erhalten, die er sonst aufs Spiel zu setzen fürchtete?

Einer – ein ausgesuchtes Mitglied aus dem Lager Shungwa–Mweta – brachte die Stimmung mit seinem Vorwurf der »Beleidigung unseres großen Führers«, der sich jene schuldig machten, die sich gegen sein Recht auf die Wahl des Generalsekretärs stellten, zum

Überkochen. »Diese Personen sollten diesen Kongreß verlassen. Unser Staat ist ein Einparteienstaat. Wir sind *eine* Nation mit *einem* Führer, er ist der Führer der Gewerkschaftsmitglieder und der des gesamten Volkes...«

Der Aufruhr übertönte die Worte des Sprechers, obwohl er weiterbrüllte. Er erhielt Beifall, wurde niedergeschrien – ein Aufbäumen der oppositionellen Kräfte schien die aneinander und am Boden festgeschraubten Kinositze buchstäblich zu verschieben, so daß Bray die Druckwelle spürte, die ihm entgegenwogte. Roly Dandos silberstückgroßes Gesicht bewegte sich am Ende seines Halses wie der Kopf eines aufgestörten Vogels. Die Parteiordner wurden durch das unvermittelte Auftreten weißbehelmter Polizisten verstärkt, die hinter den Vorhängen vor den Ausgängen hervortraten, hinter denen gewöhnlich elegante Mulattinnen mit Taschenlampen und Tabletts mit Süßigkeiten warteten – die Platzanweiserinnen der Brüder Joshi. Irgendwo, oben, links von Bray, an der Rückseite des Kinos, gab es ein Handgemenge – einen Kampf? »Der alte Mann hatte eine Herzattacke«, wiederholte jemand, aber die weißbehelmten Männer schritten, drei Stufen auf einmal nehmend, zur Galerie hinauf und brachten rasch einen jungen Mann herunter, in dessen Gesicht sich die Wut, so bloßgestellt zu werden, ballte, und einen zweiten, dessen Ärmel aus dem Schulterstück des abgetragenen Jacketts gerissen worden war. Als man sie durch die Türen ins Freie stieß, drang von draußen eine Art Gesang herein, so als liefe der Sucher eines Radios rasch durch die Wellenlänge eines Senders – zweifellos wieder die Frauen –, und ein paar rotbeschärpte *Marshals* der Jungpioniere verschaff-

ten sich Eingang. Die Polizei schien nicht zu wissen, was mit ihnen anfangen; aber die selbsternannte Autorität der jungen Männer kam angesichts der Gesellschaft jener deutlicher Gekennzeichneten mit ihren weißen Helmen, Lederstiefeln und geschulterten Gewehren ins Schwanken. Sie standen, in ihrer Anwesenheit weder bestätigt noch abgewiesen, neben den Polizisten und sahen einander von der Seite an.
Der Ruf nach Mweta wurde laut, aber er machte keine Anstalten zu sprechen. Bray versetzte sich in seine Lage und fragte sich, weshalb er es wohl Shunungwa und seinen anderen Vasallen überlassen hatte, für die Sache zu streiten. – Beim Massaker selbst möchtest du nicht dabeigewesen sein? – Er würde meine Frage nicht hören, jetzt – nicht einmal, wenn ich direkt dort oben neben ihm säße und sie ihm ins Ohr flüsterte; würde nicht hören. Und er war weit weg, auf der anderen Seite dieses Lärmzentrums, das vibrierte, so als wären sie alle in einer riesigen Glocke mit den dröhnenden Stimmen der Sprecher und den zahllosen, sich ausbreitenden, überschneidenden, zwischen den Echos hindurchwirbelnden Gedankenwellen eingesperrt; ein einziger Wunsch, der ihm da kundgetan, aber bevor er ihn noch erreichte, schon übertönt wurde; für Bray, der ihn im Blick, im Kopf, zu behalten versuchte, wurde er plötzlich zu etwas, das für Mweta stand – das vertraute Gesicht, die Robe. Justin Chekwe, Generalsekretär der PIP und gleichzeitig Justizminister, wurde offenbar als schärfste Waffe in den Kampf gegen den Antrag geschickt. Er war ein eloquenter Redner (Ex-Oxford-Union, als vorlauter schwarzer Stipendiat), und wenn er sich auch nicht zu einem Appell an die Gefühle herabließ, gewann er doch Vertrauen

durch den bloßen Anblick seiner Person, den Klang seiner Stimme, die noch durch die Macht seines Ressorts verstärkt wurde, das er seit der Unabhängigkeit innehatte – wie eine Frau sexuell attraktiver wirkt, weil sie in einer Liebesaffäre steckt. Jeder Bauer in seinem mühsam zusammengesparten Sonntagsstaat konnte hier mit eigenen Augen sehen, was – sollte es für ihn selbst schon zu spät sein – aus dem eigenen Sohn noch werden konnte. Chekwes Auftreten hatte nichts von schlichtem Sich-Bescheiden; er trug die teuren Kleider des weißen Mannes, so wie er nur die teuersten Worte gebrauchte, Worte, die nur zum Preis allerteuerster Erziehung zu haben sind. Und in diesem Betragen blieb er auf eine Weise Schwarzer, die augenblicklich – auch ohne vorherige Erklärung – als notwendig verstanden wurde, um einen Stolz auf Dinge wachzurufen, die aus Afrikas eigener, vernachlässigter Wertskala wieder zu Ehren gekommen waren. Was er sagte, war natürlich direkt auf Shinza gezielt; aus taktischen Erwägungen baute es auf einer bewußten Fehlinterpretation von Motiven auf. Wolle man den Kongreß etwa dazu drängen, der Übernahme eines rein pragmatischen Gewerkschaftskonzepts seitens afrikanischer Bewegungen zuzustimmen? Anhänger dieser Einstellung wollten es der Gewerkschaft verbieten, sich in irgendeiner Form an den Aktivitäten der Regierung zu beteiligen. Der verstorbene Tom Mboya argumentierte in dieser Sache so, und in der Tat, theoretisch sei das bewundernswert... »in Ländern, deren Ökonomie so hoch entwickelt ist, daß sie es sich leisten können – obwohl, sehen wir uns ein paar von ihnen an, zum Beispiel England« – er nahm sich die Freiheit eines mitleidigen Lächelns über die Schwierigkeiten der Labour-Regie-

rung – »obwohl wir uns also fragen, ob sich das überhaupt jemand leisten kann.« … Doch auch die hitzigsten Verfechter dieser Haltung hätten inzwischen, aufgrund der Erfahrungen in Afrika, begriffen, daß sich die Gewerkschaftsbewegung nicht nur die Verteidigung der unmittelbaren Interessen der Arbeiter angelegen sein lassen könne, »während das Land vor die Hunde geht«. Selbst die hitzigsten Verfechter einer sogenannten genossenschaftlichen Gewerkschaftsbewegung seien sich heute bewußt, daß die einzige Möglichkeit, die Interessen der Arbeiter voranzutreiben, die sei, die Regierung in jeder Hinsicht bei der Durchsetzung ihrer ökonomischen Ziele zu unterstützen. Für die Haltung der Gewerkschaft sei es absolut unerläßlich, daß sie bei ihren Überlegungen langfristige Planungen auf dem Sektor Wirtschaft berücksichtige und dafür sorge, daß diese auch in die Tat umgesetzt würden, »im größtmöglichen Vertrauen und in engstmöglicher Zusammenarbeit zwischen Regierung und Gewerkschaften. Und die Ernennung des Generalsekretärs des UTUC durch den Präsidenten ist die wichtigste Bestätigung dieser Kooperationsbereitschaft. Die Regierung garantiert dafür, daß diese Zusammenarbeit auf höchster Ebene stattfinden und niemals durch so kleinliche interne Zwistigkeiten gefährdet werden wird, wie sie manchmal vielleicht innerhalb der Gewerkschaftsbewegung selbst entstehen …«
Die Ausführungen wurden an Pressetischen protokolliert, auf Band aufgenommen, aber das Steigen und Fallen des Lautstärkepegels konnte nicht einfangen, was sich tatsächlich abspielte. Unterhalb dieses Diagramms gab es noch ein zweites, das Vor und Zurück des Lautstärkereglers für Shinza und Mweta. Und darunter gab es

noch immer eines – und über das war sich nicht einmal Bray im klaren. All dieser Nachmittagskrawall und diese Diskussionen würden zum Teil einer winzigen Kurve im Auf und Ab der Kräfte des gesamten Kontinents werden, würden eines Tages in einem halben Satz eines Historikers an die Oberfläche geschwemmt werden – »gegen Ende dieses Jahrzehnts zeichnet sich ein bestimmtes Ordnungsschema ab, in welches nach außen hin scheinbar unvereinbare Staatsformen…« Es ist nicht so, daß dieser Lärm gar nichts bedeutete, auch damit machte man es sich zu leicht. Seine Bedeutung ist etwas, auf das man horchen muß, dem man sich annähert, indem man sich einen Weg zwischen Worten hindurch bahnt, zwischen Anwesenheiten hindurch, dem Krampf im Knie des einen und der krampfhaften Ablenkung, die sich ein anderer durch das Anzünden von noch einer und noch einer Zigarette verschafft.

Noch immer kein Zeichen von Mweta. Hätte er es gewollt, so hätte er das Wort ergreifen können, selbst wenn sie sich darauf geeinigt hatten, daß er nicht reden würde. Er hatte das schon praktiziert; es war Teil seiner natürlichen Impulsivität, seines Politikverständnisses, das über das starre Konzept von Politik als »Spiel«, in dem alle Züge vorbereitet sind und man sich strikt an sie halten muß, hinausging. Politik war für ihn immer etwas Konkretes gewesen, ein Problem von Brot, Arbeit und Behausung. Wie er in seiner Robe dasaß: ein Stück politischer Volkskunst, überlegte Bray – so wie es eine religiöse Volkskunst gibt, Gipsfiguren, die blau und goldfarben bemalt sind.

Auch das andere Lager hatte seinen Schlachtplan. Shinza sollte das letzte Wort haben. Als er aufstand, wartete er auf Ruhe, und er bekam sie auch; dann aber fanden diejenigen, die sie als etwas gegeben hatten, das ihnen als Pflichtübung abgezwungen worden war, er sehe sich um, so als wollte er sich erinnern – an alle und alles; sein Blick lag auf den Rowdies und auf den Polizisten – peinlich, diese Präsenz, die nicht Worte sprechen ließen, bei einer Versammlung, deren Sinn vom verbindlichen Wert des Wortes abhing, wenn sie nicht nichtig sein sollte – und er sah sie an, um seinen Mund den Ansatz zu einem trockenen, gespielt-mitleidigen Lächeln, einem Lächeln, wie Männer es für Gefängniswärter übrig haben. Und dann begann er zu sprechen. »Wie in den meisten afrikanischen Staaten wurde auch in unserem Land vor der Unabhängigkeit den nationalen Zielen innerhalb der Aktivitäten der Gewerkschaft eine vorrangige Bedeutung eingeräumt, weil die sozioökonomische Situation des schwarzen Arbeiters eine unmittelbare Folge des Kolonialismus war. Nun, da die Unabhängigkeit erreicht ist, treten abermals ökonomische und soziale Probleme in den Vordergrund – an den Streiks und Krawallen um uns herum, in den Minen, den Fischereien, bei den Eisenbahnen, kann man das ablesen. Die schwarze Gewerkschaftsbewegung muß ihre Politik neu formulieren, um diese Probleme in den Griff zu bekommen. Dabei müssen wir uns aber über eines im klaren sein: Diese Neuformulierung kann nur innerhalb eines Rahmens stattfinden, dessen Grenzen durch das Erbe des kolonialen Systems, die Rolle der Gewerkschaften beim politischen Wachstum des Staates und die Größe der wirtschaftlichen und sozialen Probleme, vor denen wir stehen, definiert sind. – Darum geht es in dem Yema-Antrag; das ist es, wovon der ehrenwerte Minister Chekwe redet; das ist es, wovon ich rede.« All die Manierismen, die sein eifriger Schüler Mweta (die Robe, Brust raus wie auf einer Münze) von ihm abgeschaut hatte: bei Shinza waren sie da, aber ohne die Konzession des Charmes – damit hatte er Schluß gemacht. »Das Etikett der genossenschaftlichen Gewerkschaft kann man dem UTUC nicht anhängen. Nicht einmal das sogenannte ›aufgeklärte‹ genossenschaftliche Gewerkschaftskonzept, wie es Mr. Chekwe schmeichelhafterweise nennt... Denn darauf läuft das, was er sagt, hinaus: daß die Gewerkschaften letztendlich jede Regierung unterstützen könnten, deren Politik den Arbeitern entgegenkommt, *egal, wie das politische Grundkonzept dieser Regierung aussieht.* Nun, wir wissen, wohin diese Argumentation führen kann. In Europa hat sie zu Mussolini, zu Hitler geführt – sie hat zum Faschismus geführt. Afrika macht genug eigene Fehler; eine der letzten Hoffnungen der Welt und unser selbst ist die, daß Afrika zumindest nicht sämtliche Fehler Europas wiederholen muß. Für Afrika führt Mr. Chekwe das Beispiel Mboyas an. Ja, der verstorbene Tom Mboya verfolgte tatsächlich das Konzept einer ›aufgeklärten‹ genossenschaftlichen Gewerkschaft, sowohl als Gewerkschafter als auch, später, als Minister für wirtschaftliche Planung und Entwicklung, und wir halten die Erinnerung an ihn, als an einen der großen Männer unseres Kontinents, hoch; aber es gibt Leute, die behaupten, er habe dieses Argument dazu benützt, seine blinde Hörigkeit gegenüber dem westlichen Block zu rechtfertigen, und er habe damit die Prinzipien einer konstruktiven Neutralitätspolitik über Bord geworfen, zu der sich die PIP und unser Land bekennen; und zu dem Zeitpunkt, als er starb, da blühten die geschäftlichen Interessen der Ausländer, während die Bevölkerung von Kenia weiterhin in Armut lebte... Nein, das Etikett der genossenschaftlichen Gewerkschaft, einer Flucht vor der realitätsorientierten und ihnen gemäßen Rolle der Gewerkschaften in einem unterentwickelten Staat, will auf den UTUC nicht passen, denn das, wofür er seit jener Zeit, in der unsere Partei aus den Gewerkschaften hervorging, stand, ist die uneingeschränkte Teilnahme der Arbeiter an der Formulierung der Politik des Staates. Im Jahre 1959, als ich aus dem Gefängnis kam, hatte ich kaum die Zeit, mir ein sauberes Hemd zu suchen« – glänzend beiläufige Erinnerung daran, daß er für die PIP ins Gefängnis gegangen war – »als mich der UTUC schon zur UGTAN-Konferenz nach Conakry schickte – einer der ersten wichtigen Versuche, eine panafrikanische Gewerkschaftsbewegung zu gründen –, und das mit dem Auftrag, das Mitspracherecht der Gewerkschaft in politischen Aktionen als die einzige Möglichkeit der Verwirklichung sozialen und wirtschaftlichen Fortschritts zu unterstützen. Im Laufe der Jahre, später, als die PIP dann verboten wurde und der UTUC eine Zeitlang als unsere Fassade fungierte, bekräftigten die Gewerkschaften diese Überzeugung in Aktionen« – vielleicht sagte er: »die lauter waren als Worte« – seine eigenen wurden vom Prasseln heftigen Beifalls von irgendwo übertönt. »Damals sahen die Gewerkschaften, daß die Arbeiter dies am dringendsten brauchten: den unbedingten Kampf des Staates gegen Kolonialismus und Imperialismus. Der Grund, weshalb der Generalsekretär nicht über die Köpfe der Arbeiter hinweg ernannt werden darf, ist nicht der, daß sie der Meinung sind, ihre Rolle nach der Unabhängigkeit wäre die, *weniger* auf Regierungsebene mit-

zureden, sondern weil es die ist, *mehr* Mitsprache zu haben, denn nun ist das für die Arbeiter das Vordringlichste: dafür zu sorgen, daß die Regierung ihren Kampf gegen den Neokolonialismus und all das, was dieser für die Arbeiter bedeutet, weiterführt. Denn dieser Begriff des ›Neokolonialismus‹ ist nicht, wie manche Leute es uns gerne einreden möchten, ein bloßes Schlagwort, es ist auch nicht ein ehrlicher Geldgeber aus Europa oder Amerika oder sonstwoher, dem die Kommunisten ein Bettlaken übergeworfen und das Gesicht eines bösen Geistes aufgemalt haben. Er ist mitten unter uns, jetzt, in der Gestalt der ›uneigennützigen‹ Hilfe, die uns seitens der Großmächte zuteil wird; in der Verfügungsgewalt, die internationale Konzerne über unsere nationalen Ressourcen ausüben; und in der Fortsetzung unserer ökonomischen Unterlegenheit als die ewigen Produzenten von billigem Rohstoff und Käufer von teuren Endprodukten.«
Zwei Finger fuhren in die Tasche des zerknitterten Hemdes, so als suchte er, mitgerissen von der Diskussion mit einem Freund, die übliche Zigarette. Aber neben dem Zigarettenpaket begegnete er da der Erkenntnis, daß er sich auf einer öffentlichen Plattform befand und um sein politisches Leben redete; Bray beobachtete, wie sich die Hand zurückzog, verschwand. »Nach der Unabhängigkeit *ist die Gewerkschaftsbewegung das Instrument des Volkes, sich gegen das ausländische Kapital zu verteidigen.* Ihr glaubt mir nicht? – Wir hören immer bloß von der Notwendigkeit, ausländisches Kapital zu bekommen. In Wahrheit aber brauchen wir auch eine Verteidigung dagegen. Wir müssen dafür sorgen, daß es nicht uns besitzt… Wir haben in unserem Land wertvolle Roh-

stoffe, und natürlich werden wir weiterhin nach Finanzierungsmöglichkeiten suchen müssen, um diese Ressourcen für eine ungewisse Zukunft auszubauen. Aber die Bedingungen, unter denen dieses ausländische Kapital investiert wird, und die Art des Aufbaus, für den es verwendet wird – das sind die Probleme, bei denen wir eine aktive Beteiligung der unabhängigen Überlegungen der Gewerkschaft brauchen, und nicht einen willenlosen Mann der Regierung« – und er ließ seine Faust heruntersausen, daß die Wasserkaraffen über die gesamte Länge des Tisches schwankten und dieses Schwanken in den Spiegelungen des wabbelnden Inhalts bis zum anderen Ende des Kinos zu sehen war. »Und es ist nicht bloß so, daß die Gewerkschaften wie ein Wachhund die Bevölkerung eines jungen, unabhängigen Staates vor ausländischem Kapital schützen. Julius Nyerere hat zu seinem Volk in Tansania gesprochen, aber ebensogut hätte es an unsere Adresse gerichtet sein können, als er sagte: ›Wir haben einen Fehler gemacht, als wir uns für Geld entschieden, etwas, das wir nicht besitzen, damit es unser wichtigstes Entwicklungsinstrument sei... die Entwicklung eines Landes kommt aus dem Volk, und nicht aus dem Geld.‹ Wo die Regierung eines Landes die lebendige Zusammenarbeit mit der Gewerkschaft möglich macht, dort gibt es Formen und Möglichkeiten der Entwicklung, die wir hier noch nicht einmal oberflächlich gestreift haben. Ich rede nicht von strukturellen Veränderungen in der Ökonomie eines Landes – der Verstaatlichung der Minen, Banken, Versicherungsgesellschaften und so weiter –, obwohl wir in unserer Angst, den reichen Mann aus Übersee abzuschrecken, nicht vergessen dürfen, daß Verstaatlichung letztlich eine postkoloniale

Maßnahme darstellt, um die nationale Ökonomie wiederherzustellen und der Unabhängigkeit ein demokratisches Fundament zu geben... Was ich sagen will, ist, daß es durch die Zusammenarbeit zwischen Regierung und Gewerkschaften auf höchster Ebene möglich ist, Einrichtungen wie eine Fischereigenossenschaft und Genossenschaften von Kleinstbauern zu etablieren. – Wir könnten zum Beispiel von der Histradut, den Israelis, hierfür Hilfe erhalten. Andere Länder sind diesen Weg gegangen. Und warum ergreifen wir nicht die Möglichkeit, daß die Regierung von scheidenden weißen Siedlern die Farmen für jene Leute erwirbt, die das Land für die Siedler bewirtschaftet haben? Es gibt ein *Autogestions*-Projekt, das zuerst in Jugoslawien, dann in Algerien in Angriff genommen wurde – das Wort bedeutet Selbstverwaltung, die Idee, daß das Land den Landarbeitern übergeben wird, jenen Menschen, die wissen, wie es überhaupt erst produktiv gemacht wurde, und daß dann die Farmen von Landarbeiter-Kollektiven geführt werden. Das ist eine bessere Idee, als bei Null mit der Anlage von brandneuen Regierungsplantagen anzufangen, für die sich jetzt unser Landwirtschaftsministerium überall Geld borgen muß, jene Plantagen, von denen die Experten schließlich feststellen, ihre Führung dürfe nicht der unerfahrenen Landbevölkerung überlassen werden... Das Selbstverwaltungssystem hat übrigens einen äußerst wichtigen Nebeneffekt. Es erleichtert die Integration der Arbeitslosen, weil es von der Gelegenheitsarbeit abschreckt und die gesamte Arbeit in der Landwirtschaft auf die Basis einer ständigen Beschäftigung stellt.

Und in den Städten – in der Industrie –, wo bleiben da die Vorhaben, schwarze Arbeitskräfte am Gewinn zu beteiligen? Viele internationale Gesellschaften, die hier operieren, haben für ihre Angestellten in anderen Ländern, außerhalb Afrikas, Pläne entwickelt, in denen Vorzugsaktien und Gewinnbeteiligung für Betriebsangehörige vorgesehen sind. Weshalb sollte Afrika die Ausnahme sein? Diese Gesellschaften sollten entsprechende Gewinnbeteiligungen auch für unsere Arbeiter entwickeln, die dann in den Tarifverträgen mit den Gewerkschaften festgeschrieben würden. Es gibt noch viele andere Möglichkeiten, und sie alle benötigen die Anerkennung des Rechts der Gewerkschaften, bei der Planung von Regierungsprojekten initiativ werden zu können. Eine Genossenschaftsbank der Arbeiter könnte als ein Auftakt für eine andere Geschäftsaktivität gegründet werden, um Schwarze in den investiven Sektor unserer Wirtschaft zu holen, der derzeit von Ausländern dominiert wird. Das ist sinnvoller, als Steine zu werfen und Geschäfte von Ausländern auszuplündern, wie es vergangenen Monat in Tempa durch ein paar Jungpioniere geschah... Weshalb sollten wir nicht über eine Volksbank verfügen, eine vom Staat gestützte Bank, die unseren Kleinbauern und kleinen Geschäftsleuten hilft, die von gewöhnlichen Banken keine Darlehen bekommen können? Das Selbstverwaltungsprinzip ließe sich auch bei kleineren Fabriken anwenden; man kann für die Städte ein System, parallel zu dem der ländlichen Gebiete, entwickeln. Fabriken, Geschäfte – ein ganzer industrieller Komplex kann von Arbeitern kontrolliert werden, die das Management mit Hilfe ihres eigenen Verwaltungsapparates besorgen, während Geschäftsleitung und technische Leitung von der Regierung eingesetzt würden. Diese Fabriken und Geschäfte gehören keinem ausländischen Geldgeber. Sie mögen dann zwar vielleicht nicht so effizient wie im Falle der Führung durch eine ausländische Firma funktionieren, und die Profite werden dann vielleicht nicht so hoch sein, wie sie's ansonsten gewesen wären, aber dafür hat man dann auch keine Aktionäre, die im Ausland sitzen und nur darauf warten, daß sie die Gewinne abschöpfen können. Ich kenne eine kleine Gießerei, die erst vor kurzem zumachen mußte, weil sie für den Geschmack des weißen Mannes nicht genug Geld abwarf. Aber sie warf genug Geld ab, um die sechsundzwanzig Männer zufriedenzustellen, die für ihn arbeiteten... Sie zählen jetzt zu den Arbeitslosen...

Wenn wir über diesen Antrag abstimmen, dann müssen wir uns zweierlei vor Augen halten, und beides beweist, daß die Ernennung des Generalsekretärs des UTUC durch den Staat von diesem Kongreß verurteilt werden muß. Erstens: Wie auch immer die Position aussieht, die den Gewerkschaften in Hinblick auf politische Macht eingeräumt wird, seiner wichtigsten Funktion muß der UTUC unweigerlich nachkommen, nämlich der, das Sprachrohr der Unzufriedenheiten der von ihm vertretenen Arbeiter zu sein. Darum wird auch kein ernannter Generalsekretär herumkommen. Zweitens: Die Rolle der Gewerkschaften in einem unabhängigen Staat ist nicht die, zum bloßen Funktionsträger zu werden, zu einer Unterabteilung des Arbeitsministeriums, sondern die, dafür zu sorgen, daß die auf der Basis der Arbeit der Menschen angestrebte Gesellschaftsform mit den *Zielen* der Bevölkerung übereinstimmt. Im Grundsatzprogramm des UTUC wurde folgendes als eines seiner Ziele formuliert: ›dafür zu sorgen, daß dem UTUC weiterhin die Rolle als einem der kämpferischen Flügel der Bewe-

gung zukommt, die den sozialistischen Staat unter der politischen Führung der PIP aufbauen soll‹. Ich rufe den Kongreß auf, diesen Flügel der Partei zu schützen oder aber die Partei selbst zu verraten.«
Shinzas Anhängerschaft bombardierte die Versammlung mit dem Beifallsgetrampel ihrer Absätze. Dankbarkeit leuchtete für einen Augenblick in seinem ganzen Gesicht auf – ein Vorgeschmack auf Kommendes; aber jene Art nicht enden wollenden Applauses, der Schub um Schub aus jedem Winkel, jeder Reihe kommt und einen Mann höher und höher über jegliche Opposition hinausträgt, die blieb aus. Statt dessen trat eine eigentümliche Stimmung von Bestürztheit ein. Er setzte sich. Die Debatte ging zwar weiter, aber man hatte das Gefühl, niemand höre ihr zu; und doch kristallisierte sich etwas in jedem Sesselknarren heraus, in jeder unbehaglichen Veränderung der Sitzhaltung, in den Echos, die wie Fledermäuse aufschraken, wenn sich in bestimmten Teilen des Saales Stimmen erhoben, und selbst – Bray spürte die Drohung absurder Vorzeichen – in der Langeweile der Schlägertypen von den Jungpionieren an der Tür. Jetzt meldeten sich andere zu Wort, und, wie Mweta, schwieg jetzt auch Shinza. Mwetas Schweigen aber, seine Gegenwart, sie wuchsen, breiteten sich über die Leute aus – Leute, die seufzten, abwesend herumkritzelten, den Blicken von anderen auswichen, sich angespannt vorbeugten oder abwartend in ihre Sitze zurückfallen ließen. Und bevor es dann zur Abstimmung kam, war es geschehen: Mwetas Schweigen hatte zu ihnen gesprochen. *Das* also war es, worauf Shinza von Anfang an hinter der Debatte gehorcht hatte. Jetzt hörte es Bray, spürte er es – es gab kein Wort dafür, wie man es aufnahm –, so wie Shinza es

hören und spüren mußte. Die Unentschlossenen wurden davon – gleichsam noch während ihre Hände halb für Shinza in der Luft hingen – überrumpelt. Sie stimmten für *ihn*, der dort oben saß, in seiner Robe, und sie um nichts bat, weil er es von ihnen erwartete.

Jetzt holte Shinza die Zigarette aus seiner Tasche. Er steckte sie sich in den Mundwinkel und zündete sie an, mit Rebeccas Geschenk, das immer schon beim ersten Versuch funktionierte.

Das ist also mein Mann, dachte Bray; das ist mein Mann.

Er fand sich in der Gesellschaft von Dando und Shinza in einer der Bars des Great Lakes Hotel wieder; sofern es das gab, daß sich jemals jemand irgendwo »wiederfand«: durch einen Zufall, hinter dem mehr Absicht steckte, als es nach außen hin den Anschein hatte, hatte es sie, fasziniert-abgestoßen, langsam, während im Golden-Perch-Saal die Cocktailparty im Gange war, von Gruppe zu Gruppe gezogen. Er hatte nicht gewußt, ob überhaupt zu erwarten war, daß Shinza auftauchen würde; Dandos Stimme war die erste, die er hörte: »Welche Art von Sexsymbol soll denn das sein...«, die sich gerade über das jüngste Ausstattungsstück erging – den riesigen ausgestopften Seebarsch, der dem Saal den Namen gegeben hatte und den nun anstelle des eigenen Fischkopfes die obere Hälfte eines Frauenkörpers aus vergoldetem Gips zierte.

Viele der Delegierten hatten noch nie das Innere eines Lokals wie des Great Lakes' gesehen. Überwältigt von ihrem Mangel an Kenntnis der erforderlichen Eß- und Trinksitten in solch einer Umgebung, standen sie herum, ignoriert von Kellnern, die es für unter ihrer Würde hielten, den ersten Schritt zu tun, und mit Gins und Whisky-Sodas für diejenigen, die wußten, wie man diesen Dingen seine Wertschätzung bezeugte, an ihnen vorbeieilten. Als Mweta (in korrektem schwarzem Anzug) zwischen ihnen, in der Hand ein Glas mit Limonade, herumging und sie höchstpersönlich zu den Tabletts mit Appetithappen und Drinks nötigte, setzten sie sich mit feierlichem Ernst zum Schmaus, zu dem sie geladen worden waren, und verdrückten blind die Scheibchen aufgespießter Shrimps; manche fingen sogar miteinander zu krakeelen an, als sie die Wirkung ihrer Drinks spürten, während die professionellen Politiker und die Mitglieder der Aufsichtsräte von Gesellschaften ruhig und gleichmäßig vor sich hin tranken und damit nicht mehr erreichten als jenes Glühen über die eigene Wichtigkeit, die das Trinken in Gesellschaft mit sich bringt. Sämtliche Triumphe und Ressentiments der verschiedenen Lager schienen auf diese Weise aufgehoben zu sein – ein Fest, wie es gleichermaßen Begräbnisse wie Hochzeiten abschließt.

Shinza trug dasselbe zerknitterte Ferienhemd, so als wäre er in der Absicht gekommen, mit seiner Anwesenheit einen Mißton in das Ganze zu bringen. Man sah ihn inmitten der unterschiedlichsten Menschenknäuel, nie jedoch in der Nähe Mwetas und offenbar mit seinen Gedanken nicht bei der Unterhaltung. Im Augenblick war er gerade von ein paar jungen Männern eingekreist, so als wäre er ein gefährliches Objekt, das jeden Augenblick explodieren konnte. Einer, der etwas angeheitert war, spielte den Anführer bei dem Versuch, Shinza hochzunehmen – es ging um die *Autogestion*: »War das diese Schmiede an der Kinshasa Road, von der du gesprochen hast? – Aber ein Verwandter meiner Frau hat dort gearbeitet, und der hat jetzt eine Stelle bei einem Kesselschmied bekommen.« »Und, was weiter, Mann?« Jemand schämte sich wegen des Niveaus der Frage: »Wem gehören denn nun diese Farmen und Fabriken – der Regierung?«

Roly Dando hatte schon eine ganze Menge intus; die Leute in seiner Gesellschaft ließen die Köpfe hängen, sie saßen wie in Trance über ihren Gläsern, während er ungerührt lauter und lauter redete, bis seine Stimme auf die Diskussion am Nachbartisch übergriff: »Respekt gegenüber den Aktionen der Gewerkschaft ist in afrikanischen Staaten natürlich nur ein frommer Wunsch. Mein Gott, das wissen Sie doch, Shinza, oder? – Natürlich weiß er's. Weiß es ebensogut wie ich.«

Gesichter gingen auseinander, um den Weg freizugeben. Shinza lächelte müde, die Lippen, über die er seinen Zeigefinger in einer ironischen Bitte um Vergebung gleiten ließ, geschlossen. »Naja, ich bin gerade dabei, das zu lernen.« Sie waren mit ihm zufrieden; sie lachten. Ras Asahe, der Bray an die Bar geschleppt hatte, sagte, an Bray gewandt, aber an Shinzas Adresse: »O ja, das glauben wir dir, mein Freund. Es gibt nur eine Art und Weise, dich das lernen zu lassen.«

»... was Sie da in Ihren Bart gemurmelt haben, dieses Zeug von den Arbeitern und der Regierung, die den sozialistischen Staat zum Wohle der Arbeiter errichten«, sagte Dando. »In afrikanischen Staaten läßt sich die Wirtschaft nur zum Nachteil der Arbeiter entwickeln. Und das wird noch verdammt lange so bleiben. Daran läßt sich nicht rütteln. Mir ist völlig schnuppe, welche politische Ideologie oder ökonomischen Konzepte Sie zitieren, die Realitäten der Produktion und Verteilung des Einkommens bleiben immer die gleichen, haargenau die gleichen, und zwar auf dem ganzen Kontinent. Nein, nein – ich weiß schon, was jetzt kommt –, Sie brauchen sich erst gar nicht darüber auszulassen, was in Europa vor hundert Jahren passiert ist, weil Sie die Antwort darauf auch schon kennen. Die Opfer, die den europäischen Arbeitern im neunzehnten Jahrhundert abgepreßt wurden, haben es den westlichen Ökonomien ermöglicht, an einen Punkt zu gelangen, an dem sie die Forderungen der armen Schweine, die sich das Blut aus dem Leib geschwitzt hatten, anerkennen konnten. Und das war einzig deshalb möglich: Man hatte diesen Punkt erreicht, ohne daß die Struktur des Wachstums Schaden genommen hätte. Sie hatten, wenn auch in Grenzen, einen Zustand erreicht, in dem wachsender Konsum zu größeren Investitionen führt.«

Shinza und Dando wurden in einen Zweikampf getrieben, wegen der geringen Größe der Bar, wegen des Alkohols in ihren Adern, wegen der Neugierde ihrer Begleiter – aber auch, weil sie einander als Gegner in diesem Raum erkannten. Shinza eröffnete den Schlagabtausch mit dem Gehabe eines Mannes, der eigentlich alles Diskutieren schon hinter sich hat. »Und weshalb ist das unmöglich?«

»Weil, mein bester Shinza, die Ersparnisse der Bevölkerung in einzelnen Staaten Afrikas einfach nicht existent sind. Nichtexistent oder unproduktiv. Ein paar Pfund, die, gemeinsam mit den Wanzen, in die Matratzen gestopft werden. Und der Konsum ist derart unerheblich, daß man ihn unmöglich noch weiter einschränken kann, um zu höherer Investitionstätigkeit zu stimulieren, und aus diesem Grund bringt auch Ihr Einfrieren der Gehälter nichts. Der Reichtum ist auf irreguläre und moralisch nicht zu rechtfertigende Weise verteilt, aber der Teufel soll mich holen, wenn irgendwer weiß, wie man da Abhilfe schaffen soll. Der Gewerkschaftsbewegung sind die Hände gebunden, einfach weil sie die Bühne betreten hat, bevor es zur vollständigen Industrialisierung gekommen ist.«

»Deklamiert Marx, um schwarzen Kapitalismus zu verteidigen! Vergessen Sie nicht, für wen Sie heutzutage arbeiten, Dando.« Halb im Spaß, halb verächtlich zog Shinza seine bärtigen Mundwinkel herunter. »Was Sie sagen, läuft auf nicht mehr und nicht weniger hinaus, als daß die Arbeiter den Gewinn nicht sofort und auf direktem Wege zu spüren bekommen ...«

»... nicht auf direktem Weg und nicht auf dem linken und nicht auf dem rechten Weg – Sie können noch bis zum Jüngsten Tag so weiterquasseln. Genehmigen Sie sich einen, Edward. – Machen Sie schon, Mann, kümmern Sie sich um die Herrschaften«, fuhr er den Barkeeper an. Der Kreis wurde enger. »Edward und ich haben über diese Dinge schon gesprochen, da wart ihr alle noch ein Haufen rotznasiger Jungs... er weiß, wovon ich rede.«

»Was soll denn dieser Unsinn, daß der Gewerkschaftsbewegung ›die Hände gebunden sind‹.« Shinza nahm einen großen Schluck von der Runde Whisky, die Dando bezahlt hatte. »Hören Sie zu – die Gewerkschaft steht vor einer Entscheidung, das ist alles. Sie kann der Entwicklung der Wirtschaft zuliebe zu einem Organ der Regierungspolitik werden – und das bedeutet soviel wie das Ende jeglicher Kritik an der Inkompetenz der Regierung, aus, vorbei. Die Aktivitäten der Gewerkschaft sind dann auf eine einzige Sache beschränkt – auf die Garantie des Gehorsams des Arbeiters in den produktiven Industriezweigen. *Das* aber ist nun etwas, das Ihre berühmte ungerechte Verteilung des nationalen Einkommens perpetuiert, stimmt's? Man teilt das große Geld

unter den Würdenträgern auf und zeichnet das Gesetz für den Aufbau einer massiven Polizeistreitmacht ab, damit diese dann alle schön im Zaum hält. Und all das bedeutet unproduktive Staatsausgaben, ja? Da können sich die Gewerkschaften dann dazu gratulieren, daß sie zur Konsolidierung der politischen Macht der Elite beigetragen haben. – Aber es gibt einen anderen Weg.«
Dando begann, den Kopf zu schütteln, während Shinza redete. »Auf der Linie: Verteidigung-der-Interessen-der-Arbeiterschaft. Versuchen Sie's doch bitte mit einer anderen. Führt *un*ausweichlich zur Verlangsamung des wirtschaftlichen Wachstums. Alle Ihre Vorstellungen von den auf der produktiven Rolle der Arbeiterschaft basierenden Aktivitäten erzielen nur einen sehr begrenzten Effekt. Entweder Sie kriegen die Arbeiter dazu, daß sie sich zusammenreißen und den Mund halten ...«
Shinza hob den Arm und winkte ab. »Genau das habt doch ihr versucht, das habt doch ihr versucht!«
»Oh, niemand bestreitet, daß es noch und noch Zweifel an der Fähigkeit der Gewerkschaften gibt, ihre Politik in die Praxis umzusetzen. Das wissen wir«, Bray, ebenfalls unter dem Einfluß von Dandos Whisky, fand sich selbst plötzlich in den Streit hineingezogen. »Bis heute zwang ihn die Metamorphose vom Gewerkschaftsführer zum politischen Führer zu Kompromissen... das ist hier eine der prinzipiellen Ursachen für die Schwäche. Aber die fundamentale Schwäche ist eine Mischung aus beidem – industrielle Unterentwicklung plus der politischen Verantwortung, die Gewerkschafter auf sich nehmen mußten.«
»Oh, du lieber Himmel. Das einzige Problem ist, ob man die politische Verantwortung ernst nimmt...«

Shinzas Hände gingen auseinander, so als drückte ein unsichtbares Gewicht auf sie. »Keine Gefängnisse mit Gittern davor«, sagte Dando. Nun ging Bray auf ihn los: »Du würdest doch auch zugeben, daß ein gewichtiges Wort beim Entwurf eines Plans zur Entwicklung der Wirtschaft eine der Grundsatzforderungen der meisten afrikanischen Gewerkschaften darstellt, Roly?«
»Hört euch das an: Forderungen, Forderungen ...« Dando fing an Theater zu spielen, wobei er sich hilfesuchend an seine Zuhörer wandte.
Aber für sie war Bray ebenso Teil des Theaters wie er.
»... es ist die einzige Möglichkeit, den Widerspruch zwischen den Forderungen, die auf kurzfristige Ergebnisse abzielen, und jenen Maßnahmen zu überwinden, die man ergreifen muß, wenn man wirklich ernsthaft Entwicklungspolitik machen möchte. Natürlich sind die Schwierigkeiten riesengroß... und riskant ist es auch ...« Immer wieder verlor Dando für kurze Augenblicke den Faden, und was er dann sagte, war irgendeine verschwommene Antwort, die durch den Alkoholnebel in seinem Kopf zuckte. »Riskierst dein Leben jedesmal, wenn du die Straße überquerst, Freundchen.«
»... weil die Positionen von Gewerkschaften und Regierung absolut unvereinbar werden könnten.«
»Ha-ha, ha-ha-ha.« Dando lachte nicht; er machte Schattenboxen über dem Tresen. »Vorsicht beim Auftreten, Bray, du gehst auf Eiern, weißt du.« Seine Aufmerksamkeit schnappte zurück, angezogen von Shinza. »Sie kriegen einen Großteil Ihrer Gewerkschaftsmitglieder aus dem öffentlichen Dienst – von den Minen einmal abgesehen. Wenn Sie anfangen, gegen die energisch durchzugreifen, dann werden Sie Abstriche machen müssen.

Wie wollen Sie diese Leute denn dazu bringen zuzustimmen, ohne Hunderte von Mitgliedern zu verlieren?«
»Ihre paar hundert verdammten Bürokraten sind mir schnuppe, wenn wir dafür Tausende von Landarbeitern gewinnen können. Das können Sie vergessen, Mann –«
Zwei oder drei Leute hatten angefangen, PIP-Lieder anzustimmen, anfangs nur bruchstückhaft, schließlich aber – in der Unfähigkeit von Schwarzen, falsch zu singen, selbst wenn sie betrunken sind – bei voller Lautstärke harmonisch. Roly hatte jetzt Trotzhaltung bezogen, ohne zu wissen, wogegen; er sah sehr klein und weiß aus, sein dünnes, eingeöltes Haar stand spärlich vom Kopf ab, und durch seine Brillen nahm er dieses oder jenes Zielobjekt ins Visier. »Besser als eure ganze verdammte Mischpoke, das kann ich euch sagen. Hat mehr Mumm in den Knochen, als ihr in eurem ganzen Leben begegnen werdet... Ich trau ihm nicht bis zur Tür hin, dem alten Schweinehund... aber ihr, naß hinter den Ohren, allesamt, wie ihr da seid, ihr werdet nie mehr auf einen Burschen treffen wie ihn, *ihr* könnt mir nichts erzählen –«
Bray überkam ein altes Gefühl der Zuneigung für den armen Dando, der sich nie auf die Würde seines Amtes kaprizierte, sondern sich immer vorbehielt, den Tribut für seine Sympathiebezeugungen selbst zu entrichten, egal, wie derangiert und lächerlich er dabei aussah. Einen Mann wie ihn würde nur ein afrikanischer Staat einstellen; überall sonst würde man seine professionellen Fähigkeiten zugunsten professionellen Auftretens opfern.
Ras Asahe sprach gerade von den Streiks in den Minen, und Bray hörte nur mit halbem Ohr zu – »kein solcher Schwächling, daß er jetzt, wo die Gesellschaft sie mit

dem Schießeisen in Schach hält, die Produktion einstellen würde«. Die Wortwahl stak wie ein Pfeil: »Schießeisen?«

»Ja, jetzt brauchen sie nicht mehr bloß herumzustehen und auf ihren Fingernägeln zu beißen, wenn die Jungs Mätzchen machen. Ich hab's unlängst selbst miterlebt, ganz husch-husch – aber alles da, Mann! Eine nette kleine Flotte von Fords, die man zu Panzerfahrzeugen umgebaut hat...«

»Die Werkspolizei der Gesellschaft hat Waffen?«

»Nun, was glauben Sie denn? Daß sie bloß herumstehen und auf die Marsmenschen warten« (das war der Name, den man der regulären Polizei wegen ihrer Helme gegeben hatte), »oder darauf vielleicht, daß der Präsident darüber befindet, ob es nicht Zeit ist, die Armee zu Hilfe zu rufen, oder vielleicht doch lieber nicht? Offenbar ist die Gesellschaft an ihn herangetreten und hat gesagt, schauen Sie, wenn *Sie's* nicht schaffen, dann müssen Sie das uns überlassen... Und er hat grünes Licht gegeben.«

»Die haben Schußwaffen?«

Ras spreizte seine eleganten Hände. »Die gesamte Überfallkommando-Ausstattung. Tränengas, Schußwaffen – Helikopter, die im Zweifelsfall rasch ein Dutzend Männer dorthin bringen können, wo's brennt. Überall, wo's Probleme gibt, wird das höchst nutzbringend sein... auch dann, wenn es nicht die Minen sein sollten... Big Man weiß, daß sie zur Stelle sind, wenn er sie braucht.«

Gleichzeitig gab es irgendeine Aufregung in dem Knäuel, das sich rund um Dando und Shinza gebildet hatte. Alles, was Bray sah, war, daß Dando seinen Arm um Shinzas Schultern legen wollte – in einer großen Geste, einem Ausfall, und daß Shinza ihr – deutlich sichtbar – ruhig und flink auswich, so etwa, wie einem eine Katze unter der Hand entschlüpft. Shinza blickte Dando nicht an, er stand ihm abgewandt und unterhielt sich im Augenblick mit jemand anderem; zwischen zwei Augenblicken mußte er sich des ausholenden Armes bewußt geworden sein. Aber Dando hatte sich schon zu weit aus dem Barhocker gelehnt, war unsicher, und die Bewegung brachte ihn aus dem Gleichgewicht. Er fiel hin; die Leute eilten hastig herbei, halfen ihm verwirrt wieder auf die Beine – eine Verwirrung, die sich immer gleicht, egal, ob sie nun für Feindseligkeit oder für Besorgnis steht.

Asahe sagte angewidert: »Dieser alte Mann ist das beste Argument für die Afrikanisierung, das ich kenne. Die zwei da sollten sich gegenseitig erledigen; der Laden hier muß mal auf Vordermann gebracht werden.«

»Du bist ja ein ganz harter Junge, Ras. Vielleicht solltest du ein bißchen Tränengas holen lassen.«

Asahe aber schmeichelte es, daß man ihn für hart hielt; Bray war bewußt, daß da ein Mann ihn belächelte, der der Meinung war, er könne sich das leisten. Er ging rasch zu Roly Dando hinüber. Dando war wieder auf den Beinen, irgendwie ziemlich nüchtern. »Wollen wir heimfahren?«

»Ich bin kein Baby, Bray. Und außerdem: Bist du nicht mit Mweta zum Abendessen verabredet?« Er sah aus wie ein Vogel, den man unverletzt aus den Fängen eines Hundes geborgen hatte.

»Zeit genug, vorher noch nach Hause zu fahren.«

»Um Himmels willen, nein, ich hab eine Verabredung...« Er ging mit zwei jungen Männern weg, die ihn abgeklopft hatten, der eine ein lustiger, kurzsteißiger, kleiner Mso – eine untersetzte Rasse; da war in irgendeiner vergessenen Völkerwanderung Batwa-Blut aus dem Kongo heruntergesickert –, der andere ein redseliger, gebeugter Mann, der zusätzlich zur Parteikrawatte diverse Ehrenzeichen aus kolonialen Zeiten trug, Anstecknadeln der Pfadfinder und des Roten Kreuzes.

Er ließ laute Stimmen und übertriebene Gesten zurück; die Verwirrung hatte private Antipathien und nachträgliche Spannungen dessen, was während des Tages im Kongreß behandelt worden war, freigesetzt. Shinza war nun fest von seinen Leuten umringt; rund um einen kleinen Tisch tranken Nwanga, Goma, Ogoto, als wären sie nicht an irgendeinem bestimmten Ort, sondern in einem Bahnhofswartesaal oder auf einem Flughafen. Aber über seine Schulter hinweg sagte Shinza zu Bray: »Ist der Alte in Ordnung?«

Spät am Abend hatte er Dinner allein mit Mweta; die Gäste im Great Lakes, die sich nicht in den Bars versammelt hatten, ließen sich lange Zeit, bis sie aus dem Golden Perch Room abzogen. Wie immer bereitete es Mweta Kopfzerbrechen, ob die Wahl einer Cocktailparty für die Unterhaltung der Leute wohl das richtige gewesen war – »besonders für den Kongreß«.

Der Kongreß verdiente also etwas Besseres. Und doch hatte er da in seiner Robe gesessen, dem Symbol dafür, daß sie an die Macht gekommen waren, und hatte sich selbst erlaubt, ihnen die Zustimmung für ein Manöver abzugewinnen, das seine Machtstellung noch verstärkte.

Bray lächelte. »Cocktailparties und Demokratie gehören zusammen.«

»Tatsächlich?«

»In Diktaturen sind es Banketts.«

Mweta grinste. »Möchtest du davon, James...« Auf dem Tisch stand eine Flasche Wein.
»Nein, nein, du hast recht, ich hab schon genug gehabt.« Man servierte ihnen ohne große Zeremonie Steaks und Kartoffeln, und Mweta sagte zum Ober, er brauche nicht am Tisch zu warten. In den großen Speisesaal hatte man, seit Bray ihn zuletzt gesehen hatte, eine Klimaanlage eingebaut, und so war er kühl und luftlos. Ungeduldig öffnete Mweta die Fenster und ließ die dicke, warme Nacht wie ein Zeichen für die Vertrautheit zwischen ihnen ein. Er wußte, daß er mit der Ernennung des Generalsekretärs der Gewerkschaften in Brays Augen einen Fehler machte; er selbst sprach die Frage unverzüglich an, damit nicht der Eindruck entstünde, sie stehe zwischen ihnen; sie redeten miteinander, Brays Einstellung stillschweigend vorausgesetzt. Das gemütliche Klicken der Gabel auf dem Teller begleitete die Leere des Übereinkommens, unterschiedlicher Meinung zu sein. Mweta aß mit ungewohnter Gier und verschlang das Steak mit Bravour.
»Natürlich läßt es sich nicht leugnen, daß die Gewerkschaften in vielen Ländern der Regierungspolitik untergeordnet sind. Aber dabei handelt es sich um Länder, deren wirtschaftliche Entwicklung nur langsam vorangeht und die beim Versuch, ihre unvorteilhafte Ausgangssituation zu überwinden, mit den größten Schwierigkeiten zu kämpfen haben... Gründe, die hier nicht gegeben sind.«
Mit jedem Mundvoll nahm Mweta das, was er sagte, auf und nickte dazu – nicht in Zustimmung, sondern um zu zeigen, daß er zuhörte. »Ja, aber in den meisten fortschrittlichen afrikanischen Staaten müssen die Gewerk-

schaften aufpassen, daß sie sich nicht zu radikalen oppositionellen Bewegungen entwickeln, sobald ihre Stellung abgesichert ist – das ist eine ernsthafte Gefahr für den Erfolg der ökonomischen Entwicklungspolitik.«
Bray war sich seines eigenen kalten Lächelns und seines Achselzuckens bewußt; er griff nun doch nach dem Wein. »Hängt davon ab, wo du die Grenze ziehst – was ist schon und was ist noch nicht Opposition? Es gibt einen Unterschied zwischen einer radikalen Behandlung von Problemen der Arbeiterschaft und einer radikalen Opposition gegen die Regierung. Das ist der Punkt, an dem sich die Dinge verwirren. Wenn sich eine Regierung für wirtschaftliche Prioritäten entscheidet – kann sie es sich da leisten, Schritte zu unternehmen, ohne die Mehrheit einer organisierten Arbeiterbewegung hinter sich zu haben?«
Mweta lächelte, wie ein Mann lächelt, der sich einzeln mit Einwänden auseinandersetzt, auf die er vorbereitet ist. »Wir haben die Unterstützung.«
»An dem, was in den letzten paar Monaten passiert ist, kann man das nicht ablesen.«
Mweta glaubte nicht, daß es das war, was er meinte. Er antwortete auf Worte, die er Bray in den Mund gelegt hatte: »Diese Sache heute, das war ein perfektes Beispiel – ein Versuch, die Gewerkschaften in die Rolle einer politischen Opposition zu drängen. Na, wie du selbst gesehen hast, es ging daneben. Das beantwortet die Frage, ob wir die Unterstützung haben oder nicht.«
Trocken, freundlich sagte er: »Edward hat es nicht geschafft. Du hast gewonnen.«
Mweta zeigte keine Unruhe. Er sagte nicht mehr: Vertrau mir. Er fand es nicht mehr dringlich, sich zu erklä-

ren. »Du meinst also, es ist eine Sache zwischen Shinza und mir – um den wirtschaftlichen Wohlstand geht's gar nicht.« Es war halb witzelnd gesagt – in seinem neuen Selbstvertrauen.

»Ich glaub, daß du das so siehst.«

»Opposition – insbesondere politische Opposition – seitens der Gewerkschaften kann nur dann zugelassen werden, wenn es der herrschenden Klasse offensichtlich nur um den eigenen Vorteil geht und nicht um die Entwicklung einer fortschrittlichen Wirtschaft«, sagte Mweta und beschränkte sich darauf, genau zu sein. »Wenn es bloß ein Versuch ist, die Regierung unglaubwürdig zu machen, dann bleibt ihr nichts anderes übrig, als diese Leute zu brechen, ja? – auch Gewalt anzuwenden, wahrscheinlich.«

»Ich frage mich, was du eigentlich dabei gewonnen hast.«

Aber beide nahmen dieser Bemerkung die Schärfe durch eine Art der Nostalgie, bedauernd, im Verständnis füreinander; was geschehen ist, ist geschehen.

Seit er an jenem Morgen im grellen Licht des Parkplatzes seine Mission erfüllt hatte – »mein alter Freund Semstu« –, war er sich bewußt gewesen, daß er an diesem Abend dafür würde Rechenschaft ablegen müssen: hier. Warum? – der Zweck dieser Mission war ja nun irrelevant. Und unter demselben Vorzeichen brauchte Mweta ihm gegenüber nicht zuzugeben, daß er dem Bergbaukonzern erlaubt hatte, eine Privatarmee aufzustellen. Der Abend schritt voran. Jeder hatte etwas ungesagt gelassen. Und doch redeten sie viel. Mweta war darauf erpicht, über ein paar Fehler zu diskutieren, die er eingestand, über Schwierigkeiten, ein paar Zweifel – besonders in Hinblick auf Mitglieder seines Kabinetts. Die Offenheit war Ersatz für einen Mangel an Offenheit. Es war vielleicht kein kalkulierter Versuch, Bray auf Mwetas Seite zu ziehen – ein unbewußter Appell (an Loyalität? Sympathie?), der Bray aber keinen Zentimeter entgegenkam. Auch die Frage, ob Bray weiterhin im Lande bleiben würde, wurde nicht angeschnitten; Mweta bemerkte bloß, er nehme an, daß die Arbeit in Gala vor ihrem Abschluß stehen müsse? Er fragte nicht, weshalb Olivia nicht gekommen war. Und wenn er es getan hätte? – welche Antwort, welche hastig angebotene und ebenso hastig hingenommene Lüge?

Der Kongreß blieb bei allem und jedem, worüber er diskutierte, ruhelos gespalten. Der Rest an Ordnung war bei sämtlichen Sitzungen gefährdet. Shinza blickte über das Auditorium hinweg, verachtungsvoll ungepflegt und ungekämmt. Mehr und mehr glich er einem Fremden, der plötzlich aus der Wildnis auftaucht und zum Unbehagen anderer Männer einen Stuhl beansprucht. Selbst seine Anhänger schienen sich lieber über Goma und den fröhlichen Basil Nwanga – Männer wie sie – an ihn zu wenden. Bray schrieb nach England (im Augenblick hatte er ja den Vorteil, etwas objektiv Interessantes, wie z. B. den Kongreß, zu haben, worüber er Olivia Bericht erstatten konnte, und das gab ihm die Möglichkeit zu einem langen Brief) und bezeichnete Shinza als eine »lästige Mahnung an Ideen, die noch immer herumstreunen. Jenseits des Bannkreises der glänzenden Hauptstadt ist das ganze Land ...«
Es war ein Brief, der vor Familie oder Freunden laut vorgelesen werden würde. »Interessant« – und nichts darin,

was nicht jeder hätte lesen können. Was sich zwischen ihm, Shinza und Mweta abspielte – darüber kein Wort; Vertraulichkeit war hier ebensowenig möglich wie anderswo. Und doch – als er ihn noch einmal durchlas (manchmal las er jetzt seine Briefe an sie mehrmals durch), begriff er plötzlich, daß seine Bemerkung über Shinza etwas von der Wahrheit seiner Beziehung zu ihm widerspiegelte, die unbewußt den gekünstelten Ton des Briefes durchbrach.

Er wurde in die Diskussionen im Hause Gomas in der Altstadt einbezogen. Natürlich war es sein Gespräch mit Semstu – die »Mein-alter-Freund«-Wendung, mit der er an jenem Tag in der Ofenhitze eines uralten Wagens und in gleicher Höhe mit einer Plastikrose an ihn appelliert hatte – das ihn in den Augen der anderen ausgewiesen und akzeptabel machte; Shinza verließ sich dabei zweifellos auf Dauerhafteres und Bewährteres. Aber vielleicht hatten sie recht: die kleinste Tat kann bindender sein als die größten Prinzipien. Shinzas Gruppe setzte ihre Attacken auf das, was Goma die »Verknöcherung der Parteiführung« nannte, bei jedem einzelnen, zur Diskussion gestellten Tagesordnungspunkt fort, obwohl ihnen, wie sie da im Hause Gomas versammelt waren, klar war, daß ihre Niederlage bei der Abstimmung über den Generalsekretärs-Antrag ihre Niederlage bei diesem Kongreß bedeutete. Sie schienen fest dazu entschlossen zu sein, den Delegierten weiterhin – wenn diese auch die Opposition immer wieder niederstimmten – mit ihrer Forderung nach mehr Handlungsfreiheit für die Basisgruppen der Partei und nach einer Veränderung in antiquierten sozialen und wirtschaftlichen Institutionen in den Ohren zu liegen. Sie betonten nachdrücklich, daß ein schlichtes Leben, Disziplin und Opferbereitschaft vorrangig seien und an die Stelle dessen treten müsse, was sie als Karrierismus der neuen regierenden Elite brandmarkten. Bray bemerkte Shinza gegenüber unter vier Augen, daß sie Symptome des Puritanismus zu zeigen begännen, wie sie für eine Interessengruppe charakteristisch seien. Shinza lächelte, stocherte an seinem abgebrochenen Zahn herum: »Das ist genau das, was an Interessengruppen letzten Endes falsch ist, aber, naja, was bleibt ihnen denn sonst übrig?«

Aber als am letzten Tag über die Begrüßungsansprache des Präsidenten debattiert wurde, ritt er eine brillante Attacke auf Mwetas Position, scheinbar ohne ihn persönlich anzugreifen, und plädierte leidenschaftlich für den Kampf gegen »das falsche Demokratieverständnis, das die Demokratie als eine Schutzmacht der Konzerninteressen und als einen Bewahrer von Bindungen an die ehemalige Kolonialmacht ansieht«. Er erinnerte eindringlich an den »Geist der Zwietracht«, der »in diesem Kongreß überall sichtbar wurde, weil er in den Herzen der Menschen, in den Köpfen der Menschen sitzt«, wobei er seine Worte dadurch unterstrich, daß er seine buschige Mähne wie ein in die Falle gegangenes Tier hin und her warf: »Unabhängigkeit ist nicht genug. Der politischen Revolution muß eine soziale folgen, ein neues Leben für uns alle...« Und mit zitternden Händen, die über dem Tisch vor ihm schwebten, zitierte er:

»Geh zu den Menschen
Lebe unter ihnen
Lerne von ihnen
Liebe sie
Diene ihnen

Plane mit ihnen
Fang bei dem an, was sie wissen
Bau auf dem auf, was sie haben.«

Es war ein wagemutiges Unternehmen; dieses chinesische Sprichwort war schließlich das Lieblingszitat Nkrumahs, der sowohl den Sozialismus ausgerufen als auch sich selbst als Gott eingesetzt hatte... aber man konnte Shinza über diese Assoziation wohl kaum vorwerfen, er habe ähnliche Pläne, weil Mweta – wie Kaunda – eine Zeitlang das abgesetzte ghanesische Staatsoberhaupt weiterhin politisch anerkannt hatte. Später, als er von einem englischen Journalisten, der ihn aufgesucht hatte, interviewt wurde, und der ihn als den »feurigen politischen Veteran, der wie ein wirbelnder Staubteufel aus den Bashi Flats zurückgekehrt« sei, apostrophierte, wurde Shinzas Frage zitiert: »Werden wir, nachdem wir unseren Staat aufgebaut haben, die Skelette der Opposition eingemauert in seinem Gebäude vorfinden?« (Olivia schickte den Zeitungsausschnitt postwendend.)

Der für die Schlußansprache des Kongresses ausgesuchte Mann war gewöhnlich eine Stütze des Parteivorsitzenden; nun, da der Vorsitzende der Partei gleichzeitig Präsident war, deutete die Wahl allgemein auf einen kommenden Mann in der Regierung. John Nafuma, der Staatssekretär im Präsidialamt, kam in Frage. Aber es war Ndisi Shunungwa, der Generalsekretär des UTUC, der die Ansprache hielt.

Am Sonntag gab es eine große Parteikundgebung; viele Delegierte blieben ihretwegen da, und von nah und fern kamen Leute auf Lastwagen und zu Fuß. Das Unabhängigkeitsstadion, das seit den Unabhängigkeitsfeiern zum ersten Mal wieder benutzt wurde, war für diesen Anlaß hergerichtet worden; das Unkraut, der Schaden, den Regenfälle und Menschen verursacht hatten, die (so hieß es) Tribünenteile als Baumaterial entwendet hatten – alles wurde gesäubert und in Ordnung gebracht, offenbar mit der großzügigen Unterstützung des Bergbaukonzerns, dessen Gärtner und Arbeiter noch immer den Konzerngrundbesitz mit seinen grünen Rasen und Cannabeeten pflegten, die zur Zeit des Kolonialismus eine geordnete, neutrale Umgebung für die weißen Angestellten geschaffen hatten. Bray war in Gesellschaft von Hjalmar Wentz und dessen Tochter Emmanuelle da und hörte, wie der Vorsitzende dem Bergbaukonzern dankte, darüber hinaus auch anderen, die er als »Sponsoren« bezeichnete – eine internationale Firma für Erfrischungsgetränke hatte ihre Lieferwagen für den Transport alter Menschen und von Schulkindergruppen zur Verfügung gestellt.

Hjalmar war auf diesen kleinen Ausflug sehr erpicht gewesen, und Emmanuelle assistierte mehr oder weniger Ras Asahe, der bei einer Ton- und Filmaufnahme des Ereignisses für den Rundfunk und eine der seltenen örtlichen Fernsehproduktionen Regie führte. Das Mädchen trug ein kurzes Kleid aus schönem Stoff, der aus dem Norden Afrikas stammte, kletterte, ganz Beine, mit Asahe in der Menge herum und blickte dann und wann in die Richtung, wo ihr Vater und Bray saßen – mit einem Strahlen, weil sie sich ihnen als ein ganz besonderes Wesen präsentieren konnte, das sich frei zwischen diesen unter Nylon-Gazehemden durchschimmernden schwarzen Männerschultern und diesen schreienden Frauen mit ihren für den freudigen Anlaß weißbemalten Gesichtern bewegte. Sie war auf ihre eigene Art so exotisch, daß sie irgendwie zu diesem Spektakel dazugehörte – wie etwa in der nördlichen Hemisphäre ein Gepard an einer vergoldeten Kette bei einer Modenschau nicht fehl am Platz wirkt. Bray ließ eine Bemerkung darüber fallen, daß Ras nun auch Filme machte, und Hjalmar sagte, beinahe widerwillig stolz auf seine Tochter: »Was er auch anrührt, es scheint immer gutzugehen.« Er redete mit gepreßter, unterdrückter Stimme; das war nicht die Art von Bemerkung, die er in Gegenwart seiner Frau Margot gemacht hätte.

Shinza war direkt zurück zu den Bashi gefahren – zumindest hatte er die Hauptstadt verlassen: »Ich seh dich dann zu Hause«, vermutlich meinte er Gala. Ohne ihn war es fast so, als ob überhaupt nichts geschehen wäre. All diese Leute vor Mweta, alte Männer in Leopardenfell und mit Schmuckbändern aus Samenkörnern, die um ihre Fußgelenke rasselten, wenn sie mit plattfüßigen Sprüngen einen alten Kriegstanz aufführten, der die jungen Leute kichern machte, Kirchenchöre mit gefalteten Händen, aufmarschierende Kadetten, Stander, Kapellen, Tänzer, heulende Frauen, Kleinkinder, die an Brüsten sogen oder geröstete Maiskolben abnagten, Männer, die unter selbstgeschneiderten Parteibannern paradierten – die gleißende heiße Sonne, Staub, der Geruch von Maisbier, kochenden Innereien und gedörrtem Fisch: der Taumel des Lebens. Bray spürte, wie er ihn mit dem eigenen Schweiß durchtränkte. Wenn er jetzt hätte mit Mweta sprechen können (ein leuchtendes, ein strahlendes Gesicht, er wies die Erholung des Baldachins zurück und ließ die ganze Pracht der Sonne und der brüllenden Menge auf sich einwirken), hätte er ihm sagen wollen, das werden sie immer haben, es ist eine Affirmation des Lebens. Sie würden es auch einem anderen geben, wenn man dich, Mweta, morgen wie eine Fahne einholte und ein anderer deine Stelle einnähme. Das ist es nicht, was dir jetzt wichtig sein sollte. Und er fragte sich, ob er ihm jemals wieder etwas sagen würde, etwas, woran er selbst glaubte. Unlängst, am Abend, da war es so leicht gewesen; wie war es nur möglich, daß diese Dinge so leicht sein konnten. Plötzlich, inmitten des verschwommenen Durcheinanders von Bildern, hellen und dunklen, die aus der von Hitze und Lärm herrührenden leichten Benommenheit entstanden, stand für einen Sekundenbruchteil das Bild Olivias vor ihm. Auch mit ihr war es leicht. Sie stellte keine Fragen – und er sprach nichts aus. Trotzdem aber fühlte er sich bei dem Gedanken daran, sie und Mweta könnten auf irgendeiner Ebene seines Denkens miteinander in Verbindung stehen, unbehaglich. Natürlich bot sich ein Verbindungsglied ganz offensichtlich an; die Vergangenheit. Aber eine Verbindung zwischen dem stumpfen Gang hinunter zum Parkplatz, um für Shinza Stimmen zu gewinnen (»Semstu, mein alter Freund«), und der Gegenwart des Mädchens – der Druck ihrer Berührung immer auf ihm, untilgbar –, konnte nur die Spur einer Schuld sein. Und schuldig wessen? Ich habe weitergelebt; ich begehre Olivia nicht; etwas, worüber man keine Macht hat; und die Dinge, an die ich glaube, waren in mir, bevor ich Mweta kannte, und bleiben in mir auch dann lebendig, wenn er sich von ihnen abwendet.

Er fühlte sich, mit dem freundlichen Hjalmar neben sich und der freundlichen Menge um sich herum, absolut allein. Er wußte nicht, wie lange das dauerte; vielleicht nur einen Augenblick, aber so intensiv, daß es zeitlos war.

Alles zog sich vor ihm zurück; die Menge war tiefes Wasser. Eine Brise trocknete den Schweiß in seinem Nacken zu hartem Firnis.
Danach gingen sie auf einen Drink ins Haus der Bayleys. Roly war da, Margot und noch ein paar andere. »Wie haben Sie's überlebt?« Neil Bayley meinte die Langeweile des Kongresses. Bayley war besorgt »wegen des Big Boss«; »Aber Sie hätten dasein sollen«; Hjalmar war irgendwo in seinem Inneren durch den Kontakt mit der Masse einfacher Leute während der Parteikundgebung getröstet. »Sie lieben ihn, verstehst du, sie lieben ihn.« Ein Ausdruck von Ungeduld lief über Margots Gesicht; wie ein unfreiwilliges, nervöses Zucken kehrte er in diesen Tagen jedesmal wieder, wenn Hjalmar den Mund aufmachte. Bayley sagte, Chekwe, sein Justizminister, und andere säßen Mweta im Nacken. Zum einen wollten sie Tola Tola aus dem Außenministerium heraushaben. »Naja, ich weiß, Mweta war von Anfang an nicht besonders glücklich über ihn – erinnern Sie sich an diese Anfrage im Parlament, bei der es um sein ›Globetrotter-Leben‹ ging« – Bray lächelte – »aber in Wahrheit hat er es ganz gut gemacht, würd ich meinen – was sagen Sie?«
»Ja – aber genau die Leute, die ihm vorgeworfen haben, er verbringe zuviel Zeit in Flugzeugen – das sind diejenigen, die mit ihm jetzt – für Chekwes Geschmack – zu freundlich umgehen. Chekwe behauptet, er hat Kontakte zur Gruppe um Shinza.«
Hjalmar verwies die Gesellschaft auf Bray. »Ist da was dran?«
»Wir haben uns im Laufe dieser Woche davon überzeugen können, woraus Shinzas Unterstützung besteht.«

Roly Dando winkte mit seiner Pfeife. »Aus Bray zum Beispiel.«
Neil sagte: »Wirkt er auf Sie beeindruckend? – Wenn ich lese, was er sagt, dann denke ich mir, was für ein kluger Bursche, hat meistens recht. Aber wenn er mit mir direkt redet – ich meine, wenn er leibhaftig vor mir steht und ich ihm zuhör –, dann sträubt sich etwas in mir. Ich mag diesen Typ nicht.«
Viviens Körper hatte das unförmige Aussehen einer Frau, die gerade die Geburt eines Kindes hinter sich hat. In dem Kranz aus ungepflegtem Haar, das steif, wie herausgemeißelt um ihren Kopf lag, wirkte sie wie eine grünspanüberzogene Blondine – ihr schönes Gesicht behielt seine ewigen Qualitäten, auch in dem verschleißenden Lärm der Kinder und des oberflächlichen Geredes.
»Er ist ein sehr attraktiver Mann. Es wundert mich, daß sich ihn keine von uns zum Liebhaber genommen hat.«
»Du bist ihm ja nie begegnet. Schulmädchenromantik.« Ihr Mann ließ die Bemerkung nicht durchgehen.
»Bin ich doch. Im ersten Jahr, als wir da waren, bin ich ihm bei einem Empfang begegnet.«
»Wenn ihre Leidenschaft einmal geweckt ist, dann vergißt mein Elefantenweibchen das nie mehr.«
»Und vor drei Tagen hab ich mit ihm gesprochen. Wir haben uns in der Reparaturwerkstatt von Haffajee getroffen.« Alles lachte, aber sie verzog keine Miene.
»Ein entzückendes Rendezvous …«
»Wir haben getankt. Er hat sich sofort wieder an mich erinnert.«
»Konstruktive Neutralität ist eine sehr gute Idee und so weiter, aber wir müssen auch ein wenig praktisch den-

ken, mmh?« sagte Hjalmar. »Wo immer man es damit versucht, kommen die Russen oder Chinesen oder Kubaner ins Land, und wieder steckt man mitten im Kalten Krieg; es ist wie beim Autofahren, mmh – wenn man auf Leerlauf schaltet, kommt man nicht von der Stelle ... Er wäre um kein Jota unparteiischer als Mweta. Und da der Westen vor Vorstellungen wie den seinen Angst hat, würden sich ihn die aus dem Osten holen. Man sitzt zwischen zwei Gruppen von Geiern.«

»Nun ja, das ist aber die Kunst dabei. Daß man das Fleisch an seinen Knochen behält. Das ist es, was unsere sonnigen schwarzen Jungens schaffen müssen.«

Bray sagte zu Dando: »Glaubst du, daß sich Mweta darum bemüht?«

Mit bis zum Kiefer herunter abgenutzten Zähnen kaute Dando auf seiner Pfeife herum. »Darüber haben wir schon hundertmal geredet. Du weißt sehr gut, was ich glaube; du möchtest bloß eine Bestätigung für das, was du glaubst. Weil du endlich aus deinem gottverdammten Tagtraum aufgewacht bist ... Ich weiß nicht, was das bewirkt hat ... und jetzt gefällt dir nicht, was du siehst. Ich bin in der besseren Position, weil ich nie erwartet habe, daß mir das, was ich sehe, gefallen würde« – es gab Gelächter; selbst Margot lächelte – »Mweta ist nicht der Mann, der große Risiken eingeht, nicht in der kleinsten Faser seines Körpers ist er ein Radikaler. Und um hier große Veränderungen herbeizuführen, muß man schon ganz enorme Risiken eingehen; er hat es vorgezogen, auf Nummer Sicher zu gehen, und zwar aus dem einfachen Grund, *weil er zu nichts anderem fähig ist*, und soviel Verstand hat er in den Knochen, daß er das erkennt. Er hat sich für seine Geier-

Gruppe entschieden, weil er glaubt, daß er aus Erfahrung die Länge ihrer Schnäbel abschätzen kann; gut – und jetzt sieht er zu, wieviel Fleisch er vor ihnen retten kann.«

Unwillkürlich begann er zu sprechen, zu Dando, zu ihnen allen, sah ihnen ins Gesicht, einem nach dem anderen. »Weshalb sind wir denn so sicher, daß eine Gruppe von Schnäbeln um so viel gefährlicher ist als eine andere? – Wegen der Gefängnisse, der Arbeitslager, der Tausenden von Toten, die in der Sowjetunion im Lauf der Jahre zusammengekommen sind; weil der Große Sprung nach vorne in China vom Bürgerkrieg überholt wurde; wegen Ungarn, wegen der Tschechoslowakei, Polen – ja, ich weiß. Aber wir sind Menschen, die auch wissen, was im Westen falsch läuft – die so lange scheinheilig von ihm praktizierte Sklaverei, die Verachtung, die er gegenüber den Menschen, die er ausbeutete, an den Tag gelegt hat – und die er immer noch an den Tag legt, unten im Süden, hier, auf diesem Kontinent. Das Spiegelbild seiner selbst, das er in den privilegierten Vorstädten, in denen jetzt die Schwarzen seine Stelle einnehmen, aufgestellt hat... Die Kriege, die er im Namen der ›freien Welt‹ führt... Wenn konstruktive Neutralität das Ideal ist, die Dritte Welt aber auf das reduziert ist, was Roly die Kunst nennt, zwischen zwei Geier-Gruppen zu leben, woher nehmen wir dann die Sicherheit, es wäre wahrscheinlich doch nicht lohnend, zu überprüfen, wieviel Fleisch man in einer Verbindung mit dem Osten heil über die Runden bringt. Weshalb? Weil wir zum Westen ›gehören‹? Weil wir, dank der Permissivität des Westens, unsere Meinungen ausdrücken und – behalten dürfen?... und aufgrund dieser Permissivität an ihn gebunden bleiben? Roly – ich selbst – ich glaube nicht, daß er sagen würde, er hätte je etwas anderes geglaubt – würdest du mir darin zustimmen, daß wir immer, wie Sartre mal gesagt hat, akzeptiert haben, daß der Sozialismus die Bewegung des Menschen ist, der einen Prozeß der Neuerschaffung durchläuft? – Glauben wir daran oder nicht? – Wie auch immer die Fieberanfälle auf dem Wege dieses Experiments aussehen mögen – ob es sich nun um Robespierre oder Stalin oder Mao Tse-tung oder Castro handelt –, es ist der einzig gangbare Weg, und das insofern, als alle anderen Wege einen Weg zurück bedeuten. Was wollt ihr hier sehen? Ein zweites China? Ein zweites Amerika? Wenn wir zulassen müssen, daß das Schema mit größter Wahrscheinlichkeit auf entweder dem einen oder dem anderen basieren wird, wofür sollen wir uns dann entscheiden?«

»Wollen Sie damit sagen, Sozialismus sei ein Absolutum?« Neil hatte eine große Vorliebe für kraftvolle Überzeugungen – als Form der Unterhaltung. Er zog die Diskussion sofort an sich. »Der Maßstab, den man an jede politische Aktion anlegt und aufgrund dessen man sie zu beurteilen hat?«

»Ja! Muß er sein, wenn wir – Leute wie Roly und ich – an das glauben, was wir unser Leben lang vertreten haben – er als Anwalt, ich als Staatsbeamter. Ja! Was denn sonst?«

»Ich bin allerdings immer noch Anwalt, während du kein Beamter mehr bist«, sagte Dando und sah ihn an. Ihre Blicke trafen sich; und dann wandte er sich unter Dandos Blick, dem Blick eines Mannes, der dasteht und zusieht, wie sich ein anderer aus dem Gesichtskreis entfernt, ab.

Das Gespräch drehte sich nun wieder um Tola Tola, den

Außenminister. »Aber was ist mit den Mso«, beharrte Hjalmar.
»Neil – wie will Mweta ihn rauskriegen, ohne sich dadurch Schwierigkeiten einzuhandeln?«
Wie ein Zirkusdirektor stand Neil Bayley inmitten seiner sitzenden Gäste und fuhr mit seiner Hand hinauf durch die helle Aureole von Bart und Haaren. »Ah, da haben wir den Vorteil dieser sonderbaren Abstammung von Tola Tola – nominell ist er zwar ein Mso, aber es sieht so aus, als komme er in Wahrheit aus dem Kongo... irgendwer hat das ausgegraben. Der Name ist eindeutig nicht Mso... was, James? Tola Tola?«
»Wahrscheinlich nicht; die haben keine Wiederholung von Zweisilbern...«
»Also bestehen da, obwohl er einen Mso-Sitz hat« – er schwenkte seine Hand, die Finger steif auseinandergefächert, nach rechts und links – »Unklarheiten in dieser Frage. Mweta müßte allerdings einen Mso an seine Stelle setzen, das ist der Haken. Die Mso hätten offenbar Msomane gern. Oder richtiger, Msomane würde gern mit Sicherheit wissen, daß er der Mann ist. Er ist verdammt erpicht darauf, das Arbeitsministerium loszuwerden, was einen kaum überrascht.«
Bray sagte: »Neil, glauben Sie, daß Msomane einer der Leute ist, die Mweta zum Handeln drängen?«
»Hängt davon ab, in welche Richtung. Es ist immer eine knifflige Angelegenheit, die Gruppe der Mso innerhalb der Partei zufriedenzustellen. Ohne sie übermütig werden zu lassen.«
»Das mein ich nicht. Hätte er auf Mweta genug Einfluß, um ihn dazu zu bringen, den Konzern eine Privatarmee aufstellen zu lassen?«

»Ist an der Geschichte was dran?«
»Hjalmar muß man es zwanzigmal sagen, wenn es was ist, das er nicht glauben will«, sagte Margot. »Da müßten Sie ihn erst noch mit einem Panzer überfahren.«
»Meine Quelle erwähnte bloß gepanzerte Wagen«, warf Bray leicht hin, um den armen Hjalmar zu beschützen. Und Viviens klare Kommandostimme, die ihre Herkunft so unwiderlegbar verriet wie irgendein königliches Geburtsmal auf dem Rücken eines Findelkindes: »Hjalmar, ich bin genau wie Sie. Ich hätte es nicht geglaubt, wenn mir nicht eine der Konzernmütter, die ihre Kinder von der Schule abholen, in die auch Eliza geht, gesagt hätte, um wieviel sicherer sie sich jetzt fühlt. – Ich hab ihr gesagt, um wieviel weniger sicher *ich* mich fühle.«
Noch immer führte Neil das Wort. »Wahrscheinlicher ist schon, daß Cyprian Kente derjenige ist, der drängt, und vielleicht sogar Guka. Wenn einem die Jungs aus dem Innen- und Verteidigungsministerium einen guten Rat geben, ist es schwer, ihn nicht anzunehmen.«
»Und keiner hat im Parlament deswegen eine Frage gestellt.«
»Es ist so diskret erledigt worden ... das erste Mal hörte man davon, als diese Männer letzten Monat bei der Ngweshi-Mine aus dem Nichts auftauchten – es wurde behauptet, ›Polizeiverstärkung‹ von hier wär hinuntergekommen. Dann sickerte durch, daß es sich um eine neue Art von Polizei gehandelt hat ... Aber wenn das Parlament wieder zusammentritt ...«, seine Gedanken kehrten zu seiner »Sorge« um Mweta zurück, von der er davor gesprochen hatte – »Natürlich, es *wirkt* so zwielichtig. Ich zweifle überhaupt nicht daran, daß er die Kraft hat, es unter Kontrolle zu halten. Aber es wäre

besser gewesen, er hätte den Konzern mehr im Hintergrund gelassen – man hätte sie als zivile Reserveeinheiten bezeichnen können, irgend so was. Er war schlecht beraten, zuzulassen, daß der Name des Konzerns so offen in dem Zusammenhang auftaucht – damit meine ich nicht, daß er nicht auf die Ressourcen des Konzerns hätte zurückgreifen sollen, wenn er sie gebraucht hat, manchmal muß man auf die Ressourcen zurückgreifen, die einem gerade zur Verfügung stehen…«

»Dieses Gerede, das so tut, als wär der Konzern eine Naturerscheinung, bringt mich auch nicht weiter«, sagte Vivien. »Es erinnert mich an die alten Zeiten, als wir gelesen haben, wie unten in Zambia und Rhodesien die alten Charter-Leute für die Große Weiße Queen Polizei gespielt haben… Was für Schläger wird der Konzern schon anheuern? Es kann einem angst und bange werden. All diese Söldner aus dem Kongo, die in Afrika herumgeistern und einen Job suchen…«

»Ich glaub, es werden nur Schwarze sein, keine Weißen«, winkte Neil ab.

»Und die Konzernbürokraten führen eine *Armee*? Das glaubst du doch selbst nicht.« Vivien lachte über ihn.

»Naja, vermutlich haben sie sich ein paar Leute von George Guka ausgeborgt. Aber egal, wie üblich übertreibst du mal wieder.«

Viviens gesprenkelte blaue Augen wogen die beiden Männer mit skeptisch herausfordernden, forschenden Blicken gegeneinander ab. »Sagen Sie Rebecca, daß ich meine Nottasche für den Fall des Bürgerkrieges schon gepackt hab… Ich bin ja *so* froh, daß Gordon wieder weg ist, es sind alle immer gleich viel zufriedener, wenn er nicht da ist.« Vielleicht hatte Rebecca sie ins Vertrauen gezogen; Bray wußte es nicht. Aber sie warf es leicht hin, brachte ihn so selbstverständlich als einen Freund, der im selben Ort lebte, mit Rebecca in Verbindung, es konnte – da es sich um Vivien handelte – eine Art sein, ihm zu zeigen, daß sie seine Beziehung akzeptierte und sich ruhig und souverän vorgenommen hatte, Rebecca und ihn vor den anderen zu schützen.

Er sagte: »Oh, die Kinder haben das offenbar nicht so empfunden. Sie waren selig, daß er bei ihnen war.«

»Ja, genau, Gordon weckt Erwartungen, und das ist immer aufregend – er vermittelt den Menschen das Gefühl, von jetzt an würde alles mögliche anders werden. Aber wenn er dann bleibt, ändert sich gar nichts. Also tut er immer besser daran, wieder zu verschwinden, wissen Sie. Jetzt werden sie ihn während der Schulferien sehen und werden ihren Spaß dabei haben, ohne daß es lange genug dauert, um allzuviel Schaden anzurichten. Rebecca sollte sich ihretwegen keine Sorgen machen. Sie hat ihren Laden verdammt gut geschaukelt. Ich sollte meine Kleinen wirklich für eine Weile zu meiner Mutter oder sonstwohin schicken; ich bin schon zu lange ständig um sie herum. Aber Neil ist aus irgendeinem Grund dagegen.« Er wußte, daß sie das selbst nicht glaubte; sie wollte Rebeccas Situation in dieser Gesellschaft als alltäglich hinstellen. Aber ihr Mann sagte großspurig: »Ich bin *hier*, Mädel, und ich bau nicht für Vorster oder Caetano in Cabora Bassa irgendeinen gottverfluchten Damm.«

Emmanuelle und Ras Asahe platzten mit ein paar seiner Satelliten herein. Der eine war Dozent an der Universität, ein junger Schwarzer, der sich über Neil, seinen Verwaltungsdirektor, amüsierte und zwischen seinen makellosen Zähnen eine rosa Zungenspitze festhielt, als dieser die Universitätsleitung auf einer kürzlichen Konferenz nachahmte und ihn so am Privileg der Verulkung ihrer Institution teilhaben ließ. Die Versammlung veränderte ihren Charakter, die Zahl der Drinks stieg an, die Unterhaltung wurde zusammenhangloser. Die besprochenen Themen wurden fallengelassen; entweder war ein Stimmungswechsel daran schuld oder die Tatsache, daß es für weiß und schwarz einfach nicht möglich war, diese Dinge noch einmal generell zu besprechen, ohne daß der Eindruck entstand, den Schwarzen sollten geheime Loyalitäten und Allianzen entlockt werden, die für sie vielleicht gefährlich werden konnten. Das war schon einmal so gewesen; vor der Unabhängigkeit, als am anderen Ende der Offenheit die Indiskretion gewartet hatte und mit ihr die gastfreundliche Unterbringung in den Zwangslagern und Gefängnissen des Gouverneurs. Die Entspannung, die in der Zwischenzeit eingetreten war, eine Entspannung, die ein paar Monate gedauert hatte, war das Produkt einer Periode, in der die Europäer keine eigene Machtposition mehr innehatten, noch auch Zeugen von Situationen geworden waren, in denen die Schwarzen voreinander etwas zu befürchten hatten. Eine Welle der Gereiztheit gegen die Hauptstadt erfaßte ihn. Während er trank und sich an der allgemeinen Stimmung, »schön, wieder zusammenzusein«, beteiligte, wünschte er sich fort, allein im Auto durch die Nacht nach Hause fahrend, nach Gala.

Bevor er aufbrach, rief er Rebecca im *boma* an und sagte ihr, sie solle ihm einen Brief schicken, in dem sie ihn ermächtigte, für sie zu handeln. Ihre Stimme am anderen Ende der schlechten Verbindung klang gedemütigt, wie es bei Menschen oft der Fall ist, wenn sie sich plötzlich mit etwas Dringendem konfrontiert sehen. Er bereitete sich darauf vor, ein paar Tage lang in Rolys Haus herumwarten zu müssen. Sie aber mußte es irgendwie arrangiert haben, daß der Brief per Kurier auf dem Luftweg mit der Regierungspost kam – er hoffte, sie hatte den Inhalt nicht mit Aleke besprochen –, denn er wurde ihm sehr prompt durch einen Regierungsboten in Rolys Haus zugestellt. Wie einen Nachgedanken um den formellen Brief mit dem von ihm diktierten Wortlaut geschlagen, fand er einen halben Bogen grünes Kopierpapier mit einigen albernen Zärtlichkeiten; Ausrufungszeichen. Sie war unbeholfen beim Briefeschreiben; die Dinge, die sie ihm schrieb, erinnerten ihn an die Briefe, die er von seinen Töchtern aus der Schule bekommen hatte. Er verbrannte den halben Bogen sorgfältig und lächelte beim Gedanken daran, daß das andere Dokument zu der Art gehörte, die man am besten ebenfalls verbrannte.

Aber er ging damit zur Bank und hob das Geld aus dem Verkauf des Hauses ab, das Rebeccas Eltern für sie gebaut hatten, als sie Gordon heiratete, den Mann, ohne den alle anderen viel zufriedener waren. Die Hälfte der Summe hätte der Höhe des Maximalbetrages entsprochen, der laut Devisenausfuhrbestimmungen außer Landes gebracht werden durfte, und auch das nur von Personen, die es für immer verließen. Bei Unterhaltungen am Frühstückstisch, die sich um die Konvertierung von Devisen drehten, ließ sich Roly mühelos dazu bringen, sich über die Beamten auszulassen, die unfähig schienen, dem illegalen Geldstrom ins Ausland einen Riegel vorzuschieben. Er sagte, man wisse sehr gut, wie diese Dinge abliefen; es gäbe da ein paar Leute – einen weißen Südafrikaner und ein paar Kongolesen –, die in der Hauptstadt einen Agenten hätten und das Geld einfach so nach Lubumbashi schmuggelten, und von da überall dorthin, wo der Klient es haben wolle, und unten in der Altstadt gäbe es einen bestimmten Inder, der angeblich noch verläßlichere Mittel und Wege kenne – ein Verwandter der Leute, die nach Haffajees Tod die Reparaturwerkstatt übernommen hatten. Und wie ging das nun vor sich? Nun, fürs erste, Reisegelder; arme Studenten, die als Stipendiaten zum Studium ins Ausland gingen; ihnen habe man Summen eingeräumt, die ausnahmslos höher seien als der Betrag, über den sie verfügten, also zahlte man ihnen dafür, daß sie neben dem eigenen Geld auch noch das eines anderen mitnahmen, einen kleinen prozentualen Anteil. Geschäftsleute; die Frauen von weißen Konzernangestellten, die auf »Heimaturlaub« gingen; Moslems, die nach Mekka pilgerten – ein Haufen Leute, von denen man das überhaupt nicht annehmen würde, seien glücklich, wenn sie ein bißchen nebenbei verdienen könnten.

Er überlegte, daß sich die Kongolesen leicht als Freunde von Gordon herausstellen konnten. Es war nicht allzu schwierig, durch beiläufige Fragen in der Reparaturwerkstatt in Erfahrung zu bringen, wohin in der Altstadt man zu gehen hatte. Wieder trottete er, die Sonne auf dem Kopf und eine Absicht im Rücken, über unbebauten Grund. Sofern der ältere Herr mit dem Persianerfez wußte, wer er war, ließ er sich keinerlei Überraschung anmerken; und vielleicht hatte er schon vor langer Zeit aufgehört, beim Anblick von Leuten, die er wiedererkannte, überrascht zu sein. Alles wurde zu einem befriedigenden Abschluß gebracht. Rebeccas Name würde nirgendwo auftauchen, tatsächlich würde ihn der ältere Herr nie erfahren. Das Geld, beinahe viertausend Pfund in englischer, ein doppelt so hoher Betrag in einheimischer Währung, würde sich auf einem Nummernkonto in Schweizer Franken verwandeln. Zum entsprechenden Zeitpunkt würde Rebeccas Unterschrift bei der Schweizer Bank als die derjenigen Person, die von diesem Konto abheben durfte, deponiert werden. Er erklärte, daß Verzögerungen bei der Geldüberweisung – zum Beispiel aufgrund ratenweisen Transfers – nicht akzeptiert werden könnten. Auch das wurde als Routineangelegenheit abgehandelt: dann sei selbstverständlich die Provision höher. Das Geld werde spätestens in zwei oder drei Wochen auf dem Konto liegen.

Nachdem das erledigt war, ging er zu dem leeren Grundstück zurück, auf dem Kinder von Schwarzen und Indern miteinander mit Reifen aus Aluminiumbändern von Verpackungskartons spielten. Soweit er sich zurückerinnern konnte, war es das erste Mal, daß der Volkswagen nicht anspringen wollte, und sie erfanden ein neues Spiel, indem sie ihm beim Anschieben halfen, bis er den Vorteil des abfallenden Geländes ausnützen konnte. Als er losfuhr und in die Straße einbog, grüßte ihn ein junger Mann mit Sonnenbrille und in dem für Beamte charakteristischen weißen Hemd. Es beunruhigte ihn nicht, daß man ihn gesehen hatte; Sorge darüber hatte für ihn keinerlei Realität, weil es immer so geschienen hatte, als käme dergleichen für ihn nicht in Frage, könne bei seiner Lebensart nicht relevant sein. Er empfand das alltägliche Gefühl des Friedens, zum ersten Mal nur auf einer einzigen Ebene der Existenz zu leben: Sein Kopf war völlig von praktischen Problemen beherrscht, die, eines nach dem anderen, durch eine Reihe von Tätigkeiten abgehakt werden mußten, bevor er abfahren konnte. Der Zahnarzt; neu besohlte Schuhe, die abzuholen waren; Wein als Geschenk für seinen Gastgeber.

Auf dem Weg zurück zu Dandos Haus, wo er seine Habseligkeiten abholen mußte, wurde er, wie schon einmal, vom vorüberfahrenden Präsidentenwagen aufgehalten. Die Eskorte auf ihren Motorrädern vorneweg und hinterher – der Wagen wurde getragen vom wütenden Schwarm ihres Lärms.

Er sah nur Mwetas schwarzes Profil aus seinem Gesichtsfeld eilen. Nächstes Mal, nächstes Mal, wenn sie sich trafen – es war schwierig, sich einzugestehen, daß es diesmal so geendet hatte. Aber menschliche Beziehungen endeten nicht mit einem glatten Schnitt, mit einem Strich, den man zog, und einer Summe, die man zusammenzählte. Sie schienen zu verfallen, sich aufzulösen, während sie sich bloß erneuerten und in anderer Form wiederaufgenommen wurden. Selbst wenn wir tot sind, stiftet das, was wir taten, diese neuen Formen (er sah Wolken vor sich, Moleküle); das gilt ebenso für die private Geschichte wie für die Geschichte jener anderen Art. Nächstes Mal, wenn wir uns treffen – ja, wird Mweta mich vielleicht sogar deportieren müssen. Und selbst das wäre eine Form der Begegnung.

Teil Fünf

Ihr Wagen, geparkt vor dem Haus der Tlumes, Kalimos Wäsche über den Büschen, der Feigenbaum, wie die Bäume, die die Hauptstraße säumten, überzogen von einer Staubkruste, die Art des Schweigens, das ihn im Schlafzimmer mit seinen dünnen, hellen Vorhängen empfing, und im Wohnzimmer – er durchschritt diese Räume mit unvermittelt zu Fäusten geballten Händen. Alles hier; keine Erinnerung; Leben, jetzt. Er trat in es ein und ergriff Besitz. Kalimos Willkommen durchströmte ihn wie ein Ausdruck der eigenen Freude.

Und bald kam sie, er hörte sie die Verandastufen heraufsteigen, hörte das Quietschen der Tür mit dem Fliegengitter, die sie passieren ließ – mit einer jäh in ihm aufwallenden inneren Gewißheit, daß sie, wahrhaftig, in ein paar Sekunden da, in diesem Zimmer stehen würde. Und dann war sie tatsächlich *da*. Dieses Selbst, das sich, trotz der gewissenhaftesten Anstrengung des Verstandes und der Sinne, trotz genauester Erinnerung, nicht aufbewahren ließ, niemals, niemals, dieses Selbst, das nur, wenn sie *da* war, Glück spenden konnte. Und als er sie in seine Arme nahm (Anflug von Unbeholfenheit wegen der Unfähigkeit, glauben zu können, daß es geschah, Geschmack ihrer Mundhöhle, der ihm ins Gedächtnis zurückkam, Empfindung des Fleisches unter seinen auf ihrem Rücken gespreizten Fingern), drang auch schon die Botschaft dieses Selbst in ihn ein und löste sich, ein Leuchtbild, in Vertrautheit auf. Mit der belustigten Neugierde einer, die zufrieden zurückgeblieben war und gewartet hatte, wollte sie »all die Geschichten« hören – weder um die Hauptstadt noch um die Gesellschaft ihrer alten Freunde hatte sie ihn beneidet. Zum ersten Mal aßen sie wieder gemeinsam; ja, genauso war sie – diese Art, hinter halbgeschlossenen Lidern zu überlegen, was sie als nächstes nehmen sollte. Er hielt inne, um sie anzusehen, und sie griff immer wieder nach seiner Hand, drehte sie dahin und dorthin und drückte sie.

»Du warst bei meinem Anruf sehr ruhig.«

Kaum, daß sie eine Erklärung erwartete. Mit unverbindlicher Neugier sagte sie: »Du warst selbst sehr ruhig.«

»Willst du nicht wissen, wofür ich den Brief wollte? Interessiert es dich nicht, was ich damit gemacht habe? Rebecca, ich hab dein Geld von der Bank abgehoben.«

Sie blickte ihn forschend an, suchte den Witz. »Nein, sag mal im Ernst.«

»Es stimmt. Das Geld von dem Haus. Ich hab's weggeschickt. Steht jederzeit zu deiner Verfügung, in der Schweiz. Da kommt kein anderer dran, und sperren kann das Konto auch keiner. Und egal, wo du bist, du hast immer Zugang dazu.«

Mit einem Mal war sie verkrampft und hilflos, ein Ausdruck, bei dem ihr Gesicht über den Jochbeinen breiter und flacher wirkte. »Wozu? Ich will nicht weg.«

»Du mußt sicher sein. Du und deine Kinder. Und ich bin jetzt überzeugt, daß ihr es seid.«

»Ich versteh.«

»Du verstehst nicht... du verstehst nicht...« Er mußte sich vom Tisch erheben und zu ihr hinübergehen, um sie unbeholfen von der Seite her an sich zu drücken. Er nahm ihr die Arme vom Gesicht; es war erregt, gerötet.

Wie ein starker Bindfaden lief eine Vene über ihre Stirne herab. Gleich wird sie weinen, dachte er. Er neckte sie: »Du bist vielleicht ein gutgläubiges Mädel, ich hätte mit deinem ganzen Vermögen durchbrennen können. Du hast es herausgerückt, ohne auch nur einen Mucks von dir zu geben.«
Sie drückte ihr Kinn zurück gegen ihren weichen, vollen Hals, um sich zu beherrschen. »Das Ärgerliche dabei ist, daß du nie den Versuch machst, mir etwas zu verbergen. Ich weiß genau, was du tun wirst und was du nicht tun würdest. Ich könnte da nie was dran ändern.«
»*Ich hoffe* wenigstens, daß das Geld auf einer Schweizer Bank liegt. In ein bis zwei Wochen werden wir wissen, ob's da ist, oder ob ich bloß ein leichtgläubiger Narr war, der's für dich verspielt hat.«
Zwischen den »Geschichten« – unbedeutende Neuigkeiten aus ihrem Freundeskreis – erzählte er ein wenig vom Kongreß; der aber steckte wie ein Block in seinem Kopf und ließ sich nicht in Anekdoten abhandeln, genausowenig in einer bloßen Aufzählung von Ereignissen, selbst wenn er diese erklärte. Im Lauf der Tage zerbrach er in jene Teilstücke, die ihm als die bedeutungsvollsten erschienen. Sie nahmen eigene Ausdrucksformen an und fanden von selbst die Zeitpunkte, zu denen sie auftauchten.
In dieser Nacht sagte sie: »Was du getan hast – die Sache mit dem Geld für das Haus –, das ist nicht erlaubt, nicht wahr?«
Er hatte eine kurze, traumlose Sekunde geschlafen, und ihre Stimme holte ihn zurück. »Nein, es ist illegal.« Er bemerkte, daß sich seine Hand geöffnet hatte und schlaff von ihrer Brust herabgeglitten war; im Schlaf wurde man

sich selbst wiedergegeben – das, was man träumte und woran man festhielt, war nichts, die Leere im Gesicht eines Toten. Sie sagte: »Das liegt eher auf Gordons Linie. Und wenn sie's herauskriegen?«

»Was von den Siedlern, die mich deportieren ließen, noch übrig ist, wird sagen, sie hätten schon immer gewußt, was für ein Typ ich bin.«

»Und Mweta?«

Auch ihre Brustwarze war schlaff von Schlaf. Mit der Hand ließ sich der Unterschied im Gewebe der Haut dieser kleinen, kreisförmigen Fläche und der sie umgebenden Brust kaum ausmachen; er drückte die weiche Erhebung mit seinem Zeigefinger ein, bis sie wieder ihre Nase hob. Im Protest gegen seine Absichten veränderte sie sanft ihre Lage – ein Ausweichen.

Er war plötzlich hellwach, und seine Hand ließ von ihr ab und tastete im Dunkeln auf dem einbeinigen kongolesischen Hocker, der ihm als Nachttisch diente, nach einer Zigarette. Er rauchte und begann von dem Tag zu reden, an dem die Debatte über den Generalsekretär des UTUC stattgefunden hatte – erzählte ihr, wie er, um Semstu für die Unterstützung von Shinza zu gewinnen, zum Parkplatz hinuntergegangen war.

»Kanntest du Semstu von früher?«

»O ja, ein alter Freund. Deshalb ist es mir auch gelungen. Ich kenne ihn schon so lange wie Mweta und Shinza.«

»Und Mweta?« sagte sie schließlich noch einmal.

»Ich wollte es ihm wirklich sagen. Es war ihm ohnehin klar, was ich von der Sache mit dem Generalsekretär hielt, deshalb hätte es ihn wohl auch nicht überrascht... Aber dann war ich schließlich doch der Meinung, daß das meine Angelegenheit war.«

»Wie meinst du das? Du hast es doch für Shinza getan.«
»Ich glaub langsam, für mich selbst. Shinza versucht das zu tun, wovon ich glaube, daß es hier getan werden muß.«
Sie sagte: »Ich hab Angst, daß du dich in Schwierigkeiten bringst, Bray.«
»*Du* hast einmal zu mir gesagt, daß man einfach nicht das Sichere tun kann. Um zu leben, muß man weitermachen und das nächste tun. Du hast das Paradox aufgestellt, daß es gefährlich ist, das Sichere zu tun. Mich hat das sehr beeindruckt. Sehr.«
»Ich hab dich damals noch nicht gekannt« – das Wort »geliebt« vermied sie immer, wie ein Schuljunge, der es ängstlich ansieht, als etwas, das man zwischen Spott und Hohn hörte.
»Er wird denken, du machst mit Shinza gemeinsame Sache«, sagte sie aus ihrem Schweigen heraus. »Oder? Was wird er dann unternehmen?«
»Ich glaub nicht, daß man mich für einen besonders gefährlichen Gegenspieler halten wird. Mweta ist der Präsident; er kann mich jederzeit loswerden.«
»Das meine ich ja. Du bist vielleicht nicht gefährlich, aber es verletzt seine Gefühle... und das ist gefährlich.«
»Dann wird er für sein Teil sagen können, er hat mich rausgeworfen, weil ich Geld geschmuggelt hab.«
Sie richtete sich in dem schmalen Bett kerzengerade auf. In der Dunkelheit sah er das noch tiefere Dunkel ihres schwarzen Haars, das jetzt lang bis zu den Schultern herabhing. »Siehst du! Ich wollte, du hättest es nicht getan. Bei jemand wie Gordon ist das in Ordnung...«

»Mein Liebling... bloß ein Scherz!... nichts wird passieren.« Er zog sie herunter, machte wieder einen Platz für sie beide, erzählte ihr all das, woran – aus verschiedenen Gründen – keiner der beiden glaubte, was von beiden aber als die Ruhe vor dem Schlaf akzeptiert wurde. »Daran, wie das arrangiert wurde, konnte ich erkennen, daß es absolut sicher ist... Alle sehen in den Devisengesetzen eine ähnliche Art Freiwild wie in den Steuergesetzen...«

»Du bist nicht alle.«

Wieder überkam sie das beruhigende Gefühl des So-nahe-beieinander-Seins (Daseins im wahrsten Sinne des Wortes); es war vollkommen und unvernünftig, hoffnungslos flüchtig in seiner absoluten Sicherheit.

Um sich die lästige Frage zu ersparen, wie er denn mit einer anderen Situation fertig werden sollte, verhielt sich Aleke so, als wäre natürlich jeder – einschließlich Bray – darüber froh, daß Shinza in die Schranken gewiesen worden war. Er fragte nach dem »Feuerwerk« in der Hauptstadt mit dem Lächeln eines Mannes, der weiß, daß Jungen Jungen sind, und Politiker Politiker. Während er eines seiner Kinder um Bier ausschickte und mit einem anderen, das ständig über die Rückenlehne seines Stuhls und auf seinen Kopf hinaufkletterte, zärtlich raufte, soufflierte er in einem fort: »Sie haben es ihm also gegeben... er ist nicht davongekommen...« Bray berichtete sachlich von ein paar der wichtigsten Debatten und faßte die unterschiedlichen Argumente und die entscheidenden Punkte zusammen. Als das Bier kam und sie tranken, sagte er: »Ihr Zynismus überrascht mich, Aleke.«

»Na, das ist das erste Mal, daß man mir das nachsagt.«

»Genau. Deshalb bin ich auch überrascht. Sie scheinen

sich nicht im mindesten für die Inhalte zu interessieren ... so als gäbe es sie überhaupt nicht. Sie sehen es wie einen Wettkampf... Sind sie für Sie nichts Konkretes?«
Wenn es für einen Menschen mit Alekes Selbstvertrauen überhaupt möglich war, verlegen zu sein, dann war er es jetzt. Es äußerte sich in der schnellen Erkenntnis, daß der Ruf seiner Intelligenz auf dem Spiel stand, wenn er den Vorwurf hinnahm, nachdem er Zynismus als Erklärung schon abgelehnt hatte. Aber sein Desinteresse an den Inhalten zu leugnen, zöge die Notwendigkeit, die Inhalte zu diskutieren, nach sich – dazu müßte er seine Abneigung – halb Faulheit, halb Sorge – überwinden, sich unter Umständen auf eine offene Meinungsverschiedenheit mit Bray einzulassen. Er lächelte: »... soviel Gerede. Man sieht sowieso erst, was wirklich dabei herauskommt, wenn sich einmal die Verwaltung mit den Dingen befaßt. Ist Ihnen das nicht auch immer aufgefallen? – Sie haben irgendeine Regierungsentscheidung, daß sämtliche Kühe mit verbogenem linken Horn ausgesondert werden sollen, weil es, wie die Eierköpfe in der veterinärmedizinischen Abteilung oben festgestellt haben, in irgendeiner Weise die Qualität des Viehs erhöht, und der Endeffekt ist dann, daß ein paar Leute keine Steuern zahlen, weil sich herausstellt, daß im Gebiet von Häuptling Sowieso *sämtliche* Kühe auf der linken Seite diese verdammten Korkenzieherhörner haben ...«
Aber dieses Ausweichen war, wie Bray sah, selbst ein Eingeständnis dessen, daß sie Gegner waren.
»Egal, vielleicht kriegen wir jetzt ein bißchen Ruhe und Frieden«, sagte Aleke verbindlich, um seine Frau mit ins Gespräch zu ziehen, die aufgetaucht war und ein Paket Erdnüsse in eine Untertasse leerte.

»Dann nimm bitte eine Woche Urlaub, und laß uns wegfahren.«

»Ich hab nichts von Urlaub gesagt – bloß, daß Edward Shinza uns jetzt nicht mehr dauernd im Weg ist, das ist alles. Ich hab dir gesagt, du kannst jederzeit zu deiner Mutter fahren, wenn du Lust hast. Ich werde dann halt wieder als Junggeselle James Gesellschaft leisten…«

»Ich hoffe nur, daß er auch weg bleibt. Mir gefallen diese Nachtfahrten hinauf zum Erzbergwerk und weiß Gott wohin in den Busch nicht – und ich bin mit den Kindern allein hier.« Sie wandte sich in ihrer schmollend-koketten Art an Bray: »Ich hab Angst.«

»Die gleiche Klage hab ich von einer jungen Frau gehört, als ich oben beim Kongreß war. Bloß daß sie vor der Privatarmee des Konzerns Angst hatte. Sie fürchtet, daß sie Schramme und seine arbeitslosen Söldner angeheuert haben.«

»Ach, die *Stadt.* Wovor muß man sich denn in der Stadt schon fürchten. Das ist ganz anders als hier, wo wir diese Buschmänner aus den Ziegeleien haben, die in den Straßen herumschreien, arme Rebecca, erinnerst du dich, damals im Wagen…«

»Ja, ja – jetzt, wo sich Shinza mit eingezogenem Schwanz wieder nach Hause in die Bashi verzogen hat und der Parteikongreß vorbei ist, wird der ganze Unfug ein Ende haben…«

»Nicht bloß zynisch; auch noch sehr optimistisch, Aleke.« Agnes Aleke zuliebe wechselte er das Thema. »Haben Sie die Malembas gesehen, seit er wieder zurück ist? Sampson hatte einen Bombenerfolg mit seinem Antrag wegen des Clubs, ich hatte ja nicht die leiseste Ahnung, daß er überhaupt daran dachte…«

»Malemba? Tatsächlich?« murmelte Aleke belustigt; und dann, während er gerade sein Bier trank und sich mit dem in Gedanken versunkenen und grüblerisch-kritischen Blick eines Mannes umsah, der zu sehr beschäftigt ist, um das zu tun, was er eigentlich sollte: »Agnes, entweder du bringst das da in Ordnung, wie du gesagt hast, oder du machst Brennholz daraus.«

Einen Augenblick lang sahen seine Frau und Bray verständnislos auf, dann merkten sie, daß er das alte Sommerhäuschen im Garten meinte. Bray zuliebe sagte sie: »O nein, das wird nicht abgerissen. Das möchte ich wieder hübsch herrichten.«

Olivia hatte es gebaut – oder, richtiger, sie hatte es bauen lassen, und die Gefangenen waren mit ihren Bewachern herübergekommen, um die Wände aus Lehm und Flechtwerk aufzurichten und das Stroh zu binden (Verpflegung mit Tee und Brot durch die Küche des D.C.). Es war für die Kinder vorgesehen, die kleinen Mädchen, die sich dort drinnen mit den Kleidern ihrer Mutter kostümierten und mit ihrer englischen Gouvernante spielten – jenem Mädchen mit den sommersprossigen Beinen und den feuerrot leuchtenden Haaren darauf, das sich (sagte Olivia) in ihn verliebt hatte. Aber für ihn war das jetzt Alekes Haus; wenn er den Fächer aus steilen, unebenen Verandastufen hinaufstieg oder die Zimmer betrat, erinnerte er sich kaum mehr daran, hier gelebt zu haben.

Kaum einen Monat lang hatte Mweta Ruhe. Wenn er glaubte, den Rebellen in der Gewerkschaft eine Abfuhr erteilt zu haben, so waren die privilegierten Arbeiter, die mit den Rebellen keine gemeinsame Sache gemacht hatten, keineswegs eingeschüchtert. Die »loyalen« Berg-

leute erneuerten ihre alte Forderung, die gleichen Löhne wie die ausländischen weißen Kumpel zu bekommen. Diese Forderung hatte Mweta damals mit seinem berühmten Argument der »leeren Hand« zurückgewiesen. In der Öffentlichkeit beteiligte er sich vorläufig nicht an der Diskussion, weil zuerst Ndisi Shunungwa, sein »kommender Mann«, dann der Staatssekretär des Arbeitsministers und schließlich der Bergbauminister persönlich, Talisman Gwenzi, in der Sache vermittelten. Auf den Schreibtischen von Bray und Aleke lag Morgen für Morgen die Zeitung des vergangenen Tages, die die täglichen Berichte über Versammlungen und Gespräche brachte, deren Ergebnis – das Scheitern – »nicht bekanntgegeben« wurde. Aleke bemerkte: »Mweta sollte ihnen die Leviten lesen – er ist der einzige, auf den sie hören.« Bray sagte nicht: Daß das notwendig ist, kann er jetzt nicht zugeben. »Dazu hat er ja Gwenzi.« Aber für Leute, die lange Zeit hindurch von gesichtslosen Mächten von jenseits der Meere regiert worden waren, war es schwer, nicht nur im Gesicht jenes Mannes den Inbegriff der Autorität zu sehen, der die Macht in ihrem Namen übernommen hatte. Bisher war die »Regierung« die ausländische, abstrakte Macht gewesen; der »Führer« war ihr eigen Fleisch und Blut.
Er fragte sich, ob – für Shinza – jetzt vielleicht eine jener seltsamen Ruhepausen eintreten würde; eine der scheinbar unerklärlichen Unterbrechungen im politischen Leben Afrikas, in denen sich einer, genau in dem Augenblick, da er zugreifen zu wollen scheint, abwendet. Er hatte sich (mit einem Gefühl starken Unbehagens) vorgestellt, wie Shinza im Öffnungsspalt jener nach Holzrauch und saurem Baby riechenden Hütte verschwunden

war, wie er redete, rauchte, während im Hof draußen in einem Bündel aus Lumpen ein alter Körper lag und auf seinen Tod wartete, wartete, wie Shinza wartete – worauf, ob auf Zeichen oder Zeit, Bray wußte es nicht. Shinza aber ließ ihn zu Boxers Ranch rufen. Sie hatten gerade den Tag am See verbracht, auf ihrer Insel – er und das Mädchen. Es war viel zu heiß, und sie war in der vollen Kriegsbemalung der Sonne; Streifen hellen Rots die Schienbeine und Unterschenkel hinunter, quer über die Nase, die Jochbeine und die hohe runde Stirn. »Hoffentlich kriegst du keinen Hitzschlag«; sie aber küßte ihn mit brennenden, geschwollenen Lippen, die verrieten, daß sie bereit war zur Liebe. Sie waren beide ziemlich erschöpft, und das schien ihrer Sinnlichkeit eine nervöse Gespanntheit zu geben; seit seiner Rückkehr war die Dringlichkeit in ihnen konstant – manchmal mußte er nach ihrer Hand fassen, um sie gegen sein Geschlecht zu drücken.

Unter der alten, verrosteten Dusche sagte sie dann zwischen Luftschnappen und Schlucken: »Das hab ich ganz vergessen – der alte Boxer ist hier aufgetaucht, während du weg warst. Hat dich im *boma* gesucht.«

»Bleib noch ein bißchen drunter, du hast vielleicht etwas erhöhte Temperatur.«

Ihr Haar leitete Ströme über ihr Gesicht, sie preßte ihre Oberschenkel aneinander und stand mit nach innen gekehrten Füßen im kalten Wasser da. Sie schrie: »Er wird nicht auf seiner Ranch sein.«

»Woher weißt du das?« Gut, daß ihre Augen geschlossen waren; die Dusche rülpste ein totes Insekt mit langen, faserartigen, getränkten Beinen aus, und unbemerkt schnippte er es von ihrem Bauch. »Oh, wie konnte ich das nur vergessen – ich erzähl's dir gleich …« Blind stieg sie auf die klitschnasse Matte und tastete nach dem Wasserhahn, um ihn abzudrehen, und zwang ihn, ebenfalls aus dem Bad zu kommen – »Genug Hydrotherapie, Bray. – Er ist nämlich in England. Er ist zurück nach England gefahren! Seine Frau ist gestorben. Also ist er jetzt nach England zurückgefahren!« Die beiden begannen zu kichern. »Was ist denn daran so komisch? Ich hab gesagt, seine Frau ist gestorben!« Aber sie lachten nur noch mehr. »Kommt er wieder? Hat er's fest versprochen?« »Das hat er natürlich nicht. Aber er kommt zurück. Er ist bloß gefahren, weil sie gestorben ist …, um sich zu überzeugen, daß sie wirklich tot ist, nehm ich an … *ich* hab keine Ahnung …«

Er wollte sie auf ihre von der Sonne verbrannten Lider küssen, auf ihren Nacken, aber in einer Art verzweifelter Verlegenheit wehrte sie sich plötzlich, obwohl sie auch da noch lachte. Genauso kniff ihr kleiner Sohn, der jüngere, lachend oder weinend sein Gesicht zusammen und trat mit den Füßen, um sich von ihr manchmal, wenn sie ihn packte und aufhob, freizumachen. Bray kämpfte mit ihr, aber ihre Augen flogen auf, und er sah – Anklage, Komplizentum; abwesende Ehefrau, tote Ehefrau. »Komm jetzt. Tupf dich ab. Ich werd dir die Schultern eincremen.« Sie machten sich still und zielbewußt an diese kleine Aufgabe.

In der Frühe, als er sich rasierte, lehnte sie ihr Gesicht an seinen Rücken, ihre vom Schlaf gelösten Arme um seine Mitte. Derart angenehm behindert, reinigte er das Schneemanngesicht im Spiegel in rasiermesserbreiten Streifen und legte sein eigenes frei, das zu sich selbst sprach, als sie über die Hauptstadt tratschten. Er erzählte von Vivien, die gesagt hatte, es sei überraschend, daß sich keine von ihnen Shinza als Liebhaber genommen habe. »Hat sie das wirklich so gesagt – ich meine ›genommen‹? Da kommt ihre Erziehung zum Vorschein, die gute alte Vivien, wenn es um solche Dinge geht, dann denkt sie, sie ist wieder in einer der Geschichten ihrer Großmutter – oder vielleicht Urgroßmutter; die war zur Zeit von König Edward eine berühmte Schönheit, die mit einem Lord verheiratet war und tatsächlich *beschlossen* hat, sich diesen oder jenen Mann zu nehmen. Egal, was er davon hielt.«

»Hast du Vivien was von uns gesagt?«

Er spürte, wie eine feuchte Filzspitze eine Linie seine Wirbelsäule hinaufzog: ihre Zunge. »Nicht gerade gesagt. Aber wenn ich schreibe, dann heißt es natürlich immer, ›wir haben das unternommen und das unternommen‹.«

»Ich hatte nämlich den Eindruck, sie wüßte über uns Bescheid.«

»Vivien weiß über diese Dinge immer Bescheid. Sie weiß Bescheid, spricht aber nicht darüber.«

Natürlich hatte Vivien schon früher ihre Diskretion unter Beweis gestellt; vielleicht sogar damals, als es um den eigenen Mann und den Freund der Freundin ging. »Und sie täuscht sich in Menschen nie – ihr Urteil«, sagte der Mund in seinem Rücken gerade.

Er wollte sagen: »Sie mag Gordon nicht«, aber seine halbgeschlossenen Augen, die das Rasiermesser im Spiegel über seinen Hals dirigierten, ließen ihn mit ihrem vergnügten Ausdruck verstummen. Ohne die Brille und mit seiner leicht geröteten Hautoberfläche war im festen, glattgezogenen Fleisch jenes Gesichtes, von dem er annahm, es stelle ihn dar, plötzlich beinahe dieser jüngere Mann aufgetaucht, von dem, aus wenig überzeugenden Gründen, jeder Mann glaubt, er repräsentiere sein eigentliches Ich. Mit stummem Gleichmut betrachtete er dieses Gesicht, und in seinem Rücken spürte er sie.

Als sie zum *boma* fuhr, versprach er ihr, er werde versuchen, noch in der Nacht zurückzukommen; er lächelte sie sanft und beruhigend an, um nochmals eine bestimmte Perspektive zur Sprache zu bringen: »Und ich werde herausfinden, ob nun Madame Boxer tatsächlich gestorben ist oder ob sie bloß so getan hat«, sie aber war schon ganz mit ihrem Schuhabsatz beschäftigt, sagte, er sei lose, und eilte zum Haus zurück, um sich ein Paar roter Sandalen anzuziehen. Rote Schuhe waren es gewesen, mit denen sich Oriane de Guermantes beschäftigt hatte, um der Nachricht auszuweichen, daß Swann sterben würde: Rebecca aber wußte wohl nicht, wer Oriane und Swann waren – mit Olivia hatte er Proust während eines Winters in Wiltshire noch einmal durchgelesen. Genau jene Art von Genuß, die die Pensionierung einem Paar mit gutem Einvernehmen jenseits der Leidenschaft verspricht. Ein (letztes?) Zucken der Prostata, und das war's.

Boxers Haus sah geschlossen aus; die Kinder des Dienstpersonals nutzten die großartige Gelegenheit, auf der Veranda zu spielen. Die Küche an der Rückseite des Hauses war von geselligem Leben erfüllt – der Koch und seine Freunde waren da inmitten der breiüberkrusteten Töpfe, die im Wasser weichten, der Krüge, in denen die Milch zum Sauerwerden aufgestellt war, des Geruchs von Fleisch, das auf dem Ofen briet, und des Biers, das aus Marmeladedosen getrunken wurde. Der Koch gab Bray gastfreundlich einen Schluck von dem dünnen, sauren Stoff – in einem Glas, wie es einem Weißen zustand – und gab ihm einen Jungen mit, der ihn zu Shinza führen sollte. Von den Rinderpferchen rundum flimmerte die Hitze, aber Bray hatte – draußen im Busch, der nicht die kleinen Fluchtlöcher besaß, wie sie sich im Unterschlupf der Stadt fanden – nun schon seine Lungen damit gefüllt, und sein Körper hatte wieder gelernt, in ihr zu leben, sie einzuziehen und auszuschwitzen, ohne sich dagegen zu wehren – ein perfekt angepaßter Organismus, der genau die Temperatur beibehält, die die Umgebung hat: eins mit ihr.

Shinza und Basil Nwanga befanden sich in einem kleinen selbsterbauten Haus europäischen Stils, das dem Lehrer an der Farm-Schule gehörte. Shinza drängte ihm die gekochte Keule eines Geflügels auf, die er in der Hand hielt – »Nein, nimm schon, nimm schon.« »Aber ich kann mir ja was anderes nehmen – ich werd mich schon bedienen…« »Nimm's, Mann« – Nwanga grinste – »er hat sich schon alles geschnappt, was da war…« »Und wer hat die andere Keule gegessen?« sagte Shinza herausfordernd.

»*Du!* Schau dir deinen Teller an, Mann, was ist das für ein Knochen…«

Shinza hielt den Knochen in die Höhe und rief die Welt zum Zeugen auf: »Was meinst du mit Knochen? Das ist ein Flügelknochen, he?« Nwanga fuhr mit einem großen, fettigen Finger in Shinzas Teller. »*Da, da*, und was ist mit dem großen da – zeig keinen Mist her, immer ehrlich, hörst du – du hast die Keule genommen, Colonel, nehmen Sie's, Sie kriegen's nicht umsonst, machen Sie sich deswegen keine Gedanken ...« Lachen. Shinza griff den Knochen, den der junge Mann hervorgeschaufelt hatte, und warf ihn einem gelben Köter hin, der ihn noch im Flug aufschnappte. »Er hat die Indizien vernichtet!« schrie Basil Nwanga und schlug dabei mit seinen Handflächen auf den Tisch.

»Schick den Jungen hinauf zum Haus um mehr Bier.« Und zu Bray: »Man braucht bloß das Wort Alkohol zu erwähnen, und schon läßt Nwanga alles fallen. – Und sag, daß wir diesmal einen großen Topf voll möchten, keine gottverdammten Limonadeflaschen. Die machen gutes Bier hier, das beste, das ich seit Jahren getrunken habe, seit dem wirklich guten Bier – *wirklich* gut, hm? –, das meine Frau immer gebraut hat, weißt du, meine erste Frau, die Lange. Einen großen Topf voll, Nwanga ...«

In einer Pantomime großer Eile ging der fette Nwanga zur Tür hinüber, um unter den Kindern im Hof einen Freiwilligen herbeizurufen.

»Du scheinst hier ja ganz zu Hause zu sein.«

»Oh, sicher. Es sind lauter Brüder meines Schwiegervaters. Ich herrsche über ihr Bier.«

Bray wies in die Runde. »Nicht nur ihr Bier.«

Shinza lächelte angesichts der Tatsache, wie nebensächlich es war, wo sie sich gerade aufhielten. »Im Zweifelsfall tun sie alles für mich. Willst du heute im Haus oben übernachten?« Er hatte vergessen, daß Bray ohnehin ein Freund des Besitzers war.

»Schau mal, Edward, wenn du mir eine Nachricht zukommen läßt, warum, zum Teufel, drückst du dich nicht ein wenig präziser aus? Das ist ein riesiger Besitz. – Oh, mir ist klar, daß jedermann hier weiß, wo du dich versteckst – aber es ist nicht nur eine Frage des Ortes, es ist auch eine Frage der Zeit. Ich weiß nie, ob du dich drei Tage hier aufhältst oder nur einen, ich weiß nie, wie lange ich damit rechnen kann, dich nicht zu verpassen, und nimm mal an, ich kann aus irgendeinem Grund nicht einfach alles liegen- und stehenlassen, um auf der Stelle zu kommen.«

»Dann bin ich selbstverständlich da, bis du kommst.«

Sie lachten. Nwanga sagte: »Wie war denn die Sonntagsschulveranstaltung?« Er meinte die Parteikundgebung.

»Wir haben gehört, daß du da warst«, sagte Shinza.

»Asahe ist der Mann, der mich hinter Schloß und Riegel sehen möchte.«

»Ja, ich war mit ein paar Freunden da – die Tochter arbeitet mit ihm zusammen.«

»Oh, Asahes weiße Freundin kennt doch jeder. Ist sie hübsch?« Nwanga sprach mit freundlichem Mißtrauen.

»Ziemlich hübsch.«

»Er hätte die Mädchen sehen sollen, die ich in London hatte, was, Bray? Und meine Amerikanerin – weißt du noch, wie sie mir diesen Pyjama brachte, als ich in Lembe im Knast saß – Seide, Mann, Nwanga, und einen roten Gürtel hatte er mit einem – wie heißt das noch – einem Troddel.«

»Ich bin zu spät ins politische Geschäft eingestiegen, das ist das Ärgerliche.«

»Ist Mweta glücklich?« sagte Shinza.

»Zuversichtlich, ja, das würd ich sagen, und das ist gewöhnlich ein Zeichen dafür, daß einer keine Zweifel hat. Oder daß er sie erstickt hat. Er sucht keinerlei Rückversicherung mehr dafür, ob er recht hat oder nicht.«

Shinza hielt eine brennende Zigarette in der Hand, steck-

te sie aber nicht in den Mund, während er zuhörte; dann sagte er: »Verstehe«, und nahm einen Zug.
Bray bemerkte, daß sich dieses »Er sucht keinerlei Rückversicherung mehr« so anhörte, als glaube er, daß Mweta ihn freigegeben habe. Mweta hat sich von meiner Zustimmung unabhängig gemacht. Er hat sich gelöst; ich bin frei. So viele verschiedene Bande – so viele verschiedene Arten von Freiheit. Und jede relativ in Hinblick auf ein anderes Band: die Freiheit, sich in eine Bindung zu begeben. Frei, mit ihr zu schlafen und zu einem kleinen Devisenschwindler zu werden. Frei von Mweta – für Shinza.
Beinahe ungeduldig sagte er: »Nun, was läuft?«
»Oh, es gibt genug, was zu besprechen wäre... Ich möchte mit dir in aller Ruhe reden, verstehst du? Ich wollte eine Gelegenheit, mit dir zu sprechen...« Nwanga wurde sofort betont aufmerksam, als Shinza zu reden anfing; sie mußten alles schon vorher abgesprochen haben. »Es hat keinen Sinn, diese ganze Kongreßgeschichte noch einmal durchzukauen – schade um jeden Atemzug, nicht... Ich denke jetzt in eine andere Richtung.«
»Ja?«
Shinza blickte ihn beinahe übertrieben ängstlich an, vielleicht – typisch für Shinza – mit einer Andeutung von Parodie der Suche nach Rückversicherung, die Mweta nicht mehr brauchte. Sein Halblächeln gestand es ein. »In den Gewerkschaften wird die Hölle los sein. Und selbst wenn ich morgen tot sein sollte, ich sag dir, es würde keine Rolle spielen, trotzdem wär die Hölle los – ich mein, bei einem Teil von dem, was jetzt auf ihn zukommt, hätte ich die Hand sowieso nicht im Spiel, weil es absolut gegen unsere Politik läuft... Die Kumpel zum

Beispiel. Sie kriegen jetzt schon mehr als jeder andere im Land. Aber bitte schön, da haben wir's wieder. Paß auf, bevor dieser Monat zu Ende ist, werden sie offen damit rauskommen, und das wird den bisher größten Ärger geben, und dann werden wir sehen, was er macht. Das ist die Gruppe, vor der alle Angst haben. Und diesmal wird er sie nicht so leicht niederhalten können. Die Autorität der Gewerkschaften ist futsch, die Regierung nimmt ihre Führung selbst in die Hand, und dann stellt sich auf einmal heraus, daß selbst die Strohmänner der Regierung dafür, daß sie *die* Arbeiterschaft stillhalten, die sich keiner hart anzufassen getraut, ihren Preis verlangen. Was wird er tun? Gibt er den Kumpeln mehr, dann werden alle kommen und neue Forderungen stellen. Und wenn er den harten Jungen spielt, wird's wie ein Buschfeuer, diejenigen, die den Regierungs-Jasagern brav gefolgt sind, werden sich mit denen solidarisch erklären, die den Gehorsam verweigert haben und niedergeknüppelt wurden.«

»Und die Schuld am Ganzen wird man den Rebellen in die Schuhe schieben müssen.«

»Na, klar. – Den sogenannten Rebellen«, korrigierte Shinza automatisch mit der Wachsamkeit des Politikers, der sich bei keinem semantischen Ausrutscher ertappen lassen will, der so ausgelegt werden könnte, als ob er die Legitimation seiner Position in Frage stellte. »Agitatoren! Shinza und Goma und Nwanga waren da.«

»Eine gute Entschuldigung dafür, uns alle ins Gefängnis zu werfen.« Nwanga war nie eingesperrt gewesen; sachlich und laut ausgesprochen, verliert der Gegenstand der Furcht etwas von seiner Macht.

Shinza war im Gefängnis gewesen, oft; für ihn war es

irrelevant, über Eventualitäten nachzudenken, die einen außer Gefecht setzten. »Die Basis für alles, was passiert, ist die Korruption innerhalb der Gewerkschaften, oder?«

»Korruption?«

»Einmischung der Regierung. Ist dasselbe. Und deshalb hab ich gedacht, warum bringen wir nicht jemanden – irgendeine Autorität – herein, die das deutlich macht? Und zwar ohne, im politischen Sinn, Partei zu ergreifen. Die Meinung von irgendwem dazu, die dann keiner umdrehen kann, um zu behaupten... Nun, während wir hier weitermachen, dachte ich, könntest du eine kleine Reise machen, James, die Familie besuchen...« Er streckte sich und machte eine Handbewegung, die andeuten sollte: ›irgendwas in dieser Richtung‹ – »Du könntest, sagen wir, über die Schweiz fahren; eine Menge Flugzeuge machen dort Zwischenlandung, oder?«

Für einen idiotischen Augenblick bezog er das auf das Geld in einer Bank.

»Weiter.«

»Ach, nichts furchtbar Aufregendes, nichts besonders Schwieriges... du könntest zur ILO gehen und dich erkundigen, ob sie nicht jemanden schicken wollen – einen Beobachter, eine Untersuchungskommission – irgendwen, der sich Einblick in die Lage der Gewerkschaften hier verschafft... was meinst du?«

Es war seine Art, zuerst die praktischen Aspekte zu bedenken und andere Reaktionen zurückzuhalten, bis diese genau überlegt waren. »Sollte die ILO tatsächlich zustimmen, dann vergiß nicht, daß es keinerlei Garantie dafür gibt, daß eine solche Delegation auch hereingelassen würde. Wenn ich mich recht erinnere, die gleiche

Sache gab's – in Tunesien, nicht wahr? –, und da hat sich die Regierung geweigert. Natürlich wäre es für Mweta unangenehm, nein zu sagen, ein Mann wie er, der den Ruf hat, vernünftig zu sein, aber... Und außerdem müßte man der ILO einen ordentlichen Bericht vorlegen...«
»Oh, für so was hat Goma sämtliche Unterlagen«, sagte Basil Nwanga, und Shinza fügte hinzu: »Das haben wir schnell zusammen, kein Problem.«
»Und unter welcher Autorität sollte ich das tun?« Logische Überlegungen waren nichts als der Versuch, Zeit zu gewinnen; sie wurden von den anderen schnell eingeholt. »Ex-Staatsbeamter und Betriebsnudel? Bester-Freund-des-schwarzen-Mannes?« Und als sie alle lachten: »Politischer Söldner?« Basil Nwangas Lachen wurde zu einem tiefen, fröhlichen Glucksen, zu dem er sich auf die Schenkel schlug. »Ja, das ist's, das ist vielleicht die genaueste Definition, die wir für mich finden können...«
»Oh, du wirst schon richtig ausgestattet werden«, sagte Shinza unbestimmt, leichthin.
»Ich bräuchte eine Legitimation. Zumindest müßte ich nachweisen können, daß ich auf Ersuchen einer ziemlich repräsentativen Gruppierung innerhalb der Gewerkschaften komme – und selbst dann würde es noch über den Kopf des UTUC hinweg geschehen...«
»Das kriegen wir alles hin, das machen wir schon«, Shinza setzte sich darüber hinweg. »Das ist nichts. Das ist leicht. Überhaupt kein Problem.«
Er hatte den sonderbaren Eindruck, daß dies die gedankenlose Wiederholung einer Bestätigung von etwas sei, das seinen Zweck bereits erfüllt hatte und nun nicht mehr

besonders interessant oder bedeutungsvoll war. In ziemlicher Härte sagte er zu Shinza:
»Du sagst, du machst hier weiter?«
»Ja, darüber will ich mit dir reden.« Shinza schlug nach den Fliegen, die sich immer wieder auf seine zierlichen afrikanischen Ohren setzten, erwischte eine und blickte angewidert auf den Flecken von Blut und Brei auf seiner Hand. Er riß von der Morgenzeitung, die Bray mitgebracht hatte, einen Streifen ab und wischte seine Handfläche ab, während er weiterredete. »Wir wissen jetzt, daß wir Freunde in der Partei haben, ebenso wie in der Gewerkschaft. Wir müssen den Kontakt aufrechterhalten und zusammenhalten.«
»Offen?«
Shinza knöpfte langsam sein Hemd auf. »So weit, wie das möglich ist.«
»Was nicht sehr weit ist, oder?«
Die Falten unter Shinzas Brust waren glänzende Linien aus Schweiß, und mit einer Hand strich er sich über das Haar und die Brustwarzen. »Oh, da bin ich mir nicht so sicher. Man kann zwar ein paar Gewerkschafter ins Gefängnis stecken, aber man kann nicht die gesamte Arbeiterschaft einsperren.« Wieder und wieder strich er sich über das Fleisch.
»Aber du und Goma und Nwanga, ihr würdet das nicht lange mitmachen.«
Shinza streichelte seine entblößte, verletzliche Brust. »Goma und Basil haben ihre Abgeordnetensitze im Parlament, die werden sie ein wenig schützen – und ich werd mich schwer auffindbar machen müssen.«
»Bis du beim Kongreß aufgetaucht bist, warst du's schon, oder? Aber es hat dich auch keiner besonders eif-

rig gesucht. Ich hab das Gefühl, das wird sich jetzt alles ändern. Sobald du dich rührst, wirst du verhaftet.«
Shinza blickte lächelnd zur Decke: »Weil er es jetzt niemandem mehr erklären muß?«
Ein kleiner Junge kam barfüßig mit dem Bier über die Veranda geschlittert und blieb japsend, zu Tode verschüchtert, in der Tür stehen. Shinza stand auf und nahm ihm den Plastikbehälter ab, der einmal Spülmittel für Boxers Geschirr enthalten hatte. Er gab ihm eine Münze und neckte ihn damit, daß seine staubigen, kleinen Arme so stark seien. »Warum ist er nicht in der Schule, James? Weißt du, daß in der Schule kein Platz für ihn ist? Schreib das in deinen Bericht.«
»Steht alles drin, keine Sorge.«
»Dein letztes Wort?« sagte Shinza.
»Möglich.«
»Ich mein zu diesem Problem – damit wird alles gesagt sein.« Shinza schenkte das Bier aus. »Welches war deins, Basil?«
»Danke, für mich nicht – ich weiß nicht, mit meinem Bauch ist heute irgendwas nicht in Ordnung ...«
»Na, komm schon. Das da ist gutes Zeug!«
Shinza füllte Brays Glas. »Man braucht natürlich Geld, wenn man weitermachen will. Ich nehm allerdings nicht an, daß einer meiner alten Freunde bei der ILO da was unternehmen kann ...? Ich muß sehen, was ich auftreiben kann. Goma möchte eine Zeitung machen... wir brauchen ein paar Autos... das alles braucht Geld.«
»Woher ist es bisher gekommen?« sagte Bray.
Shinza war sehr darauf bedacht, offen zu sein. »Wir haben uns sehr auf meinen Schwiegerpapa gestützt, Mpa-

na. Aber das ist gar nichts. Diese alte Karre von ihm kann man ebensogut abschreiben, was, Basil?«

»Braucht zunächst mal einen neuen Motor.«

»Hängt davon ab, wie weit du gehen willst«, sagte Bray. »›Offen‹ – wirst du nicht weit kommen.«

»Du hast gehört, was ich gesagt hab.« Shinza meinte beim Kongreß. »So weit möchte ich kommen. Sehen, daß dies Land unserem Volk zurückgegeben wird. Du kennst mich. Ich hab nie was anderes gewollt. Ja, ich glaub, ich weiß, was gut für uns ist« – seine Finger klopften ärgerlich eine Antwort aus dem eigenen Brustbein – »genau wie er beschlossen hat, was für ›sie‹ gut genug ist. Das ist der große Unterschied zwischen ihm und mir. Ich hoffe, ich verfaule in der Erde, bevor ich dorthin komme, womit er sich zufriedengibt. Verfaule in der Erde. Nur war ich ein solcher Arsch, mir die ganzen Jahre hindurch einzubilden, wir hätten ihm beigebracht, was Unabhängigkeit bedeutet – ja, ein solcher Arsch.« Nwanga saß totenstill da. Bray sah mit Erstaunen die glänzenden Tränen in Shinzas Augen. Sie ließen ihn nicht los. »Wenn es mit diesem gottverdammten Land so weit kommt, daß es dem Konzern gehört, samt den Kabinettsministern, den Schwarzen, die in den Aufsichtsräten der Weißen sitzen, nach all den Jahren, in denen wir Maniok gegessen und unsere Ärsche hingehalten und gebeten und gebettelt haben und uns die Köpfe haben blutig schlagen lassen und unsere Zeit hinter Gittern abgesessen haben« – seine Stimme überschlug sich, Speichel flog von seinen Zähnen – »dann geb ich mir die Schuld dafür – ich mir selbst. Und dir, Bray. Ich geb dir die Schuld, und da kommst du nie raus, niemals! Solang ich am Leben bin, wirst du das wissen, mir egal, ob du in England sitzt oder am Ende

der Welt, mir egal, daß du weiß bist. Solang ich am Leben bin!«
Für einen Augenblick war der Raum ein Vakuum. Kinder mußten draußen am Wagen von Häuptling Mpana gespielt haben; die Hupe ertönte, gefolgt von einem schockierten Schweigen. Shinza ging steifbeinig hinaus. Man hörte, wie er die Kinder davonjagte. Er kam wieder herein mit seinem Gang eines kampfgewohnten Katers.
Shinza blickte ihn an und knöpfte dabei langsam sein Hemd zu.
Er sagte: »Shinza, was würdest du mit ihm machen?«
Beide empfanden sie gleich stark, daß Nwanga in ihrer Gegenwart nichts zu suchen hatte; der riesige Nwanga, gefangen in dieser Strömung, war nicht fähig wegzugehen.
»Aber umbringen könnte ich ihn nicht«, sagte Shinza.
»Du wirst ihn jahrelang irgendwo hinter Schloß und Riegel halten oder ihn an irgendein Land weiterreichen, damit er sein Leben mit Plänen verschwenden kann, wie er euch am besten aus dem Sattel hebt.«
»... oh, weiß Gott.«
»Aber die anderen um ihn herum – die würden verschwinden müssen?«
»Die müßte man selbstverständlich einsperren.«
Ein Gefühl von Distanz kam wie eine Ohnmacht über ihn. Ohne Pause fuhr er geschäftsmäßig fort: »Du triffst dich noch immer mit Somshetsi und den anderen. Hab ich recht, du machst ein Tauschgeschäft mit ihnen: Sie helfen dir mit Männern und Waffen aus, und du hast ihnen dafür versprochen, daß sie nachher eine Basis bekommen.«

»So ungefähr. Es muß nicht allzuviel – deswegen braucht nicht zuviel…« Shinza rang um Worte, dann sprudelte er plötzlich hervor: »Kein viel größerer Schaden als der, den er anrichten wird, wenn er seine Konzernguerillas auf die Arbeiter losläßt. Es braucht nicht – wenn der Zeitpunkt stimmt.«

»Ihr werdet versuchen, dafür zu sorgen, daß der Zeitpunkt stimmt.«

Nwangas Gegenwart wurde allmählich wieder akzeptiert. Shinza schwieg, während der junge Mann, der Bray anblickte, gewichtig mit dem Kopf nickte.

»Wenn ich nachts mal durch Gala komm und dich treffen möchte, ist das in Ordnung – du bist allein in deinem Haus, oder?« bemerkte Shinza.

»Ich bin nicht allein.«

Shinza sagte: »Oh, dann schick ich dir eine Nachricht, okay? Komm, sehen wir, daß wir weiterkommen – ich möchte dich zu diesem Burschen bringen, zu Phiti. Verschwand, nachdem man die Geschichte mit den Eisenerzminen wieder fallengelassen hatte, war die ganze Zeit in Haft, während diese Schweinehunde von der PIP unbehelligt davongekommen sind. – Das sind Chekwe und unser alter Freund Dando.«

Die Nase des großen Mannes mit den stark vortretenden Augen war während der Verhöre gebrochen worden. Er war zur gleichen Zeit teilnahmslos und redselig, und das tatsächliche Elend, das er durchgemacht hatte, kam vermischt mit den offensichtlichen Lügen persönlicher Dramatisierung heraus. Zweihundert Männer seien in diesem Gefangenenlager gewesen – dreihundert – fünfhundert. Man habe ihn in Einzelhaft gehalten; zusammen mit fünfzehn, zwanzig anderen sei er in einer Hütte eingesperrt gewesen. Sie seien halb verhungert, hätten sich von den Ratten aus den Zuckerrohrfeldern ernährt, und die Schuhe habe man ihnen abgenommen. »Warum die Schuhe?« sagte Shinza angesichts seines erbärmlichen Auftritts vor Bray kalt. »Warum? Warum? – Sieh dir das hier an, sie haben mich mit einem abgebrochenen Stuhlbein geschlagen.« Der Mann befühlte den verbogenen Sattel seiner Nase und blickte in die Runde, um sich zu vergewissern, daß sie angemessen reagierten.

Wegen Bray hätte Shinza nicht verlegen zu sein brauchen; als Richter hatte er gelernt, daß das Leid nicht jene edle Sache war, vor der diejenigen, die nie damit wirklich konfrontiert gewesen waren, glaubten, es müsse so sein, sondern oft etwas Ekelhaftes, von dem man sich instinktiv abwenden wollte. Der Mann saß in einer von Verwandten überfüllten Hütte, die wie an ein Krankenbett herbeigeeilt waren; und wieder andere hockten draußen im Freien zwischen den Hühnern und Hunden herum – die Greise und die Kinder. Ein winziges Mädchen kroch in einem zerlumpten Kleid, das den Blick auf ihre dicke, kleine Scheide freiließ, ins Vorhaus; jedesmal wenn Phiti seine Nase berührte, ging ihre kleine Hand, zugleich mit der seinen, hinauf und betastete ihr eigenes Gesicht.

Mitleid war ohnehin eine zu weiche Sache. Zorn entstand aus dem Ekel und war meistens nützlicher.

Das Lager, in dem man Phiti festgehalten hatte, war Fort Howard; der alte »sichere Ort«, an dem die Kolonialregierung Mweta »unter Arrest gestellt« hatte. Shinza behielt Bray ständig im Auge, immer darauf bedacht, ihm bei seinen Überlegungen einen Schritt voraus zu sein. Er sagte dramatisch: »Wir werden diesen Ort umpflügen und etwas darauf anpflanzen. Es darf ihn einfach nicht länger geben.«

Von der Paßhöhe zu den Bashi Flats hinunter blies ein ungeheurer Staubsturm um die Ranch von Boxer. Federn, Blätter, Maisstroh, Asche und Unrat von den Feuern der Leute tanzten im Wirbel der Windhosen, die wie zusammenbrechende Säulen bis hinauf in den Himmel schwankten. Der Wind war heiß. Anstelle der Sonne ging hinter dem Dunst eine apokalyptische rote Intensität unter; die Menschen schnüffelten in den Sturmböen nach Regen, obwohl der vielleicht noch Wochen nicht kommen würde. Sie saßen eng aneinandergedrängt in ihren Hütten. Bray blieb schließlich doch über Nacht, schlief nackt in einem stickigen Raum, der gegen den Wind verrammelt war, gemeinsam mit Shinza, Nwanga und dem Schullehrer. Ebensogut hätte er durch die Nacht nach Hause fahren können, aber er empfand einen sonderbaren Widerwillen dagegen, aus der körperlich greifbaren Atmosphäre, die zwischen ihm und Shinza und diesen Männern aufgekommen war, herauszutreten. Sie unterhielten sich bis spät in die Nacht: die Gewerkschaften, Vietnam, der Krieg in Nigeria, die Rolle der Araber in Afrika, Wilsons Versagen in Afrika und Nixons Abkühlung gegenüber Afrikas von Weißen dominierten Staaten; und wieder über die Gewerkschaften. Im Lauf der Jahre hatte er sich erlaubt zu vergessen, wie überlegen Shinzas Intellekt war. Wie er da in diesem vom Schweiß ihrer Körper, den letzten Überresten ihrer Biere und dem stechend bitter nach Zigarettenkippen riechenden Raum lag, und wie er diesen Mann hörte, wie er schnaubte und sich, in der gewohnten ungenierten Hinnahme seiner selbst und seines Schlafes, auf dem billigen Eisenbett umdrehte, da dachte Bray, was für ein bemerkenswerter Mann er war – wie die vielen anderen bemerkenswerten Männer dieses Kontinents, die schließlich tot in einem Graben geendet waren. Wonach die Schwarzen die Weißen beschuldigten, weil sie die Machtverhältnisse auf einem Kontinent manipulierten, den sie nie wirklich verlassen hatten; während die Weißen die Schuld auf die Stammesrivalitäten und auf die Einmischung des Ostens schoben (sofern sie selbst aus dem Westen kamen), oder des Westens (wenn sie aus dem Ostblock stammten). Die bemerkenswerten Männer redeten vom Sozialismus und vom Mann auf der Straße oder von Ruhm und messianischer Größe und gaben ihr Leben für Kupfer, Uran oder Öl. Auch Mweta gehörte zu ihnen. Mweta und Shinza. Für ihn – Bray – hatten sie Mweta bereits erledigt. Im politischen Jargon lautete die Phrase: »Er hat dem Druck nicht standgehalten«; es hat ihn erledigt, den Mweta, wie ich ihn kannte. Schwer zu sagen, wie Shinza es machen würde, unter einem Druck anderer Art (aber umbringen könnte ich ihn nicht, log er; und hab ich gelogen, als ich es akzeptierte?).

Ob in England oder am Ende der Welt.

Er dachte, er sei noch nicht eingeschlafen, mußte es aber wohl, denn die Worte blieben da hängen.

Ein Mann saß bei Rebecca im Wohnzimmer. Der Raum war verdunkelt, um die Hitze abzuhalten.

Aber Hjalmar Wentz war doch im Silver Rhino; in der Hauptstadt!

Wentz und Rebecca saßen tief in den alten verstellbaren, durchhängenden Lehnstühlen zu beiden Seiten des leeren Kamins, jeder in Schweigen versunken und unfähig, dem anderen die eigene Gegenwart zu erklären. Die Verlegenheit war derart groß, daß keiner der beiden aufzustehen vermochte.

»Sie sind's, Hjalmar! Was machen Sie denn hier!« Er löste ihren Bann, während ihm Rebeccas Augen einen komplizierten, qualvollen Schmerz signalisierten, ihn warnten, weiß der Himmel, wovor, und Hjalmar unter einem schmerzlichen Lächeln sagte: »Aber Sie haben mich doch aufgefordert zu kommen, vielleicht erinnern Sie sich noch…?«

Die Tatsache, daß ihm seine leere Begrüßungsfloskel als Protest ausgelegt wurde, warnte ihn eindringlicher als Rebeccas Augen. »Ich hätte bloß nie geglaubt, daß es mir gelingen würde, Sie hier herauf zu kriegen, egal, wie sehr ich mich bemühe… das ist ja großartig… wann sind Sie denn angekommen… sind Sie« – aber wieder war da dieses Signal in ihren Augen, die jetzt vor Anstrengung ganz gelb waren – »… sind Sie die ganze Strecke herauf selbst gefahren?«

Eine zittrige Geste – ein verräterisch zuckendes Lächeln und der Versuch, witzig zu sein: »Fragen Sie mich nicht, wie – aber auf alle Fälle bin ich jetzt da. Und Rebecca hat mir ein feines Mittagessen serviert.«

»Ist ja großartig, ich war einfach baff... hab's nicht glauben können. Ich war weg, um ein paar Schulen abzuklappern... hab den ganzen Tag nur Staub gefressen. Muß jetzt unbedingt unter die Dusche – war's sehr stürmisch hier, heute nacht?« Sie redeten über das Wetter.

»Nun, zuerst einmal einen Schluck Tee und danach ab ins Bad. Den Staub runter- anstatt abspülen... haben Sie Ihr Zeug drinnen, und hat Kalimo sich um Sie gekümmert?«

»Ja, ja – Rebecca hat mir ein wunderbares Mittagessen gebracht. Avocados, frisch vom Baum und so weiter, erstklassiger Service!« Seine Stimme schien gleichsam von selbst aus dem starren blonden Gesicht aufzusteigen. Bray und das Mädchen standen um ihn herum, als wären sie Zeugen eines Unfalls. Sie sagte: »Ich muß loslaufen.« »Grüß Aleke von mir«, sagte Bray, folgte ihr aber unter dem Vorwand, Tee zu bestellen, auf dem Umweg über die Küche hinaus in den Garten.

Sie wartete auf ihn. »Das ist schrecklich – du hast nicht zufällig Radio gehört? – Ras Asahe ist aus dem Land geflohen. Emmanuelle ist mit ihm gegangen.«

»Warum sollte Ras das tun? Bist du *sicher*? Hat er...«

»Hat bloß Emmanuelle erwähnt. ›Vermutlich wissen Sie schon, daß Emmanuelle weg ist‹, hat er zu mir gesagt, aber ich hatte Angst davor, ihn zu fragen, ich hatte Angst, er würde die Nerven verlieren. Oh, mein Gott, ich dachte schon, du kommst nie mehr. Ich hab im *boma* angerufen und gesagt, daß ich heute nicht mehr kommen kann, weil ich mich nicht wohl fühle oder so was. Ich konnte ihn nicht allein lassen. Ich weiß nicht, was passiert ist... mit ihnen. Margot erwähnt er überhaupt nicht. ›Emmanuelle ist fort‹ – mehr nicht. Und dann saßen wir bloß da und hatten uns nichts zu sagen, ich weiß nicht, was für einen Reim er sich darauf macht, daß er mich im Haus gefunden hat, so als ob's mir gehört. Naja – im Augenblick nimmt er, glaub ich, überhaupt nichts wahr. Aber weshalb kommt er denn *hierher*? Warum zu dir?«

»Oh, mein Liebling... es tut mir leid... mach dir keine Sorgen.« Er strich ihr das Haar hinter die Ohren zurück – jetzt, wo es gewachsen war, war sie so hübsch. Es verlangte ihn danach, sie zu küssen, und während er es tat, ohne sich darum zu kümmern, daß Kalimo herausgekommen war und Teeblätter auf den Kompost warf, spürte er den ganzen warmen Körper jene Form ausfüllen, die er für ihn in sich bereithielt.

»Wie lang wird er bleiben?«

»Liebling, mach dir keine Sorgen.«

»Jetzt kann ich heute nacht nicht herkommen.« In ihrem Elend drückte sie ihr Becken fest gegen ihn. »Verdammte Sauerei. Ach, komm doch, warum denn nicht. Wir geben einfach keine Erklärungen ab, und damit hat sich's.«

»Ja, ja – ach, warum mußte er sich unbedingt diesen Ort aussuchen, warum konnte er denn nicht woanders hinfahren.«

»Ist schon in Ordnung, ist schon in Ordnung.« Er streichelte ihr Haar, als wäre es irgendein köstliches, neues Gewebe, das er noch nie zuvor zwischen seinen Fingern gespürt hatte.

»Würdest du jetzt gern mit mir schlafen?«

»Natürlich.«

»Verdammt soll er sein«, sagte sie. Sie hielten einander in Abwehr ihres eigenen Grolls umschlungen.
Er begleitete sie bis zum Wagen und strich ihr dabei übers Haar. Als sie den Motor startete, strahlte ihr Gesicht von einem Lächeln reinsten Glücks. »Also, ich komm.« Er nickte wild mit dem Kopf. Einen Augenblick lang blieb sie noch bei ihm: »Dir klebt noch der Staub in jeder einzelnen Gesichtsfalte.« Er verstand, was sie meinte. »Ich weiß, mein Liebling.«
Und da wartete der Mann und sein Unglück auf ihn.
Bray ging zu ihm hinein.
Wie er so dastand, war er sich seiner Größe bewußt, dieser schweren, gesunden, muskulösen Körpermasse – seiner Unversehrtheit; es war, als schuldete er für sie eine Erklärung, als wäre sie ein Affront. Aus der Tasche seiner Buschjacke zog er eine Packung Zigaretten und hielt sie Hjalmar hin, bevor er selbst eine herausnahm.
»Hat irgendwer eine Ahnung, aus welchem Grund Asahe das nun getan hat?« sagte er.
Ein Lebenszeichen zuckte in dem abgehärmten, blonden Gesicht auf. »Er war Mittwoch abend im Hotel – sie stürmte herein und sagte, sie gehe auf eine Stunde weg. Es war wohl schon sehr spät, als sie wieder heimkam – muß es gewesen sein, denn als ich mit dem Aufräumen fertig war und schlafen ging, war sie noch immer nicht da. Dann, am Donnerstag, hat man mir gesagt, da hat sie ein paar Kleider in die Reinigung gebracht und darauf bestanden, daß sie noch am selben Tag fertig sein müßten. Und offenbar bat sie dann Timon – den Oberkellner, wissen Sie – er hatte seinen freien Tag, und sie bat ihn, die Kleider auf dem Rück-

weg aus der Stadt abzuholen. Sie wollte nicht, daß ihre Mutter davon erfuhr, verstehen Sie – also muß sie sich da schon entschlossen haben ... Am Freitag war sie völlig normal, völlig normal, nichts ... und am Nachmittag sagte sie dann, sie wolle mit ein paar Freunden übers Wochenende nach Matinga fahren, zum Staudamm. Sie ist sogar zu mir ins Büro gekommen, um mich zu bitten, ihr die Wasserski aus dem Lagerraum zu holen. Ist das noch zu glauben?« Wieder wich jeder Ausdruck aus seinem Gesicht. Unvermittelt erhob er sich, kämpfte sich aber so mühsam aus dem Stuhl hoch, daß Bray das Verlangen, seine Hände auszustrecken und ihm zu helfen, niederkämpfen mußte, so wie man sich nicht in etwas Privates einmischte, das nichts für fremde Augen war. Der Mann wanderte im Zimmer auf und ab, das Jackett hochgezogen und zerknautscht über seinen Schultern; er stockte in plötzlicher Ziellosigkeit. »Sie war mit mir im Lagerraum unten, und wir haben unter all dem Gerümpel nach den Wasserskiern gesucht. Sie fragte mich, ob ich es denn nie ausprobiert hätte, und ich antwortete ihr, daß es das zu meiner Jugendzeit noch nicht gegeben habe, und sie sagte, aber im Schnee bist du doch immer recht ordentlich Ski gefahren, und man braucht dafür dieselben Muskeln – sie sagte, eines Tages müsse ich es einfach versuchen. Sie sagte, wenn alles so an einem vorüberflitzt, dann fühlt man sich mächtig, man hat das Gefühl, daß man alles kann, was man will.« Er schüttelte heftig den Kopf, um weiterreden zu können. »Sie ist tatsächlich mit mir die Wasserski holen gegangen.«
Bray setzte sich auf den Hocker, dessen Sitzfläche die Jungen aus der Tischlerei für ihn aus in Streifen geschnit-

tenem Kuhleder hergestellt hatten. Ihm blieb nichts als Geduld anzubieten.

»Ich hab zu ihr gesagt, genau das Gefühl hätte ich in Österreich dabei gehabt. Komischerweise war es Wort für Wort der gleiche Gedanke. Und sie ging dann mit den Skiern auf ihr Zimmer, und ich hab sie nie wiedergesehen. Ich mußte in die Stadt ins Tiefkühllager, und als ich zurückkam, sagte man mir, sie sei schon unterwegs nach Matinga.«

»Sie haben sie gar nicht mehr gesehen?«

Er wurde ganz aufgeregt. »Ich meine, wir erwarteten sie für Sonntag nacht zurück, irgendwann, mehr nicht, wir haben uns nichts dabei gedacht... Und dann, am Sonntag, während ich mich gerade darum kümmere, daß die Stühle in den Garten hinausgestellt werden, da kommt Timon herauf und sagt, daß da ein Telefongespräch für mich sei. Nun, verstehen Sie... ich antwortete, soll's doch wer anders übernehmen, kannst du das denn nicht. Und da sagte er, es kommt aus Daressalam, es ist Miss Emmanuelle. Darauf erklär ich ihm: Daressalam! Aus Matinga kommt das! Ich hab mir deswegen überhaupt nicht den Kopf zerbrochen, weil ich annahm, daß sie noch eine Nacht bleiben wollte.«

»Aus Daressalam hat sie Sie angerufen?«

»Vom Flughafen aus. Zuerst hab ich es ihr nicht geglaubt. Sie hat immer wieder nur gesagt, schau, Ras und ich, wir sind in Daressalam, in ein paar Minuten fliegen wir ab nach London. Sie konnte mich nicht gut verstehen. Ich schrie hinein, aber du kannst doch hier mit ihm leben, Emmanuelle. Du brauchst doch nicht wegzulaufen. Da wurde sie wütend. Sie sagte, ob ich denn nicht kapiere, daß sie doch nicht verrückt sei – genau so hat sie sich ausgedrückt –, daß sie doch nicht verrückt sei. Ras wäre in großer Gefahr und hätte unmöglich bleiben können. Das hat sie gesagt.«

»Und die Rundfunkmeldung?«

Hjalmar saß, in sich zusammengesunken, in seinem Stuhl. »Nun, in diesem Augenblick wurden wir getrennt. Ich telefonierte, versuchte von hier aus eine Verbindung zu kriegen... und als wir endlich nach Daressalam durchkamen, waren sie schon weg. Margot wollte es nicht glauben, ständig mußte ich es ihr wiederholen, alles, was ich Ihnen jetzt erzählt habe... Sie kriegte einen hysterischen Anfall, weshalb ich sie denn nicht an den Apparat gerufen hätte. Und dann hörte Stephen in den Nachrichten, daß Asahe zusammen mit einem weißen Mädchen und so weiter – alles ohne Namen – heimlich aus dem Land geflohen sei. Nur zwei Meilen von der Stelle entfernt, wo wir im Hotel saßen, müssen sie am Nachmittag auf unserm Flughafen gewesen sein, um auf das Flugzeug zu warten. Es heißt, daß er in irgendwelche politischen Schwierigkeiten verwickelt war. Haben Sie eine Vorstellung, warum er in politischen Schwierigkeiten gesteckt haben soll?«

Bray hatte nur darauf gewartet, Hjalmar auf vernünftige Annahmen zu lenken. »Hjalmar, ehrlich, wann immer wir uns miteinander unterhalten haben, er hat mir immer den Eindruck gemacht, als würde er alles strikt unterstützen, wozu sich die Regierung einmal entschlossen hatte. Vielleicht stand er persönlich unter irgendeinem Druck, in seiner Arbeit...? Aber auch angenommen, jemand hätte versucht, ihn aus seiner Position im Rundfunk herauszudrängen, deshalb würde er doch auch nicht aus dem Land verschwinden müssen, oder?«

»Ich bin zur Polizei gegangen.« Er zuckte die Achseln. »Ich hab versucht, Roly zu erreichen, er war aber nicht in der Stadt, es war unmöglich... sie sagt immer nur, ich möchte es wissen, Wort für Wort... warum hast du mich denn nicht ans Telefon gerufen. Tag und Nacht.« Er beugte sich vor und flüsterte Bray direkt ins Gesicht: »Ich weiß nicht einmal mehr, was Emmanuelle nun am Telefon gesagt hat. Ich weiß nicht einmal, ob sie nicht vielleicht was anderes gesagt hat, ich weiß nicht, ob ich überhaupt mit ihr gesprochen habe.«

Bray tat nun etwas, von dem er noch vor einem Jahr nicht gewußt hätte, wie er es hätte anstellen sollen. Er packte Wentz fest an beiden Händen und drückte sie kurz nieder auf die Armlehnen des Sessels. »Was ist nun mit Dando...?«

Eine derartige Bestürzung bemächtigte sich des Gesichts, eine derartige Verwirrung, daß er die Frage wieder fallenließ. Der Mann hatte offenbar Reißaus genommen, ohne auf Dandos Rückkehr zu warten; hatte irgendwie alles fahrenlassen und den Halt verloren... Kein Wunder, daß Rebecca nicht gewußt hatte, was sie mit ihm anfangen sollte.

»Gut, daß sie sich London ausgesucht haben. Da werden Sie bald Nachricht von ihnen haben. In London kann man die Dinge immer irgendwie richten – Freunde, Geld, und so weiter.« Olivia. Aber auf diesen Gedanken folgte Widerwillen, einen neuen Faden zu spinnen, dieses Haus hier und Wiltshire miteinander in Verbindung zu bringen, durch Emmanuelle einen Beweis dafür zu liefern, daß es hier Leben gab, von dem man in Wiltshire nichts wußte. So als wäre das Mädchen in Emmanuelle erkennbar, die doch so anders war!

Es war unmöglich, Hjalmar Wentz Linderung zu verschaffen. Er ließ sich einfach nicht ablenken. Versuchte man es, trat Leere in sein Gesicht; im Augenblick war sein gesamtes Denken, seine gesamte Persönlichkeit von dem, was geschehen war, überwuchert. Es zerstörte ihn, war aber gleichzeitig das einzige, was ihn überhaupt noch zusammenhielt: Beim Versuch, ihn aus diesem Geflecht zu befreien, würde er auf grauenerregende Weise zerfallen.

Also war es wieder Emmanuelle; Emmanuelle und Ras Asahe; der Freitagnachmittag, und der Telefonanruf aus Daressalam Sonntag abend. An den folgenden paar Abenden saßen die drei in den alten Sesseln aus der Zeit der Kolonialverwaltung in Brays Wohnzimmer, und Hjalmar Wentz redete. Der kummervolle Ausdruck wich nun überhaupt nicht mehr aus seinem Gesicht, und die Mittelfinger der beiden Hände, die unbeweglich auf den Lehnen des abgenützten Sessels auflagen, zuckten, daß die Sehnen, bis hinauf ins Handgelenk, unter der Haut zitterten.

»Als sie mit mir in den Lagerraum ging – ich frag mich, ob sie da nicht mit mir reden wollte... hm? Vielleicht hab ich da was gesagt... und hab sie damit, ohne es zu wissen, am Reden gehindert...«

»Oh, das glaub ich nicht. Ihr beide seid so gut miteinander ausgekommen. Wenn sie was hätte sagen wollen, dann hätte sie's bestimmt getan, nicht...«

Die blauen Augen waren weiterhin forschend nach innen gerichtet. Bray nahm ihm das Glas aus der Hand, um Whisky nachzufüllen, aber Drinks halfen da nichts, nicht einmal betrunken konnte man ihn machen, er hielt das Glas und vergaß, daß es da war. »Was sollte das hei-

ßen, sie hätte ›das Gefühl, daß man alles kann‹? Ich hätte sagen sollen: was meinst du mit ›alles‹.«
Rebecca hatte Bray gesagt: »Besser für ihn, er macht uns damit verrückt, was er alles falsch gemacht zu haben glaubt, der arme Teufel – dann kommt er wenigstens nicht auf den Gedanken, wie berechnend sie war – bis hin zu der Sache mit ihren Skiern.«
Bray aber konnte einfach nicht anders, er suchte nach irgend etwas Ermutigendem, Stichhaltigem. »Hjalmar, war das, was sie getan hat, für Sie wirklich so ungewöhnlich? Sie sagen doch, wie sehr sie an diesem Mann hängt. Vielleicht fühlen Sie sich sogar selbst irgendwie für ihre Loyalität ihm gegenüber verantwortlich? Weil Sie und Margot – nun, Ihre Kinder wuchsen in einer Atmosphäre auf, in der Schwarze als Menschen angesehen wurden, deren Interessen man schützen mußte – verstehen Sie, worauf ich hinauswill? – Wenn er in schrecklicher Gefahr war (das müssen wir ihr glauben) und sie ihm bei der Flucht geholfen hat, nun... Sie selbst, damals in Deutschland, als Margot...«
Er hatte keine Ahnung, was an dieser Bemerkung für Hjalmar eine derart zerstörerische Wirkung hatte. Er sah, wie das Gesicht eines Mannes fiel, fiel, wie es von Balken zu Balken, durch Glas und Staub und die zerfetzten Lianen jener Zufluchtsstätte stürzte, die das Ritual der Diskussion errichtete, um ihn zu bergen. In der Stille, die wie eine nicht wiedergutzumachende Tat zwischen den beiden Männern lag, ertönte die Stimme Rebeccas, die, im Glauben, das Geräusch des fließenden Wassers sei lauter als sie, vor sich hin trällerte. Zu seinem Entsetzen ertappte sich Bray bei einem Lächeln. In Hjalmars Gesicht schien einzig die feine helle Haut intakt zu sein, das Knochenge-

rüst schien sich gelockert zu haben, und sein Mund stand dauernd ein wenig offen, so als litte er unter Sauerstoffmangel. Dann regte sich schwach etwas in ihm, eine Art Koordination der Augen, ein Bemerken der Existenz anderer Menschen, so als wäre sein wilder Blick auf einen undatierten Fetzen Zeitungspapier gefallen, den er zwischen Schutt und Trümmern herausgeholt hatte.

Bray begann, die Getränke und Gläser in den Garten hinauszutragen. In seiner gegenwärtigen Verfassung nahm Wentz weder den abrupten Wechsel des Gesprächsthemas noch offenbar die Sinnlosigkeit bestimmter Handlungen wahr. Er hob einen Hocker und eine Zeitung auf, stand einen Augenblick lang da, legte die Zeitung langsam nieder, hob sie wieder auf und folgte langsam hinaus zum Feigenbaum. Zu dieser Jahreszeit ließ der Staub in der Luft den Himmel nach Sonnenuntergang chiffonartig erscheinen, mattgrau und rosa, und die Atmosphäre wurde durch das von leichten, unsichtbar schwebenden Staubkörnchen reflektierte Licht gleicher Tönung noch zusätzlich verdichtet. Bray zündete die Lampe an; Hjalmar sagte: »Entschuldigen Sie, daß ich so bei Ihnen hereingeplatzt bin.«

»Das ist schon in Ordnung.«

Aber die Steifheit, mit der er sich selbst schützte, schien sonderbarerweise Wentz zu helfen, während sein teilnehmendes Mitgefühl nichts eingebracht hatte. »Nein, ich sollte nicht hier sein. Sie sollten jetzt allein sein. Ich weiß das.«

»Schon gut, Hjalmar. Letztlich sind die einzigen Geheimnisse, die man bewahrt wissen möchte, diejenigen, die man nur mit sich selber teilt – und sogar das ist ein Fehler.«

»Ich kann Ihnen nicht folgen.«
Er lächelte. »Ich glaube, ich meine die Zweifel, die einen befallen, wenn man Aspekte seiner selbst, mit denen man nicht länger leben kann, ablegt.«
»Und wenn nichts mehr übrig ist? – was tut man dann, bringt man sich dann um?« Aber die Worte gingen unter, konnten ignoriert werden, weil jetzt Rebecca erschien, duftend von dem Parfum, das er ihr in der Hauptstadt gekauft hatte, und ausrief: »Oh, gute Idee, ja, essen wir heute abend draußen. Soll ich Kalimo bitten? Hast du ein kaltes Bier für mich da?«
Am nächsten Morgen erhielt Bray im *boma* einen Anruf. Stephen Wentz: »Ist mein Vater da? – Ja, jemand hat ihn in Matoko im Bus gesehen, also dachten wir, daß er zu Ihnen gefahren sein dürfte.« »Es geht ihm soweit gut«, sagte Bray, obwohl der Sohn sich nicht danach erkundigt hatte. »Meine Schwester hat telegrafiert.« »Aus London?« »Ja, sie ist jetzt dort.« Bray rief sofort bei sich zu Hause an. Es dauerte eine Weile, bis Kalimo Wentz aufstöberte. Was tat er denn da, allein, den ganzen Tag: Offenbar saß er irgendwo im Garten herum. Schließlich war er dann am Apparat, ein zögerndes Krächzen: »Hallo...?« »Emmanuelle ist in London, sicher und wohlbehalten. Sie hat ein Telegramm geschickt – Ihr Sohn hat mich gerade angerufen.« »In Ihrem Büro?« wiederholte Wentz nervös zur Bestätigung.
»Er will mit keinem von ihnen sprechen«, erklärte Bray Rebecca, die zufällig gerade während seines Telefongesprächs in sein Büro geschlüpft war. Sie hob die Schultern, drückte – halb im Spaß – ihr Kinn zurück, so daß es zum Doppelkinn wurde, an dem er, sie neckend, mit einem Finger entlangfuhr. Frühmorgens an diesem Tag

hatte er ihr im Bett von Shinzas Vorschlag erzählt, sich an das Schweizer Büro der ILO zu wenden. Jetzt sagte sie: »Wenn du außer Landes gehst, wird man dich dann auch wieder hereinlassen?« Deswegen war sie in sein Büro gekommen.

»Warum nicht... und wenn ich tu, was er möchte... sag ich, ich fahr nach England.«

»Du fährst nach England.« Sie stand in der Tür.

»Ich fahr vielleicht überhaupt nirgendwohin. Ich weiß nicht, wie ernst ihm diese Sache ist. Ich hatte das Gefühl...« Weiter hatte er ihr nichts erzählt. Olivia hatte er immer alles erzählt. Und wie weit war er damit gekommen? So weit, daß er Olivia jetzt gar nichts mehr erzählen konnte, überhaupt nichts. Was also war die Antwort, zwischen Männern und Frauen?

Er mußte zum Haus von Malemba hinüberfahren; Sampson wollte mit ihm reden, unter vier Augen.

»Man hat mir gedroht.« Malemba wartete, bis seine Frau die zwei großen Tassen Milchtee abgestellt und sich aus dem kleinen Wohnzimmer wieder zurückgezogen hatte. Er sah peinlich berührt aus, so als hätte er eine ansteckende Krankheit zu beichten, die er sich unter kompromittierenden Umständen geholt hatte. »Man hat mir ausgerichtet, falls ich nicht die Kurse für die Ziegeleiarbeiter einstelle, dann werd ich ›eines Nachts nicht mehr nach Hause kommen‹.«

»Wer?«

»Ein Mann. Mkade – nennt sich *Commandant*, Jungpioniere. Die gleichen Leute, die vor der Gandhi-Halle eine Schlägerei vom Zaun gebrochen haben, als wir oben in der Hauptstadt waren.« – Er meinte, beim Kongreß.

»Wir werden bei Commissioner Selufu Schutz anfor-

dern. Wir gehen zusammen hin. Wir brauchen einen Zeugen dafür, daß er ihn Ihnen versprochen hat.«
In den zu diesem Zeitpunkt für die Ziegeleiarbeiter abgehaltenen Kursen ging es um elementarste Grundkenntnisse. »Wer sollte gegen so was etwas haben?« wiederholte Malemba.
»Vermutlich ist der Kurs schuld, den ich davor über Rechte der Arbeiter und die Gewerkschaften gehalten habe. Die möchten nicht, daß etwas in dieser Art noch einmal läuft.«
Selufu, der Mann mit der gebogenen Ostküstennase und Augen, die in die Falten berufsmäßiger Entschiedenheit gelegt waren, hörte unbewegt zu. »Ich glaub nicht, daß Sie sich deshalb Sorgen zu machen brauchen, Mr. Malemba, ich würde den Unsinn einfach ignorieren...«
»Diese Leute haben schon bewiesen, daß sie vor Gewaltakten nicht zurückschrecken, Commissioner – Sie wissen selbst, wie oft die Polizei eingreifen mußte, wenn sie ihre Hände im Spiel hatten«, hörte er sich kalt erwidern.
»... Aber wenn es Sie nervös macht« – ein herablassendes, sehr schnelles Lächeln an Malembas Adresse – »dann werd ich dafür sorgen, daß an den nächsten Abenden jemand bei der Halle auf Posten ist. Freilich, die Emotionen gehen hoch in der Politik – im ganzen Land gehen die Emotionen hoch, was? – und wenn Sie dann noch mit diesen Vorlesungen und Clubs anfangen und die Leute daraufhin – nun, dann ist es nur zu begreiflich, daß man Ärger kriegt, und dann sind wir – sind wir verpflichtet, Sie zu beschützen. Was können wir tun?« Er lachte mit entschlossener Liebenswürdig-

keit, und als sie aufbrachen, bemerkte er: »Und Sie, Colonel? Was war Ihre Beschwerde?«
»Das Erwachsenenbildungsprogramm leiten Malemba und ich gemeinsam, wie Sie wissen, Mr. Selufu. Mir bereitet all das Sorgen, wodurch es gefährdet werden könnte – und er.«
»Also dann, ich bin froh, daß bei Ihnen alles in Ordnung ist. Keine Probleme bei Ihren Überlandtouren. Sie bekommen es wohl nie mit diesen Störenfrieden zu tun, was – das ist gut, das ist gut. Das freut mich.«
Beim Dinner an diesem Abend brachte das Radio die Nachricht, daß Tola Tola, der Außenminister, als Anführer einer Verschwörung verhaftet worden sei, die den Sturz des Präsidenten zum Ziel gehabt habe. Mehrere »prominente Persönlichkeiten des öffentlichen Lebens« sowie zwei Parlamentarier waren in sie verwickelt, und es waren zumindest noch fünf weitere Personen verhaftet worden. Ein weiterer Verschwörer, der bekannte Rundfunk- und Fernsehjournalist Mr. Erasmus Nomakile »Ras« Asahe, war offenbar in der Woche davor aus dem Land geflohen. Hjalmar Wentz hörte dem zu, benommen wie ein Gefangener, den man aus seiner Zelle heraufgeholt hat, um ihm sein Urteil zu verkünden. Rebecca starrte Bray an. Eine nervöse Erregung, die ihn zum Lachen reizte, überkam ihn. Tola Tola! Kalimo kam herein, um die Suppenteller abzutragen, und schnalzte mißbilligend mit der Zunge, weil sie noch nicht leer waren. Hjalmar nahm seinen Löffel und begann zu essen.
Dann aßen sie alle. Bray läutete nach Kalimo. »Also, wir wissen gar nichts, Hjalmar, nichts wissen wir.«
»Tola Tola«, sagte Hjalmar und räusperte sich. »Hat er was mit Edward Shinza zu tun?«

»Ganz offensichtlich nicht! Das muß der Versuch eines Coups des rechten Flügels gewesen sein.«
»In meinen Augen war Asahe immer so ein eitler Bursche«, sagte Hjalmar. Aber das war sein einziger Kommentar zur politischen Sensation. Emmanuelle war fort; öffentliche Enthüllungen fügten dem weder etwas hinzu, noch zogen sie davon etwas ab. Rebecca machte ein schüchternes Angebot: »Wenigstens haben sie Sie nicht hineingezogen.« Und Bray fügte dem hinzu: »Nein, das ist gut – sieht so aus, als würde es keine Schwierigkeiten geben«, womit er sagen wollte, daß Wentz nicht unter dem Verdacht, in die Asahe-Affäre verwickelt zu sein, zu leiden haben würde. Sicherlich würde Roly zumindest dafür sorgen. Hjalmar machte keinerlei Andeutung, daß er etwa mit seiner Frau telefonieren oder nach Hause fahren wollte. Nach dem Dinner trank er mit Bray einen Brandy und ging dann früh zu Bett; unter dem Feigenbaum sitzend sahen sie, wie er die Vorhänge vor das Licht zog, das aus seinem Zimmer drang.
Sie machten einen Spaziergang durch den Garten – eine stickig-heiße, mondlose Nacht – und redeten, nah beieinander, und doch kaum in der Lage, einander zwischen den Büschen zu erkennen, immer weiter. Schließlich fanden sie sich im »Rough« des Golfkurses – aber in der Nacht zog sich die für die Kolonialherren gezähmte und getrimmte Landschaft zurück in den Busch, wurde Teil der tiefschwarzen Dunkelheit, in der nichts außer dem Zentrum der kleinen Stadt (kraftloses Licht in der Höhlung einer riesigen, dunklen Hand) von der Savanne und dem Urwald unterscheidbar war, die sich unter der aufbrausenden Lärmdecke von Millionen Insekten in Millionen Bäumen nach allen Richtungen hin erstreckten. Shinza,

Mweta und sie beide, die tastend zwischen den Umrissen der Büsche herumwanderten; Tola Tola, Ras Asahe.
»Glaubst du, daß Ras sie eingeweiht hatte?« sagte Rebecca.
»Oh, das bezweifle ich.«
»Sie ist so intelligent. Ich hatte bei ihr immer das Gefühl, sie wußte genau, was man gerade dachte.«
»Ich würde gern wissen, ob das ein Anschlag der Mso war oder ob Tola Tola es sozusagen in Eigenregie versucht hat – ich meine, man hat ihn immer zum Lager der Mso gezählt, Mweta hat ihm das Außenministerium aufgrund des ehemaligen Wahlabkommens mit ihnen übertragen. Das werden wir erst dann herausfinden, wenn sie die Namen der anderen veröffentlichen... Die Eltern und Verwandten von Ras, das sind gestandene Gala, PIP-Anhänger noch von der alten Garde – aber den alten Asahe hat er verachtet... intelligent wäre sie, wenn sie immer gewußt hat, was *er* gerade dachte. Dabei fällt mir ein, Neil hat im Gespräch erwähnt, daß Tola Tola kein geborener Mso sei.«
»Jetzt wird's eine richtige Hexenjagd geben. Keiner wird auch nur einen Schritt machen können, ohne daß man ihn filzt.« Manchmal war ihre Art sich auszudrücken ein unbewußtes Echo Gordons, ihres Mannes; irgendwo, weit weg, durch zweitausend Meilen Dunkelheit von ihnen getrennt, war auch er da, das von seinem guten Aussehen überzeugte Männchen mit seinem Seidenschal.
»Das weiß ich nicht. Nichts gibt den Leuten ein größeres Gefühl von Sicherheit, als eine Verschwörung aufgedeckt und die Schuldigen bestraft zu haben. Mit einem Mal nimmt die Angst Gesicht und Namen an und wird bekämpft.«

Vielleicht würde die Aufmerksamkeit eine Zeitlang von Shinza abgelenkt sein; wer konnte das wissen? Während er sich mit ihr durch die Dunkelheit vorwärts bewegte, war er sich bewußt, wie seine Annahmen sich eine in die andere auflösten. Sie kamen an ein Wasserauge, der Glanz von schwarzer Seide; etwas stürzte hinein und zerteilte es geräuschvoll – ein Leguan? Hier, unter verlorengegangenen Golfbällen, hielten sich diese Tiere hartnäckig – unbeholfene Überreste aus vorgeschichtlichen Zeiten, die ihre Harmlosigkeit hinter dem Aussehen von Alligatoren verbargen – einmal war ihm einer über den Weg gelaufen, und als er das, ohne sich dabei etwas zu denken, gegenüber Kalimo erwähnte, hatte dieser das Ding eingefangen und verspeist.

»Willst du damit sagen, daß du trotzdem in die Schweiz fährst?«

Unter seiner Hand spürte er die beredte Bewegung ihrer Hüfte. »Komm mit mir. Wir versuchen's mit einem anderen See.«

»Wie würd ich wieder zurückkommen?«

Das stimmte natürlich – sie streiften da keineswegs völlig frei und unbemerkt in der Dunkelheit herum; trat sie aus dem Schutz der akzeptierten Rechtfertigung für die Notwendigkeit ihres Verbleibens im Lande einmal heraus, dann gab es für sie kein Zurück zu diesem Leben. Es existierte nur hier.

Das Haus, in dem er mit ihr lebte, lag im Dunkel, tief unter dem großen Baum. Es wirkte verlassen, und unter ihm hatte der Urwald bereits seine Wurzeln geschlagen. Sie gingen hinein und unterhielten sich wieder über Tola Tola. Er war zu sehr in Gedanken, um an die Liebe zu denken, aber während sie leise im Badezimmer umherging (um Hjalmar auf der anderen Seite des Flures nicht zu stören), machte sich sein ganzer, aufs Bett hingeworfener Körper von selbst für sie bereit; als sie hereinkam, sah sie es. Und so drang er wieder ein, in den wilden Genuß, der in ihr war, während die Fledermäuse auf dem Feigenbaum die Dunkelheit mit ihren nadelspitzen Schreien durchbohrten.

Irgendwann in der Nacht war er für ein paar Augenblikke hellwach. Warum war er mit Sampson zu Selufu gegangen? Er und Sampson führten beim Polizei-Commissioner Beschwerde; der Commissioner stellte einen Mann für die Gandhi-Halle ab. Eine Reihe reiner Formalakte; was sein muß, muß sein. Laut welchem Kodex? Und wenn Malemba nun tatsächlich umgebracht werden sollte? In einem Dutzend x-beliebiger Hinterhalte in der Umgebung des Township konnte er erstochen werden; vor seiner eigenen Gartentür... *Das war noch immer etwas, das sie einfach nicht glauben konnten;* wir – ich richte mein Verhalten immer noch nach einem eigenen Satz von Konventionen, die der Situation nicht mehr entsprechen. Gibt keine gefährlichere Art von Selbsttäuschung als diese. Selufu wird – kann – den Jungpionieren keinen bindenden Befehl geben. Dafür gibt es keinen Befehl. Ein Polizist vor der Gandhi-Halle, das war das perfekte Symbol für einen bedeutungslos gewordenen moralischen Rückhalt. Es gab nun keinen Ort auf der Erde mehr, wo *Satyagraha* – bereits in Polarisierung zu Gewalttätigkeit, sobald man den Begriff mit Gewaltlosigkeit übersetzte – jene Basis einer Übereinkunft von Achtung vor dem menschlichen Leben vorfand, von der seine Effektivität abhing.

Wer kann Malemba schützen? Mweta, der in einer Kehrtwendung von Shinza abließ, weil er sich gegen Tola Tola verteidigen mußte, hatte nichts Besseres anzubieten als den Polizisten Selufus, der um die Gandhi-Halle seine Runde machte. Und Shinza besaß keine Macht, die Art von Sicherheit zu bieten, die er versprochen hatte – nachdem…

Malemba braucht eine Pistole, er muß nachts eine Pistole tragen.

Am Morgen war das Dringliche dieses Blitzes nächtlicher Ruhelosigkeit, der sein Gehirn zwischen Dunkelheit und Dunkelheit erhellt hatte, neben dem Tageslicht blaß geworden. Es war Samstag; Rebecca fuhr früh in die »Stadt«, um irgendwelche Einkäufe zu erledigen, und er trödelte unter dem Baum am Frühstückstisch, bis sie mit der Briefpost und den Zeitungen, derentwegen sie im *boma* vorbeigeschaut hatte, zurückkehrte – obwohl die Büros geschlossen waren, fand sich immer wer, der den Briefkasten leerte. Eine der Zeitungen aus Übersee brachte mehr über die Tola-Tola-Affäre als die lokalen Blätter zusammengenommen; sie lasen bei einer Kanne frischgekochten Kaffees, als Hjalmar – schlafwandlerisch wie jeden Morgen – auftauchte; offensichtlich nahm er starke Schlafpulver. Sie erwähnten ihm gegenüber nichts von Tola Tola; sollte er doch ruhig in diesem nachtwandlerischen Zustand, in dem er in streng abgezirkelten Schritten zwischen Küche und Frühstückstisch hin und her ging, herumtrödeln – vielleicht als eine Art unbewußten Zeichens dafür, wie peinlich es ihm war, daß er weiterhin dablieb, hatte er einen gewissen Widerwillen gegen das Bedientwerden entwickelt.

Bray war mit seinem Frühstück schon fertig; Rebecca leistete dem Gast Gesellschaft. Er hatte die ganze Nacht geträumt – »Deshalb bin ich heute früh auch so müde… ein Käfer lag auf seinem Rücken auf dem Boden und brummte die ganze Zeit.«

»Im Traum?« Weil Hjalmars Anwesenheit Rebecca störte, war sie ihm gegenüber immer ganz besonders aufmerksam.

»Nein… im Zimmer, auf dem Boden. Ich hörte ihn schon, als ich das Licht ausdrehte. Und jedesmal, wenn ich gerade eingeschlafen war, wachte ich wieder auf und merkte, daß er noch immer dort auf dem Rücken lag. Dauernd dachte ich, er liegt auf dem Rücken, er kommt nicht auf die Beine, ich muß ihn umdrehen. Armer Teufel…« Bray lächelte einen Augenblick lang über Zeitungsrand und Brillenrand hinweg, und so wandte er sich an ihn – »Und dann stand ich auf und drehte das Licht an und fand ihn und nahm den Pantoffel und schlug ihn tot.« Unverwandt starrte er zuerst Bray, dann das Mädchen an, so als erwartete er von ihnen eine Erklärung. Sie zögerten, Bray lachte nachsichtig, sie ebenfalls.

»Essen Sie doch den Rest vom Rührei auf«, sagte sie. Sie lasen wieder, und Hjalmar nahm desinteressiert den Feuilletonteil einer englischen Zeitung auf.

Rebecca ging sich die Haare waschen, wobei sie mit ihrer Hand in einer jener rituellen Gesten durch diese hinauffuhr, die die Fürsorge signalisieren, mit der Frauen ihren Körper pflegen.

»Wilhelm Reich ist bei den Studenten wieder in Mode… Hier steht, daß seine Frau ein Buch über ihn geschrieben hat. Zu meiner Jugendzeit in Deutschland, da war er unser Prophet… aber während wir noch die sexuelle Revolution als einen Bruch mit dem Autoritarismus der vaterdominierten Familie diskutierten, küßten andere schon die Füße von Vater Hitler und Vater Stalin. – Was sollen unsere demokratischen Ideen, wenn wir wissen, daß der Wille der Mehrheit so oft selbstzerstörerisch gewesen ist…?«

»Freilich tendiert man immer dazu, alles aus dem Gesichtswinkel jener Welt zu sehen, in der man gerade lebt… finde ich…«, sagte Bray. »Was hätte Reich denn wohl vom Autoritarismus dieses Kontinents gehalten – die sexuelle Basis, die seine Theorie für den Autoritarismus reklamiert, die fehlt in afrikanischen Gesellschaften einfach, ihr Sexualleben war immer auf eine Weise geregelt, daß Triebbefriedigung für jedermann verfügbar ist, sobald er physisch soweit ist.«

Aber der Funke von Wentz' Interesse war schon wieder erloschen; pflichtschuldig blätterte er die Seiten um, faltete die Zeitung zusammen und legte sie weg.

»Armer Teufel. Erst als ich wieder im Bett war, wurde mir bewußt, daß ich ihn totgeschlagen hatte«, sagte er. »Ich hab ihn unterm Pantoffel zerquetscht – wissen Sie, diese Käfer, die haben einen harten Panzer, aber er läßt sich leicht zerquetschen. Und dabei war ich bloß aus dem Bett gestiegen, um dem Lärm ein Ende zu machen, um ihn umzudrehen und dem sinnlosen Kampf ein Ende zu machen.«

Außer den Zeitungen und der übrigen Post war da noch ein Brief von Olivia. Bray hatte ihn liegenlassen, obwohl er ihm sofort ins Auge gesprungen war, als das Mädchen das Bündel hingelegt hatte – eine Sekunde lang hatte er unter ihrer beider Augen dagelegen, während er schon damit begonnen hatte, die Banderolen von den Zeitungen herunterzureißen. Jetzt öffnete er ihn.

»Ich meine, auf dem Rücken zu liegen, Stunde um Stunde auf dem Fußboden.«
Die Züge der großen, wohlgeformten und wohlerzogenen Handschrift bedeckten die dünnen Blätter, ohne daß auch nur ein Wort durchgestrichen gewesen wäre – die Hochzeit eines Sohnes irgendwelcher alten Freunde, Venetias neues Auto, die Konferenz der Labour Party in Brighton – *Ich saß da und sah fern, während Du in dem Rauch und der Hitze von Shinzas Schlacht mit Mweta warst. Daß man gerade das Kino der Joosabs ausgesucht hat – erinnerst Du Dich noch, wie es unmittelbar vor unserem Weggang eröffnet wurde und wie diese kleinen Inderinnen allen weißen Frauen Hibiskusgirlanden voller Ameisen umhängten, so daß wir uns während all der Ansprachen höflich und versteckt kratzten...*
»Ein Zeichen von Schwäche. Es ist tödlich, Schwäche zu zeigen. Sie wirft mir Schwäche vor. Sie sagt, ich hätte den Kindern gegenüber keine Autorität. Aber sich selbst gibt sie ebenfalls Schuld. Wissen Sie, wofür?« Hjalmar setzte jetzt ein schwaches Lächeln auf, vollständig hilflos. »Wissen Sie, was Margot gesagt hat?«
Sein Blick folgte Olivias Zeilen, während er Hjalmar zuhörte... *Dein Leben ist jetzt so viel interessanter... meine armseligen, langweiligen Neuigkeiten... Manchmal mach ich mir Sorgen. Ich frage mich, an welchem Punkt wir wieder anfangen werden. Natürlich hätte ich kommen sollen, aber die Tatsache, daß ich's nicht getan habe... zeigt, daß es für uns nicht möglich war.*
»Sie sagte, ich geb mir selbst schuld. Ein jüdischer Vater hätte gegenüber seiner Tochter Autorität bewiesen. Er hätte dafür gesorgt, daß sie eine entsprechende musikalische Ausbildung erhalten hätte. Er hätte für das Leben

seiner Kinder eine bessere Umgebung gefunden, anstatt sie hier zu begraben. Ein Jude hätte es besser gemacht.«
Wieder dieses Rinnsal aus schwächlichem Gekicher, das das betretene Schweigen unterbrach. »Ich weiß, ich bin nicht ganz in Ordnung. Aber es ist wahr – das hat sie gesagt.« Das entsetzliche, hilflose Lachen verwandelte sich jäh in eine tiefbestürzte Entschuldigung – nicht für seine Person, sondern für seine Frau.
»Arme Margot«, sagte Bray.
»Ich hab sämtliche Schlüssel zurückgelassen, ich hab den Lieferwagen vor der Bar abgestellt und bin mit meinen Sachen zur Hauptstraße gegangen. Sie kam gerade mit einer Vase voll Blumen in den Eingang und hat beobachtet, wie ich die Schlüssel hinlegte.«
Manchmal mach ich mir Sorgen – er übersprang die Zeilen, die er davor schon gelesen hatte – *daß es Dir jetzt in Wiltshire langweilig werden könnte. Und dabei ist das Haus jetzt so schön. Ich hänge immer mehr daran. Es kommt mir vor, als wäre es die einzige wirkliche Heimat, die ich jemals gehabt habe – Dargler's End nicht ausgeschlossen.* – Ihr Vaterhaus. Olivia gehörte zu jenen Menschen, deren Kindheit so glücklich gewesen war, daß sie niemals in einen Zustand der Unsicherheit fallen können, was immer sie zu erleiden haben mögen.
»Also werfen Sie mich nicht raus?«
»Sie bleiben, Hjalmar.«
»Man kommt mit so etwas nicht einfach heraus – von heute auf morgen«, sagte Wentz. »Das muß ihr schon seit Jahren im Kopf herumgegangen sein, nicht?«
Rebecca erschien auf der Bildfläche, ihr nasses Haar auf die gleiche Weise gekämmt wie an dem Tag, als sie zum

ersten Mal zum Haus herübergekommen war, nur daß es jetzt lang war. Er erhob sich seltsam umständlich und förmlich, in der Hand den Brief seiner Frau, und zum ersten Mal berührte er Rebecca in Hjalmar Wentz' Beisein, hob ihr nasses Haar und küßte sie auf die Wange. »Ich muß zu Malemba.« Sie setzte sich mit einer Näharbeit zu Hjalmar in die Sonne; es war ein Kleid für ihre kleine Tochter, und eine Sekunde lang lag es in ihrem Schoß da – unter ihren Augen und denen Brays, ganz so wie vorher der Brief.

Rebecca und Hjalmar winkten; er fuhr die Straße hinunter davon. Der älteste Junge Malembas füllte gerade die Risse, die im Boden der Veranda entstanden waren, mit Mörtel aus, und die jüngeren Kinder standen herum und warteten nur auf eine Gelegenheit, ihm ins Handwerk zu pfuschen. Sampson wartete immer noch auf das Haus, das man ihm bei seiner Ernennung zum Bildungsbeauftragten der Provinz versprochen hatte; Bray hatte oft gemeint, die Malembas sollten das Haus bewohnen, das *ihm* zur Verfügung gestellt worden war, aber Sampson, bei dem Höflichkeit prinzipiell vor Recht ging, wollte nichts davon hören. Sampson führte ihn in das kleine Wohnzimmer mit seinen eingerahmten Schulabgangszeugnissen und dem Kaffeetisch vor dem Sofa mit dem palettenförmigen Plastiküberzug. Er sagte: »Sampson, ich bin der Meinung, Sie sollten nachts immer eine Pistole bei sich haben. Etwas, womit Sie jeden abschrecken könnten.«

Malemba sagte: »Ist schon in Ordnung. Mein Vetter begleitet mich jetzt die ganze Zeit.«

»Ah, das freut mich aber. Glauben Sie, daß ihr auf euch aufpassen könnt?«

»Er ist ein Mann, der immer ein Messer bei sich trägt.« Sampson saß mit schwer zwischen den Knien baumelnden Händen da, so als verleugnete er im voraus, was sie anrichten mochten.
Leben füllte die Straßen des Township wie einen Markt am Samstagvormittag. Kinder, Fahrräder, gemütlich schlendernde Müßiggänger – der Wagen wurde zwischen alledem mehr dahingetragen, als daß er vorwärts kam. Bray kaufte eine Tüte aus Zeitungspapier mit Erdnüssen darin (für die Kinder der Tlumes; er und Rebecca waren zum Lunch bei ihnen eingeladen), und während er und der Händler die Transaktion abschlossen, schob sich ein Kopf durch das Wagenfenster an der anderen Seite – ein junger Mann, Tojo Wanje, der in Brays Abendkursen durch Aufmerksamkeit und Argumentierfreudigkeit aufgefallen war. Sie gingen in die King Cole Bar an der Ecke. Tojo trug durchsichtige, ausgetretene Plastiksandalen mit zerrissenen Riemen, eine azurblaue Sonnenbrille in der Form von Windschutzscheiben und benutzte eine zusammengefaltete Zeitung dazu, dem, was er sagte, Nachdruck zu verleihen. »Dieser Tola Tola, was will denn der? Was will denn der?« Er hatte eine Art zu lachen – Kopf hoch, Mund auf, überschäumend vor Lebensfreude. »Ich weiß es nicht – glauben Sie, daß es die Mso sind?« »Diese Zeitungen! Ich erfahre nichts daraus!« »Nein, aber – ich glaube, man gibt denen nicht viel Informationen. Oder man verbietet ihnen, das zu verwenden, was sie wissen.« »Warum muß ich dann aber Sixpence dafür hinlegen? Da kauf ich mir lieber ein Bier.« Bray brachte zwei weitere Flaschen, und der junge Mann, ein Vorarbeiter in den Ziegeleien, berichtete, daß es am Tag davor, dem Zahltag, zu Tätlichkeiten gekom-

men war. »Diese Leute, wir sagen Big Backs zu ihnen – die sind stark, wissen Sie, die müssen die ganze Zeit die Lastwagen mit Säcken beladen. Man hat erst diese Woche zwei neue Männer eingestellt, und wir warteten vor dem Lohnbüro, als die Big Backs einen Streit vom Zaun brachen – haben von den neuen Männern verlangt, daß sie ihre Ausweise herzeigen. Also zeigen sie ihre Gewerkschaftsausweise, aber Parteiausweise haben sie keine. Also wurden sie verdroschen. Ich weiß nicht. Ihr Geld war weg, sie lagen am Boden und kriegten Fußtritte ab. Daraufhin haben wir uns bei der Gewerkschaft beschwert – ich hab selbst dort gesagt, wer sind diese Bullen, diese Schultern ohne Gehirn – oh, ich glaub, ich reiß in Zukunft mein Maul besser nicht so weit auf!« Und vergnügt brach er in brüllendes Gelächter aus. »Aber die ganze Zeit Streit, nichts als Streit. – Sie sind überhaupt nicht daran interessiert, die Produktion zu steigern«, fügte er hinzu, um zu beweisen, daß der Unterricht bei ihm nicht umsonst gewesen war.

Zuerst sah es so aus, als wollte man Tola Tola nicht sofort vor Gericht stellen; schließlich war er gemäß des Vorbeugehaftgesetzes in Gewahrsam, und theoretisch konnte er auf immer und ewig eingesperrt bleiben – zumindest aber bis das Gesetz nach Ablauf der Jahresfrist neu überprüft wurde, wie es Dando im Entwurf vorgesehen hatte. Der Streit um höhere Löhne im Bergbau war nicht beigelegt worden, und eine zweiwöchige »Abkühlfrist«, für die die Gewerkschaften von den Minenarbeitern irgendwie die Zustimmung bekommen hatten, wurde durch einen wilden Streik unterbrochen. Man glaubte, es handle sich um ein eintägiges Scheingefecht, am folgenden Tag aber kamen bestimmte Gruppen von Arbeitern nicht an ihre Arbeitsplätze zurück, und so schleppte er sich, noch kompliziert durch interne Diskussionen zwischen einerseits Bergarbeitergewerkschaften und Kumpeln und andererseits zwischen den Kumpeln untereinander, dahin.

»Es rutscht auf die Ebene von Bandenkriegen runter«, stellte Bray eines Abends bei den Tlumes fest. »Eine Möglichkeit mehr für die Weißen unten im Süden, zu behaupten, die Schwarzen könnten einfach mit den Stammesfehden nicht fertig werden.«

»Richtig, aber das ist unser eigener Fehler«, sagte Nongwaye und runzelte vor Vernunft die Stirn. »Es sind *tatsächlich* die Gala und die Mso, die sich gegenseitig die Schädel einschlagen.«

»Sie gehen aufeinander los, weil sie frustriert sind, daß die Gewerkschaften die Kontrolle verloren haben. Die Gewerkschaften hängen zwischen Regierung und Kumpeln in der Luft. Beiden Seiten haben sie Versprechungen gemacht, die sie nicht einlösen können.«

»Und so lassen die idiotischen Gala ihre Wut an den Mso aus.« Nongwaye war selbst ein Gala, und er redete so, als handelte es sich um einen Familienfehler.

»Niemand versteht was, außer von Stammesfehden«, sagte Hjalmar. Er, Bray und das Mädchen waren einander so nahe gekommen, daß sie ihren nackten Arm halb komisch, halb tröstend um seine Schulter legen und diese drücken konnte. Und so schwächlich seine Bemerkung auch war, sie schien fast eine Selbstironie zu sein.

Wahrscheinlich wegen der Streiksituation zeigten Mweta und Justin Chekwe keinerlei Eile, einen politischen Prozeß einzuleiten. Wenn die Leute schon streitlustig waren, dann brachte ein politischer Prozeß bestimmt zusätzlichen Zündstoff, der von den verschiedenen Richtungen genutzt werden konnte. Ganz andersartige Beschwerden konnten durch solch einen Prozeß bestätigt werden, auch wenn sie mit ihm nichts zu tun hatten. Auf jeden Fall würde er die allgemeine Unzufriedenheit und Widerspenstigkeit anheizen. Aber der Streik wuchs und weitete sich auch so aus, wobei zwei Aspekte des Streiks auf jeden Fall in einem dritten zusammenwuchsen: Was immer die Bergarbeiter auch taten, statt zu arbeiten – ob sie nun streikten oder untereinander über den Streik stritten –, die Minen konnten ohne sie nicht arbeiten. Kaum später als von Shinza vorhergesagt, waren sämtliche Goldminen lahmgelegt, und ihnen folgten die Kohlengruben, die Eisenerz- und Bauxitminen. In den Goldminen nahe der Hauptstadt setzte die Konzernarmee Tränengas und Knüppel ein, um einen riesigen Zug von Bergarbeitern, die auf die Residenz des Präsidenten zusteuerten, zu zerstreuen. Das Minenkrankenhaus und die Spitäler der Hauptstadt waren voll von Leuten, die unter einer zeitweisen Erblindung durch Tränengas litten. Vivien Bayley schrieb: »... beim verdammten Albert Tola Tola können wir uns bedanken. Wir wissen, daß er seine kleine Pleite mit dem Schlachtruf angezettelt hat, Mweta sei nicht stark genug, um die Gewerkschaften und Shinza niederzuhalten. Jetzt läßt Mweta die Art von Muskeln spielen, die sie sich wünschten. Warum hat er sich bloß nicht auf seinen Balkon gestellt, um mit ihnen zu reden? Die hatten nicht einmal Steine. Selbst Neil sagt, daß das die letzte Chance war. Sie sind nicht deshalb gekommen, weil sie ihn umbringen wollten, sie sind gekommen, um mit *ihm* zu reden, weil sie nicht mit Chekwe und seiner Bande reden wollen. Hjalmar hat recht daran getan, vor Margots Zorn zu fliehen und nicht auf den Zorn des Big Boss und des Konzerns zu warten, der über dieser Stadt niedergegangen ist (sag ihm nicht, daß ich das gesagt hab). Ich hab jedenfalls meinen Bürgerkriegstornister gepackt.«

Es stimmte, am Tag vor der Eröffnung des Prozesses gegen Tola Tola und Mitangeklagte (seine Ankündigung kam überraschend: vielleicht war Dando energisch geworden, hatte sich halsstarrig gegen Chekwe gewehrt, als es um seinen kleinen Anteil an der Herrschaft des Rechts ging?) ließ Mweta dreiundzwanzig Gewerkschafter verhaften. »So muß man's machen«, Aleke ließ sich in seinen großen Bürosessel zurückfallen und preßte grinsend sein Kinn gegen die Brust. »Selufu behauptet, es gab da noch ein paar andere. Und nun erwartet er, daß er das Okay kriegt, damit er ein paar Leute von hier hinter Schloß und Riegel bringen kann, ohne die wir im Augenblick gut auskommen könnten.«

»Was hat ihn denn daran gehindert? Wenn es bei der Eisenerzmine irgendwelche Krawalle gegeben hätte, hätte er die Leute doch verhaftet – aber die Streikenden scheinen dort einen klareren Kopf zu behalten als an den meisten anderen Orten.«

»Eigentlich handelt es sich bei den Leuten, an die er denkt, gar nicht um Streikende – es sind ein paar von diesen oberschlauen Burschen hier in der Stadt. Vorbeugen ist besser als heilen. Aber seit Sie Lebaliso damals bei seinem Fehltritt erwischt haben, sind alle hier immer äußerst vorsichtig gewesen.« Er lachte gutmütig über Selufus Schwierigkeiten.

»Ach das.«

»Haben Sie das etwa vergessen?« Aleke erinnerte damit

eher daran, wie Lebaliso elegant von der Bühne entfernt worden war, als an den Jungen und seinen von Narben gezeichneten Rücken.
»Nein, ich nicht, aber alle anderen. Selufu braucht sich keine Sorgen zu machen.«
»Oh, er ist ehrgeizig, dieser Selufu. Das ist ein kluger Junge. Dem tanzt keiner auf der Nase herum.«
»Ich hoffe, er wird seine Tatkraft dazu gebrauchen, sich die Leute vorzuknöpfen, die Sampson bedroht haben.«
Zumindest war es Selufu bisher gelungen zu verhindern, daß die Jungpioniere aus Gala den Streik in der Eisenerzmine auch diesmal auf ihre Art »beilegten«; er hatte offenbar Polizeisperren errichtet, die sämtliche Fahrzeuge und Fußgänger kontrollierten, die auf dem Weg von und zu der Mine beziehungsweise der Siedlung waren. Das würde die Dinge freilich auch für Shinza erschweren – und für sämtliche seiner Leute von außerhalb, die mit den Streikenden zusammenarbeiteten; aber Shinzas Leute saßen als Arbeiterführer offenbar derart fest in ihren Sätteln, daß das möglicherweise nebensächlich war. Und Shinza? Sein »Hauptquartier« auf Boxers Ranch lag unmittelbar neben der Mine. – Shinza war wahrscheinlich Meilen entfernt in irgendeinem anderen Teil des Landes, wenn nicht sogar jenseits der Grenze. Wenn er Shinza jetzt zu sehen wünschte – ihr alter, vereinbarter Treffpunkt war unmöglich geworden.
Mweta hielt eine rachsüchtige Fernsehrede; eine Fliege krabbelte und hockte – von den Kameras aufgeblasen, haarig unscharf – über dem wundervollen Lächeln, das zu einem aggressiven Mund geworden war. Im heißen, verdunkelten Wohnzimmer der Tlumes fiel der Ton ei-

nen Augenblick lang aus, und die weißen Zähne schienen nach der Fliege zu schnappen... Dann war die Stimme wieder da: Er sei »mit seiner Geduld am Ende«, würde »das Gewürm zertreten«, »die dreckigen Lumpen verbrennen, die die schmutzige Subversion trugen«. In aller Öffentlichkeit sprach er von der Tola-Tola-Affäre, obwohl diese *sub judice* stand. Über das ganze Land wurde der Notstand verhängt; in der Hauptstadt gab es eine Sperrstunde. Ein Interview mit dem Aufsichtsratsvorsitzenden des Konzerns – offenbar eine Erklärung, auf die man sich nach Konsultationen zwischen der Regierung und dem Konzern geeinigt hatte – füllte in den Zeitungen eine ganze Seite. Der Streik habe den Aussichten des Landes auf Hilfe und Investitionen von ausländischer Seite bereits einen »Schaden unabsehbaren Ausmaßes« zugefügt. Das Land solle sich nicht »irreführen lassen und glauben, daß es nur um den Verlust von Investitionen von privater Seite« gehe, »von denen man den Menschen zu ihrer Beruhigung weismachen will, es handle sich bei ihnen um ›ökonomischen Imperialismus‹, ›Ausbeutung‹ oder andere Reizworte kommunistischer Propaganda«. Internationale Finanzhilfeorganisationen, ohne die, wie er betonen wolle, keines – *keines* – der bedeutenden Entwicklungsprojekte durchgeführt werden könne, stützten sich bei der Vergabe von Geldern sehr auf die Berichte der Industrie über die gesellschaftliche Stabilität eines Landes. (Sprach er von seinem Draht zur Weltbank?)... Der Konzern, der bei der Entwicklung der Wirtschaft dieses Staates entscheidend mitgewirkt und sie zu einer der gesündesten in ganz Afrika gemacht habe, wolle in jeder erdenklichen Weise kooperieren (mehr Leute für ihre Privatarmee anheuern, mehr Ge-

wehre kaufen?), um gemeinsam mit Präsident Mweta den Arbeitsfrieden und die Prosperität wiederherzustellen.
Sie hörten sich jede Nachrichtensendung in stummer Konzentration an. Bei den Mahlzeiten: nicht das Klappern eines Löffels. In den stickigen Nächten unterm Feigenbaum, wenn Bray und Hjalmar ihre Hemden ausgezogen hatten, verrieten nur die undeutlich blassen Kleckse ihrer Oberkörper, daß sie und das Mädchen da waren. Im Badezimmer mit dem kleinen Transistorradio auf dem Fenstersims, während er sich rasierte und sie reglos in der Wanne lag (unterseeische Landschaft, weißer Fleischfelsen, Gärtchen aus dunklem Seekraut, sich festklammernde Brustwarzenschnecken; an ihnen war er, Angesicht in Angesicht mit einem anderen Mann, heraufgetrieben); einmal hatte er sogar in der Bar des Fisheagle Inn zwischen den weißen Männern, die ihre Unterhaltung unterbrochen und nach vorne gestarrt hatten, während der Ventilator Schauer von Luftströmen über ihre schwitzenden Stirnen jagte, die Stimme gehört und gewartet, daß sie aufhören möge. *Gewartet, daß sie aufhören möge.* Die Geschäftsinhaber und die weißen Ortsansässigen zeigten in den Geschäften der Weißen an der Hauptstraße dasselbe Gehabe; im Sinne des üblichen Klischees ordnete man das, was im Land passierte, unter dem Oberbegriff »Ärger zwischen Eingeborenen« ein, der einen zwar beunruhigte, mit Sicherheit aber schnell ausgetreten, beendet wurde und ebenso unbegreiflich verschwinden würde, wie er gekommen war (»die« wußten selbst nicht, worum es ging, wußten ja nie, was sie wollten). Beendet werden von wem? Verschwinden – wohin? Ihre lange Isolation als Siedler unter den Maha-

gonibäumen dieses abgeschiedenen Gebietes war keine gute Schule für die Entwicklung ihrer logischen Fähigkeiten gewesen. Ihr Verstand sagte ihnen, daß dies nun ein fremdes Land war (eine Kolonie gehört den Kolonialisten, nicht den Bewohnern, von denen sie sich bedienen lassen), aber ihre Gefühle weigerten sich, das nachzuvollziehen, was ihr Verstand sagte. Irgendwer in der Bar des Fisheagle ließ eine Bemerkung über Mweta fallen: »Wie üblich wird Sir Reginald den Saustall für ihn ausmisten müssen«, und schon gingen sie allesamt wieder zurück zu ihrem Gin, ihrem kalten Bier und ihren Wochenend-Golfpartien. Bray, der jetzt sein eigenes Bier leerte, empfand (nach einem Nicken von einem oder zwei Köpfen alleine zurückgelassen) keinen Haß oder echten Ekel, sondern eher schon jene Art halbdesinteressierten Unglaubens, nicht zu leugnender, stillschweigender Kenntnisnahme, mit der man wieder vor einer Institution steht – Schule, Kaserne – und wieder den Geruch der Korridore riecht und am schwarzen Brett wieder die immergleichen eselsohrigen Nachrichten sieht. Hier war er gewesen; der Hautfarbe und dem Schnitt seines Gesichtes nach war er einer von diesen Leuten.

Diese tagtägliche Abhängigkeit von den orakelhaften Durchsagen aus dem Radio hob die üblichen Abstimmungen über Beschlüsse, die üblichen Gemütsverfassungen und Handlungen auf, mit denen das Leben – Handgriff um Handgriff – genommen und zurückgelassen wird. Jeden Mittag wartete man darauf zu hören, was am Morgen passiert war; jeden Abend wartete man darauf zu hören, was es inzwischen gegeben hatte. Und in der Stadt selbst, in Gala, taten sich für Augenblicke wieder jene hiatischen Momente auf, in denen alles hereinbrechen und alles die Erklärung sein konnte – ein Lastwagen voller Polizisten fuhr schütternd die Hauptstraße hinunter, vorbei an den Fahrradmechanikern, an den Bartschneidern und Händlern mit ihren kleinen Stößen von Schuhbändern, Rasierklingen und Rasiercremes. Wohin wollten sie? In ihren Mittagspausen versammelten sich nun die Ziegeleiarbeiter immer unter dem Sklavenbaum; es ließ sich kein Grund finden, sie zu vertreiben, solange sie offenbar bloß im Schatten herumlungerten, aber andere Leute, die mit einem Laib Brot oder einer Flasche Öl die Straße entlang in Richtung Stadt wanderten oder von ihr zurückkamen, versammelten sich locker um sie – worum ging es denn überhaupt? Wie in einer unbewußten Reaktion auf die Anwesenheit eines Publikums kam es einmal während einer Mittagspause zu einem Handgemenge, dem eine Jagd durch die Stadt folgte: zerrissene Hemden, sich hebende und senkende Oberkörper und ein kleiner Junge mit seinem jüngeren Bruder auf dem Rücken, der vor dem Postamt laut losheulte. Er war im Gedränge niedergestoßen worden; nein, war er nicht, hatte bloß Angst davor gehabt – aber schon drängte sich eine andere Gruppe um ihn: das verrückte Weib, das Kirchenlieder sang, ein paar alte Männer, die ihr Leben aus Abfallkübeln bestritten und den Großteil des Tages auf den Stufen zum Postamt saßen, die jugendlichen Boten, die da miteinander tratschten. (Rebecca kam gerade vorbei und kaufte dem Kind ein Eis; die fette Mrs. Maitland von der Trockenreinigung stand da, schüttelte ihr weißes Dreifachkinn und sagte zu ihr: »Schrecklich, wie die ihre Kinder verkommen lassen. Die meisten von denen sollten überhaupt keine haben dürfen.« Bray und Hjalmar amüsierten sich köstlich über diese Geschichte.) Mit einer Spraydose schrieb jemand an die Mauer der Princess-Mary-Bibliothek: HÄNGT TOLA TOLA. Ein Haus im Stadtteil der Schwarzen wurde in Brand gesteckt, und Nachbarn sagten, »Commandant Mkade« habe ihnen gegenüber behauptet, die Bewohner des Hauses seien »Tola-Tola-Anhänger«. Albert Tola Tola, der seine Zeit hauptsächlich in London, Washington und Westdeutschland zugebracht hatte, war niemals auch nur in der Nähe dieses entlegenen nördlichen Teils seiner Heimat gewesen, und den Mso brachten die Gala traditionsgemäß nur geringe Wertschätzung entgegen, weshalb es mehr als unwahrscheinlich war, daß er in Gala Anhänger haben sollte. Aber egal, wen die Jungpioniere mit ihren Belästigungen aufs Korn genommen hatten, sie legten an drei weitere Häuser Feuer, und nachts kam es im Township zu Straßenschlachten. Selufu hatte den Großteil seiner kleinen Streitmacht eingesetzt, in der Eisenerzmine für Frieden zu sorgen, und sie dort, in hundertsiebzig Meilen Entfernung, konzentriert; Aleke verhängte nach dem Vorbild der Hauptstadt auch über Gala eine Sperrstunde. »Der alte Major Fielding hat sich angeboten, eine Gruppe von Freiwilligen zusammenzubringen, die aushelfen und im Zentrum Patrouillengänge machen könnten«, sagte er zu Bray; eine Information, bei der es sich in Wahrheit um Ratsuche handelte.

»Oh, mein Gott. Was für Aussichten – Commandant Mkade und Major Fielding, mit Schußwaffen unter uns losgelassen. Weshalb können Sie Mkade nicht verhaften?«

»Selufu sagt, das Problem ist, daß das Beweismaterial so

dünn ist. Es ist ihm nicht nachzuweisen, daß er hinter den Brandstiftungen steht.«

Bray fand unter dem Klumpen aus Malachitkristall (Rebeccas Geschenk), den er im *boma* auf seinem Schreibtisch liegen hatte, ein billiges Fensterkuvert. Ein aus einem Übungsheft gerissenes Blatt mit einer Notiz darauf, die von der Hand eines Missionsschülers sorgfältig auf die Linien des Blattes gesetzt war: »Kommen Sie auf einen Drink ins Fisheagle Inn, heute abend, sieben Uhr.« Der Punkt hatte im Papier eine tiefe Delle hinterlassen – offenbar war sich der Schreiber bezüglich der Form dessen, wie der Abschluß aussehen sollte, da keine Unterschrift vorgesehen war, unsicher gewesen. Auf alle Fälle hatte er gefunden, daß das »Hochachtungsvoll« von essentieller Bedeutung sei. Er dachte an Shinza; weshalb aber das Fisheagle? – Vielleicht wollte man ihn einladen, sich an den nächtlichen Patrouillen der Weißen zu beteiligen.

Er mußte eine Entschuldigung finden, um sich von Rebecca und Hjalmar wegstehlen zu können; die Ankündigung, er wolle zu dieser Stunde, da sie gewöhnlich alle unter dem Baum saßen, um sich abzukühlen, auf einen Drink ins Fisheagle Inn, würde sie erstaunen. Er ließ die Bemerkung fallen, daß er etwa um sieben Sampson Malemba treffen müsse; Hjalmar und Rebecca schritten das Stück Boden unter dem Feigenbaum ab, Hjalmar mit einem Metallmaßband, das wie die Zunge eines Chamäleons vorschnellte, Rebecca mit einem Notizbuch und einem Bleistift. Hjalmar hatte im stillen damit begonnen, sich im Haus nützlich zu machen; zuerst hatte er eine gelbe Leuchte zusammengebastelt, die Insekten vertrieb, und nun wollte er unter dem Feigenbaum eine Fläche mit

Steinen auslegen. Rebecca hatte sich an den Stoß Ziegel erinnert, den die staatlichen Bautrupps nebenan im Garten der Tlumes zurückgelassen hatten. Offenbar brachten Hjalmar, Kalimo, Mahlope und die älteren Kinder der Tlumes die Ziegel tagsüber in Schubkarren herüber. Rebecca und Hjalmar waren in eine Diskussion darüber verwickelt, ob sie nun im Korbflecht-Muster oder in kontrastierenden, horizontalen und vertikalen Gruppen verlegt werden sollten. »Sollen wir sie einbetonieren?« »Nein, nein«, Hjalmar demonstrierte es mit seinen Händen: »Wenn Ziegel richtig verlegt werden, bis zur Oberfläche in den Boden versenkt und eng nebeneinander, dann brauchen sie nichts. Wenn Sie wollen, so können Sie ein paar freie Stellen für kleine Sträucher oder ähnliches freilassen – irgendwas anpflanzen, das hübsch aussieht, hm? Wenn die Regenfälle vorbei sind und das Ganze dann nicht weggeschwemmt ist, können Sie kleine Pflanzen setzen.« »Wird das nicht wundervoll aussehen, nächstes Jahr?« Ganz begeistert wandte sie sich an Bray.

Er ließ sie bei ihrer Arbeit an Verbesserungen am und ums Haus zurück, so als würden er, sie und Hjalmar zusammen eine Art von Familie bilden, die sich irgendwo häuslich niederläßt, wo sie für den Rest des Lebens zu bleiben gedenkt.

Dave, der schwarze Barkeeper des Fisheagle, war bei den weißen Männern, die auf ihren Drink dorthin kamen, beliebt. Er trug das mitternachtsblaue Jackett einer Livree und eine Fliege und hatte in sein fließendes Englisch viele ihrer Redewendungen eingebaut: »Was soll's sein, Colonel, Sir? – Ganz allein, oder warten Sie noch auf Gesellschaft?« Er grinste und breitete schwungvoll eine Serviette auf dem Tresen aus, um auf ihr eilfertig seine kleinen Untertassen mit Knabbereien hinzustellen. Bray dachte, wie lächerlich auffällig hier einer von Shinzas Leuten wirken würde, als er begriff, daß es der Barkeeper selbst war, der seine Aufmerksamkeit zu erregen suchte. »Entschuldigen Sie, Colonel, Sir, aber Ihr Wagen blockiert die Straße – könnten Sie ihn bitte wegfahren...« Als er die Bar verließ, verschwand der Barkeeper durch eine andere Tür und stieß im Gang wieder zu ihm. »Kommen Sie nur da lang, tut mir leid, Ihnen Umstände zu machen.« Das war nur für den Fall, daß irgendwer zuhören sollte; er führte Bray an einer Kiste mit leeren Flaschen vorbei: »Gehen Sie um diese Hecke und dann an der Garage vorbei, dort ist mein Zimmer, das dort, mit dem hohen Dach, Sie können es sehen. Also haben Sie meinen Brief bekommen, hm? Sie brauchen bloß die Tür aufzumachen, er ist da drin...« Shinza hatte Freunde an unerwarteten Orten. Das war aber darauf zurückzuführen, daß das kleine Gala, oberflächlich betrachtet, eine Stadt der weißen Kolonialisten geblieben war und man den Fehler machen konnte, die Schwarzen im Kontext von Weißen zu sehen: Nur deshalb, weil er seine Arbeit gut machte, erweckte dieser »Typ«, Dave, den Anschein, ein weißer Schwarzer zu sein, dem eher die Interessen seiner Gäste am Herzen lagen als irgendein anderes Anliegen; als die Zeit der Kolonialverwaltung zu Ende ging, stellten weiße Clubmitglieder in vielen afrikanischen Staaten schockiert fest, daß der gleiche Mann, den sie als ihren Lieblingsober oder -fahrer schätzten, in seinem Privatleben ein politisch Radikaler war.

Der Hotelgarten war dunkel, abgesehen von einer einzelnen Birne über der Männertoilette – die Toilette für

die Barbesucher war hier draußen, so daß auch für den Fall, daß man ihn sah, an der Anwesenheit eines in der Nähe der Personalunterkünfte herumlaufenden Weißen nichts Ungewöhnliches gewesen wäre. Im Zimmer des Anbaus saß Shinza auf einem Bett, das auf Ziegeln aufgebockt und mit einem geblümten Stoff überzogen war.
»Hör zu«, sagte Bray, »bevor wir ein Wort über etwas anderes reden – Selufu hat grünes Licht bekommen, jeden festzunehmen, den er als ›unerwünscht‹ ansieht, was heißen soll, daß er eine Menge Informanten hier in der Umgebung hat, also...«
Shinza schüttelte den Kopf, er preßte seine Zungenspitze gegen den abgebrochenen Zahn. »Ich geh nicht in die Nähe des Township, keine Sorge – und diese Leute hier sind hundertprozentig. Basil ist verhaftet – wußtest du das? Sie haben ihn in Lanje geschnappt, am selben Tag wie die anderen dreiundzwanzig.«
Aleke hatte gesagt, »es gab da noch ein paar andere« – zusätzlich zu den Gewerkschaftsführern. Lanje war ein kleines Dorf in der Nähe der Hauptstadt. »Also« – Shinza faßte sich kurz – »irgendwen mußte es vermutlich treffen. Schlimm, daß es gerade Basil war. James, ich brauche unbedingt einen Wagen. Basil fuhr den alten, den meines Schwiegervaters.«
»Warst du auch da?«
Shinza überging es. »War schon in Ordnung. Sie haben mich nicht erwischt. Aber keiner von uns kann da wieder hin, um den Wagen zu holen. Ich brauch einen, dringend, ganz dringend. Ich muß heute nacht hier raus.«
»Das ist nicht leicht. In Gala kennt jeder den Wagen des anderen.«
»Ich weiß, aber ich muß einen haben.«

»Gut. Ich werd's versuchen.«
»Versuchen reicht nicht, James; ich muß ihn haben…«
Das Zimmer war so klein, daß sie zu nahe zueinander gestoßen zu werden schienen. Er sagte zu Shinza: »Wußtest du das von Tola Tola?«
»Was meinst du?«
»Ist es unerwartet gekommen?«
»Tola Tola scharwenzelte um uns herum. Kurz vor dem Kongreß hatte er ein Gespräch mit mir. Er sagte, er habe die Mso an der Hand, und natürlich wisse er, daß noch immer eine Menge Leute an mich glaubten…« Shinza lachte. »Hm? Er dachte, ob wir nicht vielleicht zusammenarbeiten könnten… gab deutlich zu verstehen, daß er das Geld auftreiben könnte – wer um Christi willen hat sich denn bereit gefunden, Tola Tola Geld zu geben? Hm? Egal – er bot mir die Stelle eines Juniorpartners an, oder er versuchte mich zum Reden zu bringen, um mich danach anprangern zu können – weiß nicht, was von beidem… Ich erklärte ihm, er wisse doch, daß ich mich aus der Politik zurückgezogen hätte. Er sagte, ich beleidigte ihn, weil ich ihn wie einen Idioten behandelte. Natürlich, die ganze Zeit unterwegs, da hat er jemanden gefunden, der ihn unterstützte, er hatte ja Zugang zu Dingen… hör mal, James, ich möchte, daß du jetzt für uns fährst. Jetzt.«
»In die Schweiz?«
»Irgendwohin. Überallhin.«
Bray sah ihn an.
»Ach, diese ILO-Geschichte – naja, dazu ist es zu spät. Wir haben jetzt eine Chance, wie wir sie vielleicht nie wieder bekommen werden. Du weißt, wovon ich rede.

Mit diesem Streik in der Mine hab ich nichts zu tun, das brauche ich dir nicht erst zu sagen – aber jetzt, wo er sich in dieser Richtung entwickelt, muß ich handeln, wenn ich überhaupt jemals handeln will. Wir müssen ihn ausnutzen, verstehst du. Vielleicht läuft er noch eine ganze Weile, und wenn ein Generalstreik draus wird... wenn das ganze Land – James, ich möchte, daß du losfährst und Geld für uns auftreibst. Schnell. Sofort. Du kennst in England die richtigen Leute. Ich hab auch ein paar Kontakte... da wäre Schweden, Ostdeutschland. In diesem Stadium müssen wir Geld nehmen, wo wir es kriegen können. Etwas hab ich schon, und ich hab natürlich schon was bekommen. Somshetsi muß Geld bekommen, wenn er uns helfen soll, und ich brauch ihn. Ich brauch ihn, James. Er hat ausgebildete Männer... verstehst du. Mit einem kleinen Trupp ausgebildeter Leute zum rechten Zeitpunkt und am rechten Ort schnappt man sich die Rundfunkstationen und die Fernsehsender... den Flughafen... man kann's erledigen ohne... fast ohne Kratzer. Wenn Mweta dieses Land nicht zusammenhalten kann und wir den Zeitpunkt verschlafen, was kriegen wir dann? Dann kriegen wir Tola Tola. Du verstehst das doch. Tola Tola oder einen anderen von dieser Sorte. Das kriegt man. Und die Bestechungen in der Hauptstadt werden höher und die Gefängnisse voller, und wenn sich dann die Regenzeit auch noch verzögert, dann werden sich die Leute wieder, wie eh und je hier, die Rüben für ihr bißchen Brei aus dem Boden scharren müssen.«
Bray dachte, er sagt all die richtigen Dinge zu mir; dann aber machte Shinza eine Pause, und plötzlich lag es in diesem Raum, der sich eng wie eine Zelle um sie schloß, in der Luft: dieses Gefühl, das sie beide so oft hatten, daß

Shinza wußte, was er dachte; daß er selbst eben das dachte, und sagte: »Ich hätte nie gedacht, daß ich es jemals tun würde. Nun muß ich.«
Er sagte: »Was soll ich dir sagen? Ich werd's mir überlegen?«
Shinza schnaubte mitfühlend.
»Wenn ich es mir überlegt habe, dann weiß ich ebensoviel wie jetzt: daß ich nie gedacht hätte, daß jemand das jemals von mir erwarten würde. Nicht nur du. Ich selbst.«
Shinza lächelte ihn beinahe väterlich an. »Ich glaub, wir hatten gar keine Ahnung, wieviel Glück wir gehabt haben, daß wir bis jetzt ohne Gewehre ausgekommen sind. Wenn man daran denkt, was wir wollen. Man erwartet nicht, daß man das umsonst bekommt.«
Es geht doch bloß um diese ganz winzig kleine Gewalttätigkeit, Bray; und es wird überhaupt nicht weh tun. Es wird andere erwischen – genau wie das Tränengas und die Knüppel.
»Aber du erwartest es von dir?« sagte Shinza mit beiläufigem Interesse.
»Ja.«
»Großer Gott, James, erinnerst du dich noch an die alten Zeiten, als wir nach den Versammlungen ausgehungert zu dir kamen? Nachdem wir die fünfzehn Meilen von der Mologushi-Mission durch den Regen geradelt waren? Und als von deiner Dienststelle der Befehl kam, ich sei ›zu ergreifen‹ und du dann beschlossen hast, das bedeute nicht, mich zu verhaften, so daß du mich ›ergreifen‹ konntest, nur um es mir zu sagen...?« Sie lachten.
»Ich bin später wieder da, wenn ich einen Wagen auf-

treiben kann. Sollte ich um, sagen wir, elf noch nicht zurück sein, dann zähl nicht mehr darauf.«

Aber Shinza schien zuversichtlich, daß er kommen würde. Vielleicht weiß er sogar, daß ich eine Frau habe und daß es ihr Wagen sein muß, weil man meinen in dieser Provinz zu gut kennt.

Er fuhr zurück zum Haus und rief aus dem Schlafzimmer nach ihr, um mit ihr unter vier Augen reden zu können. »Du kannst inzwischen meinen Wagen benutzen, und wir sagen einfach, deiner ist in der Werkstatt zur Reparatur. Hjalmar weiß bestimmt nicht, daß du heute früh damit zur Arbeit gefahren bist, weil du immer schon weg bist, wenn er aufsteht...« »Ich bete bloß, daß er läuft«, sagte sie und ließ ihre Augen wie jemand, der sich vorgenommen hat, keine Fragen zu stellen, durch den Raum schweifen.

Er sagte: »Das einzige, was mir Sorgen macht – was passiert, wenn sie ihn irgendwo verhaften... dann fährt er mit deinem Wagen. Aber wenn's meiner ist... wenn man mich mit ihm so offensichtlich in Verbindung bringen kann, würde ich nicht mehr viel nützen können...«

»Nein, nein, nicht deinen.« Sie wehrte jede Erklärung ab, ob nun von ihm oder von ihr selbst.

Es ging nur um die praktische Seite – wie bei einer Diskussion darüber, welche Vorräte sie am Wochenende auf ihre kleine Expedition zum See hinauf mitnehmen sollten.

In der Nacht herrschte große Luftfeuchtigkeit, die sich nicht auflösen konnte – Tag um Tag zog die Sonne immer noch Nässe aus dem Boden, selbst in der Dürre, sie kam von den Gewässern und den Urwäldern im Nordwesten. Um halb zehn sagte er, er habe bei Malemba seine Aktentasche vergessen; außer Sichtweite, an der Rückseite des Hauses, nahm er dann Rebeccas Wagen statt des eigenen. Zwischen fliegenden Kakerlaken auf der beleuchteten Veranda des Fisheagle spielten Männer mit Darts; er erinnerte sich, wie er auf dem oberen Treppenabsatz gestanden hatte, am Anfang, als er wieder in Gala gewesen war, und wie er sich eingebildet hatte, er könne den See über die glasige Entfernung hinweg ausmachen. Wenn er ihn tatsächlich hatte sehen können, dann war auch schon das Mädchen dort draußen gewesen. Er hatte das Gefühl, der Kreis der Ungewißheit, der ihn visuell umschloß, wenn er seine Brille abnahm, sei das reale Umfeld, in dem er sein Leben verbracht hatte, und seine Brille sei mehr als das Mittel, eine physische Schwäche zu korrigieren, sei der von ihm gewählte Weg, dem Unerkennbaren ein paar Umrisse zu geben, anhand derer er sich orientiert hatte.

Er fuhr um das Gebäude herum in den Hinterhof. Shinza lag barfuß auf seinem Bett und rauchte. Zwei junge Männer, die Bray schon vorher in seiner Begleitung gesehen hatte, waren bei ihm. Ein Radioapparat spielte. Bray gab ihm den Schlüssel, und er hielt seine gelbliche Handfläche mit ihren dunklen Furchen hin, der Landkarte eines Chiromanten. »Jemand kann dich zurückfahren.« »Nein, ich kann zu Fuß gehen.« »Teufel, nein, Mann. Wirklich? Ist vermutlich besser.« Beinahe lässig. Die jungen Leutnante saßen da, einer auf einem Stuhl, einer auf einer hochkant gestellten Kiste, ihre Beine aufgepflanzt und vorgebeugt wie Männer, die daran gewöhnt sind, in Anwesenheit von Männern, die Worte gebrauchen, ihre Hände zu gebrauchen. Shinza warf einem von ihnen den Schlüssel zu und befahl ihm auf ga-

la, den Wagen auf die Wiese hinter dem Grundstück des Fisheagle zu fahren. Er sah den anderen mit seinem ungeduldigen, herrischen Blick an, während er seinen Bart wie ein Brotkügelchen zwischen Daumen und Zeigefinger drehte. Der Mann erhob sich, blieb einen Augenblick stehen und folgte dann dem anderen.
»Du fährst zurück?« Bray meinte die Hauptstadt.
»Die Armee macht mir keine großen Sorgen...« Shinza gab sich nicht die Mühe zu antworten. Bray grinste, Shinza richtete sich in dem quietschenden Bett auf und legte seine Arme um seine Knie, während er die Augenbrauen hob. »Nein, Moment mal. Mit der Armee kann ich vielleicht was machen. An der Spitze steht ein Weißer. Ein Mann Mwetas, ein Mann des Staates. Brigadier Radcliffe arbeitet mit der Konzernarmee zusammen – einer seiner Freunde hat sie ausgebildet, ein ehemaliger Kollege aus Sandhurst, den er empfohlen hat. O ja. Aber Radcliffes Offiziere sind Schwarze. Zumindest zwei aus den höheren Rängen mögen ihn nicht besonders, und sie sind ehrgeizig. Und er ist auf alle Fälle von ihnen allen abhängig, weil sie seine Befehle ausführen müssen. Sollten sie das eines Tages nicht tun... Es sind bloß dreitausend Mann, und Cyrus hat sehr vielversprechende Kontaktleute unter den Offizieren. Er arbeitet schon eine ganze Zeit daran.«
»Guter Gott!«
Shinza schwang seine Beine entschlossen über die eine Seite des Bettes. Bray konnte ihm nicht entkommen. Er machte weiter, so als könnte nichts ihn aufhalten; und je mehr Bray wußte, desto geringer wurde das Risiko, ihm etwas zu erzählen, desto gebundener war er.
»Cyrus war ziemlich erfolgreich, das kann man wirklich

sagen, James. Dhlamini Okoi ist auch nützlich. Sein Bruder sitzt im regionalen Hauptquartier der Armee hier. Man kann eine ganze Menge von ihm lernen. Du weißt, daß die Armee vor der Unabhängigkeit ein bißchen umgebaut wurde, dezentralisiert, so daß jetzt fast jede Ebene selbständig einsatzfähig ist. Wenn man die Kontrolle – egal auf welcher Ebene – übernehmen kann, dann werden die Befehle, die man ausgibt, auf allen Ebenen darunter befolgt, weil die verschiedenen Kommandanten nicht mehr wie früher gewöhnt sind, ihre Befehle direkt aus dem Obersten Hauptquartier zu erhalten. Man hat eine ziemlich gute Chance, auf allen Ebenen effektiv zu werden – ausgenommen natürlich die Divisions- und Bataillonsebene, denn die unterstehen dem Obersten Hauptquartier. Brigadier Okoi war auch in Sandhurst. Er meint, er kann, abgesehen von seiner eigenen, der Dreiundzwanzigsten Brigade, auch auf die Offiziere der Sechsten Brigade zählen, und das bei einer eher kleinen Armee. Die Hauptsorge ist das Sonderkommando der Gesellschaft – so nennt er das. Es würde davon abhängen, wieviel das zu tun hätte … Aber die Polizei, das ist eine andere Sache.«

»Onabu als Chef, aber eine Menge weißer Offiziere, die ihm zwar unterstellt sind, in Wahrheit aber den Laden schaukeln.«

»Genau. Diese Weißen, das sind die echten Profis, die wollen genau das tun, wofür man sie bezahlt. Keine Aussicht, daß sich von denen einer für uns interessiert. Und es gibt mehr Polizisten als Soldaten.«

»Onabu ist auch kein Narr. Roly hätte Mweta nicht geraten, ihm den Befehl zu übertragen, wenn er einer wäre. Er weiß, daß er sich auf seine weißen Offiziere verlassen muß, wenn es zu einer solchen Situation kommt. Er wird noch Gott danken, daß er sie hat.«

»So ist es, James. Zu viele Polizisten. Und ihre Organisation hat Tradition, hm? Die Leute sind daran gewöhnt, auf sie zu hören. Über lange Zeit hinweg, als das, was sich als Armee bezeichnete, nur aus den paar Jungs aus dem Vereinigten Königreich bestand, die hier ihr militärisches Training absolvierten, hatten wir nichts außer ihnen. Die Polizei war immer paramilitärisch. Und die Jungpioniere übernehmen für sie die Dinge, von denen es nicht gut aussähe, wenn sie sie selbst erledigen würde. Ich weiß das alles. Aber es gibt ein paar Anzeichen, die nicht so ungünstig sind... Kennst du irgendeinen Coup der, sagen wir, letzten fünfzehn Jahre, bei dem die Polizeistreitkräfte ihre politischen Herren und Meister verteidigt hätten? Sie sind im Wesen bürokratisch... Und in einem Land von dieser Größenordnung und mit einer Bevölkerung, die noch immer hauptsächlich vom Ackerbau und in Dörfern lebt, da hält sich auch die größte Anzahl von Polizisten in den ländlichen Gebieten auf – kannst du dir vorstellen, daß Selufus Leute in die Hauptstadt stürzen, um eine Regierung zu schützen, die sie nie gesehen haben?«

Er hörte zu, wollte aber nicht antworten.

»Wir haben noch andere Freunde. An einem guten Platz. Die Sonderabteilung. Sie ist nicht bloß von Nutzen, wenn man Informationen braucht, manchmal muß man auch in der Lage sein, etwas gezielt durchsickern zu lassen. Ich meine, Tola Tola aus dem Weg zu haben, das ist doch etwas, oder?«

»Es ist also alles sehr professionell«, sagte Bray.

Shinza musterte ihn einen Augenblick. »Ja! Wenn es

richtig gemacht wird, sollte es nicht einen eingeschlagenen Schädel geben. Nicht einen Tropfen, nicht einen Kratzer.«

»Und was ist mit Somshetsi?«

»Er hat jahrelang über nichts anderes nachgedacht als über so was. Wir benötigen tragbare Geräte zur Nachrichtenübermittlung, Mann – so Zeug. Unser Ziel ist das organisatorische Zentrum und nicht der Kampf auf der Straße.«

»Wann willst du, daß ich fahre, Edward?«

»Jetzt. Sobald du kannst. Du kriegst die Unkosten am anderen Ende. Ich werd dir die Adressen sagen, weil wir nichts aufschreiben, hm? Ich möchte nicht, daß du ›ergriffen‹ wirst...«

»Ich weiß nicht, wie schnell ich wegkomme. Es geht mir nicht mehr darum, Zeit zu gewinnen. Es gibt da ein paar persönliche Dinge, die ich erledigen – durchdenken muß. Ich muß mich entscheiden, wie ich es am besten mache.«

»Gut. Gut. Aber ich werd nicht dasein. Es fahren ständig Leute hin und her, also kannst du für mich Nachricht in der Bar hinterlassen, es kann allerdings sein, daß sie mich nicht sofort erreicht. Das beste wär, wir nehmen Kontakt auf, wenn du runterkommst, um dein Flugzeug zu nehmen. Geh zu Haffajees Reparaturwerkstatt – verstehst du? – frag nach dem Schlosser, Thomas Pathlo.«

»Wieder Haffajees Werkstatt.«

»Mmmh? Pathlo weiß, wo ich bin. Oder wo Goma ist, falls ich nicht da bin. – Na, also wirst du auf alle Fälle deine Familie in England wiedersehen. Wenigstens tu ich Olivia einen Gefallen.«

»Mag sein, daß ich nicht zurückkommen kann«, sagte Bray. »Mweta wird mich möglicherweise nicht reinlassen. Es muß ihm klar sein, daß wir in Verbindung sind. Und sollte er mich doch wieder reinlassen, dann müßte er mich verhaften.«

Shinza redete plötzlich in Gala. »Vielleicht braucht er dich, um sich die Hand freizumachen, selbst jetzt noch.«

Die Redewendung: »die Hand freimachen«, bedeutete, das Tabu der Verletzung eines Stammesmitgliedes aufzuheben, eines von der eigenen Sippe.

»Ist schon vorgekommen«, sagte Bray.

Sie besprachen genau, wohin er fahren und um welche Art von Unterstützung er werben sollte; sie machten aus, welche Kontakte er benutzen sollte, um Shinza – sowohl in der Heimat als auch über Somshetsi jenseits der Grenze – zu informieren. Es war schon lange nach Beginn der Sperrstunde, als er seinen Heimweg antrat. Das Fisheagle war dunkel wie die Hauptstraße, die von den Grillen und dem winzigen hellen Hämmern der Baumfrösche schrillte. Er begegnete nur einer einzigen Polizeipatrouille und versuchte nicht, sich vor ihr zu verstecken: ein weißer Mann, der aus Richtung Fisheagle-Bar kam, würde wohl kaum als Sicherheitsrisiko angesehen werden. Die Polizisten murmelten auf gala ein heiseres Gute Nacht, und er murmelte zurück. Natürlich, auch in England wäre es ein Gesetzesbruch; war es nicht unrecht, den Sturz der Regierung eines befreundeten Landes zu planen? Dort brach jetzt der Winter an, so wie letztes Jahr – beinahe ein Jahr, daß er weggegangen war. Kalte, feuchte Blätter, die die Schritte auf den Gehsteigen dämpften, und der süße Grabgeruch, der zum Gesicht heraufdampfte. England. Ein tiefer Widerwille durchdrang ihn, verlangsamte sogar seine Schritte. England.

Hjalmar und Rebecca waren noch immer draußen unter dem Feigenbaum, als er zum Haus zurückkam. Mechanisch hatte er darauf geachtet, die Tür seines Wagens zu öffnen und wieder zuzuschlagen, damit es so aussähe, als wäre er in ihm nach Hause gefahren; er konnte seinen eigenen Schweiß riechen, als er sich in den Stuhl fallen ließ, und hoffte, Hjalmar würde nicht bemerken, daß er offenbar zu Fuß gegangen war. Es war so heiß, daß er noch keine Lust aufs Bett verspürte. Der Mond hoch am Himmel hatte den Dunst ein wenig zerstreut, und er schien Wärme wie Licht zu reflektieren. Der eigentümliche häusliche Friede, der neuerdings bei ihnen eingezogen war, so als könne er nur unter dem Schutze alles dessen wachsen, das ihn unmöglich und absurd machte, barg sie.

Später sagte Rebecca: »Es riecht nach Feuer.« Drüben, über dem Township, zeigte der Himmel einen mitternächtlichen Sonnenaufgang.

In der Nacht wurden Häuser in Brand gesetzt, und fünfzehn Menschen starben.
Im ganzen Land wurden »heilige« Feuer entzündet; die Jungpioniere hatten Mwetas Metapher vom »Verbrennen der dreckigen Lumpen« wörtlich genommen. Nichts, was er jetzt sagte, ob wütend oder verzweifelt, Drohung oder Appell, konnte noch zu ihrem wilden Evangelismus durchdringen.
Viele der Streikenden aus der Eisenerzmine hatten ihre Familien in Gala. Während die Polizeitruppen am Tage des Gemeinschaftsbegräbnisses in die Stadt abgezogen wurden, damit sie die Brandstifter fassen konnten (außerdem begannen Leute, deren Häuser niedergebrannt worden waren, sich zu Banden zusammenzuschließen, um sich mit weiteren Brandstiftungen zu rächen), strömten diese Streikenden plötzlich nach Gala herein. Sie überwältigten das kleine Polizeikontingent, das zur Bewachung der Mine zurückgeblieben war, beschlagnahmten Lastwagen, fuhren die Nacht hindurch und schafften es in dem Durcheinander irgendwie, in der Frühe, noch bevor die Polizei sie aufhalten konnte, in die Stadt zu gelangen. Dort teilten sie sich irgendwie in zwei Gruppen, deren eine quer über den Golfplatz auf das Viertel der Schwarzen losmarschierte, während die andere direkt in den Straßen von Gala landete. Bray und Rebecca beobachteten das vom *boma* aus; die Männer waren die ganze Nacht unterwegs gewesen und schleppten sich – ein Teil in Schutzhelmen, andere mit

Stöcken, die sie eher wie Wanderstäbe trugen als wie Waffen – singend und in langen Schritten wie im Traum dahin, ein langsamer Tanz. Rebecca hatte Tränen in den Augen; er dachte, es wäre die Angst. Sie sagte: »Arme Teufel.«

Aleke kam zu ihm, stand breitbeinig da, zog die Luft tief ein. »Glaubt er denn, daß Fallschirme vom Himmel fallen werden? Er ist wahnsinnig. Wo soll ich jetzt, diese Minute, Truppen herbekommen?« Selufu hatte ihn früh am Morgen aus dem Bett geholt und telefonierte unablässig.

»Naja, er ist ein Mann mit Sorgen.«

»Wir machen uns alle Sorgen. Ich hab mit Matoko gesprochen. Ich hab mich mit dem Ministerium verbinden lassen und den Minister persönlich verlangt. Was will er also noch? Zum Teufel damit!«

Er stand da und beobachtete die Prozession mit einem eigentümlichen Ausdruck trotziger Unentschlossenheit. Sein ganzes zuversichtliches, ausgeglichenes Wesen schien gefährdet, wie eine Lawine, die schon ein Schrei auslösen konnte.

»Irgendwelche Hilfe aus Matoko?«

»Sie sind wohl auch schon übergeschnappt. Bei der Asbestmine ist seit einer Woche die Hölle los. Die Gesellschaft mußte Leute hinschicken, um da Ruhe zu schaffen. Gestern haben sie auf Streikende geschossen und dabei eine Frau getötet, die irgendwas damit zu tun hatte. Weiß der Himmel, was da oben los ist.«

Der Gesang war jetzt Cello – laut und schwankend und trug die besondere Art der Scheu, den die menschliche Stimme auszulösen vermag, bis nahe an die Fenster heran. Boten und Angestellte des *boma* traten auf das gras-

und blumenbewachsene Stückchen Erde. Old Moses, der Gärtner, ließ den Wasserstrahl aus seinem Gartenschlauch wie eine Schlange in die Höhe fahren und schrie auf gala: »Seid ihr durstig!« Die Leute aus dem *boma* lachten verhalten, weil sie erwarteten, zurück zur Arbeit gerufen zu werden; einer hielt einen braunen Schnellhefter hoch, um seine Augen gegen die Sonneneinstrahlung zu schützen.

Es ließ sich nicht mit Bestimmtheit sagen, was und wohin die Streikenden eigentlich wollten; ihr Ziel lag in ihnen selbst, dort, wo sie sich nun seit Monaten von vielerlei Dingen bedroht wußten: vom Mangel an Vertrauen in diejenigen, die in der Mine in ihrem Namen sprachen, der rätselhaften Macht von Menschen, die sie im Namen des Parteipräsidenten tyrannisierten, vom Versagen der Autorität, die sie beschützen sollte. Sie zogen am *boma* vorbei in Richtung Markt.

Plötzlich sagte Aleke: »Kommen Sie«, und eher angetrieben von einer Vorahnung und ohne sich darüber im klaren zu sein, was sie eigentlich tun konnten, fand sich Bray an seiner Seite, treppab über die Stufen des *boma* mit ihrem alten Holzgeländer, vorbei an den Beamten, die – obwohl Aleke ihnen nicht einmal einen Blick zuwarf – Angst davor hatten, ihnen zu folgen, hinaus und hinter den Männern die Straße hinauf. Alekes großer, muskulöser Hintern in der gut gebügelten, kurzen Terylenehose arbeitete wie der eines Athleten. Mit großartigem Instinkt gelang es ihm, das Würdelose dieser Jagd zu einer Tugend umzumünzen – anstatt die Streikenden seitlich zu überholen, bahnte er sich zur Mitte hin einen Weg. Mit der Entschiedenheit von Schäferhunden drangen er und Bray rasch wie inmitten einer Herde vor. Um sich herum spürte Bray die laufenden Körper und roch den Schweiß und den Staub; mehr Männer erkannten ihn wieder als Aleke. Augen lagen auf ihm: eine sich zusammenziehende Unvermeidlichkeit, blitzartige Preisgabe – so als läge seine Parteinahme für Shinza, sein wirklicher Platz in all dem, und nicht dieses Bild als neutraler Helfer Alekes einen Moment lang nackt vor den Augen all derer da, die sehen konnten. Aber instinktiv setzte sich das Verhalten der Autoritätsperson durch. Gerade als sie beim Markt angekommen waren, durchbrachen er und Aleke die vordersten Reihen der Männer, taten ein paar große Schritte rückwärts und erhoben gleichzeitig, so als hätten sie die Szene einstudiert, ihre Hände. Der Gesang verebbte; die Männer in der vordersten Reihe blieben stehen, die hinter ihnen schlossen auf. Sie verteilten sich um sie, so daß sie Aleke und Bray – allerdings im Abstand – zwischen kleinen Häufchen dürr-geschrumpeltem Gemüse und getrocknetem Fisch einkreisten. Ein altes Weib, das durch sie und mit ihnen in die Falle geraten war, saß da, die verhornten Beine unter ihrem Kleid hochgezogen, ohne sich zu rühren. Aleke ergriff das Wort. Seine Arme lagen gekreuzt auf seinem mächtigen Brustkorb. Als die Männer vordrängten, um besser zu hören, durchbrach er abermals ihre Reihen und sprang auf einen selbstgebauten Stand, wo er sich dann zwischen Erdnüssen und Maniok aufstellte. Der Stand knarrte, hielt aber; in seiner kräftigen, gutmütigen Stimme lag weder ein Drohen noch ein Betteln. Er sagte, er wisse, weshalb sie gekommen seien: Sie machten sich Sorgen wegen ihrer Verwandten. Aber er verspreche, daß alles unternommen werde, um dem Brennen und Kämpfen ein Ende zu machen. Würden sie es eigenhändig zu stoppen versuchen, dann würde die Lage für ihre Verwandten nur noch schlimmer werden. Wenn sie den Weg, den sie gekommen waren, zurückgingen, würde er persönlich dafür garantieren, daß man sie weder verhaftete noch belästigte...

Er wußte und sie wußten, daß er nichts dergleichen versprechen konnte. Aber sie glaubten, daß er es versuchen würde; und ihre Absicht, die auszudrücken sie noch keinen Weg gefunden hatten, schwankte, als hätte sein Kommando sie getröstet. Die Spannung löste sich, als er unter den Männern umherging und sich mit ihnen unterhielt, und die Leute auf dem Markt begannen zu reden, herüberzublicken und mit den Fingern zu zeigen. Bray sagte: »Schaffen Sie sie zurück zum Golfplatz. So schnell wie möglich weg von hier. Sicherer wäre es, wenn es gruppenweise zu machen wäre. Und die Hauptstraße müssen sie vermeiden.« Es waren etwa hundertfünfzig Mann; schwierig, diese Atmosphäre der Übereinstimmung mehr als des Gehorsams, die Aleke geschaffen hatte, nicht dadurch umschlagen zu lassen, daß man die Autorität den Führern zu offensichtlich aus der Hand nahm.

»Sollen wir selbst mitgehen?« Aleke und er standen inmitten der Menge, die, die Gesichter schweißüberströmt und über und über von den Fliegen des Marktplatzes bedeckt, die sich auf ihnen niederließen, aussah, als käme sie von einem Fußballspiel. Aleke wollte vor allem eine Begegnung mit der Polizei vermeiden. Und dann, mit einem Anflug des alten, unbeschwerten Selbstvertrauens: »Ich werde wie ein verdammter Narr aussehen, wenn ich da vor denen hermarschiere.«

»Wenn sie sich in drei Gruppen aufteilen, dann kann eine

am *boma* vorbeiziehen, eine zweite um den Schlachthof herum – nein, das ist nichts, zu nahe bei den Ziegeleien – um den alten Gemeindesaal der Kirche herum, das ist besser, dort führt ein Weg über offenes Gelände. Und die dritte kann dann, zehn Minuten nach der ersten, wieder der Straße zum *boma* folgen. Das wichtigste ist, die Sache in Ruhe versickern zu lassen«, sagte Bray.
»Ich werd mit der ersten Gruppe einfach irgendwie zum *boma* hinaufspazieren – es wird so aussehen, als ginge ich bloß dorthin zurück, und dann schau ich, daß ich sie weiterbringe.«
»Das ist gut.«
»Sie bleiben aber hier«, bat ihn Aleke. »Rühren Sie sich einfach nicht von der Stelle und behalten Sie sie im Auge... Die Vorstellung, daß Sie mit allen anderen Leuten zusammen hier auf dem Marktplatz sind, nicht angenehm, hm?«
Die Männer begannen sich in einer Art trägem Strudel zu zerstreuen, verwandelten sich in eher müde Einzelgänger als in eine geschlossene Menge. Ein oder zwei kauften sich sogar Maniok zum Kauen; es mußte viele Stunden her sein, daß sie gegessen hatten. Plötzlich vernahm Bray hinter sich ein Surren von Autoreifen, Schreie, und als er sich umdrehte, blickte er direkt in eine Wagenladung von Jungpionieren, die über die Menge hereinbrach. Im Vorbeigehen traf ihn ein wütender Schlag an der Schulter, die alte Frau beugte sich schützend über ihre Zwiebeln und jammerte los – die Jungpioniere mit ihren schwarz-roten Insignien flogen wie Pferde über ein Hindernis an ihm vorbei und prügelten sich ihren Weg zu den Streikenden frei. Sie schlugen mit Knüppeln und Fahrradketten zu. Aleke stand, zusammen mit anderen

Streikenden, dreißig Meter weiter wie erstarrt da. Bray rief ihm zu, er solle weitergehen, aber zu spät, die Männer stürmten zurück zu ihren Kollegen. Gemüse purzelte durcheinander, ein Haufen Geflügel mit zusammengebundenen Beinen wurde gerade unter schrecklichem Gezeter zertrampelt, Federn, blutgetränkte, zerrissene Kleider und darunter aufblitzende, nackte Haut. Gewürgt vor Entsetzen sah er Hände nach orangenen und grünen Flaschen greifen, die im Getränkestand aufgereiht waren, die farbige Flüssigkeit über das zerbrochene Glas herunterfließen und die gezackten Flaschenhälse zwischen Köpfe und Arme hineinfahren. Einer der Streikenden stolperte auf ihn zu, das entsetzte Erstaunen über einen Schlag, der sich in eine blutig klaffende, das Gesicht von Stirn bis Kinn spaltende Wunde verwandelte. Überall das Blut von Hühnern und Menschen. Bray kämpfte, um einen Arm, der zusammen mit einem Flaschenhals über dem Kopf eines anderen in die Höhe gefahren war, zurückzuhalten; er verdrehte diesen Arm und hätte ihn nicht loslassen können, selbst wenn er gehört hätte, wie der Knochen brach. Als die Flasche in seine andere Hand fiel, steckte er sie tief in seine Hosentasche, während er gleichzeitig mit einem anderen kämpfte, der ihn von hinten um den Nacken gepackt hatte. Vom *boma* und von jeder Straßenkreuzung, die zum Stadtzentrum führte, kamen Leute hergelaufen. Während er kämpfte, wurde ihm schmerzhaft bewußt, daß mehr und mehr Leute in die bellende, kämpfende Menge drängten. Er versuchte zu Aleke hinzukommen, ohne eine Ahnung zu haben, wo er war; plötzlich sah er, wie Aleke, der aus dem Ohr blutete, sich zu ihm durchzukämpfen versuchte. Sie sprachen nicht, sondern bahnten sich unter den Schlägen hindurch mühsam einen Weg und rannten hinter der öffentlichen Toilette des Marktes vorbei, quer durch einen Hinterhof aus Lädengruppen auf die Rückseite des *boma* zu.

Rebeccas Zähne standen wie bei jemandem, den man aus dem kalten Wasser gezogen hat, wie festgeklemmt zwischen den offenen Lippen. Sie starrte sie bestürzt an. Godfrey Letanka, der ältere Beamte mit seinem sauberen Alpaka-Jackett, schnappte sich das Handtuch neben dem Waschbecken in Alekes Büro und hielt es an das blutende Ohr. »Kommt es von innen?« fragte Bray. »War's ein Schlag auf den Kopf?« Aleke, dessen mächtiger Brustkorb sich um Luft ringend senkte und hob, schüttelte den Kopf, als hätte er eine Fliege im Ohr. Sie versuchten, das Blut wegzuwischen, um zu sehen, woher es kam; und da bemerkte Bray ein kleines, tiefes Loch, das direkt durch den Knorpel der Ohrmuschel ging: also war es keine Hirnverletzung. Letanka fand irgendwo einen Erste-Hilfe-Koffer, und Rebecca drückte das Ohr fest zwischen zwei Wattebäuschen zusammen, um die Blutung zu stillen. Aleke war nicht mehr benommen. »Schauen Sie, daß Sie Selufu erwischen, versuchen Sie's mit dem Telefon, James –« »Die Polizisten sind jetzt dort«, sagte Rebecca. »Ihr habt sie nicht gesehen – sie hielten sich am Rand der Menge, aus Richtung Nairobi-Street sind zwei Jeeps angekommen. Godfrey und ich sahen sie vom Dach aus.« »Vom Dach aus?« »Ja, wir haben festgestellt, daß man auf diese kleine Plattform hinaufkommt, oder was das auch ist, dort wo man die Fahne anbringt.«

Mit Aleke, der sich einen Wattebausch ans Ohr hielt, eilten sie die leeren Gänge entlang (»Diese verdammten

Idioten, die sind alle rausgegangen, um sich die Schädel einschlagen zu lassen«) und kletterten durch ein Fenster auf den verschnörkelten Holzgiebel, der als Halterung für die Fahnenstange gedient hatte, als der Union Jack hier noch wehte. »Bleib du unten, sonst ist es vielleicht zuviel Gewicht«, sagte Bray zu Rebecca, und so blieb sie unten stehen und wartete. Ein Wagen, der umgestürzt worden war und jetzt brannte, vernebelte alles mit Rauch. Aber die zwei Polizeijeeps mit den glänzenden Peitschen ihrer Funkantennen konnten sie sehen.

Sie gingen wieder zurück hinein ins *boma*, und Aleke versuchte Selufu telefonisch zu erreichen. Während er den diensttuenden Beamten befragte und sie seine Reaktionen auf die Antworten beobachteten, flüsterte Rebecca Bray ins Ohr: »Du blutest auch.« Er sah hinunter; auf seinem Schuh dunkles Blut. »Von den toten Hühnern.« Sie schüttelte den Kopf; ohne ihn vor den anderen zu berühren, zeigte sie darauf: »Es läuft, schau.« Seine Hand fuhr in die Tasche und kam mit dem von der Limonadenflasche abgebrochenen Hals heraus. Er sah sich nach etwas um, wo er ihn hinlegen konnte. Sie nahm ihn ihm ab und legte ihn, blutig und verdreckt wie er war, in Alekes Aschenbecher. Die Innenseite seiner Hosentasche war aufgeschlitzt, und in seiner Leiste fühlte Bray eine Schweinerei aus nassem Haar und, darunter, einen Schnitt. Er schüttelte den Kopf; es war nichts.

»Er ist im Township. Man hat dort Leute umgebracht. Sie mußten auf sie schießen. Auf dem Polizeiposten ist niemand außer dem Mann am Telefon. Niemand.«

Alles schwieg. Sie blickte auf den blutigen Schuh.

Er sagte: »Wir könnten den Wagen nehmen und wieder zurückfahren, wenn Sie wollen.«

»Was können wir beide schon machen«, sagte Aleke.
»Sie haben Ihre Sache sehr gut gemacht. Wenn sich bloß die Jungpioniere rausgehalten hätten, dann wäre alles in Ordnung gekommen. Sie haben getan, was Sie konnten – wir könnten schnell am Ziegelwerk vorbei – die Leute drinnen halten und weg von der Straße.«
»Und was ist mit Rebecca? Glauben Sie, daß es hier für sie und Godfrey sicher ist?«
Bray sagte: »Wir fahren sie zu meinem Haus rauf.«
»Ich kann fahren. Ich werd diese Straßen vermeiden. Godfrey und mir wird schon nichts passieren.«
Bray und Rebecca sahen einander einen Augenblick an.
»Nimm den Weg am Friedhof vorbei. Paß auf, daß du nicht in die Nähe des Golfplatzes kommst.«
Als er neben Aleke saß, hatte er einen Augenblick lang eine düstere Vorahnung über Rebecca – eher so, als wäre schon etwas geschehen, als daß sie möglicherweise in Schwierigkeiten geraten könnte. Die kleine Wunde tat so weh, als hätte er sich an einer Zigarette verbrannt, der Schmerzradius in keinem Verhältnis zur oberflächlichen Verletzung. Aleke schlug sich unten im Industrieviertel hervorragend. Man hatte die Arbeit unterbrochen; Gerüchte über die Geschehnisse im Township hatten die Leute ihre Fahrräder nehmen und nach Hause eilen lassen. Er sprach zu Gruppen von Männern, während diese sein Ohr anstarrten, das Rebecca mit einer elastischen Binde an den Kopf bandagiert hatte, und Bray sah, wie sie sich zu ihm hingezogen fühlten, zum physischen Zuspruch seiner Person – genauso wie zu Hause Frauen, Freunde, Kinder, ohne daß er sich darum bemühte, von ihm angezogen wurden.
Aleke sagte: »Möchten Sie ins Township fahren?«

So konnte man das auch sagen. »Ich komme mit.«
Plötzlich gähnte Aleke leidenschaftlich, hob seine Hände vom Lenkrad und ließ sie wieder hinunterklatschen. »Wir fahren bei Ihrem Haus vorbei und schauen nach, ob sie sicher zurückgekommen sind.«
Er sagte: »Ich frag mich, was in der Stadt los ist. Es gibt eine Menge Verletzte.«
»Ich kann mich nicht in zwei Teile zerreißen. Die Polizei ist da. Die Geschäftsleute werden wohl so viel Hirn haben, daß sie ihre Läden dichtmachen.«
Neben Rebecca, Hjalmar und Letanka waren auch die Tlumes im Haus; die Kinder machten ein Fest daraus; Kalimo jagte sie aus der Küche, und sie rannten quietschend durch die Zimmer. Rebecca und Kalimo trugen Kaffee auf. Aleke stürzte eine Tasse hinunter, umgeben von einer Aura verlegenen Schweigens – unausgesprochene Fragen, die sich um jemanden, der mit Befehlsgewalt ausgestattet ist, zu einer Mauer auftürmen. Edna Tlume hatte Nachtdienst gehabt und sollte eigentlich während des Tages schlafen, war aber ins Spital zurückgefahren und hatte jetzt nur schnell hereingeschaut, um sich zu vergewissern, daß Nongwaye die Kinder von der Schule abgeholt hatte. Sie bot an, Alekes Ohr zu verbinden, aber seine Frau Agnes hatte, nachdem im Büro niemand abgehoben hatte, Rebecca hysterisch angerufen – er stürzte davon, »um ihr das Maul zu stopfen«, indem er sich für einen Augenblick sehen ließ. Er hatte noch einen anderen Grund: »Haben Sie ein Schießeisen?« fragte er Bray.
»Für Vögel. Sechstausend Meilen von hier.«
Godfrey Letanka machte sich wegen seiner Mutter Sorgen, und sie versuchten ihm auszureden, ins Township

zu fahren. Bray rief im Haus von Sampson Malemba an. Sampsons Frau hob ab; sie habe keine Ahnung, wo Sampson sei, es gebe Ärger, Ärger, wiederholte sie. Sie hatte sich verbarrikadiert. Wagen und Laster »dieser Leute« – sie meinte die Jungpioniere, genausogut hätten es aber auch Streikende sein können – führen in den Straßen herum.

»Was kann Aleke dagegen unternehmen? Ob man nun der P.O. ist oder sonstwer...«, sagte Nongwaye Tlume.

»Er hat gewisse Talente, verstehen Sie.«

»Rebecca sagt, Sie hätten eine Beinverletzung, James? Lassen Sie's mich schnell mal ansehen.« Die kleine Edna hatte ihr fließendes Englisch während ihrer Krankenschwesternausbildung erworben und verfügte über das Vokabular von Krankengeschichten. Sie bestand darauf, und er mußte ins Badezimmer, wo er sich die Hose auszog. Er stand in seiner Unterhose da, während sie die Haare wegschnitt und die Schnittwunde reinigte. Er lächelte. »Selbstverschuldet.« »Das sollte unbedingt genäht werden. Sie sollten ins Spital hinaufkommen. Ich könnte es in einer Minute erledigen, aber eigentlich darf ich das nicht.« »Ach, machen Sie doch schon. Sie machen es bestimmt besser als der Doktor.« Sie eilten hinüber ins Haus der Tlumes – fremd mit seinen verschlossenen Türen und Fensterläden mitten am Tag –, und sie holte ihre gebogene Nadel und einen Plastikzwirn; »wie ein richtiger Schuhmacher«, sagte er. Die Nadel durchstieß – rasch-damit's-wieder-vorbei-ist – den Widerstand der dicken Haut; den Zwirn zog sie fachmännisch durch und fest und schnitt ihn dann ab. Die rosa Handflächen und Nägel der schmalen schwarzen Hände hoben sich schön ab. »Was wird passieren, James? Weshalb kann denn der Präsident dem Ganzen nicht einfach ein Ende machen? Man weiß nicht, was man tun soll. Sie sollten sich einmal die Verbrennungen im Spital ansehen. Rebecca kann froh sein, daß sie sich nicht um die Kinder zu sorgen braucht.«

Sie ging hinaus, und er zog sich an; er zog seine blutgetränkte Hose umständlich herauf. Und Rebecca war noch immer da, seinetwegen. Die Geschehnisse rissen das Bewußtsein unreflektiert vom einen Augenblick zum nächsten mit, aber das belastete ihn.

Als er wieder zum Haus zurückkam, spielte Rebecca gerade mit der liebreichen Hingabe eines kinderlosen Erwachsenen mit den Kindern der Tlumes; Kalimo und zwei oder drei Freunde bildeten eine Abordnung, deren Mitglieder die Worte der übrigen mit Nicken und tiefem Brummen bekräftigten: Mahlope, der junge Gärtner, war vor einiger Zeit zum Golfplatz gegangen, »um sich umzusehen«, und nicht wiedergekommen. »Es treibt sich eine Menge Gesindel hier herum«, verkündete Kalimo. Aber seine Freunde versuchten ihn davon abzuhalten, daß er dem Jungen nachging.

»Wenn wir alle anfangen, nacheinander zu suchen, werden wir uns alle verirren, Kalimo«, sagte Bray. Sie unterhielten sich auf gala.

Ein Zeichen der Zustimmung drang aus den Kehlen der anderen.

Kalimo sagte: »Der hat sich sicher irgendwo einen Rausch angetrunken, das kenn ich schon. Und wenn's einen Wirbel gibt, dann ist immer irgendwer in der Nähe, der einem den Lohn klaut.«

»Um seinen Lohn machst du dir Sorgen?«

»*Mukwayi*, Sie wissen selbst ganz genau, daß Sie ihm gestern abend den Lohn ausbezahlt haben.«
»Ich werd später versuchen herauszufinden, was mit ihm ist. Du bleibst hier. Ich brauch dich, Kalimo.« Ein leeres Versprechen, eine kleine Schmeichelei; der alte Mann entfernte sich widerstrebend.
Bray horchte auf das Geräusch von Alekes Wagen; Hjalmar hielt ihn mit der Beschreibung auf, wie die Männer über den Golfplatz gekommen waren. »... singend, verstehen Sie – es war genau wie zu meiner Studentenzeit in Deutschland, wir sangen die *Internationale* wie Schuljungen und dachten, es kann doch nicht wahr sein, als sie kamen und uns zusammenschlugen.« Er war ganz aufgeregt. »Immer das gleiche – Studenten und Arbeiter sind für die Polizei und die Rowdies gerade das Richtige, um Hackfleisch daraus zu machen. – Sie haben es sich hier geholt wie eine Geschlechtskrankheit oder Masern... Die Masern bringen Leute um, die dem Virus noch nie ausgesetzt gewesen sind...«
Der alte Feigenbaum im Freien draußen stand in seiner faltigen, staubbedeckten Haut unbeweglich da wie die Ewigkeit. Die mittäglich friedliche Hitze, um die sich der Garten unter ihm schloß, war unerreichbare Gleichgültigkeit: Bray stand einen Augenblick lang fassungslos da – das Stöhnen, die Schreie und die verzweifelte Schlägerei, die gelben Eingeweide der zertrampelten Hühner und das blutig aufgerissene Gesicht des Bergmannes bedrängten ihn in einem Tagtraum. Gleichsam witternd, spürten alle seine Sinne drüben, jenseits der Bäume, ahnungsvoll einen undefinierbaren Aufruhr. Der Lärm im Township war zu weit entfernt, als daß man ihn genau hätte zuordnen können. Da war nur das

Rauschen einer Meeresmuschel, die man ans Ohr hielt.
Aleke hupte von der anderen Straßenseite her, und er ging ums Haus, um zu ihm in den Regierungswagen zu steigen.

Im alten Teil des Township war das Leben so dicht, daß die Gewalt verdeckt wurde – in den Lehmhütten, im Geschlinge der Palmen, den Anbauten aus Abfallmaterial, den alten Wagenchassis, Holzstößen, den Pawpawbäumen und Lianen, die aus dem Müll wuchsen, war der Unterschied zwischen Behausung und Ruine aufgehoben, selbst das Netz der Straßen verschwand, und wenn Türen aufgebrochen, Pfosten aus der Erde gerissen und waffenähnliche Gegenstände im Staub lagen, so konnte das ohne weiteres Teil des ständigen Prozesses von Verfall und notdürftiger Wiederherstellung sein, der dieses Gebiet am Leben erhielt. Nur die ausgebrannten Häuser waren Zeugen der Zerstörung, aber sogar eines oder zwei von diesen trugen die Zeichen – ein über einem Winkel übriggebliebenen Mauerwerks befestigtes Blechstück, eine abgestützte Pappkartontür –, daß Bewohner in sie zurückgesickert waren. Das alte Township roch nach der Katastrophe und verbarg alles; kein Mensch weit und breit; nur die Töpfe und Blechdosen, die als Kochgeschirr dienten, hatte man vor den Häusern zurückgelassen, um sich ihrer bei den alltäglichen Verrichtungen wieder zu bedienen, sobald diese Bedrohung des gewohnten Lebensganges – wie jede andere ihnen schon bekannte – wieder vorüber war und sie sich neuerlich anschickten, Feuer zu machen, zu kochen, die Kleider in einer Blechwanne zu waschen. Es verbarg auch ihre Par-

teizugehörigkeit, ihren plötzlichen Entschluß, die Drohung selbst in die Hand zu nehmen. Bray und Aleke hörten später, daß an jenem Morgen hier unten mehrere Personen bei Straßenschlachten ums Leben gekommen waren, sie selbst aber stießen auf nichts als mürrischen Rückzug und die Gesichter und Hände von Kindern hinter den sackleinenen Lappen vor den Fensterlöchern.
Das neue Siedlungsviertel in der Nähe des Arbeiterheims besaß solchen Schutz nicht. Die Lebenssäfte waren dort noch zu jung und zu dünn, um Tätlichkeiten Widerstand entgegensetzen zu können. Das Netz war zerrissen. Allein die Tatsache, daß die Fenster Scheiben besaßen, hatte bereits genügt; überall zwischen Ziegeln, verbeulten Fahrrädern, niedergerissenen Imbißbuden und schreienden Menschentrauben lagen Glasscherben – und all das wiederum nackt über dem roten Erdboden der Lichtung, die Bulldozer aus dem Wald gebaggert hatten. In manche Straßen war es unmöglich, hineinzufahren. Sie setzten zurück und fuhren im Zickzack. Menschenknäuel bedeuteten Schlägereien oder einen Verwundeten. Ein Lastwagen der Polizei preschte durch, hinter dem Gitter des Drahtkäfigs brüllende Gesichter; er erfaßte den Schutzhelm eines Bergmanns, der auf dem Boden lag und wie ein abgetrennter Schädel davonkugelte. Eine Gala, deren Kleid zwischen den Brüsten aufgerissen und deren Turban verschwunden war und deren Zöpfchen wie kleine Schlangen, den Blicken preisgegeben, in die Höhe standen, stieß immer wieder gellende Schreie aus.
Sie folgten den Spuren des Chaos bis zum Arbeiterheim. Eine Meute brüllender Jugendlicher lief auf den Wagen zu, klammerte sich fest und schaukelte ihn. So als wären

sie nichts als ein Schwarm fliegender Ameisen, fuhr Aleke weiter, bis sie abfielen. Selufu und ein paar seiner Männer wurden vor dem Arbeiterheim in ihren beiden offenen Lastwagen belagert. Im Kampf zwischen den Streikenden und den Jungpionieren, deren »Stützpunkt« das Arbeiterheim war, wurden Steine und Konservendosen aus den Fenstern herausgeworfen. Selufus Leute warfen jetzt Tränengasbomben, aber nicht ins Gebäude, sondern zwischen die Streikenden. Noch während der Wagen fuhr, öffnete Bray die Tür, und während Aleke ihnen weiter knirschend einen Weg durch die Menge bahnte, hing er schon, ans Dach geklammert, draußen und brüllte die Leute auf gala an, sie sollten sich zurückziehen. Das Brüllen seiner eigenen Stimme, der brutale Kommandoton, ihr harter, metallener Klang, diese Stimme, die er aus der Vergangenheit seiner Art herausgrub und die ihm, seiner Existenz, im Namen der Schiffskapitäne und Sklavenhändler, die zwischen ihren Beinen seine Gene ausgebrütet hatten, hohnsprach, machte ihn taub für den Lärm und das Chaos. Der Druck des Blutes in seinem Hals zog einen trüben Film über seine Augen. Trotzdem brüllte er weiter; in ihren zerrissenen Kleidern wandten sie sich um, steuerten auf den Wagen zu und kehrten dem Gebäude den Rücken. Er bildete sich ein, sie riefen: »Shinza! Shinza!« – Aleke hatte den Rückwärtsgang eingelegt, riß das Steuer herum und fuhr quietschend rückwärts zwischen der Menge hindurch, während die Männer schon hinter ihnen herliefen und Bray, so als wäre er gekommen, sie zu erlösen, immer wieder zuriefen: »Shinza! Shinza!« Als sie sich nach Alekes Schätzung außerhalb der Reichweite des Tränengases befinden mußten, hielt er an und sprang aus dem Wagen. Der Ausdruck in ihren Gesichtern, mit denen sie Bray angesehen, der Name, den sie gerufen hatten – sie waren im Durcheinander verlorengegangen. Aleke und Bray schlossen instinktiv wieder ein Bündnis der Disziplin und bewegten sich hastig zwischen den Männern, wobei sie rund um den zügellosen Aufruhr eine unsichtbare Schnur warfen und sie, indem sie sich den Augenblick des Zögerns, der den Willen des Mobs ablenkt, zunutze machten, wie Schafe vor sich her trieben.

Das vordringlichste Problem war, die Männer von der Eisenmine aus diesem Viertel herauszukriegen. – Selufu konnte nicht den ganzen Haufen verhaften, und selbst wenn er es getan hätte, hätte er nicht genug Platz für sie gehabt. Es war offensichtlich, daß die »Invasoren« jedesmal, wenn die Kämpfe zwischen Polizei, Streikenden und Jungpionieren abflauten, mehr oder weniger geschlossen beisammen blieben, zumindest in Gruppen, die dann für die Polizei und die nächste Meute von Jungpionieren, denen sie über den Weg laufen mochten, eine gute Zielscheibe abgaben, während die einheimischen Männer in ihren Wohnstraßen verschwanden. Etwas war erstaunlich an Aleke: Er scherte sich nicht ums Protokoll und schien auch nicht auf den Gedanken zu kommen, daß er eigenmächtig und ohne Rücksicht auf den Polizei-Commissioner handelte. Plötzlich kam er auf die Idee, die Kumpel irgendwohin zu bringen – aber wohin? – »Das Gelände der Landwirtschaftsmesse«, fiel Bray ein – und sie dort festzuhalten, bis sie wieder zur Mine zurücktransportiert werden konnten. Bray nahm den Wagen und raste durch die verdreckten Straßen, um Malemba zu suchen und ein paar Schulbusse zu requirieren.

Es war so absolut absurd, wie es Verzweiflungsschritte oft sein müssen: Sampson und Bray und Aleke mit Busladungen voller zerschlagener Männer im Kampf gegen die Angriffe des Mobs, der nicht mehr wußte, ob der Anblick ihn zornig machte oder ihm Angst einjagte. Als die Operation abgeschlossen war, fuhren Bray und Malemba wie verrückt vom Messegelände in die Stadt, um Brays Wagen abzuholen, sich mit Nahrungsmitteln, Medikamenten und Verbandszeug einzudecken und Hilfe zu holen. Aber Brays Wagen war nicht vor dem Haus; Edna hatte Rebecca, Hjalmar und Nongwaye angerufen, sie sollten ihr beim Transport der Verwundeten ins Spital helfen, die immer noch auf dem Marktplatz lagen. Bray und Malemba fuhren zurück zum Messegelände: Aleke war gerade in einen Streit mit zwei Weißen verwickelt, Mr. George Nye und Mr. Charles Aldiss, dem Präsidenten und dem Sekretär der landwirtschaftlichen Genossenschaft der weißen Siedler, die ihn aufforderten, er solle die Leute von dem Privatbesitz entfernen, auf dem sie sich unberechtigt aufhielten. Ein alter Schrecken aus den Zeiten, da ein Gebrüll zwischen Weiß und Schwarz einen Riß in jener besonderen Gesellschaftsordnung bedeutete, für deren Aufrechterhaltung er bezahlt wurde, erfaßte Bray unvorbereitet. Jetzt hatte er keine besondere Aussagekraft; Aleke hatte zu sagen, und Nye war bloß ein Privatmann, der Schwierigkeiten machte; daß er ein Weißer war, half ihm überhaupt nichts. Aber kaum hatte Nye Bray erblickt, wandte er sich gegen ihn: »Natürlich! Das ist genau der Tag, auf den Sie gewartet haben. Deshalb haben wir Sie uns damals vom Hals geschafft! Sie weißer Schweinehund!«
Es war ein Schrei, der sich unter all die anderen dieses

Nachmittags mischte. Bei Einbruch der Nacht – zwei Wagenladungen Soldaten waren angekommen, die jetzt mit Feuerwaffen durch die Stadt patrouillierten – versammelten sie sich wieder beim Haus, Rebecca, Hjalmar, Nongwaye und er. Er steckte immer noch in seinen verdreckten Hosen; eine eingetrocknete Blutspur an der Lende erinnerte ihn an etwas, das schon vor Tagen passiert sein mochte. Kalimo hatte den ganzen Nachmittag auf die Kinder der Tlumes aufgepaßt, und im Haus herrschte die aufgeheizte und chaotische Atmosphäre einer ganz anderen Art von Aufruhr. Rebecca und Hjalmar teilten miteinander das Hochgefühl, sich nützlich gemacht zu haben; die Körnung der Haut an Kinn und Wangen wirkte unter der glänzenden Lasur aus Schweiß und Selbstaufgabe gröber. Er fragte sie halblaut, vertraulich: »War's sehr schlimm?«, und sie antwortete, ausdruckslos hauchend: »Nein, nein. Zum Glück hab ich keine von den Toten gesehen.« Er drückte ihre Hand.

Nongwaye fuhr mit seinen Kindern nach Hause, und plötzlich waren sie in ihrer Erschöpfung vom Schweigen der Nacht umgeben. Sie tranken Bier und hörten im Radio, daß sich der Streik bis zu den Reparaturwerkstätten der Eisenbahn hin ausgeweitet habe und daß in der Hauptstadt Transportarbeiter, Postbeamte und Lehrer ihre Arbeit niedergelegt hätten. Es habe »Meldungen über Unruhen im Bezirk Gala« gegeben, sagte die Stimme mit dem ihr eigenen afrikanischen Akzent, aber der Gleichgültigkeit eines Nachrichtensprechers der BBC. Hjalmar schnitt ein Gesicht und lachte leise.

Bray ging hinaus in den Garten, um einen Blick auf den Himmel über dem Township zu werfen, aber durch das

Fliegengitter der Veranda rief Rebecca: »Aleke!«, und er lief hinein ans Telefon. Das Radio war wegen der Sendung von Kurznachrichten aufgedreht und jagte galoppierende Cancan-Rhythmen durchs Haus. Er bedeckte sein anderes Ohr mit der Hand, um den Lärm nicht zu hören, und hörte Alekes betörende Stimme, die von seinem mächtigen Resonanzkörper vibrierte. Er sagte was von einem Flugzeug – »Welches Flugzeug?« Die reguläre Maschine, die zweimal pro Woche kam, war erst in den nächsten zwei oder drei Tagen fällig.

»Nun, das Ding vom Landwirtschaftsministerium... verstehen Sie. Agnes wird hinunterfliegen. Zu ihrer Mutter, gemeinsam mit den Kindern. Ich sag mir, warum nicht. Und außerdem ist sie – nun, Sie wissen schon. Und wie steht's mit Rebecca? Sie könnten sie auch noch hineinquetschen.«

Er sah sie an, während Aleke sprach.

Er sagte: »Ich werd's probieren.«

»Ist das beste für sie, und wir haben dann die Hände frei«, sagte Aleke mit der für ihn typischen Lässigkeit, die Ausdruck seiner Verstörung war.

»Wann wäre das denn?«

»In der Früh. Sagen Sie ihr, sie soll ein paar Kleider in einen Koffer packen und rüberkommen. Sie möchten so ungefähr um sieben wegfliegen.«

Einen Augenblick lang stand er unter den forschenden Blicken von Rebecca und Hjalmar da. Er stellte das Radio leiser. »Agnes und die Kinder fahren zu ihrer Mutter – sie haben morgen früh eine Mitfahrgelegenheit im Flugzeug des Landwirtschaftsministeriums. Sie möchte, daß du mitkommst, Rebecca...« ihr Name blieb ihm verlegen im Mund stecken und hörte sich an

wie der Name einer Person, die keiner der beiden kannte – »du könntest ein paar Tage bei Vivien und Neil bleiben. Ich finde, du mußt fliegen.«
Ihre Augen, die auf ihm lagen, schienen sich nach innen zu öffnen, um ihn zu zwingen, da hineinzusehen. »Nein.«
»Bloß für ein paar Tage. Aleke ist einverstanden. Es wäre vernünftig.«
Wie ein Kind, das die Strafe jemandem anderen anhängen will, sagte sie: »Und Edna?«
»Edna ist Krankenschwester.« Und klarerweise gehöre Edna hierher, es sei ihr Stück Land, ihre Heimat und ihr Volk, wogegen Agnes und Rebecca – selbst Agnes, ein Mädchen aus der Hauptstadt – sich dafür, was in Gala passierte, nicht zu engagieren brauchten. Und sollte der Fall eintreten, daß Gala vom übrigen Staat abgeschnitten wäre, und angesichts seiner einzigen Verbindungsstraße, einer fehlenden Eisenbahnlinie und der winzigen Fluglandebahn sei das ganz leicht möglich, dann wären die Tlumes bei sich daheim.
Sie verließ, an den beiden Männern vorbei, den Raum und ging ins Schlafzimmer. Ein sehr reales Gefühl der Panik erfaßte ihn, so als hätte er etwas getan, das er nicht ungeschehen machen konnte.
Sie stand da zwischen der häßlichen alten Garderobe, an der ihre Kleider hingen, und dem Bett, in dem sie vergangene Nacht miteinander geschlafen hatten. Diese Dinge waren zu den Habseligkeiten eines Fremden geworden; er und sie hätten ebensogut nie hier drin gewesen sein können.
»Wenn es nicht meinetwegen wäre... du verstehst mich doch, Liebling...? Ich habe das Gefühl, ich benehme

mich wie ein Verrückter, daß ich mich so an dich klammere.«

»Ich fliege nicht.«

Er ging zu ihr, so als wären sie in einem Hotelzimmer, allein, in einem fremden Zimmer. Er strich ihr über das Haar und hielt sie fest. »Ich stinke. Eigentlich sollte ich dich nicht an mich heranlassen.«

Sie schwieg. Mit dem Nagel ihres Zeigefingers fuhr sie ihm kratzend über das Hemd hinunter. Schließlich sagte sie: »Wie viele Stiche?«

»Ich glaube, vier. Nein, zwei – ich hab die vier Löcher jeweils als Stich gezählt.«

»Hat nicht weh getan? Sie ist gut, was.«

»Da.« Er nahm ihren Finger und zeigte ihr, wo sie die kleinen Knötchen des Plastikfadens durch die Hose hindurch spüren konnte.

Sie bat ihn: »Du rufst Aleke an«, und er nickte. Friedlich gingen sie zurück ins Wohnzimmer, wo Hjalmar gerade eine Lammkeule tranchierte. »Mahlope ist wieder da«, verkündete Kalimo angriffslustig von der Eingangstür her.

Aleke war jetzt oft im Haus; bei ihm daheim war niemand, und ihrer aller Leben war durch die Ungewißheit einer von Stunde zu Stunde sich ändernden Lage miteinander verbunden, in der Kalimo weiterhin mit verbissener Pünktlichkeit und veränderlich wie Auf- und Untergang der Sonne warme Mahlzeiten – zusammengeschrumpft, ausgetrocknet und unverdaulich – zubereitete, die dann zu jeder beliebigen Tageszeit von jedem, der gerade da war, verzehrt wurden. Abgesehen von Kalimo, waren niemandes Funktionen klar umrissen, und persönliche Ziele und Überzeugungen überging man, indem man einfach die nächste Sache in Angriff nahm.
Der gehetzte Selufu verließ sich auf Aleke, und Aleke nahm an, Bray und Sampson Malemba würden für Nahrungsnachschub für die auf dem Messegelände untergebrachten Männer sorgen. Als er und Malemba aber am zweiten Tag mit Fleisch und Porridge, die sie in der Spitalsküche organisiert hatten, und mit Näpfen und Samowars aus den Beständen von Malembas Pfadfinderausrüstung auftauchten (alles, was sie bettelten oder borgen konnten), fanden sie die Männer in der gleißenden Sonnenhitze der Arena, eingekreist von Soldaten und wie Tiere zusammengepfercht. Die Soldaten waren Telafa aus dem Westen und konnten sich mit den Streikenden nicht verständigen. Beim Anblick Brays stiegen Rufe auf: Shinza, Shinza. Malemba drängte die Soldaten, Bray zu den Streikenden hineinzulassen. Er stand völlig unbewegt, aufmerksam angespannt da, um jede

Reaktion abzuwehren, die er vielleicht auslösen mochte. Dann wurde er eingelassen; die Männer umringten und bedrängten ihn. Sie wollten nach Hause; sie würden zu Fuß gehen. Aber die Polizei wolle niemanden fort lassen; die Polizei habe mehr als zwanzig von ihnen mitgenommen, und den übrigen sei gesagt worden, sie würden in diesem »Rinderpferch« festgehalten werden.

Er konnte nichts tun als weitermachen und das Essen an sie verteilen. Er und Malemba widmeten sich dieser Beschäftigung, ihr allein. Er wußte, daß Sampson (trotz seiner ungeminderten Empörung wegen der »Hundezwinger«-Geschichte beim Kongreß) nicht an Mweta zweifelte und diesen immer unterstützen würde, egal, wie traurig und ratlos ihn die Dinge, die unter diesem Regime passierten, auch stimmen mochten. Gleichzeitig aber vertraute Sampson *ihm*; also wurde kein Wort darüber verloren, wie man ihm im Namen Shinzas zugejubelt hatte. Es konnte zwischen ihnen zu keiner Diskussion darüber kommen, was sie gerade gesehen hatten. Das Gewicht der Umstände war in der brennenden Hitze, die sich in dem alten Volkswagen gestaut hatte, zum Greifen spürbar.

Er setzte Malemba ab; der Markt war geschlossen, die Läden vor den Geschäften der Inder heruntergelassen, der Supermarkt aber hatte an diesem Morgen seine Tore geöffnet. Ein paar Leute waren da, und wo auch immer sie sich gerade über den Weg liefen – das galt selbst für Frauen mit Körben auf den Köpfen und Säuglingen auf den Rücken –, erregten sie die Aufmerksamkeit der in sich zusammengesunkenen und nun zum Leben erwachenden Soldaten, die sie grob weiterdrängten. Er sah, wie die Frauen aus Gala mit schwingenden Hüften weitergingen, wie sie ihre *kangas* schwungvoll um ihre Hintern schlugen, ordinär lachten und den Soldaten Unflätigkeiten an den Kopf warfen, die diese nicht verstehen konnten. Vor dem *boma* unterhielt sich Aleke durch das Fenster eines Streifenwagens mit Selufu. Er gab Bray ein Zeichen, er solle sich dazugesellen; Selufu begrüßte ihn mit einem kollegialen Lächeln. »Alles in Ordnung. Sie und Malemba machen Ihre Sache hervorragend – ich hab gerade gesagt, ich muß diese Meute isoliert halten, aber wohin mit ihnen?« »Nye hat Anweisung erhalten, von wo er zu verschwinden hat«, sagte Aleke befriedigt. Und zu Selufu gewandt: »Sie hätten hören sollen, wie er Bray beschimpft hat – das ist ein Typ. Zu einem anderen Zeitpunkt hätte ich ihm eins auf die Nase gegeben.« »Oh, dem Colonel kann ein Mann wie der nichts anhaben.« – Wie jemand aus einer Gruppe von Gleichrangigen maßte es sich Selufu an, Bray gleichsam beifällig auf die Schulter zu klopfen.

»Die Männer sind in der Vieh-Arena ohne Schutz vor der Sonne zusammengepfercht.«

»Was soll denn nun dieser Unfug wieder – ich werde hinunterfahren und mich persönlich darum kümmern. Dieser Sergeant weiß nicht, was er tut. – Wie geht's dem Bein? Keine Schmerzen, hm?« Und nach ein, zwei an Aleke gerichteten Worten fuhr er davon.

Aleke hatte Rebecca ins *boma* mitgenommen, um irgendeine Art täglicher Routine aufrechtzuerhalten, aber das Haus wurde bewacht, und kaum jemand war zur Arbeit erschienen. Aleke selbst war ins Industrieviertel hinuntergerufen worden – es kam sporadisch zu Tätlichkeiten zwischen den Männern von der Fischgefrieranlage,

der Ziegelei und Gruppen von Jungpionieren – er vermied es, sie beim Namen zu nennen, redete immer nur von den »Radaubrüdern«. Ein Feuer war ausgebrochen – »Aber es war bloß dieser alte Baum«, sagte er.
»Der Sklavenbaum?«
»Der, unter dem die Arbeitslosen immer gesessen haben – wissen Sie. Aber es war nicht so schlimm, das Feuer hat sich nicht ausgebreitet. Das Zeug ist innen noch immer feucht, obwohl die Blätter wie Papier abgebrannt sind.«
»Bray hat diesen Baum gern – stimmt's?« Rebecca lächelte ihn an.
»Vielleicht ist er ein Symbol des Bösen – Zeit, daß er weg ist. Mir hat es einfach gefallen, die Leute dort unten sitzen und in aller Ruhe ihre Chips verzehren zu sehen.«
Wieder im Haus, sagte er zu Aleke: »Hören Sie zu, aus dem Messegelände hat man ein Gefangenenlager gemacht. Wozu denn? Diese Männer sollten wieder zu sich nach Hause. Selufu hat aber etwa zwanzig verhaftet, und die restlichen behandelt er so, als befänden sie sich unter Arrest – sie *sind* unter Arrest.«
»Er hat keine Polizeiwagen für den Transport dorthin übrig – er braucht alles, was er hat.«
»Soll er die Schulbusse requirieren. Mein Gott, Sie haben das doch auch getan.«
»Ja, aber das war eine Notsituation.«
»Die ganze Sache ist eine Notsituation! Wir haben die Leute nicht eingesammelt, damit sie die Polizei dann verhaftet.«
Rebecca und Hjalmar blickten nicht von ihren Tellern auf. Zwischen Bray und Aleke trat Schweigen ein.
Aleke sagte: »Diese Geschichte, daß sie in die Stadt mar-

schiert sind – das war nicht bloß so ein Einfall, den die in ihren Köpfen ausgeheckt haben. Shinzas Leute sind unter ihnen; Selufu versucht, mehr herauszufinden. Von denen, die er eingesperrt hat. Es heißt, daß es in den Bashi unmittelbar auf der anderen Seite der Grenze Lager gibt – Waffen, die im Busch versteckt sind. Leute haben behauptet, daß Somshetsis Gruppe hereingesickert ist.« Er hob die Schultern und ließ sie wieder fallen. »Ich weiß nicht. Wir haben selbst genug Schwierigkeiten.«
Beim Kaffeetrinken zwang sich Bray dazu zu sagen: »Sie sollten sich besser vergewissern, daß Selufu Anweisungen gegeben hat, daß die Männer wieder zur Tribüne dürfen.« Die Streikenden hatten im Freien auf den Holzplanken der Sitze unter dem Dach der Haupttribüne geschlafen – vor den neuen »Maßnahmen«.
»Ja, mach ich.«
»Sampson fährt später rauf –«
»Ja, ich tu's schon, machen Sie sich nur keine Sorgen. Oh, hier ist eine Überraschung für Sie …« Aleke händigte ihm einen Stoß Briefe aus. Wegen des Streiks der Transportarbeiter in der Hauptstadt hatte es wieder einmal keine Post gegeben. »Jemand kam auf den klugen Gedanken, den Sack dem Burschen mitzugeben, der die Soldaten hereingeflogen hat – aber der Offizier hat sich erst jetzt daran erinnert, sie mir zu geben.« Auf einem der Umschläge klebte eine Schweizer Briefmarke. Er machte den Brief auf und überflog ihn schnell, während sie sich weiter miteinander unterhielten. Als Aleke gegangen war, übergab er ihn Rebecca. Zu Hjalmar und ihr sagte er: »Besser, ich mach mich jetzt auf die Beine und seh mich mal um. Ich kann dem Polizei-Commissioner wohl doch kaum Befehle erteilen, oder …« Ihre Augen

liefen schnell über die Zeilen: *Lieber Colonel Bray, Ihre Kopie von* La Fille aux Yeux d'Or *wurde für Sie reserviert. Wir erwarten weitere Anweisungen und sind stets zu Ihren Diensten.* Sie faltete ihn wieder zusammen und gab ihn mit einem leichten Kopfschütteln zurück.

Hjalmar richtete Bray aus, er sei angerufen worden und solle sich mit Mr. Joosab in Verbindung setzen. Er versuchte, ihn im Geschäft zu erreichen, aber es hob niemand ab; sicher fest verrammelt. Armer Joosab. Vermutlich war es klüger, ihn aufzusuchen. Rebecca sagte: »Hat nicht viel Sinn, wieder ins Büro zu fahren, wenn Aleke nicht da ist.«

»Nein, bleib hier.« Er dachte an die Banden und die versuchte Brandstiftung in unmittelbarer Nähe der Stadt, im Industriegebiet.

»Sollen wir im Garten weitermachen?« sagte Hjalmar.

»Wenn man an der einen Stelle nicht gebraucht wird, dann muß man es an einer anderen versuchen.«

Als er sich verabschiedet hatte und davonfahren wollte, kam sie aus der Küchentür gelaufen. Er blieb stehen und wartete auf sie. »War das von der Schweizer Bank?« Er nickte. »Alles bestens.« »Was war das mit diesem Mädchen...? Woher hast du das denn?« Er wartete eine Sekunde und gönnte sich das Vergnügen, diese Augen mit dem modischen schwarzen Make-up anzusehen, das sie in letzter Zeit trug. »Es bedeutet ›das Mädchen mit den goldenen Augen‹ – das ist ein Romantitel. Ich hab einmal gehört, wie dich Roly so nannte. Also hattest du bereits einen Codenamen.«

»Wie heißt denn der Verfasser?« – Er spürte aber, daß sich ihre Neugierde mehr auf sie selber bezog, darauf, wie er sie sah.

»Ein alter französischer Roman. Balzac.«
Joosabs Haus befand sich an der Rückseite seiner Schneiderwerkstatt. Es gab da einen kleinen Garten, in dem weder Gras noch Blumen wuchsen und in dem ein Elefant aus Beton stand, dessen Kopf ein leeres Vogelbad schmückte. Die Hausfassade war grellblau gestrichen. Die Glocke schellte lange, bevor Ahmed, Joosabs zweiter Sohn, die Tür öffnete; er wurde schweigend über das Linoleum in das beste Zimmer mit einem großen Eßtisch und einer Kredenz geführt, auf denen jeweils eine Platte aus Spiegelglas lag. Joosab mußte irgendwo im Hausinneren gearbeitet haben, obwohl der Laden geschlossen war, und erschien mit silberdurchwirkten Gummibändern, die die Ärmel seines strahlendweißen Hemdes zurückhielten, und mit dem üblichen Maßband um den Hals. Es bereitete ihm ungeheure Schwierigkeiten, zur Sache zu kommen, worum es sich dabei auch immer handeln mochte; er bot Tee an, einen gekühlten Drink – dazwischen immer blitzartige Einwürfe, daß die »Dinge nun einmal so liegen«, die Hitze, die Dürre –, durchaus bereit, die Tumulte und Brandlegungen als irgendeine Art saisonbedingter Naturerscheinung zu deuten, sollte man das für taktvoller halten. »Sie machen sich Sorgen, mein lieber Joosab. Aber ich weiß nicht, womit ich Sie beruhigen könnte. Oder auch mich. Zyniker werden händereibend feststellen, daß mit der Unabhängigkeit überhaupt nichts gelöst ist. Leute wie wir hätten sich immer darüber im klaren sein sollen, daß die Unabhängigkeit erst den Anfang aller Lösungen bedeutet. In dem Augenblick, wo man sie gewinnt, hat sie schon aufgehört, Ziel zu sein.«
»Sie haben ja so recht, Colonel, Sie sind so klug. Es ist ein

Vergnügen, mit jemandem wie Ihnen zu sprechen. Sie haben keine Vorstellung, was ich mit ein paar von diesen Leuten durchmache. Ich sage zu ihnen, es hat keinen Sinn, den jetzigen Zustand mit früher zu vergleichen. Aber sie sind nervös, verstehen Sie? Sie sagen, wozu die Aufmerksamkeit auf sich lenken. Und die Gandhi-Halle wurde aus Gemeindebeiträgen errichtet. Ich erkläre ihnen, dann ändert doch den Namen, wenn ihr ständig Angst davor habt, daß eure Investitionen in Gefahr sind. Gandhi hat nicht an Investitionen geglaubt. Aber sie sind nervös – Sie verstehen, was ich damit sagen will?«

»Nun, im Augenblick laufen dort natürlich ohnehin keine Kurse – keiner da, der Unterricht halten würde, und keiner, der derzeit hinkäme.«

»Das ist schon richtig. Aber – Colonel – sie wollen, daß Sie Ihre Sachen wegbringen. Das Zeug aus der Schreinerei und so weiter... sie sagen, wenn wer auf die Idee kommen sollte, reinzugehen und es kaputtzuschlagen...«

»Sie wollen uns raushaben?«

»Colonel...«

»Ach, regen Sie sich doch nicht auf, Joosab; ich überleg ja bloß.«

»Unsere Gemeinde hat der Partei regelmäßig Spenden überwiesen, Colonel, und dann, wo Sie doch mit dem Präsidenten so gut befreundet sind, da haben wir uns gedacht, daß wir uns keine Sorgen zu machen brauchen. Aber diese Leute jetzt – wer sind die denn eigentlich, sie hören auf keinen...«

»Ich seh bloß noch nicht, wie Malemba und ich das alles mit nur zwei Paar Händen hinkriegen sollen, jetzt gleich, hm?«

Joosab hielt seine eigenen Hände in die Höhe und pflichtete ihm bedrückt bei.
»Können Sie ein paar junge Männer auftreiben, die uns dabei helfen könnten? Freunde von Ihren Söhnen? – Ach, lassen wir das lieber, besser, Sie halten sich da heraus. Ich werd schon irgendwen auftreiben.«
Eine der namenlosen Frauen des Haushaltes tauchte mit geisterhafter Scheu auf und stellte das Tablett mit dem Tee so vorsichtig ab, daß nicht einmal ein Teelöffel klapperte. »Ach, trinken Sie doch eine Tasse, Colonel, schauen Sie, da steht er«, sagte Joosab, so als wäre der Tee von selbst erschienen. »Das ist eine furchtbare Zeit für Präsident Mweta, furchtbar, furchtbar. Was denken Sie, Colonel, sind es die Kommunisten?«
Bray, Malemba, Malembas älterer Sohn, Hjalmar, Mahlope, Nongwaye Tlume und Rebecca schleppten noch am selben Nachmittag das Inventar des Erwachsenenbildungszentrums aus der Gandhi-Halle. Sie hatten einen Jeep des Landwirtschaftsministeriums und einen Gemüselaster, den Joosab von einem der indischen Geschäftsleute hatte borgen können. Das Material wurde im Anbau von Brays Garage und im Pavillon des Hauses der Tlumes, den Rebecca und ihre Kinder mit Beschlag belegt hatten, und sogar im *boma* untergebracht.
Mitten in der Nacht läutete das Telefon. Joosabs Stimme klang mit einem Mal schwach und schrill, so als würde er noch im Reden davongetragen. »Colonel, halten Sie sie auf, halten Sie sie auf, Sie müssen sie aufhalten. Sie wissen, der Präsident...« »Joosab, um Himmels willen, was ist mit Ihnen passiert?« »Sie brennen die Halle nieder – Sie müssen kommen und es verhindern...«
Er ließ den Hörer in die Gabel fallen und stand, wie aus

dem Schlaf in Seekrankheit gerissen, an die Wand des Wohnzimmers gelehnt da. Er strich sich mit der Hand matt über die Brust – Shinzas Geste. Der Sirenengesang eines Moskitos ortete ihn mit unfehlbarer Sicherheit und zog seine surrenden Kreise um diesen Anfall von Schwindel. Er rief Aleke an. Als er das Haus in einem Paar Hosen verließ, die er über seinen Pyjama gestreift hatte, wurde er von einem der Männer Major Fieldings aufgehalten, die sich mit roten Armschleifen und Sportflinten herausgeputzt hatten. »Um Gottes willen, streiten wir nicht – es brennt.«

Aleke und er sahen die Feuersglut schon aus weiter Ferne und spürten es – eine ungeheure Hitze, die ihnen wie aus der offenen Türe eines Hochofens entgegenschlug. Die Jungpioniere, die das Gebäude geplündert und in Brand gesteckt hatten, waren schon wieder weg, und die Feuerwehrpumpe stand da, deren Schläuche nur insofern taugten, als sie das Gelände rund um das Haus feucht hielten und damit ein weiteres Umsichgreifen der Flammen verhinderten – inmitten der Wasserschleier und Rauchschwaden ragten die Halle und die an sie angebaute Schule auf, bereits in jenem Stadium, in dem ein Gebäude seine Umrisse nur noch in Flammen, nicht mehr durch Materie hält; im nächsten Augenblick schon würde es in sich zusammenstürzen. Joosab und ein paar andere Männer standen da und trugen über ihren Nachtgewändern trotz der Hitze der Nacht und des Feuers Mäntel. Der Geruch der Feuchtigkeit und des Brandes war übelkeiterregend; ihre schwarzen Augen gingen von Tränen der Wut über. Sie schienen unfähig, etwas zu sagen. Sie starrten Bray an. Das Gebäude mußte schon rettungslos in Flammen gestanden haben und die Feuerwehrleute mußten schon dagewesen sein, als Joosab telefoniert hatte. Unter den völlig durchtränkten und verbrannten Dingen, die man gerettet hatte, entdeckte Bray eine Kiste mit der fein säuberlichen, in weißer Farbe aufgemalten Aufschrift: DER-MAHATMA - GANDHI - GALTLOSIGKEITS - KASTEN. Ein jugendlicher Inder sagte zu ihm: »Ich nehme nicht an, daß die Versicherung zahlen wird.«

Rebecca war so müde gewesen, daß sie weder das Telefon gehört hatte, noch wie er aus dem Haus gegangen war. Als er zurückkam, setzte sie sich im Bett alarmiert auf. »Die Gandhi-Halle ist abgebrannt.« »Oh, mein Gott, die ganze Mühe umsonst.« Er legte sich am Kopfende des Bettes zu ihr hin. Er roch nach feuchtem, verbranntem Holz und verbrannter Farbe. »Komm herein«, sagte sie und zog an den Bettüchern unter ihm. Er streifte die Sandalen von seinen Füßen und blieb auf dem Rücken liegen, unfähig, sich zu rühren. Er hörte sich selbst tiefe, bebende und schnarchende Atemzüge machen, als er wehrlos vom Schlaf überwältigt wurde.

Früh am Morgen war Dave, der Barkeeper vom Fisheagle Inn, da, um ihn zu sprechen. Kalimo polierte den Fußboden im Wohnzimmer, hatte zu diesem Zweck alle Möbel in die Mitte geschoben und hielt den Kopf hartnäckig vom Besucher weggewandt, als er ihm den Weg wies. Dann ging er wieder auf die Knie hinunter und machte sich, offenbar in der Absicht zu zeigen, daß ein respektvoller Rückzug seinerseits diesem Besucher nicht beschieden sein solle, weiter unter den Füßen Brays und des anderen Mannes zu schaffen.

Rebecca war im Badezimmer. Er führte den Mann ins Schlafzimmer und in die Gegenwart des ungemachten

Bettes, der Schuhe der Frau und seiner noch vom Brand her stechend riechenden Kleider, die auf dem Fußboden herumlagen. »Selufu gibt's ihnen ordentlich. Denjenigen, die er verhaftet hat.«

»Den zwanzig vom Messegelände?«

»Fünfzehn oder zwanzig – keine Ahnung, wie viele. Sie werden geprügelt und müssen die ganze Nacht über stehen. Es geht ihnen verflucht schlecht. Die prügelt man, und diese Schweinehunde von Jungpionieren gehen frei. Selufu traut sich nicht einmal, sie zu verhaften. Ja, das ist die Wahrheit. Sie sehen's ja selbst, diese Brandstiftungen und Kämpfe gehen nur deshalb weiter, weil er sie nicht verhaftet – er verhaftet die Leute, die von ihnen angegriffen werden. Deshalb will er die Soldaten nicht da haben – die schnappen sich jeden, der Ärger macht. Er hat Angst, er hat Angst um seinen Job.«

»Und wenn ich zu Selufu gehe und er mich fragt, woher ich meine Informationen habe?«

Der Barkeeper packte ihn am Arm, so als wollte er ihm eine vom Gin inspirierte Banalität anvertrauen: »Gehen Sie nicht in seine Nähe.«

»Oh, ich bin einer seiner freiwilligen Helfer.«

»Weshalb ich gekommen bin – ich weiß, daß Sie hinunterfahren. Sagen Sie's Shinza. Ein paar von ihnen könnten vielleicht Dinge ausplaudern, so daß er seine Pläne ändern muß. Er wird wissen, ob die irgend etwas Wichtiges gewußt haben. Ich hab ihre Namen.«

»Nun, wahrscheinlich gibt es alle möglichen Gerüchte... Ich könnte es von jedermann gehört haben, nicht? Glauben Sie, daß irgendwer bemerkt hat, daß Sie hier im Haus waren?«

»Vielleicht hat mich wer gesehen, vielleicht auch nicht.

Alle passen jetzt auf, wohin man geht – wenn man geht.«
»Man kann einfach nicht zulassen, daß Selufu mit den Leuten umspringt, wie es ihm gerade paßt.«
Der Barkeeper überging die Klage. »Sie wollen die Namen nicht?«
»Doch, geben Sie sie mir für alle Fälle. Wissen Sie, ob's Shinza gutgeht?«
»Ihm wird's schon gutgehen.« Halb ein Vorwurf, halb angriffslustige Loyalität.
Als der Barkeeper gegangen war, kam Kalimo in die Küche, wo sich Bray von Mahlope gerade seine frischgeputzten Schuhe abholte. »Hoffentlich haben Sie dem kein Geld gegeben, *mukwayi*?«
»Wieso sollte ich das denn tun?« Er war amüsiert und vorsichtig zugleich.
»Das ist der Mann aus der Hotelbar, nicht wahr? Ich weiß. Den kennt jeder. Er borgt sich Geld aus, Geld, Geld. Die Leute sagen, er holt es sich sogar von den Weißen, die dort trinken.« Und auf englisch: »Er ist *no good.*«
»Mach dir nur keine Sorgen, Kalimo, ich hab ihm nichts gegeben.«
Den ganzen Tag hatte er periodenweise Anfälle von absoluter Denkunfähigkeit; und wenn der Gegendruck gleich stark wurde, dann war er dazwischen in einem tödlichen Gleichgewicht gefangen. Zu Mittag wollte er zum Polizeirevier; und dann hielt er den Wagen bloß am unteren Ende der Straße unter einem Baum an und rauchte eine Zigarette. Am frühen Nachmittag wußte er, um sechs Uhr würde er fahren, und wenn Selufu nicht zu finden sein sollte, dann wollte er zu seinem Haus fahren

(Aleke hatte ihm neuerdings einen von der Polizei ausgestellten Passierschein verschafft, laut dem er sich auch nach der Ausgangssperre noch auf der Straße aufhalten durfte; ein weiteres Zeichen der Gnade und Gefälligkeit). Sollte Selufu tatsächlich herausfinden, daß der Barkeeper im Fisheagle der Informant gewesen war, dann würde er den Mann wahrscheinlich abholen und in Untersuchungshaft stecken, damit er herausfand, was *er* nun wieder wußte. Sollte Selufu es aber nicht herausfinden und kam ihm der Vorteil zustatten, daß Bray »zugab«, die Geschichte von den Mißhandlungen sei ihm gerüchteweise aus der Umgebung zugetragen worden, dann würde Selufu ohne Zweifel schlichtweg leugnen. All das war ziemlich weit von etwaigen Schlußfolgerungen entfernt, die er für sich – Bray – ziehen mochte. Er dachte, ich könnte darauf bestehen, daß man mir die Männer zeigt – aber dann wieder: im Namen wessen oder welcher Sache? Selufu war von Mweta wegen des Jungen mit den Narben auf dem Rücken als Ersatz für Lebaliso hergeschickt worden. Wenn ich mir also absurderweise die Autorität anmaße, das zu verlangen, dann geschieht das im Namen von Mweta.

Und gleichzeitig war da jene Bemerkung Selufus, die gefallen war, als er ihn gemeinsam mit Sampson Malemba aufgesucht hatte: »... kein Ärger auf Ihren Überlandfahrten, Colonel...« – die er vage als Anspielung auf seine Kontakte zu Shinza verstanden hatte oder als einen solchen Verdacht. Vielleicht war es eine versteckte Warnung gewesen: Glauben Sie nicht, ich wüßte nicht.

Er muß es wissen.

Und doch war ich in diesem Chaos die ganze Zeit so

kooperativ. Habe aus allgemeiner Menschlichkeit heraus gehandelt. Frieden bewahrt. (Im Namen wessen; welche Art von Frieden?) Und vielleicht zögerte Mweta sogar jetzt noch, »sich die Hand freizumachen«...

Während des gemeinsamen Essens redete er kaum mit Hjalmar oder dem Mädchen. Als er mit ihr allein war, küßte er sie ohne Verlangen. Gemeinsam mit Malemba brachte er die tägliche Nahrungsmittelration zum Messegelände; die Männer waren wieder unter der Tribüne, aber noch immer schwer bewacht. Ganz Gala roch wie ausgebrannt vom Feuer bei der Gandhi-Halle. Es gab Meldungen von Aufständen und Brandlegungen an Hütten bei der Fischgefrieranlage am See; Straßensperren hinderten die Fischwagen daran, nach Gala hereinzukommen.

Nach dem Abendessen saß er im Dunkel unter dem Feigenbaum und rauchte eine fade schmeckende Zigarre, die er zufällig gefunden hatte. Jeden Augenblick würde er aufstehen und zu Selufu fahren. Er blieb sitzen. Rebecca kam heraus, und als sie bemerkte, daß er nicht reden wollte, bewegte sie sich so leise wie die Fledermäuse, die wie Schwären den alten Baum bedeckten. Hjalmar nahm ein Buch mit heraus und drehte das eigens zur Vertreibung der Insekten bestimmte Licht auf; neben dem patriarchalischen Feigenbaum gab es im Garten noch Jacarandabäume, die man, außer wenn sie in Blüte standen, bewußt gar nicht wahrnahm – während der vergangenen Nacht waren sie aufgeblüht, und das Licht fing sich in den Kelchen ihrer lila Blüten. Kalimo schickte Mahlope um das Tablett mit dem Kaffee; der junge Mann sang mit einer Stimme, leise wie die eines Nachtfalters, etwas vor sich hin.

Er ging ins Haus und stand einen Augenblick lang vor dem Tisch mit dem unabgeschlossenen Bericht darauf, von dem einige Blätter mit Klammern aneinandergeheftet waren, andere in Ordnern lagen und wieder andere von einem Aschenbecher und sogar von dem zu diesem Zweck mißbrauchten Photo von Venetia und dem Baby beschwert wurden – Kalimos Vorsichtsmaßnahme gegen den staubigen Wind, der oft durchs Haus fuhr. Das Papier fühlte sich sandig an. Eine haarige schwarze Fliege lag tot auf ihrem Rücken. Rebecca hatte auf dem Fußboden, den Rücken an seine Beine gelehnt, vor dem Kamin gesessen – er war leer, abgesehen von den Zigarettenstummeln, die sie aus Faulheit immer dort hineinwarfen. Wochen waren vergangen, seit er an diesem Tisch gesessen hatte, seit er einen Brief geschrieben hatte – selbst an seine Frau. Er nahm einen Bogen vom Schreibmaschinenpapier, das Rebecca für seinen Bericht verwendet hatte, und hielt die Details bezüglich des Geldes in der Schweiz fest, Name der Bank, Adresse, Kontonummer, Codewort. Er faltete das Blatt und strich es mit seinem Daumennagel glatt, wobei ihm Asche von der Zigarre darauffiel, dann riß er es vorsichtig auseinander und faltete die Hälfte, die er beschrieben hatte, noch einmal zusammen, um sie in die Tasche seiner Buschjacke zu stecken.

Er stand auf und rief sie von der dunklen Veranda draußen herein.

Sie fand ihn im Schlafzimmer, wo sie vor Hjalmar sicher waren. Er saß auf dem Bett. Er sagte: »Morgen fahren wir. Wir packen heute nacht und fahren in der Früh.«

Sie tat keinen Schritt weiter ins Zimmer hinein. »Warum glaubst du mir denn nicht. Ich fahr nicht.«

Er streckte seine Hand nach ihr aus. »Komm her. Wir fahren beide, mein Liebling.«
»Du willst mich nur mitnehmen, weil ich neulich nicht fahren wollte.«
»Nein, nein. Ich werde dich nicht irgendwo einfach absetzen. Wir fahren. Ich kann nicht hierbleiben und für Aleke den Vigilanten spielen, oder? Wie denn auch?«
Er saß da, sie stand vor ihm und blickte auf ihn nieder, den Körper leicht zurückgebeugt. Er streckte langsam seine Hände aus und legte je eine Handfläche auf die Konturen der beiden Hüften.
»Du kommst mit mir?«
»Wir fahren gemeinsam.«
»Und dann?«
»Weiß ich noch nicht. Wir nehmen das Hotel, damit ich niemanden mit dem, was ich tu, kompromittiere... wir werden einfach sagen, daß ich gekommen bin, weil ich dich wegen der unsicheren Situation hier hinunterbringen mußte. – Und es *ist* auch nicht sicher.«
»Bloß vor einem hatte ich Angst – davor, nicht mehr zurückzukommen.«
»Ich weiß, aber ich werde bei dir sein.«
»Willst du nicht mehr hierher zurückkommen?«
Er schüttelte den Kopf.
»Nie mehr?«
»Wer weiß.«
»Dein komisches Haus hier«, sagte sie. Sie setzte sich neben ihn auf das Bett und nahm seine Hände in die ihren.
Sie fragte: »Meinst du, du fährst in die Schweiz?«
Die Enge des Raumes um sie herum klirrte gleichsam. In seinem Inneren machte er eine Erfahrung, die genau das

Gegenteil der Leere war, des Gefühls, alle Kräfte seien unkoordiniert und zerfallen, das er den ganzen Tag über gehabt hatte.

»Vielleicht. Aber dafür ist es jetzt zu spät. Es gibt für mich da noch etwas anderes in Europa zu erledigen. Ich sag's dir morgen, wenn wir von hier weg sind. Aber was alles andere betrifft, so bin ich nur in der Stadt, weil ich dich hinbringen wollte, hm?«

»Wie sollen wir denn zusammen weggehen. Nach *Übersee*«, sagte sie langsam und gebrauchte den kolonialen Ausdruck, voller Entfernung und Unerreichbarkeit.

»Werden schon sehen. Vielleicht gelingt es uns irgendwie. Wir entscheiden später, was wir tun. Hier kann ich nicht bleiben, mein Liebling.« Er streichelte ihr Haar, es war gewachsen und schon sehr lang. Sie sagte: »Woran denkst du?«

Er lächelte ihr zu. »Wie traurig, einerseits.«

Sie war diejenige, die an Hjalmar dachte. Sie einigten sich, daß er selbstverständlich zusammen mit ihnen in die Hauptstadt hinunterfahren würde. »Und das wird es ihm erleichtern, mit seiner Familie auf einen Nenner zu kommen. Ich will damit sagen, es wird nicht so aussehen, als würde er zu Kreuze kriechen.« Er ging hinaus in den Garten, um Hjalmar davon zu unterrichten. Der schöngeformte blonde Kopf war nach vorne geneigt, und unter seinem dünner werdenden Haar und der straffen hellen Haut zeichnete sich der Schädel allmählich immer deutlicher ab. Mehr über den Brillenrand hinweg als durch sie hindurch las er die Briefe von George Orwell. Hjalmar nahm die Brille ab und hörte abwesend-einsichtsvoll zu. Dann stand er auf, schloß das Buch und nickte, er habe verstanden. Er stellte ein paar präzise Fragen, die Reise betreffend – ob es wohl keine Straßensperren und keine Schwierigkeiten auf dieser Strecke geben würde, hm? Bray erklärte, er habe nichts dergleichen gehört. Hjalmar ging zielbewußt ins Haus; da erklang seine Stimme, mit der er zu Rebecca irgendwas sagte, und ihr Lachen.

Bray drehte das Licht aus, und wie ein Stück Papier, das sich unter der Hitze des Feuers aufwirft, schwarz wird und wieder zusammenzieht, schrumpfte die Farbe zurück ins Dunkel. In der Dunkelheit spürte er, wie ein oder zwei große Ameisen, die unablässig um den Feigenbaum herumwanderten, versehentlich über seinen Fuß krochen. Die vielen Stämme des Baumes, die bis hinauf in eine Höhe von zwölf Metern zusammengedreht waren, bildeten unter der Krone seiner mächtigen, halb kahlen Äste die Silhouette eines riesigen Wigwams. Wie alt war er wohl? So alt wie der Sklavenbaum? Er hatte dicke Narbenwülste entdeckt, wo man ihn an diesem oder jenem Punkt seines Lebens umzuhacken versucht hatte. Ein vertrauenerweckendes Ding, das das Leben selbst der wimmelnden Parasiten speiste, deren Lebenszweck es war, ihn von innen her aufzufressen und auszuhöhlen; ein Organismus, an dessen Lebensader man nicht herankonnte, weil er aus vielen Bäumen bestand und dessen große Aderstämme in der Umarmung des nächsten, der immer noch die Form von Saft und Faser behielt, langsam verrotteten; ein Ding, das zugleich gigantisch und verkrüppelt war und in seniler Fruchtbarkeit bis in alle Ewigkeit auf den Stumpen und in den Gabeln Früchte hervorbrachte. Aber nur Bäumen genügt es, einfach zu überdauern; Menschen nicht. Kleine Turbulenzen, die von Luftströmungen herrührten, brachten

Unruhe in die schwarze Hitze, und irgendwo in ihrem Dickicht klirrten ohne Unterlaß die Baumfrösche. Er hatte diese Nacht tausendmal gekannt.

Er ging in das Haus, stand vor dem Tisch voller Papiere und starrte sie an, entfernte sich wieder und ging ins Schlafzimmer, wo Rebecca bereits mit dem Ausräumen der Schubladen beschäftigt war. Die Taucherbrillen und Harpunen zum Fischen wurden in einer Ecke abgestellt.

»Wir können sie in einen dieser großen Wäschekörbe von Kalimo stecken. Ich wäre gern ein letztes Mal an den See gefahren.« Er sagte: »In Sardinien soll man angeblich wunderbar mit der Harpune fischen können.« »Hallo, Sardinien, wir kommen.« Sie schwenkte einen blauen Schnorchel. Sie stand da, als wäre ihr einen Moment lang schwindlig geworden: »Es kommt einem so unwirklich vor, nicht wahr?«

»Ja. Das tut's immer.« Sehr weit hinten in seiner Erinnerung hatte er diese Kleider in Wiltshire in einen Koffer gepackt. Ein Satz drängte sich auf, idiotisch wie die Zeile eines Schlagers: *Aber du hast um die Taille kaum einen Zentimeter zugenommen.* Genau wie damals verwandelte sich auch jetzt ein Entschluß in jene zunehmende Anzahl kleiner, praktischer Fragen. Er fand einen Korb für das Fischzeug; und dann legte er schließlich doch alle Papiere und Ordner auf seinem Tisch zusammen und suchte irgendwas, in das er sie hineintun konnte. Er hatte da eine dünnwandige Sperrholzschachtel, wie man sie für Teekisten verwendet, die er für geeignet hielt, sofern er sie innen ein wenig sauber kriegen konnte. Er hatte sie umgedreht und schlug mit der Hand auf den Boden; Hjalmar erschien auf der Bildfläche und sah einen Augenblick lang zu, unentschlossen wie jemand, der nicht weiß, ob er helfen oder einen Rat geben soll. »Und wie kommen Sie weiter? Schon fertig?«

Hjalmar setzte sich an den Rand eines alten Verandastuhls, dessen Beine unter seinem Gewicht auseinandergingen. Er sagte schüchtern: »Ich denke, ich bleib hier und paß auf die Sachen im Haus auf.«

Bray entfernte ein altes Etikett von der Box. Ein kleiner Kakerlak flitzte darunter hervor, fiel zu Boden und wurde unter seiner Sohle zertreten. »Ich weiß nicht, wann ich wieder da bin, verstehen Sie.«

»Das geht in Ordnung. Vielleicht komm ich schon bald hinunter. Wenn ich mich einsam fühle oder so. Möchten Sie den Orwell haben?«

»Ach du lieber Himmel, behalten Sie die Bücher. Ich hab sowieso keinen Platz dafür.«

Rebecca kam mit einem Armvoll abgetragener Kindersandalen dazu.

»Worum geht's denn?«

»Hjalmar hat sich entschlossen, noch eine Weile zu bleiben.«

»Oh, stimmt das?« sagte sie freundlich, ungelenk, damit es weder unvernünftig noch unerwartet erschiene.

Hjalmar lachte kurz: »Klingt vielleicht verrückt, aber Sie wissen ja, ich möchte die Steine unter dem Baum fertig verlegen. Es gefällt mir überhaupt nicht, das unfertig zurückzulassen, verstehen Sie? Danach werd ich mich entscheiden können... was ich als nächstes in Angriff nehme. Nur, das muß ich zuerst erledigen. Dort unten herrscht ein derartiger Schweinestall, mit den Früchten und den Blättern, die auf diesen holprigen Boden fallen. Sind die Steine einmal verlegt, da brauchen Sie's bloß noch wegzukehren.«

»Das bringt mich auf was – Geld für Mahlope und Kalimo. Wenn ich Ihnen einen Scheck gebe, könnten Sie sie dann vielleicht ausbezahlen? Und bitte – rufen Sie Aleke für mich an, morgen – und sagen Sie ihm, ich hätte mich entschlossen, Rebecca fortzubringen.« Er stellte den Scheck in der Höhe von drei Monatsgehältern für jeden der beiden Bediensteten aus und reichlich darüber, damit der Haushalt noch eine Zeitlang weiterlaufen konnte, aber Hjalmar steckte ihn in seine Brieftasche, ohne einen Blick darauf zu werfen. Bray sah, plötzlich unsicher, was er eigentlich wollte, zum Kasten hinüber. »Hjalmar, wenn ich dieses Zeug hier zurücklasse, könnten Sie's für mich einmal einpacken? Und sollten Sie dann hinunterkommen, so könnten Sie's vielleicht mitnehmen, oder...?«

»Klar, kein Problem. Ich werd mich schon um alles kümmern.«

Während sie herbeiholten und herumtrugen und wegwarfen und auf diese Weise das Leben aus Brays Haus leerten, wie man eine Schublade umkippt, machte sich Hjalmar nützlich und bereitete Tee zu.

Als die drei ihn dann gemeinsam tranken, sagte er zu dem Mädchen: »Ich mag dieses Haus, ich mach gerade eine schlimme Zeit durch, aber trotzdem mag ich dieses Haus.« Wie eine Fremde stand sie mit der Tasse in der Hand da, und Bray beobachtete, wie sie, den Blick abgewandt, das häßliche, schäbige, unpersönliche Mobiliar anstarrte und anstarrte, die Stühle, in denen sie gesessen und miteinander geredet hatten, den Tisch, an dem sie gesessen hatten. Einen Augenblick lang herrschte verlegenes Schweigen, so als wäre etwas zu Intimes laut ausgesprochen worden. Aber den Großteil des Abends

überraschte sie ihn damit, wie freudig erregt sie war – und wie sie diese Erregung unterdrückte. Selbst dieser Gedanke ging ihm einmal durch den Kopf: Vielleicht ist sie, ohne daß sie davon weiß, nur deshalb so glücklich, weil sie ihren Kindern wieder näher kommt.
Sie traten wieder vor das enge Bett hin, in dem sie auf diese oder jene Weise viele Nächte geschlafen hatten, ineinander verschlungen oder, an den jeweils entgegengesetzten Enden, in der Hitze voneinander abgekehrt, immer aber jeweils an irgendeinem Punkt in Berührung, an der Schulter, den Füßen oder aber mit Haar und Hand, so als hätte ein mitfühlendes Nervensystem die Herrschaft übernommen und kontrollierte nun beide Körper in großer Verträglichkeit. Sie hatten beide geduscht und lagen nackt da, ohne sich zuzudecken und sorgfältig abgetrocknet zu haben – die Verdunstung vermittelte zumindest die Illusion von Kühle. Sie sagte: »Ich möchte dich in mir spüren, aber wir werden uns nicht lieben.«
»Im Great Lakes werden wir ein großes Bett haben. Die müssen große Betten haben.«
»Werden wir's an einem Tag schaffen?«
»Wir fahren einfach immer weiter, hm?« Er hatte seine Hand auf ihrem Gesicht liegen und spürte, wie sie lächelte.
Irgendwann später kam dann der Regen. Es donnerte mächtig auf das Dach herunter, er war halb aufgewacht und sah, wie sein Fuß auf den flinken Kakerlak, einen schimmernden Mandelkern, herabstieß. Er war wieder weich geworden und aus ihrem warmen Tunnel herausgeglitten. Der Wald aus schwerem Regen verbarg sie, und sie schliefen.
Am Morgen empfing sie eine Welt, die ihre Haut abge-

worfen hatte. Alles Grün glitzerte wie die Flügel einer Fleischfliege, die in der Sonne trockneten. Die Jacarandabäume hatten ihre Silhouette in Form von abgefallenen Blüten auf der Erde verstreut. Schimmernde Stare flitzten durch die Luft; Hjalmar war draußen im Freien, um nachzusehen, wie sein Ziegelmosaik die Nässe überstanden hatte.

Mahlope stellte die drei Koffer und den Korb mit der Tauchausrüstung von Gordon Edwards in den Wagen. Kalimo trottete, die Hände unter der Schürze, wachsam hin und her. Bray hatte ihm gesagt, die *Doña* fahre zu ihren Freunden in die Hauptstadt. Für ihn war die Hauptstadt Nordpol und Südpol in einem und dazu auch noch sämtliche großen Städte und Örtlichkeiten der Welt; wenn man dahin fuhr, dann war es nirgendwohin mehr weit. »Und richten Sie den Kindern Grüße von mir aus«, sagte er lächelnd auf englisch zu Rebecca und wiederholte, behaglich vor sich hin murmelnd: »Ja... ja... mhm...« Als sie sich verabschiedeten, reichte er ihnen den Korb, den sie immer zu den Picknicks am See mitgenommen hatten. »Sind wohl auch Eier mit kleinen Fischen drin?« sagte Bray. Der alte Mann krümmte sich vor Lachen – »Diese Eie', die Sie mögen, Blot, k'eines bißchen Käse –«

»Keine gegrillten Hühnchen?« sagte Rebecca.

Kalimos Augen wurden feucht bei diesem guten alten Witz. »Nun, *mukwayi*, er hat mir nicht gesagt, Sie heute fahren! Ich gestern abend keine Hähnchen zum Grillen gekocht...«

»Solange wir diese Eier haben, Kalimo.«

Hjalmar gab Rebecca einen Kuß. »Lassen die Arbeit einfach im Stich, was? Wo krieg ich einen anderen Assisten-

ten zum Ziegelverlegen her? Sie werden sehen – wenn Sie zurückkommen, ist alles fix und fertig für Sie.«
Hjalmar und Kalimo blieben zurück, der eine die Hände an den Hüften, der andere die seinen unter der Schürze. Mahlope, der vor seinem Zimmer mit einem Freund schwatzte, winkte strahlend. Rebecca setzte sich bequemer, zündete Zigaretten an. »Mir kommt es so vor, als würden wir *tatsächlich* an den See fahren.«
So wie der alte Volkswagen Gala hinter sich ließ, so ließen auch sie den ganzen Zorn und die Zerstörung des Landes dort hinter sich. Das bewachte *boma,* die zerstörten Marktstände, die Narben und Blutflecken, an denen die Fliegen klebten und die jene Stellen markierten, an denen es zu Straßenschlachten gekommen war, den schalen Gestank verkohlter Häuser – all das, in dessen Mitte sie gelebt hatten, wurde ihnen unter den Rädern hinweggesogen: Es war, als böte der Schirm von Wald und Bambus zu beiden Seiten der befestigten, feuchten Straße keine Oberfläche, Tumulte widerzuspiegeln, die in der jäh sich entladenden Spannung sichtbar wurden; der Strom war geerdet.
Er wies auf den Karrenweg, der zu Tippo Tibs arabischem Fort führte.
»Dahin haben wir's nie geschafft…«
»Eines Tages muß ich dich dorthin mitnehmen. Es ist sehr eindrucksvoll.«
Einige Meilen lang war die Straße leer. Da und dort warteten die üblichen Säcke mit Holzkohle auf Kunden; ein barfüßiger Mann trat aus dem Wald. Wo Regen gefallen war, waren Gruppen von Frauen mit ihren Hacken unterwegs. Nach der Dürrezeit wirkten die vereinzelten Siedlungen dünn und schmächtig. Auf den von Sträu-

chern bewachsenen Flecken hatten die Regenfälle einer einzigen Nacht ausgereicht, um die wilden Lilien mit ihren Blüten direkt aus dem Sand wachsen zu lassen. Für alles hatten sie Augen; die vergangene Woche wurde zu einem Gefängnis, aus dem sie sich plötzlich befreit fühlten. Sie sprachen miteinander, ließen das Gespräch dann aber wieder versanden; manchmal ließen sie traumverloren die wiederkehrenden Bäume und riesigen Buketts aus Bambus über sich hinwegströmen. Gedanken lösten sich auf und trieben wie Schaumkronen auf einem Meer dahin. Sie lachten beim Gedanken daran, daß der Haushalt nun nur aus Hjalmar und Kalimo bestehen sollte, die beide schweigend ihren privaten Manien nachgingen. »Aber das Heft wird Kalimo in der Hand haben.« »Oh, kein Zweifel. Er wird für Hjalmars Hjalmar Margot spielen.«

»Irgendwie tut mir Margot einfach leid«, sagte Rebecca. »Ein schwacher Mann kann einen in eine Bestie verwandeln. Selbst ich hab angefangen, Geschmack daran zu finden, den armen alten Hjalmar wegen des Ziegelpflasters ein bißchen zu tyrannisieren.«

»Selbst du? Du hast doch einen schwachen Mann immer schon auf Entfernung gerochen.«

»Mmm. Wenn ich mich zu einem hingezogen fühle, dann gibt's da immer was, das mich vor ihm bewahrt.«

»Am Anfang, als ich dich kennenlernte – als ich durch andere Leute von dir hörte –, da dachte ich, du wärst ganz der Typ, der ausgenutzt wird. Emotional oder auf andere Weise; von allen. Und deine Freunde waren es, die mir diesen Eindruck vermittelt haben. Vivien war in ständiger Angst um dich.«

»Naja, ich bin dort unten in ein Schlamassel geraten. Sie

haben Gordon nicht über den Weg getraut, keiner von ihnen. Oh, ich wollte sagen, alle *mögen* Gordon immer gut leiden – aber sie waren der Meinung, er behandle mich nicht anständig. Ich wußte, daß ich ihnen leid tat. Sie blieben einfach hartnäckig dabei, daß ich ihnen leid tat. Das war auch der Grund dafür, weshalb ich mich so komisch aufführte; ich kann es nicht erklären, aber als sie sich dann an mich heranmachten – Neil, die anderen –, da bemerkte ich, daß sie glaubten, sie könnten es tun, weil sie *mir gegenüber* kein Risiko eingingen, wenn sie mir zu verstehen gaben, daß es bei ihnen auch nicht so besonders lief. Sie taten mir leid. Ich hatte das Gefühl, es sei egal…« Sie legte eine Hand auf seinen Oberschenkel. »Du magst es nicht, wenn ich darüber rede.«

»Vermutlich Eitelkeit. Stupide männliche Eitelkeit, unterscheidet sich nicht so sehr von der ihren. Ich sollte mich eigentlich dafür schämen. Ich habe immer an die Freiheit im Sex geglaubt. Nicht, daß ich mich allzuoft ihrer bedient hätte. Aber prinzipiell.«

Sie lachte. »Mich freut das. Mir würde das gar nicht passen, wenn du mit einem ganzen Haufen Frauen geschlafen hättest.«

»Obwohl du mit einem Haufen Männer geschlafen hast.«

»Ich bin nicht so wie du. Bei mir spielt das keine Rolle. Aber etwas gibt's, das eine sehr große Rolle spielt – ich war, noch bevor es mit dir und mir anfing, zu der Überzeugung gekommen, daß ich nicht länger dort unten bei meinen Freunden bleiben konnte. Ich bin nach Gala gegangen, weil ich davon weg wollte.«

Einen Augenblick danach sagte sie: »Du denkst ans erste Mal, in deinem Wohnzimmer.«

»Ja.«
»Du hast recht. Es hat tatsächlich so geschienen, als wäre es wie die anderen Male.«
»Du wolltest mir zeigen, daß ich dich brauchte, bevor ich noch anfangen konnte, dich zu bedauern.«
»Das hast du da schon getan. Das arme Mädchen mit ihren Kindern. Und wo bleibt ihr Mann?«
»Ja, ich hätte dir eigentlich mein Haus anbieten sollen, anstatt dich für die Wochen, die du im Fisheagle warst, zahlen zu lassen.«
»Aber nachdem du hinuntergefahren warst, um mit Mweta zusammenzutreffen, und wieder zurückkamst, da hast du es richtig gemacht. Ab dem Tag, an dem wir zum See fuhren, war alles ganz anders. Ich war anders.«
»Warst du das?«
»Du hast mich verändert.«
»Hab ich dich bekehrt, mein Liebling, ich, dein spitzbäuchiger, alter Liebhaber. Jetzt willst du keine anderen Männer mehr.« Aber er wußte, daß es sie traurig machte, ihn darüber reden zu hören, daß er alt werde.
»Mit dir zu leben ist anders als alles andere.«
»Aber das war's für mich doch auch.«
»Ach, sag das nicht.«
»Warum nicht?«
»Nicht ›war‹.«
»Aber Liebling! Ich mein doch bloß die Zeit in Gala, sonst nichts. Küß mich.« Er wandte sich rasch zu ihr hin.
Sie saß befriedigt da, an seine Schulter gelehnt; sie winkte einer einsamen Gestalt am Straßenrand.
»Glaubst du nicht, daß du Gordon … nun … ein gewisses Moment der Schwäche verdankst?«

»Wie meinst du das?«
»Nun, du hast mir erzählt, er würde nicht im Traum auf die Idee kommen, du könntest dich für andere Männer interessieren.«
Sie kicherte leise. »Das kommt daher, daß sich Gordon seiner selbst in jeder Beziehung so sicher ist. Gordon ist der Lage stets gewachsen.«
»Aber das ist Arroganz, Stolz. Du hast bewiesen, daß das seine Schwäche ist, oder?«
»In gewisser Hinsicht. Aber du sagst, du glaubst an sexuelle Freiheit.«
»Wir sprechen von Gordon – er sieht es nicht als sexuelle Freiheit, es ist genau das Gegenteil davon – er sieht nicht einmal die Möglichkeit, daß es für dich sexuelle Freiheit geben könnte.«
»Selbstverständlich war es nicht sexuelle Freiheit. Es war bloß so, daß die ganze Sache nicht so viel bedeutete. Ob er mich nun für unfähig hielt, mich mit anderen Männern abzugeben, oder ob ich nun dachte, es sei egal, ob ich es täte oder nicht – es lief alles aufs gleiche hinaus.« Ihr Gesicht lehnte entspannt und warm an ihm. »Ich bin sehr eifersüchtig auf Olivia. Ich vermute, daß es das ist: Wenn ich an sie denke, dann habe ich ein schreckliches Gefühl.«
»Weshalb glaubst du, daß du so eifersüchtig bist, wo du doch anders bist als ich mit meiner dummen sexuellen Eifersucht gegenüber anderen Männern?«
»Ich weiß nicht.« Sie schien in sich hineinzuhorchen, so als erwartete sie von da eine Antwort. »Weil *du* Sex und Liebe nicht voneinander trennst. – Stimmt's? Wenn du wieder mit ihr schlafen würdest, dann deshalb, weil du sie liebst.«

Was sie gesagt hatte, beschwor ihm nicht Olivia herauf, sondern Gordon – unter seinen Augen und durch die bereits von Insekten verschmutzte Windschutzscheibe hindurch wurde die Straße unter ihm weggezogen, und es war Gordon, den er sah, wie er schwatzend über den buschbesetzten Streifen zwischen seinem Haus und dem der Tlumes herüberkam.
»Ich weiß nicht, weshalb – ich fühle mich so herrlich schläfrig. Nicke immer wieder ein bißchen ein.«
Sie schlief mehr als eine halbe Stunde, dreißig oder vierzig Meilen lang. Er war ganz ruhig. Es war nicht etwa so, daß er an dem, was er tat und tun wollte, nicht gezweifelt hätte; es schien ihm, als hätte er endlich begriffen, daß man nie darauf hoffen durfte, von Zweifeln frei zu sein, von inneren Widersprüchen, daß dies der Zustand war, in dem man lebte – der Zustand des Lebens –, und daß es keine Tat gab, die davon frei war. Es gab nichts endgültig Abgeschlossenes, solange man lebte, und wenn man starb, dann war das in einem gewissen Sinne eine Unterbrechung. Immer wieder durchlief er in Gedanken die Möglichkeiten, wie er für Shinza rasch Geld auftreiben konnte. Vielleicht würde Shinza – so wie sich die Dinge entwickelten – schon tot sein, bevor er irgend etwas arrangieren konnte; vielleicht würde Shinza über die Grenze ins Exil gehen und Mweta sich noch eine Zeitlang halten. Vielleicht würde es noch mehr brennende Häuser geben, mehr Blut, das leicht wie Hühnerblut vergossen wurde in Kämpfen, deren wirkliche Ursache man nicht verstand und in denen von kleinen Gruppen von Menschen anscheinend sinnlos in Neben-Reaktionen die Leidenschaften des eigentlichen Kampfes ausgetragen wurden, zu dem sie ihre Situation – die Jahre der Sklaverei,

die Isolation, die Kolonisation – zwang. Es würde Verschwendung und Verwirrung geben. Er war Partei dabei, hatte teil daran. Die Mittel würden – wie immer – zweifelhaft sein. Er hatte keine anderen anzubieten, die darauf hoffen ließen, das Ziel könne mit ihrer Hilfe erreicht werden, und da er die Notwendigkeit dieses Zieles anerkannte, blieb ihm keine andere Wahl.
Die Instinkte in ihm, die er immer als seine zivilisiertesten empfunden hatte, waren empört, und für die Werte der Zivilisation – ein Widerspruch in sich – war er nicht bereit, die eigene Haut oder die von anderen aufs Spiel zu setzen. Er war sich (während er an dem hohen Gras vorbeifuhr, das von der Geschwindigkeit des Wagens gestreichelt wurde) bewußt, daß er gegen seine eigene Natur handelte: Etwas mag es wert sein, daß man aufgrund persönlicher Überzeugung seinetwegen Leiden auf sich nimmt, nichts aber ist es wert, daß man um seinetwillen Leid über andere bringt. Wenn Menschen im Namen einer Sache, die nicht die meine ist, töten, dann sind meine Schuhe nicht blutbefleckt; da ist es besser, beiseite zu treten. Statt dessen aber hatte er diese, seine »ureigenste Natur« beiseite geschoben. Entweder es war ein tragischer Fehler oder seine Errettung. Er dachte, ich werde es niemals wissen, obwohl es mir andere Menschen für den Rest meines Lebens sagen werden. Rebeccas Haar flatterte in der Zugluft des offenen Wagenfensters an seiner Schulter. Er fuhr an einem sumpfigen *dambo* vorüber, wo es Witwenvögel gab, die mit ihren langen schwarzen Schwänzen wippten. Auf der Straße lag zusammengerollt eine Schlange, und er wich aus; der nächste Wagen würde sie umbringen. In Gedanken erwog er selbst die Möglichkeit, Mweta ein letztes Mal in der

Hauptstadt aufzusuchen. Das Absurde daran war offenbar wie ein Edelstein, der in einen Teich gefallen war und zwischen anderen Steinen wie ein gewöhnlicher Kiesel hin und her rollte. Wenn man ihn herausholte... und selbst jetzt, da Kühnheit die einzige Möglichkeit war, würde Mweta vielleicht auf Shinza zurückgreifen, nicht weil er ein Feind war, sondern seine letzte Chance... Er sah sich wahrhaftig die Stiegen zur roten Ziegelfassade jenes riesigen Hauses hinaufsteigen; er nahm an, das Bild würde verblassen, wie die Silhouette einer aus Besessenheit geborenen Halluzination auf einer leeren Wand verschwand, wenn die Gesundheit zurückkehrte.

Seine Gedanken eilten kaum je voraus zu Shinza, denn *das* war's ja, wohin er sich mit der gleichen Unumstößlichkeit tragen ließ, mit der die Straße, auf der er fuhr, die Straße zur Hauptstadt war. Haffajees Reparaturwerkstatt. Und wenn sich Shinza in einem anderen Teil des Landes niedergelassen hatte, so spielte das auch keine Rolle. Er hatte die Liste. Shinza war kein Mann, der von einem abhängig war; eher war es so, daß er sich auf das verließ, was man tun mußte, wozu man innerlich gedrängt wurde. Er wußte, daß man von einem Mann nichts verlangt, was nicht schon in ihm steckte.

Und wenn Hjalmar im Haus angegriffen wird? – Weshalb sollte das passieren, in Galas Belagerungszustand gab es keine Ressentiments gegenüber Weißen. Aber durch Zufall – jemand, der mit einem benzingetränkten Lappen auf einem Stock in diese anstatt jene Straße einbog; einer von Fieldings Vigilanten, der wegen eines Schattens die Nerven verlor? Aber die Fähigkeit zu überleben steckte zu tief in Hjalmar drin. Der entkam er nicht. Sie äußerte sich in seinem instinktiven Entschluß, sich keinen Zentimeter aus Gala zu entfernen; vor nichts hatte er so viel Angst wie vor seiner Ehe. – Ich werde Margot aufsuchen müssen, dachte er und spürte, wie das Mädchen im Schlaf zusammenschauernd seufzte; ich kann ihr ganz ehrlich sagen, daß er sich ganz gut erholt hat. Obwohl Hjalmars Nervenzusammenbruch den völligen Verlust seines früher leidenschaftlichen Interesses an politischen Diskussionen zur Folge gehabt hatte, so daß sie das, was gerade passierte, immer nur so besprachen, als handelte es sich dabei um etwas so Zusammenhangloses wie eine Reihe sensationeller Vorkommnisse in einem Dorf, hatte er seltsamerweise den Eindruck gewonnen, Hjalmar verstünde nun seine – Brays – Position während der letzten Wochen in Gala, so als hätte die Erschütterung von Hjalmars eigenem Innersten eine erhöhte, zuckende Aufnahmefähigkeit für die nie ausgesprochene, innere Wirklichkeit, die durch derlei Gerede begraben wird, frei und bloß gelegt. An einem der Abende, als sie vom Garten aus das Feuer im Township beobachteten, hatte Hjalmar eine Bemerkung fallengelassen: »Das Feuer ist in den Köpfen der Leute, nicht auf den Dächern der Häuser« – es war irgendein Dostojewski-Zitat.

Rebecca erwachte. Auf ihren Wangen zeichneten sich die Falten seiner Buschjacke ab, ihre Augen waren noch immer schlaftrunken und dunkel. Er hielt ihr zuliebe eine Minute an. Sie fand einen kleinen Bach und kam lächelnd wieder die Straße herauf, wobei sie zwischen ihren Fingern eine Lilie drehte, die sie gepflückt hatte. Sie trug ihre alten Jeans und bewegte sich in ihnen ein wenig unbeholfen, vielleicht weil ihr bewußt war, daß sie in ihnen so wirkte, wie sie immer gewesen war – mit ein wenig drallen Schenkeln. Sie sah so jung aus, wenn sie gerade aufgewacht war – jeden Morgen war das so. Das Leben schien aus ihrer Haut zu atmen wie Dampf aus dem Boden über einer Mineralwasserquelle; wo immer er sie an Hals oder Gesicht berührte, schlug ein Puls.

Später hielten sie an, um Kalimos Lunch zu essen, und saßen, weil der Boden sehr feucht war, auf dem Zeitungspapier, in das er ihn eingewickelt hatte. Sie waren jetzt zu faul, um irgend etwas Wichtiges zu besprechen; es wäre in den stillen und luftigen Savannenwald fortgetragen worden wie ihre Stimmen, die erst in weiter Ferne verhallten. Die Vögel gaben keinen Laut, mitten am Tage. Schließlich aber, als sie Kaffee aus der Thermosflasche eingoß, sagte Rebecca doch: »Wenn es nicht die Schweiz ist, also, was dann?«

»In ein paar Tagen werd ich das wissen. Ich geb dir jetzt nur ein paar von den Fakten, weil ich darüber eigentlich überhaupt nichts sagen sollte. Niemandem. Nicht einmal dir.«

»Nicht einmal hier?« Halb scherzend, deutete sie mit einer Geste zum Wald hin.

»Aber sobald ich es genau weiß, sag ich dir alles. Weil du es wissen mußt.«

Der gesprenkelte Schatten legte einen Schal um ihre Arme, ihre Augen lagen auf ihm. »Jetzt nur so viel – es ist möglich, daß ich etwas tun kann – für Shinza. Und ich werd es tun. Egal, was es ist.«

Sie sagte nicht, und was ist mit mir? Sie erhob sich bloß, wie um die Reste der Mahlzeit wegzuräumen, und kam dann herüber, wo sie sich unmittelbar hinter ihn, der mit angezogenen Beinen dasaß, stellte, um ihre Arme um sei-

nen Hals zu schlingen und seinen Kopf gegen ihren Bauch zu drücken.
Er sagte: »Ich werd dir alles sagen.«
»Ich weiß, daß du das tun wirst. Diesmal.«
Sie kam und hockte sich vor ihm hin und nahm ihm seine Brille ab. Sie berührte die Haut rund um seine Augen und spielte das alte Spiel, bei dem sie in das kurzsichtige Dunkel starrte, um sich darüber zu beschweren. Er sagte: »Wenn ich dich jetzt küsse, dann kommen wir nie da an.« Sie hob die Thermosflasche auf. »Soll ich den Rest wegschütten?«
»Na, vielleicht haben wir später noch Lust auf etwas.«
»Dann ist er aber nicht mehr warm.«
»Egal, aber naß wird er sein.«
Als sie zum Wagen zurückkehrten, tauchten zwei Kinder aus dem Wald auf; vielleicht waren sie auch dort, hinter den Bäumen, gewesen und hatten geduldig den Augenblick abgewartet, in dem sie dann herauskommen wollten. Sie legte die Überreste vom Brot und vom Käse und das letzte der Eier mit den kleinen Fischen darin in ihre hohlen Hände. Bevor der Wagen noch davongefahren war, waren die beiden schmächtigen Gestalten schon wieder im Wald verschwunden.
Bald darauf stießen sie auf etwas, das offensichtlich eine Straßensperre war, die man zur Hälfte wieder beseitigt hatte. Äste und Steine waren an den Straßenrand gezerrt worden, und für den Wagen war gerade genug Platz, um durchzufahren. Es war niemand in der Nähe, aber bis zur Abzweigung zur kleinen Rindertränke sechzig Meilen vor Matoko war es nicht mehr weit. In diesem Teil des Landes war noch kein Regen gefallen; gegen drei Uhr nachmittags machten ihn die Hitze und der monotone

Fahrrhythmus, die heiße Luftströmung, die an den Wagenfenstern mit einem Geräusch vorbeistrich, als würde jemand durch seine Zähne pfeifen, schläfrig und benommen. Sie wechselten die Plätze; Rebecca fuhr, aber er schlief nicht, sondern streckte sich bloß aus, so gut es in dem kleinen Auto ging, und wandte den Blick von der hypnotisierenden Spur der Straße ab. Jetzt war er es einmal, der ihr Zigaretten anzündete. Für einen Augenblick hatte er seine Augen geschlossen, als er sie neben sich einen kleinen Laut von Ungeduld ausstoßen hörte; er richtete sich im Sitz auf und sah, daß weiter vorn, in ziemlicher Entfernung, abermals eine Straßensperre errichtet worden war. Ein Hitzespiegel auf der Straße vergrößerte den Wirrwarr aus Ästen und Grün; sie konnten nicht genau erkennen, ob sie über die ganze Straßenbreite ging oder nicht. Sie verlangsamte die Fahrt, und angestrengt starrten sie auf das Hindernis. Aber so viel mehr als er konnte sie natürlich auch nicht sehen. »Verdammt nochmal, sie geht *wirklich* ganz drüber. Was machen wir nun?«
»Fahr langsam weiter.« Er streckte seinen Kopf aus dem Fenster; das Gras war sehr hoch, verdorrtes Elefantengras, das noch von der letzten Regenzeit übriggeblieben war; ein abgestorbener Baum war in die Straße gezogen worden, samt Wurzeln und allem, und über ihn hatte man abgebrochene Äste gehäuft. Sie blieb stehen und stellte den Motor ab.
»Schauen wir's uns an. Du bleibst aber noch einen Augenblick da drin.«
Langsam ging er auf die Barriere zu, kletterte auf die andere Seite hinüber, ging hin und her und kletterte wieder zurück. Er kam lächelnd zum Wagen hin. »Wie ener-

gisch fühlst du dich? Wir haben da harte Arbeit vor uns.« Sie stieg aus, und sie fingen mit dem Kleinzeug an, den abgebrochenen Ästen. Aber der Stamm mit seinen abgestorbenen Wurzeln, die einen großen Erdbrocken umklammerten, zusammen mit dem ihn wohl irgendein Sturm entwurzelt haben mußte, wollte sich nicht von der Stelle rühren. Angesichts des Gegrunzes, das ihre Anstrengungen begleitete, begann sie hilflos zu lächeln. »Wart einen Moment, Kleines. Wie wär's, wenn wir es mit dem Wagenheber versuchen? Wenn wir ihn unter diese Einbuchtung da zwängen können, vielleicht gelingt's uns dann, ihn ein wenig anzuheben und zu schieben.«

Der Wagenheber befand sich nicht vorne im Kofferraum, sondern unter dem Rücksitz, weil die Klammer, die ihn am rechten Ort halten sollte, schon als er den Wagen gekauft hatte, gebrochen gewesen war. Er stieg hinein und stellte den Picknick-Korb auf den Vordersitz und hob den hinteren in einer Staubwolke mit einem Ruck hoch. Gleichzeitig brach etwas aus dem Gras hervor, und er spürte, wie er am Fuß, um die Mitte gepackt und zwischen Lenkrad und Fahrersitz eingezwängt wurde, irgendwie verzweifelt behindert durch die Kraft und Größe seines Körpers. Mit einem Mal wimmelte es überall draußen und im Wageninnern von Leuten, kein Laut war zu hören gewesen, und jetzt war da nichts als Brüllen und Schreie und seine ungeheure, lungen- und muskelzerreißende Anstrengung, und er wußte nicht, brüllten die Männer, die über ihm waren, oder schrie Rebecca. Die entsetzliche Anstrengung, von ihr gehört zu werden, mit seiner Stimme sie zu erreichen, damit sie davonliefe, war größer noch als die Anstrengung, mit der er sich zur Wehr setzte. Sie hatten seine Beine aus dem Auto gerissen, mit dem Nacken schlug er auf dem Wagenboden auf, so daß er taub wurde, seine Stimme für ihn zu einem lautlosen Schrei wurde, weil Schmerz ihn einen Augenblick lang fällte, dann aber brach rohe Gewalt in ihm durch, und er kam wieder auf die Füße, wußte, daß er, stolpernd, riesig inmitten von Männern, die kleiner waren als er, auf die Füße stolperte. Dann war er unter ihnen, blickte zu ihnen auf und sah die Gesichter, er sah die Stöcke und Steine und die Farmwerkzeuge, und dahinter die Sonne. Wieder und wieder ging etwas auf ihn nieder, und er wußte, daß er sich in Krämpfen wand, daß er in schwarze, pechschwarze Ohnmacht fiel und wieder emportauchte, sich aufbäumte, um sich abermals zusammenzukrümmen, wo er von Schlägen getroffen wurde, wo ihm der Atem versagte, und er dachte, er richte sich noch einmal auf, dachte, er höre sich selbst schreien, wollte auf gala zu ihnen reden, aber kein Wort fiel ihm ein, kein Wort Gala, und dann zerplatzte etwas in seinen Augen, auf ihnen lag feucht eine Blume, und er dachte, er wußte: Ich bin also unterbrochen –

Teil Sechs

Sie lag lange im Bachdurchlaß neben der Straße. Ihre Nägel waren voll roter Erde. Die roten Erdwälle, die über und über von verdorrten Grasbüscheln bedeckt waren, stiegen zu beiden Seiten auf. Den Kopf an sie gepreßt, wartete sie darauf, daß es auch ihr geschah. In ihrem Mund waren Erde und Speichel. Sie schluckte und heulte wie ein Tier. Sie hörte das Reißen der Flammen und sah den dicken Rauch.
Und dann war Stille. Hinter dem Geräusch des Brennens – nichts. Das Feuer erstarb, nur der Gestank und der Rauch blieben zurück.
Als sie anfingen, ihn aus dem Wagen zu zerren, war sie zuerst zu ihm hingelaufen. Er war auf die Beine gekommen und hatte ihr direkt in die Augen geblickt, ohne sie, aufgrund seiner Kurzsichtigkeit, zu sehen. Aber im gleichen Sekundenbruchteil war er unter ihnen zusammengebrochen, und das Geräusch der Schläge auf den Widerstand seines großen Körpers, das zu ihr herübergedrungen war, hatte sie wie verrückt durch das Gras gejagt, gegen das sie ankämpfte. Im Laufen vertrat sie sich die Knöchel, und ihr stolperndes Gerenne stieß auf eine Art von Schneise, die in den Boden gegraben worden war, hinunter. Und da lag sie, tief im Graben hinter dem Gras. Aber keine zwanzig Meter war sie von ihnen, war sie von ihm entfernt, und sie wußte, auch auf sie kam das zu, da half nichts, und zwischen diesen Wällen gehalten, wartete sie auf sie.
Sie war sicher, da in der Stille mußten sie sein.

Sie rührte sich nicht. Der Rauch quoll jetzt nicht mehr in die Höhe; er war dünn, hing unbeweglich da. Sie wußte nicht, wieviel Zeit verstrich. Aber die Stille war leer; über ihr, in den Spitzen der hohen Grashalme zwischen ihr und der Straße flitzten und schwangen sich purpurne Webervögel hoch und tschilpten eine Frage. Mehr Zeit verstrich. Sie erhob sich und versuchte aus dem Bachdurchlaß zu klettern, aber die Wälle aus Erde waren zu hoch. Sie ging den Weg zurück, den sie hineingejagt worden war, den diagonalen Einschnitt, der von den Straßenarbeitern gezogen worden war, hinauf. Sie schob sich schwach durch das schwere Gras. Der Wagen lag auf der Seite, schwarz, die Sitze noch glosend, die Straße glasübersät.

Er lag abseits davon. Er lag auf der Straße, unversehrt vom Feuer. Unversehrt. Sie schluchzte vor Freude darüber, daß er nicht verbrannt war, sie ging zu ihm hin, zu seinen Beinen, die auseinandergeglitten waren, konzentriert, aber nicht schnell – sie konnte sich nicht schnell bewegen. Sie ging ganz um ihn herum, erzeugte ein Geräusch, das sie noch nie zuvor vernommen hatte. Immer wieder um ihn herum. Sein Körper – seine Brust, der große Torso über den reglosen, schmalen, männlichen Hüften, die er sich trotz seines Gewichtes bewahrt hatte – war etwas Formloses, etwas, das unter die verschmutzte Buschjacke hineingestopft worden war, aber er war noch da. Es gab ihn noch als Ganzes. Seltsame, weich aussehende Flecken aus Erde und Blut; aber die ganze Masse seines Körpers, vollständig. Eine Menge Dreck und Blut auf dem Gesicht, eine Art Grimasse bei leicht zurückgezogenen Lippen, so als versuchte er etwas Festgeklemmtes aufzuschrauben.

Plötzlich bemerkte sie, daß seine Brillengläser in seine Jochbeine hineingeschlagen worden waren. Der Rahmen lag neben seinem Ohr, aber das Glas war da, eingebettet in das feste Fleisch unmittelbar unter jener zarten, schwach schimmernden Hautpartie, die seine Brille immer geschützt hatte. Das Glas war so fest hineingepreßt, daß das Fleisch weiß geworden war und kaum geblutet hatte. Sie kniete nieder und versuchte, in ihren Fingern fliegende Ungeduld, das zerbrochene Glas zu entfernen. Sie war nur darauf bedacht, ihm nicht weh zu tun, es war schwierig, ohne ihm weh zu tun.
Nach einer Weile ging sie weg und setzte sich auf den weißgekalkten Kilometerstein am Straßenrand. Ihre Augen standen nicht offen, doch die Lider waren nicht ganz geschlossen und ließen einen glitzernden Strich sehen. Sie brach den Schaft eines vertrockneten Grashalms ab und entfernte damit die Erde unterhalb ihrer Nägel, voll Sorgfalt, einen nach dem anderen. Es war sehr heiß. Schweiß rann ihr seitlich über das Gesicht und unter dem Haar den Nacken hinab. Die ganze Zeit sah sie ihn an. Sie entdeckte, wie in ihr eine sonderbare und furchterregende Neugier aufstieg; irgendwie hing sie mit seinem Körper zusammen. Sie stand auf und ging abermals zu diesem Körper hinüber, um ihn zu betrachten: Dies war derselbe Körper, den sie die Nacht davor liebkost hatte, der in ihr gewesen war, als sie eingeschlafen war.
Der Korb und seine Aktenmappe waren aus dem Wagen geschleudert worden und nicht verbrannt. Sie hob die beiden Dinge auf und balancierte die Aktenmappe über dem Korb neben ihm, damit die Sonne nicht auf sein Gesicht fiel.
Und mehr Zeit verstrich. Sie saß weiter auf der Straße da.

Ihr Hemd war naß vom Schweiß, und sie konnte ihn riechen. Manchmal öffnete sie ihren Mund und keuchte ein wenig; bis sie das Geräusch wahrnahm und wieder aufhörte. Sie begann, etwas zu empfinden. Sie wußte nicht, was es war, aber es war eine Art dunkler, physischer Ahnung. Und dann dachte sie, bei völlig klarem Bewußtsein, daß die Flasche noch immer im Korb war, stand entschlossen auf, um sie zu holen, und schüttete den übriggebliebenen Kaffee in die Plastiktasse. Als sie die Flüssigkeit sah, kehrte alles in einer Welle zurück, in die Drüsen ihres Mundes, in ihre Nerven, in ihre Sinne, in ihr Fleisch und in die Knochen – sie hatte Durst. Sie trank es in einem Zug herunter. Und dann weinte sie zum ersten Mal. Sie hatte begonnen weiterzuleben. Trostlosigkeit schlug zusammen mit der Sonne rot auf ihre Lider, und die Tränen strömten aus Augen und Nase und über ihre erdverkrusteten Hände.
Ein paar Leute kamen die Straße herunter. Ein alter Mann mit Sicherheitsnadeln in den Ohrläppchen und einem Lendentuch unter einem alten Jackett blieb stehen und wiederholte immer wieder die gleiche Halbsilbe. Kleine Kinder waren da und sahen zu, und keiner schickte sie weg. Alles, was sie unter den Augen des alten Mannes tun konnte, war den Kopf zu schütteln, immer wieder, wieder, wieder, wieder, wieder über das, was sie beide sahen. Den Frauen entrang sich ein tiefes Seufzen. Und inmitten von ihnen lag Bray. Sie brachten eine alte, graue Decke von jener Art, wie sie sie ihr ganzes Leben lang vor ihren Hütten hatte trocknen sehen, und eine alte Tür, und sie hoben ihn auf und trugen ihn fort. Sie schienen ihn zu kennen; er gehörte zu ihnen. Der alte Mann mit den Sicherheitsnadeln sagte zu ihr – wie Schuppen

fiel es ihm von den Augen: »Es ist der Colonel! Es ist der Colonel!«
Sie kannte ihn nicht mehr. Sie hatte ihn verlassen. Sie ging die Straße zwischen den baumwollbedeckten, großen, weichen, hängenden Brüsten zweier Frauen entlang – sie lebte.
Sie brachten sie zu einem geschlossenen und verlassenen Hotel. Das Gebäude war mit Brettern vernagelt, und im Freien gab es eine Art Riesenvogelhaus ohne Vögel, dessen Drahttüren offenstanden, und übereinandergestapelt lagen da aufgeplatzte Matratzen und Haufen von Unrat herum. Sie brachten sie zu ihrer eigenen Behausung, zu einer ihrer Lehmhütten, und legten ihn im kühlen Halbdunkel auf ein Eisenbett. Es war das Bett des alten Mannes. Es hatte einen Kissenüberzug, der mit gelben Kreuzen, roten Vögeln mit blauen Augen und blauen Blumen mit roten Blättern bestickt war. Die Frauen setzten sich um ihn und klatschten lautlos in ihre Hände und gaben ständig eine Art archaischen Stöhnens von sich, vielleicht ein Gebet, vielleicht bloß irgendein anderer menschlicher Laut, den sie noch nie davor gehört hatte. Sie lehnte ihren Kopf gegen eine der großen Brüste, auf Stoff, der nach Holzrauch und Schnupftabak roch. Der District Officer aus dem *boma* von Matoko kam und brachte sie in seinem Landrover weg, und seine kleine Frau, die Edna Tlume sehr ähnlich sah, schien irgendwie Angst vor ihr zu haben und steckte sie in ein Bett, bei dem es sich offensichtlich um das Ehebett handelte. Ein weißer Arzt im Gewand eines Priesters kam und gab ihr eine Spritze; sie legten sie schlafen, weil sie nicht tot war. Sie verstand; was sonst sollten sie schon mit ihr machen? Sie schlief die ganze Nacht, und am Morgen fand sie sich in einem gro-

ßen Bett wieder – nach all den Nächten in einem schmalen Bett.
Neil und Vivien Bayley erschienen, um sie in die Hauptstadt mitzunehmen. Sie trug eines der Kleider der Frau des D.O. und hatte nichts außer dem Picknick-Korb und der Aktenmappe.
Im Haus der Bayleys stürzten sich sogleich die Kinder auf sie, zogen an ihr, plapperten, fragten, wo Clive und Alan und Suzy seien. Vivien verwendete die Erwachsenenformel: »Ihr dürft Rebecca nicht anstrengen, sie ist sehr, sehr müde«, aber für sie war sie die ihnen vertraute Rebecca, in deren Wagen sie immer übereinandergeschichtet Vergnügungen und Abenteuern entgegengefahren waren. Sämtliche Kinder Viviens durchliefen ein Stadium, in dem sie ihrer Mutter gegenüber heftige Aggressionen entwickelten; Eliza schrie: »So eine Gemeinheit! Rebecca ist netter als du!« Eine Szene schwappte durch das Haus, Türenschlagen, erhobene Stimmen.
Neils Art war es, nach dem Heimkommen immer zu sagen: »Ich glaube, wir haben jetzt alle einen Drink nötig.« Sie schienen nicht mit ihr reden zu können, ohne alle drei einen Drink in den Händen zu halten. Sie trank, um es den Bayleys zu erleichtern, aber die Tabletten, die ihr Vivien gab, wollte sie nicht nehmen, weil sie sich danach niederlegen und schlafen mußte und weil es nach dem Erwachen einen Augenblick gab, in dem sie nicht wußte, daß es geschehen war, und sie es aufs neue entdecken mußte. Vivien sagte: »Vielleicht wäre es keine schlechte Idee, wenn wir dir ein paar Kleider nähten.« Die Nähmaschine wurde ins Wohnzimmer gebracht, und während Vivien nähte und ihr die Stücke für die letzten Stiche hinüberreichte, hielt sie eine Art Monolog aufrecht. Sie

trug Viviens Kleider, die ihr besser paßten als das Kleid der Frau des D. O. Es fiel ihr wieder ein, und so sagte sie zu Vivien: »Hast du das Kleid nach Matoko zurückgeschickt?« Vivien erwiderte sanft: »Nein, aber ich tu's, sobald der Transport wieder klappt, mach dir nur keine Sorgen.«

Sie schlug einen Saum um. Das Material war blaßgrüne Baumwolle. Sie sagte: »Was werden sie mit ihm tun?«

Vivien nahm ihre Hände langsam von der Maschine, ihr Gesichtsausdruck eine flehentliche Bitte: »Sie haben seine Frau angerufen, ob sie möchte, daß er zurückgeflogen wird.«

Der Flughafen sei geschlossen, hatte man ihr mitgeteilt. Er würde irgendwo liegen, für derlei Fälle gab es Kühlschränke. Kein Mensch hatte eine Ahnung, wann der Flugverkehr wiederaufgenommen werden würde. Sie hatte versucht, wegen des Flughafens einen Witz zu machen, und hatte gesagt: »Hast du deinen Bürgerkriegstornister auf die Warteliste gesetzt?« Vivien aber nahm das als eine Erinnerung an etwas Unaussprechliches und konnte nicht antworten.

Brandygläser in den Händen, redeten sie über das Geschehene. Von diesem Tag aus – gestern, vorgestern, vorvorgestern – veränderten die aufeinanderfolgenden Tage langsam ihre Stellung um den ersten Tag herum, schob sich eine zweite Version, wie bei doppelter Belichtung, über das, was sie wußte. Die Männer, die sie angegriffen hatten, gehörten zu einer umherstreifenden Bande, die sich aus den versprengten Resten der schrecklichen Tumulte zusammensetzte, deren Zentrum die Asbestmine gewesen war und die eine Woche lang gedauert hatten. Ein Einsatzkommando der Gesellschaft, das von weißen

Ausländern angeführt wurde – »*Da hast du's*«, unterbrach Vivien ihren Mann, »ich hab's gewußt, daß sie letztlich diese Leute aus dem Kongo einsetzen würden und daß es Mweta nicht gelingen würde, sie aufzuhalten. Ich wußte, daß das passieren würde« –, hatte Maschinengewehrfeuer auf mit Stöcken und Steinen bewaffnete Streikende eröffnet. Die Weißen verfuhren mit ihnen entsprechend ihrer langen Erfahrung mit der Landbevölkerung, die im Namen dessen, der die Rechnung bezahlte, eine Lektion nötig hatten – sie brannten die Siedlung nieder. Die Dorfbewohner und Streikenden hatten einen erfolglosen Überfall auf das alte Hotel Pilchey gemacht, in dem sich die Söldner einquartiert hatten. Irgendwer hatte die Straßensperren errichtet, wahrscheinlich in der Absicht, den Weißen aus dem Hinterhalt aufzulauern (sinnlos, die waren ohnehin schon abgezogen) ... Es hieß, der Mann, der mit dem Hüttenverbrennen begonnen hatte, sei ein großer Deutscher, der nicht auf den Militärlastwagen mitfuhr, sondern einen eigenen Wagen benutzte.
Vivien sagte: »Das war aber doch ein kleiner Volkswagen, und obendrein saß eine Frau drin.«
»Für Asbestkumpel unterscheidet sich ein Stabswagen in keiner Weise von einem anderen. Wagen ist Wagen.« Neils Tonfall ihr gegenüber war kühl. »Wenn die Dinge einmal in das Stadium wie jetzt gekommen sind, dann weiß keiner mehr irgendwas. Ich nehme nicht an, daß Mweta wußte, daß die die Leute mit Maschinengewehren niedermähen würden. Daß sie ihnen die Häuser über dem Kopf anzünden würden. Er hat es einfach in die Hände der Konzernarmee gelegt und es ihrem gesunden Menschenverstand überlassen ... das reicht schon.«

Sie sagte ihnen: »Die Leute, die uns halfen, kannten Bray. Ein alter Mann, der in den Löchern in seinen Ohren Sicherheitsnadeln hatte. Er kannte ihn schon von früher.«
Neil hatte den Brandy zu Boden gestellt. Er hielt seine Hände zwischen den Knien gefaltet, sein großer strahlender Kopf mit dem Bart (Flußgötterkopf, hatte Bray ihn einmal genannt) starrte zwischen seinen Beinen hindurch, daß an seinem rosigen Hals die Adern sichtbar wurden. Er sagte heiser, streng: »Ja, sie haben ihn gekannt. Aber es braucht nicht mehr als eine Handvoll Fremder. Bergleute werden aus dem ganzen Land zusammengeholt. Weiß der Himmel, woher *die* kamen. Es weiß ja auch keiner, wer diese weißen Männer waren. Weiße Männer von irgendwo. Vielleicht reisen sie in Volkswagen, vielleicht haben sie Frauen bei sich. Wer diese Straßensperren da, nur eine Meile von den Leuten entfernt, die ihn seit zwanzig Jahren kannten, errichtet hat, das war ein Haufen Männer, die ihn vorher noch nie gesehen hatten. Das ist alles.«
Agnes Aleke besuchte sie. Agnes trug ihre glatte Perücke, sie war schick angezogen und weinte in einem fort. »Wenn Sie nur mit mir im Flugzeug gekommen wären, wenn Sie nur mitgekommen wären, als ich abflog.« Durch Brays Tod schien sie an ihrem molligen, sinnlichen, kleinen Körper all das zu erfahren, was sie für ihn gefürchtet hatte. Rebecca saß mit ihr im Garten und hielt ihre Hand, um sie zu beruhigen; Vivien brachte Tee hinaus: »Kommen Sie und bleiben Sie bei mir, Rebecca, ziehen Sie ins Haus meiner Mutter. Es ist hübsch. Ach, wie ich diese Stadt gehaßt habe, dieses Gala, da bringt mich kein Mensch mehr hin, niemals – und wie Sie uns hassen

müssen –, ich hab zu meiner Mutter gesagt, hassen wird sie uns, und weshalb sollte sie's auch nicht.« Sie umarmten einander, wobei Rebecca sie zärtlich tätschelte, während sie schluchzte. Vivien sagte mit fester, freundlicher Stimme: »Was halten Sie von unseren Schneiderskünsten, Mrs. Aleke? Wissen Sie, das Kleid, das Rebecca gerade anhat, das haben wir zwei ganz allein gemacht.«

Roly Dando kam. Es war spät am Nachmittag; alle tranken sie. Der dünne, kleine Roly hatte die Ausstrahlung – düster, verhängnisvoll – eines Menschen, der weiß, was in einer Zeit der Verwirrung und des Aufruhrs geschieht, wenn alle verfügbaren offiziellen Informationen aufhören glaubwürdig zu sein. Es war bekannt, daß sich Mweta nicht in der Residenz des Präsidenten aufhielt; seine Botschaften an das Volk wurden zwar weiterhin bekanntgegeben, allerdings aus irgendeinem unbekannten Zufluchtsort. Es hieß, daß es sich bei seinen Fernsehauftritten um alte Aufnahmen handle, in die man auf Tonband aufgenommene Statements montierte – wenn auch nicht mit allzuviel Geschick. Das wurde nicht erwähnt. Aber sie redeten. Dando schien überzeugt, daß sich Shinza jenseits der Grenze aufhielt und einen Guerilla-Aufstand plante. Dhlamini Okoi und Moses Phahle, der Gesundheitsminister, waren verschwunden und hielten sich offenbar bei ihm auf. Goma saß angeblich im Gefängnis; es saßen so viele Menschen im Gefängnis, daß man von jedem, den man ein paar Tage lang nicht sah, vermutete, daß er dort sein müsse. Neil sagte: »Roly, stimmt es, daß Mweta um britische Truppen gebeten hat?«

Roly saß da im Halbdunkel und reckte seinen sehnigen, mageren Hals kerzengerade aus dem Kragen; er schien es

nicht gehört zu haben. Er erhob sich, um sich noch einen Drink zu holen, und blieb zögernd bei Rebecca stehen. Er legte ihr die Hand auf den Kopf: *»La Fille aux Yeux d'Or, La Fille aux Yeux d'Or.«* Er stelzte umständlich zum Verandatisch und schenkte sich etwas ein. Er kehrte zurück und setzte sich auf die Lehne ihres Sessels, legte den Arm um sie und berührte ihren Hals, während er weiterredete, und war, als er ein wenig betrunken wurde, nicht einmal jetzt imstande, sich die elende Gelegenheit, aus seinem Kummer einen Vorteil zu schlagen und eine Frau zu streicheln, entgehen zu lassen. Er sprach von Bray: »Die Sache ist natürlich die, daß alle unseren lieben Freunden in Übersee sagen werden, er wurde von den Leuten umgebracht, die er geliebt hat, und was kann man denn sonst schon von denen erwarten, und wie undankbar die doch sind, und all das Strafe-und-Undank-Zeug und das Zwei-und-zwei-macht-vier-Gequassel, das man für eine intelligente Interpretation von derlei Ereignissen hält. Das ist es, was mich dabei ärgern würde. Oder ihn amüsieren. Ich weiß nicht.«
Aus dem Dunkel kam Viviens schöne, kontrollierte Stimme: »Wenn wir wenigstens wüßten, daß James selbst wußte, daß es das nicht war, als es passierte.«
»Selbstverständlich wußte er das!« Roly sprach mit der unanfechtbaren Autorität von Freundschaft auf einer Ebene, die keiner der anderen geteilt hatte. »Er hat mit diesem Haufen geistiger Bettnässer, die in seinem Tod ein Surrogat für ihre Ängste finden, nichts zu tun! Er wußte, was man unter historischen Kräften zu verstehen hat, er wußte, wie gefährlich die Energien sind, die der soziale Wandel freisetzt. Aber wenn schon. Sie werden sagen, ›seine Schwarzen‹ haben ihn umgebracht. Und sie

werden noch einen Schritt weitergehen: Sie werden ihre Schuldgefühle rauskramen, die gesühnt werden müssen, und sagen, ja, er ist wirklich als wahrer Christ von uns gegangen, der den Leuten, die ihn umbrachten, vergab. Mein Gott! Daß das nicht in die Köpfe der Menschen reinwill. In alles mischen sie sich mit ihrer klebrigen Verständnislosigkeit ein.« Wegen der Ausgangssperre blieb Roly über Nacht. Im Zimmer neben dem, das man ihr gegeben hatte, hörte sie ihn schnarchen.

Vivien redete mit ihr viel über ihre Kinder, über Clive, Alan und Suzi, aber sie selbst dachte überhaupt nicht an sie. Sie hatte Blutungen, obwohl es noch nicht an der Zeit war, und als sie eintraten, dachte sie: Es ist also nie geschehen; es wird nie ein Kind dasein. Vivien legte ihr kleine Dinge in den Weg, um sie zu beschäftigen, so als triebe sie irgendeine verirrte Kreatur aus Gutmütigkeit einen Pfad entlang. »Ich glaube, du solltest Margot besuchen. Wenn dir danach ist. Sie ist ganz fertig. Sie möchte wirklich gerne wissen, was mit Hjalmar los ist, aber sie würde das natürlich nie zugeben.« Sie nahm Viviens Wagen und fuhr zum Silver Rhino. Es war das erste Mal seit jenem Tag, daß sie wieder selbst fuhr. Das Auto war der gleiche Typ – ein älteres Volkswagen-Modell. Ihre Füße und Hände erledigten alles automatisch. Es war erst fünf Tage her.

Wieder hatte es die ganze Nacht hindurch geregnet, und der Morgen war wunderbar. (Zieh das grüne Kleid an, sagte Vivien.) Rund um das Postamt und um die Rundfunkstation waren Soldaten postiert, und ein Kordon hielt die Menschen von dem Areal fern, von dem aus man die Zeitungsredaktion mit Steinen beworfen hatte. Vor dem Bahnhof und der Busstation saßen Hunderte von

Frauen, Kindern und alten Leuten in einem bunten Haufen zwischen Haushaltsgütern und Geflügel in der prallen Sonne und stanken furchtbar nach Urin und verfaulendem Gemüse; es fuhren weder Züge noch Busse.
Und überall trieben der Regen und die Hitze Blumen hervor. Die Soldaten in ihren graubraunen Kampfanzügen standen unter blühenden Bäumen, Poinsettia und Hibiskus leuchteten grell wie Karnevalspapierblumen entlang der Auffahrt zur Residenz des Präsidenten, von der es hieß, sie sei leer. Im alten Garten des Silver Rhino parkte ein riesiger amerikanischer Wagen und dahinter ein zweiter, älterer, aber kaum weniger großer. In der Ablage hinter dem Heckfenster des neuen hingen Nylonvorhänge, und die Sitze hatten Schutzbezüge mit Ozelot-Musterung. Auf dem Gras vor einem der Bungalows saßen ein paar Schwarze im Pyjama, die sie auf ihrem Weg zum Hauptgebäude gar nicht so recht wahrnahm. Einer von ihnen aber kam mit ausgebreiteten Armen auf sie zu, ein fetter Riese mit einer Zigarre im Mund und einem Barett aus Leopardenfell auf dem Kopf: Loulou Kamboya, Gordons Expartner aus dem Kongo. »Madame Edouard – isch habe gesagt, isch kenne das Mädschen, das dort drüben geht! Was Sie da tun?« »Loulou – und Sie?« Er nahm sie bei den Schultern, strahlte sie an, ein riesiges, traubenschwarzes Gesicht mit dicken Fleischwülsten, die die Ohren nach hinten und sogar noch die Stirne oberhalb des Nasenrückens nach oben drückten. »Isch mach Geschäfte überall. Sie kennen Loulou. Aber was ist mit diese Kämpfe? Die verrückt, hm? Isch sitze hier, komme gestern eine Woche mit meinen Leuten, nischt zu tun, nischt. Manchmal isch denke, isch sollte *faire une petite folie* –« Er schüttelte sich vor

Lachen. Sie wußte von Gordon, daß *faire une petite folie* bedeutete, daß man sich nach einem Mädchen umsah, mit dem man schlafen konnte; Loulou und Gordon redeten französisch miteinander, das Kongo-Französisch, das von den halbgebildeten Schwarzen gesprochen wurde und mit Lingala-Wörtern und belgischem Dialekt vermischt war, aber Loulou war immer stolz darauf gewesen, daß er mit ihr englisch sprechen konnte, damit sie sich nicht ausgeschlossen vorkam. »*Et les bébés,* schon groß? Wo Gordon? Er wieder machen Geld, oder keins? Ah, Gordon, wenn er diesmal bei mir bleiben, Sie haben genug Kleider! Isch verdiene großes Geld – wirklisch, isch sage, großes Geld, hm? – Isch höre, in *cinéma*? Oh, Geschäfte immer gut, aber jetzt, dieser verdammte Krieg oder was. *Was? Was?* Isch hier mit meine Leute, gestern eine Woche schon.«

»Wohin sind Sie denn unterwegs?«

»Isch gehe Süden. Runter, runter. Weit von hier. Isch habe Karte, aber Flugzeug fliegt nischt. Isch möschte nach Jewburg. Sie sisch daran erinnern?«

Ja, sie erinnerte sich; er hatte sich immer schon danach gesehnt, Johannesburg zu sehen. Er hatte sich nicht davon überzeugen lassen wollen, daß Südafrika Schwarze aus anderen Ländern in der Regel nicht einließ und daß er – sollte er doch hineinkommen – seine gewohnten Freiheiten in Bars und bei Mädchen dort nicht würde genießen können.

»Wissen Sie – isch dort jetzt Geschäfte machen. Isch schon habe geschickt Waren dreimal dorthin – dreißigtausend Francs. Bezahlung in Schweiz. Nischt Kongo.« Er brüllte vor Lachen wegen der alten Geschichte. »Aber Sie krank, Madame Edouard? Warum Sie so...« Er zog

seine beringte Hand schmerzerfüllt über sein Gesicht.
»Sie wenig Geld?«
»Nein, nichts. Es geht mir schon gut. – Ich sehe Sie doch noch einmal, wenn ich herauskomme. Ich muß jetzt gehen und Mrs. Wentz suchen.«
»Jederzeit. Jederzeit. Sieht aus, isch bis Weihnachten bleiben.«
Ihre Finger fühlten sich feucht und zittrig an. Als er dieses Gesicht geschnitten und dabei bloß komisch gewirkt hatte, hatte sie plötzlich gespürt, wie ihr die Tränen wieder in die Augen stiegen. Bei den Bayleys war sie ausgetrocknet gewesen: wie eine Kuh, die keine Milch mehr gibt.
Margot Wentz hatte ihr gebleichtes Haar auswachsen lassen. Während sie sich miteinander unterhielten, starrte sie die ganze Zeit auf jene drei Zentimeter scheckiger weißer und goldener Haare an Margots Scheitel. Vielleicht war es ein Zeichen privater Trauer. Sie saßen in dem kleinen Salon am runden Tisch mit dem gesäumten Tischtuch. Der Kaffee war schon fertig und wurde mit silbernen Teelöffeln und einem silbernen Sahnekrügchen in Tulpenform serviert. Sie sprachen von Hjalmar so, als hätte er eine schwere Krankheit gehabt und als wäre ihm nahegelegt worden, zur Erholung nach Gala zu fahren. Rebecca sagte, er habe in letzter Zeit viel besser ausgesehen. Die Arbeiten, die er verrichtete, dieses Herumwursteln im Garten, schienen ihm gutzutun. Sie sagte in einer Art Abschlußerklärung alles dessen, was ungesagt geblieben war: »Er hat sich angeboten, zu bleiben und nach dem Haus zu sehen«, und über Margot Wentz' Gesicht glitt ein Ausdruck peinlicher Betroffenheit, denn nun waren sie unvermeidlich bei jenem Punkt angelangt,

an dem zur Sprache kommen mußte, was passiert war: bei jenem Tag, an dem Rebecca und Bray aus Gala weggefahren waren. Jedesmal, wenn Rebecca in ihrem Bericht über Hjalmars Leben den Namen Bray erwähnte, zuckte Margots linke Wange ein wenig, so als würde dort drinnen eine Saite mit einem Ruck angezogen, nun aber konnte sie nicht länger ausweichen. Sie sagte etwas über diese schreckliche Geschichte, und was er doch für ein wunderbarer Mann gewesen sei; sie starrte Rebecca an, unfähig weiterzureden. Sie sah großartig aus; im Gegensatz zum Gesicht Loulous war das ihre dazu geschaffen, Tragik auszudrücken.

Sie tranken noch mehr Kaffee, und Rebecca erkundigte sich nach dem Hotel und ihrem Sohn Stephen. »Niemand weiß, was geschehen wird«, sagte Margot beinahe majestätisch. »Ich habe nicht das Geld, um wegzugehen, wenn ich es möchte. Und selbst wenn wir es wollten, der Flughafen ist gesperrt. Die Grenzen vermutlich auch. Hjalmar hätte es hier nicht besser...« und dann fiel ihr ein, daß er – wäre er nicht geblieben, um »nach dem Haus zu sehen« – jetzt vielleicht tot wäre, und auf ihr Gesicht trat wieder jener Ausdruck von Erschütterung, den, wie Rebecca bemerkte, ihre Gegenwart in den Gesichtern der Menschen hervorrief. Rebecca erkundigte sich nach der Tochter, und das war besser; sie lasse sich gerade in London nieder – »Natürlich gibt's dort all das, was Emmanuelle hier nie gehabt hat, all die Konzerte und Liederabende – Musik ist ihr Leben, verstehen Sie.« Als sie aufstand, um sich zu verabschieden, sagte Margot zu ihr: »Rebecca, wenn Sie irgendwas brauchen sollten. Ich weiß nicht, was – eine Bleibe vielleicht?« Aber sie bedankte sich bei ihr, nichts dergleichen, sie wohne selbstverständlich bei den Bayleys. »Ich habe bemerkt, daß Sie einen unserer alten Freunde in Ihrem Hotel zu Gast haben – den berühmten Loulou Kamboya.«

»Ach den.« Margots Stimme war trocken. »Er reist mit seinen eigenen Prostituierten, ganz abgesehen von seinen Fahrern und Sekretären. Gut für meine Lizenz, daß die Polizei sich um anderes zu kümmern hat, ansonsten würde man mir am Ende noch vorwerfen, ich führe ein Bordell.«

Loulou hielt Ausschau nach ihr und ließ seine Freunde bei ihrem Bier auf der Veranda eines der Pavillons zurück. »Sie wollen nischt einen kleinen Drink? Nein? Kommen Sie, isch zeige Ihnen in meiner Limousine, womit isch jetzt Geschäft mache …« Er hatte sich eine blaßblaue Leinenhose angezogen und trug trotz der Hitze einen braunen Mohairpullover, der mit einem Goldfaden durchwirkt war. Er trug ihn über seiner nackten Brust, wo an einem goldenen Kettchen, das in der Speckfalte am unteren Ende seines Halses lag, ein großes Medaillon mit einem roten Stein hing. Der Schwanz einer Zibetkatzenart hing von seiner Kopfbedeckung aus Leopardenfell. Die große hintere Bucht des Wagens war mit eigens angefertigten Koffern im Stile von Handlungsreisenden gefüllt, sie trugen allerdings Loulous Handschrift – Schlösser mit golden schimmernden Schnörkeln und Bezüge aus Krokodillederimitation. »Aus den USA, aus den USA.« Er verkaufte immer noch das gleiche alte Zeug – Papiermesser aus Elfenbein und Halsketten aus Elfenbein, rohe Imitationen der berühmten sitzenden Plastik von König Lukengu, die für ihn in irgendeiner Bakuba-Siedlung oben in der Kasi im Dutzend geschnitzt worden waren, mit Kaurimuscheln und kupferverzierte Masken, die nicht für den Tanz angefertigt worden waren, sondern für die Wände in den Häusern der Weißen. »Wenn isch nischt nach Jewburg komme, isch glaube, isch fahre jetzt lieber morgen auf die portugiesische Seite hinüber. Isch verkaufe das; das ist kein schlechtes Revier dort... hier, isch mache Ihnen ein *petit cadeau*... ja, ja, Sie nehmen...« und sie mußte sich aus dem Bündel Sandalen mit goldenen Absätzen und Riemen aus der Haut von irgendeiner armen Kreatur ein Paar, das ihr paßte, aussuchen. »Madame Edouard, aber warum Sie krank, hm?« Er trat einen Schritt zurück und schüttelte den Kopf, wohl wissend, daß Geschenke nicht helfen würden. Ein afrikanisches Xylophon erklang vom einen Ende des Silver Rhino zum anderen, um Lunch anzukündigen, und seine Begleitung erhob sich aus quietschenden Stühlen, plaudernd und streitend, die Mädchen lächelnd in ihrer sorglosen, lässigen, schulterfreien Art, wobei sie winkend ihre hübschen, schwarzen Hände mit den schillernden Monden der angestrichenen Fingernägel schwenkten, während ihre Brüste hüpften und ihre Ohrringe hin und her schwangen, das Haar in kleinen, schwarzen, abstehenden Schweineschwänzchen. Er rief irgendeine ironisch klingende Bemerkung hinüber, aber sie löste nur mehr Gekicher aus, und eines der Mädchen legte ihre Hände auf die Hüften und stampfte mit ihrem Fuß auf, so daß ihre Armbänder und ebenso ihr rundes Hinterteil in ihrer engen *pagne* sich bewegten.

Rebecca war schon beinahe bei den Bayleys daheim, als sie noch einmal kehrtmachte und zum Silver Rhino zurückfuhr. Sie saßen beim Lunch, kippten auf ihren Stühlen nach vorn und zurück, um sie herum stampften und

schwitzten die Ober, Bierflaschen wurden tischauf, tischab weitergereicht, Loulou am Kopfende. Wo immer er hinkam, verbreitete er die Atmosphäre eines afrikanischen Freiluft-Nachtclubs. »Fahren Sie tatsächlich?«
»Zu den Portugiesen? Ja, isch sage Ihnen – isch hab die Schnauze voll von hier. Und das Flugzeug – fliegt nischt. Isch haue ab. – Isch schon einmal dort, ist nischt schlecht…«
Sie sagte: »Könnte ich mit Ihnen kommen, Loulou – würden Sie mich mitnehmen.«
»Natürlisch, isch Sie nehmen! Natürlisch! *Demain? Sais tu venir?* Sie viel *bagage* und *biloko*?«

Die Bayleys wußten nicht, was sie ihr sagen sollten.
»Und wenn du dort bist? Was willst du tun?«
»Ich kann ein Flugzeug nehmen.«
Vivien sagte: »Du gehst also nach Südafrika?«
Sie schüttelte den Kopf.
»Wohin willst du, Rebecca?« Viviens Stimme war sanft.
Sie erzählte ihnen von dem Geld, das Bray in die Schweiz geschickt hatte.
»Erwähn diese Geschichte niemandem anderen gegenüber. Nicht einmal gegenüber deinem Freund Loulou«, sagte Neil. Vivien schwieg.
»Ich denke, ich fahre und hol mir das Geld.«
Sie stellten keine weiteren Fragen.
Vivien gab ihr einen Kamelhaarmantel, den sie aus England mitgebracht hatte. »In Europa ist es beinahe Winter – du hast keine warmen Kleider.« Sie besaß jetzt die zwei Baumwollkleider, die sie beide geschneidert hatten, die alten Jeans und ihr Hemd (gewaschen, keine Spur mehr von der roten Erde), den Picknick-Korb und Brays Ak-

tenmappe. Neil hatte sie bitten müssen, daß er nachsehen dürfe, ob Brays Paß und andere Papiere darin waren, aber er hatte sie ihr zurückgegeben.
Neil kam ins Schlafzimmer, wo sie und Vivien mit dem Mantel standen. »Und was ist mit der Flugkarte?«
»Ich werd mir das Geld von Loulou borgen.«
Neil nickte: Loulou war der Partner ihres Mannes, die Frage des Geldes würde sich rasch erledigen lassen. Unvermittelt sagte sie: »Er wird sich freuen, daß ich in Schweizer Franken zahle.«
Als Neil aus dem Zimmer gegangen war, sagte sie zu Vivien: »Ich werde nie mehr mit Gordon zusammenleben«, und Vivien stand da und sah den Mantel an, ohne ihn zu sehen, und preßte ihren Daumennagel zwischen ihre Schneidezähne.
Sie gaben ihr einen ihrer Koffer. Als sie gepackt hatte, war er noch immer halb leer. Bis zu dem Augenblick, in dem sie abfuhr, schienen beide zu glauben, sie müßten sie zurückhalten, und waren doch unfähig, ihr einen Grund zu nennen, weshalb sie nicht fahren sollte. »Ich glaube nicht, daß er je über die Grenze kommen wird«, versuchte es Neil. »Gerade er. Wahrscheinlich weiß man, daß er seinerzeit in Katanga mit Waffen gehandelt hat.«
»Er wird schon durchkommen. Gordon sagt immer, Loulou schafft alles.«

Er fuhr einen Tag und eine Nacht und machte nur zwei- oder dreimal halt, um kurz zu schlafen. Es war gefährlich, so schnell und ohne Unterbrechung so lange zu fahren, aber sie wußte, daß nichts passieren würde. Sie entdeckte, daß es nicht darum ging, ob es einem egal war, ob man lebte oder starb, sondern daß man einfach wußte, wann man nicht sterben konnte. Man hatte überlebt. Er hatte nur eines der Mädchen mitgenommen, und es war genug Platz da, um sich auszustrecken und zu schlafen. Das Mädchen und sie hatten keine gemeinsame Sprache, und ihre Verständigung bestand aus einem gelegentlichen Lächeln und dem stummen Übereinkommen, wann sie anhalten mußten, um in den Büschen zu verschwinden. Die Hitze war sehr groß, und zusammen mit der Geschwindigkeit machte sie einen benommen: Wald, Savanne, Gesträuch, ein Wechsel in der Bewegung, wenn man eine Paßstraße hinabfuhr. Loulou kam mit den Beamten am Grenzposten gut zurecht und »vergaß« zwei Flaschen Whisky, die er neben der Wasser schwitzenden Klimaanlage abgestellt hatte. Auf der anderen Seite der Grenze war es Nacht, plötzliche Ausbrüche gackernder Musik, als er im Autoradio einen Sender suchte, unruhiger Schlaf, die unklare Masse seines Körpers in dem Pullover vorn, die Insektenwolken in den Scheinwerferstrahlen, und die Dämmerung, die wie ein Duft von Frische vor dem Tageslicht hereinströmte. Sie befanden sich jetzt in einer wüstenartigen Gegend, harte, gelbe Erde, die zu trichterförmigen Ameisenhügeln von fünf Metern Höhe aufgehäuft war, schlampige Dornenbüsche, die von zerfetzten Spinnweben überzogen waren, riesige Baobabbäume. Sie passierten Holzbrücken über ausgetrockneten Flußbetten. Gegen Mittag hörte alles natürliche Wachstum auf, und nun gab es nichts mehr außer den harten gelben Riffen, außer Zügen von pollenfarbenen Dünen, mehr zerfurchte und nackte Felsen, und dann, hinter dem Gelb, ein Blau, das gleichermaßen strahlend wie hart war – das Meer. Durch die verdreckten Siedlungen, die Eskorte aus Fahrrädern und Hühnern und überbesetzten Bussen und Lastwagen, die das erste Lebenszeichen jeder Kolonialstadt darstellen, kamen sie zu Fabriken mit portugiesischen Namen, zu Felshängen, die über und über von den rosa und weißen Wänden und ziegelgedeckten Dächern bedeckt waren, den dunklen Bäumen und den farbenprächtigen Ranken der Wunderblume an den Häusern der Weißen, und darunter die blassen Kuben und Rechtecke des Handelsviertels hinter einem geschwungenen Gesims an der Straße, und dann der Hafenwirrwarr aus Schiffen und Kränen. Loulou brachte sie zum Lisboa-Hotel (»Ihnen gefallen – zwei Bar für Cocktail«) und gab ihr den Gegenwert von fünfzig Pfund, teils in Dollars, teils in Sterling, zusätzlich zu dem Betrag in Escudos, den sie für ihren Flug nach Europa benötigte. Auf einem ihrer Ausflüge in die Büsche hatte das Mädchen Rebecca zwei Banknotenbündel gezeigt, die sie in Kattunbeuteln unter ihrem *pagne* an den Hüften bei sich trug – offenbar war sie also eher als Sparschwein mitgenommen worden denn als *une petite folie*. Loulou selbst buchte noch nicht im Hotel; er mußte seine guten Freunde beim Zoll im Hafen aufsuchen, und außerdem hatte er versprochen, dem Mädchen eine Perücke zu kaufen – sie legte ihre Finger auf ihre Schultern und lächelte befehlshaberisch, um zu zeigen, daß es langes Haar sein müsse, wirklich langes –, bevor sie sich aufmachten, um in südlicher Richtung zu einem anderen Hafen zu fahren.

Als sie weggefahren waren, setzte sie sich auf eines der Betten in dem Zimmer, das man ihr gegeben hatte, noch immer leicht schwankend von der Bewegung des Wagens, und rief das Büro der Fluggesellschaft an. Man sag-

te ihr, sie müsse zwei Tage warten, bis ein Flugzeug nach Zürich ginge; es gebe für sie einen Platz im Flugzeug. Sie notierten ihren Namen, und sie sagte, sie würde das Ticket später zahlen kommen.
Es war ein Doppelzimmer mit zwei Betten, die durch ein kleines Nachtkästchen – darauf das Telefon, ein Aschenbecher und eine Broschüre mit dem Titel *»Ausflüge und Sehenswürdigkeiten«* in englischer, französischer und portugiesischer Sprache – voneinander getrennt waren. Ein Badezimmer gab es auch, und hinter schweren Vorhängen entdeckte sie einen schmalen Streifen Balkon. Sie ging einen Augenblick hinaus. Der Halbmond einer seichten Bucht, die Palmen, die in regelmäßigen Abständen entlang der Straßenbeleuchtung entschwanden und unmittelbar gegenüber dem Hotel ein neuer Häuserblock, der hinter Strohmatten in die Höhe stieg. In einer Lücke des Rohbaus saßen Arbeiter auf dem Drahtseil der Stahlträger und aßen ihr Mittagsbrot. Tief unten ein winziges Quadrat, das zur Zeit, als die Stadt ein Garnisonsvorposten gewesen war, die *Plaza* gewesen sein mußte und nun wie die Felder eines Hauswappens durch gesandete Wege und schmückende Pflanzen geviertelt war. Ein Arbeiter mit einem Papierschiffchen auf dem Kopf winkte ihr zu. Sie ging hinein, zog die Vorhänge wieder zu, blieb stehen und blickte die beiden Betten an. Die Decke des einen, auf dem sie beim Telefonieren gesessen war, schlug sie zurück und legte sich auf den Rücken. Sechs falsche Kerzen des Lüsters hatten auf der Decke sechs braune Schattenkreise erzeugt. Die Glastränen schwankten langsam in einem Luftstrom, den sie nicht fühlte. Nichts Vertrautes war in diesem Zimmer außer dem Picknick-Korb und der Aktenmappe. Und ihr

selbst. Es war auf den Tag genau eine Woche her, daß sie auf der Straße von Gala gewesen war.

Einer der Männer in der Rezeption des Hotels Lisboa war klein und hatte einen großen Krauskopf, einen winzigen blauumschatteten Mund – egal, wie sorgfältig er sich auch rasiert haben mochte – und junge braune Augen mit Ringen darum wie ein Krallenaffe. Dieser große Kopf ragte nicht hoch über den Tresen empor und war immer über die eine oder andere Dienstleistung geneigt – entweder löste er gerade Reiseschecks ein, oder er erkundigte sich für jemanden telefonisch nach einer Nummer, oder er klickte die Mine aus seinem kleinen vergoldeten Bleistift, um eine Straßenkarte anzufertigen. Er sprach fließend englisch, und er war es auch, der ihr erklärte, wie sie zum Büro der Fluggesellschaft komme. Er trat manchmal heraus, um auf den Knopf zu drücken, wenn der Lift lange auf sich warten ließ; mit einem Lächeln, das an das eines Kranken in einem Spitalsbett erinnerte, nahm er den Zimmerschlüssel, den ein Gast, der in die Sonne hinausging, auf den Tresen fallen gelassen hatte.
Jedes Detail des Gesichts dieses Mannes konnte sie sich, wenn sie wollte, in Erinnerung rufen, es war wie ein Stempel, der auf einem leeren Blatt ausprobiert wurde, während es in Brays Gesicht Lücken gab, die sich nicht schließen ließen. Zwischen dem Jochbein und dem Kieferwinkel an der linken Seite. Von der Nase herab zur Oberlippe. Es gelang ihr nicht, es zusammenzusetzen. Sie fing bestimmte Gesichtsausdrücke und bestimmte Perspektiven ein, aber es gelang ihr nicht, das feste Bild zu finden.
Die Promenade unter den Palmen war viel länger, als sie

aussah. Sie ging langsam und brauchte für den Weg bis zum Anfang der Docks mehr als eine halbe Stunde. Die eine Strecke wollte sie entlang der Promenade gehen, den Rückweg auf der anderen Seite des Boulevards, vorbei an den Geschäften und Gebäuden. Unmittelbar vor den Docks gab es eine Stelle, an der es stank und wo die Promenade von Fischresten glitschig war und schwarze Händlerinnen um eingebrachte Fänge feilschten, welche sie in den Kofferräumen von Taxis abtransportierten. An der der Stadt zugekehrten Seite stand ein neuerrichteter Komplex aus über und über von Mosaiken und Metall-Collagen bedeckten Bank- und Versicherungsgebäuden und davor jene monumentalen Skulpturen von schwarzen Göttinnen, die weiße Architekten gerne für Kolonien in Auftrag geben, deren einheimische Bevölkerung besonders schlecht ernährt ist. Es gab da Läden, die mit Kofferradios, Tonbandgeräten und elektrischen Grillen mit knusprig-braunen Gipshähnchen am Spieß vollgestopft waren. Andere Gebäude, Lagerhallen und Magazine waren mit Brettern verschlagen, und von wieder anderen, mit *trompe-l'œil*-Säulen und blaß um Türen und Fenster aufgemalten Girlanden, löste sich der pastellfarbene Fassadenanstrich. In den Straßencafés saßen Männer und lasen Zeitungen; die Weißen ließen sie ein Stückchen sinken, wenn eine Frau vorüberging. Sie saß auf der Straße an dem einen oder anderen der Tische über längere Zeit, trank ihren stark gesüßten schwarzen Kaffee und beobachtete die großen Vögel, die den ganzen Tag im seichten Wasser der Bucht standen und bei Ebbe so aussahen, als wären sie im Sand gestrandet, während sie sich bei Flut nicht von ihrem Spiegelbild lösen konnten, das sie, verkehrt herum, aus der ruhigen, blassen Oberfläche

anstarrte. Einmal ging sie bis knapp an den matschigen Schlamm, aber die Vögel bewegten sich nicht. Am Rand der Promenade standen Betonbänke. Eine Zeitlang saß sie da, belästigt von den bettelnden Kindern, die Lotterielose verkauften, und jungen portugiesischen Soldaten; vielleicht waren diese Bänke traditionell der Ort, an dem man Mädchen aufgabelte, obwohl die Prostituierten in dieser Stadt wohl kaum weiß sein durften. Die Soldaten kamen aus einem alten Fort auf einem der gelben Hügel über der Bucht; kam sie aus dem Hotel Lisboa und wanderte die Promenade links anstatt rechts hinauf, so ging sie darunter vorbei. Es war massiv gebaut und so abgenützt wie die Krone eines alten Backenzahns; die Portugiesen hatten es vor fünfhundert Jahren erbaut und waren immer noch da – Armeejeeps fuhren die steile Straße zu den Wällen hinauf, und unter den alten Feigenbäumen, die in den Mauern, die ebenfalls nie nachgegeben hatten, Wurzeln geschlagen hatten, standen die Häuschen für die Wachen. Nachts wurde es von Scheinwerfern angestrahlt; eine der Sehenswürdigkeiten, die der dreisprachige Führer neben ihrem Bett erwähnte.
Das Flugzeug ging erst am Abend des zweiten Tages um sechs Uhr. Sie kaufte eine Flasche Shampoo, wusch sich das Haar und ging hinaus auf den kleinen quadratischen Platz, um es in der Morgensonne zu trocknen. Ein zerlumpter alter Neger, dessen Mütze das Stadtwappen zierte, besprühte mit einem Schlauch die derben Blätter der Sträucher. Es gab keine englischen Zeitungen, aber auf dem Tresen der Hotelrezeption stand ein Zeitungsständer aus Draht, auf dem für ausländische Geschäftsleute, die zu jeder Tageszeit unter den Neonlichtern der Bars saßen, Hände schüttelten und sich mit ortsansässi-

gen Geschäftsleuten und deren Anhängseln mühsam verständigten, *Time* und *Newsweek* auslagen. Sie saß auf dem Platz und blätterte im *Time Magazine,* während die Arbeiter vom Gerüst herunter nach ihr pfiffen. Eheschließungen, Scheidungen, Todesfälle – Schauspieler, Mitglieder exilierter Königshäuser, amerikanische Politiker, von denen sie noch nie etwas gehört hatte. Bilder einer Gruppe von nackten Studenten, die auf einer hochgeschwungenen Brücke eine Puppe verbrannten; Bilder eines vietnamesischen Mädchens, die einen Arm unterhalb des Ellbogens in einer Explosion verloren hatte. Am unteren Ende einer Seite die Photographie, der Name – ENE-MENE-MWETA-MUH – RAUS BIST DU? *Dies war das Jahr der Staatsstreiche in Afrika – ein halbes Dutzend Regierungen seit Jahresanfang gestürzt. Der gutaussehende Musterschüler der westlichen Staaten, Adamson Mweta (40), ist das letzte der gemäßigten Staatsoberhäupter des Kontinents, das sich an den Sicherheitsgurt des Präsidentensessels klammert, während Unruhen sein Land erschüttern. Seine Gefängnisse sind überfüllt, und trotzdem kann er nicht mit Sicherheit sagen, welcher von denen, die sich – ob nun rechts oder links – noch auf freiem Fuß befinden, Freund oder Feind ist. Sein Außenminister, der weltläufige Antikommunist Tola Tola, sitzt hinter Schloß und Riegel, nachdem es letzten Monat Gerüchte über einen geplanten Umsturz gegeben hatte. Sein treuer weißer Freitag, der Afrika-Experte Colonel Evelyn James Bray (54), der ihn bei den Verhandlungen über die Unabhängigkeit beraten hatte, wurde unter mysteriösen Begleitumständen auf dem Weg in die Hauptstadt ermordet. Sein ehemaliger Kampfgenosse, der Linke Edward Shinza, zettelte innerhalb der Ge-*

werkschaften erfolgreich einen Aufstand an, der von einem Generalstreik zum landesweiten Chaos eskalierte. Und wie zur Bestätigung der Vorwürfe dieses alten Freundes, er sei nichts anderes als die »schwarze Garde, die vor dem Geschäftsunternehmen des weißen Mannes Wache steht«, mußte Adamson Mweta die Briten auffordern, Truppen zu schicken. Wird des ehemaligen Kolonialherren Invasion-auf-Einladung ihn auf seinem Sessel und das Gold und die anderen wertvollen Mineralien in den Händen der britischen und amerikanischen Interessen halten?

Ziemlich kurz; die letzte Kolumne der allgemeinen Rubrik Afrika. Es war Mwetas Gesicht, das sie gesehen hatte – Brays Name tauchte im Mittelteil des Textes auf. Sie las das ganze Ding ein paarmal. Sie ging die Promenade hinunter und wieder herauf, entlang an den Geschäften, und setzte sich wieder an einen der Tische, die auf der Straße standen. Andere Leute hatten ihre Zeitungen, sie hatte das Magazin, das neben der Schale mit den Zuckertüten lag. Die Flut kam herein und umspülte die Füße der Vögel. Ein paar Tische weiter beschäftigten sich ein Mann und ein Junge konzentriert mit dem, was der Mann zeichnete. Das Kind hielt seinen Kopf seitlich geneigt, lächelte bewundernd und erwartungsvoll und im Gefühl der eigenen Wichtigkeit – die Zeichnung war ihm wohl versprochen. Der Mann war bereits in den Jahren – einer jener extrem gutaussehenden Männer, die vielleicht schon zum dritten oder vierten Mal verheiratet waren und eine Frau im Alter der eigenen Tochter hatten. Immer wieder hob er den Kopf und blickte unter einer angehobenen und gerunzelten Augenbraue auf irgendeinen Bezugspunkt draußen auf dem Meer. Es war ein sehr dunkles mediterranes Gesicht mit tiefen Furchen in all den schönen flachen Gesichtspartien, so als zeichnete es das Alter mit einem schärferen, dunkleren Bleistift noch einmal nach. Die glänzend schwarzen Augen lagen tief in einer nachdenklichen, ein wenig ironischen Kummerfalte, die auf Enttäuschungen bei wissenschaftlichen Arbeiten schließen ließ – ein Forscher, jemand, der das Leben als ein Muster von Kreisbewegungen in einem Tropfen unter dem Mikroskop ansah. Er war allerdings schäbig gekleidet und sah ärmlich aus. Vielleicht ein Intellektueller, der in Portugal in politische Schwierigkeiten geraten war. Der Junge hing voll Eifer an seinem Arm und behinderte ihn. Schließlich war das Bild fertig, und er hielt es in Armlänge von sich weg gegen das Meer, und der kleine Junge kletterte umständlich von seinem Stuhl, um es genau betrachten zu können. Auch sie konnte es sehen – ein Bild großer Glückseligkeit, vergangener Glückseligkeit, sich kräuselnde Wellen, ein fröhlich beflaggtes Schiff, triumphierender Rauch, in der Luft Spritzer von Vögeln wie Küsse auf einem Brief. Das Kind betrachtete es lächelnd, aber immer noch erwartungsvoll, immer noch auf Ausschau nach – *etwas,* dem geheimnisvollen Wunder, das nur in den Erwartungen der Kinder existiert. Der Mann selbst war es aber, der vor Freude über sein Werk auflachte. Dann nahm der Junge den Fingerzeig auf und lachte eifrig, um in der Übereinstimmung zu bleiben. Das Kind zog noch einmal am Strohhalm in seiner Orangeade, dann überquerte das Paar Hand in Hand den Boulevard; die Zeichnung nahmen sie mit. Der Mann führte das Kind in einer besonderen Art wachsamer Besorgtheit, die ahnen ließ, daß seine Fürsorge eine vorübergehende war oder neu für ihn; ein geschiedener

Vater, der das Kind heimlich einer ehemaligen Ehefrau entführt hat. – Aber nein, er war wirklich zu alt, um der Vater zu sein; eher schon der Großvater, der mit dem Kind plötzlich alleine war; sie hatte die starke Empfindung, daß dies *das letzte* im Leben dieses Mannes war, alles, was ihm geblieben war.

Sie waren fort. Zehn Minuten lang hatte sie ein tiefes Interesse für diese beiden Menschen empfunden. Einer der Vögel öffnete seine Flügel – davor hatte sie noch nicht gesehen, daß sie sich gerührt hätten – und flog mit schrägem Schlag über die Bucht hinweg.

Das Flugzeug kam nach Zwischenlandungen weiter im Süden Afrikas mit Verspätung an, und zu dem Zeitpunkt, als es wieder abhob, war die Stadt entlang der Bucht ein glitzernder Halbmond, das Sportstadion eine Schale grünen Lichts, das Fort eine kippende Kulisse, und dann ein paar glühende Punkte, die wie Streichhölzer langsam auf dem Boden erloschen. Sie sah nichts von den Wäldern und Wüsten des Kontinents, den sie zum ersten Mal hinter sich ließ, obwohl der Mann im Sitz neben ihr zum Studium einer Landkarte, die zusammen mit dem Sick-Bag in die Tasche in der Rückenlehne des Vordersitzes gestopft worden war, seine Leselampe eingeschaltet ließ. Bräunlich schattierte Gebiete, grüne Landstriche: außerhalb des Doppelfensters tanzten kleine Wassertropfen auf und ab, und sie konnte nicht einmal die Dunkelheit sehen – nur ihr eigenes Gesicht. Die Stewardess schob einen Wagen mit Zeitungen und Zeitschriften vorbei, und da lag der Umschlag jenes Magazins, und als der Wagen wieder zurückkam, war es weg: irgendwo in den Reihen hinter ihr las jemand darin. Ihr Nachbar trank kleine Fläschchen Sekt mit einem Geha-

be, als täte er's eher aus Prinzip als wegen des Genusses, und zu einer Stunde, zu der endlich kein Essen mehr serviert wurde und man die Lämpchen schwächer gestellt hatte, drückte er den roten Knopf für die Stewardess und verlangte Mineralwasser. Da er wach war, nahm sie aus der Aktenmappe (neben ihr, zwischen ihren Beinen und der Wand des Flugzeugs) das halbe Blatt Schreibmaschinenpapier, auf dem in Brays Handschrift der Name der Bank stand, die Kontonummer und – *La Fille aux Yeux d'Or*. Sie hatte es oft studiert, seit sie ins Flugzeug gestiegen war. Wahrscheinlich war es das letzte, was er geschrieben hatte. Der Scheck für Hjalmar? Nein, das mußte davor gewesen sein. Aber sicher konnte sie es nicht wissen; sie wußte nicht, wann er sich dazu entschlossen hatte, die Einzelheiten über das Konto auf dieses Stück Papier zu bringen. Niemals würde sie wissen, ob dies die letzten Worte waren, die er geschrieben hatte: *La Fille aux Yeux d'Or*. Nichts außer den reinen Fakten – Adresse, Codename – stand da. Was konnte man aus der Form der Buchstaben entnehmen, aus den Zwischenräumen, die er gelassen hatte? Sie studierte es, so wie das Kind die Zeichnung des Mannes studiert hatte.
Sie legte den Zettel wieder zurück in die Aktentasche. Neben ihr unterdrücktes Rülpsen.
Wenn er die Details des Kontos (aus irgendeinem Notizbuch? aus der Erinnerung?) abgeschrieben hatte, dann natürlich, weil er sie ihr geben wollte. Damit sie wüßte, wohin sie zu gehen hätte. Wenn sie aber zusammen bleiben sollten, wäre es unnötig gewesen, daß sie das Papier bekam. Er hatte es in die Aktentasche gesteckt und nicht ihr gegeben. Wann hatte er es ihr geben wollen?
Aber vielleicht war es schon lange in der Aktenmappe

gewesen. Kein Notizbuch, keine Abhängigkeit vom Erinnerungsvermögen: aufbewahrt in der Aktenmappe, um zu den Akten gelegt und automatisch als Teil ihrer beider Papiere, die sie zusammen benötigen würden, bei der Abfahrt mitgenommen zu werden. Der Mann zu ihrer Seite schlief ein, und sie spürte, wie auch ihre Gedanken davonglitten; da war ein unruhiger Fetzen Traumes, in dem Bray herumgeisterte, aber sie schreckte angsterfüllt in den Wachzustand zurück. Und nach Stunden oder einer kleinen Weile sah sie, während sie in das Dunkelblauschwarze hinausblickte, das jetzt klar war, eine am Rand einer dunkleren Masse entlangbrennende Verkrustung. Sie glaubte, ein Buschbrand, dann aber entdeckte sie das schmale Band eines Spiegels, der den Feuerschein mit seiner Reflexion begleitete. Das dort unten war die Küste – die Meeresküste mit kleinen Häfen, die die ganze Nacht bis in die frühe Morgendämmerung erleuchtet waren, während die Landmasse dahinter noch schlief. Nun sah sie schwarz glitzernde Dünungen aus Dunkelheit: das Meer.
Der Mann neben ihr reckte in höflichem Abstand seinen Hals, um über ihre Schulter zu blicken. Er sagte: »Die Küste von Italien.«
Sie war noch nie außerhalb Afrikas gewesen. Ein Gefühl intensiver Fremdheit erfaßte sie. In der Luft hier oben war es Tag. Dort unten schliefen die Menschen Europas weiter. Bald waren da unten in der kalten Sonne die Alpen, leuchtend und elegant. Die Passagiere erwachten wieder zum Leben, um sie sich anzusehen – ausgebreitet wie die Uhren im Schaufenster eines Juweliers.
Ein schwarzes Taxi, ein Mercedes, brachte sie aus dem Glas und dem Schwarz des Flughafens in die Stadt.

Sanftbuckelige Felder, die noch immer grün bewachsen waren oder auf denen von der Ernte her die Stoppeln standen. Ein Kältehauch hüllte sie in Nebel. All die neuen Gebäude bestanden aus den gleichen schweren schwarzen Rahmen, die das Glas vom gleichen schimmernden Grau des den Himmel reflektierenden Sees in quadratische Flächen unterteilten. Aus dem See stieg ein hoher Strahl auf, der aussah, als stammte er von einem dort drinnen gefangengehaltenen Wal. Das Hotel, an das sie das Mädchen am Flughafen verwiesen hatte, war eine ehemalige Villa, die über dem See lag, und sie mußte die Straße hinuntergehen, um von dort aus die Straßenbahn ins Stadtzentrum zu nehmen. Die Häuser hatten kleine Dachgiebel, Balkone, Türme und waren hinter Doppelfenstern weggeschlossen; ein an einer Wand entlanggezogener Spalierbaum trug immer noch eine einzelne, rotbackige und verschrumpelte Birne. Sie trug den Kamelhaarmantel, und an den Beinen war ihr kalt. Die Bahn schwankte und schaukelte auf ihrem Weg steil bergab, und zusammen mit allen anderen stieg sie an der Endstation in der Hauptstraße aus. Sie hatte ihre Hand in der Manteltasche geballt, und in ihr, nicht in der Handtasche, steckte das Stückchen Papier; die Bank lag offenbar in dieser Hauptstraße. Sie ging an ihr entlang, um zu sehen, in welcher Richtung die Nummern liefen, und überquerte sie, weil die geraden Nummern auf der anderen Seite waren, und ging weiter und weiter, wobei sie immer mehr das Gefühl hatte, jeder ginge gerade auf sie zu, als ob sie gar nicht da wäre. Dann begriff sie, daß die Leute sich hier auf der rechten und nicht auf der linken Seite hielten. Die Straße war sehr lang und breit und voller Leben, aber sie hatte keinen Blick für Geschäfte und

Menschen, sondern nur für Nummern. Es gab da eine Bank mit seidig glänzender Fassade und kleinen Schaukästen, in denen eine glückstrahlende Puppe unter einer blonden Perücke ihre Ersparnisse in die Höhe hielt, aber es war nicht die richtige Bank. Sie zeigte jemandem den Namen auf dem Zettel und wurde ein paar Meter weiter gewiesen, hin zu einem Portikus auf Säulen mit riesenhaften Doppeltüren. Sie fand sich in einem widerhallenden Saal mit schwarz-weiß gekacheltem Fußboden wieder und ein paar Kojen aus Mahagoniholz und mit Messingbrüstungen, die weit hinten an die Wände zurückgedrängt waren. Ein Portier trat ihr in den Weg, als sie auf eine von ihnen zugehen wollte. Er verstand sie nicht und brachte sie zu einem blassen Beamten, der perfekt englisch sprach. Sie schickten sie in einem Mahagonilift hinauf durch das große Gewölbe des Gebäudes. Das Gefühl von Fremdheit, das im Flugzeug in ihr aufgekommen war, wurde stärker und stärker.

Dann war da ein weiterer widerhallender Saal, in dem Fußtritte eine langgezogene Annäherung oder ein Rückzug waren. Aber es gab da eine Ecke mit einem dicken Teppich und Sessel mit Leder- und Samtbezügen. Sie setzte sich und warf einen Blick auf die Bankjournale in Französisch und Deutsch, die voller Photos von Fabrikgebäuden aus schwarz umrahmtem Glas waren und von Skifahrern, die Flügel aus Schnee hatten. Ein Inder und seine Frau warteten ebenfalls – die Frau in einem Sari aus gazeartigem Stoff und darüber eine Strickjacke, wie sie eine Fremde aus einem anderen Klima.

Sie glaubte jetzt nicht mehr, daß hier irgendwer über das Konto Bescheid wissen würde oder daß das Konto und das Geld, von dem man, so weit weg, gesprochen hatte, überhaupt existierten. Eine Hochstaplerin mit nackten Beinen und im geborgten Mantel ging Korridore entlang, vorbei an Blumenkästen, an einem hölzernen Bären, über dessen Arme Hüte und Schirme hingen, bis zu einem großen, stickig-heißen, schallgedämpften Raum, der mit keinem Büro vergleichbar war, das sie je betreten hatte. Noch ein hölzerner Bär. Ein Bücherschrank mit einer Glasfront. Die Tischplatte, die eine Karyatide in Gestalt eines Satyrs emporhielt. Dazu auch ein Schreibtisch, dessen Funktionalität allerdings durch geprägtes Leder, Photographien und einen Topf mit afrikanischen Veilchen in einem vergoldeten Übertopf derart gelindert war, daß er einfach wie ein gewöhnliches Möbelstück aussah.

Herr Weber stellte sich auf die Art eines Arztes vor, der das Intimste mit der gleichen freundlichen Güte anhört, mit der er sich nach der Regelmäßigkeit der Darmtätigkeit erkundigt. Er hatte ein gepflegtes, freundliches Gesicht und einen altmodischen Bauch, den eine Uhrkette zierte. *La Fille aux Yeux d'Or* hätte ebensogut Schmidt oder Jones sein können; er schrieb etwas mit seinem silbernen Bleistift auf, läutete eine Glocke, ließ ein paar Papiere kommen. Während sie warteten, machte er Konversation. Bray hatte sie damit gehänselt, daß Goebbels und Göring ebenso wie Tschombe ihr Geld in Schweizer Banken hinterlegt hatten. Herr Weber war ein alter Mann – »Schon seit vierzig Jahren in diesem Institut«, erzählte er ihr lächelnd. Wo sie denn lebe? »Oh, Afrika muß interessant sein, ja? Ich wollte immer mal hin auf Besuch – aber es ist so weit weg. Meine Frau fährt gerne nach Italien. Es ist wunderschön. Und einmal waren wir in Griechenland. Das ist erst schön. Aber Afrika ist auch schön, nein?« Vielleicht hatte er mit Tschombe die gleiche Unterhaltung geführt, und mit der Frau in ihrem Sari und der Strickweste würde er es wohl ebenfalls tun – »Oh, Indien muß interessant sein, ja?« –, während er all die Jahre sicher zwischen seinen Familienphotos gesessen hatte.

Als die Papiere gebracht wurden, las er sie aus dem merkwürdigen Winkel, in dem Leute mit bifokalen Linsen lesen, und fragte sie, wieviel Geld sie denn abzuheben wünsche. Sie sagte, sie dächte, alles.

Er gab ihr den väterlichen Rat: »Möchten Sie's nicht lieber jeweils dorthin überwiesen haben, wo Sie gerade hinfahren? Was ist denn das Ziel Ihrer Reise?«

Sie hatte bloß daran gedacht, hierher zu kommen: das war ihr Ziel gewesen. Sie sagte: »England.«

Sein kurzer, weicher Zeigefinger war ein Pendel. »Wissen Sie, daß Sie Ihr Geld nicht mehr herauskriegen, wenn Sie's einmal nach England gebracht haben? Wenn Sie es hier in der Schweiz lassen, dann können Sie uns von überall in der Welt schreiben, und wir schicken Ihnen dann Geld. Es wäre besser, Sie würden nur das abheben, was Sie benötigen, und ich überweise Ihnen dann nach England, was Sie dort brauchen – wo ist es? London? – Sie können mir jede Bank nennen.«

»Irgendeine Bank – ich kenn keine.«

Sie unterzeichnete ein paar Papiere. Er notierte sich die Einzelheiten des Geldbetrages, den er von ihrem Konto an Jean-Louis Kamboya, Lubumbashi, überweisen sollte. »Kongo Kinshasa, nicht wahr?« Er war stolz darauf, den Unterschied zu kennen. »Mit einmal diesem Kongo und dann wieder dem anderen Kongo –« Er überreichte ihr den Abschnitt für den Kassenbeamten und schüttelte

ihr die Hand. »Ich wünsche Ihnen einen angenehmen Aufenthalt, gnädige Frau. Bedauerlicherweise ist das nicht gerade die schönste Jahreszeit. Sie sollten im Frühling kommen, nein?«
Unten zählten weiße Männerhände mit goldenem Ehering fünfzehnhundert Schweizer Franken in Noten aus und klammerten sie zusammen. Wie Loulous Mädchen hatte sie jetzt eine Vielfalt verschiedener Währungen bei sich.
Und nun war es getan. Ihre eigenen Schritte verhallten hinter ihr, als sie durch die großen Tore ging und Gestalten in Mänteln und Regenmänteln um sie herumeilten und ihr der Klang des Deutschen von fragenstellenden Kindern entgegenschlug. Nun hatte sie überhaupt kein Ziel mehr, und verwirrt stand sie vor den Läden mit Wildledermänteln und Krokodillederkoffern (echtes Leder, nicht wie das von Loulou), den großartigen Spielzeuggeschäften, Geschäften mit rosiger Salami und hufeisenförmigen Würsten darin, Schaukästen mit Stahl- und Gold- und Diamantuhren, Geschäfte mit Pelzstiefeln. An der Innenseite eines Fensters, in dem lauter Schalen voll Rosen, Lilien und Orchideen standen, strömte beständig Wasser herunter, vergrößerte sie und machte sie – wie die wilden Unterwassergärten in jenem anderen See, den sie hinter sich gelassen hatte, hinter den Linsen der Taucherbrillen – unerreichbar. In einer Konditorei kauften Frauen Kuchen und aßen sie an einem Tresen. Ein Heißluftstrom in der Tür hielt die Kälte draußen, und während sie in diesem von Vanille duftenden Raum, in dem sich jedermann an Süßigkeiten gütlich tat, eine Tasse Kaffee trank, beobachtete sie, wie Finger auf diesen oder jenen Kuchen zeigten, und spürte, wie

ihre Beine von der Zentralheizung gewärmt wurden. Auf der Straße draußen ging sie an einem kleinen Platz mit einer flechtenüberwachsenen Statue vorbei, die von Blättern verdeckt war, die die Form von Händen und das Aussehen von Handschuhen aus Sämischleder hatten. Sie hatte noch nie einen Kastanienbaum gesehen, aber sie erkannte die »Conkers« wieder, die Kastanien, mit denen die Kinder in den englischen Geschichtenbüchern ihrer Jugend gespielt hatten. Es fing an zu regnen; eine alte fette Frau verkaufte Maronen, die über der Glut eines flachen Kohlenbeckens, über dem ein Schirm aufgespannt war, geröstet worden waren. In der Straßenbahn, die den Hügel wieder hinauffuhr, saß sie zwischen den von morgendlichen Einkäufen heimkehrenden Hausfrauen, die sich mit ihrer Kleidung schon gegen den bevorstehenden Winter wappneten – mit Mänteln, Stiefeln, Schirmen, Handschuhen, alles komplett; selbst die kleinen Kinder in Gummistiefeln und den Anoraks, deren Reißverschlüsse bis oben zugezogen waren. Sie sahen so gelassen aus, so selbstverständlich auf alle Risiken ihrer Umgebung vorbereitet, in der alle Gefahren bekannt waren. Aber so war es natürlich nie: selbst diese feuchten, roten Nasen (selbst Herr Weber) konnten in ihren gesetzestreuen Federbetten Opfer des Einbruchs plötzlicher Liebe oder plötzlichen Todes werden.

Es war ihr so kalt, und sie fühlte sich so blutleer, daß sie in der Hotellounge ein Glas Rotwein bestellte. Sie war mit brüchigen Antiquitäten und Familienporträts möbliert und ging in einen kleinen Wintergarten über, wo die Pflanzen, die zu Hause in Afrika überall von sich aus wuchsen, von der Zentralheizung gewärmt und das Glas hinauf aus Blumentöpfen gezogen wurden. Ein junges

Paar saß da und rührte die Schlagsahne auf ihrem Kaffee um und leerte dazu Schalen mit überzuckerten Beeren. Auf deutsch murmelten sie etwas wie: »Gut...?« »Oh, sehr gut« – und leckten traumverloren ihre Löffel ab. Das Mädchen trug Hosen, eine Strickjacke und dazu eine Perlenkette; sie war groß und schmalfüßig und wirkte distanziert. Der Mann, kleiner als sie, schien sich in seinem eher eleganten Straßenanzug nicht ganz wohl zu fühlen und hatte schon ein sorgenvolles, kleines Doppelkinn, das sich unter seinem glatten Gesicht abzeichnete. Das Mädchen gähnte, und er lächelte. Die Unterhaltung war in eine Sackgasse geraten, und sie legten die Teilnahmslosigkeit eines jungverheirateten Paares an den Tag, das noch nie zuvor geliebt hat. »Sehr gut«, sagte er wieder und stellte seinen Becher aufs Tablett.

Der Wein stieg ihr in einer singenden Empfindung zu Kopf, und sie stellte sich vor, wie sie auf ewig höflich um einen Kaffeetisch sitzen würden – er allmählich immer fetter und grauer werdend, sie unerlöst aus ihrer Distanz, während ihre Kinder groß wurden und darauf warteten, dort ihre Plätze einzunehmen. Plötzlich hörte sie das Ticken einer dekorativen Uhr, die die Stille im Raum zwischen ihr und dem Paar auszählte.

Und so kam sie nach England; sie flog über eine graue See, auf der Schaum wie Speichel dahintrieb, eine See, in die sich die Kloaken Europas entleerten, über die grauen Blöcke europäischer Städte.
Ihre Eltern lebten da. Aber das bedeutete nicht mehr als eine Adresse, an die sie Briefe geschrieben hatte, und nicht etwa einen Ort, der wahrscheinlich nicht weiter als eine Stunde Fahrt von den Straßen Londons entfernt lag, die sie nun kannte und auf denen die Menschen in einen immer mehr sich verdichtenden Nebel hineinschritten, wie hinaus über den Rand der Welt. Sie versuchte nicht, mit ihrer Familie Kontakt aufzunehmen. Sie wanderte durch die Straßen und fuhr in Bussen, um all die Dinge zu sehen, die für diese Stadt standen. Hieß es in einer Gasse etwa: »Zum Haus von Samuel Johnson«, so nahm sie sie; entdeckte sie eine Broschüre, kaufte sie sie. Sie wartete auf den steilstufigen Zugängen der Untergrundbahnstationen und stieg hinab ins Dunkel. Sie ging über Brücken und roch den Moschusgeruch der Kirchen. Sie ging vorbei an den Pubs, voll von bierfarbenem Licht, in denen sich die Leute zusammendrängten und einander berührten. Sie war unter ihnen in den Zügen, in denen sie gedrängt standen, ohne einander zu berühren. Sie las die Werbebotschaften: in der Untergrundbahn ein Mädchen, das Schlüpfer aus Papier zwischen Daumen und Zeigefinger hielt: »Geben Sie Ihre Schmutzwäsche dem Mann von der Müllabfuhr«, in der Apotheke in Soho: »Schwangerschaftstest –

24-Stunden-Service«. Abseits der Old Compton Street ging sie in einem Antiquariat die Reihen der Buchtitel in einem Karren durch; die Gesichter der greisen Sandwichmänner unter dem Joch der Plakate; die Aufreißer auf Ausschau, die wie Geschäftsaufseher vor den Striplokalen standen.
Sie wanderte zwischen den Pfützen eines Springbrunnens und den Beinen der Leute umher, die den ganzen Tag mit ihren Rucksäcken und Gitarren gestrandet auf jener Verkehrsinsel saßen, die sich Piccadilly Circus nennt. Ein junger Christus in schmutzigweißem wallenden Gewand versammelte eine Schar krausmähniger Jünger. Mädchen unter den Fransengewändern von Indianern ruhten an Jungen in den Pelzjacken von Trappern. Sie strömten in der Shaftesbury Avenue an ihr, um sie, hinter ihr vorbei, Cowboys mit Gürteln von der Breite von Miedern, blasse Mädchen mit langen Ringellocken, langen verschmutzten Mänteln und kaputten Stiefeln wie die verwahrlosten Kinder in den Illustrationen von Dickens-Ausgaben, wie sie als Preise an Schüler vergeben werden; Zigeuner, östliche Bettelmönche, gutaussehende Banditen mit Schnurrbärten, ein Stierkämpfer in grünen Samthosen und mit Bolero, die ihr direkt entgegenkamen. Was wußte diese kalte Fiesta von der Realität der heißen Sonne und eines brennenden Wagens? Von der Last violetter Blüten, unter der sich die Bäume jenes Ortes bogen, wo an den Beinen zusammengebundene Hühner unter den Füßen von Männern zu Blut und Eingeweiden zerstampft wurden – einen Augenblick lang fühlte sie sich jäh versetzt, wie die strahlend schwarze Helle, die einem Schlag folgt. Hier ging sie unerkannt ihres Wegs; sie war die Gestalt mit der Sense.

Und doch – hier war es, woher Bray kam: es gab Gesichter, in denen sie Spuren von ihm fand. Ein älterer Mann im Taxi vor einem Restaurant; sogar ein junger Schauspieler mit Locken und Koteletten. Er hätte einst irgendeiner von diesen sein oder werden können, die so anders lebten als er. Es war, als streife sie in einer Vergangenheit herum, die er vor langem hinter sich gelassen hatte, und in einer Zukunft, die er niemals haben würde. Sie ging Abzweigungen seines Lebens nach, denen er nicht gefolgt war, und stieß auf die Möglichkeit seiner Gegenwart. Es kam ihr vor wie ein Wunder, eine Erklärung. Wovon? Seines Lebens? Seines Todes? Ihrer Erfahrung des Zusammenlebens mit ihm? Von allen dreien etwas. Mit dem Wissen, daß sie nie wieder mit Gordon zusammenleben würde, hatte sie angefangen. Es war das erste, das sie nach jenem Augenblick auf der Straße, als ihr klar wurde, daß sie durstig war, mit Bestimmtheit wußte; sie hatte Vivien gesagt: »Ich werde nie wieder mit Gordon zusammenleben.« Nun dämmerte ihr, warum sie das wußte. Dieses Land, aus dem Bray stammte, war voll von Gesichtern, die nicht er waren, die nicht zu sein er vorgezogen hatte. Er hatte sein Leben mit ein paar bewußten Entscheidungen in Einklang gebracht – Glaubenssätzen, wie sie vermutete, die sie, wie sie gleichermaßen vermutete, nicht so recht verstand. Es hatte nicht viel damit zu tun, daß er das gewesen war, was ihr Vater einen »Nigger-Lover« genannt hätte. Aber es hatte etwas mit dem Leben selbst zu tun. Gordon versuchte ständig zu übertölpeln; Bray lebte nicht als ein Gegner, sondern als ein Teilnehmer. Sie hatte nie mit so jemandem zusammengelebt. Und hatte man das einmal, dann konnte man mit einem Gordon nicht mehr zusammenleben, der bloß darauf aus war, »eine Stange Geld zu machen und dann abzuhauen« – immer ins nächste Land, das genauso war wie das letzte, und zur nächsten »Gelegenheit«, die die gleiche Möglichkeit bot wie die vorangegangene: seine Stange Geld zu machen und dann abzuhauen. Brays Weg hatte auf der Straße geendet, so als hätte er nicht mehr bedeutet als ein Haufen Hühner, die man an den Beinen zusammengebunden hatte – ja, die Erklärung, die die Leute in der Hauptstadt gegeben hatten, bedeutete ihr nichts angesichts der Tatsache seines Todes und wie sie ihn gehört, gesehen und ihn in seinem Fleisch gefühlt hatte, als sie das Glas aus seiner Wange entfernte. Wer sie auch waren, wie ein Huhn hatten sie ihn umgebracht, wie eine Schlange, die man auf der Straße in Stücke zerhackt, wie einen Käfer, den man an der Wand zerquetscht, und was sie getan hatten, das war für sie blanker, gesichtsloser Schrecken, der Wahnsinn des Wartens im Graben unten, die Erde unter ihren Fingernägeln. Aber sie war sicher, er hätte gewußt, wer sie waren. Er hätte gewußt, warum es ihm geschah. Der alte, lüsterne Dando, der über ihre Schulter hinweg den Brustansatz zu ertasten versucht hatte – damit hatte er recht gehabt.

Sie hob immer noch das Stück Papier mit seinen handgeschriebenen Details über ihr Schweizer Konto auf; sie trug es in der Tasche des neuen Mantels, den sie in einem der Geschäfte mit blinkenden Lichtern und nasaler Musik gekauft hatte, mit sich herum. Er hatte das Geld herausgeschmuggelt, weil er sie liebte – auch das wußte sie. Aber es freute sie nicht als Beweis, denn (während sie den Zettel in Untergrundbahnen, in Bussen, auf Parkbänken hervorholte) es bedeutete, daß er für sich akzeptiert hatte, daß sie sich trennen würden, daß es für sie ein Leben ohne ihn geben würde. Und – sie brach den Code weiter auf – das bedeutete, daß er zu dem Zeitpunkt, an dem es geschrieben worden war, glaubte, daß er eines Tages zu Olivia zurückkehren – und nicht, daß er sterben würde.

In ihrer Vorstellung war Olivia eine leere Parfumflasche, in der sich noch immer die Andeutung eines Duftes hielt. Auf einem der Regale in ihrem Hotelzimmer hatte sie eine gefunden: zurückgelassen von einer namenlosen Engländerin, einer Olivia. Sie kannte niemanden in der Stadt von acht Millionen. Sie hatte mit niemandem etwas gemein; außer mit seiner Frau.

Manchmal reizte sie der Gedanke, Olivia und seine Töchter aufzusuchen, sehr. Aber die Vorstellung, daß sie sie empfangen würden, in ihrer überlegenen, kultivierten Toleranz akzeptieren würden – *seiner* Toleranz! –, das erfüllte sie mit Widerwillen. Sie wollte ihr Leid nicht verhüllen, sie wollte es leben und es ihnen vor Augen halten, abstoßend und lebendig aus ihr herausgerissen – nicht für andere »akzeptabel« gemacht.

Sie hatte sich warme Kleider gekauft und sah jetzt, wenn sie herumging, aus wie alle anderen. Nachdem sie sich mit dem irischen Zimmermädchen über die Komplexe Alter, Temperament und den Hang zu bestimmten Krankheiten bei ihrer beider Kinder unterhalten hatte, dachte sie daran, ihre Kinder kommen zu lassen, um mit ihnen vielleicht in London zu leben. Es war weniger ein Plan als ein Tagtraum – die Vorstellung, mit ihnen in den Parks über die Haufen gefallener Blätter zu steigen. Das irische Dienstmädchen war der einzige Mensch, mit dem sie sich unterhielt, und das Gespräch wurde in dem Augenblick aufgenommen, in dem die Frau mit ihrem Schlüssel jeden Tag die Tür öffnete, und ging unaufhaltbar weiter, bis ein schließlicher Ausbruch des Staubsaugers die letzten Bemerkungen übertönte. Die Antworten auf die Fragen nach den Kindern entsprachen den Tatsachen, aber wenn von Ehemännern die Rede war, dann war es Bray, von dem sie erzählte, und dann lebte er noch, wartete auf ihre Heimkehr, egal, in welchem Teil Afrikas sie auch immer wohnten. Das Dienstmädchen gab sich mit unpräzisen Angaben zufrieden: Wenn sie Afrika erwähnte, dann sagte sie »da draußen«, und ihr Gesichtsausdruck verriet Anteilnahme. »Ich mußte meinen Job im Männerheim der Universität nach zwölf Jahren aufgeben, weil die Farbigen es miteinander trieben, im Badezimmer – ich hab die Vaselingläser gesehen. Ich bin schnurstracks zum Heimleiter, ich hab ihm gesagt, diese ganzen Farbigen, die die Regierung ins Land läßt, ich bin so was nicht gewöhnt, hab ich gesagt, mein Mann verbietet mir, auch nur noch einen Tag länger zu bleiben – *das* hat mir gerade noch gefehlt, hab ich gesagt, herzlichen Dank.«

Obwohl sie das halbe Blatt in der Tasche hatte, war da auch noch das, was Bray in der Nacht vor ihrer Abreise aus Gala gesagt hatte. Sie hatte ihm erklärt – wenn auch nicht in aller Klarheit –, das einzige, wovor sie sich fürchte, sei, aus Gala fortgeschickt zu werden, und er hatte geantwortet, ich weiß; aber ich werde auch dasein. Und als sie gesagt hatte, wie können wir denn zusammen fahren – und er hatte gewußt, daß sie dabei an England gedacht hatte –, da hatte er gesagt, vielleicht geht es irgendwie. Er hatte gesagt: *Wir werden beschließen, was wir machen.* (Während sie eines Nachmittags in einem

Lokal saß, das sich Ceylon Tea Shop nannte, erinnerte sie sich plötzlich genau daran.) Wir werden beschließen, was wir machen. Vielleicht bedeutete es, daß sie nach Sardinien gehen würden, wo man so gut tauchen konnte. Nein, das nicht wirklich... aber irgendwohin, gemeinsam, woanders als Gala; nie hatten sie woanders als in Gala miteinander gelebt.
In dem Tea Shop mit vergrößerten Photos von Teeplantagen und der eingerahmten Quizfrage: *Wieviel wissen Sie über Tee?*, die ihr gegenüber an der Wand hing, kam sie wieder auf die Tatsache zurück, daß sie in der letzten Nacht nicht richtig miteinander geschlafen hatten. Sie war es gewesen, die das entschieden hatte, weil sie beide so müde waren und früh aus den Betten mußten. In ihr war er eingeschlafen, und vor ihnen stand der Gedanke, wie ein Versprechen, daß sie in der nächsten Nacht zum ersten Mal miteinander in einem großen Bett schlafen würden – in der Hauptstadt. Also war er nie zu ihr, sie nie zu ihm hinübergekommen; also war es zu dieser besonderen Besiegelung der Erfüllung nie gekommen. Sie verbrachte Tage, in denen sie von einem besessenen Bedauern darüber gemartert wurde. Unter all den Gefühlen des Entbehrens, des Verlustes, der Stille, der Leere, des Endgültigen – wurde das zum drängendsten und grausamsten, denn das Drängende daran war eine Art Spott, die von der Gleichgültigkeit des Todes auf sie zurückgeworfen wurde: es gab nichts, auf das es sich richten konnte. Sie sagte sich, daß sie einander hunderte Male geliebt hatten, die Besiegelung war vollzogen – was spielte da ein weiteres Mal schon für eine Rolle? Aber sie hungerte nach diesem letzten Mal. Es war aufgegeben worden für nichts, zusammen mit allem anderen verloren,

ohne Grund. Sie fragte sich wieder und wieder, was es geändert hätte. Aber die Antwort darauf war, daß sie es brennend wollte. Es war ihres. Bevor der Tod kam. Es hatte ihr gehört; nicht der Tod war es, der es ihr genommen hatte – was der Tod einem nahm, darüber ließ sich nicht streiten –, sie hatte davor darauf verzichtet. Sie dachte so oft daran, daß sie in sich selbst die körperlichen Äußerungen des unvollendeten Aktes vollzog. Die Lippen ihres Körpers schwollen an, und sie erkannte mit Schrecken das Verlangen dieser Nacht, das nun niemals mehr befriedigt werden würde.

Sie begann, sich vor sich selbst zu fürchten.

Der Geruch von ausgedrückten Zigaretten in Aschenbechern war der Geruch Galas nach den Bränden.

Während sie um schaudernde Teiche herum- und die großen Alleen hinunterging, die bedeckt waren von den wie Zeitungspapier vollgesogenen Blättern von Parkbäumen, sah sie an den kahlen Ästen die Knospen des kommenden Jahres, die Gefühllosigkeit der endlos sich erneuernden Erde. Würde auch sie es wieder suchen – sie versuchte es auf die nacktesten Fakten zu reduzieren –, diese Begegnung von Fleisch mit Fleisch, bis schließlich, so als bräche ein kleiner Stein die Wasseroberfläche eines stillen Teiches, Ring um Ring von diesem kleinen Stein ausgingen, diesem Kern, der aus seinem Versteck, ihr pralles Zentrum befruchtete, ... sie dachte: das ist alles. Sie bekam es mit der Angst. Es würde wiederkommen, dieses alltägliche Verlangen. Alles andere würde wiederkommen; erneuert werden. Sie saß im Bus und spürte die Bedrohung, die von den gewöhnlichen Körpern um sie herum ausging.

Es gab Tage, an denen die hämmernden Fäuste des

Schmerzes ebenso grundlos von ihr abließen, wie sie an anderen Tagen von neuem begannen. Dann weinte sie. Sie hatte damit angefangen, jeden Morgen auf dem Boden des Hotelzimmers Gymnastik zu machen, weil sie in irgendeiner Zeitung gelesen hatte, daß man damit lange Zeitstrecken einfach überstehen konnte, indem man x-beliebige Routineübungen hinter sich brachte, und dann lag sie auf dem vom Dienstmädchen gesaugten Teppich, und aus ihren Augenwinkeln strömten die Tränen. Sie weinte, weil das Gefühl von Brays Gegenwart so stark zurückgekommen war, als hätte er niemals tot auf der Straße gelegen und als wäre es nie geschehen. Was tat sie da in ihrem Hotelzimmer? Das Gefühl von Brays Gegenwart war ihr wiedergegeben, und sie brauchte sich nicht nach Anzeichen seiner Existenz umzusehen und sie auch nicht in Zweifel zu ziehen, denn er war fort, und nichts von ihm war mehr zu finden. Und so starb er ein weiteres Mal für sie. Das irische Dienstmädchen kam um zu putzen, und die Spuren der Tränen waren vor diesen hühnerscharfen Augen unter ihren zotteligen Haarfransen nicht zu verbergen; sie sagte, sie habe gerade gehört, wie sehr ihre Kinder sie vermißten. Die Lüge verwandelte sich in ein zärtliches Gefühl für sie und in die Sehnsucht, sie wiederzusehen; und die Vorstellung, mit ihnen durch London zu spazieren, wurde zur Absicht. In wenigen Tagen würde sie sich die Art von Brief, den sie wegen der Kinder an Gordon schreiben würde, zurechtgelegt haben. Sie wußte nicht, wie und weshalb Gordon die Kinder ihr überlassen sollte. Sie stellte sich sogar vor, alles könnte so weitergehen wie eh und je – Gordon, zufrieden damit, daß er irgendwo eine Frau und Kinder hatte, nur ein wenig distanzierter als zuvor.

Eines Nachmittags kam sie aus dem Supermarkt in der Einkaufsstraße des Vororts in der Nähe ihres Hotels, als jemand ihren Namen rief. Es war, als legte sich eine schwere Hand auf ihre Schulter. Sie wandte sich um. Ein großes, sehr schlankes Mädchen mit schmalem, blassem Gesicht, eingerahmt von glattem, schwarzem Haar, lehnte lässig an einem Einkaufswagen. Es war Emmanuelle. »Ich dachte, daß du es bist, aber es konnte nicht sein – bist du auf Urlaub hier?«

»Meine Familie lebt in England. Ich bin seit etwa zwei Wochen hier.« Sie umklammerte ihre Tüte, in der sich eine Birne und eine Orange befanden; Beweise ihres Einsiedlertums. »Und du – wohnst du irgendwo hier in der Nähe?« Emmanuelles Haar legte sich im Wind um ihren Hals wie ein Schal. »Wir wohnen gleich die Straße runter. Eine abscheuliche Kellerwohnung. Aber nächsten Monat suchen wir uns ein großes Studio – wenn wir es nicht vorziehen zurückzugehen.«

»Zurück? Könnte Ras denn zurück?«

»Es ist jemand anders.«

»Oh, Entschuldigung – ich dachte nur ...«

Sie standen da und unterhielten sich miteinander – zwei Frauen, die einander nie besonders gemocht hatten. Emmanuelles Hände schlugen auf dem Griff ihres Korbes eine Art Triller der Bedeutungslosigkeit an. »Macht nichts. Kein Drama. Wir sind Freunde geblieben und so weiter. Ich lebe mit Kofi Ahuma zusammen – er hat gerade seinen ersten Roman veröffentlicht, aber jetzt ist sein Vater in Ghana wieder in Gnaden, und so kann er seinem Heimweh nachgeben. Kann also sein, daß wir nach Ghana gehen. Hast du die Kinder mit? Wir produzieren gemeinsam ein Stück für Kinder – er hat es geschrieben,

und ich hab die Musik dazu gemacht. Es läuft ab morgen drei Tage im Theatre-Club, vielleicht gefällt es ihnen.«
»Nein, sie sind nicht da.«
Emmanuelle nickte kurz mit dem Kopf, wie jemand, dem etwas einfällt, was ihn nicht besonders interessiert hat. »Oh, mein Gott – du warst doch bei diesem schrecklichen Unfall dabei, oder?« Sie zeigte ein wenig Neugier. »Was ist mit Colonel Bray passiert – man hat ihn zusammengeschlagen, nicht?«
»Sie haben ihn umgebracht.«
»Wie entsetzlich.« Sie mochte Ras verlassen haben, war aber immer noch mit seinen Ansichten gewappnet. »Natürlich, er hat sich mit Shinza und seinen Leuten eingelassen. Armer Teufel. Diese weißen Liberalen, die sich in Dinge reinziehen lassen, die sie nicht verstehen. Was hat er erwartet?«

Die beiden Truppentransporte, die auf Mwetas Hilfsersuchen aus England eingeflogen worden waren, hatten es vorläufig geschafft, im Land wieder Ordnung herzustellen. Es war dieselbe Ordnung der Dinge, die überhaupt erst zur Unordnung geführt hatte. Aber Mweta saß wieder in seinem großen Haus, und Shinza war im Exil in Algier, und Cyrus Goma, Basil Nwanga, Dhlamini Okoi und viele andere mehr waren irgendwo in Haft und – vorläufig – vergessen.

Hjalmar Wentz blieb unverletzt im Haus in Gala, und er war es, der Brays Sachen nach Brays Tod zusammenpackte und an seine Frau, Olivia, sandte.

Niemand konnte mit Bestimmtheit sagen, ob Bray, als er auf seinem Weg in die Hauptstadt getötet wurde, die Absicht gehabt hatte, Mweta zu treffen oder Waffen für Shinza zu kaufen. Wie von seinem Freund Dando vorausgesagt, war er für einige ein Märtyrer der Wilden; für andere war er einer dieser Verrückten vom Schlage eines Geoffrey Bing oder Conor Cruise O'Brien, der sich das eingehandelt hatte, was er verdiente. Ein englisches Monatsjournal zog ihn in einer Nummer, die dem »Niedergang des Liberalismus« gewidmet war, als interessante Fallstudie heran: ein Mann, »der sich von Skeptizismus und der Resignation des empirischen Liberalismus abgewandt hat und zu einem von jenen wurde, die, gequält von der Dummheit und dem Bösen in der Politik, schließlich bereit sind, apokalyptische Lösungen zu akzeptieren, durch

Blut zu waten, wenn es sein muß, um wirkliche Veränderungen zu bewirken«.

Hjalmar Wentz packte auch Brays Kiste mit den Papieren zusammen und händigte sie an Dando aus, weil dieser vielleicht wußte, was mit ihnen anzufangen war. Letztlich mußten sie in die Hände von Mweta gelangt sein. Der entschloß sich offenbar zu glauben, Bray sei ein Mann der Versöhnung gewesen; ein Jahr später veröffentlichte er einen Entwurf für das neue Erziehungssystem des Landes, den *Bray Report.*

Glossar

panga	Machete, großes Buschmesser
Gray's Inn	Juristische Fakultät in London
Rondavel	kreisförmiges Häuschen mit Strohdach
FAO	Food and Agricultural Organization (der UN)
Capability Brown	englischer Landschaftsarchitekt
boma	Residenz und Büro des Verwalters in der Kolonialzeit
dambo	Sumpf, Feuchtgebiet
bwana	mein Herr, respektvolle Anrede
khaya	kleines Haus der Schwarzen
kapenta	kleine Fischart in Gala
mukwayi	Herr, respektvolle Anrede
Hansard	Protokolle der Parlamentsdebatten in ehemals britischen Kolonien in Afrika
chisolo	altes afrikanisches Brettspiel
Gujerati	Dialekt der indischen Provinz Gujerat, aus der die meisten Inder in Afrika kamen
bundu	Wildnis, Öde
UTUC	United Trades Union Congress (Gewerkschaftsbund)
ILO	International Labour Organization